B

READ AND BE BETTER

Love's Knowledge

Essays on Philosophy and Literature

Martha C. Nussbaum

爱的知识

写在哲学与文学之间

［美］

玛莎·C.努斯鲍姆

著

李怡霖 于世哲 译 范昀 审校

GUANGXI NORMAL UNIVERSITY PRESS

广西师范大学出版社

·桂林·

AI DE ZHISHI: XIE ZAI ZHEXUE YU WENXUE ZHI JIAN
爱的知识：写在哲学与文学之间

Copyright © 1990 by Martha C. Nussbaum
Love' s Knowledge: Essays on Philosophy and Literature, First Edition
was originally published in English in 1992. This translation is published
by arrangement with Oxford University Press.
Guangxi Normal University Press is responsible for this translation
from the original work and Oxford University Press shall have no liability
for any errors, omissions or inaccuracies or ambiguities in such translation
or for any losses caused by reliance thereon.

著作权合同登记号桂图登字：20-2019-139 号

图书在版编目（CIP）数据

爱的知识：写在哲学与文学之间 ／（美）玛莎·C.努斯鲍姆著；
李怡霖，于世哲译. --桂林：广西师范大学出版社，2024.1（2024.5 重印）
书名原文：Love's Knowledge: Essays on Philosophy and Literature
ISBN 978-7-5598-2687-9

Ⅰ．①爱… Ⅱ．①玛… ②李… ③于… Ⅲ．①文学理论－文化
哲学－文集 Ⅳ．①I0-02

中国版本图书馆 CIP 数据核字（2020）第 044894 号

广西师范大学出版社出版发行

（ 广西桂林市五里店路 9 号　邮政编码：541004 ）
　网址：http://www.bbtpress.com
出版人：黄轩庄
全国新华书店经销
北京盛通印刷股份有限公司印刷
（北京经济技术开发区经海三路 18 号　邮政编码：100176 ）
开本：880 mm × 1 230 mm　1/32
印张：20　　字数：552 千
2024 年 1 月第 1 版　　2024 年 5 月第 2 次印刷
定价：158.00 元

如发现印装质量问题，影响阅读，请与出版社发行部门联系调换。

献给我的母亲和外祖母：

贝蒂·W. 克雷文以及格特鲁德·J. 德·坎塔尔

○　○　○

前　言　　　　　　　　　　　　　　　　　　　　　　　　[ix]

　　本书收录了我发表过的有关文学与哲学的关系，特别是道德哲学的论文。它在之前发表的基础上，扩充和修订了三篇文章，添加了两篇全新的文章以及一篇实质性导论。这些论文探讨了一些关于哲学和文学间联系的基本问题：探索伦理问题时风格与内容之间的关系、道德知识的性质及其与书写形式和风格的关系、情感在慎思和自我认知中的作用。文章主张建立一种同时涉及情感和理智活动的伦理理解的观念，并且相对于抽象的规则，它赋予了对特定人的感知以及情境以某种优先性。这些文章认为这种观点并不是含糊的、非理性的，它实际上更合乎理性、更精准。这些文章进一步论证，文学而非哲学通常是这种伦理观念最恰当的表达和陈述形式，并且，如果想要认真对待这个问题，我们就必须扩大道德哲学观念的范围，以便将这些文本囊括进来。它们试图在更广泛的伦理探询中清楚阐明文学与更为抽象的理论要素之间的关系。

　　这些文章隐藏在发行量不大的期刊和丛书中，非专业读者不太容易接触到。甚至对于学术读者来说，其中一些也很难读到。学科定位也是个棘手的问题。这些文章跨越了传统学科的界限，而且我认为，如果不跨越这些界限，某些重要的问题就无法得到解答。但讽刺的是，正是由于这些文章所批判的学科割裂，这些文章基本上被相互分离，发表它们的出版物，有些是哲学家读的，有些则是文学学者读的。目前的这部作品集应解决这一问题，使所有读者不分背景和兴趣，都可以对它们以整体的方式进行评估。

[x]   本书与我对古希腊哲学的研究紧密相关，尤其是《善的脆弱性：古希腊悲剧和哲学中的运气与伦理》[1]（剑桥大学出版社，1986 年）以及即将出版[2]的基于 1986 年马丁古典讲座内容写成的《欲望的治疗：希腊化时期的伦理理论与实践》[3]。这些书中有关文学和伦理的讨论都在本书中得以延续。本书还收录了两篇与《善的脆弱性》同时期创作并已发表的文章《感知的洞察力》和《柏拉图论可通约性与欲望》。它们比某些文学论文更详细地阐述了伦理学中部分重要的概念，本书对这些概念做了整体性研究。（前者已针对本书进行了修订和扩展。）先前未发表的《超越人性》，将我对古希腊哲学的研究与本书探讨的当代问题关联起来。《索福克勒斯＜菲洛克忒忒斯＞中的结局与性格》（《哲学与文学》，1986—1987 年第 1 期第 25—53 页）以及《阿里斯托芬与苏格拉底关于学习实践智慧》（《耶鲁古典研究》，1980 年第 26 期第 43—97 页），这两篇较早创作的关于古希腊文献中哲学与文学联系的文章并没有收录于此。我仍然赞同以上作品中的论点，并希望有机会将它们收录于其他文集中。但由于它们在讨论文学作品中的伦理问题时，没有问及伦理内容与文学形式的关系，因此，比起其他囊括这些讨论的论文，这两篇略偏离本书的中心论点。

    我最近几篇关于希腊的文章与本书的主题密切相关，但没有收录在内，它们将被修订并出现在《欲望的治疗》中。它们是：《治疗性论证：

---

1 中文版由译林出版社于 2007 年出版，徐向东、陆萌译。——译者注

2 该书英文原版于 1994 年出版，晚于《爱的知识》（1990 年）。——译者注

3 中文版由北京大学出版社于 2018 年出版，徐向东、陈玮译。——译者注

伊壁鸠鲁和亚里士多德》(《自然的规范》，剑桥大学出版社于 1986 年出版，第 31—74 页)，《斯多亚学派论根除激情》(《阿派朗》，1987 年第 20 期第 129—175 页)，《超越痴迷和厌恶：卢克莱修论爱欲的治疗》(《阿派朗》，1989 年第 21 期)，《凡间的不朽：卢克莱修论死亡与自然之声》(《哲学与现象学研究》，1989 年)以及为纪念斯坦利·卡维尔，即将出版的由 T. 科恩和 P. 盖尔编辑的《灵魂中的巨蛇：解读塞涅卡的〈美狄亚〉》。斯多亚学派那篇详细阐述了情感和信念的联系，上述文章中有几篇对此论述得更为简要。塞涅卡那篇探讨了爱与道德之间的关系，与《感知的平衡》《斯蒂尔福斯的手臂》这两篇联系特别密切。关于卢克莱修的作品与《叙事情感》密切相关。在欧里庇得斯《酒神的女信徒》的新译本(于 1990 年由法勒、斯特劳斯和吉鲁出版社出版，C.K. 威廉姆斯译)序言中，我进一步探讨了一些《超越人性》中讨论到的关于人性与超越的问题，并更深入地评论了亚里士多德与希腊悲剧的关系。

在写作关于哲学与文学关系的当代问题时，我略去了在《新文学历史》原刊中随《有瑕疵的水晶》一同发表的对理查德·沃尔海姆、帕特里克·加德纳和希拉里·普特南几人的回复。这些主要观点在导论和《有瑕疵的水晶》的尾注中均有提及。我对保罗·西布赖特关于《一位女士的画像》的论文的评论文章也没有收录进来，它与《叙事情感》同册出现在《伦理学》杂志中。我计划将其扩展成一篇独立论文。我的部分评论和评论性文章涉及了文学／哲学问题。其中唯一收录进来的一篇是关于韦恩·布斯《我们所交往的朋友：小说的伦理学》一书的——因为这是篇很独立的文章，也因为它讨论的是一部将在未来几年一直会被阅读的重要著作。 [xi]

在导论之外，我还写了尾注，因为我觉得有更多问题需要被讨论和澄清，而不是仅仅在导论中用一行论证简单概括。尾注对各篇文章之间的关系做了许多具体评述，并指引尚未阅读导论的读者了解其中讨论的一些中心理论问题。

为了引用的一致性，所有脚注都做了调整。必要处已将参考资料
更新。

玛莎·C.努斯鲍姆

1989 年 10 月于罗得岛州

致　谢

撰写这些论文历时十年，我需要感谢许多人和机构。本书中的诸多工作，得到了古根海姆奖学金、NEH 奖学金和牛津万灵学院访问奖学金的支持。导论的写作得到了赫尔辛基世界发展经济研究所的支持，它为我的写作提供了幽静不受干扰环境。布朗大学在本书筹备的最后阶段，慷慨地委派了一位助手协助我，在此我要感谢古典学系主任库尔特·拉夫劳布，这一切多亏了他。同样重要的是，布朗大学允许我参与哲学、古典学和比较文学三个系的工作，对这项跨学科工作的发展起到了不可估量的作用。

正如导论所述，本书中的思想已经发展了很多年。我要感谢以下老师，他们在我治学的早期阶段，就鼓励我继续对文学作品提出哲学性问题：马丽昂·斯特恩斯、马塞·梅尔基奥尔、伊迪丝·梅尔彻、塞思·贝纳德特。本研究课题正式始于美国哲学协会太平洋分部关于创作以"哲学与文学"为主题的论文邀请。这就是本书中最早的一篇论文《有瑕疵的水晶》的写作契机。理查德·沃尔海姆在会议上发表了精彩评论，随后牛津哲学学会的帕特里克·加德纳也给出了鼓舞人心的评论，这让我坚定了信念：有一个重要的问题应被进一步追问。衷心感谢《新文学史》的编辑拉尔夫·科恩，他安排将这些交流发表在专门讨论"文学与道德哲学"的专刊上，并委托希拉里·普特南和科拉·戴蒙德发表补充性评论。自这项工作启动以来，科恩就以各种方式支持我——发表了三篇论文，委托撰写了其中两篇，并始终给予我真知灼见和鼓励。开始写作后，我参与了很多学术讨论会。我被邀请参加由托马斯·帕维尔组织的关于虚构的风格的学术会议，收获良多，这进一步推动了我在这些问题上的研究。之后应美国哲学协会（这次是东部分会）第二次邀请，

[xiv] 我写下《"细微的体察"》一文，它得益于科拉·戴蒙德的一篇富有洞见的评论，她在此类论题上细致入微的观察与写作非常重要。余下论文都是应期刊和杂志之约写就的。（在此，我要感谢波士顿地区古代哲学座谈会、斯坦福人文中心、亚里士多德学会、国家人文中心，劳伦斯·贝克尔、乔治·布洛斯、安东尼·卡斯卡迪、布赖恩·麦克劳克林和艾米莉·罗蒂。）在研究的收尾阶段，我有幸于耶鲁大学的卢斯研讨会上发言，我要感谢彼得·布鲁克斯和惠特尼人文中心的邀请及对有益讨论的促进。本书其他部分文章发表于英国布里斯托大学的瑞德－塔克威尔讲座，感谢其哲学系的热情款待。（参见文末致谢。）

许多特别要感激的人都已在相关篇章的注释中列出。但在此，除了上述提到的，我还要感谢几个人，他们在我研究的不同阶段，给予了我宝贵支持并同我进行过深入交流，他们是：朱莉娅·安纳斯、西塞拉·博克、斯坦利·卡维尔、丹尼斯·达顿、大卫·霍尔珀林、安东尼·普莱斯、希拉里·普特南、亨利·理查德森、克里斯托弗·罗、阿玛蒂亚·森。我还要感谢哈佛大学、韦尔斯利大学、布朗大学的诸多研究生和本科生，他们一同推动了思考，他们的评论、提问和论文，都是最有价值的洞见的来源。

在将这些论文集结成书的过程中，克里斯托弗·希尔德布兰特、乔纳森·罗宾斯和格温·琼斯给予我极大帮助。他们花了大量的时间核对参考文献，把引文中亨利·詹姆斯的文本和页码与纽约版做了比对。盖尔·亚历克斯精准录入了几篇论文，露丝·安·惠滕提供了各种巧思和帮助。感谢牛津大学出版社的安吉拉·布莱克本和辛西娅·里德，感谢

她们的高效、热情和明智建议。

本书一半的作者收入将捐给波士顿艾滋病行动委员会，另一半将捐给约翰·J. 温克勒纪念信托基金。

瑞德－塔克威尔讲座，由爱丽丝·瑞德－塔克威尔捐给英国布里斯[xv]托大学的一笔遗赠而设立。她在遗嘱中指出，信托基金的收入将用于设立并维系讲座，讲者的课程必须围绕人类不朽和相关话题。本书第一、二、六、七、十四和十五章的内容，曾于 1989 年发布在第四期瑞德－塔克威尔讲座中，其他内容在相关研讨会上提出过。

全简标题对应

Introduction: Form and Content, Philosophy and Literature

导论：形式与内容，哲学与文学

导论

The Discernment of Perception: An Aristotelian Conception of Private and Public Rationality

感知的洞察力：一个有关个人和公共理性的亚里士多德式概念

洞察力

Plato on Commensurability and Desire

柏拉图论可通约性与欲望

柏拉图论可通约性

Flawed Crystals: James's *The Golden Bowl* and Literature as Moral Philosophy

有瑕疵的水晶：詹姆斯的《金钵记》以及作为道德哲学的文学

有瑕疵的水晶

"Finely Aware and Richly Responsible": Literature and the Moral Imagination

"细微的体察和完全的承担": 文学与道德想象

"细微的体察"

Perceptive Equilibrium: Literary Theory and Ethical Theory

感知的平衡: 文学理论与伦理理论

感知的平衡

Perception and Revolution: *The Princess Casamassima* and the Political Imagination

感知与革命:《卡萨玛西玛王妃》与政治想象

感知与革命

Sophistry About Conventions

关于诡辩的传统

诡辩

Reading for Life

为生命阅读

阅读

Fictions of the Soul

灵魂的虚构

虚构

Love's Knowledge

爱的知识

爱的知识

Narrative Emotions: Beckett's Genealogy of Love

叙事情感：贝克特的爱的系谱学

叙事情感

Love and the Individual: Romantic Rightness and Platonic Aspiration

爱与个体：浪漫的公正和柏拉图式渴求

爱与个体

Steerforth's Arm: Love and the Moral Point of View

斯蒂尔福斯的手臂：爱与道德观念

斯蒂尔福斯的手臂

Transcending Humanity

超越人性

超越

The Fragility of Goodness: Luck and Ethics in Greek Tragedy and Philosophy

《善的脆弱性：古希腊悲剧与哲学中的运气与伦理》

《善的脆弱性》

目录

"仰赖那些离奇玄妙的力量，是有违游戏规则的，必须用全部精力对付它，追踪它。难道你竟然不明白？"他表情怪怪的，好像是在自我表白，"一个人当然希望享受如此稀有的东西。就把它称为生命吧，"他一边思索，一边说话，"称它为令人吃惊的可怜的亲爱的老生命吧。什么东西也不能改变这个事实，即它可以使所有的人惊呆，或者至少能使人目不转睛地瞧着它。该死！这就是一个人看到的，或者一个人**能够**看到的。"

亨利·詹姆斯《使节》

风格之于作家犹如颜色之于画师，不是技巧问题，而是视觉问题。它揭示出世界呈现在我们眼前时所采用的方式中的性质的不同，这是用直接的和有意识的方式所做不到的。……判断一个作家在其作品的道德和智识方面所达到的水平，也许不仅要看他所提出的理论种类，而且还要看他语言的品质。可是理论家们却相反地认为大可不必为这种言语的优劣而费心，那些赞赏理论家的人则轻松地认为言语的优劣并不能说明作品具有知性价值。

马赛尔·普鲁斯特《追忆似水年华》

你或许知晓一种真相，但如果它非常复杂，你必须是一个艺术家才能将其表述，才不会表述成一种谎言。

艾丽丝·默多克《偶然之人》

他遗憾地摇头道：

"我约略看过一遍，实在不敢恭维。要知道，侦探术是——或者应当是——一种精确的科学，应当用同样冷静而不是感情用事的方法来研究它。你把它渲染上一层小说色彩，结果就弄得像在几何定理里掺进恋爱故事一样了。"

我反驳他道："但是书中确有像小说的情节，我不能歪曲事实。"

"有些事实可以不写，至少要把重点所在显示出来。这案件里唯一值得提出的，只是我怎样从事实的结果中找出原因，再经过精密的分析和推断而破案的过程。"

阿瑟·柯南·道尔《四签名》

第一章

导论：形式与内容，哲学与文学

> 但是对我说，我是否在这里看到
> 那吟出新的诗章的人，那开头是：
> "懂得爱情真谛的少女少妇们啊。"
>
> 于是我说道："我也算是那样的一个人，
> 在爱情使我有所感悟时即加注意，
> 它在我心中怎么说我就怎么写。"

但丁《神曲·炼狱篇》XXIV[1]

倘若一个人追求理解（即从这个意义上说，如果他是位哲学家），他该如何书写表达，选哪个字眼，用什么样的句式、结构和组织形式？这个问题有时会被认为是琐碎而无趣的。我须声明其实并非如此。风格本身就有其主张，表达了自己对重要事物的理解。文学形式与哲学性内容不可分离，实际上，它自己就是内容的一部分——寻求和陈述真理的不可或缺的部分。

但这也表明，存在一些关于世界以及人该如何置身其中的观点。这些观点，特别是强调世界令人惊讶的多样性、复杂性、神秘性，强调它的瑕疵与缺憾美的观点，传统哲学论文的语言无法全面而充分地将其陈述，因为这种文体风格非常扁平，缺乏惊奇——只能在更复杂、更具有暗示性以及更注重细节的语言和形式中被阐述。或许它们也不存在于阐释性的哲学传统结构中，即创立某样东西之后便按部就班，毫无惊喜和意外——只有于一种形式中，这种形式本身就暗示着生命包含了重要的惊喜，作为能动者，我们的任务就是在一个好故事中像那些好的人物那样生活，关心发生的事情，灵活机智地面对涌现的每一个新事物。如果这些观念可以是真理的重要的候选者，是追寻真理时应当考虑的观点，那么这样看来这种语言及其诸多形式都应该包含在哲学之中。

[4]

如果一个人想要理解的是爱——这种奇怪的无法控制的现象或生命形式，即启迪与困惑、痛苦与美丽的源泉，又会怎样呢？爱，以其丰富的多样性，与好的人类生活、与渴望以及与普遍的社会关怀之间错综复杂的关系又是怎样的？一个人应当选择自己的哪些部分，选择什么方法以及什么写作方式呢？简而言之，爱的知识是什么？它究竟以何种书写来叙述内心呢？

A. 表达的植物，感知的天使

> 他选择包括那些
>
> 彼此互相包括的事物，那整体，
>
> 那复杂的，那汇集的和谐。

华莱士·史蒂文斯《最高虚构笔记》[2]

在《金钵记》的序言中，亨利·詹姆斯用两个隐喻来描述作者选择合适的措辞和句子。一个是植物生长的隐喻。作者专注于他的主题或思想，使它"在我面前开花，成为唯一体面地表达它的措辞"。[3] 詹姆斯在序言中也经常将作者的生命感受与土壤做比较，将文学作品比作破土而出的植物，并以其形式表达了土壤的特性与构成。

詹姆斯的第二个隐喻更加神秘，是把完全想象出来的文本（与之相对的，显然是在它被创造出来前用来讨论相同主题的任何一种更为简单、死板和缺乏说服力的语言）与空中的某些生物做比较，也许是鸟，也许是天使。小说家想象的文字被称为"大批的措辞——感知性的和表现性的——不断地增长。它们以我刚才提到的方式，在句子、段落和页面中，俯视着业已存在的表达方式——或者说，就像警觉的有翼生灵，歇栖在那些越来越尖的峰顶，向往着更清冽的空气"。[4]

这两个隐喻指向关于作者艺术的两种主张，似乎值得研究。研究和捍卫它们是这些文章的核心目的。第一种主张是，对于任何经过精心撰写和充分想象的文本，其形式和内容之间存在着一种有机的联系。特定的思想和观念，特定的生命感受，在写作的表达中拥有特定的形态与形式，需运用特定的结构和措辞。如同植物从播种的土壤中生长出来，它从种子和土壤的共同特性中获取形式，因此小说及其措辞源于并表达了作者的观念，即他或她对重要事物的认识。观念和形式是结合在一起的，找到并形塑词语，就是要找到观念与表达之间恰当的，也可以说是体面的契合。如果作品已经纯熟，通常来说，用非常不同的形式和风格转述就无法表达出同样的概念。 [5]

第二种主张是，人类生活的某些真理只能用叙事艺术家特有的语言和形式恰当准确地表达出来。就人类生活的某些要素而言，小说家的措辞是警觉的有翼生灵，它们能觉察到日常语言中生硬的措辞，或抽象的理论话语是盲目的，在后者的迟钝之处它们展示机敏，在后者的乏味与笨重之处它们体现羽翼的轻盈。

但要完全理解这个隐喻，我们显然需要把它与第一种主张联系起来。因为，如果说小说家的措辞是天使，它们也是属于尘世的，属于有限的人类生命和情感土壤上的天使。在正典化的中世纪观念中，天使和独立的灵魂，由于缺乏对世俗生活方式的投入，也缺乏作为这种投入必要条件的身体，就只能理解抽象的本质和一般的形式。由于缺乏具体的感官想象，他们无法感知特殊事物。正如阿奎那所说，在尘世中，他们只有不完善的认知，"困惑而笼统"[5]。在这里，詹姆斯暗示了这个概念并将其颠倒过来。他的天使般的存在（他的词语和句子）不是没有想象力的，是"感知的和表达性的"，从这个世界具体和深刻的生活经验中提取出来，致力于对生活的特殊性和复杂性的精细描述。他主张只有这样浓密的、这样具体的、这样微妙的语言——只有叙事艺术家的语言（和结构），才能充分告诉读者詹姆斯所相信的真实。

本书中的文章考察了特定文学作品对探索有关人类和人类生活的一些重要问题所做的贡献。这些文章的首要主张是，形式和风格不是偶然的特征。对生活的看法是**被讲述**出来的。讲述本身——对体裁、形式结构、句子、词汇的选择，以及向读者传达生命感受的整体方式——表达了一种对生活和价值的感受，一种对什么重要、什么不重要的感受，一种对学习和交流是什么的感受，一种对生活的关系和联系的感受。生活绝不是通过文字简单呈**现**出来的。它总是**被再现**为某种东西。这种"为"不仅可以，而且必须在转述的内容中看到，也可以在风格中看到，这种风格本身表达了选择，并为读者创设了特定的活动和交流而非其他。[6] 文

[6]　学艺术家的责任，正如詹姆斯和本书中所设想的那样，就是要找到恰当体面的表达、充分陈述其构想的形式和措辞，促使读者以一种准备好去理解任何需要理解的事物的方式活跃起来，积极运用自身的任何元素来完成理解的任务。读者在文本的引导下，进入一种"用他自身的其他媒介，用他自身的其他艺术"的复杂艺术活动。我们应该记住，在詹姆斯看来，所有书写生活的作家都是文学艺术家，除了那些对自己形式的选择和下面这段表述并不在意的人："上帝之后的先知和演说家是'诗人'，无论他具有何种形式，当他的形式——无论是有名无实、流于表面还是俗不可耐——与神的身份不匹配的时候，他就不再是'诗人'了。"[7] 如

果一篇哲学论文的作者细致周密地叙述了其论题，那么他就像小说家一样，在他或她对形式的选择中，表达了对生命和价值的理解。

第一种主张并非詹姆斯独有。我们很快就会看到，它在西方哲学传统中有很深的渊源，它在柏拉图的《理想国》中出现于诗人和哲学家之间的"古老的争执"中，并在随后的许多次辩论中延续着。但是，我们暂且把话题限制在这部文集的现代主人公身上，我们可以指出，马塞尔·普鲁斯特明确且详细地提出了非常相似的论点。普鲁斯特笔下的马塞尔认为，有关人类生活的特定观念会在特定形式和风格的选择中，以及对措辞的特定运用中找到它恰当的语言表达。文学文本被视为站在读者一边，为读者复杂的探索与理解活动提供契机，马塞尔还认为，对理解和自我理解是什么的某种观点，会导致特定的形式选择，这些选择旨在实现双重目标：充分陈述真理，并从读者那里激发一种对生活的知性阅读。

但是普鲁斯特和詹姆斯，以及本书中所涉及的他们，所主张的远不止这些。第一种主张引导我们寻找形式与内容之间的紧密契合，将形式视为对生活观点的一种表达。但这已经让我们开始追问，特定形式是否可能比其他形式更不适合用于真实而准确地描绘生活的各种要素。很明显，这一切都取决于，关于人类生活中各种问题的答案是什么，或者可能是什么，以及我们是如何知道它的。第一个主张意味着，每个可得到的观念都将与一个或多个能恰当地表述它的形式相关联。但在这一点上，詹姆斯和普鲁斯特都提出了第二种主张，即詹姆斯在第二个隐喻中所表达的主张。与第一种主张不同，它取决于他们对人类生活的特定看法。它认为，只有某种叙事艺术家的风格（例如，不是那种与抽象理论论文相关联的风格）才可以充分表达关于世界的特定重要真理，以其具体形态来展现这些真理，并在读者中激发适宜于把握它们的活动。

当然，人们可能会认为，这些真理**可以**用抽象的理论语言充分表述，也会认为，通过丰富而感人的叙述，这些真理可以最有效地传达给某种

[7]　类型的读者。例如，幼儿更容易通过有趣的文字问题而非抽象计算来学习数学知识。但这并不能说明数学真理本身与文字问题形式有任何深刻或内在联系，也不能说明其抽象形式有缺陷。在涉及如何生活的问题时，针对文学作品也出现了类似的主张：文学作品被认为是传递真理的工具，而这些真理在原则上无需文学作品就能被充分阐述，并被成熟的头脑以那种形式加以把握。这不是普鲁斯特和詹姆斯的立场，也不是本书的立场。文学可能在激励和交流中扮演着重要的工具性角色，这本身就很重要；但我要说的远**不止**这些。我的第一种主张是，所有风格都使自身成为一种表述：抽象的理论风格和任何其他风格一样，都是一种关于什么重要、什么不重要的表述，关于读者的哪些能力对于认知来说重要的、哪些不重要的表述。因此，对于人类生活中相关部分的性质，可能会有某些似是而非的观点，它们无法在理论形式中容身，否则会产生特殊的隐含矛盾。第二种主张是，对于这类有趣的观点来说，某种类型的文学叙事是唯一能够完整恰当地表述它们而不存在矛盾的文本类型。

　　两个例子将使这一点更加清楚。假设一个人相信并试图声明，正如普鲁斯特笔下的马塞尔所做的那样，关于人类心理最重要的真理不能仅靠知性活动来传达或掌握：强烈的情感在认知中扮演着不可还原的重要角色。如果以一种只表达知性活动、只针对读者智识的书面形式陈述这一观点（这是大多数哲学和心理学论文的惯例），由此便产生一个问题。作者真的相信自己所表达的吗？如果相信的话，为什么不选其他而选择了这种形式？这意味着一种对于什么重要、什么是可有可无的，完全不同的观点。有人可能找到了答案，把作者从前后矛盾的指责中解救出来。（例如，作者可能认为，心理学命题本身并不属于必须通过情感活动来把握的真理。或者她可能相信它属于真理之一，但对读者是否理解却漠不关心。）但至少**从表面上看**（prima facie），我们似乎有理由认为作者要么是奇怪地漫不经心，要么是对所讨论的问题确实心存矛盾。与此相反，普鲁斯特的文本通过其形式所表达出来的，正是其以转述的哲学内容所要表述的东西；它所讲述的关于知识的东西，也是它在实践中所承诺的，在感性材料和反思性材料之间交替，这正是马塞尔认为适合讲述真理的方式。[8]

再以亨利·詹姆斯的观点为例，他认为，细微的注意力和好的慎思需要对自身环境的具体特征（包括特定的人和关系）做出高度复杂、微妙的感知和情感回应。同样，你也可以试着在一篇对具体事物、情感纽带或精细感知缺乏兴趣的文章中，抽象地陈述这个立场。但是同样的困难还会出现：那个文本提出了一组主张，但它对形式的选择似乎提出了一组不同的、互不相容的主张。和詹姆斯的立场一致，**从表面上看**，我们似乎有理由认为小说家艺术的措辞比任何其他可用的措辞更能充分阐明詹姆斯所谓的"投射的道德"[9]。[10]我们再次发现，还有更多需要讨论的地方——尤其是亚里士多德，他对特殊性的论述接近于詹姆斯，但风格却截然不同（参见 §§E，F）。但我希望，第二种主张的大体意义已经显现出来了。

当代英美哲学的主要倾向，要么是完全忽视形式与内容的关系，要么不忽视，但否定我们两种主张中的第一种，认为风格在很大程度上是装饰性的——与内容的表述无关，在可能被传达的内容中是中性的。当哲学的风格不被忽视或不被称为无关紧要时，一个尊重第一种主张的更有趣的立场，有时便会出现。这种观点认为，在哲学论文和论著中最常见的、简单明了的一般性非叙述性风格，实际上最适合陈述任何或所有哲学家必须讲述的真理。[11]这两种立场在本书中都将被质疑。第一种（否定整个风格问题）将是我的主要目标。我想说明在表达和陈述功能中，风格的重要性需要被认真对待。但如果我们要在哲学内部为文学文本提供一席之地，就必须正视第二种立场。因为如果抽象的哲学风格能够把所有关于人类生活的重要真理或可能真理表述得至少和詹姆斯、普鲁斯特等作家的叙述风格一样好，那么即使是第一种主张被接受了，也不会代表**这些**风格有任何帮助，人们只会将它们与幻觉联系起来。我们

[8]

几乎不能指望在这里解决关于如此重要的事情的真理问题，甚至只能探究真理和风格问题所引发的一小部分主题。因此，这些文章更狭义、更谦虚的主张是，在人类选择和广义的伦理学领域中，就几个相互关联的问题而言（参见§§C，E，G），有一类立场是须被重视的可能的真理，因此，任何认真思考这些问题的人都应注意和仔细审查，而这些立场充分、恰当和（如詹姆斯所说）"体面"地体现在本书所考察的小说的措辞特征中。（显然，小说之间存在着差异，我们也将对它们的差异进行研究。）

在本书中，我会谈到作者和读者：因此，在开始时有必要作简短说明，以明确我的意思是什么以及不是什么。在我看来，将这些文学文本视为作品，其再现性和表达性的内容都源自人类的意图和观念。事实上，这一特点在本书所研究的小说中被显著地戏剧化了，在所有这些小说中都能听到作者意识的声音，文本的创作是叙事本身的一个明确主题。此外，在所有这些小说中——尤其是詹姆斯和狄更斯的作品——都将作者的立场与读者的立场紧密地联系在一起。因为作者的存在占据了读者的思想和感受，询问着读者将能够感受和思考什么。在此，分辨三种形象 [9] 尤为重要：（1）叙述者或作者式人物（以及读者关于这个人物的概念）；（2）激活作为一个整体的文本的作者在场（以及一个敏感而有见识的读者将会体验到的相应的隐含形象）；（3）现实生活中作者（和读者）的全部生活，这一形象大多与文本没有因果联系，与恰当地阅读文本没有关系。[12] 第一对和第二对形象是我在这里所关心的：也就是说，我将关注在文本中所实现的意图和思想，而这些意图和思想可能在文本中被恰当地看到，而不是作者和读者可能在现实生活中发现的其他想法和感受。[13] 詹姆斯和普鲁斯特都坚持认为，任何真正作家的日常生活，包括日常生活的例行公事、漫不经心、一幕幕死气沉沉的景象，与产生并激活文学文本的更集中的注意力是不同的。另一方面，他们正确地注意到，读者可能在许多方面犯错，也可能达不到文本的要求。我关心的是文本中所体现的内容，以及反过来，文本对读者的要求。因此，我在这里所说的关于作者的任何话，都不意味着作者所作的批判性评论在解释文本时具有任何特别的权威。因为这样的表述很可能与文本中实际实现的意图相分离。在谈论文本所呈现的意图过程中，我也不是简单地思考那些做出这种或这类艺术品的自觉意志。意图的观念确实会使我们远离对文本中实际所实现的一切的审视；这种狭隘的意图观念使整个意图观念都遭到质疑。[14] 那么，我感兴趣的是且仅是那些实际出现在文本中的思想、感情、愿望、运动以及其他过程。另一方面，在文学作品（或者就此而言，在一幅画）中看到的东西与在云里或火里看到的事物形状有所不同。在那里，读者可以自由地看到他或她的想象所指示的一切，她所能看到的是不受限制的。在阅读文学作品的过程中，作者对生活的理解为其作品设定了正确的标准。[15] 文本，作为人类意图的创造物，是一个真实的人的一部分或组成元素——即使作者设法只在自己的作品中看到她所看到的东西。 [10]

　　我引用亨利·詹姆斯的那些序言似乎引发了一个问题。在诉诸从那些小说到那些序言的过程中，我终究不就是把文本中的作者和现实生活中的作者混淆，并给予后者的表述一种并不恰当的权威吗？在此有三点需要说明。首先，出于复杂的心理原因，一个作者不一定无法对他的作品中已经实现的东西做出好的判断。这是很常见的情况；但也有例外，我想詹姆斯就是其中之一。其次，我不认为那些序言是绝对正确的。和大多数评论家一样，我发现它们在有关读者观点和其他相关问题上的说法有时并不准确。但它们仍然是那些小说的具有非凡洞察和有用的向导。最后，詹姆斯强烈暗示，序言一旦与那些小说一起出版，就会成为它们所引入的文学事业的一部分。因此，将它们视为现实生活中的作者评论可能过于简单。它们与小说中的作者意识紧密相连，它们还将小说联结在一起形成一个包含话语与叙事部分的更大的叙事结构，在这一结构中还有一个起联结作用的作者在场。因此我认为，在把其毕生的作品结合在一起，并把它的组成部分与对文学艺术及其"投射的道德"[16] 的或多或少的持续讨论联系起来的过程中，詹姆斯已然与普鲁斯特行进在同一方向上，后者创造了自己的混合文本，把评论和叙述结合成一个更大的整体。

B. 古老的争执

我父亲在楼上的一间小房间里留下来为数不多的一批藏书，由于那间小房间紧挨我的卧室，我可以很容易拿到它们。正是从那间无人管理的小房间里，走出了罗德里克·兰登、佩里格林·皮克尔、汉弗莱·克林克、汤姆·琼斯、威克菲尔德教区的牧师、堂吉诃德、吉尔·布拉斯和鲁滨逊·克鲁索这么一群显赫人物，他们都把我当作朋友。他们保全了我的幻想，保全了我对某些超越我当时处境的东西的希望。他们——还有《一千零一夜》和《源氏物语》——没有对我造成任何伤害……这是我唯一的安慰，也是我经常的安慰。现在只要我一想起它，当时的情景就会出现在我的眼前。那是一个夏天的晚上，孩子们都在教堂庭院里玩耍，我却坐在床上，拼命地看书……现在，读者该跟我一样清楚，我现在重新回忆起来的那段童年生活，是个什么样子。

查尔斯·狄更斯《大卫·科波菲尔》[17]

为了更清楚地说明这个哲学／文学课题的性质，描述它的开始和动力（它生长的土壤）将是有用的（因为它在某些方面是如此反常）。从近处而言，它从我意识到的特定问题的力量和不可回避中生长出来，从我发现这些问题并没有在我所处的学术环境中得到处理的困惑中生长出来，这种困惑唯独加剧了我对这些问题的投入。然而从更远来看，我只能推测，它始于这样一个事实，跟大卫·科波菲尔一样，我是一个认真的、

[11]

在很长一段时间里孤独的孩子，儿时最好的朋友基本上是小说。[18]我仍能回忆起自己曾在布尔茅尔学院亘古不变、清冷豪华的场所，在寂静的棕色阁楼上，或者在一片高高的草丛中坐好几个小时——怀着爱进行阅读，并思考许多问题。在一片开阔的田野里，心怀极大的喜悦，困惑着，阅读着，任风拂过我的肩膀。

在我的学校里，没有什么能被英美传统称为"哲学"的东西。然而，本书中的问题（我将广义地称之为伦理问题）却得以引发并得到探究。对真理的追求可以是对某种文学的特定反思。伴随着伦理问题在我心底扎根，这些问题所采取的形式，通常是对某一特定文学人物、某一特定小说的反思和感受；或者有时是历史中的一段插曲，但被我看作自己想象的戏剧性情节的素材。当然，所有这些都与生活有关，而生活本身也越来越多地受到故事及其所表达的生命意义的影响。亚里士多德、柏拉图、斯宾诺莎、康德——他们于我都还是未知数。狄更斯、简·奥斯丁、阿里斯托芬、本·琼生、欧里庇得斯、莎士比亚、陀思妥耶夫斯基——他们是我的朋友，我的思想天地。

在青年时代早期的几篇作品中，我发现（重读这些文字，感受到更多的是连贯性而非断裂感）一些后期思考的萌芽。我找到一篇关于阿里斯托芬的论文，探讨关于古代喜剧如何呈现社会和伦理问题，以及如何激发观众的认知。我找到一篇关于本·琼森的论文，讨论了《幽默喜剧》中对人物和动机的描写。随后，我发现了一部关于罗伯斯庇尔生平的长剧，重点描写了他对一般政治理想的热爱与其对特定人类依恋之间的冲突。故事情节是关于他决定为了革命而处死卡米耶·德穆兰和他的妻子，他们都是他深爱的朋友。就罗伯斯庇尔的苦行主义及其不受腐蚀的理想主义而言，那里存在着深刻的同情和爱，正如那里还存在着因他失去了对特定事物的洞察，而去做可怕事情的恐怖。"感知与革命"这篇文章所涉及的问题已经在那里了——毫无疑问，它已经为我对不久后遇到的革命运动所产生的矛盾心理做好了准备。最后，有一篇关于陀思妥耶夫斯基的长篇论文以及关于最好的生活方式是否需要寻求超越有限人性的问题。在这里，我再一次看到了许多特定的问题，甚至有我仍然在探询的问题间的差别。

至于普鲁斯特，我的法国文学课程每年学一个世纪的历史，细致考察了好几个世纪后，到 12 年级时才学到 19 世纪，因此我对他一无所知。还有亨利·詹姆斯，我读《一位女士的画像》的时候年纪尚小，兴趣平平。《金钵记》是老师借给我的，在桌上放了两年，封面是一只有白、黑、金三种颜色的有裂痕的钵，阴沉而令人害怕，钵中盛放着花园里的苹果。毕业时，我没读就把它还回去了。

[12]

我觉得这一段时期里值得强调的，首先是我对某类问题和难题的过分关注，就像我现在一样，这种苗头好像刚刚出现，而从那时开始，我似乎很难不去思考。其次，在我看来，迄今为止，探求这些疑问最自然、最富有成效的方法，就像现在这样，是转向研究文学作品。我那时所探询的问题通常被称为是哲学的。这么说不大有问题。我的这些早期文章的每一篇包含了大量的一般性分析和讨论。但在我看来，对这些问题最好的讨论是要与一篇展示具体生活和讲述故事的文本结合起来，并以回应这些文学特征的方式来进行讨论。这部分归因于没有替代文本，部分归因于我所在的这所严苛和女性主义色彩的女校老师们的勃勃雄心，她们在高中所扮演的角色多少限制与束缚了她们卓越的才智，她们试图突破当时被视为适合年轻女性的文学教育的界限。

大学时，我已对古希腊文学产生浓厚兴趣，于是我学了希腊语。当我开始研究那些公认的哲学家（尤其是柏拉图和亚里士多德）时，我首先关注的是希腊史诗和希腊戏剧，在他们的著作中，我发现了一些深深打动我的问题。我学会了仔细观察文字和形象，观察韵律结构，观察叙述和组织，观察文本互涉。我总是想问，这一切对人类生活意味着什么？这承认或否认了哪些可能性？再次，就像我早期的研究一样，这样的提问受到激发，它既是一种接近文学文本的恰当方式，也是一个用以追寻哲学上的关切与困惑的恰当之所。

　　然而，在研究生院情况就不同了。在我努力追求这一复杂的哲学 /
文学兴趣的过程中，我遇到了三重阻力：来自当时占英美传统主导地位
的哲学和道德哲学概念；来自古希腊哲学的主要概念及其研究方法；最
后，来自古典学内部及其外部的文学研究的主导概念。那是在 1969 年
的哈佛大学。但这些问题实际上是那个时代的典型问题，绝非只存在于
哈佛。

　　首先是来自文学的阻力，我很快就遭遇到它：当时研究古代文学作
品关注的是语文学问题，在某种程度上也关注美学问题，但没有强调它
们与哲学家的伦理思想之间的联系，或者把它们视为任何形式的伦理反
思的源泉。事实上，哲学家的伦理著作根本就不是古典学系研究生学习
的重要部分。在阅读书目中，亚里士多德的作品只有《诗学》被列入，
它被认为是一部不需要了解他的其他著作就能让人有所收获的著作；柏
拉图的作品只有《会饮篇》和《斐德罗篇》被认为在文体史上具有重要
意义，但却被认为不是**哲学**作品。（大多数哲学家都同意这一点。）在更
为广阔的文学研究领域中，古典学只是偶尔与之相联系，美学问题被理
解为或多或少脱离了伦理和实践问题（基本上追随了新批评形式主义所 [13]
设定的标准）。除了对文学伦理批评的蔑视之外，人们几乎发现不了任何
东西。[19]

　　在哲学方面，也存在阻力。哈佛大学哲学系比大多数主要的哲学系
更多元化，特别是斯坦利·卡维尔已经在那里教书，并开始出版他的一
些杰出著作，这些著作在文学与哲学之间搭建了桥梁。但卡维尔的大部
分文学作品都是在那之后产生的。当时，他的作品（很大程度上关注维
特根斯坦）并没有明确地探讨道德哲学中的问题，也没有影响到其他人
教授与写作道德哲学的方式。[20] 出于这些原因，我多年来对卡维尔的工
作或多或少有所忽视，而专注于那些伦理学上的主流学说。那时，伦理
学中的实证主义 / 元伦理运动，已经在很长一段时间里阻碍了对实质性

伦理理论和实践伦理问题的哲学研究，将伦理学局限于对伦理语言的分析，已然式微。在约翰·罗尔斯的引领下，对规范伦理学兴趣的复兴正在开始（到如今已产生了如此多优秀作品）。[21] 但在此期间，伦理学理论的主要研究方法是康德主义和功利主义——出于内在的善意理由，这两种立场都对文学怀有敌意。采用这两种方法或多或少地将这一领域进行了彻底划分。

在古代哲学的研究中，对于文学作品的哲学研究就更不友好了。我的导师，杰出的学者 G.E.L. 欧文[22]，对墨守成规的学术研究嗤之以鼻。他给古代辩证法、逻辑学、科学和形而上学的研究，带来了精确而深刻的历史知识和反传统的气质。他常常推翻人们所推崇的区别和方法，较之于时下的那些研究，最终完成了一项在历史层面更为丰厚、在哲学层面更为深刻的对古代思想家的研究。但欧文对伦理问题不感兴趣；或者，如果有的话，也只是关于伦理语言的逻辑问题。在这种情况下，他从未质询过传统的希腊伦理学史的书写方式是否卓有成效和正确。

[14] 迄今一代又一代学生熟悉的学习方法是，由德谟克利特开启古希腊伦理学——或许会草草回顾一下赫拉克利特和恩培多克勒——紧接着迈向苏格拉底和诡辩家，将大部分精力放在柏拉图和亚里士多德身上，最后，勉强致敬一下希腊化（Hellenistic）时期的哲学家。文学作品的伦理贡献并没有被视为希腊伦理思想的一部分，而至多是伟大思想家所针对的"大众思想"背景的一部分。"大众思想"被认为是一个与哲学伦理学截然不同的主题。即便这一主题也被认为不需要对文学形式或整个文学作品进行细致的研究。[23] 因此，对整个文学作品的兴趣被认为是一种"文学的"兴趣，也就是说，是一种审美兴趣，而不是一种哲学兴趣。亚里士多德属于哲学训练，而索福克勒斯[24] 则并不属于。至于柏拉图，他被省事地分成两种形象或两组问题，在两个不同科系和不同导师的引导下进行研究，他们之间鲜有知识沟通。有些完整的作品（如《会饮篇》）[25]，如我所说，被认为是文学作品而非哲学作品，其他的则包含了可摘录的

论点和文学装饰。人们认为，这两种元素可以而且应该分开研究，由不同的人来研究。[26]

但那时，我已经习惯了这种研究方式，不觉得这种情况令人困惑和不安。我对某类哲学问题的兴趣并没有减少，我仍然发现，这些问题不仅让我接触到公认的哲学著作，也让我接触到文学著作。在某种意义上更是如此。因为我在希腊悲剧诗人身上发现了一种对偶然性的伦理重要性的认识，一种对相互冲突义务问题的深刻意识，一种对激情伦理重要性的认识，而这种认识，无论在古代或现代公认的哲学家的思想中，即使有，也是很少见的。随着越来越多地阅读哲学家们的文体风格，我开始意识到，在悲剧诗的形式和结构特征与它能清晰地展示它所展示的事物的能力之间，有着深刻的联系。

因此，当我被建议去找古典学系的文学专家作为导师来指导我研究埃斯库罗斯的伦理冲突的课题时，我左右为难。抗拒，是因为我确信这些是哲学问题，不管它们是什么意思；总而言之，哲学家探讨的问题高度重合，即使答案不尽相同。因此看上去在哲学系去探究这些问题，与哲学家对话是讲得通的，而不是在其他科系——文学研究中的主导方法和目标使文学专家们对这些问题不感兴趣。抗拒，也因为我喜欢所有形式的哲学，我觉得，如果把这些问题与其他哲学思想结合起来研究，问题就会更加明确，即使是与文学有关的问题。然而同意进入古典学系，是因为我确实认为对悲剧中这些问题的任何研究，都不能简单地把诗人看作可能写出专题论述但没有写的人，也不能简单地把他们看作"大众思想"宝库，而应把他们看作思想诗人，他们表达的意义和他们的形式选择是紧密相连的。为此，对文学语言和形式的深入研究至关重要。

比我自己对这些学科分离的矛盾心理更重要的是，到目前为止，我对古希腊人的研究表明，他们大多数人会发现这些分离是不自然的，也是没有启发性的。对于公元前五世纪和四世纪早期的古希腊人来说，在人类选择和行动的领域中，没有两组独立的问题，即美学问题和道德哲

[15]

学问题，需要由不同系科的同事相互独立地进行研究和撰写。[27] 相反，戏剧诗和我们现在所称的伦理学上的哲学探究，都被看作一种追问途径，由单一而普遍的问题构成，即人应该如何生活。无论是诗人索福克勒斯或欧里庇德斯，还是思想家德谟克利特或柏拉图，都被认为为这一问题提供了答案；诗人和非诗人的回答常常是不相容的。柏拉图的《理想国》（以柏拉图自己的方式使用"哲学家"一词）称之为"诗人和哲学家之间的古老争执"，之所以可以称之为争执，只是因为它是关于单一主题的争执。主题是人的生活以及如何生活。这场争执关乎文学形式也关乎伦理内容，关于文学形式被理解为致力于特定的伦理优先性、特定的选择和评价，而非其他。写作的形式并不被看作可被随意注入不同内容的容器；形式本身就是一种陈述、一种内容。

在柏拉图之前，大多数雅典人都认为诗人（尤其是悲剧诗人）是希腊的核心伦理导师和思想家，雅典人求助于他们，尤其，整个城市都求助于他们，正当地求助，带着如何生活的问题。观看一出悲剧，并不是为了消遣，也不是要使人想入非非，在这个过程中，人可以暂时搁置那些令人焦虑的实际问题。相反，它是一种关于重要的公民和个人目的的探究、反思和感受的公共过程。戏剧表演的结构本身就强烈地暗示了这一点。当我们去剧院时，我们通常坐在一个黑漆漆的大礼堂里，沉浸在一种壮丽的与世隔绝的幻觉中，而戏剧表演——通过舞台前的拱门与观众隔开——则沐浴在人造的光线中，仿佛它是一个幻想和神秘的独立世界。相比之下，坐在日光下的古希腊观众，在舞台上看到的是管弦乐队另一边同胞的面孔。整个表演发生在庄严的公民／宗教节日期间，这些节日的装饰使观众意识到这个共同体的价值正在得到检验与交流。[28] 对这些事件做出回应就是承认并参与一种生活方式——我们应该补充说，一种生活方式——其中包括对伦理和公民事务的反思和公开辩论。[29] 对一场悲剧表演做出好的回应既涉及感情，也涉及批判性的反思。这些是紧密相连的。那种认为艺术只是为了艺术而存在，文学应该以一种超然

[16]

的审美态度来看待，疏离于实践利益的观点，在希腊世界是鲜为人知的，至少在希腊化时代之前是这样。[30] 艺术被认为具有实践性，审美的利益是一种实践上的利益——一种在好生活和共同体的自我理解中的利益。以一种特定的方式去做出回应，就已经是在走向这种更为卓越的理解。

我们现在称之为哲学家的人对伦理问题的研究，也被认为是一种实践，而不仅仅是一项理论事业。它被与曾经的悲剧等同视之：目标是让观众过上好生活。从苏格拉底和柏拉图一直到希腊化时期的各个学派，他们都一致认为在伦理学领域中，哲学研究和论述的目的，在某种程度上，是为了改善学生的灵魂，是使学生更接近好生活的引导。[31] 这个目标需要大量的思考和理解，因此产生理解本身就是实践项目的一个重要部分。于是，哲学家们不得不问，也确实问过，学生的灵魂是如何寻求和获得伦理上的理解的？有哪些因素促进和妨碍理解以及良好道德的发展？当灵魂承认真理时，它处于什么状态？它将学到的最重要的评价性真理的内容是什么？在对这些问题得出了一些（至少是暂时的）结论之后，他们就会继续构建符合伦理任务的话语，在学生的灵魂中激活那些似乎是进步的最佳源泉的元素，按照正确的观念来形塑学生的欲望，使他们对什么是重要的有一个正确的概念。

于是，伦理哲学家和悲剧诗人都认识到，他们从事的是一种教育和交流活动，即希腊人所说的**灵魂的引导**（psuchagōgia）[32]，在这种活动中，老师或写作者对方法和形式的选择，必然对最终的结果非常重要。[17] 这不仅是因为它们在交流中的工具性角色，还因为它们本身所传达的价值和判断，以及在充分阐述一种观点时所发挥的作用。针对灵魂的伦理话语在其结构中表达了某些伦理偏好和优先事项，它代表了人类的生活是这样或那样，它很好地展示了人类灵魂的形状。这些呈现是真实和有启发性的吗？作为他们的老师，这就是我们希望学生去面对的灵魂？这个问题引发了古老的争执。

在柏拉图对诗人的抨击中，我们发现一个深刻的见解：所有以悲剧诗（以及许多史诗）为特征的写作方式都致力于一种特定的——尽管是非常普遍的——人类生活观念，一种人们可能持不同意见的观念。[33] 悲剧正是以这样的方式来表达这种观念的：它们构建情节，吸引观众的注意力，运用节奏、音乐和语言。这种观点的要素至少包括以下几点：超出能动者掌控的事情，不仅对他或她的幸福感或满足感具有真正的重要性，而且对他或她是否能过一种充分的好生活，一种能够容纳各种形式、值得称赞的行为的生活具有真正的重要性。因此，偶然发生在人们身上的事情可能对他们生活的伦理品质具有极大的重要性；因此，好人深切关注这些偶然事件是正确的。由于同样的原因，观众对悲剧事件的怜悯和恐惧的回应是有价值的，这种回应在伦理生活中占有重要地位，因为它们体现了对伦理真理的认识。其他的情感也是合适的，且建立在对重要事物的正确信念之上。例如，爱某些自己无法掌控的事物和人是没错的，当这些人死去时，当这些东西被移走时，悲伤是没错的。悲剧体裁的结构和文学形态都依赖于这些信念：因为它的习惯是讲述发生在好的但也是脆弱的人身上的逆转故事，并把这些故事讲得好像对全体人类都有意义。这种形式在观众的回应中，尤其是那些对人物的怜悯和自我恐惧中建立起来，这些都是以类似的信念为前提。它滋养了观众对主人公的认同倾向，那位主人公会不由自主地为所爱之人哭泣，或因愤怒而发狂，又或是被一种无法解决的两难困境的力量所吓倒。

但是一个人可能接受也可能不接受这些信念、这种生活的观念。如果一个人像苏格拉底那样相信好人是不会被伤害的，[34] 唯一真正重要的是其自身的美德，那么他就不会认为这些逆转故事具有深刻的伦理意义，他就不会想要写得好像它们有意义一样，或不会想把那些相信它们有意义的人视为有价值的角色。在柏拉图的《理想国》中，如果我们希望教导说一个好人是自足的，那么我们就会忽略阿喀琉斯在普特洛克勒斯之死时流下的眼泪。[35] 我们也不想要那些通过情感与观众建立联系的作品——因为它们似乎都建立在这样一种信念上（从这个角度来看，这是

[18]

一种错误的信念），即这些外部事件确实具有重要意义。简而言之，一个人对伦理真理的信念塑造了他对文学形式的看法，这些文学形式被视为伦理陈述。

在我当时看来——现在也一样——这场古老的争执在合适的深度上触及了这些问题，就话语形式和生活观念之间的关系提出了恰当的疑问。相比之下，于我而言，当代英美哲学对这场争执中各要素的处理——以一种似乎没有辩论或争执的方式将话语的形式隔离开来——阻止了这些重要问题被恰当地提出和讨论。在我看来，对于古希腊哲学的研究来说，开始恢复对那些关于运气问题以及它们对于哲学形式的意义也显得很重要。我开始着手这项任务。这个计划的一部分成果就是《善的脆弱性》。我目前正在研究希腊化时期对那场伦理辩论的延续。

在这部作品中，亚里士多德扮演了一个中心角色，他是我最喜欢的非文学哲学家，他在这次研究计划的中心同时提供了启示和难题。[36] 因为亚里士多德为悲剧言说真理的主张辩护；而他自己的伦理观念，正如我所说的，与能在悲剧中找到的观念非常接近。然而亚里士多德并不写悲剧。他写的哲学和解释性的评论，是实实在在的，接近日常语言，是直观的，但仍然不是文学的风格。这让我想知道，是否有一种哲学写作形式，既不同于表现性的文学形式，同时又不同于其天然的盟友——解释性大于其自身的表现性；它致力于实实在在的事物，引导我们对特殊事物给予关注，而非展示其本身那种令人困惑的多样性。我试着在这里举例说明这种形式（参见第48—49页）[37]。

但我对古代辩论的兴趣是由对哲学问题的兴趣所激发的，我在过去感受到这种问题的力量，现在也是。因此在探询这些历史问题时，我开始寻找在当代哲学背景下延续这种古代辩论的路径。古代的辩论帮助我清楚地表达了很久以前我对狄更斯和陀思妥耶夫斯基小说的感觉，以及当时我在亨利·詹姆斯和普鲁斯特那里发现的东西。通过对这些联系的追求，那场古代辩论的延续开始成型，它将使这些作家清晰的困惑和情感上的精确性，与各种截然不同的风格和形式进行对话，这在以往的哲学探索中非常常见，如今也是，这也是小说正在做的。1975年的圣诞节，我独自在伦敦林肯酒店的小房间里读完了《金钵记》。从那时起，那最后几行令人难忘的句子中所蕴含的怜悯与畏惧，与我对悲剧及其效应，对个人生活中运气、冲突和代价所做的反思交织在一起，并表达了它们。

[19]　　这时我开始教授哲学。带着对形式与风格的关切转向当代哲学领域后，我依然没发现这些问题在此得到处理。伦理辩论变得越来越复杂。可以听到对康德主义和功利主义的有趣批评，有时还会诉诸古希腊的问题和争论。但就伦理写作的**形式**而言，几乎没有进一步的发展。在文学选择中，我们仍然可以看到一种反悲剧的深度与未经反思的传统奇怪地交织在一起。也就是说，一方面，我们看到过去某些有影响的道德哲学家——例如康德、边沁和斯宾诺莎，以及他们的当代追随者中最具洞察力的人——关注形式对内容的适用性，且结合着一种伦理观念，认为在小说或悲剧中永远找不到该观念合适的表达方式，即：接受我提出的第一种主张，同时拒绝第二种主张。人们可以从这些哲学家在风格选择上所提出的问题中看出其与古代的那些问题密切相关。[38]

　　然而另一方面，在当代图景中这些哲学家的大多数门徒和后辈给人留下这样一种印象，他们在选择自己的风格时，没有（现在也没有）考虑这些关于风格的哲学问题。这些伦理立场的反对者也没有，他们似乎有一个特殊的理由来思考这些问题。无论康德关于倾向的观点受到辩护还是攻击，无论情感受到赞扬还是指责，英美哲学论文的传统风格一般都占据了上风：一种正确的、科学的、抽象的、死板的文体，一种似乎被认为是万能溶剂的文体，在这种文体中，任何类型的哲学问题都可以被有效地解开，所有结论都可以被巧妙地得出。也许还有其他更精确的方法，其他关于清晰和完整的概念，可以被认为更适合于伦理思想——这一点总的来说，既无法断言，也不可否定。

　　造成这种情况的部分原因是，长期以来占据主导地位的伦理观念确实支持传统的风格——以至于到那时它已经变成了第二天性，就好像它是伦理学的**既定**风格一般。西方哲学家长期以来对自然科学的方法和风格着迷，在很大程度上归功于——这一点怎么估算也不为过——在历史上，这些方法和风格多次体现出它们是唯一值得培养的严谨、精确的方法和风格，唯一值得效仿的理性规范，甚至在伦理领域也是如此。这个问题与柏拉图和亚里士多德关于伦理知识本质的争论一样古老。我们当然有可能提出一个实质性的论点，即伦理领域的真正本质是，它能够以我们通常与数学或自然科学联系在一起的方式得到最好的表达。例如，斯宾诺莎，就以伟大的哲学力量做到了这一点。功利主义思想以另一种不同的方式实现了这一点。

　　但这里就犯下了一种错误，至少可以说是疏忽。当一个人采取了一种已被证明对某些真理的研究和描述卓有成效的方法和风格——比如自然科学的方法和风格——并将其应用于人类生活中一个非常不同的领域，而这个领域可能有不同的"地貌"，需要不同的精度、不同的理性标准。我遇到的大多数道德哲学都缺乏进一步的思考和论证。而且，文体风格上的选择常常完全不是由任何实质性的概念决定的，甚至也不是由科学的模式决定的，而是由习惯和传统的压力所决定的：英美哲学的苛刻和情感上的沉默寡言，尤其是哲学的学术化和职业化，导致每个人为了获得尊重以及在通常的期刊上发表文章，都像其他人一样写作。我发现，大多数专业哲学家并不认同古代哲学的观念，将各类非哲学专业读者作为论述对象，这些读者会把他们的紧要关切、问题、需求带进文本，而在这种互动中，他们的灵魂可能会被改变。失去了这个观念，他们也失去将哲学文本视为一种表达性创造的意识，哲学文本的形式应该是其观念的重要组成部分，在句子的形态中揭示一个人的成长历程以及一种生活的特定意义。科拉·戴蒙德极其清楚地写道："阅读在内容塑造形式、形式启发内容的压力下所写的东西的乐趣，与读者对文本中作者灵魂的感受有关。……这种快乐，以及这种对作者灵魂的感受，在专业人士彼

[20]

此间的写作中恰恰是不相关或不合适的。"[39]

[21] 　　这些问题从人们的视野中消失得如此彻底，以至于人们发现——而且随着对康德主义和功利主义的批评越来越多地出现——在我已经提到过的作品中，形式和主题之间似乎存在着某种特殊的自相矛盾。例如，有一篇文章认为，在我们努力理解任何重要的伦理问题时，情感都是至关重要的；然而，这篇文章是以一种只表达智性活动的文体来写的，而且强烈地表明只有智性活动才对读者的理解具有重要性。这样写可能有一些有趣的原因；但通常，在这种情况下，整个问题就不会出现。这样的文章之所以这样写，是因为哲学就是这样写的，有时会因为一种情感的或文学的风格招致批评，甚至嘲笑。有时还会因为哲学家没有接受过这样的写作训练，不愿意承认他们可能欠缺相关能力。事实上，很明显如果不以与职业化无关的方式训练自己，并且甘冒遭到嘲讽的风险，一个人就无法重新为我们的共同体重启有关风格的古老问题——尽管已经有勇敢的先驱者，尤其是斯坦利·卡维尔，他敢于冒这个险。

　　即使是在后来，文学那一边也没有显出任何友善。因为情况又一次发生了变化。当时占统治地位的观念——随着新批评的衰落与解构主义对其地位的取代——仍然对把广泛的人类关注与文学分析联系起来的观点持敌视态度。这种古老的争执被认为是过时和无趣的，包括那些现代学者如 F.R. 利维斯和莱昂内尔·特里林的作品，[40] 他们试图延续这场争执。人们认为，任何试图向文学文本提出有关我们如何生活的问题，把文学文本视为针对读者实践兴趣和需要的，以及在某种意义上是关于我们的生活的，必然是幼稚得无可救药的、反动的、对文学形式的复杂性和文本间性麻木不仁的。[41]

　　当然，"古老的争执"有时也有缺陷，因为它只注重实践。它有时忽略了这样一个事实，即文学除了启迪我们的生活之外，还有其他的任务和可能性。(然而，我们应该记住，伦理的古代概念是极其广泛和包容的，文本采用各种方式塑造思想和欲望，并通过其愉悦性来改变生活。) 在许多情况下，古代作家的文学话语对文学文本作为一个整体与自身和其他文本结合在一起的方式、对隐喻和典故的运用、对语言的自觉模式不够敏感。同样的批评有时也可以准确地针对最近的伦理批评实践者。有时，他们确实把文本置于狭隘的道德紧身衣之内，忽略了它与读者交流的其他方式，也忽略了其形式的复杂性。关于文学的"这种"道德角色常常有过于简单的理论，这些观点掩盖了许多复杂性。毫无疑问，近年来的文学作品已经做了大量的工作，使读者更准确、更严格地认识到文学结构和文本互涉的微妙之处。 [22]

但在这项古代方案中，这样的不足只是局部问题，在许多这项方案的当代延续中——当然不是全部——这些不足不应被视为整个古代方案的不足，也不能将其作为借口，对那些动机性的问题不予理会。[42] 因为很明显，古代方案在处于最好的状态时不会对文学形式麻木不仁。事实上，形式就是内容。此外，这一进路颇为可信地认为，如果不询问形式结构和其所表达的内容之间的密切联系，那么关于文学形式本身的一些最有趣和最紧迫的问题就无法得到很好的解答。这种类型的伦理批评的确需要一种严格的正式探究。

即使从古代的情形来看，那种认为这种批评是不可避免的木讷和道德主义的指责，并没有什么道理。[43] 因为在文学作品中所表达的对人类生活的看法，常常带有对具体事物的强烈的爱，带有悲伤、痛苦和困惑，在批评家看来，这是对狭隘道德的颠覆。这也是其辩护者认为的最关键的伦理功能之一。最近一些优秀的伦理阐释的例子——例如，利维斯论狄更斯的《艰难时世》或者特里林论亨利·詹姆斯的《卡萨玛西玛王妃》[44] 的文章——都表明了同样的观点，它们转向文学及其形式，以颠覆过于简单的道德主义。

此外，古今最好的伦理批评，远不是坚持所有文学都必须在人类生活中扮演某种单一、简单的角色，而是坚持向我们揭示文学的复杂性和多样性，诉诸这种复杂性对那些还原性理论的质疑。[45] 事实上，那种只关注文本形式却忽略人性内容的批评显得过于狭隘，因为它似乎没有考虑到我们与文学作品接触的迫切性和彼此所形成的亲密关系，也没有考虑到我们所采取的方式，像大卫·科波菲尔那样"为生命阅读"，把我们的希望、恐惧和困惑带到文本中，让文本向我们的内心传递某种特定的结构。

　　我所展开的计划是，在广义和包容理解下的伦理领域中，恢复在内容与形式之间的那种深刻联系的意识。是这种意识引发了古代的争执，并经常在最伟大的伦理思想家那里得到表达，无论他们是不是文学的朋友，无论他们是不是以"文学"的方式写作。

[23]　　显然，这不是一个单一的问题，而是一系列复杂的问题，[46] 即使人们只考虑广义上的伦理问题，而不考虑许多可能已得到有效研究的、有关内容与形式之间关系的其他问题。这里的文章仅仅代表了这个更广泛探究一小部分的开始，这个开始植根我对某类小说的热爱以及我对某类问题的密切关注：爱和其他情感在好的人类生活中所扮演的角色，情感和伦理知识之间的关系，以及对特殊事物的慎思。这本书不可能会提出关于一般意义上小说的主张，更不用说对一般意义上文学的主张。我认为，这些更宽泛的问题最好是通过对复杂特殊案例的详细研究来解决，尤其是因为在这些研究中，我们试图阐明复杂特殊性的重要性。

C. 起点：人应该如何生活？

我们讨论的绝非偶然之事，而是一个人该如何生活。

柏拉图《理想国》

就像在所有其他情况下一样，我们必须把表象记录下来，首先解决这些难题，以这种方式，如果可能的话，继续展示关于这些经历的所有根深蒂固的信念的真相；如果这是不可能的，那就是大多数人的真理和最权威的真理。

亚里士多德《尼各马可伦理学》

　　"古老的争执"具有典型的明确性，因为参与者对争执的内容有共同的看法。不管柏拉图和诗人有多少不同意见，他们都同意，他们工作的目标都是提供关于人应该如何生活的启示。当然，他们在什么是伦理真理，以及在理解的本质方面存在分歧。尽管如此，他们仍有一些大致相同的目标，这确实还需要进一步阐明，但也有一些问题可以被视为提供了具有相互竞争性的答案。

　　这一古代方案的任何现代版本都会遇到一个阻碍，那就是很难找到我们所寻求的、各方都能认同的任何一种说法。我的目的是要确立某类文学文本（或在某些相关方面与之相似的文本）对于伦理领域的哲学探究是不可缺少的：无论如何不充分，如果没有这些洞察力的资源，探究就不可能完成。但不管是一般还是灵活，拥有一些探询的概念很重要，[24] 我希望将其置于小说之中，我认为这项计划有助于阐明一种不同于康德主义和功利主义的另一种观点。这里的困难在于，道德哲学所包含的一些颇具影响力的论述，都是以一种或另一种彼此竞争的伦理概念来表述的；如果我们想对它们进行公平的比较，就会发现它们是不合适的。举个例子，如果我们从功利主义者规划的问题"如何实现效用最大化？"开始，我们便已经接受了在伦理学中关于何种主题重要的某种描述，以及对实践情境的正确或相关描述——人们从一开始就排除了那些被小说呈现为高度相关的内容，把它们视为是不相关的。类似的是，根据康德对道德领域的描述及其与在经验领域发生之事的联系，以及根据康德主义所规划的问题"我的道德义务是什么？"结果是，在对小说本身所提供的生活意义进行敏锐研究之前，人们就人为地把小说中所呈现的那些重要的生活要素，以及其与他人之间的联系从探究中剔除。我们似乎不应该被错误地建议把这两种方法和问题中的任何一种作为理性建筑术[47]意义上的指引,以便在不同的概念、不同的生活意义——这些生活观念在小说中得到表达——之间进行比较。我们似乎应该看看是否能找到一种更为包容的有关道德哲学(伦理探究)的方法、主题以及问题的说明。

这里必须强调,我们真正想要的是伦理探究的说明,它将捕捉到当我们问自己最紧迫的伦理问题时,我们实际上在做什么。我所描述的比较行为是一种真正的实践行动,一种当我们扪心自问如何生活、成为什么样的人时以无数种方式所采取的行动,一种在我们与他人一起行事,在一个社区、国家或星球寻求共同生活的方式时所采取的行动。把小说带进道德哲学不是——如我所理解的计划那样——把它们带进某个恰好提出伦理问题的学科。而是为了把它们带到与我们最深入的实践探寻的联系之中,无论是为我们自己还是他人。这种与那些伦理上最富影响力的哲学概念相联系的探寻具有原创性,我们是在比较这些观念中进行这种探寻,不仅对这些观念进行相互比较,而且还将其与我们对生活的行动感觉进行比较。更确切地说,是要认识到小说已经在这个探寻过程中了:强调并描述小说与那些喜爱它们,并像大卫·科波菲尔那样为生命而阅读的读者之间的联系。

没有一个起点是完全中立的。任何探寻以及提出问题的过程,都包含了有关答案可能在哪里的暗示。[48]问题总是以这样或那样的方式预设一些东西,告诉我们其中包含了什么,需要去寻找什么。任何过程都暗示了一些概念或关于我们如何知道的概念,我们自身的哪些部分是值得信任的。这并不意味着所有的过程和出发点的选择都是主观的和非理性的。[49]它只是意味着,为了达到可能获得的理性(完全超然的幻想是不[25]存在的),我们需要警惕过程中的某些方面,其可能会使过程过分地偏向某一方向或另一方向,我们需要致力于对其他立场的严肃审视。

在此,生活和哲学史的结合帮助了我们。在生活那里,我们把我们的经验、我们对生活的行动感受带到我们所遭遇的不同观念中，通过比较它们所提供的选择，参照我们关于什么是重要的和什么我们可以与之生活的正在发展的意识，在经验和观念之间寻找一个合适之所。在道德哲学史那里，我们还发现了一种关于具有包容性的出发点的说明，以及一种开放的辩证方法，当这种说明全面而敏锐时，它实际上就是对这种现实生活行动以及它如何进行的哲学描述。那些认可伦理学中各种哲学概念彼此对立的人通常不会得出这样的结论：他们的探究及其结果与对手的探究及其结果是不可比较的，或者只是通过一种比较的方法来进行比较，而这种方法早已把判断的权利丢给了一方或另一方。相反，他们常常诉诸由亚里士多德最早提出的那种具有包容性的辩证法，认为这种方法（不断地对生活进行行动上的探索）可以提供一种包罗万象的或框架式的过程，在这种过程中，各种不同的观念可以得到恰当的比较，获得彼此间的尊重，对每一种变化中的生活意识给予回应。哲学家如功利主义的亨利·西季威克和康德主义的约翰·罗尔斯，也诉诸亚里士多德的哲学过程概念，认为在这样的包容性中，能公平对待这种相互竞争的立场。[50] 我同意这个判断，并以此为例——我也坚持认为，这种方法的一个显著优点是，在我们寻求理解时，它与"我们的现实冒险"保持连续性。（重要的是要把亚里士多德式的过程和出发点，与亚里士多德自身的伦理观念区分开来，后者只是亚里士多德所考虑的诸多观念之一。）

伦理学上的亚里士多德式进路始于一个非常广泛和包容的问题："一个人应该如何生活？"[51] 这个问题的前提是对人类生活领域没有明确的划分，因此**更不用说**[52] 对道德和非道德领域的划分。也就是说，它并不假定在人类所珍视和追求的众多目标与活动中存在一个领域，即道德价值的领域，这个领域具有特别的重要性和尊严，跟生活的其他部分分离开来。这一进路并不像功利主义理论家那样，假设存在某种或多或少的单一的事物，可以成为衡量一个好的能动者在每一次选择行为中实现最大化的标准。它也不假定否认这些主张，而是使这些主张在过程中得到探究——其结果是，到目前为止，我们探询着亚里士多德所探询的所有事物，而这也正是我们确实探询的事物：幽默、正义、勇气，还有优雅。

这种探询（如我在"感知的平衡"一章中更充分地描述的那样）既是经验性的又是实践性的。说它是经验性的，是因为它从生活的经验中获取"证据"；说它是实践性的，是因为它的目的是寻找一个使人类能够生存并共同生活的观念。

[26]　　这种探询通过对主要的不同立场（包括亚里士多德自己的，但也包括其他人的）的考察得以展开，使它们彼此对立，同时也与那些参与者的信念、感受以及他们关于生活的行动感觉相对立。在这个过程中，没有什么是不可修改的，除了一个非常基本的逻辑概念——陈述必然包含其对立面，断言某物就是排除其他事物。参与者并不希望通过与某种超人类实在的通信来寻找一个正确的观念，而是希望在一个观念与人类生活中最深层的东西之间找到最佳的、全面的契合。他们都被要求在每一个阶段去想象，要至少活得很好的话可以没有什么东西，什么东西处于他们生活的最深处，以及什么看上去更肤浅，更可有可无。他们在判断、感觉、感知和原则的网络中寻找一致性与契合性。

在这项事业中，文学作品扮演的角色体现在两个层面上。[53] 首先，它们可以介入，以确保我们对这个开放性问题和追求它的辩证过程拥有一个足够丰富和包容的概念——包容到足以容纳我们的生命感受所敦促我们考虑的一切。"感知的平衡"一章讨论了这个问题，展示了约翰·罗尔斯的亚里士多德式的过程概念是如何通过考虑我们的文学经验而得到扩展的。[54] 这篇导论的风格说明了亚里士多德式的方法的包容性。

但是根据古老的争执特定选择的措辞来写一部悲剧性的戏剧——或者，我们现在可以说是一部小说——已经表达了某种评价性的承诺。其中似乎有对不受控制事件的伦理意义、对情感的认识论价值、对重要事件的多样性和不可通约性的承诺。文学作品（从现在起参看 §F，我们将聚焦于某些小说）并不是考察一切概念的中立工具。有一个特定的概念被铸入小说的结构之中，这个概念有关什么是重要的。在我们所研究的小说家中，当我们发现一个康德式的人物，或者一种不同于那个使整个故事生动起来的人物（詹姆斯的纽瑟姆夫人、狄更斯的艾格尼丝和葛莱恩先生[55]）伦理立场的另一些支持者，那些人物不太可能受到读者的欢迎。我们意识到，如果我们作为读者所参与的事件是由这些人物向我们描述的，他们就不会有现在这样的文学形式，也根本就不会构成一部小说。对于重要性的不同意识会导致不同的形式。简言之，通过同意以小说所呈现的方式去看待小说里那个世界中的事件，作为读者我们已经在伦理上与葛莱恩、纽瑟姆夫人和艾格尼丝决裂。

　　此外，我对这些小说的第二个兴趣，是对一种独特的生活概念（或一系列概念）和这些小说结构之间联系的兴趣。事实上，我认为存在着一种独特的伦理概念（我称之为亚里士多德式的概念），它需要我们对在这些小说中所发现的形式和结构进行充分而完整的考察和陈述。因此，如果把道德哲学的事业理解为我们所理解的那样，理解为一种在其各种形式中对真理的追求，那就需要对所有主要的伦理选择进行深入和富于同情的审视，并将每一种选择与我们有关生活的行动感受进行比较，于是道德哲学就需要这样的文学文本，以及有关爱与关注的小说阅读的经验，来实现自身的完善。很明显，这涉及对道德哲学长期以来被认为和其应该包含的内容的扩展与重建。 [27]

　　没有比认为这是在暗示，我们应该用对小说的研究来**代替**对伦理学对各种哲学传统中公认的伟大著作的研究，更远离我的意图的了。虽然这可能会让一些认为温和立场乏味的人感到失望，但我对那些对系统伦理理论、对"西方理性"，甚至对康德主义或功利主义的轻蔑攻击不感兴趣，当然针对那些理论，小说确实彰显了自身的反对立场。如果他们像罗尔斯和西季威克一样，接受亚里士多德的问题和亚里士多德的辩证方法作为伦理学的总体指导，并因此在方法论上致力于对不同观念进行富于同情性的研究，那我所提出的建议即使对康德主义者或功利主义者而言也应该接受。我的建议是，我们应该在对这些作品的研究中纳入对特定小说的研究，因为如果没有这些小说，我们将无法充分地阐述一个强有力的伦理观念，而这观念是我们应该去探询的。很明显，我赞同这一伦理观念，并与小说一起为之辩护。但这只是开始，不是结束。在这种对不同观点进行审视的全面探询中，其自身的风格和结构将扮演核心角色。事实上，正如"感知的平衡"一章所主张的那样，这项更大范围的探询甚至会在理解小说中扮演角色，因为当一个人更清楚地理解与之对立的事物时，他就能更深刻、更清楚地看到事物。

这些人会提出意见。在他们看来，针对我们在詹姆斯的一部小说中找到的生命感受和截然不同的观念，比如康德的第二批判，任何问题和任何过程都不可能公平。当然，我们也承认这个过程并没有空洞的内容。事实上，亚里士多德的辩证过程和亚里士多德的伦理观念的洞见，尽管核心要义不同，但在很多方面是相互贯通的，因为生活的感受引导我们把对细节的关注、对情感的尊重，以及对生活中纷繁复杂的事物的一种试探性的、非教条式的态度纳入整个过程中去，这也会使我们对亚里士多德的概念产生一些共鸣，这个概念强调了这些特征。但是，首先，作为一个整体的过程仅仅包括了这些特征：它还没有告诉我们如何评价它们。它指导我们同情地考虑所有重要立场，而不仅是这一个立场。就其包容性和灵活性，尤其是其开放性而言，它可以合理地声称是对所有立场的一种平衡的哲学探究，而不仅仅是对其中一种立场的党派性捍卫。更重要的是，这个过程并不包括那些专横的理论推理所具有的特征：它从生活中获得了这些特征，它之所以包括这些特征，是因为我们对生活的感觉似乎也包括了它们。因此，如果一个过程所包含的生活与某些理论相去甚远，那么这就是或者可能是一个标志，标志着那些理论很狭隘。

当然，有人会说，任何有内容的过程概念都会包含属于一种思想传统而不是另一种思想传统的理性概念，而这种理性概念不能包含或同情

[28]

地探索任何其他传统的思想。每一种传统都体现了过程理性的准则，这些准则是它们所支持的实质性结论的重要组成部分。[56] 这是一个不小的担心；在此我认为，这在很大程度上取决于一个人如何看待这个问题，取决于一个人是否决心在对这个问题的研究上取得进展。亚里士多德的方法告诉我们要尊重差异，但它还引导我们去寻找一个一致且可共享的答案来回答"如何生活"的问题，这个答案将抓住最深刻和最基本的东西，即使为了实现这个目标，它必须放弃某些其他的东西。从这个意义上说，它的灵活性是受到实现某个目标的深刻承诺所限定的。它成了过程本身的一部分，这让我们不会仅仅停留于对各种差异的罗列上，并做出我们无法进行公平比较与无法理性选择的裁决。它指导我们去做我们所能做的比较，并尽我们所能做出最好的选择，因为我们知道，也许没有什么比较是完全超越某些人的指责的，因为我们实际上必须把每一种选择转化成我们自己正在发展的措辞，并把它们与我们自身想象的来源，我们公认的对生活不完善的感受——进行对比。（我们必须注意到，正是这种比较和实现某种可分享的东西的决心促使罗尔斯和西季威克选择了亚里士多德式的方法。）那么，为什么要采用这种有缺陷的方法，而不是简单地得出这样的结论，即每一种伦理传统都是不可与其他传统比较的，在那里没有单一的起点，也没有单一的过程？

对此，亚里士多德式的回答是，这就是我们实际所做的——也是我们最迫切需要做得更多、做得更好的事。我们确实会问如何生活。出于我们的需要以及这项事业的混乱，我们未受阻拦地将一种传统、一种方式、一个回答，与另一种传统、另一种方式以及另一个回答进行比较与评估——尽管每种传统、方式以及回答都包含着过程理性的标准。[57] 我在这里提出，这不仅是一项理论任务，而是一项迫切需要付诸实践的任务，一项我们每天都在进行、而且必须进行的任务。如果我们出于方法论上的纯粹性而认为妨碍公平比较的各种障碍是不可逾越的，那么我们可以经常这样做；但要付出巨大的实践代价。我们的共同经验，我们行动的实践论述，为这一探寻提供了一种统一性和重点，当我们仅仅从理论的层面看待时，这些看似并不存在。正如亚里士多德所说："所有人追求的不是他们祖先的道路，而是善。"[58] 亚里士多德的方法给出了这种探索的明确形式，并敦促其继续下去。我们想知道不同的伦理观念——包括那些在时空上与我们相距遥远的观念——如何符合或不符合我们的经验和愿望。在一个实践话语已经而且必须日益国际化的世界中，我们需要更加迫切地、尽可能灵活和用心地去做这件事，无论做好这件事有多么困难。就像夏洛特·斯坦特对王子说的那样（在开始一个混乱、紧迫、充满爱的计划之前）："我们还能做什么，世界上还有什么别的事情？"[59]

[29]

但是，不同的反对者可能会问，为什么我要把文学带进这个实践的／哲学的事业中？这个事业是否必须对哲学的解释要求做出太多让步，以致其对文学不够公平？在这里，文学不是变成了伦理学教材中的一章，因而变得扁平化和简化了吗？对此，答案必须是，首先，文学早已在进行实践探索。是理论家而不是普通的读者，有时会感到一个实践问题带来的压力，就像一只汗湿的手放在精美的皮革封面上会玷污了文本的纯洁。[60] 我们与所爱之书的真实关系早已是混乱的、复杂的、充满爱欲的。我们确实"为生命阅读"，把我们所喜爱的文学作品（当然充满哲理）带入我们迫切的问题和困惑中，寻找我们可能做什么和可能成为什么形象，并把这些形象与我们从其他观念、文学、哲学和宗教知识中获得的形象进行对比。通过明确的比较和解释，对这一事业的进一步追求根本与其说是对小说的贬低，还不如说是那些热爱它们、造就它们的人对于其深度和广度主张的一种表达。说具有深度，是因为亚里士多德式的实践过程显示了它们是跟什么进行比较的，以及对于什么而言它们被视为对手：也就是其他最好和最深刻的哲学概念。说具有广度，是因为辩证事业的结果应该不仅使人们相信有一种已经存在的詹姆斯式的感性，而且还使所有对严肃的伦理反思和对替代方案的公正审查感兴趣的人相信，像这样的作品包含了一些不能用其他方式充分表达的东西，它们不应该被忽略。

我们也必须再次强调，这种对文学作品所用的辩证过程并没有把它们变成体系性的论文，在这个过程中也没有忽略它们的形式特征及其神秘的、多样的、复杂的内容。事实上，这正是我们希望保留并引入哲学的东西——对我们来说，这意味着对真理的追求，因此，如果真理是这样的，那么它就必须变得多样化、神秘而不成体系。对于我们而言，让小说如此有别于教条式的抽象论文的这些特质，就是**哲学**兴趣的来源。

D. 形式作为内容：诊断性问题 [30]

阐明字义不外是阐明作品的形式而已。

但丁《致斯加拉大亲王书》[61]

亚里士多德式的方法告诉我们很多关于我们正在寻找的东西，以及通常探寻是如何进行。但到目前为止，对于如何探究文学形式和形式对内容的表达这个问题，我们所知甚少：我们可以提出哪些问题来更深入地探究这些问题？在组织小说与公认的哲学文本之间的比较时，我们可能认识到哪些类别？这样的问题可以对任何文本提出，并在不限于伦理领域的任何领域内提出。为了有效提问那就必须问到每一个文本的整个形式和结构，而不仅仅是一个简短的摘录。但是为了给我们自己找到开始的地方，让我们简单地听几段开头——所有作品的开头，这些作品旨在追寻与人类生活以及如何生活相关的问题。听这些文本和它们之间的区别，听这些句子的形态和语调，让我们看看什么问题开始出现，什么问题似乎会引导我们进一步理解内容和形式是如何相互形塑的。在这里，我只选择一些优秀的文学作品，在这些作品中，内容和形式之间的契合在我看来得到了特别好的实现，并且特别有技巧。

文本 A[62]

定义

1. 自因，我理解为这样的东西，它的本质即包含存在，或者它的本性只能设想为存在着。

2. 凡是可以为同性质的另一事物所限制的东西，就叫作因类有限。例如一个物体被称为有限，就是因为除了这个物体之外，我们常常可以设想另一个更大的物体。同样，一个思想可以为另一个思想所限制。但是物体不能限制思想，思想也不能限制物体。

3. 实体，我理解为在自身内部并通过自身而被认识的东西。换言之，形成实体的概念，可以无须借助于他物的概念。

4. 属性，我理解为由知性看来是构成实体的本质的东西。

5. 样式，我理解为实体的分殊，亦即在他物内通过他物而被认知的东西。

6. 神，我理解为绝对无限的存在，亦即具有无限"多"属性的实体，其中每一个属性都表示永恒无限的本质。

文本 B

在我的这本传记中，作为主人公的到底是我呢，还是另有其人，在这些篇章中自当说个明白。为了要从我的出世开始叙述我的一生，我得说，我出生在一个星期五的半夜十二点钟（别人这样告诉我，我也相信）。据说，那第一声钟声，正好跟我的第一声啼哭同时响起。

[31]

看到我生在这样一个日子和这样一个时辰，照料我的保姆和左邻右舍几位见多识广的太太（早在没能跟我直接相识之前几个月，她们就对我倍加关注了）便议论开了，说我这个人，第一，命中注定一辈子要倒霉；第二，有看见鬼魂的特异功能。她们相信，凡是不幸出生在星期五深更半夜的孩子，不论男女，都必定会有这两种天赋。

文本 C[63]

斯特瑞塞一到达旅馆，便首先打听有无他朋友的消息。当他得知韦马希要晚上才能抵达旅馆时，他并没有感到怎样的不安。问事处的人递给他一封电报，那是韦马希发来的，并付了回电费，上面说要求预订一个房间，"只要安静就行"。他们预先商定在切斯特而不是在利物浦见面，现在看来此协议依然有效。出于某种考虑，斯特瑞塞没有坚持要韦马希到码头来接他，他们见面的时间也因此推迟了数小时。同样的原因也使他觉得等待不会使自己感到失望，不管怎样，他们至少可以共进晚餐。而且即使他不考虑自己，仅仅为韦马希着想，他也不必心存忧虑，因为他们在此之后有的是见面的时间。我刚才提到的安排是这个刚登岸的人出自本能考虑的结果，因为他敏锐地感觉到，尽管与老友久别重逢是一件令人愉快的事，但当轮船靠岸时，首先看到的就是老友的脸，而不是欧洲的其他景物，毕竟会令人感到扫兴。斯特瑞塞的若干担心之一就是害怕老友的形象会过多地出现在欧洲的景物之中。

文本 D[64]

诺维图斯，你曾经不断要求我写一些关于如何减少发怒的文章；并且，在我看来，你完全有理由特别害怕愤怒——这个一切情感中最可怕和发狂的情感。因为在其他情感中还有一些平和与冷静的因素，而愤怒这个情感是完全猛烈的，是一种内心怨恨的强烈冲击；发怒时伴随着对武器、血腥和惩罚的毫无人性的渴求，只要能伤害他人就完全不考虑自身，迎着刀剑径直猛扑过去，一门心思想复仇，即使同归于尽也在所不惜。因为有些贤哲曾经宣称，愤怒是"一时的发疯"。因为它与疯狂一样缺乏自制，忘记了得体，不顾约束，不管发生了什么，都死死咬住不放，将理性和忠告拒之门外，为一些鸡毛蒜皮的小事而激动，不能认清正确与真实的东西；愤怒对应的就是毁灭，它在哪儿占了上风，就在哪儿撞得粉身碎骨。[65]

[32] 　　当我们在阅读这些作品时，[66] 聆听文章并遵循其结构，无论大小，我们可能开始——尤其在这些作品并置的情况下——问自己下面部分或全部问题。

　　这里（每一种情况下）是谁在说话？文本中是什么声音在向我们和／或彼此说话？这里我们要询问的不仅是显而易见的人物和叙述者，而且也要问在作为一个整体的文本中作者的整个在场。我们所面对的是什么样的人类？他们是否确实表现出了人性的一面（而不是准神性的，或是超然的、稀缺物种的一面）？他们使用什么语气，他们的句子是怎样的形态？关于他们与文本中其他参与者以及读者的关系，我们了解到了什么？在安全感、知识和权力方面，它们是如何与彼此、与我们的自我意识相比较的？（是谁告诉我们斯特瑞塞的，他是什么样的人？谁是诺维图斯？是什么人在对他说话？谁把自己呈现为我们将要读到的人生故事的作者？他对知识的掌握看上去有多靠谱？这些定义从何而来？说这些定义的那个"我"是谁？作为一个整体，在每一个文本中是否存在一种不同于每个人物和说话者的隐含意识？）

　　然后，我们也会注意到，这些声音基于不同立场或不同**观点**（相对于[67] 他们的主观感受，以及相对于读者的自身立场）向我们以及彼此诉说。另外一系列的问题也开始形成。例如，他们是否（在每一种情况下）把自己呈现为沉浸在手头的事情中，就像他们以个人的方式卷入当下体验中一样？是呈现为以某种超然的立场——无论是世俗的，还是情感的，或者两者兼而有之——对其进行反思？还是呈现为没有任何坚实的立场，而是"从虚无之处"看待世界？[68]（书信作者跟他与之对话的愤怒者之间的实际关系是什么？针对他的生活故事所持有的立场，大卫的文本形式在此向我们展示了什么？"我刚才提到"的"我"，是站在什么立场上看斯特瑞塞的？各种界定下的"我"是否融入了日常生活？）同一种声音可能在不同的时期，对叙述的材料持有不同的观点，所以这些问题必须贯穿文本全部。在这里，我们还将再次探询那种注入整个文本活力的作者意识的观点，也会探询那个被邀请去关注此主题的读者观点。（塞涅卡的文字会让读者体验到愤怒吗？詹姆斯的文本是否或多或少地邀请读者通过斯特瑞塞的眼睛来看待这个世界？这究竟是一种什么样的观点？是斯宾诺莎的隐含读者的观点，还是文本中隐含作者的观点，以此观点看这个世界看似包含了有趣的故事？）[69] [33]

所有这一切还可能导致我们追问——关于作者在场的整体话语，关于再现的人物行动，关于读者自己的行动——关于**所涉及的人格的部分**。在每种情况下，什么是行动的或被理解为行动的？仅是理智吗？还是情感、想象、感知、欲望？原则上，我们可能在不同的层面给出不同的答案。因为塞涅卡的文本再现了愤怒，但在某种程度上似乎既没有表达愤怒，也没有激起读者的愤怒。事实上，那种令人厌恶的再现的力量无疑会让读者远离它。另一方面，通过邀请读者去认同那种再现的经验——就如斯特瑞塞的好奇心和他复杂的感受成了读者自己的冒险；就如斯宾诺莎的读者自己经历文本再现的智性活动；就如大卫的爱和恐惧，因为我们被引导去爱他、去认同他，这些也就成了我们自己的，那些回答会经常性地聚合在一起。

那么还有，文本具有的**整体形态和组织是怎样的？**作者在呈现自身对材料的驾驭中体现了什么类型以及何种程度的控制？例如，他是否在一开始就宣布他要创建什么，然后再着手去做？抑或，他与眼前的事情确立了一种更具试探性和不受控制的关系，这种关系为一种惊奇、困惑以及变化的可能性提供了出口？我们是否一开始就知道文本的格式和整体形态将会是怎样的？以及在进展中它是如何构建自身的，使用什么方法？是一个故事？还是一个论证？

那么，当与我们对话的声音做出一些断言时，它们被要求的状况是怎样的？无论这种要求是含蓄的还是明确的。它们被确认是正确的，还是仅仅被相信是正确的？什么是展示为知识或信念的基础？被声称的真理是永远适用，还是只适用于一段时间？这些真理存在于整个宇宙中，还是只存在于人类世界中，或者只存在于某些社会中？等等。文本在多大程度上，以及以什么方式表达了困惑或犹豫？

另一方面，文本会带给人愉悦吗？[70] 如果是的话，它提供了何种愉悦？在文本中或通过文本，对于这种愉悦以及它的多样性，它与善、行动以及知识之间的联系，暗示了什么？文本如何引导我们感受自己的愉悦体验？大卫·科波菲尔的叙述既给了读者生动的感官愉悦，（后来）也对感官愉悦在伦理生活中的重要性进行了评论。文本的愉悦感似乎是温暖而慷慨的——但也危险地充满诱惑：我们感觉它与某种道德坚定性处于对立状态。伴随其有力的、充满修辞技艺的谴责，塞涅卡的文字提供了更为严厉和坚实的满足感，它是自我控制的满足；它来了，我们觉得，是有代价的，因为它涉及放弃我们自身的一部分。[71] 斯宾诺莎的作品赋予了人一种特别强烈的智性愉悦，即确切地知道每件事物是什么以及它们是如何联系在一起的愉悦。这种愉悦也需要付出代价：因为它要求我们把自己与当前的大多数关系——对象、文本、彼此之间的关系——拉开距离。詹姆斯的文本提供了一种清晰而敏锐地面对自我的困惑、对特殊事物的爱、对生活冒险的感觉的愉悦。它也以它特有的形式要求我们放弃一些东西：预先确切地知道生活是什么。我们发现，所有这些形式塑造内容的案例，其文本都给人以适当的愉悦。（相比之下，当代道德哲学的许多文本，无论是相关的还是不相关的，提供不了任何愉悦。）

这些文本中的每一篇都有一个或多个主题，其对主题的处理都以特定的形式特征体现出来。那么，我们想知道，文本是怎样表达它所选择的东西的。首先是**统一性**（Consistency）：不管文章的主题是什么，如果文本展示了一个没有矛盾的故事，会引起多大的关注？如果有明显的矛盾，它们是如何被处理的，它们又被呈现为什么？

其次是**一般性**（Generality）：主题在多大程度上可以用一般的措辞

进行描述，并成为一般主张的对象？另一方面，特定的人物、地点以及背景，在多大程度上出现于这些主张中？它们是如何出现的？是作为某些更具普遍性的例子出现，还是作为不可简化的独一无二的例子出现？诺维图斯和塞涅卡的特殊之处是否与大卫和斯特瑞塞的特殊之处相同？无论如何，为什么塞涅卡要用这种高度概括和抽象的方式给他的兄弟写信？根本不讲述特殊事物故事的斯宾诺莎的文本又有什么现实意义？

最后是**精确性**（Precision）：在涉及其主题时，文本试图做到多大程度的精确？它允许多大程度的模糊或不确定性？文本所体现的何种**类型**的精确性被认为是表达了它的合宜关切？在一个哲学文本中，**更为几何化**的文字只是一种类型的精确性。狄更斯和詹姆斯的句子则是另一种类型，这种类型在斯宾诺莎的句子中（有意地）缺席。它们生动而微妙地捕捉到了那些更为抽象的文本所没有（或尚未）传达的伦理经验的复杂性。正如狄更斯的开篇所暗示的那样，甚至有可能在对神秘的或不清楚的事物进行清晰的描述中，存在着一种相关类型的精确性。

文本提问和回答问题，并提供对所涉及的现象的**解释**。这些被讨论的文本体现了多少这种对解释的关切？它寻求的是怎样的解释，以及解释会在哪里结束？自然科学、历史、精神分析——它们中的每一种都提供了不同的解释模式。我们的文本是如何与这些以及其他规范相联系的？[72]大卫·科波菲尔小心翼翼地告诉读者他生活中的每一件事是如何发生的，这与斯宾诺莎对演绎解释的关切有何不同？对于理解、对于生活，他们每一个给我们提供了什么？ [35]

这之中我们必须发问，关于紧密结合这些和其他形式的问题——关于通常什么被称为内容的问题。问题中的文本看上去在说什么，或者在展示什么？关于人类生命，关于知识，关于人格，关于如何生活？这些主张是如何与将这些主张纳入其中的形式自身建立联系的？我们经常（正如在所有这些例子中）发现（它们之间的）一致性与相互启发。大卫·科波菲尔以他所赞扬的那种专注来写作。塞涅卡即便在谴责激情的时候也在引导对话者（和读者）远离激情。斯宾诺莎培养了对他将要言说的哲学的智性愉悦。詹姆斯的文本，作为一个整体，例证了一种意识，它经常用赞美来表达。但显然，情况不一定总是如此。文本可以宣布其主张，而它的形式却可以表达完全不同的主张。有时这是由于草率。然而，有时存在着最有趣的矛盾：因为文本可能以其形式和方式，在其所表达和滋养的欲望中，主动地颠覆其自身的正式内容，或对其可靠性进行质疑。

这种追问应该通过使用几个不同层次的形式分析来展开。我们需要思考**体裁**，并把这些文本看作既有体裁的拓展（或重新定义或颠覆）。[73]决定写一部小说而不是一篇论文已经暗示了一些观点和承诺。但特定的作品与它前辈和同类竞争作品之间的关系也必须加以考虑：因为没有所谓"小说"这种事物，我们将要讨论的一些小说对这种体裁的传统写作方式提出了批评。这并不意味着我们应该抛弃体裁的概念。即使是贝克特，他对小说的抨击是激进的，也是在特定的期待和欲望——只有体裁的概念才能让我们做出解读——的背景下写的。这确实意味着我们必须在这个一般概念之下，更具体地分析摆在我们面前的每一部作品的形式和结构特征。我们在这里提出了一些大范围的结构性问题，例如：男女主人公的角色，读者认同的性质，作者意识在文本中呈现的方式，小说的时间结构等。我们也会问一些更常被称为文体的问题，比如：句子的形态和节奏是什么？什么隐喻被使用了，以及在什么背景下？选择了什么样的词语？在每一种情况下，这些尝试应该将这些观察与一部作品正在展开的观念及其所表达的生活洞见联系起来。

E. 亚里士多德式的伦理观点

我们对普遍性的追求还有一个主要源泉，这就是我们对自然科学方法的偏爱。我指的是那样一种方法，它力图把对自然现象的说

明归结为数量尽可能最少的、最初的自然规律；在数学中，这就是
那种借助于普遍化来概括对各种不同问题的处理的方法。哲学家经
常看重自然科学的方法，并且不可抗拒地试图按照自然科学的方式
提出问题和回答问题。这种倾向是形而上学的真正根源，它使得哲
学家陷入绝望。

路德维希·维特根斯坦《蓝皮书和褐皮书》[74]

我曾经说过，在本书中所研究的小说都主张它们是哲学性的，与
"一个人应该怎样生活"这个问题的一组特定答案有关。这一概念在不少
文章中得到了发展和支持，尤其在"洞察力""'细微的体察'"和"超越"
这几章里。它在公共和私人反思中所扮演的角色在"洞察力"和"感知
与革命"中得到了捍卫。因此，我只简要列举其最突出的特点，并就这
些特点与小说作为一种文学体裁的结构之间的联系加以评论。在这些小
说的架构中所表现出来的生活感受似乎具有下列特征，这些特征也是亚
里士多德式的伦理立场的特征。[75]

1. 价值之物的不可通约性

我们在这些小说中发现对质性区分的承诺并不令人惊讶；一个人很
难想象没有这种承诺的文学艺术。但小说比其他许多形式更深刻地体现
了这种区别的多样性和精细性。小说所体现的洞见表明，一个事物不仅
仅与另一事物在数量上不同；不仅没有一个单一的度量标准可以有意义
地考虑不同美好事物的主张，而且甚至连一个小的多元的度量标准都没
有。小说向我们展示了多元质性思维的价值和丰富性，并在读者身上激
发一种丰富的质性洞见。小说家的用语甚至比日常生活中那些有时生硬
含糊的用语更加丰富多样，在定性上更为精确；这生动地向我们展示了

在打磨（既有定性的）理解方面我们可以追求什么。在小说中所呈现的那种将质化约为量的倾向（在《金钵记》的前半部分的魏维尔父女身上，在狄更斯笔下的葛莱恩先生和麦卓康赛先生身上）；在最好的情况下，它被视为道德上的不成熟——但在最坏的情况下，它被视为无情和盲目。葛莱恩先生对小说的厌恶有其充分的根据。[76]

[37] ### 1a. 依恋与义务冲突的普遍性

对于一个认为“没有什么事情会和其他事情一样”的能动者来说，不存在任何简单的权衡，很多选择都会有一个悲剧性的维度。当一个人不能同时拥有50美元和200美元时，在两者之间做出选择并不十分痛苦：一个人放弃的只是他得到的东西的不同数量。在两种性质不同的行动或承诺之间做出选择，如果处于无法同时追求这两种行动或承诺的情况，那么这种选择是或者可能是悲剧性的——部分原因是，被放弃的事物跟得到的事物并不相同。小说作为一种形式，深深地卷入了对这种冲突的再现，这种冲突直接源于它对不可通约性的描述和对情境的伦理相关性的承诺。当然，人们可以简单地描述一些这样的困境，给出一个栩栩如生的书面案例。但在“有瑕疵的水晶”一章中，我认为，只有在相对较长的一段时间里——正如这部小说的典型做法——遵循一种选择和承诺的模式，我们才能理解这种冲突在人类追求好生活的努力中的普遍性。[77]

2. 感知的优先性（特定事物的优先性）

在这些文章和小说里，继亚里士多德和詹姆斯之后，都存在我称之为“感知”的伦理能力。我指的是一种能够敏锐而迅速地辨别出一个人特殊处境的显著特征的能力。亚里士多德式的观念认为，这种能力是实践智慧的核心，它不仅是实现正确行为或陈述的工具，而且本身就是一种有伦理价值的活动。我在詹姆斯那里发现了类似的例子，他一直强调要实现"细微的体察和完全的承担"这个目标。这一承诺看似再一次被纳入作为体裁的小说这种形式当中。

我们需要说明这些具体感知与一般规则和范畴之间的关系：因为在这里，这个观点很容易被误解。在亚里士多德和詹姆斯那里，有一点是非常清楚的，那就是，对感知的强调中有一点就是要显示那种建立在一般规则之上的道德的粗糙性，并要求伦理学对具体事物有更敏锐的反应——包括那些前所未见的特性，因此不可能被纳入任何预先建立的规则体系中。亚里士多德和詹姆斯都用即兴发挥这一隐喻来说明这一点。但是规则和一般范畴在感知的道德方面仍然具有巨大的行动指导意义，正如我在"洞察力"和"'细微的体察'"章节中试图展示的那样。这完全是一个它们被认为有**什么**意义，以及能动者的想象力如何使用它们的问题。[78]

在这个概念中，特殊的感知优先于固定的规则和原则；在亚里士多 [38] 德的观点我对他的讨论中，它与**一般性**和**普遍性**形成了对比。[79] 重要的是要区分这两种观念，并准确地看到"特殊事物的优先权"是如何与每一种观念相对应的。亚里士多德式的反对**一般性**（反对一般规则作为正确选择的**充分依据**）的论点指出，在伦理关切和判断中需要那种细腻的**具体性**。他们坚持认为有必要对伦理关切加以重视，其中最突出的一点是，有三样东西是一般原则所忽视的，它们先于具体案例而存在。[80]

（a）新的和未预料到的特性。亚里士多德使用了伦理判断与航海家或医生的技巧之间的类比，认为旨在涵盖过去各种情况的一般原则将不足以使人准备好应对新情况。只要我们训练人把伦理判断简单地看作应用这些事先制定的规则（只要我们训练医生认为他们所需要知道的一切都在教科书里），就很难让他们为实际的生活流程做好准备，也难以让他们在面对生活中的意外时有必要的智谋。

（b）相关特征的语境嵌入性。亚里士多德和詹姆斯认为，要恰当地看待一个情境的任何单一特征，通常必须从它与复杂而具体的情景中许多其他特征的关联关系中去看待。这是另一种惊奇进入伦理场景的方式；

在这里，一般的公式常常被证明过于粗糙。

注意，这两个特征都不能阻止亚里士多德式的伦理观对普遍性和伦理判断的普遍性产生浓厚的兴趣。就这些特征而言，亚里士多德主义者很可能坚持，而且通常也确实坚持，只要同样的环境、同样的相关语境特征再次出现，那么做出同样的选择也将再次正确。[81] 的确，这通常是正确选择的一部分。亚里士多德主义者将指出，一旦我们像这一观点那样认识到文本、历史和环境的许多特征是相关的，那么由此产生的（高质量的）普遍性就不太可能具有多少行动指导用途。当然，它们不会扮演伦理普遍性在许多哲学观点中所扮演的法典化和简单化角色。但当我们意识到，复杂的詹姆斯式判断在很多情况下是可普遍化的时候，我们就会意识到在小说所提供的伦理教育及其所激发的伦理想象的方式中存在着一些重要的东西。但即使是高度具体的普遍性也有困难，这与关于特殊感知的第三个亚里士多德式论证相关联。

（c）特定人物和关系的伦理相关性。在阅读亨利·詹姆斯的小说时，读者可能会含蓄地得出这样的结论："如果一个人所处的环境与角色所处的环境足够相似，那么同样的言语和行为将再次成立。"但这些推论可以有两种不同的形式。举个例子，如果我们考虑玛吉和她父亲之间的场景，也就是"'细微的体察'"的主题，我们可能会有一种对这个形式的推论，"如果一个人像玛吉，而他的父亲也跟亚当一模一样，他们的关系和环境也一模一样，那么同样的行为也会被证明是正确的。"我们也可以得出一种对形式的判断："一个人应该考虑自己与其父母之间关系的特定历史，他们的性格和自己的性格，像玛吉一样，选择对具体事物做出反应。"第一种普遍性虽然在生活中没有多大的帮助，但很重要：因为除非人们看到他们将如何对玛吉所描述的背景特征做出回应，否则他们将无法知晓玛吉的选择是否正确。第二种判断在小说和读者之间的互动中起着同样重要的作用——用普鲁斯特的话来说，读者变成了自我的读者。这一判断显然要求读者去超越那些描述的特征，转而去考虑自身情况的特

[39]

殊性。

假设一个人找到了对自己情况的描述，那么反过来，这是否会产生一个具体的普遍性，将所有与伦理相关的事物都纳入其中呢？小说表明，情况并非总是如此。玛吉和她父亲的关系说明，这种可描述的、可普遍化的特性并不完全相关。我们从玛吉和亚当身上感受到了爱的深度和品质，我们觉得，这种爱是不能被克隆的，即使是具有同样可描述特征的克隆。她爱**他**，不仅爱他的特性，也爱超越特性和特性背后的部分，无论这听起来有多神秘。[82] 读者也被邀请以同样的方式去爱。此外，正如小说所表现的那样，人类生命的一个显著特征是人的生命只有一次，并且只有一个走向。所以，想象同样的环境和人的再次出现就是去把没有结构的生活想象成实际上拥有结构。这改变了一切。正如尼采指出的那样，在实践选择的背景下推荐这样一个思维实验，它给我们的行动赋予了分量，一种让世界变得永恒的分量，但生活的现实偶然中罕有这种分量。另一方面，亚里士多德暗示，**某种**特定的强度将会被消减：因为他认为，（例如）一个人的孩子是"他唯一拥有的"这种观念，是他对孩子的爱的重要成分，如果没有这种不可替代的思想，爱的大部分价值和动力将会遭到削弱。他指出，在一个社会（柏拉图的理想城邦）中这种强度的缺失给了我们充分理由拒绝把它作为一种规范。[83] 玛吉必须意识到这是她的爱的一部分，任何质量上相似的替代都是不可接受的；在她的人类处境中，同样的事情永远不会再发生；她只有一个父亲，他只活一次。如此看来，似乎普遍性并不能决定每一个选择的维度；有很多内心中的沉默，在那里它的需求不能、也不应该被听到。（参见"洞察力"章节和"'细微的体察'"章节的尾注。） [40]

这些关于爱的反思直接把我们带到了亚里士多德式概念的第三个主要特征。

3. 情感的伦理价值[84]

"但小说既再现了情感，也激活了情感——所以我们对小说的阅读会受到非理性的感染。因此，它们不太可能对理性反思做出贡献。"没有其他任何对文学风格的反对被如此频繁地提出，也没有其他反对意见对文学的主张造成如此大的损害。[85]据说，情感是不可靠的，它是动物性的，具有诱惑性的。它们偏离了冷静的反思，只有后者才有能力做出深思熟虑的判断。小说作为一种文学形式，无疑深刻地倾注了情感；小说与读者的互动主要是通过情感进行的。因此，必须应对这一挑战。

这些文章的中心目的是质疑这种理性观念，并与亚里士多德一起指出，没有情感的实践推理对于实践智慧来说是不够的；情感不仅没有比理智计算更不可靠，而且往往更可靠，更不具有欺骗性的诱惑力。在我们深入讨论这个问题之前，我们必须注意到，传统的反对意见实际上是两种截然不同的反对意见，这两种反对意见在那场争论的当代版本中被混淆了。根据反对意见的第一种说法，情感是不可靠的，会让人分心，因为它们与认知一点关系都没有。根据第二种反对意见，情感与认知有很大关系，但它们所体现的世界观实际上是错误的。

根据第一种观点，情感是盲目的动物性反应，就像原始的身体感觉一样，本质上与思考、辨析无关，不受推理影响。这个版本的反对意见建立在一种非常贫瘠的情感观念上，经不起推敲。它有一定的影响，但到目前为止，它已经被认知心理学、人类学、精神分析学，甚至哲学果断拒之门外，更不用说我们的人生观本身了。[86]尽管这些学科在进一步分析诸如恐惧、悲伤、爱情、怜悯等情感方面有许多不同之处，但它们都同意这些情感与信念紧密相连，以至于信念的改变会带来情感的改变。在得出这个结论时，他们实际上是回到了亚里士多德与其他大多数希腊哲学家所共享的情感概念。他们都认为，情感不仅仅是盲目的情动，仅凭感觉的性质就能相互识别和区别；相反，它们是与关于事物如何以及什么是重要的信念密切相关的具有辨识力的反应。[87] 例如，愤怒与身体的食欲是不一样的。饥饿和口渴相对而言与信念的改变无关，但愤怒似乎需要并建立在这样一种信念上：他被这种愤怒所指向的人以某种显著的方式所冤枉或伤害。如果发现这种信念是错误的（要么是所讨论的事件没有发生，要么是所造成的伤害终究微不足道，或者并不是由那个人造成的），那么人们就可以预期消除对那个人的愤怒。以类似的方式，悲伤预设了关于人的境遇的一系列信念：损失已经发生，损失之物是具有价值的。再说一次，相关信念的改变，无论是关于已经发生的事情，还是关于它的重要性，都可能改变或消除这种情感。爱、怜悯和恐惧，以及其他情感——都是以类似的方式建立在信念之上的：它们都包含了对世界是怎样的以及什么是重要的这一特定观点的接受。

关于情感和信念之间的精确关系，（在古代讨论和当代文献中）存在着各种微妙的不同立场。但是主流观点认为接受某种信念至少是情感的必要条件，而且在大多数情况下，也是情感的组成部分。此外，最有力的解释是，如果一个人真的接受或接纳了某种信念，他就会体验到这种情感：信念是情感的充分条件，而情感则是完整信念的必要条件。例如，如果一个人认为 X 是她生命中最重要的人，并且 X 刚刚去世，她就会感到悲伤。如果她没有，这是因为在某种意义上，她没有完全理解或没有接受或正在压抑这些事实。同样的，如果 Y 说种族正义对她来说非常重要，而且一场以种族为动机的袭击刚刚在她眼前发生，而她却一点也不生气——我们就会怀疑 Y 的真诚，怀疑她的信念主张，或怀疑她对情感的否认。[88]

因为情感在其结构中有这种认知维度，所以我们会很自然地把它们看作我们伦理能力的知性部分，认为其会对慎思活动做出反应，并对其完成至关重要。（但丁的《爱情真谛》不是对情感的知性把握；这是一种非爱恋之人所无法获得的理解，而爱本身就是这种理解的一部分。）按照这种观点，在某些情况下，追求理性推理而不考虑情感，实际上会妨碍完整的理性判断——例如，通过阻止人们进入他人的悲伤，或者他人的爱，这对于充分理解所爱之人死亡时所发生的事情是必要的。当然，情感可以是不可靠的——就像信念一样。人们愤怒是因为对事实或其重要性的错误信念；相关的信念也可能是正确但不合理的，或者既是错误的也是不合理的。"叙事情感"一章就主张，某些完整的情感范畴——在那个案例中，对自己出生和具身有负罪感——无论何时出现，通常是非理性的和不可靠的。有些信念是非理性的这一事实很少让哲学家将所有信念从实践推理中排除。因此，很难看出为什么情感上的类似失败导致哲学家对它们的摒弃。实际上，亚里士多德式的观点认为，情感在进行慎思时往往比超然的理智判断更可靠，因为情感体现了我们对什么是重要的有一些最根深蒂固的观点，这些观点很容易在复杂的知性推理中被忽略。[89]

[42]

这就引出了第二个反对意见。因为，尽管西方哲学传统中关于情感的最伟大的作家（柏拉图、亚里士多德、克里西普斯、但丁、斯宾诺莎、亚当·斯密）都同意在情感中发现这种认知维度，尽管他们都否认——就像第一个反对者所声称的那样——情感本质上是不可靠的，但他们中的一些人仍然敦促我们把情感排除在实践推理之外，甚至完全摆脱它们。柏拉图、斯多亚学派和斯宾诺莎的反对意见与将情感等同于肉体感受的反对意见非常不同；然而，他们也将情感从哲学中驱逐出去。依据什么呢？因为他们认为主要情感所依据的判断都是**错误的**。"超越"这一章对这个问题进行了详细的探讨，我在希腊哲学领域也做了这方面的相关研究。这种反对意见的核心是，情感包含价值判断，它把巨大的价值赋予了主体之外不受控制的事物；因此，它们承认了人类生活的有限和不完全受控的特性。（出于同样的原因，奥古斯丁坚决反对斯多亚学派，认为这对基督徒的生活至关重要。）换句话说，在这种情况下，情感不被重视与它们是"非认知"意义上的"非理性"这一事实无关。从寻求自足的特定愿望的角度来看，它们被视为实际上是错误的推理。但正如本书所述，这些愿望和支持它们的观点可能会受到质疑。如果一个人对人的处境和合宜的目的采取不同的看法，情感就会作为对人类生活中一些重要真理的必要承认而回归。

在这项计划中，（我重复一遍）没有什么可被暗示为一种关于情感的基础主义[90]。[91] 就像信念一样，情感可能是不正当的或错误的。它们不是伦理真理的自我证明来源。但该计划确实试图通过展示情感与判断之间丰富的联系，来显示第一个反对意见的不足之处。通过对爱情和其他不稳定的依恋关系的探索，它展示了一种与第二个反对意见不一致的伦理观念，并将这种对生活的感受显示为善。[92]

这就引出了亚里士多德式概念的第四个要素，也是最后一个要素，在某些方面也是最基本的要素。 [43]

4. 不受控制事件的伦理相关性

在这场古代争论中，戏剧诗曾受到指责，因其在构建情节的方式中暗示：那些因非自身过错而发生在那些人物身上的事件对于他们的生活质量而言有着极大的重要性，而类似的可能性也会发生在观众的生活中。文学的反对者和捍卫者一致认为，对情节的关注本身就表达了一种伦理观念，这种观念与苏格拉底的主张（柏拉图在《理想国》中对悲剧的抨击中接受了这一主张）——好人不会受到伤害——相矛盾。在我们现代小说的诸多例子中，也反映了类似的情况。作为这种体裁的成员和拓展者，这些小说在其结构中强调了对人类生活来说关于所发生的事情以及惊奇与逆转的重要性。詹姆斯将自己对偶发事件的兴趣与古代悲剧的兴趣联系起来，关注人物在他们的处境面前所表现出的怜悯和恐惧。（他的读者应该是"热切关注的参与者"，就跟作品中的人物一样，把发生的事情看得很重要。）普鲁斯特告诉我们，文学艺术的首要目的是向我们展示这样一些时刻：在这些时刻，习惯被意想不到的事情所打破，并在读者中引起一种真实的、惊讶的感觉，类似高潮。两位作者的文本能够给读者以深刻的见解，因此他们都依赖这种能力来展示这些不受控制的事件，就好像这些事件对人物很重要一样，并使它们对读者也很重要。亚里士多德式的观点认为，关于人类过好生活的愿望会被不受控的事件所制约这样一种正确的理解，实际上就是伦理理解的重要组成部分——而不是柏拉图主义者认为的那样，是一种欺骗。[93]

[44]

　　亚里士多德式的概念包含了一个非常适合支持文学主张的学习观点。在这里，教与学不仅仅是学习规则和原则。学习的很大一部分发生在具体的经验中。反过来，这种经验性学习需要培养感知能力和回应能力：阅读一种情境的能力，挑出与思想和行动相关的内容。这个活动任务不是一种技术，人通过引导而不是公式来学习它。詹姆斯可信地暗示，小说例证并提供了这样的学习：在人物和作者的努力中例证它，通过构建一种类似复杂的活动，它在读者那里得到了激发。[94]

　　小说还用一种更深层的方式来回应亚里士多德式的关于实践学习的观点。亚里士多德式的观点强调，亲密的友谊或爱的纽带（如联系家庭成员或亲密的私人朋友的纽带）在成为一个好的感知者的整个过程中是极其重要的。[95] 相信朋友的引导，让自己的情感参与到对方的生活和选择中去，一个人就能学会看到自己以前错过的世界的各个方面。一个人与朋友分享一种生活方式的渴望激发了这个过程。（我们在阿辛厄姆夫妇身上看到了这一点，通过那在同一图景下生活的爱的渴望，他们找到了对其处境共同感知的基础，从而通过自己的能力去满足彼此的需要。）詹姆斯强调，不仅小说中所再现的关系，而且整个小说阅读中所涉及的关系本身，都具有这种特征。在我们阅读的过程中，某些人物，尤其是整个文本所揭示的生活意义，都会成为我们的朋友，成为"热切关注的参与者"。我们相信他们的指引，暂时通过他们的眼睛看世界——即使，像狄更斯笔下的斯蒂尔福斯那样，我们被爱引导着，走出了笔直僵硬的道德判断的界限。

如果有人对此持怀疑态度，他也许会感到奇怪——认为爱情所扭曲的东西和它揭示的一样多，甚至更多。但是，这些文章是从一种体验中成长起来的，在这种体验中，爱的启迪能力已经成为一个显著的现实。在这些文章中可以看到这点，通过坦率的自传方式——在这一方式中，我对女儿的爱以及我女儿对斯蒂尔福斯的看法使我对爱与道德之间的联系有了一种修正的观念；通过这一方式，借助于友谊（这不是说同意，而是比同意更深的东西），希拉里·普特南观点的转变，阐明了我对于政治生活的看法。同样的，在文本中还有其他的人物和事件，没有名字或者缺席，在文本中成形，并引导文本形成其自身的感知。但最重要的是，人们可以从我与小说本身关系的故事中看到这一点，它比任何其他的爱情都开始得早，而且是亲密无间的爱情。这些关系演变的故事本身也是思想的展开以及同情心得到塑造的故事。

F. 小说、实例和生活　　　　　　　　　　　　　　[45]

我曾说过，小说是道德想象力的一种特别有用的媒介，是最直接地向我们揭示社会生活的复杂性、艰巨性以及各种利益的文学形式，它最能指导我们认识人类的多样性和矛盾性。

莱昂内尔·特里林《自由主义的想象》

有人可能会承认，如果我们要充分且清晰地研究亚里士多德式概念的主张，就需要一些非抽象论述的文本——这既是因为一篇论文能够或不能够陈述什么，也是因为一篇论文能够或者不能够对其读者做什么。然而，人们可能仍然不太确定小说是不是所需要的文本。于是一系列不同的问题出现了：为什么是这些小说而不是其他？为什么是小说而不是戏剧、传记、历史、抒情诗呢？为什么不是哲学家的例子？最重要的是，如詹姆斯笔下的斯特瑞塞所说的那样，为什么不是"可怜的亲爱的老生命"？

在这里，我们必须再次强调，我们手头上有一连串问题要研究。不是我们所有的问题，甚至是关于如何生活的问题，会在完全相同的文本中得到探询。举个例子，如果我们想要思考宗教信仰在我们可能过的某些生活中所扮演的角色，那么这里所选的小说对我们都没有太大的帮助，除了贝克特的作品以外，而且其作品也只是以一种有些局限的方式来探询这个问题。如果我们想要思考有关阶级区分，或者有关种族主义，或者有关我们与那些不同于我们的其他社会之间的关系——同样，这些特定的小说将是不够的。——尽管正如"洞察力"一章所指出的，大多数小说通过友谊和认同的结构，以某种方式聚焦于我们共同的人性，为这项计划的追求做出了一些贡献。我选择的文本表达了我对特定问题的关注，而不是假装处理所有重要的问题。[96]（关于与我的立场相关的一些思想，见"感知与革命"章节尾注。）

然后，即便对于这项工作的一小部分而言，我们也不应该坚持认为所有体裁都不合适，或者只有小说不合适。并非所有的小说都能对应上詹姆斯和普鲁斯特在批评其他小说家时提出的理由。詹姆斯抨击乔治·艾略特小说中叙述者的全知视角，认为这是对人类地位的歪曲。他[46]还指出，如果我们不够小心的话，许多小说对戏剧化兴趣的传统源泉的利用可能会破坏我们与日常生活的关系，因为在日常生活中我们会更为单调地追求思想和感情的精确性，而不那么戏剧化地追求公正。[97]普鲁斯特笔下的马塞尔对他遇到的很多文学作品都持批评态度，认为这些作品对心理深度的关注有所不足。普鲁斯特和詹姆斯的写作方式都注重内心世界的细微变化。因此，我以他们为参照建立的叙述不能自动地扩展到所有其他小说家。另一方面，我也相信詹姆斯有很好的论据来支持他的观点，那就是，在既有的各种体裁中，小说是他所说的"投射的道德"

的最好例证。[98] 我提出在小说结构和亚里士多德式观念的要素之间存在不少联系，这些文章对此进行了深入讨论。

不仅小说被证明是恰当的，许多严肃的戏剧（同样，仅就这些特定的问题和这个概念而言）也是恰当的，一些传记和历史文学同样是恰当的——只要它们的写作风格能够注意特殊性和情感，并且让读者参与到相关的探索和感受活动中，特别是让他们自身感受到与那些人物同样的可能性。我发现的一个短篇小说的案例（"爱的知识"一章），对于我正在研究的问题，其结构上的复杂性已经足够。在我看来，抒情诗提出了不同的问题。它们对更大项目的继续很重要，我把它们留给那些比我更有兴趣分析诗歌的人。对于喜剧和讽刺的伦理角色也是同样，无论是在小说中还是在其他体裁中。

但哲学家可能不会为这些文学类型的问题烦恼，而会被一个先前的问题所困扰，即：为什么是文学作品？为什么我们不能用道德哲学家擅长发明的复杂例子来研究我们想研究的一切呢？作为回答，我们必须坚持认为，提出这个问题的哲学家，迄今为止无法被有关文学形式与伦理内容之间密切联系的论证所说服。图解式的哲学家的例子几乎总是缺乏优秀小说的那种特殊性、情感吸引力、引人入胜的情节、多样性和不确定性；他们也缺乏优秀小说所具有的那种让读者成为参与者和朋友的办法。我们认为，正是由于这些结构特征，小说才能够在我们的反思生活中扮演角色。正如詹姆斯所说，"所需要的是暴露和纠缠状态的图景"。[99] 如果这些例子确实具有这些特点，它们本身就是文学作品。[100] 有时，一篇非常简短的小说就足以用来研究我们当时正在研究的东西；有时，像"有瑕疵的水晶"一章中那样（我们的问题是关于一个相对漫长而复杂的生命过程中可能发生的事情），我们需要一部小说的长度和复杂性。然而，在任何情况下，图解式例证都不足以作为替代。（这并不意味着它们会被完全排除在外，因为它们还有其他用处，尤其是在与其他伦理观念的联系中。）

[47]

我们可以补充一些例子，把事情以图解性的方式建立起来，向读者暗示他们应该注意到什么、发现与之相关的东西。它们为读者提供了伦理上最显著的描述。这意味着很多伦理工作已经完成，结果"已经确定"。小说则更加开放，向读者展示了怎样探寻合适的描述，以及为什么这种探寻很重要。（然而，它们也并非开放到无法让读者的思维成型。）通过展现"我们现实的冒险"的神秘性和不确定性，它们对生活的描绘比缺乏这些特征的例子更为丰富与真实——实际上是更为准确。它们对读者而言是一种更适合生活的伦理作品。

但为什么不是生活本身呢？为什么我们不能通过生活和反思来探询我们想要研究的事情呢？如果我们愿意去审视的是亚里士多德式的伦理观念，那么，我们难道不能在没有文学文本、完全没有文本——或者更确切地说，用摆在面前的我们自己的生活文本做到这一点吗？在这里必须首先说，我们当然也这样做，远离小说阅读以及（普鲁斯特所强调的）阅读过程。从某种意义上说，普鲁斯特把文学作品视为"光学仪器"是正确的，通过它，读者可以成为自己内心的读者。但是，在这种情况下，我们为什么需要这样的光学仪器呢？

亚里士多德已经给出了一个显而易见的答案：我们从未活得足够充分。没有小说，我们的经验便太局限、太狭隘。文学扩展了它，让我们反思和感受那些可能因为太过遥远而无法感受的东西。这对道德和政治的重要性不可低估。[101]《卡萨玛西玛王妃》——在我看来——将小说读者的想象力描述为一种在政治（和私人）生活中非常有价值的类型，对广泛的关切有所同情，反对对人性的某些否定。它培育了读者的同情心。

在此说明中，我们可以通过强调小说不能像"未经加工的"生活片段那样来起作用，来阐明和扩展这个观点：它们是一种亲近而细致的解释性描写。生活的全部就是在进行解释，所有的行动都需要把世界视为某物。因此从这个意义上，没有生活是"未经加工的"，而且（正如詹姆

斯和普鲁斯特所坚持的那样），在我们的一生中，从某种意义上说，我们
是小说的制作者。重要的是，在文学想象的活动中，我们被引导着以更
精确的方式去想象和描述，把我们的注意力集中在每一个词上，更敏锐
地感受每一个事件——而我们对现实生活中的许多事情都缺乏这种高度
的体察，因此在某种意义上，我们并没有完全或彻底地活过。无论是詹
姆斯还是普鲁斯特，都不认为日常生活是具有规范性的，亚里士多德式
的概念也不例外：太多的日常生活是迟钝的、墨守成规的、不完全有感 [48]
觉的。因此，文学是一种对生活的延伸，这种延伸不仅是水平的，让读
者接触到他或她从未遇到过的事件、地点、人物或问题，而且也可以说
是垂直的，为读者提供比生活中发生的许多事情更深刻、更敏锐、更精
确的体验。

　　在这一点上，我们可以加上另外三种东西，它们跟我们作为读者与
文学文本的关系相关，也跟这种关系与生活中所涉及的其他关系之间的
区别相关。正如詹姆斯经常强调的那样，小说阅读将我们置于一个既像
又不像我们在生活中所处的立场：像的地方在于，我们在情感上投入人
物角色，与他们一起行动，并意识到我们的不完整；不像的地方在于，
我们摆脱了那些经常阻碍我们在现实生活中进行慎思的扭曲根源。既然
这个故事不是我们自己的，我们就不会发现自己陷入个人嫉妒或愤怒的
"庸俗的强烈激情"，或有时陷入我们的爱的盲目的暴力。因此，（以伦理
作为关切的）美学态度为我们指明了道路。普鲁斯特笔下的马塞尔对此
表示赞同，他提出了一个更有力的（也许在某种程度上不那么令人信服
的）论断：只有在文学作品而不是在生活中，我们才能真正拥有一种以
真正的利他主义为特征的关系，并真正认识到他者所具有的他性。正如
我们将看到的，我们对狄更斯的阅读使这一点复杂化，但它并没有将其
移除。阅读行为可以成为进行仿效的范例。

　　此外，另一种让这项阅读事业值得效仿的方式是，它将读者聚集在
一起。正如莱昂内尔·特里林所强调的，它以一种特定的方式将读者汇

聚，这种方式构建了一个特定的共同体：在这个共同体中，每个人的想象、思考和感受都被认为具有道德价值。[102]亚里士多德式的辩证事业被描述为一项社会或共同体的事业，在这项事业中，那些愿意分享一种生活方式的人试图就他们能够共同生活的观念达成一致。每个人单独审视他或她的自身经历可能是一种太过私人、无法被分享的行动，以至于无法促进这种具有共性的对话——尤其是如果我们像小说都在做的那样，认真对待个人思想和感受相关的隐私的道德价值。[103]于是，我们需要可以一起阅读并且像朋友那样去讨论的文本，那些对我们所有人都有用的文本。就詹姆斯后期小说中所体现出来的作者声音而言，"我们"的普遍存在和"我"的稀有，具有高度的重要性。一个共同体是由作者和读者形塑的。在此共同体中人的独立性和质的差异并没有被忽视；每个人的隐私和想象都得到滋养和鼓励。但与此同时需要强调，共同生活是我们伦理利益的目标。

到目前为止，我坚持认为在完全书写作品中，形式和内容是不可分离的。但我也为这些小说辩护，认为它们是整体探索的一部分，而要完成这项研究，显然需要对文学作品的贡献做出明确的描述，并将其呈现[49]的生命感受与其他作品进行比较。在追求这一目标的过程中，这些文章本身采用了一种对文学作品有所回应的风格，在某种程度上延续了它们的策略；但这也体现了亚里士多德式的对解释和明确描述的关切。有几篇文章（尤其是"爱的知识"一章）讨论了哲学的风格是文学同盟这一观点，哲学风格虽与文学作品的风格不同，但却引导读者关注这些作品的显著特征，并在一种与其他文本、其他选择所建立的清晰的联系中提供各种洞见。这在我们对辩证过程的叙述中已经体现得很明显，概念之间的比较必须以一种不完全拘泥于一个概念的风格来组织，但现在我们可以看到，即使在开始这项与文学有关的辩证任务时，我们需要——甚至在我们开始研究另一种概念之前——一种哲学评论，它将明确地指出这些作品对我们关于人类和人类生活问题的追求的贡献，以及它们与我们的直觉和我们的生命感受之间的关系。[104] 我们认为，小说及其风格是道德哲学中不可分割的一部分，正如我们所理解的那样；但它们是在与一种自身更有解释力、更为亚里士多德式的风格的结合中做出贡献的。为了成为文学的盟友，并引导读者认识而不是远离文学的多样性和复杂性，亚里士多德式的风格本身将与我们通常遇到的许多哲学写作有很大的不同：因为它必须是非还原性的，同时也要意识到自身的不完整性，它将指向经验和文学文本，作为一个更完整的领域得以被探询。[105] 但是，如果要把小说的独特性表现出来，使之与其他概念的特征形成比照，那么（我们的方式）也需要与小说有所不同。那些对小说进行陈述的文学批评和"哲学批评"都是整个哲学任务至关重要的组成部分。

文学丰富性与解释性评论的结合可以有多种形式。有些作家——比如柏拉图和普鲁斯特——把这两种形式结合成一个文学整体。有些作家——如亨利·詹姆斯——将他们的文学文本与他们自己明确的评论联系起来。其他哲学评论的实践者——从亚里士多德到斯坦利·卡维尔、莱昂内尔·特里林、科拉·戴蒙德和理查德·沃尔海姆这样的当代人物——为他人的艺术作品撰写评论。如何做到这一点并不存在唯一的原则。这在很大程度上取决于哲学家的叙述能力，以及他或她在探询不同伦理概念的整个计划中所投入的类型和程度。但在任何情况下，我们都必须注意到这些评论所发展出来的形式与风格主张，它们不能削弱文学文本的主张。我们不能排除这样一种可能性，即文学文本可能包含一些形式使读者完全脱离那种辩证的问题；事实上，这可能是它最为重要的贡献之一。

[50]

G. 道德关怀的限度

除了你之外，我还能为什么而感受到爱？

我是否将最智者之书压在我身边

日夜隐藏在我内心深处？

华莱士·史蒂文斯《最高虚构笔记》

这部分探究以"一个人应该怎样生活"这个问题为出发点。我在这里研究的所有书籍都以这样或那样的方式来回答这个问题。但也有几个是关于爱的；爱，或者说爱的智慧，是这些文章中一个相互联系的主题。这也意味着有必要追问：小说在多大程度上主动愿意或者允许自己被道德问题的边界所限制——另一方面，它们在多大程度上表达并引诱读者进入一种超越道德问题的意识。在这些文章和小说中，有一个（或多个）反复出现的伦理立场的概念，这种立场对于恰当地提出和回答这个包容性的伦理问题是必要的。这种立场常常与作者和读者的立场紧密相连。在不同情况下，我们的问题都必须是：这一立场是小说作为整体所安排的立场吗？或者（更动态地说），文学作品（有时）是否为其读者构建了一种意识，这种意识侵犯到了这个问题的边界？如果是这样，这与小说的伦理贡献有着怎样的关系？

作者对这个问题的回答（以及作为读者和评论家对这个答案的评价）将依赖并表达一种看法，即伦理观念与人类生活中某些重要因素之间的关系的看法——尤其是爱、嫉妒、需要以及恐惧——它们似乎位于伦理立场之外，并与之存在潜在的紧张关系。我这里讨论的作者在这个问题上的观点各不相同（也可能有所转变）。我自己对这个问题的看法也发生了转变，导致我在不同的阶段聚焦于或寻求启发于一部小说或一个作者，而非其他小说或作者。为了澄清这些文章所提出的特定问题，我想把这一转变分为三个阶段（尽管其实在时间上它们并不完全是分离的）。我将集中讨论欲望之爱／浪漫之爱的例子。

在第一阶段中，我相信亚里士多德式的伦理立场是包容一切的，足以包括爱在内的好的人类生活的每个组成要素。如果一个人从狭隘的道德观点转向更具包容性的亚里士多德式的理解，即关于人类好生活的问题，那么我认为，他可以思考和感受任何事物，它们是对这个问题的回答中看似合理的部分，包括激情之爱，追问它如何与其他要素相协调以及如何从所有这些要素中构建一种平衡的生活。（我在这里指出，亚里士多德的伦理著作包括人类生活的许多方面：讲笑话、好客、友谊和爱本身，但这些对于康德和其他许多人而言则不在道德领域之内。所有这些要素都安全地存在于亚里士多德所理解的对好的人类生活的探索之中，而且可通过这种探索来得到评估和进一步说明。）

在这一时期，我强调了一个事实，即詹姆斯有关伦理立场的概念似乎具有同样的包容性；他的小说是由一种意识塑造并在读者心中形成的，这种意识总是能体察到关于人生以及如何生活的所有问题——人物的命运、情节的结构、句子的形态。该意识体察到生活中非伦理的，甚至是反伦理的因素——诸如嫉妒、复仇的欲望，以及与之相关的欲望之爱。但它对这些元素的体察自身具有强烈的伦理性。读者总是被敦促去关注它们对那种"投射的道德"的影响，并把它们作为人类好生活的要素（或障碍）加以评估。我个人认为，作为一种对生活中各种元素的态度，亚里士多德式的伦理立场是完整的，这是《善的脆弱性》一书的指导思想；在本书"有瑕疵的水晶""'细微的体察'"和"洞察力"等章中，你都可以看到这一点，它们吸收了亚里士多德和詹姆斯的思想。

理查德·沃尔海姆在他对"有瑕疵的水晶"的评论中指出，小说对我们自我理解的突出贡献之一，就是在特定时间、以特定方式引导读者"脱离道德"，使他们成为道德以外计划的合谋者，尤其是那些基于嫉妒

[51]

和报复的计划。[106] 他认为，通过这种方式，这部小说向我们展示了道德的边界及其在更为原始的态度下的根源，向我们展示了一些我们从一篇道德论文中无法看到的关于道德的重要内容。我当时给沃尔海姆的回复是，我认为我们的差异仅仅是语言上的，仅仅是"道德的"和"伦理的"这两个词使用上的差异的结果，他对道德的理解是狭义的康德式的对道德的理解，而我是更广义的亚里士多德式的理解。在前一种意义上伦理或道德之外的东西，在后一种意义上的伦理或道德之内。即使（我说过）如果有人承认《金钵记》有时确实能让读者瞥见这种更广义的伦理立场的边界，向他们展示那种排他性的爱，与细微的体察和完全的承担互不相容，即使小说在一定程度上，将读者带到那种爱的有罪的、有所偏倚的视野中，但爱仍然会以某种方式允许读者总是能在这一视野中对小说人物所失去的东西保持一种敏锐的体察；这样一来，小说始终保持在道德立场之内。

在第二阶段中，我对詹姆斯式的读者及其伦理特征的看法或多或少保持不变，但对爱情的态度却与亚里士多德式的伦理观点有所不同。或者更确切地说，我更深入地发展了我观点中的部分要素，这些要素在我阅读《金钵记》的结局时就已经提出了，尽管在我给沃尔海姆的回信中没有提到。这里，我坚持认为人类之间的某些重要关系，尤其是欲望之爱，与伦理观念之间存在着一种深刻而普遍的紧张感，需要得到一种关注，即使这种观点可以被广义的詹姆斯／亚里士多德式的方式所理解。寻求一种排他性和私人的关系的要求被认为在伦理上是有问题的，因为即使是亚里士多德对伦理立场的包容性理解，也强调这种立场与广泛和包容性的关注以及与公共说理相联系。在"感知的平衡"中（以及在"斯蒂尔福斯的手臂"一章关于亚当·斯密和詹姆斯的内容中），跟随詹姆斯和斯特瑞塞的观点，我认为爱和伦理之间，以及每一种所需要的关注之间，存在着一种无处不在的张力。任何希望包含这两者的生活都不能以平等均衡的状态为目标，而只能在伦理规范和这种非伦理因素之间

[52]

不安地摇摆。（这一点最初是在"有瑕疵的水晶"一章中关于《金钵记》读本结尾处的一段简短评论中被提出的，这段评论说的是，我们需要随机应变，判断什么时候该把握细微的体察的标准，什么时候该放手。）至于詹姆斯，我的观点是，他把读者置于对道德最有利的观点上，使他们成为斯特瑞塞的盟友，并把斯特瑞塞的观点作为他与文学长期接触的结果。但詹姆斯使读者对斯特瑞塞的依恋变得复杂，足以让读者在小说的边缘感受到爱的寂静世界。因此，他想知道，一种更完整的人类之善是否可能不是"感知的振荡"，而是"感知的平衡"。从这个意义上说，这部小说本身并不能代表人类的全部美德。

在这个阶段里，我没有坚持认为爱情对伦理理解有任何积极的贡献。我把它看作完整的人类生活的一部分，但在伦理观念本身涉及的部分，它是颠覆性的而非有益的。在这里，我失去了在阅读柏拉图《斐德罗篇》（《善的脆弱性》第七章）时的信心，或者是失去了那时的洞见。在那里，我主张爱的"疯狂"不仅对完整的人生至关重要，而且对理解和追求善也至关重要。本书的"爱与个体"一章中再次记录了这些论点，但带着一些怀疑；女主人公对一个特定个体的面部和形态的明显专注**体现出**这与更广泛的伦理关怀是不相容的，尽管她**谈论**了很多伦理关怀。

当时，另一个论点影响了我，这有助于解释我为什么强调爱与伦理关注之间的鸿沟。在"有瑕疵的水晶"和"感知的平衡"中，我在提到嫉妒时，简略地提到了这个论点；虽然这是沃尔海姆对"有瑕疵的水晶"的回答中的一个主题，但并没有详细展开。它在塞涅卡悲剧的叙述中被详细地描述出来，这是我正在写的关于希腊化时期伦理学著作的一部分。这个争论关注的是欲望之爱、背叛或失望，如何将自己转化为对客体、对对手，或对双方的愤怒和邪恶的愿望。我认为，欲望之爱不能被亚里士多德式的平衡和谐的生活方式所"驯化"，而始终对亚里士多德式的追求具有潜在的颠覆性，因为这种爱与愤怒和想要伤害他人的愿望相联系。在爱欲中，一个人不仅冒着失去的危险，还冒着罪恶的危险。

第三种观点出现在最新的文章《斯蒂尔福斯的手臂》中。在此，由我对狄更斯的阅读（或者也可能由我对这种可能性的兴趣让我重读狄更斯）所引导，我认为，对最优秀、最人道的伦理立场所特有的细节的非评判性的爱，其本身就包含着对爱的敏感性，这种爱有时会将情人带出伦理立场，进入一个没有伦理判断的世界。狄更斯提出了一种同情的道德观，这种道德观是动态的、浪漫的，是斯特瑞塞所不具有的。斯特瑞塞的"对特殊事物的非评判性的爱"，说到底并不是真正的非评判性。这个亚里士多德一再提及的问题，关于我面前的这一切如何与人类应该怎样生活的计划相吻合的问题，关于是否选择了合适的行为和感受的问题，从不会不被听到。狄更斯为其笔下的主人公所定制的传统有着不同的古代根源。它体现在罗马斯多亚学派关于仁慈和对非此即彼的判断的舍弃中，并在基督教思想中得到了进一步的发展，我认为，这是大卫·科波菲尔的爱的观念的一个源头。（另一种起源当然是浪漫主义的，正如我们在大卫偏爱充满生气的向前运动，以及将静止与死亡的联系中看到的那样。）

根据这一概念，爱和伦理关怀并不完全处于一种平衡状态，而是相互支持、相互影响；没有彼此，每一个都不会那么好、那么完整。普鲁斯特肯定不会接受这个观点，因为他相信所有的个人之爱都必然是唯我论的，他们对被爱之人的幸福漠不关心。更难以知道的是，对此，詹姆斯是否能接受，又能接受到什么程度。《使节》和《金钵记》的某些部分，太专注于把事情弄对，过于执着于要求细微的体察与完全的承担，以至于无法接纳爱，作为伦理生活中的一种不断滋长的势力，爱具有排他性并让人心绪不宁——即便与此同时，它可能被视为丰富或完整的人类生活的一个中心部分。然而，在海厄森斯·罗宾森与海宁·米利森特的爱中，在海厄森斯·罗宾森和奥罗拉女士对王妃充满仁慈的爱的方式中，在《金钵记》中对阿辛厄姆夫妇的描写中——也许在小说结尾玛吉对评判的温柔拒绝中，我们看到了欲望之爱的依恋和一种新的、更为柔软的道德正确之间的深刻联系——我们确实找到了这幅图景中的元素，显示出在柔性的严厉控制中存在着一种优雅，正如玛吉所反思的那样："坦白的情感显示在不牢靠的艺术中，细腻的同情心也显示在系出名门的粗俗里。"[107]

哲学常常把自己看作一种超越人类的方式，一种赋予人类新的、类神的行动和依恋的方式。我所探索的另一种哲学是把自己看作一种属于人的和言说人性的方式。这只会吸引那些真正想成为人的人们，他们以生活的本来面目看待生活，包括它的惊奇和联系，它的痛苦和突如其来的欢乐，一个值得拥有的故事。这绝不意味着不希望生活比现在更好。相反，正如"超越"一章中所主张的，有许多人性的和"内在"的超越方式，以及其他包含逃避与否定（人性）的（超越）方式。在追求人类的自我理解以及人类能够充分地理解自我的社会的过程中，第一种方法看上去是可行的，文学艺术家的想象与措辞似乎是必不可少的引导：正如亨利·詹姆斯所言，在堕落的世界中，天使在感知和同情方面是警觉的，爱的智慧让它明明白白地感到困惑与惊奇。[108]

注 释

1. 译本参考《神曲》，[意]但丁著，朱维基译，上海译文出版社，2007年。——译者注

2. 译本参考《最高虚构笔记：史蒂文斯诗文集》，[美]华莱士·史蒂文斯著，陈东飚、张枣译，华东师范大学出版社，2009年。——译者注

3. 亨利·詹姆斯，《金钵记》（*The Golden Bowl*）序言，《小说的艺术》（*The Art of the Novel*，1907）第339页。在收录有《金钵记》的纽约版本（1907—1909）中，这段文字出现在第一卷第十六章。詹姆斯实际上是在谈论"修订"的活动，作者/读者对文本的语言和形式的重新想象。

4. 詹姆斯，《小说的艺术》第339页。

5. 托马斯·阿奎那，《神学大全》（*Summa Theologica*）1 q.89 a.1。

6. 关于艺术如何塑造生活，参见纳尔逊·古德曼的《艺术的语言》（*Languages of Art*，1968）第一、六章，以及他的《构造世界的多种方式》（*Ways of Worldmaking*，1978）。到目前为止，关于读者活动的文献已经很丰富了，尤其是：韦恩·布斯《我们所交往的朋友：小说的伦理学》（*The Company We Keep: An Ethics of Fiction*，1988）；彼得·布鲁克斯《为情节而阅读：叙事中的设计与意图》（*Reading for the Plot: Design and Intention in Narrative*，1984）；W. 伊瑟尔《文本中的读者》（*The Reader in the Text*，1980）中《文本与读者之间的互动》一文，第106—119页；另见前者的《阅读活动：审美反应理论》（*Act of Reading: A Theory of Aesthetic Response*，1978）。

7. 詹姆斯，《小说的艺术》第340页。

8. 有关这一点更加详细的讨论，参见本书"爱的知识"一章。

9. The projected morality。其中"project"（投射）是作者在论述中

经常使用到的一个哲学术语，意指通过一种幻灯片式的投射，将生活中的价值投射到小说文本中去。——译者注

10. 有关这一点，参见本书"'细微的体察'"和"洞察力"两章。"投射的道德"一词出自《一位女士的画像》（*Portrait of a Lady*）序言，《小说的艺术》第 45 页。

11. 约翰·洛克的观点在这里特别有影响力。它们在本书"虚构"和"爱的知识"章节中都有论及。

12. 类似的区别，参见韦恩·布斯的《小说修辞学》（*The Rhetoric of Fiction*，1961；第二版 1983），以及《我们所交往的朋友：小说的伦理学》（*The Company We Keep: An Ethics of Fiction*）中区别有关道德评估的分析。

13. 理查德·沃尔海姆的《艺术及其对象》第二版（*Art and Its Objects*，1980）以及《绘画作为一种艺术》（*Painting as an Art*，1987）很好地说明了意图在解释中的作用。沃尔海姆认为，观者（或读者）活动的正确性标准必须参照艺术家的意图来确定。但是，只有那些与作品的创作有因果关系的意图才是相关的。他还坚持在艺术家角色的每一个阶段都要与观众的角色交织在一起，这不是两个人的两个角色，而是艺术家在创作过程中经常占据观众的角色，这与詹姆斯在《金钵记》中对作者重读的微妙分析非常接近。关于意图，另见 E.D. 赫施《解释的有效性》（*Validity in Interpretation*，1967）。

14. 在沃尔海姆的《艺术及其对象》与《绘画作为一种艺术》中可以找到类似的，具有相似约束的广泛意向概念。另见斯坦利·卡维尔《言必所指？》（*Must We Mean What We Say?*，1969；1976）。

15. 关于这种对比，参见沃尔海姆《艺术及其对象》（特别是补充文章《看进与看似》）和《绘画作为一种艺术》第二章。

16. 詹姆斯，《小说的艺术》第 45 页。

17. 译本参考《大卫·科波菲尔》，[英]查尔斯·狄更斯著，庄绎传译，人民文学出版社，2015 年。下同。——译者注

18. 如果这让读者意识到一种特殊的、并非完全沉浸在生活中的感觉可能会在这些文章的写作中发挥作用，那么这将会开启几篇文章本身的中心问题：在要求我们在他或她的作品所表达的生活意义中认同和认识我们自己时，不同类型的作者在哪里引导着他们的读者，以及如何将他们置于不同形式的人类之爱中？（参见本书"感知的平衡""'细微的体察'"及"斯蒂尔福斯的手臂"三章。）

19. 在此之后，格雷戈里·纳吉（他是印欧语言学和计量学的创始人）在哈佛开始创作他现在很有名的关于传统流派与英雄观点之间联系的作品：《古希腊神话人物精选》（*The Best of the Achaeans*，1979）。

20. 卡维尔在这方面的最早工作收集在《言必所指？》（详见注释14）。有关以后的工作，参见《理性的主张：维特根斯坦、怀疑论、道德和悲剧》（*The Claim of Reason: Wittgenstein, Skepticism, Morality, and Tragedy*，1979）和《对知识的放弃：论莎士比亚的六部戏剧》（*Disowning Knowledge in Six Plays of Shakespeare*，1987）。

21. 约翰·罗尔斯《正义论》（*A Theory of Justice*，1971）。罗尔斯的观点在本书"感知的平衡"一章中得到了进一步讨论。关于罗尔斯和我对"道德哲学"一词的使用，参见"感知的平衡"注释2。罗尔斯的影响是巨大的，但也应该说，前期一些哲学家集中于对道德语言的分析，他们的研究也涉及实质性的道德问题：参见 R.M. 黑尔《道德语言》（*The Language of Morals*，1952）、《自由与理性》（*Freedom and Reason*，1963）、《道德思考》（*Moral Thinking*，1981）。

22. 参见 G.E.L. 欧文《逻辑学、科学与辩证法：希腊哲学论文集》（*Logic, Science, and Dialectic: Collected Papers in Greek Philosophy*，1986）。

23. 例如，A.W.H. 阿德金斯的《功绩与责任》（*Merit and Responsibility*，1960）中举例说明了研究"大众道德"的方法。K.J. 多佛的《希腊大众道德》（*Greek Popular Morality*，1974）在方法论上要恰当得多，其论点丝毫没有排除文学作品作为整体或以其本身的权利对伦理学研究做出贡献的可能性。但这并非该书主题。

24. 索福克勒斯，古希腊悲剧诗人，雅典三大悲剧作家之一。——译者注

25. K.J. 多佛编辑的《会饮篇》（*Symposium*，1980）封底上有这样一段简介："柏拉图的《会饮篇》是他所有作品中最富文学性的一部，所有古典文学的学生无论是否在学习柏拉图的哲学，都可能会想读这本书。"不管这段文本是谁写的，它都是我所描述的那个时期典型的叙述方式，事实上，它与多佛本人所采用的方式是一致的。

26. 在1987年6月《泰晤士报文学增刊》（*The Times Literary Supplement*）对一组关于柏拉图的新书的评论中，可以看到我对柏拉图学术研究中这些趋势的讨论；同样可参见《善的脆弱性：古希腊悲剧与哲学中的运气与伦理》第六、七章。有关最近试图消除这些分离的鼓舞人心的例子，参见查尔斯·卡恩，《柏拉图的〈高尔吉亚〉中的戏剧和辩证法》，《牛津古代哲学研究》第 1 期（*Oxford Studies in Ancient Philosophy*，1983）第75—121页；C. 格里斯沃尔德，《柏拉图的〈斐德罗篇〉中的自我认识》（*Self-Knowledge in Plato's Phaedrus*，1986）；G. 费拉里，《聆听蝉声》（*Listening to the Cicadas*，1987）。

27. 就此问题更为广泛的讨论，参见《善的脆弱性》插曲一。

28. 参见《善的脆弱性》第二、三、十三章，以及插曲一、插曲二。有关悲剧性节日及其社会功能，请参阅约翰·J. 温克勒的《男青年之歌》一文，刊载于《表象》第 11 期（*Representations*，1985）第26—62页。

29. 关于雅典人对公共批判性辩论的喜爱与理性论证的发展之间的联系，见 G.E.R. 劳埃德《魔法、理性与经验》（*Magic, Reason, and Experience*，1981）。

30. 参见努斯鲍姆，《人文学科的历史概念及其与社会的关系》一文，刊载于《应用人文学科》（*Applying the Humanities*，1985），第3—28页。

31. 参见努斯鲍姆《自然的规范》（*The Norms of Nature*，1986）中

《治疗性论证：伊壁鸠鲁和亚里士多德》一文，第31—74页。由 M. 斯科菲尔德和 G. 斯特里克编辑。

32. 关于这个观点，参见我的《治疗性论证》一文和《欲望的治疗》（*The Therapy of Desire*，1986）。请一并参考 P. 拉宝《灵魂的方向》（*Seelenführung*，1954）及 I. 哈多《塞涅卡与灵魂指引的希腊 - 罗马传统》（*Seneca und die griechisch-rRömische Tradition der Seelenleitung*，1969）。

33. 参见《善的脆弱性》插曲一、插曲二。

34. 《申辩篇》41CD。苏格拉底声称对此有所了解，尽管总的来说他否认自己拥有任何知识。

35. 《理想国》第387—388页。

36. 参见《善的脆弱性》第八至十二章；关于亚里士多德的文体，见该书插曲二。另见《古代作家》（*Ancient Writers*，1982）中我所撰写的《亚里士多德》一篇，第377—416页。

37. 此处指英文原版书页码，即本书边码。——编者注

38. 这不仅仅是巧合，因为大多数这样的人物都是古希腊哲学家的忠实读者。斯多亚学派及其情感理论的影响尤其广泛。

39. 科拉·戴蒙德，1988年8月30日的信。另见迈克尔·坦纳在《语言的状况》（*The State of Language*，1980）《哲学的语言》一文中对此问题的机智讨论，第458—466页。坦纳的论文首先评论了以下针对专业人士的哲学论文，摘录自一篇题为《对爱的概念探询》的论文：

> 现在，我们可以用分析的方法勾勒出我们在使用"爱"时假定的概念。关于这些概念的想法可以通过勾勒一系列的关系来获得，我们认为这些关系的成员在决定 A 和 B 之间的关系是不是爱的关系时是相关的。从作为进一步关系发展的证据的意义上讲，它们是不相关的，但作为存在，至少在某种程度上是"爱"的组成部分。顺序应至少包括以下内容：

（1）A 了解 B（或至少部分了解 B）

（2）A 在乎（或关心）B

　　A 喜欢 B

（3）A 尊重 B

　　A 被 B 吸引

　　A 对 B 抱有好感

（4）A 向 B 承诺

　　A 希望 B 的福利提高

这些关系之间的联系，我们称之为"包含着爱的关系"（LCRs），除了"知道"（knowing about）和可能"感受到爱"（feels affection for），不像精确的内涵那样严谨。〔W. 牛顿－斯密，《哲学与个人关系》（*Philosophy and Personal Relations*，1973），第188—219页。应该指出的是，作者实际上是空间与时间哲学方面的杰出专家，在那个领域内，这种文体风格看似更为常见。〕

对于不熟悉专业哲学散文的读者来说，这篇文章应当证实了我在这一节中所讨论的内容。坦纳得出了令人钦佩的结论："我们需要认识到，存在着那些类似形式的模式之外，还存在着其他严谨和精确的模式。深刻并不需要那种近乎晦涩难懂的方式。"

40. 参见尤其是 F.R. 利维斯《伟大的传统》（*The Great Tradition*，1948），L. 特里林《自由主义的想象：文学与社会论文集》（*The Liberal Imagination: Essays on Literature and Society*，1950）。

41. 阿瑟·丹托在发表于《美国哲学学会论文集》（*Proceedings and Addresses of the American Philosophical Association*，1984）的《文学与／作为／中的哲学》一文中对这一立场进行了有效的批评，第58期第5—20页。

42. 韦恩·布斯在《我们所交往的朋友：小说的伦理学》中雄辩地主张复兴广泛而灵活的伦理批评，批评那种过于简化的版本，并指出伦理批评不需要有这些缺陷。我的评论参见本书"阅读"一章。另一个为伦理批评辩护的例子是马丁·普莱斯的《生命的形态：小说中的人物和道德想象》(*Forms of Life: Character and the Moral Imagination in the Novel*, 1983)。布斯的作品包含了全面广泛的伦理批评书目。

43. 布斯详细讨论过此问题，并参考了现代示例。

44. 参见 F.R. 利维斯《〈艰难时世〉：一篇分析笔记》一文，收录于《伟大的传统》第 227—248 页；L. 特里林《卡萨玛西玛王妃》一文，收录于《自由主义的想象》第 58—92 页。关于这些评论，另见本书"感知的平衡"一章。

45. 特里林、利维斯和布斯显然都是如此。

46. 其他相关哲学著作，参见：斯坦利·卡维尔（上文引用的著作，详见注释 20）；理查德·沃尔海姆（详见注释 13）；伯纳德·威廉斯《自我的问题》(*Problems of the Self*, 1973)、《道德运气》(*Moral Luck*, 1981)、《伦理学与哲学的限度》(*Ethics and the Limits of Philosophy*, 1983)；希拉里·普特南《意义和道德科学》(*Meaning and the Moral Sciences*, 1978)；科拉·戴蒙德《关于道德哲学言不尽意的故事》一文，刊载于《新文学史》第 15 期（*New Literary History*, 1983）第 155—170 页，以及《错过冒险》一文，摘录于《哲学期刊》第 82 期（*Journal of Philosophy*, 1985）第 529 页及以下页；艾丽丝·默多克《善的主权》(*The Sovereignty of Good*, 1970)；大卫·威金斯《需求，价值，真理》(*Needs, Values, Truth*, 1987)；巴斯·范·弗拉森《自我欺骗的观点》(*Perspectives on Self Deception*, 1988) 中《爱与欲望的特殊效应》一文，第 123—156 页；彼得·琼斯《哲学与小说》(*Philosophy and the Novel*, 1975)。

47. 康德的"理性建筑术"概念出自他的《纯粹理性批判》(*Critique of Pure Reason*) 一书，是一种指使单纯聚集的知识成为一个体系的思想。"我所理解的建筑术（Archtektonik）就是对于各种系统的艺术。因为系统的统一性就是使普遍的知识首次成为科学，亦即一个使知识的单纯聚集成为一个系统的东西，所以建筑术就是对我们一般知识中的科学性的东西的学说，因而它必然是属于方法论的。"引自《纯粹理性批判》第二部分"先验方法论"第三章，[德]康德著，邓晓芒译，杨祖陶校，人民出版社，2004年。——译者注

48. 参见本书"感知的平衡"一章中的进一步讨论。参见努斯鲍姆《治疗性论证》一文（详见注释31）及戴蒙德《关于道德哲学言不尽意的故事》一文（详见注释46）。

49. 参见《治疗性论证》（详见注释31）。

50. 约翰·罗尔斯，《正义论》第46—53页；亨利·西季威克，《伦理学方法》第七版（*The Methods of Ethics*，1907），尤其参见第六版序言（在第七版中已重新发布）。

51. 伯纳德·威廉斯对这一起点做出有效辩护，可参见其著作《伦理学与哲学的限度》（详见注释46）；也见《善的脆弱性》第一章，以及本书"感知的平衡"一章。

52. 原文为拉丁文 a fortiori。——译者注

53. 有关文学的第三层作用在本书"柏拉图论可通约性"一章的注释中有所描述。

54. 另见 H. 理查德森《反思平衡的情感》一文。

55. 有关纽瑟姆夫人的论述参见本书"感知的平衡"一章，有关艾格尼丝参见"斯蒂尔福斯的手臂"，有关葛莱恩参见"洞察力"。

56. 对于这一挑战，参见阿拉斯代尔·麦金泰尔所著《谁之正义？何种合理性？》（*Whose Justice? Which Rationality?*，1988）。我在《纽约书评》（*The New York Review of Books*）的一篇评论文章中讨论了麦金泰尔的论点（1989年12月7日）。

57. 参见努斯鲍姆《非相对性美德：一种亚里士多德式方法》一文，刊载于《美国中西部哲学研究》第13期（*Midwest Studies in Philosophy*，1988），第32—53页；以及内容关于伯纳德·威廉斯哲学工作的努斯鲍

姆作品（1991）中《亚里士多德论人性与伦理学基础》一文。这类调查的政治结果概述见努斯鲍姆《亚里士多德式的社会民主》一文，《自由主义和利益》（*Liberalism and the Good*，1990）。

58．亚里士多德《政治学》（*Politics*）1268a39 及以下，《非相对性美德》中也有相关讨论（详见注释 57）。

59．詹姆斯《金钵记》，第三部第五章。

60．引人注目的是，在过去的几年里，与解构主义结盟的文学理论家明显地转向了伦理道德。例如，雅克·德里达选择就亚里士多德的友谊理论在美国哲学协会发表演讲〔《哲学期刊》第 85 期（1988），第 632—644 页〕；芭芭拉·约翰逊的《差异的世界》（*A World of Difference*，1987）认为解构主义可以在伦理和社会方面做出有价值的贡献。总的来说，似乎又回归到伦理和实践——如果不是，也许，回归到严格参与伦理思想，这是道德哲学领域最好作品的特征，无论是"哲学的"还是"文学的"。毫无疑问，这种变化的一部分可以追溯到保罗·德·曼的政治生涯丑闻，这使得理论家们急于证明，解构主义并不意味着忽视伦理和社会考量。

61．译本参考《缪灵珠美学译文集》（第一卷），章安祺编订，中国人民大学出版社，1998 年。——译者注

62．译本参考《伦理学》，［荷］斯宾诺莎著，贺麟译，商务印书馆，1997 年。——译者注

63．译本参考《使节》，［美］亨利·詹姆斯著，袁德成、敖凡、曾令富译，天地出版社，2018 年。——译者注

64．译本参考《论愤怒》，节选自《强者的温柔：塞涅卡伦理文选》，［古罗马］塞涅卡著，包利民、李春树、陈琪、华林江、伍志萍译，王之光校，中国社会科学出版社，2005 年。——译者注

65．作者特别强调本段英文版本由自己翻译，故放上原版以供读者对比阅读：

You have implored me, Novatus, to write to you telling you how anger might be allayed. Nor does it seem to me inappropriate that you should have an especially intense fear of this passion, which is of all the passions the most foul and frenzied. For in the others there is some element of peace and calm; this one is altogether violent and headlong, raging with a most inhuman lust for weapons, blood, and punishment, neglecting its own so long as it can harm another, hurling itself on the very point of the sword and thirsty for a revenge that will drag the avenger down with it. For these reasons some of the wisest thinkers have called anger a brief insanity; for it is just that lacking in self-control, forgetful of decency, unmindful of obligations, persistent and undeflected in what it begins, closed to reasoning and advice, stirred up by empty causes, ill suited for apprehending the just and true—altogether like a ruin that crushes those beneath it while it itself is shattered.

——译者注

66. 这些段落分别是斯宾诺莎《伦理学》（*Ethics*）开篇、查尔斯·狄更斯《大卫·科波菲尔》（*David Copperfield*）开篇、亨利·詹姆斯《使节》（*The Ambassadors*）开篇，以及塞涅卡《论愤怒》（*De Ira*）第一卷开篇。《伦理学》是塞缪尔·雪莉的译本（1982），《论愤怒》是我自己翻译的。请注意，我在这里承认了某种意义上的意译，也就是说，一篇好的译文，就我们的目的而言，其风格与原文相似，值得在其位置上加以讨论。一个人不可能总是做得很好，尤其是诗歌作品；在任何情况下，这里所介绍的问题都应该询问译文，看看它如何很好地重建了原文的文体信息。伊恩·瓦特的文章《〈使节〉第一段：一种解释》对詹姆斯段落的风格进行了精彩的讨论，发表于《批评文集》第 10 期（*Essays in Criticism*，1960），第 254—268 页；修订版见《20 世纪对〈使节〉的诠释》（*Twentieth-Century Interpretations of The Ambassadors*，1969），第

75—87 页。

67. "相对于"原文中使用了法语 vis-à-vis 一词。——译者注

68. 托马斯·内格尔使用此短语来表征某种科学客观性的概念以及适用于它的观点。参见《本然的观点》（*The View from Nowhere*，1986）。

69. 关于叙事分析中的观点和相关概念，参见法国文学评论家 G. 热奈特《叙事话语》（*Narrative Discourse*），J.E. 卢因译本（1980）。

70. 对于这一富有启发性的评论，我要感谢科拉·戴蒙德。关于文本和欲望模式之间的关系，参见彼得·布鲁克斯《为情节而阅读：叙事中的设计与意图》（详见注释 6）。

71. 关于塞涅卡，参见努斯鲍姆《阿派朗》第 20 期（*Apeiron*，1987）中《斯多亚学派论根除激情》一文，第 129—177 页；以及于 1990 年出版的《灵魂中的巨蛇：解读塞涅卡的〈美狄亚〉》，以纪念斯坦利·卡维尔。

72. 文学与精神分析理论之间的关系是一个重要的大课题。有两种途径可以了解它，一种是布鲁克斯的《为情节而阅读》，另一种是沃尔海姆的《艺术及其对象》。以及沃尔海姆于 1989 年 2 月在布朗大学发表的主题为"乱伦、弑父和艺术的甜蜜"的演讲。在这一领域具有代表性的两本同名著作《文学和精神分析》（*Literature and Psychoanalysis*），分别是 1982 年马里兰州巴尔的摩版本和 1983 年纽约版本。

73. 1988 年 5 月，拉尔夫·科恩在加州大学河滨分校做了一次精彩的演讲，为体裁的概念及其不可消除性进行了雄辩。我从中深受启发。

74. 译本参考《维特根斯坦全集》（第六卷），［奥］路德维希·维特根斯坦著，涂纪亮译，河北教育出版社，2003 年。——译者注

75. 为与我在此描述的立场密切相关的立场辩护的当代哲学家包括大卫·威金斯（详见注释 46）、伯纳德·威廉斯（详见注释 46）、科拉·戴蒙德（详见注释 46）、约翰·麦克道威尔〔《美德与理由》一文，刊载于《一元论》第 62 期（*The Monist*，1979），第 331—350 页〕，以及针对某些问题的查尔斯·泰勒〔《自我的根源》（*Sources of the Self*，

1989）〕。有关亚里士多德的相关讨论，参见 A. 罗蒂《亚里士多德伦理学的研究论文集》（*Essays on Aristotle's Ethics*，1980）和 N. 谢尔曼《性格的构造》（*The Fabric of Character*，1989）。也见 L. 布卢姆《友谊、利他主义和道德》（*Friendship, Altruism, and Morality*，1980）。

76. 反对可通约性的论点，见本书"洞察力""柏拉图论可通约性""有瑕疵的水晶"章节，以及《善的脆弱性》第四章、第六章、第十章。在"洞察力"中，价值可通约的主张被分解成几个更具体的论点，这些论点彼此之间的关系被作为研究对象。本注释在当代哲学分析上展开。

77. 关于冲突及其与可通约性的关系，参见本书"洞察力""柏拉图论可通约性"两章以及《善的脆弱性》第四章。

78. 关于对特殊事物的感知，参见本书"洞察力""'细微的体察'""感知的平衡""感知与革命"和"斯蒂尔福斯的手臂"等章节。有关哲学讨论，参见前面引用的威金斯和麦克道尔的著作，以及保罗·德·曼《论辩与知觉：文学在道德探究中的角色》，《哲学期刊》第 85 期（1988）第552—565 页，L. 布卢姆《艾丽丝·默多克与道德领域》一文，《哲学研究》第 50 期（*Philosophical Studies*，1986）第 343—367 页，以及《儿童道德的出现》（*The Emergence of Morality in Young Children*，1987）中《特殊性与响应能力》一文。

79. 关于"一般性"和"普遍性"，参见"洞察力"和"'细微的体察'"两章尾注。

80. 参见本书"洞察力"章节和《善的脆弱性》第十章。

81. 在这方面，这一立场类似于 R.M. 黑尔所捍卫的立场（详见注释21），他要求普遍性，但强调非常具体的普遍性。黑尔的立场在下面有进一步的讨论，参见本书"'细微的体察'"章节注释。

82. 这在很大程度上取决于个体的概念，以及它所包含的基本要素：要讨论我们在这里遇到的奥秘和困难，参见本书"爱与个体"一章。

83. 尼采，《快乐的知识》（*The Gay Science*，1974），第 341 节。米

兰·昆德拉关于这种观点的讨论，参见《不能承受的生命之轻》（The Unbearable Lightness of Being，1984）。有关亚里士多德的观点，参见《政治学》1262b22—23，其中的观点在本书"洞察力"一章及《善的脆弱性》第十二章得到了讨论。

84．"洞察力"一章提出了一个关于想象力的平行论证，再次提到了亚里士多德；为充分阐述这一立场有必要如此。

85．在西方哲学传统中，这种争论始于柏拉图在《高尔吉亚篇》对修辞学的抨击，对洛克（详见注释11）和康德有着巨大影响。同时参见 L. 布卢姆《友谊、利他主义和道德》（详见注释75）以及 C. 卢茨《非自然的情感》（Unnatural Emotions，1988）。

86．对于这种立场不同类型的批评，参见人类学家卢茨和 R. 哈雷编辑的《情感的社会建构》（The Social Construction of the Emotions，1986）、梅勒妮·克莱恩在精神分析方面的作品以及詹姆斯·埃弗里尔关于认知心理学方面的著作。哲学领域，参见 R. 德苏萨《情感的理性》（The Rationality of Emotion，1987），伯纳德·威廉斯收录于《自我的问题》中的《道德与情感》一文（详见注释46）。A. 罗蒂编辑的《解释情感》（Explaining Emotions，1980）中很好地汇集了各个领域的最新内容。

87．有关这一点，参见《善的脆弱性》插曲二、《斯多亚学派论根除激情》一文以及本书"叙事情感"一章。

88．有关这一点的延伸讨论，以及所涉及的信仰概念，参见《斯多亚学派论根除激情》。

89．参见本书"洞察力"一章，《善的脆弱性》第三章有关克瑞翁的内容，以及科拉·戴蒙德刊登于《哲学研究》第5期（Philosophical Investigations，1982）第23—41页的《绝非争论》一文。

90．基础主义或者基础论，是一种知识论主张，是针对知识证成结构的理论。证成的意思是提出理由或证据来支持某个主张的真实性或正确性，主张知识的证成是由最基本的知识作为起点，并且基于合理的信

念经由合理推论推断出结论。——译者注

91. 对这一观点的批评，见本书"叙事情感"和"爱的知识"两章。

92. 出于明显的文化原因，实践推理中的情绪恢复已成为当代女性主义写作的一个突出主题：例如，参见卡罗尔·吉利根《不同的声音》（*In a Different Voice*，1982）。这本书的论点与女权主义的这项工作和其他相关工作有许多联系，提出了对所有想好好思考的人类都重要的问题。最近，关于情感在法律和法律判决中的作用，出现了非常有趣的进展。有关最近的两个不同示例，参见保罗·葛维宝收录于《哈佛法评论》第 101 期（*Harvard Law Review*，1988）第 1043—1055 页的《埃斯库罗斯法》一文，以及玛莎·L. 米劳和伊丽莎白·V. 斯佩尔曼共同创作的《正义的激情》一文，收录于《卡多佐法评论》第 10 期（*Cardozo Law Review*，1988）第 37—76 页。这两篇文章都深刻关注文学和文学风格在法律中的作用，并看到了这个问题与情感角色问题之间的联系。（并且两者都与女权主义有关。）葛维宝雄辩的结论把这些兴趣汇集在一起：

> ……但是，非理性情绪虽然可以扭曲、迷惑或失控地迸发，但它们本身也有价值，也可以发挥作用，增进理解。法律体系的价值观和实现，以及律师、法官和参与法律体系的公民的价值观和实现，都是由他们的情感所决定的……这些观察结果表明，文学与法律之间有一个重要的联系，而这种联系很少被明确化。文学之所以提出自己的特殊主张，正是因为它滋养了人类的各种理解，而这种理解不是仅通过理性就能实现的，而且还涉及直觉和情感。如果像**奥瑞斯泰亚**建议的那样，法律涉及非理性因素，需要最全面的理解，那么文学可以在律师的发展中发挥重要作用。将愤怒纳入法律范畴——这一范畴代表了情感领域与法律之间的联系——打通了文学本身与法律之间的联系，并强调了文学在发展法律意识方面所具有的特殊地位，使其达到最丰富和复杂的程度。（1050 页）

关于这些问题，另见詹姆斯·博伊德·怀特《法律想象力》(*The Legal Imagination*，1973)、《当语词失去意义》(*When Words Lose Their Meaning*，1984)和《赫拉克勒斯的弓》(*Heracles' Bow*，1985)。

93．参见《善的脆弱性》第八至十二章。

94．关于学习，参见本书"洞察力"和"'细微的体察'"两章。

95．参见《善的脆弱性》第十二章，以及谢尔曼的相关论述（详见注释75)。

96．当然，它们也没有声称自己代表了人们可以在这些问题上寻求理解的唯一方式。很明显，我只局限于一种文学传统的一小部分；但是，我这样做并不意味着不存在其他的传统、其他的视角，这些对于全面完成这一探询是很重要的。如果你从这些问题转到其他问题，请谨记这一点。因为将会有一些问题，这些问题的研究对于全面完成当前的辩证项目是绝对必要的，而这些问题不可能仅通过来自欧洲和北美的高级文学传统的文学文本就能被研究透彻。在我们的计划实施之前，我们需要尽可能地了解与我们截然不同的人们的生活方式，以及我们社会中少数群体和受压迫群体的生活方式。尽管我不承认这里所研究的作品，就其来源而言注定狭隘和偏颇，但我们有理由认为，要全面而准确地研究这些问题，就必须转向其他来源的文献。

97．参见本书"有瑕疵的水晶"一章，以及我刊载于《伦理学》第98期(*Ethics*，1988)第332—340页的《论保罗·西布赖特》一文。

98．详见注释10。很明显，我把我的讨论局限于可用的语言表达形式，甚至没有试图考虑语言与图画、音乐等的关系。

99．H.詹姆斯《小说的艺术》第65页。关于詹姆斯的道德观，另见F.克鲁斯《风尚悲剧：亨利·詹姆斯后期小说中的道德戏剧》(*Tragedy of Manners: Moral Drama in the Later Novels of Henry James*，1957)。

100．接近这一点的是艾丽丝·默多克在《善的主权》中使用的例子。其他开始研究这种复杂程度的哲学家包括伯纳德·威廉斯（详见注释 46）；托马斯·内格尔《人的问题》（*Mortal Questions*，1979）；朱迪斯·贾维斯·汤姆森《权利、补偿与风险：道德理论论文集》（*Rights, Restitution, and Risk: Essays in Moral Theory*，1986）。

101．我想到了亚里士多德在《修辞学》和《诗学》中提出的关于我们对文学的兴趣和我们对学习的热爱之间关系的主张，见《善的脆弱性》插曲二。

102．参见《自由主义的想象》（详见注释 40），尤其是 1974 年版新增的前言 vii 至 viii 页。

103．D. 科恩的《透明的头脑》（*Transparent Minds*，1978）对意识小说中的隐私问题进行了精细的分析。

104．这一点，理查德·沃尔海姆在他对《有瑕疵的水晶》一文的评论中首次向我提出，《新文学史》第 15 期（1983）第 185—192 页。参见本书"'细微的体察'"一章。

105．更多讨论参见本书"爱的知识"一章中有关威廉·詹姆斯的内容。关于亚里士多德的风格，参见《善的脆弱性》插曲二。

106．沃尔海姆（详见注释 104）。

107．参见詹姆斯《金钵记》第二部第 156 页，以及本书"有瑕疵的水晶"一章。

108．对于这篇导论的早期草稿，我非常感谢西塞拉·博克、科拉·戴蒙德、安东尼·普爱思、亨利·理查德森、克里斯托弗·罗、保罗·西布莱特和阿马蒂亚·库马尔·森。我也非常感谢哥伦比亚大学法学院和波士顿大学法学院给我机会在座谈会上讨论这个问题，并感谢当时在场的观众提出的具有挑战性的问题。

第二章

感知的洞察力：
一个有关个人和公共理性的亚里士多德式概念

人们在此获得的不是一种技术，而是学会正确的判断。规则是有的，但它们没有形成系统，只有经验丰富的人才能正确应用它们。这不同于计算规则。

在这里，最困难的是将这种模糊性正确无误地用语言表达出来。

路德维希·维特根斯坦《哲学研究》第二卷第六章

在这个国家里，诗人是那个平和的人……

他给予每件事物或品性以最恰当的比例，不多也不少……

他审判不是像法官那样审判，而是像阳光落在一件没有指望的东西周围……

他在男人和女人身上看到永生，他不把男人和女人看作梦幻或小圈小点。

沃尔特·惠特曼《在蓝色的安大略湖畔》[1]

实践理性是否科学？[2] 如果不是，按照它一贯的践行方式，它能否成为科学的？如果是，这会是一件好事吗？[3] 许多当代的道德哲学和社会科学著作都对第一个问题或第二个问题与第三个问题的结合给予了肯定的答案。亚里士多德的伦理和政治著作提出了有力的否定论点。"很明显，"他写道，"实践智慧[4] 显然不是一种**科学理解**（epistēmē）"（《尼各马可伦理学》1142a24）。这不仅仅是承认了当代理论的缺陷。因为他在其他地方明确指出，真正理性的实践选择的本质是，如果不变得更糟，就不可能变得更"科学"。相反，他告诉我们，正确选择的"洞察力"取决于他所说的"感知"。[5] 从上下文来看，这显然是对一个人具体情况的突出特征所做出的某种复杂回应。 [55]

　　亚里士多德的立场敏锐且令人信服。在我看来，他的观点抓住了好选择的十足复杂性和令人痛苦的困难性，比我所知道的任何关于实践理性的解释都要深入。但无论我们最终是否被它说服，研究它依然具有迫切的必要性。在我们这个时代，实践理性的"科学"图景的力量，通过社会科学和伦理理论中更科学的部分对公共政策的形成产生影响，甚至影响着人类社会生活的几乎每一个领域。如果不把这种观点与那些最深刻的观点做比较，我们就不应接受这种情况。如果我们最终不接受亚里士多德的观点，至少我们会对自己有更多的了解。

　　本文是对亚里士多德式概念的一种同情性陈述。在此过程中，本文概述了亚里士多德驳斥他实际对手的一些方式，以及通过这些方式，他的观点可能为我们提供论证，用来反对当代有关理性的"科学"概念的提议。但由于本文的目的是与亚里士多德及其观点所回应的伦理问题保持相当密切的关系，并没有对反方立场提供详细解释，因而也就没有用详细的论证来反驳它们。它为进一步的探询提供了方向。

　　在这篇文章中，"科学"一词将会像亚里士多德所使用的那样，被用来表示一系列的特征，这些特征通常与声称知识体系具有认知地位的说法相关。由于认知的渴求在不同对手的计划中采取不同的形式，亚里士多德对科学理性概念的抨击是一系列的抨击，针对的是逻辑上不同的立场——尽管这些立场在某些形式上是相互一致的，并在柏拉图的某些著作中被合并成一个单一的概念。我认为亚里士多德的抨击有三个不同的维度，相互紧密地交织在一起。这三个方面是：对所有有价值的事物都是可通约的这一主张的抨击，对特殊判断优先于普遍判断的论证，以及对情感和想象力作为理性选择的关键要素的捍卫。他反击的三个特征在古代伦理争论中都很突出，在当代关于伦理选择的论著中也都很重要。一旦我们已经分别理解了亚里士多德所批判的三个特征，也理解了他自己的积极概念的相应特征，我们将看到他的概念的各个部分是如何结合在一起的，并且也会面对这样一种指责，即认为这种标准是没有内容的。为了更清楚地看到其内容，我们将转向一个更充分地呈现其显著特征的复杂文学案例。最后，我们将从个人选择的领域，即亚里士多德的图景具有直接的直觉吸引力的领域，转向更困难的任务，即将他的观点推荐为公共选择的典范。

[56]

I. 多元价值和不可通约性

亚里士多德知道理性选择的标志是用单一的价值定量标准来衡量所有的选择。他的时代和我们的时代一样，这样一门"测量科学"[6]被这样一种渴求所激发，让令人无所适从的选择问题（在多样的选择之间做出抉择）变得简单并易于处理。例如，柏拉图认为，只有通过这样一门科学，人类才能在面对选择的具体情况时，从一种难以忍受的困惑中解脱出来，这种选择具有质的模糊性和表面价值的多样性。柏拉图甚至相信并有力地论证，人类行为中许多最令人烦恼的非理性行为，都是由激情所引起的，如果彻底相信所有价值在质上的同一性，那么这些激情将会被消除或变得无害。如果一个**无自制力的**[7]能动者明白，表面上诱人但实质并不那么好的物品只是含有很少量的价值，而这些相同价值是可以通过购买更好的物品而得到的，那么他或她就不太可能偏离那条更重要的众所周知的善的道路。这里所提出的"科学"是基于这样一种思想，即可以找到某种价值的单一标准，所有的理性选择都可以被重新塑造为使我们的价值最大化。

我们可以把"测量科学"分成四个不同的主张。第一主张认为，在每种选择情况下，价值都有一个值，只在数量上变化，这是所有选择的共同之处，理性的选择者用这个单一的标准来衡量备选选择。让我们称这个主张为**可度量性**。第二个主张是所谓的**单一性**主张，也就是说，在所有的选择情况下，都有一个相同的衡量标准。第三是关于理性选择目标的主张：选择和所选择的行为的价值并不在其本身，而只是作为产生好结果的工具手段而存在。我们称之为**结果主义**。如果将结果主义与可度量性相结合，我们就有了最大化的理念：理性选择的要点是在每种情况下产生最大数量的单一价值。把这两者与单一性结合在一起，我们就有了这样一种观点，即在任何情况下，都有一个合理的选择，即最大化。[8]最后，亚里士多德的反对者，如现代功利主义者那样，他们对目的的内容有各种各样的解释，他们认为其都是为测量而服务的，事物是可被最大化的。快乐，对亚里士多德和我们来说，是最令人熟悉的候选者。[9]亚里士多德拒绝了"测量科学"的所有这四项主张而捍卫了这样一幅关于选择的图景：一种在多元与多样的物品中进行基于量的选择，对每一种物品的选择都是因为其自身独特的价值。

[57]

反对将快乐作为单一目的和选择标准的论证，在他的伦理学著作中占据了相当大的篇幅。其他可用的候选项（有用的或有利的）在许多文章中只是被含蓄地批判，将其视为一种非同质的、非单一的事物。这大概是因为它缺乏有力的捍卫者。另一方面，享乐主义作为一种选择理论的流行，需要详细的批评。围绕着对亚里士多德关于快乐的两种解释，有许多众所周知的困难。[10]我们可以肯定地说，这两种说法都否认快乐是在许多不同类型的活动中以一种性质相同的方式所产生的单一事物。按照《尼各马可伦理学》第七卷的说法，我的快乐和我以某种方式进行的活动是一样的，即我的自然状态下不受阻碍的活动。因此，快乐和不同种类的自然活动一样，是独特的、不可通约的，如：看、推理、公正行事等等（1153al4—15, b9—12）。《尼各马可伦理学》第十章里讲到，快乐伴随着它所依附的活动而产生，就像一个健康的年轻人红润的脸颊，是为其增色添彩的。在这里，快乐并不等同于活动；但是，如果不参照它所附属的活动，就无法识别它。如果缺乏概念上的不一致性，就不可能单独追求它，[11] 就像人们不可能在不拥有健康身体的前提下，单独培育出红润的面颊。[12] 更不可能有一种单独的东西，即快乐，可与**所有**的活动分开，并且由所有这些数量上不同的活动所产生。在这些批评的基础上，亚里士多德又提出了一个观点，即快乐"在类属上是不同的"，正如与其伴随的活动是不同的一样（1173b28 及以下）。有些快乐是值得选择的，有些快乐不是；有些快乐是更好的，有些快乐是更坏的。此外，有些是败坏之人的快乐，而有些是属于好人的快乐（1173b20 及以下）。因此，快乐的非单一性**形式**为我们不把它作为实践选择的最终目的提供了额外的理由。

快乐不仅仅因缺乏单一性而不足。它在包容性方面也有所不足。也就是说，它没有涵盖或包含我们所追求的一切值得选择的东西。亚里士多德写道："有许多事情，例如看、记忆、观照和具有德性，即使它们不会带来快乐，我们也会积极去做；即使这些活动都伴随有快乐，这也没有什么不同；因为，即使不伴有快乐，我们也仍然**会**选择它们。"（《尼各马可伦理学》1174a4—8）。即使事实上快乐作为一种必然结果与优秀的行为紧密相连，它也不是我们行动的**目的**。我们选择行动仅仅是为了行动本身。审慎的想象可以告诉我们，即使与快乐的联系被打破，我们也会这么做。亚里士多德向我们展示了一些例子，表明两者之间的联系实际上已被打破。例如：一个好人有时会为了帮助朋友或因勇敢举动而牺牲自己的生命，从而牺牲一切当前和未来的快乐（1117b10 及以下）。因此，亚里士多德告诉我们，我们实际上追求和重视的目标，是不能简化为快乐的。我们稍后会看到，他为这些多元承诺的价值和善做了隐晦的论证。

[58]

对快乐的反驳论证是对单一性的有力反对，因为还没有其他貌似合理的单一标准被提出。但很明显，亚里士多德对单一性的反对是普遍的。在他对柏拉图的单一善的概念的反驳中，[13] 他坚持认为"荣誉、智慧、快乐的概念是独立的和有差异的善"（《尼各马可伦理学》1096b23—25）。他由此得出结论：在这些事物中，不可能存在单一的共同的善的概念。他似乎是在说，当我们认为每一种选择都有价值的时候，我们所追求或选择的是一种不同且独特的东西；没有任何单一事物能够以一种合理统一的方式说明它们的实践价值，从而属于所有人。在《政治学》中，他甚至更明确地反对所有善都可被衡量的观点。这篇重要的文章描述了一种关于政治主张基础的理论，根据这一理论，任何分歧都与政治分配有关。如果 A 在所有其他方面与 B 相同，但在身高上超过 B，那么 A **因此**（eo ipso）有权享有比 B 更大的政治权益；如果 A 比 B 高，B 比 A 吹笛子吹得好，我们就得决定谁比谁强等等。亚里士多德对这一方案的第一个反对意见是具有特殊性的，它承认许多与政治主张相关的特性，而这些特性与良好的政治行动完全无关。但他的第二个反对意见则具有普遍性。这个方案是有缺陷的，因为它涉及把所有的好都看成彼此可通约的：身高和音乐才能是可以用财富和自由来衡量的。"但这是不可能的，人们不把他们的主张建立在任何以及每种不同之上，在政治学上显然是合理的。"（1283a9—ll）[14]

显然，这就像《尼各马可伦理学》论证一样，是一个反对单一性的论证：**就**所有的善**而言**（qua），没有一个标准可以衡量它们在善的属性上的可比性。它看起来也像一个反对可度量性的论证：因为它表明，假设即使在每一个可选的两两比较中，我们都会找到一个相关的同类度量，这也是有些荒谬的。事实上，《尼各马可伦理学》关于定义的评论，当根据杰出的价值和其与活动的内在价值的其他观察相联系时，确实产生了反对可度量性以及结果主义的论证，它支持了这样一幅图景，其中目的或善包含了许多不同部分活动（与若干优点有关），每一种活动都为其本

[59]

身而追求最终目的。亚里士多德认为，一个人的好生活是由他的优点所构成的；他反复强调，正是这些活动，而不是它们的结果或产生它们的灵魂状态，才是价值的最终载体，是我们所追求的一切的目的。这实际上是根据优点定义的活动的一部分，它应该是为了其本身而选择的，而不是为了其他的东西（1105a28—33），所以若选择好的活动只是为了一些进一步的结果，不仅会误解行为和结果的相对价值，而且还会在实际中做不好；如果我吃健康食品只是为了得到父母的认可，或者只是为了得到奖励（**或者**，我们必须补充，只是为了给城市造福），那么我的行为根本就不是道德的。显然，要节制或公正地行事，需要了解节制和正义的内在价值；我不能把它们当作工具，同时还按照它们行事。但是，如果每一种优点，如亚里士多德所言，都是一种独特的东西，其性质不同于其他，那么，选择根据其中任何一种优点行事，就需要将这种独特性质本身作为目的进行欣赏；在各种备选方案中进行选择，需要将这些不同的性质作为不同的事物进行权衡，并根据其本身的性质来选择它。假设在演奏音乐和帮助朋友之间做出选择，我通过在这两种选项中选择某个单一的度量并质询数量来做出决定，那么，要么这个度量标准与其中一个或另一个的独特价值的本质相同，要么它与两者都不同——例如，愉悦或效率。但根据亚里士多德的观点，在这三种情况下，我们都会忽略某些真正目的或价值的本质，在前两种情况下，我们会忽略其中一种，在第三种情况下，两者都被忽略了。例如，如果把音乐和友谊简化为效率问题，我就无法恰当地关注到它们**所是**。以艺术创造力来评价友谊，或以他人的美德来评价艺术创造力，我仍然忽略了某些真正的价值。

在这一点上，可度量性的支持者就要发问了。首先，非度量性的选择怎么可能是理性的？如果在 A 和 B 之间进行选择时，我不能选择某一项以便最大化，甚至不能根据某一项去比较这两者，那么我又怎么**能**理性地去比较这些多样的选择呢？第二，假设亚里士多德正确地描述了大多数人的选择方式，认为他们的价值观是多元和不可通约的，为什么我们应该认为这是一种特别好的选择方式呢？这种混乱的状态为什么不应该推动我们去寻求对当前这些都不存在的可测量性甚至单一性的开发？[15]这些问题是相互关联的。如果我们认为缺乏这种有限的可通约性的选择是不理性的，那么就是支持开发这种高级技术的有力缘由。 [60]

亚里士多德式立场并不是简单地描述现状。它还为维护我们当前的真正理性且在价值丰富性上占有优势的决策方式提供了一个强有力的含蓄理由。如果我们回到定义差异的概念，就会开始明白这一点。在亚里士多德的概念中，每一种不同类型的优秀活动都是好生活的组成部分，这等于是说，缺少这一项的生活是有缺陷的，或者是严重不完整的，在某种程度上，无论有多少其他项目的存在都无法弥补这一缺陷。以这种方式珍视（例如）友谊就意味着（正如亚里士多德明确指出的那样），生活中如果缺少这一项，即使它拥有你所喜欢的所有其他项目，它也将在某种重要的程度上无法实现完全的价值或善。[16]友谊并不提供我们可从别处得到的可贵品质；它正是这样的事物，拥有其自身独特的性质，是价值的承载者。这就是判断某事物是目的，而不仅仅是达到目的的手段的意义所在：不存在没有损失的权衡。

评估好生活的每个独立组成部分，就其本身而言，需要认识到它区别于其他组成部分的独特性和分离性，每个组成部分都是复合整体中不可替代的一部分。一个理性的亚里士多德学派的成年人会对勇气、正义、友谊、慷慨以及许多其他价值观有相当好的理解。他或她会明白，在我们的信仰和实践中，它们是如何不同，并且彼此不可互换。假设一个伦理进步的支持者认为，通过消除某些或所有这些异质性，事情可以变得更简洁有序，他或她会回答说，废除这一切就是废除这些价值的本质，从而废除它们对好生活的丰富性和完满性的特殊贡献。这种设想威胁要让我们的现实世界变得贫瘠：因为我们已经说过，这些项目的每一项都有其独特的贡献，为了获得其他东西我们不能通过用它做交换来实现。有意识地抹去这种特殊性是理性的吗？以如此代价换来简洁有序，是不理性的，而绝非理性的。我们是否想要成为或拥有能够进行有效率的慎思的朋友，因为他们能让自己把友谊构想为一种其他价值的功能？亚里士多德说得在理，真正理性的选择方式，是反思和承认每一项的特殊贡献，并把对这种异质性的理解作为慎思主题的中心部分。逃避并不是进步。

至于第一个问题，亚里士多德主义者应该从反对它的提出方式开始；因为反对者认为，慎思要么是量化的，要么只是盲目尝试。[17] 我们为什么[61] 要相信这些？经验向我们展示了另一种选择：它是质化的而不是量化的，它是理性的仅仅因为它是质化的，并且基于对每一个问题的特殊性质的把握。我们一直都在选择这种方式；我们没有理由让权衡和测量的修辞把我们逼迫到在此采取守势，或假设如果我们是理性的，我们就必须依照某种隐藏的度量标准。[18]

我稍后会讲到社会推理（social reasoning）。现在我需要做更多工作来展示亚里士多德式图景和当代社会科学中部分慎思图景之间的对比。[19] 可以很容易地看出亚里士多德主义与古典功利主义的基础是那么不一致，事实上，任何依托于单一性甚至是可度量性的现代功利主义与亚里士多德主义都不匹配。但到目前为止，它看起来与一个决策程序完全兼容，该决策过程使用了一个纯粹的偏好序列表，在其中各种选择得到明显的排列，包括了那些能动者在其中是否做出某种卓越行为或者做出某种卓[62] 越行为的组合。[20] 难道我们不应该设想理性的能动者是按照某种这样的排序进行选择的，而社会理性则是这种个人排序的集合？

很快我们就会看到亚里士多德是如何反对这种对于目的的先行固定排序或排列的观念的；因此，我推迟讨论这些论证对于社会选择的潜在含义。我也无法详细讨论亚里士多德的伦理方法与社会科学中占主导地位的模型相冲突的另外两个方面。我只简单地提一下：首先，正如我们已经开始看到的，亚里士多德并没有对手段和目的做出明确的区分，而这在许多社会科学文献中被认为是理所当然的，或许在经济学中尤其如此（详见注释18）。他也不认为终极目的不能是理性慎思的对象。对于每一个终极目的，我们不仅要问实现它的工具手段是什么，而且还要问什么可**被视为**实现了这一目标。此外，在我们（不断进展的）目的的模式的背景下，我们总是可以问某些假定的组成部分，例如友谊，它是否真的属于作为目的的组成部分：也就是说，如果没有它，生活是否会变得不那么丰富和完整。这一切都是理性慎思的一部分；通过以这样的方式来拓宽实践理性的领域，亚里士多德主义显然偏离了经济学上所假定或者明确表达的理性观念。我不能在此进一步讨论这个极为重要和复杂的主题。[21]

亚里士多德与按偏好排序的理论家之间另一个显著区别涉及欲望与价值之间的关系。亚里士多德并不认为，仅仅因为某人偏好某物，我们就有理由把它列为更可取的。这完全取决于这个人是谁，以及通过什么程序进行排序。拥有实践智慧的个体排序将成为我们个人和社会的标准；那些坏的、疯狂的或孩子气的人偏爱什么显得无关紧要。被严重剥夺的人的判断也不值得信任：因为他们经常会根据实际情况来调整自己的偏好。价值是以人类为中心的，并不是完全独立于人类的欲望和需求而固定不变的；[22] 但这么说远不是说每个人的每个偏好都有价值。

毫无疑问，亚里士多德将会更加强烈地反对任何以欲望强度作为度量标准来对各种选择进行排序的方案。如果有人欲求某种事物这一事实自身并没有给我们很好的理由去评估它，那么就更不必说一个人的实际欲望的强度或数量，可以给我们好的理由去评估它与这种强度成正比的价值。即使亚里士多德承认欲望的强度**可以**用这种理论所要求的统一方式来衡量和计量——他几乎肯定不会这样做——他肯定会认为这比在所选择的对象或替代物中建立可通约性的版本更为反常、更不可信。柏拉图式命题的错误在于使价值可通约；但至少它把价值定位在正确的地方，在对象和活动中，而不是在我们对这些东西的感觉中。相比之下，这个方案所说的不再令人信服，而且把价值置于错误的地方。[23]

我现在不想再进一步讨论这个重要的主题，而是要谈谈它的一个分支，这个分支将以一种特别有趣的方式，集中讨论亚里士多德主义和某

[63]

些形式的技术社会理论之间的区别。在有序偏好理论中，当要在 A 和 B
之间做出选择（个人的或集体的）时，通常只会问一个被认为是显著的
问题，即哪个选项更受青睐。（有时候，就像在格里芬提议中，会提出偏
好的分量或强度的问题，但这是出了名的困难和有争议的。）能动者使用
一幅单一的线条或范围的图景，其目的仅仅是尽可能地抵达这条线的高
处。在这种情况下，虽然这条线并不意味着存在一个统一的价值衡量标
准，所有选择都被视为可通约的，但这里仍然有一条单一的线，即从所
有可得的选择中对实际偏好进行排序。所有可供选择的方案都是按这条
线来安排的，能动者在做选择时并无其他作为参照。亚里士多德主义探
询的是全面的偏好。但这一相当困难的选择状况的图景也鼓励我们去询
问和思考一个关于 A 和 B 更进一步的问题。我们已经说过，亚里士多德
式的能动者仔细研究了每一个有价值的选择，寻找其独特的本质。她决
心承认每一种竞争性选择的价值或优点，把每一种价值看作皇冠上独一
无二的宝石，有其自身的价值，它不会因为情境的偶发事件将它与其他
善分离而失去其独特的价值，从而在全面的理性选择中遭遇失败。他们
强调对多种不可通约的善的承认，这就直接和自然地导致了有关一种在
它们之间存在着不可调和的、偶然的冲突可能性的感知。一旦我们看到
A 和 B 提供了独特的内在价值，我们也会有准备地意识到，当我们因为
无法控制的偶发事件而被迫在 A 和 B 之间做出选择时，我们就会被迫放
弃一些真正的价值。如果 A 和 B 都是美德行为，那么选择情境就是我们
的行动不得不在某些方面有所欠缺，或许甚至可能是不公正的或错误的。
在这种情况下，决定 A 比 B 更好有时会成为我们最不关心的事。阿伽门
农看到，在牺牲他的女儿伊菲革涅亚和一种会导致所有相关人员死亡的
不敬之间，几乎并不存在一个有关理性能动者**如何**选择的问题。但在这
里，进一步的问题才刚刚开始。关于错过 B 所涉及的缺陷或内疚，我们
可以做些什么，思考和感受什么？对于陷在如此情境中的能动者而言，
[64]　什么行为、情绪以及回应是合适的？在此，道德需要怎样的悔恨表达，

怎样的补救努力？个人不能忽视这些关切，否则就会有严重的道德缺陷。阿伽门农忽视了它们，认为偏好的问题是唯一能够通过理性来解决的问题。歌队的长者们认为这不是智慧，而是疯狂。

　　我在其他地方写过更多关于这些情况的文章。[24] 它们是希腊悲剧的核心，也是大多数人生活中常见的一部分。亚里士多德主义承认它们，重视它们，因为它们无法从一个生活在不可控的世界中的好人积极承诺的丰富性与多样性分离。经济理论并没有像大部分的现代道德哲学那样，明确地将它们排除在外。但它认为它们与理论，即理性选择无关。[25] 我们可以更进一步。这可能是关于社会选择理论的一个公理的重要构想中所产生的间接和不被注意的结果，即我们不承认这些情况。考虑一下那个被称为"无关选择的独立性"的原则："从任何环境中做出的社会选择，仅取决于个人对该环境中各种选择的排序……为了做出决定，绝没有必要将可用到的方案与在给定时刻不可用的方案进行比较。"[26] 我一直在考虑的这种类型的案例是，社会选择理论家显然必须拒绝考虑阿伽门农的情况与另一种情况之间的关系，在这种情况下，他本可以信守自己的所有承诺，而不会犯下残暴的恶行。他必须只考虑在这一情况自身的选择排序，而将所有可用的选项视为无关，通过与一个好人所希望做出的选择比照，看到所有可用的选项是令人难以忍受的。这显然不是这个原则的意图，但这似乎确实是这个构想的一个结果——而这个构想与我在上面所描述的对价值和欲望之间的区别更具普遍性的否认是一致的。对于亚里士多德主义者来说，"不可用"并不意味着"不相关"（这两个词在阿罗的构想中互换使用，造成了混淆的效果）。亚里士多德主义鼓励人们关注世界是如何阻碍我们努力做好事情的；它表明，对许多事情的关心将使我们面临这些可怕情况的风险。当我们的所有选择没有一个善的时候，它要我们这些致力于善的人注意到它。[27] 它鼓励我们发展适当的方式来思考和感受这些可能性，告诉我们所有这些都是人类良好生活的一部分。即使在这些可怕的限制下，如果阿伽门农能把这些限制与他作为一个有美德的人的愿望和选择联系起来，那么他的决定也会更好并且更为理性。然而，社会选择理论坚持认为，只有他的实际可能性的排序才是相关的；他可以理性地做出选择，而不需要认为女儿的牺牲是一件绝对糟糕的事情。[28]

这对公共理性理论来说重要吗？我将会深入论证这很重要。领袖人物经常会像普通公民一样，面临令人不快的道德选择，在这些选择中没有免于损失的选择，甚至也没有免于愧疚的选择。我们希望领袖人物在这种情况下能够做出强硬的必要选择，更偏向于选择 A 而不是 B，或者选择 B 而不是 A。我们不希望这些被认识到的两难困境阻碍他们表明自己的偏好。但我们也希望他们保留并公开展示足够多的亚里士多德式直觉，即普通个人的直觉，他们会说在这种情况下，我们违反了一个重要的人类价值。例如，假设我们一致认为，总的来说，杜鲁门选择轰炸广岛是正确的：这是他和这个国家逃离这种可怕困境的最佳出路，在此困境中他和他的国家被置于他们所无法掌控的要素中。然而，轰炸究竟是被简单地当作一种获胜的选择，还是被当作一种践踏真正道德价值的行动方案，这仍是一个非常重要的问题。杜鲁门是带着对自己理性力量坚定不移的信心来实施这项方案，还是带着不情愿的悔恨，以及他是否带着有义务做出任何可以做出的赔偿的信念来做这件事，这些都是很重要的。他的关切是否都集中在一根有序线条的顶点上，或者是否也注意到这种主张的内在伦理特征总的说来是并不可取的。[29]亚里士多德式的领袖人物珍视每一个单独的价值，并赋予每一种价值适当的情感和义务感，以这些方式中的第二种方式行事。此外，他或她认为，以更普遍的方式关注这些困境而不是超越它们或"解决"它们是好的，因为这样做会重申并加强对相关价值观的依恋，以此方式，人们在其他情况下将不太可能违反它们。当一个领袖人物被从小教导忽视一个人的现实情况与一种无法实现的情况（无论好坏）之间的差异，他就不会从这种教育中学到在这两种方式之间所存在的显著差异，所以他（她）很可能会选择前者，

[66]

因为前者在良心上更容易接受。[30]

在 R.M. 黑尔的著作《道德思考》中，介绍了两个程式化的推理。他们被称为大天使（Archangel）和无产者（Prole）[31]。[32] 无产者被日常的直觉理性所困，认为道德困境是真实的、不可解决的，需要悔恨和补偿性的努力。大天使，是一位功利主义哲学家，能够从这个理论的批判角度（如黑尔所描述的那样）看出这类困境已消失。她学会超越它们，并对那些继续承认它们的人嗤之以鼻。黑尔一如既往地展现出他的活力和敏锐。通过论证有诸多理由来回答为何在大多数日常选择中，我们应该像无产者一样行事，他为他的对比赋予了价值。然而，当处于最佳状态时，大天使是实践推理的典范。很明显，大天使是黑尔对他自己所面临的迫切问题的回答，这些问题是关于选择理论如何让人类生活变得更好。与亚里士多德一样，我相信，大天使卓越的明晰性和简洁性并不能使事情变得更好；对一个人类问题的超越并不能解决这一问题。我相信我们不仅在日常选择中，而且在领袖人物和榜样的选择中，需要更多的无产者，更少的大天使。托马斯·阿奎那认为，天使在这个充满偶然的世界里，无法感知需要感知的东西。因此，正如阿奎那所总结的那样，无论他们在天堂里多么富裕，他们都是这个世界糟糕的向导。亚里士多德说过，我们所追求的是人类的善，而不是其他存在者的善。

Ⅱ. 特殊事物的优先性

"洞察取决于感知。"这句话取自我的标题，亚里士多德在攻击伪科学理性图像的另一个特征——坚决主张在一般规则或原则的系统中把握理性选择，就是将这些规则或原则简单地应用于每个新案例——时用了这个短语。亚里士多德对"感知"的优先性的辩护，以及对实践智慧不能是一门涉及普遍和一般原则的系统科学的坚持，显然是一种对具体情境判断的优先性的辩护，这种判断对于任何这类体系而言都更为非正式和更直观。他再一次抨击了一个在我们的时代，特别是在公共领域，被普遍视为理性标准的事项。他对伦理一般性的抨击与对可通约性的抨击密切联系。因为这两个概念是密切相关的，在他们的辩护者看来，这两

[67]

个概念都是进步的策略，我们可以用它来摆脱伦理上的脆弱性，这种脆弱性产生于对异质性的感知。太多的异质性会让看到它的能动者有可能感到惊讶和困惑。一种新的情况可能会使她感到不一样。一件有价值的事物可能看起来完全不同且新颖。但是，如果她告诉自己，要么只存在一项，按照它来看，所有的价值都是可衡量的——要么有一个有限数量的一般价值，按照它来看，所有的新案例必然会沦为实例——通过这两种途径中的任何一种，她都会摆脱棘手和意想不到的负担。每到一个新情况，她都准备只看那些她已经知道如何进行慎思的事项。

对异质性的感知带来了另一个问题：易受损失。如果把心爱的人（国家、职业）看作并不独特的，而是同质的一般概念的一个实例，即如果世界从我们手中夺走我们现在拥有的东西，那么这个实例就有可能被另一个类似的实例所替代。柏拉图笔下的狄奥提玛认为，以这种方式使一般优先于特殊，可以"放松"和"缓解"在规划生活中所涉及的紧张。就价值的一般性而言，就像可通约性更激进地化约为单一价值一样，如果这个世界拿走了你喜欢的东西，那么很可能就会有其他类似价值的物品作为替代。许多希腊思想家认为，一个真正理性的决策程序的标准是，它应该消除我们的一些伦理困惑和脆弱性，让我们在控制更重要的事情的过程中更为安全。这个观念仍然具有强大的吸引力。

在这里，我们必须开始区分**一般性**（general）与**普遍性**（universal），亚里士多德自己并没有对二者加以区分，或区分得并不清晰。**一般性**与**具体性**相对，一般规则不仅适用于许多案例，而且凭借某些相当不具体的特点，它还应用于这些案例。相反，**普遍性**规则应用于所有相关方式相似的案例。但是普遍性可能是高度具体的，它所援引的特征不太可能被复制。许多基于普遍原则而正确选择的道德观念，采用了广泛的一般

性原则。如果人们对原则的编纂和行动指导力量感兴趣，那么这是一个自然的联系。一个人不能用规则来教孩子做什么，它的条款太过具体，以至于无法让孩子为尚未遇见的新情况做好准备；传统上，道德规则的认识论作用之一是简化和系统化道德世界，这是一项高度精细和具体的普遍性所难以完成的任务；但普遍性也可能是具体的。许多哲学家，尤其是 R.M. 黑尔对道德规定的普遍性有着浓厚的兴趣，[33] 他也坚持认为，原则通常应该具有高度的情境特殊性。亚里士多德有关在伦理推理中"特殊事物"是"优先的"的主张，以不同的方式和不同的论证，既针对一般原则，也针对普遍原则。他对一般性的抨击，更具有全球性和根本性。他在一定程度上接受普遍性，尽管我相信在某些情况下他否认其道德角色，他认为在这些情况下，说相同的情况再次发生，同样的选择也将再次正确是不正确的。为了清楚地描述这一观点和支持它的论证，我们必须比亚里士多德更有力地坚持这种区分，亚里士多德的主要对手是 [68]
柏拉图，他的普遍性也具有高度的一般性。

　　亚里士多德对可通约性的反对论证本身，并不意味着特殊的判断优先于一般规则。正如我们所描述的，他对可通约性的攻击依托于那幅有各种独特价值的多元图景，在那里每种价值都有其自身的主张，但每种价值也有其自身的一般性定义，并且可在任何数量的特定情况和行动中以实例的方式呈现。因此，例如，勇气、正义和友谊是多元的和独特的，这一简单事实并不能支持特殊感知优于规则或原则体系。相反，我们关于定义中的独特性的讨论表明，亚里士多德可能对这样一个体系有着浓厚的兴趣。另一方面，正如我们所见，亚里士多德坚持实践智慧不是**理论认识**（epistēmē），即系统的科学理解。他通过论证其与**终极特殊事物**（ta kath' hekasta）有关，这些特殊事物不能被包含在任何**理论认识**（一个普遍原则的系统）之下，而是必须通过经验的洞察来把握（《尼各马可伦理学》1142a11 及以下）。在赞赏感知时，他赞赏的是对这种经验判断中所包含的对特殊事物的把握。他的声明似乎是对**一般性**的优先性的攻击，也可能是对**普遍性的**优先性的攻击。于是我们需要问，从多元性到特殊性或具体性，有时也是从具体性到单一性的进一步运动是如何得到辩护的。我们还需要知道，各种各样的规则在亚里士多德式理性中究竟扮演着什么样的角色。

我们必须首先注意到，规则可以在实践理性中发挥重要作用，而无须先于对特殊性的感知。[34] 因为它们可能不是作为感知的规范，也不是作为评估特定选择正确性的最终权威，而是作为总结或经验法则，对各种目的都非常有用，但只有当它们正确地描述了好的具体判断时才有效，并最终根据这些判断进行评估。在这第二幅图景中，仍有空间将我们面前案例的新的或令人惊讶的特征、规则中未预料到的特征，甚至原则上无法在任何规则中捕捉到的特征，识别为伦理上的突出特征。如果亚里士多德关于规则的论述属于第二种类型，那么他对规则和定义的明显兴趣与他对感觉优先性的辩护之间根本不存在对立。我现在想论证，实际上就是这种情况，并探讨他给予特殊性优先性的原因所在。

我们可以从提出了我们标题中的句子的这两篇文章开始，在这两篇文章中他都明确声称，在实践选择中，优先考虑的不是原则，而是感知，这是一种与理解具体特殊事物有关的辨别能力：

> 然而，尽管我们不谴责稍稍偏离正确——无论是过度还是不及——的人，但我们会谴责偏离得**太多**的人，因为偏离已显而易见。至于一个人偏离得多远、多严重就应当受到谴责，这很难依照原则来确定。这正如很难确定感知的题材一样。因为这类事物处于具体的特殊状况中，对它们的洞察取决于对它们的感知。（《尼各马可伦理学》1109b18—23）

[69]

在讨论特定的德性之一，即温和的脾气时，亚里士多德再次写道："什么程度和类型的差异性应该受到指责，很难依照任何一般的原则来确定。因为洞见取决于特殊事物以及对它们的感知。"（1126b2—4）。一个复杂的伦理情境的微妙之处必须在与情境本身的对抗中予以把握，这种把握凭借的是一种适合将这种情境作为一个复杂整体来处理的能力。先前的一般性规划缺乏所需的具体性和灵活性。它们不能容纳近在眼前的、特殊化了的细节，而后者则是决策必须把握的东西；它们对现有的情况缺乏回应，而一个好的决策必须如此。

这两个相关的批评被反复强调，因为亚里士多德主张具体描述较之于一般陈述在伦理上的优先性，特殊判断较之于一般规则的优先性。"在关于行动的表述中，"他在相邻的段落写道，"那些**普遍性**（katholou）的更具**一般性**（koinoteroi，许多事物的共性），[35] 但那些特殊事物则更为真实——因为行动关乎特殊事物，表述也必须同这些相吻合。"（1107a29—32）原则只有在正确的情况下才具有权威性，但它们只有在所涉及特殊事物没有错误的情况下才是正确的。一个旨在涵盖许多不同特殊事物的表述不可能达到很高程度的正确性。因此在他对正义的讨论中，亚里士多德坚持认为，能动者的经验判断必须纠正和补充法律中的一般性和普遍性表述：

> 法律是普遍性的，但有些事情不可能只靠普遍陈述解决。所以，在需要用普遍性的语言说话但是又不可能解决问题的地方，法律就要考虑通常的情况，尽管它不是意识不到可能发生的错误。……所以，法律制订一条规则，就会有一种例外。当法律的规定过于简单而有缺陷和错误时，由例外来纠正这种缺陷和错误，来说出立法者自己如果身处其境会说出的东西，就是正确的。（《尼各马可伦理学》1137b13 及以下）

只要法律是明智决定的总结，它就具有权威性。因此，用临场做出的明智的新决定来补充它是适当的；如果它与一个好的法官对于案件所做的评判相偏离，那么纠正它也是恰当的。在这里，我们再次发现，对特殊性的判断在正确性和灵活性方面都是更具优势的。

[70]　　亚里士多德用一个生动而著名的隐喻阐明了伦理灵活性的观念。他告诉我们，一个人在做出每一个选择的时候，都是根据某种预先存在的一般性原则，这种原则在应对特定场合时是固定的且缺乏灵活性，就像一个建筑师试图用直尺画出一个有凹槽的柱状物的复杂曲线。没有一个真正的建筑师会这样做。相反，他将跟随莱斯沃斯岛建造者的脚步，用一种灵活的金属条"莱斯比亚尺"来测量，这种金属条"弯曲成石头的形状且不固定"（1137b30—32）。正如人们所预料的那样，这种工具仍在使用。我就有一个。它对于测量一个维多利亚时代老房子的奇怪形状部分极其有用。（有功利主义者最近写道，"我们"更喜欢包豪斯风格的道德体系，[36] 考虑到他对规则的看法，他有这样的建筑品位算幸运。）它也可以用于测量身体的各个部分，人体笔直的部分很少。并不很奇怪，我们可以预见我们的观点，即亚里士多德有关伦理现实的图景是一种人类身体的形式而不是一种数学上的构造。好的慎思，就像莱斯比亚尺，适应它所找到的形状，回应并尊重复杂性。

　　但也许亚里士多德在这里只是谈论实际规则系统的缺陷；或许他并没有反对这样一种观点，即如果规则足够精确或复杂，伦理科学就会出现。莱斯比亚尺的形象并不鼓励这种想法。但我们可以进一步回答这个反对意见，首先表明他认为正确的选择，即使在原则上，也不可能在一个规则系统中获得，然后继续指出"实践事务"的三个特点，以表明为什么不这样做。

　　在《尼各马可伦理学》第五卷的同一部分中，亚里士多德告诉我们，实践事务在其本质上是不确定的或**无法定义的**（aorista）——不仅仅是到目前为止还没有被充分定义。普遍陈述的失败是因为缺乏能充分捕捉到这一问题的普遍性。"错误不在于法律或者立法者，而在于事物的本性，因为实践事务的问题从一开始就是这样的。"（1137b17—19）。在第二卷中，他再次讨论了普遍定义和陈述在伦理学中所扮演的角色（并准备提出他自己对美德的定义），他写道：

> 让我们从开始达成共识，每一种有关实践事务的陈述都应该以粗略的、而不是精确的方式表达。我们一开始就说过，这些陈述被要求以一种适合于临场情况的方式予以表达。实践事务的问题以及什么更为优越的问题从来都不是固定不变的，正如健康的问题一样。如果普遍的定义是这样的，那么涉及特殊性的定义在精确性上甚至会更为缺失。因为这些情况不会被归入任何科学或者规则，但能动者自身必须在每一种情况下发现适合于这一情况的选择，就如在医疗与航海领域一样。（1103b34—1104a10）

一般性陈述应该[37]仅仅作为一个提纲，而不是精确的结束语而存在。这不仅是因为伦理学还没有达到科学的精确性，它甚至不应该试图如此精确。

这段简短的篇章中暗示了三点理由。首先，实践事务是可变的，[71]或者说缺乏稳定性。一个预先建立的规则体系只能包含以前见过的东西——就像医学论文只能给出一种已认识到的疾病形式一样。但是，变化的世界使我们面临着不断变化的结构、各种各样的新情况来决定美德行为的取向。更重要的是，因为美德本身是有个体性的，并且是根据特定的情境来定义的（例如，亚里士多德指出，在一个拥有共产主义财产制度的城市里，不存在慷慨的美德），[38]好的能动者可能不仅需要在陌生的新事件中确立美德行为，而且还需要处理一个不断变化的、与情境相关的美德列表。亚里士多德说，即使是人类的自然正义"都是可变的"，也就是说，是根植于历史之中的，跟稀缺环境有关，也跟个人的独立性相关，这种独立性相对稳定，但仍然存在于自然的世界之中。[39]一个医生在面对一种新的症状时只求助于教科书，那他将是一个糟糕的医生。当面对一次在方向和强度上都无法预料的风暴时，一个只会按规则驾驶船只的船长将是无能的。即便如此，拥有实践智慧的人必须以回应和想象来迎接新事物，培养灵活性和洞察力，用修昔底德的话（亚里士多德是其阐明的雅典理想的继承者和捍卫者）的话来说，这将使他们能够"就所需要的东西进行即兴发挥"（I. 118）。在好几篇文章中，亚里士多德都把实践智慧说成一种与**随机思维**（stochazesthai）相关的能力。这个词最初的意思是"瞄准目标"，后来表示一种对理性的即兴揣测性的使用。他告诉我们，"一个善于慎思但缺乏学历的人是一个能够根据理性**瞄准目标**（stochastikos）从而实现人可获得的最大的善的人。"（1141b13—14）。他将这种典范与实践智慧关注特殊事物而非普遍事物的观察紧密联系在一起（1141b14—16）。

在《尼各马可伦理学》的第五卷以及第二卷的一个含蓄的段落的表达中，亚里士多德暗示了实践的第二个特征，即它的**不确定或难以定义的特性**（to aoriston）。这一特征很难解释，这似乎与实践语境的多样性和恰当选择的情境相对性有关。一个例子很能说明问题。亚里士多德写道，好的笑话**没有定义**（horismos），它是**不确定的**（aoristos），因为它在很大程度上是为了取悦特定的听众，而且"对不同的人来说，令人厌恶或愉快的事物是不同的"（1128a25 及以下）。从这个例子中可以推断出，卓越的选择不可能通过一般规则来把握，因为这是一个让一个人的选择符合具体情况的复杂要求的问题，要考虑到它的所有情境特征。一个规则，[72] 就像一本幽默手册，只会不到位或做过头：不到位，是因为最重要的是对具体事物的回应，而这点被忽略了。太过头，是因为这条规则意味着它本身具有对回应的规范性（就像一本笑话手册要求你根据其所包含的公式去剪裁你的巧智），这将对良好实践的灵活性造成很大影响。之所以称莱斯比亚尺为**不确定的**（aoristos），大概是因为此类尺子会根据面前需要丈量的事物的形状而改变自己的形状。在说到可变性时，亚里士多德强调随时间流逝而发生的变化，以及与道德相关的惊奇；在谈到**难以定**

义（aoriston）时他强调了复杂性和语境。这两个特点都要求回应性、柔软的灵活性、语气的贴切以及任何一般陈述都无法充分捕捉到的那种确信。

最后，亚里士多德指出，具体的伦理案例可能只包含某种终极的特殊性与不可重复的要素。当他说它们根本不属于任何一般科学或规则时，这就是他的意思的一部分。复杂性和多样性已经产生了高度的情境特殊性，直截了当地说，因为属性的出现，这些属性在其他地方以无尽的多样性组合实例化，使得整个情境显得独一无二。但亚里士多德也认识到不可重复成分的伦理相关性。摔跤手米洛的适度饮食和亚里士多德的适度饮食是不一样的（事实上，对任何其他人来说也不同），因为米洛具体且可能是独一无二的体型、体重、需求、目标和活动的组合，都与确定适合他的饮食有关。这是一种对普遍性的偶然限制。我们可以试着说，我们在这里有一种仅有唯一实例的普遍原则，如果有其他任何人以那样精确的尺寸、重量等出现，道德准则将是相同的。即便如此，这也不是那种能满足大多数原则信徒的普遍原则，因为它根植于米洛历史背景的特殊性中，在某种程度上，它不可能被预先精确地预料到；也许（确实很有可能）在未来将不再有用。一种依托于特定情境下的"原则"的伦理科学需要有一系列大量的、可以无限扩展的原则，这不是一门能够满足那些寻求科学的人的科学。

但在某些情况下，亚里士多德走得更远一些。爱情和友谊的特殊性似乎需要一种更加强烈意义上的不可重复性。好朋友会关心他们朋友的特殊需要和关切，给予他们力所能及的需求甚至更多。其中一些"他们自身"由可重复的性格特征组成，但是，共享的历史和家庭关系的特征，即使在原则上是不可重复的，也被允许承担重要的伦理重量。在这里，能动者的个体背景特点（和／或关系本身的背景特点）以一种原则上不能产生普遍性原则的方式进入了道德慎思，因为伦理上重要的（在其他事情中）是把朋友当作一个独特的、不可替代的存在，一个不像世界上任何其他人的存在。[40] "实践智慧也不是只同普遍的东西相关。它也要　　　　[73]

认识到特殊事物。因为它是与实践相关的，而实践就是要关注特殊性。"
（1141b4—16）[41]

　　所有这些被视为对于判断的正确性具有规范性的方法、规则，无论
一般的和／或普遍的，在本质上都无法面对实践选择的挑战。亚里士多
德的论证不仅强烈反对系统等级规则的规范性使用，而且一般来说反对
用任何一般算法来做出正确选择。其对莱斯比亚尺的辩护和对情境相关
工具的描述含蓄指出，不仅优秀的法官不会根据事先确定的规则来裁决
案件，而且也没有一般性的程序或算法在每个案件中来计算应该做什么。
适当的回应并不是以机械的方式抵达；关于如何找到它，并不存在一般
性的程序说明。或者，如果有的话，它的用途就如同一本笑话手册，并
具有潜在的误导性。在这里，亚里士多德的图景与当代试图描述一种有
关选择的一般性公式或技术的尝试截然不同，前者可被应用于每一个新
的特殊事物。亚里士多德并不反对为特定目的而使用一般性的指导方针。
只要不偏离自己的位置，它们就能扮演有用的角色。规则和一般性的程
序能够成为道德发展中的助手，因为那些还没有实践智慧和洞察力的人
需要遵循总结他人明智判断的规则。同样，如果眼前情况没时间做出一
个充分具体的决定，那么遵循一个好的概要规则或标准化的决策程序，
而不是做出匆忙和不充分的情境选择是更好的。同样，如果在一个既定
情境中我们对自己的判断没有信心，如果有理由相信偏见或兴趣会扭曲
我们的特殊判断，那么规则就会给我们更好的一贯性和稳定性。〔这是亚
里士多德偏爱法治（rule by law）而非政令统治（rule by decree）的首要
论证。〕即使对那些不缺时间的明智成年人来说，这一规则也有一个功
能，它可以尝试性地通过其方式引导他们接近新的特殊事物，帮助他们
找出其显著特征。我们稍后将更详细地研究它的功能。

　　但亚里士多德在所有这些情况下的观点是，规则或算法体现了一种
对恰当的实践理性的背弃，而不是它的繁荣或完成。一种形式上的选择
功能的存在并不是理性选择的条件，就像导航手册的存在不是良好导航

的条件（当然不是充分条件，通常甚至也不是必要条件）一样。选择功能仅仅是对优秀法官到目前为止所遇到的情况所做或已经做过的判断的总结——在这种情况下，它是真实的，但却是事后的，而且越是事后的，它就越简化。[42] 或者它试图从他们所做的和已经做过的事情中提取一些更简洁和简单的程序，这样以后就可以成为他们行为的规范——在这种情况下，它将是错误的，甚至是堕落的。

　　在评估这一主张时，需要记住的重要一点是，亚里士多德式慎思并不将自己限制在手段—目的的推理中。正如我们所坚持的那样，它也与终极目的的特殊性相关。但这意味着这些基于情境的和不可重复的材料 [74] 可以在一个层面上进入能动者的慎思之中，这一层次较之于计算和（例如）与此相关的概率计算更为基本。**理性**慎思的很大一部分会考虑这样的问题：此时此刻的某一行动是否真的可以算作实现了某些重要的价值（比如勇气或友谊），这是她对好生活的初步认识；或者甚至是某种行为方式（某种特定关系——类型或特殊性）是否真的是她想要包含在她的好生活概念中的东西。这种友谊，这种爱，这种勇敢的冒险，是否真的是这样一些如果缺失将会使她的生活变得不那么有价值以及不那么完整的东西。对于这类问题，看起来显然没有数学意义上的回答；唯一能够遵循的路径（我们将会看到）是尽可能完整而具体地想象所有相关的特征，把它们与我们带入情境或者能够在其中形成的任何直觉、情感、计划和想象相对照。这里真的根本没有任何捷径，或者说没有什么是不朽的。关于正确程序的理论，我们所掌握最多的是亚里士多德本人所作的关于好的慎思的论述，这一论述故意说得不多，在谈论品格的时候涉及了这个内容。他的论述不仅没有告诉我们如何计算中庸之道，而且他还说这个问题没有一般性的正确答案。除此之外，理性选择的内容必须由混乱程度不亚于经验以及经验的故事所提供。在各种关于行动的故事中，最为真实和最能增长见识的是文学作品、传记以及历史；故事越抽象，将其当作一个人的唯一向导就越缺少理性。好的慎思就像戏剧或音乐的即兴表演，关键在于灵活性、回应性以及对外界的开放性。在此依赖一种算法不仅是不够的，而且还是不成熟和虚弱的表现。根据乐谱演奏爵士独奏曲是可能的，只要对自己乐器的特殊性质稍加改动就可以了。问题是，谁会这么做，又为何这么做？

如果这一切都是这样，亚里士多德也必须避免对成年人的慎思理性的特点给出任何正式的规范解释。因为，就像它的主题一样，它太灵活了，以至于无法用一般性的方式来确定。相反，他强调经验在赋予实践智慧内容方面的重要性，并在实践洞察力和科学或数学理解之间进行了对比：

> 实践智慧显然不是化约了的**科学理解**（epistēmē）。如已说明的，它是终极的和特殊的——因为行动就是如此。它是一种理论洞察（**奴斯** [43]）的模拟：因为，奴斯相关于始点，对这些始点是讲不出逻各斯来的。实践智慧相关于具体的事情，这些具体的东西是感觉而不是科学的对象。不过这不是说那些具体感觉，而是像我们在判断出眼前的一个图形是三角形时的那种感觉。（1142a23）[44]

[75] 实践洞察力就像一种非推理的、非演绎意义上的感知；它是一种识别复杂情况的显著特征的能力。正如理论性的**奴斯**（nous）只能来自对第一原则的长期经验和在经验中逐渐获得的感觉，来自这些在话语和解释中的原则所扮演的基本角色。同样，实践感知，亚里士多德也称其为**奴斯**，只有通过长期的生活和选择历程才能获得，这一历程会发展能动者的足智多谋和回应能力：

> 青年人可以成为数学家或几何学家，并对类似事物颇有智慧，但是我们在他们身上却看不到实践智慧。原因就在于，实践智慧是同具体的事情相关的，这需要经验，而青年人缺少经验。因为，经验总

是日积月累的。（1142a12—16）

以及：

> 我们用体谅、理解、实践智慧和奴斯来说同样一些人，我们说他们
> 长大了，懂得体谅了，有奴斯[45]了，拥有实践智慧了和学会理解了。
> 因为所有这些品质都是同终极的、具体的问题相关的……所有的实
> 践问题都是终极的、具体的（拥有实践智慧的人都承认这些事情），
> 而理解与体谅也是同终极的实践问题相关的。其次，奴斯把握终极
> 的、可变的事实和小前提。……（在把握基本原理和把握终极细节
> 之间，出现了一种平行的发展。）……所以，对有经验的人、老年人
> 和拥有实践智慧的人的见解与意见，即使未经过证明，也应当像得
> 到了验证的东西那样给予重视。因为经验使他们生出慧眼，使他们
> 能看得正确。（1143a25—b14）

现在，我们倾向于问：如果实践智慧所看到的事物是独特的和崭新
的，那么经验可能会做出什么贡献？然而，对灵活性的强调不应使我们
认为亚里士多德式的感知是毫无根据的和极为特殊的、拒绝了过去的一
切指导。好的航海家不会根据规则手册来导航，她已经准备好应对她从
未见过的情况。但她也知道如何利用她已经看到的东西，她并不假装自
己以前从未坐过船。经验是具体的，而无法在一个规则系统中得到彻底
的概括。不同于数学上的智慧，它无法通过一篇论文来得到充分体现。
但它确实提供了指导，它确实敦促我们认识到那些重复性的特征以及独
一无二的特征。即使规则是不充分的，但它们也可能非常有用，甚至经
常是必要的。我们将在第五节讨论这一重要问题，并以亚里士多德式慎
思的具体例子加以讨论。现在我们来看他的概念的第三个特征，这将进
一步阐明其他特征。

Ⅲ. 情感与想象的理性

到目前为止，亚里士多德式的图景抨击了两个被普遍认为是理性标准的事项。他的第三个目标甚至更为宽泛：理性选择不是在情感和想象的影响下做出的。关于理性慎思可能利用甚至被这些元素所引导的观点，有时甚至（在古代和现代）被认为是一种概念上的不可能，即"理性的"被定义为与灵魂的这些"非理性的"部分相对立。（情感尤其如此，古代和现代的重要作家都把想象力纳入他们对非理性的指责中。令人惊讶的是，即使是像斯图尔特·汉普希尔这样的哲学家同样如此，他在其他方面都赞同亚里士多德的选择概念。）[46] 柏拉图否定了情感和欲望，认为它们是具有破坏性的影响者，坚持认为只有鼓励理智"自身独立"，尽可能不受它们的影响，才能达到正确的实践判断。引导或指引理智的人的状态被赋予一个带有贬义色彩的名字"疯狂"，这是与理性或健全的判断相对立的。[47] 我们这个时代的两大主流道德理论，康德主义和功利主义，对激情的怀疑丝毫不减；事实上，这是他们（通常）达成共识的少数几件事之一。对康德来说，激情总是自私的，以个人的满足状态为目标。即使是在爱情和友谊的背景下，他也敦促我们避免受到它们的影响，因为一种行为只有在其本身被选择时才具有真正的道德价值。考虑到他对激情的理解，他不能允许行动仅仅或主要是因为激情而被选择。功利主义者认为，像个人爱情这样的激情往往因为过于狭隘而阻碍了理性：它导致我们强调个人间的联结，并以远近来决定亲疏关系，阻碍了对世界持完全无偏倚的态度，而这种无偏倚性是功利主义理性的标志。

想象力的处境也好不到哪里去。柏拉图对感性认识影响的拒绝是他对身体影响的普遍拒绝的一部分。在不试图描述康德自己关于想象的复杂观点的情况下，我们可以说，现代康德主义者对抑制慎思想象力的飞翔表现出了极大的兴趣，慎思想象力被视为对按照职责来行动的潜在巨大障碍。

想象常常被认为是以自我为中心的和任性的、过于关注特殊事物以及它们与自我的关系。一个人可以在不发展想象的情况下被责任正确地激励，因此，想象力的培养往好里说是一种奢侈，往坏里说是一种危险。

功利主义者也不赞成想象力用它们所有的色彩和奇异性来对选择方案做栩栩如生的描绘。这种能力再次被怀疑致力于特殊性和对不可通约性的认识，因此是一种对事实和可能性的公正评估的威胁。不管狄更斯的《艰难时世》中作为功利主义的一个肖像存在什么错误——错误还很多——但其对那位边沁式的父亲的描述无疑是正确的，这位父亲持有"幻想（fancy）"是一种危险的自我放纵的观点。如果我们要建立一个合宜公正的社会，这个理由（被认为是一种储存事实和计算的能力，正是凭借这种能力，葛莱恩先生总是"随时准备掂量和测算人性的每一部分，并准确地告诉你它共计多少"）是唯一一种教育在设法恰当培养的能力。（关于路易莎，她从摇篮起就没有接触过任何幻想，他带着道德上的满足沉思着，"那将是任性的……但是为了她的成长"。）当代理论家以这些作为榜样，要么明确地否定想象和情感，认为其是非理性的，要么提供一幅理性在其中并不扮演积极角色的图景。 [77]

我已经勾勒出这些拒绝想象和情感的动机，以表明亚里士多德式感知可能有相应的动机来培养它们。如果这些能力确实与我们掌握特殊事物的丰富性和具体性的能力密切相关，那么感知漠视它们的话就会处于险境。当我们追寻这条线索时，我们同时需要看到亚里士多德如何对认为这些能力始终是扭曲的和自私的指控做出回应。

亚里士多德没有一个与我们的"想象"完全一致的概念。他的**幻想**（phantasia）——通常如此翻译——是一种更具包容性的人类与动物的能力，即专注于某些具体事物，无论是在场还是不在场的，以将其视为（或以其他方式感知）某物的方式，识别其突出之处。[48] 这个功能是感知的积极的和选择性的方面。但**幻想**也与记忆密切相关，使人能够将注意力集中在不在场的被经历过的事物的具体性上，甚至还构成了尚未经历过的，源自感觉经验中的事物的新的结合。因此它能承担很多我们的想象力的工作。尽管需要强调的是，亚里士多德的重点是幻想的选择性和辨别力特征，而不是其自由幻想的能力。它的工作更多地关注现实而不是创造非现实。

　　幻想似乎是一种适合于亚里士多德所理解的慎思活动的能力，所以他在"实践三段论"的小前提中引用它，也就不足为奇了。也就是说，造物将世界上某个事物感知**为**某物是对他或她的实践利益或关切的回答。在其他地方，他展示了想象力与一种善的伦理概念之间的紧密合作：我们对一种情况的想象力"标记"或"决定"了它所呈现的元素与我们应该追求什么和避免什么相对应。[49] 他认为人类有一种特殊的想象能力，这不足为奇，这种想象被称为"慎思**幻想**"，它包含了一种将各种想象或感知联系到一起的能力，"从多样中形成统一"。在亚里士多德看来，一切思想（在有限的生物里）都必然伴随着一种具体的想象，即使思想本身是抽象的。这只是人类心理的一个事实。然而，当数学家在证明一个三角形的定理时，可以安然地忽视他或她所想象的具体特征，具有实践智慧的人则在思考美德与善时不会忽视想象力的具体释放。不同于从特殊上升到一般，慎思性的想象将各种特殊事物联系起来，不忽视它们的独特性。[50] 例如，它包括回忆过去经历的能力，作为一个整体，与手头的案例相关，同时仍然以丰富和生动的具体方式构思两者。我们现在要理解的是，亚里士多德主义者认为，这种对具体性的关注并不是具有危险性的非理性，而是一种负责任的理性的关键要素，是由教育者培养的。

　　至于情感，亚里士多德出了名地将其重新置于道德的中心地位，柏拉图曾在此将其驱逐。亚里士多德认为，真正的好人不仅会在行动上做得好，而且会对自己的选择产生恰当的情感。不仅是正确的动机和动机性情感，而且正确的反应或回应性情感，也都构成了这个人的美德或善。如果我出于错误的动机或欲望做了一件正确的事（不是为了它本身，而是为了获得），那就不能算作具有德性的行为。就连康德也承认这一点。

[78]

更令人吃惊的是，我必须在没有勉强或内心情绪紧张的情况下做正确的事。如果我的正确选择总是需要内心的斗争，如果我必须始终要克服那些与美德相悖的强烈情感，那么我就不如那些情感与行为一致的人具有美德。我的激情跟我的计算同样是易于实现的，所有这些都是实践理性的组成部分。

这背后是一幅激情作为个体的回应性和选择性元素的图景。它们不是柏拉图式的冲动（urges）或推力（pushes），它们具有高度的可教育性和辨别力。在亚里士多德看来，甚至食欲也是具有意向性的，并能进行识别；它们可以告知能动者所需对象的存在，与知觉和想象进行回应性的互动。[51] 它们的意向性对象是"表面的善"。情感是信念和感觉的混合物，由发展的思想所塑造，并且在反应中具有很高的辨别度。它们可以引导或指导感知的能动者，在具体的想象情境中"标记出"要追求和避免的对象。简而言之，亚里士多德并没有在认知和情感之间做出明显的划分。情感可以扮演认知的角色，而认知如果要得到正确的信息，就必须利用情感因素的作用。[52] 毫无疑问，选择被定义为一种介于理智和激情之间的能力，兼具两者的本质；亚里士多德指出，它或者可以被描述为慎思，或者也可以被描述为慎思的欲望（《尼各马可伦理学》1113a10—12，1139b3—5）。

综上所述，并允许我们以一种似乎符合其精神的方式从文本中进行推断，我们可以说，一个具有实践洞察力的人会在面对新情况时培养情感上的开放性和回应性，而不是那种超然的思考，前者会将她引向恰当的认知。"当一个朋友需要我的帮助时"：这通常首先会被视为友谊的组成部分的感情，而不是纯粹的知性。富于才智的人经常会想要求教于这些感觉以获得有关情况的真实性质的信息。没有它们，他处理新情况的方式将是盲目和迟钝的。即便选择是正确的，但在缺失感觉与情感回应的情况下发生，亚里士多德还是认为较之基于情感的选择，这种选择在美德上是有缺失的。如果我没有感情地帮助朋友，比起带着适当的爱和

[79]

同情去帮助朋友，那么我就不值得赞扬。的确，我的选择可能根本就不是真正的美德；要使行为具有美德，它不仅必须与具有美德倾向的人的行为具有同样的内容，还必须"以同样的方式"去行动，就像一个热爱善的人所做的。没有感觉，正确感知的一部分就会丧失。

我相信，这样的陈述暗示了感知不仅得到了情感的协助，而且部分也由适当的回应所构成。好的感知是对实践情况本质的充分认识或承认，从整个人格看到它的本质。一个理智地辨别出朋友需要帮助或所爱的人去世的能动者，却不能以适当的同情或悲伤来回应这些事实，显然缺乏部分亚里士多德式美德。此外，似乎可以这样说：此人缺乏部分辨别力或感知。这个人没有真正地，或者没有完全**看到**发生了什么，没有以一种强烈的情感方式认识它或领会它。我们想说的是，她只是说说而已。"他需要我的帮助"或者"她死了"，但实际上说此话者还没有完全**意识到**这一点，因为认知中的情感部分是缺失的。这并不仅仅是有时我们需要情感来正确地（理智地）**看待**情况；这是事实，但不是全部。这也不是说情感提供了认知之外值得称赞的元素，而是说没有这些元素美德就不完整。情感本身就是视觉（vision）或认知的模式。它们的回应就是"知道"的一部分，也就是真正的认知或承认。这就回应了："在适当的时间、参考适当的对象，对于适当的人，出于适当的原因，以适当的方式感受这些感情，就既是适度的又是最好的，这就是卓越的特征。"（《尼各马可伦理学》1106b21—23）

以这种方式阅读亚里士多德，会带来意想不到的解释上和哲学上的好处，在此只能简要地描述一下。在拒绝了苏格拉底关于**不自制**（akrasia）的解释之后，它一直困扰着诠释者，根据那个解释，所有违背伦理知识的行为都是由理智失败造成的，亚里士多德进而提供了自己的解释，把**不自制**本身描述为理智的失败。在苏格拉底那里，这种认为一个人由于被愉悦或激情所压倒，从而知道什么是更好、什么是更坏的日常信念遭到了嘲笑，他认为，这些失败实际上要归结于无知。亚里士多德坚定不移地捍卫日常信念，确实提到了在**不自制**状态中对快乐的欲望所扮演的激发性角色；但他说，这种欲望不会压倒知识，但会与此同时导致理智的失败，即能动者无法把握实践三段论的"小前提"意义上的失败。他或她有一般性的伦理知识并使用它，但或者缺乏或无法使用具体的有关这一特殊案例本性的感知。那么，他如何面对他自己的批评呢？ [80]

在不过分纠缠于围绕这一棘手文本的演绎性问题的情况下，我想建议，如果我们采取我刚才勾勒的感知的包容性观点，根据这个观念，感知具有情感的、想象的，还有知性的成分，那么这种经常遭到蔑视的立场就会有更大的意义。被快乐所左右的能动者并不必然去除了对他或她情况的事实知识，也就是说，能了解这是不忠的或饮食过量的情况。在某种意义上，她自始至终是知道的。正如亚里士多德在同一背景中所明确指出的那样，当她在受到质疑时可能会做出所有正确的回答，并提供事实上正确的描述。他补充道，她甚至可以正确地展开目标—手段的慎思，并与她的不自制行为并行，如果她在某种意义上没有通过知性把握其特性，那么她可能无法做到这一点。[53] 然而，她却躲躲闪闪。她不完全面对或承认这种情况，让自己清晰地看到它对自己和他人生活的可能影响，并做出适合这种视觉的回应。对短期快乐的兴趣使她把自己与这些回应以及它们所形成的知识隔绝开来。所以她的理智把握并不等同于感知，也不等同于对小前提的真正把握和运用。尽管她所掌握的事实是对的，但她有着一种非常好的感觉，在其中她不知道她在做什么，而这非常不苏格拉底式。

这种解读为**不自制**的现象提供了一种新的视角，这种视角将亚里士多德主义的观点置于一种启发性的关系中，既与其自身的传统有关，也与我们的传统有关。我们的英美传统倾向于，像柏拉图一样，认为**不自制**关乎激情，其解决办法要么是对令人烦恼的激情做某些理性的修正，要么采取某些掌握和控制的技术。再一次跟柏拉图那样，我们倾向于（毫无疑问受我所提到的现代道德理论的影响）认为激情是危险的自私和自我放纵的项目，在任何范围内，它会膨胀并引导我们远离善。从苏格拉底的观点来看，是伦理知识通过改变复杂情感所基于的信念，阻止了**不自制**；以成熟的柏拉图式的观点看，知识必须与压迫和"饥饿"相结合。但在所有这些情况下，问题的根源都在灵魂的所谓非理性部分。

[81] 如果我是对的，亚里士多德式的解释悄然地完全改变了这一图景，指出**不自制**经常是（尽管不总是）由理论过多与在情感回应上的不足所引起。如果一个人的行为缺乏自制，违背他或她有关善的知识，而这个人经常在所有的理智方面都表现得正确，那么她缺乏的是心灵与具体伦理现实的冲突。我们可以这样说：知识需要得到回应才能在行动中发挥作用；我们也可以说，缺乏正确的回应，那就没有或没有完整的实践知识。从另一个角度来看，亚里士多德式的观点，促使我们把真正的实践洞察力和理解力看作一个涉及整个灵魂的复杂问题。柏拉图式知识的对立面是无知；亚里士多德式感知的对立面，在某些情况下，可以是无知，但在其他情况下，它也可能是否认或自欺欺人的合理化。

我们可以更进一步。显然，对知性力量的依赖会阻碍或削弱这些回应，从而成为对真正的伦理感知的阻碍。经常发生的情况是，理论家会为自己的理智能力感到自豪，并对自己解决实践问题的技术充满信心；然而却被他们的理论承诺所引导，对作为正确感知组成部分的情感和想象力的具体回应毫不在意。这是一个常见的问题。索福克勒斯笔下的克瑞翁着迷于他的理论努力，试图用公民的生产能力来定义所有人类的关切，他甚至没有察觉到在某种程度上他知道的事情，即海蒙是他的儿子。他说出这句话，但他并没有真正承认这种关系——直到失去亲人的痛苦向他揭示了这一点。普鲁斯特的叙述者，在使用精确的经验心理学方法对他的心灵进行系统研究后，得出他并不爱阿尔贝蒂娜的结论。这个错误结论（他很快在痛苦的回应中承认这个结论是错误的）的得出并不是由于理智，但某种程度上其原因就在于理智。因为他鼓励它"自行其是"而无须回应和情感相伴。亨利·詹姆斯的《神圣之泉》引人入胜地描述了世界在一个始终坚持这种分离的人的眼中是什么样子，他让理论理性决定他与所有具体现象的关系，拒绝与其他任何人类联系，但同时却为自己敏锐的感知而自豪。在我们阅读时，我们发现这样一个人不可能对他周围的人和事有**任何**知识。他那种残缺不全的感知绝对无法触及那个主题或以一种有意义的方式投入其中。所以亚里士多德式的立场并不是简单地告诉我们理论化需要通过直觉和情感回应来完成；他警告我们，理论的那些方式会妨碍我们的视野。理智不仅不是自足的，它还是一个危险的掌控者。由于它的过度扩张，知识会"像奴隶一样被拖来拖去"。[54]

　　所有这一切，再一次对当代的选择理论有了明确的暗示。许多在学院和公共生活中被教授和实践的当代理性理论，与葛莱恩先生的目标和政策是一致的。也就是说，他们尽一切努力培养计算理智，却绝不培养"幻想"和情感。他们不会让自己去关心会培养那些回应的书籍（尤其是文学作品）；事实上，他们含蓄地否认它们与理性的关联。亚里士多德明确地告诉我们，在公共和私人生活中具有实践智慧的人，会培养自己和他人的情感和想象，并且会非常小心，不要过分依赖技术或纯理智理论，因为这些理论可能会扼杀或阻碍这些回应。他们将通过文学和历史作品来促进一种培养想象和情感的教育，教授适当的回应时机和程度。他们会认为不哭、不生气或不在需要的时候体验和展示激情是孩子气的和不成熟的。在寻找个人榜样和公共领袖时，跟他们的理智能力一样，我们应该希望他们具有敏感性和情感深度。

[82]

Ⅳ. 三种要素的集合

　　我们现在已经确定了亚里士多德关于感知和实践知识的三个不同部分。这些部分似乎构成了他对"实践理性是科学理解的一种形式"的观念攻击的一部分，而柏拉图为这一观点进行了明显的辩护。柏拉图的观

念（至少在某些时期）坚持价值之间的同质性，认为实践知识是在一个
（永恒的）高度普遍的系统中得到全面总结的；它还坚持理智是正确选择
的必要和充分条件。柏拉图当然不是历史上唯一将这三个思想联系在一
起的思想家。从这个意义上说，亚里士多德的概念看起来已经是统一的，
因为它针对的是单一连贯立场的不同要素。但是，关于这种感知图景的
内在连贯性，我们可以谈得更多。因为它的各种要素相互支持，而不仅
仅是以一种争论的方式存在。

　　正如我们所说的，不可通约性不足以使特殊性优先于普遍性。但在
单一性的强形式中的可通约性，对于一般性和普遍性优先于特殊性来说
肯定是足够的：因为单一性度量必须是某种高度一般的普遍性，也就是
说，一种在质量上出现的东西在许多不同的事情上都是一样的。即使是
可度量性的有限的可通约性也足以拒绝实践特性中独特的不可重复属性。
我们可以看到，亚里士多德的不可通约性的总体精神，直接导向他对特
殊事物优先性的论述的支持。因为他的不可通约论指出，看到在这个世
界上的终极价值是多么丰富和多样。不要忽视每一个有价值的事物，珍
惜它本身的特性，而不要把它化约为别的事物。这些禁令指向了一份长
长的、开放式的清单——因为我们不想预先排除一些新事物出现的可能
性，这些新事物本身的独特性质与我们以前认识到的那些事物有不可简
化的区别。特别是在友谊和爱情的背景下，这些禁令几乎可以肯定地保
证最终价值清单将包括一些不可重复的特殊事物：因为每个朋友都是为
了他或她自身的缘故而被珍惜，而不是仅仅作为一种普遍价值友谊的实
例而存在。这似乎不仅包括性格，还包括共同的相互关系的历史。这样
[83]　一来，虽然亚里士多德对特殊事物（它们与模糊性和可变性有关）的优
先性有独立的论证，但前两个因素确实也互相支持。

　　情感和想象的解释进一步支持了这两个元素，并也得到了这两个
元素的支持。我们已经说过，认识高度具体的、经常是特殊的对象是想
象的本质。我们最强烈的激情所依附的对象也经常是这样的。在《政治

学》中，亚里士多德反对柏拉图，他指出最重要的是有两个因素使人
们喜欢和关心某物，即认为它是他们自己的和认为它是他们唯一拥有
的（1262b22—23）；因此，我们最强烈的爱、恐惧和悲伤的感觉，很
可能是针对那些在本质上其本身以及与我们的关系被视为不可化约的特
殊的对象与人。论证情感和想象是实践知识和判断的重要组成部分，是
在强烈地暗示：好的判断至少在一定程度上是关注具体的，甚至是特殊
性的，并被视为与其他事物不可通约。在《尼各马可伦理学》第十卷第
九节中，他确实明确地将父母与孩子之间的爱的关系与一种伦理知识联
系起来，而这种伦理知识在具体的特殊性上优于公共教育者那里的知识
（1180b7—13）。另一方面，捍卫不可通约性就是要重新打开空间，在其
中，情感和想象得以运作并发挥其力量。亚里士多德似乎可信地指出，
柏拉图主义的伦理立场削弱了情感的力量（《政治学》1262b23—24）；
柏拉图本人也会承认，对可通约性和普遍性的信念至少会减除许多最常
见的情感回应，因为他也承认，这些情感回应是基于对特殊性的感知。
再一次，为特殊性的优先性辩护就是告诉我们，想象可以在慎思中扮演
角色，而这种角色不能被抽象思想的功能完全取代。在不突出情感和想
象角色的情况下，捍卫一种灵活的、以情境为导向的对于特殊性的感知
是可能的；因为有人可能会试图描述一种纯粹的理智能力，这种能力本
身就足以抓住相关特征。在前亚里士多德时代的希腊对实践智慧的描述
中，就有某些这样的先例，它捍卫了一种对理性在特定情境中的即兴使
用，这种使用看起来很酷、狡猾并且自制。[55] 我认为，亚里士多德会觉
得，这种理性不足以完成对目的进行慎思的敏感任务，尽管对于技术性
的手段—目的推理来说可能没问题。在这里，他认同雅典政治思想中的
一个重要传统。我们已经提到过，修昔底德赞扬了地米斯托克利足智多
谋的即兴发挥能力，而没有提及情感，但伯里克利的葬礼演说却非常清
楚地表明，充分的政治理性需要激情，这种判断需要通过爱和远见卓识
来实现。希腊人要培养那种在想象中构想城邦的伟大和更大的希望的能

力；当他们看到这种伟大时，就会"爱上"她（Ⅱ. 43.1）。他很可能会得出这样的结论（这并不令人难以置信）：一个没有感受到这种爱的公民，在某种程度上无法意识到雅典和他自己在雅典的位置。

[84] 这个特征和另外两个特征之间的最后一个联系是：如果一个人跟柏拉图一样相信，强烈的情感是人类生活中无法忍受的紧张和压力的来源，那么他就有充分的理由去培养一种观察和判断的方式，评估它们的局限并削弱其力量。正如柏拉图所说，可通约性和普遍性都是这样做的。因为亚里士多德式立场把情感依恋视为人类生活中丰富和善的内在价值来源，所以它缺乏柏拉图的一个最显著的动机，去推动前两个特征的转变。

这三个要素结合在一起，就形成了一幅有关实践选择的连贯图像。我认为它们之间没有明显的紧张关系，而且关于为何一方的捍卫者也希望捍卫另一方的原因有很多。它们似乎阐明了一个想法的不同层面。借用亨利·詹姆斯的一句话说，我们可以将这个中心思想描述为"细微的体察与完全的承担"，做一个"无所错失"的人。[56] 为了对她面前的价值世界负责，这种感知的能动者被指望去调查和审视每一个事物和每一种情况的性质，以充分的敏感和想象的活力对她面前的事物做出回应，不会因为逃避、科学的抽象，或者是对简化的热爱而无法看到和感觉到那些事物。亚里士多德式的能动者是我们可以信任的，他以充分的具体细节和情感差异来描述复杂的情况，不遗漏任何实践相关性。正如詹姆斯所写的："在特定情况下，能够比其他人更多地感受到事物应有的价值，并在最大程度上戏剧性地、客观地记录它的人，是我们唯一可以信赖的人，他是不会背叛、不会贬低，或者，用我们的话来说，不会放弃事物的价值和美的人。"[57] 但这意味着，具有实践智慧的人与艺术家和／或艺术的感知者惊人地接近，不是在这种观念将道德价值降低为审美价值，或将道德判断变成品位问题的意义上，而是在我们被要求将道德视为一种高层次的远见和对特殊事物的回应的意义上，这是一种我们在最伟大的艺术家，尤其是我们的小说家身上寻求并重视的能力，对我们来说，小说家的价值首先是其实践性，他从不与我们如何生活的问题相脱离。好的行为首先需要正确的描绘，这种描绘本身就是道德上可进行评估的行为的一种形式。"'说'事情要非常准确、负责以及永不停止。"小说家是一个道德能动者，而道德能动者，就其"好"的程度而言，也分享了小说家的才能。[58]

V. 思想的渴望，同情的旅程

那么，让我们通过一本小说来进一步检验这个概念。一般规则系统或一般决策程序的信徒现在可以继续列举这些规则或描述该程序。亚里士多德主义者告诉我们，我们必须转而寻找具有示范性、经验性的实践智慧模型的指导。亚里士多德式实践智慧致力于对异质性进行丰富的描 [85] 述，对情境敏锐的感知，以及对情感和想象活动的投入——这已经向我们表明，某些类型的小说将是很好的例子，在其中可以看到这个概念恰当表达的好处。就像我已经说过的，我相信亨利·詹姆斯的小说就是这样的小说：如果我们想要更多地了解亚里士多德式选择方式的内容，以及为什么它是好的，我们最好求助于其中的一本。没有比展示和评论恰当体现了亚里士多德式观点的散文更好的方式，来表明这种图景和多种决策理论中的选择图景之间的差异了。

把亚里士多德和詹姆斯并列在一起，并不是要否认他们对理性的概念在许多显著特征上是不同的。他们对意识、对情感的性质和分类有着不同的理解，所有这些都应该牢记在心。然而，同情的趋同比这些差异更为显著，这种趋同也不是纯粹的偶然。有一点是，詹姆斯和亚里士多德之间有着无数的联系——从他自己的直接阅读到多种多样间接的哲学和文学影响。但更重要的是，必须指出，如果就像我所说的那样，这个概念真正回答了人类关于实践理性的深层直觉，这些直觉在不同的时间和地点以不完全相同的形式重现，那么，这两个关于实践理性有洞察力的作家会独立地达成共识，这就不足为奇了。关于做出好选择的问题具有显著的持久性，与在错误上的融合相比，在好的回应上的融合并不需要太多的解释。

将如此冗长而神秘的散文片段放在一篇文章的中心可能显得很独特。它是有意为之，读者应该反思这种差异，并追问那些在道德哲学的高谈阔论中失去的东西，道德哲学否认这种类型的资源。

下面这部分摘自亨利·詹姆斯《金钵记》的最后几页，可以看到玛吉·魏维尔的一部分思考：

"如何？"艾辛厄姆太太催着。

"呃，我倒希望……"

"希望他会见到她？"

然而，玛吉犹豫着，没有正面回答。"光希望是没用的，"她很快地说，"她不会的。但是他应该会。"前不久她朋友才为粗鲁行为表达了抱歉，这会儿刺耳的声音更加延长——像是按着电铃久久不放。现在竟然要被拿来讲一讲，夏洛特有可能"苛责"那个爱她那么久的男人，说得如此简单，其实真是很难过，不是吗？当然，所有的事情里，最怪的莫过于玛吉的顾虑，像想要做成什么，又有什么要应付的；更怪的是，有时候她这边几乎陷入一种状态，不甚清楚地盘算着她和丈夫一起，对这件事能打探出多少。这样是否会很恐怖，如果过去这几个星期里，她突然很警觉地对他说："为了个人荣誉，你不觉得似乎真的应该在他们走之前，私底下为她做点儿什么吗？"玛吉能够掂掂自己精神上要冒多大的风险，能够让自己短[86] 暂神游去了，即使像现在还一面跟别人说着话——这个人可是她最信任的，出神期间她好去追踪后续的可能发展。说实在的，艾辛厄姆太太可以在这类时间里面，多多少少感到心理平衡些，因为不至于完全猜不到她在想什么。然而，她刚刚的想法不只是一个方面而已——而是一串，一个接一个地呈现。这些可能性的确也让她壮起了胆子，顾虑到艾辛厄姆太太可能还想要多少的补偿。可能性总是存在，毕竟她是够条件来苛责他——事实上，她已经不断、不断地这么做。没什么好拿来对抗的，除了范妮·艾辛厄姆站在那儿，一脸确定自己被剥夺了权利的样子——那是被残忍地加之于身的，或者说，是在这些人实际的关系里无助地感受到的；尤其回头一看已经不止三个月的时间，王妃心里当然觉得像是确实认定了。这些臆测当然有可能并无根据，因为阿梅里戈的时间好多好多，没有任何习惯癖好，他的解释里也没任何假话；因为波特兰道的那一对都知道，夏洛特不得已去伊顿广场，也不是一次、两次而已，那是没办法的事，因此她有不少人的东西正在搬走。她没去波特兰道——有两次不同日子，家里知道她人在伦敦一整天，却连来吃个午餐也没有。玛吉很讨厌，也不愿比较时间和样貌前后有何不同；或衡量一下这个念头，看看能否在这几天的某些时刻，临时见个面，因为季节的关系，窥伺的眼睛都被清空了，这种气氛下事情可能会非常顺利。但其实部分原因是，有个画面一直萦绕着她，那可怜女人摆出一副英勇的模样，尽管她手上已经握有秘密，发现了她心情并不平静，但心里几乎容不下任何其他影像。另一个影像可能是被掩盖的秘密，指出心情多多少少已经获致平息，有点儿被逼出来的意味，但也有受到珍惜；这两种隐藏的不同之处太大了，容不得一点错误。夏洛特没有隐藏骄傲或是欢欣——她隐藏的是羞辱；这种情况是，王妃根本没办法爆发报复的怒火，因为每当她在对抗自己硬得像玻璃的问题时，她的热情就势必会伤到它的痛处。

玻璃后方潜伏着**整个**关系的历史，她曾经几乎把鼻子压扁在上面，想看个究竟——此阶段，魏维尔太太很可能从里面疯狂地敲着，伴随着极度难以压抑的祈求。玛吉和继母最后在丰司的花园会面之后，心里沾沾自喜地想已经都做完、没事了，她可以把手交叠起来休息了。但是，就个人的自尊心而言，为什么没留点儿什么好再推上一把、好匍匐得更低些？——为什么没留点儿什么好令她毛遂自荐来传话，告诉他，他们的朋友很痛苦，并说服他，她的需要是什么？这么一来，她就可以把魏维尔太太敲着玻璃的事——那是我这么叫的——用五十种方式表达出来了；最有可能把它用提醒的方式说出来，刺到心灵深处。"你不知道曾经被爱又分手的滋味。你不曾分手过，因为在**你的**关系里，有哪一个值得说是分手呢？我们的关系真切无比，用知觉酿的酒斟得都要满出来；假如那是没有意义的，假如意义没有好过你这个私底下痛苦的时候，只能轻轻说出口的人，那么我为何要自己应付所有的欺瞒呢？为什么要受这种罪，发现闪着金光的火焰，才短短几年之后——啊，闪着金光的火焰！——不过是一把黑色的灰烬？"我们的小姐很同情，但是同情里的慧心注定也有机巧，偶尔她也只得臣服无法反抗；因为有时候才几分钟的时间，似乎又有一件新的职责加诸她身上——分离之前若有意见分歧，她就有责任要说话、祈求他们能在放逐之旅前，带走些有益处的东西，像那些准备要移民的人一样，拿着最后保留下来的**贵重物品**，用旧丝绸包着的珠宝，以便哪天在悲惨的市集里讨价还价。

[87]

　　此位女子不由自主地想象着这个画面，这其实是一个陷阱，因为玛吉在路的每个弯道，都会被困住；我们甚至可以这么说，只要咔嗒一响，就紧抓住心思不放，接着就免不了一阵焦躁不安，羽翼乱扑，细致的羽毛四散。这些思想的渴望与同情的旅程，以及这些没将他们打倒的震荡，都即刻被感受到——这位非常突出的人物使得大家都动弹不得，前几周在丰司，他一直周而复始地在大家观望的未来、更远的那端，走过来又走过去。至于有谁知道、或谁不知道夏洛特有没有拿伊顿广场当幌子，把其他机会混进去，或混入到什么程度，都是那位个头小小的男士自己用他一贯令人无法预测的方式，在安静地仔细思量。这是他已经固不可移的一部分习惯，他的草帽和白色背心，他插在口袋的双手不知在变什么把戏，他透过稳稳地夹在鼻梁的眼镜，目光盯着看自己缓慢的步伐，那种不在乎外在世界的专注神情。此时画面上不曾消失片刻的一件东西，是闪着微光的那条丝质套索，无形地拴着他的妻子，玛吉在乡间最后的那一个月时间，感觉特别清晰。魏维尔太太挺直的颈项当然没有让它滑掉，长长绳索的另一端也没有——呵，够长了，颇为上手——把圈住大拇指较小的环解开，他手指头握得紧紧的，但她丈夫的身影则是不得见。尽管貌似微弱，但这条套索收拢的力道，不由得让人纳闷着，到底是什么样的魔法在拉扯，它经得住什么样的压力，但是绝不会怀疑它是否足以发挥效用或是它绝佳的耐用程度。事实上，王妃一想起这些情况，又是一阵目瞪口呆。她父亲知道这么多的事，而她甚至仍不知道！

此时艾辛厄姆太太和她在一起，所有的事情迅速地掠过她的心头，轻轻震颤着。虽然她仍未完全想通，但她已经表达了看法，认为阿梅里戈这边"应该"有条件地要做点儿什么，然后感觉她同伴用瞪眼的方式回答她。但是，她依然坚持自己的意思。"他应该希望见她一面——我是说要有点儿保障又单独的情况下，跟他以前一样——以免她自己来安排。那件事，"玛吉因为胸有定见而勇敢地说，"他应该要准备就绪，他应该要很高兴，他应该要觉得自己一定——如此终结这么一段过去，实在微不足道！——得听她说说。仿佛他希望得以脱身，没有任何后果。"[59]

当我们读到这几页的时候，首先注意到的是，与我们对形式决策理论的例子，甚至与一个发展良好的非技术性的哲学家的案例相比，在这里我们处于茫然无措之中。如果我们对整部小说没有一定的了解，就很难搞清楚这里到底在考虑什么、决定什么，更不用说每个因素的意义和权重了。因此，也很难确定玛吉在这里的想法和回应是理性的、值得称赞的，还是相反的。要做出这个决定，我们需要对她的整个故事有很多了解；在对整部小说进行最全面的审视之前做出任何判断似乎是仓促和武断的。（更重要的是：这部小说通过强调它是由许多可能的观点中的几个组成的事实，一次又一次地提醒我们，相关现实的整体比文本更复杂，许多潜在的相关洞见正被否认。）正是这些事实使这个篇章成为亚里士多德主义的一个很好案例。好的选择所具有的丰富情境，以及它对所有情境中特殊性的关注，都暗示着我们不应该期望能够如此接近一个复杂故事的目的，并理解或评估每一个事物。作为一名好医生，他既不会提前对病人的病史进行全面审视，也不会在不掌握医生做出选择时所用的所有背景材料的情况下去评估同事的工作，所以我们不能指望玛吉的理由会得到我们的理解和评估，除非我们沉浸在她的故事中。这个例子确实不可被概述，这是它的优点，也是玛吉的优点。如果她在文章最后所做的与她的选择相关的一切是能在这几段中为我们充分总结出来的，那么她的选择几乎肯定是非理性的和糟糕的。如果一个现实中人在缺乏任何情境的情况下做出选择，我们就会对他持高度的怀疑，他的选择就像哲学的案例经常表明的那样。这意味着我们真的应该引用整部小说作为我们的例子。这也意味着，在现实生活中，对我们亚里士多德主义者最有帮助的典范将是那些他们的故事具有足够细节的人，他们对特殊性的慎思的意义和丰富性是可以被理解的——也就是朋友们以及小说中人物的生活，只要我们允许这些人物成为我们的朋友。之所以自由地使用这个例子，只是因为我觉得，到目前为止，我与小说的关系是一种恰如其分的友谊关系，这种关系就像慎思本身一样，既具有理智，又具有情感。[60]

一旦我们注意到我们在没有更完整上下文的情况下迷失了方向，我们也会发现，这个例子的风格听起来根本不属于哲学。把它与决策理论著作中的文本实例相比，未免太滑稽了。但是，即使是一个典型哲学家的不那么科学化的散文，把它放在这篇复杂而神秘的构思旁边，它本身也显得简单，后者模糊性十足，且拐弯抹角、迂回和间接，用隐喻和图像而不是用逻辑公式或普遍性命题来传达它的核心含义。我相信，这些亚里士多德式观点，表达了"思想的渴望与同情的旅程"，这是拥有实践智慧之人会做的。这段散文表达了能动者的承诺，即面对所有的复杂情况，在所有的不确定性和特殊性中，将慎思行为视作整体的人格的冒险。它以抑扬的节奏描绘了一种道德上的努力，即努力正确地观察事物，并诉诸恰当的图景或描述；它的张力、拐弯抹角和来回兜圈子，都表现出要找到对眼前事物的正确描述或描绘是多么的困难。正如詹姆斯所说，如果"放置"就是"做"，那么展示这些就是展示一种有价值的道德活动。

　　当我们进一步考察这种慎思的内容时，我们注意到亚里士多德式慎思的每一个主要特征都出现了，并且以某种方式使我们相信，**这是**理性 [89]所要求的，而不是更简单或更简洁的东西。不可通约性就是一个很有趣的例子。在小说的早些段落，玛吉根据一种单一数量的尺度将她的所有主张设想为同质性的。对于伦理价值而言，财务意象尤为突出地表现了这一还原策略。即使当她不使用这一意象时，她也在以多种方式不断表现出不承认相互冲突的义务的决心，不会在"理想的一致性"上有所动摇，"她的道德慰藉几乎在任何时候都依赖于这种理想的一致性"。这让她反复地，以一种或另一种方式重新诠释她所关切的价值观，以确保它们彼此和谐，是"圆融的"而不是棱角分明的。只有当某种主张在一定程度与其他固有主张相一致的情况下，该主张才会被承认；但这让玛吉对每一种不同主张的独特本质都有相当大的忽视。因为每一种特性都是粗边的有棱角的事物，很难被纳入一个预先存在的结构。她的建筑意象，就像可通约性的财务意象一样，表达了对独特本性的否定。道德生活的结构被比作坚实、简单、线条清晰的建筑，纯白色的古典房屋和伊顿广场修剪整齐的花园，而不是波特兰广场那种模糊的灰色和复杂的形状。[61]

　　在这个场景中，就像在小说第二部分的大部分情节中一样，玛吉展现了她所获得的认识，尤其是可通约性，一般而言的一致和谐，并非一个成年女性理性慎思的好目标。她允许自己充分探索每一个相关主张的独特性质，进入它，想知道它是什么，试图在感情和思想上公正地对待它。"她刚刚的想法不只是一个方面而已——而是一连串，一个接一个地呈现。"首先，她考虑了丈夫和夏洛特的情况，问自己他们目前的关系最可能是什么样的。然后，她从对这种可能性的考虑转而更深入地审视夏洛特的性格以及他们爱情的特质，试图理解这一点及其对她的选择所具有的意味，让自己生动地描绘和想象她的朋友遭受的痛苦，在某种程度上，这让她认识到她自己的计划在道德上的困难，它是造成这种痛苦的原因。随后，当她几乎被怜悯所淹没时，她的"思想的渴望与同情的旅程"突然停止，就像被碰撞了一下，她父亲同样生动的形象出现在她面前，是一个"如此鲜明的人物"，迫使她考虑他的主张。她曾经把父亲看作所有道德要求的源泉，是一种不允许有任何冲突的权威。现在她看到的他是"对比和对立的，简而言之，是被客观地呈现的"。也就是说，她看到的是**他**，透过其自身独特的本性，只是因为她现在以关注特殊性的方式看到他的需求和愿望与其他主张之间形成了紧张。她对他的独特性和质性上的个体性有着鲜明的感受，因为他的利益抗拒她对夏洛特的同情所形成的"震荡"。她把他视为夏洛特被囚禁和遭受痛苦的原因，因此她认为，任何想要公正地满足他的需要的努力，最终都会使她受到伤害和感到痛苦；另一方面，怜悯和诚实的计划，必然会威胁到他的控制能[90] 力和尊严。[62] 当我们遵循这一切，我们感到这种对分离的和异质的事物的独特性的观察方式，并不比她过去坚持可通约性或坚持较弱的相关原则更不理性。这是一种道德成长的方式，一种像一个成熟的女性而不是一个胆怯的孩子那样的推理方式。

这个案例也通过对特殊性优先于一般性的坚持为理解亚里士多德主义的方法提供了一个很好的空间。这并不是说到头来玛吉放弃了她所有的指导原则，转而诉诸某些对这个不可化约的特殊性的盲目的直觉。她的大量慎思都是基于历史的，询问过去所做的承诺和所做的行动对当前形势有何影响。它被视为与过去完全连续并受其影响。此外，如果我们不使用一般性的术语，我们就无法理解其中许多承诺对她的影响。她表达了诸如信守承诺、对给予帮助和鼓励的朋友的感激之情、孩子对父母的责任等一般性和普遍性原则的关注。如果我们使用专有名词来描述她的思想所涉及的细节，避免使用诸如"父亲""丈夫"和"朋友"之类的一般性术语，我们将无法正确地捕捉到它们对她的意义。她并没有简单地将亚当视为一个根本上与众不同的事物，提出其自成一格（sui generis）的主张。其至在她反思非常**具体**的地方——例如，当她想到自己对一位与之有着特定具体历史的朋友有所亏欠时——她的大部分想法都是可以被普遍化的，并带有这样的含义：如果在任何时间和地点出现完全相似的情况，同样的选择将再次是正确的。所有这些都与亚里士多德主义相一致，亚里士多德主义非常强调好的习惯，并致力于对美德的一般性定义。[63]

此外，在她愿意承认责任和承诺的冲突中，玛吉比一个简单地否认可能存在真正的责任冲突的能动者，或者从一个角度看待冲突的能动者更忠实于她先前的一般原则。因为这个世界产生了一场关于"应该"的悲剧性冲突，这一事实不会使她做出判断，这些相互冲突的原则的其中之一不再约束她，或者也不会改写冲突的性质，使它不再呈现同样的悲剧面相。亚里士多德式的慎思远不是缺乏根据的和极其特殊的，在这一点上，它比许多其他被提出的慎思类型更忠实于它的过去。[64]

但与此同时，有几种方法可以使玛吉境况的具体特殊性优先于一般性准则。首先，她准备承认不可重复和独特的事物与可普遍化的事物具有道德相关性。"父亲"一词并没有详尽地描述她与亚当在道德上的显著特征，出现在她面前的"如此显著不同的人物"也不是抽象的父母。一般和普遍性的描述必须通过注意他的个人品质和他们独特的个人历史来完成——正如她对"最好的朋友"关系的关心必须通过对夏洛特的个体的思考和感受来完成。其中一些将是具有普遍性的，尽管一点也不具有一般性。其中一些则不具有普遍性。但是，如果我们重写这篇文章，只 [91]

留下可重复的特征，而忽略生动具体的图景和不可重复的记忆，我们就会失去很多道德的丰富性，慎思也会显得出奇地非理性。

然后，玛吉也看到，正如亚里士多德主义者应该看到的那样，场景中各种事物之间的相互交织，是如何遮蔽它们的道德意义的。她不能简单地考虑一般意义上她对朋友夏洛特的职责是什么。她必须考虑到夏洛特所处的具体情况，即她专注于的令人痛苦的细节。为了判断该敦促什么，甚至为了说出她每一个可能相互冲突的义务所需要的东西，她必须想象夏洛特目前的处境，她可能会有什么感觉和欲望。如果仁爱的行动自身不能恰到好处地适合那种默默的痛苦和那种隐藏的耻辱的具体要求，那么它并不会在道德上是正确的。就像航行中的一个行动，根据航海手册来说是正确的，但却不考虑到领航员的具体情况而加以选择一样。再多说一些，这并不是简单地说，正确的行动必须"调节"到符合它的情境。我们还可以看到，如果不参考情境的特征，就没有办法描述所选择的行动本身，这些特征太过具体，无法在有效的行动指导原则中体现出来，而且在许多情况下，也不可能完全具有普遍性。玛吉的选择不是以维护家庭尊严为结果而敦促最后的对抗，而是为了以特定的方式来处理夏洛特在此境况下的特定痛苦，以保护一位非常特殊的父亲的尊严。行动（或非行动）的调性本身是特殊的、缠绕的，缺乏了小说家笔下的那些细节，它几乎就很难被很好地描述（如果我们想把握它的**正确性**）。

最后，在某种意义上，特殊性在玛吉坚持允许发现和惊奇，甚至可能导致她整个伦理观念发生严重逆转的惊奇的意义上获得了优先性。小说的前半部分表现出她在对待他人的过程中，就仿佛把他们当作雕塑或绘画，那些情境似乎都是对自己收藏的这些物品的沉思片段。这些物品不行动或移动，他们缺乏以不可预测和令人震惊的方式行事的力量，整个道德场景都有一种冷静沉思控制的气氛。后半部分以戏剧性的即兴发挥的形象展示了她的想法。她已经成为一名演员，突然发现她的剧本没有提前写好，她必须"非常英勇地"即兴表演她的角色。"准备和练习只走了很短的路。她的角色越演越好，她时时刻刻都在想该说什么，该做什么。"我将在下一节详细讨论这个具有启发性的隐喻，但很明显，这表明了一种对此时此刻的敏锐的责任感，以及一种对可能包含的这种惊奇的开放性。

　　玛吉的慎思很清楚地向我们显示，想象和情感回应在感知中所扮演的指导角色，它们是道德知识的组成部分。如果她仅仅以理智的方式来看待夏洛特、亚美利哥和亚当的处境，她是否能看到她应该看到的全貌，这很值得怀疑。夏洛特敲打玻璃的形象，亚当牵着像被一条看不见的缰绳套住的夏洛特的形象，都有能力传达给玛吉并表达出夏洛特困境的准确伦理意义；我们觉得，这种能力在与夏洛特的任何对抗中都是不存在的，因为它避免了对形象的使用。我们也看到，这种想象功能与情感的工作是多么紧密地交织在一起。玛吉的画面充满了感情。事实上，我们有时会看到这幅画面是由一种情感所暗示或引起的。她的想法被一次震荡打断了，之后又在她父亲走路的图景中得到了表达。这种对亚当的情感震惊，或者说对他所涌起的关切，是她对他所采取的描述方式的来源。情感似乎是这幅画面**中**不可废弃的元素。她把亚当想象成一个受人爱戴的父亲，她的想象本身就是可爱的。（我们也可以说，使用想象是她生动而敏感的情感生活的一个特点。如果不提到她如何看待自己所爱和所焦虑的对象，我们就无法很好地描述她的情感。）所有这些融合在一起的、高度复杂的材料，似乎对引导她正确理解对她的每一项要求做出正确伦理感知都是至关重要的。如果她不允许自己通过那样的细节来看亚当，被那幅震荡的图像"突然中断"，她就不会明白在那种情况下她欠他什么。情感可能会过度与具有误导性，从她对夏洛特的同情几乎使她对整个情况的全面努力化为乌有的那一刻起，我们就可以看出这一点。但修正随之到来，当它到来时，它不是以冷静的理智判断的形式，而是以笼中之鸟这样自我批判而又饱含感情的画面形式来到，然后为亚当这个复杂的形象留出了空间，深受爱戴的和令人害怕的，他手指间的缰绳徘徊

[92]

在她的脑海中。

再一次，我想我们要强调的是，这些想象力的旅程和对同情的渴望，并不是仅仅作为一种在原则上不同于它们的理智知识（虽然也许实际上不是）的手段。我们在这里看不到这样的认知。专注于具体的意图，一个她的全部人格都积极地投入其中的行动，本身看起来就像一个目的。假设我们重写了这一场景，在亚当的画面之后又加上了几个类似的句子："从这一点上，她推断她对她父亲的责任是……"我们会确信这进一步的阶段代表了道德认识的真正进步吗？这对她感知的"快速振动"有帮助吗？亚里士多德主义者认为：并没有——除非，也许，在某种意义上，它以一种形式僵化或保留了感知的工作，在另一种情况下，它可以作为一种指导，或在没有时间来充分感知时作为一种替代。与此相反，亚里士多德主义者会坚持认为理智结论很可能是一种倒退，或者导致不能再充分知晓或了解情况，就像我刚才指出的：那样是站得住脚的，但也是危险的，因为僵化的部分认知很容易成为一种否定形式，除非它被不断地唤醒进入感知。

最后，亚里士多德式的观点告诉我们，实践智慧的运用本身就是一种人类的卓越表现，是一种具有内在价值的活动，而不是产生美德行为的倾向。我们的案例生动地说明了这一情况。这里所引用的思考前后，玛吉说话和行动的方式或多或少都是一样的。她不会改变想法，也不会改变自己的言行。詹姆斯用"但是她坚持她的意思"这句话使我们注意到这一点，并赋予她前后几乎相同的词语。但他也坚持认为，在这些思想被记录下来之前，"她思想的革命是未完成的"。如果这种慎思具有道德价值，那么它似乎并不体现在它明显的行动的生产力上。但是我们相信它确实具有一种道德价值。[65] 即使决定本身没有改变，通过她如实地面对所有这些因素，某些颇有意义的东西还是得以增加。感知的无声的内在工作，在这里被展示出来，它本身就是人类卓越性的一个值得称赞的案例。这意味着它的组成部分，也是人的好生活的组成部分。

[93]

VI.　一个空洞的境遇道德？

这种伦理规范将被指责内容空洞。从某种意义上说，这种指控是正确的。由于特殊事物的优先性，我们不能对慎思的优先性做一般性的说明，也不能对好的慎思的技术和过程做一般性说明，这种一般性说明足以在面对案例之前区分好与坏的选择。一般性说明可能会为我们做出好选择提供必要条件；它本身不能给出充分条件。亚里士多德对此说得很清楚：正如能动者自身的决定取决于感知，我们对于他或她是否做出了正确选择所做的判断也同样如此。那种为正确的感知确立穷尽一切的一般标准的要求需要受到抵制（《尼各马可伦理学》1126b2—4）。在亚里士多德的城邦里，有实践智慧的人不会背着公告闲逛，所以我们所要做的就是跟随他们。我们也永远无法在生活中完全滴水不漏地保证在特殊境况下正确运用感知。不存在充分条件：我们自己的决定取决于感知。

但是对空洞的指责以一种更强烈、更令人不安的形式出现。希拉里·普特南评论了我之前试图从《金钵记》中引出的一幅亚里士多德式选择图景的尝试。他认为，这种观点面临崩溃的危险，可能会陷入“一种空洞的境遇道德”。在这种情境中，一切都是“权衡的问题”。[66]我认为，这项指控是说重视具体选择情况并主要根据情况要求进行判断的能动者，将随着时间的推移缺乏伦理连贯性和承诺，缺乏坚定的原则和可靠的关于好生活的一般概念。只要能动者在这一案例的材料中承受足够多的煎熬，她就可以做任何她喜欢的事。

我们已经开始对这项指责做出回应，我们坚持认为，在玛吉·魏维尔的慎思过程中，一般性原则起到了指导作用。我们还指出，在亚里士多德式概念对责任冲突的认知中，允许我们持有一种比我们在许多伦理概念中更为深刻的对原则的忠诚。但我们现在需要进一步回答普特南，因为可以让我们对亚里士多德式选择中一般性和特殊性之间的相互作用，[94]

给出一个迄今为止更为丰富的解释。

我们可以从戏剧即兴发挥的隐喻开始，这是詹姆斯主义者和亚里士多德主义者对实践智慧活动最喜爱的比喻。玛吉·魏维尔是一名已经准备好了的和受过训练的女演员，现在她发现自己必须"相当英勇地""时不时地"即兴表演自己的角色。在学习即兴发挥的过程中，她是否采取了一种没有原则、一切都是临时安排的选择方式？（也许：一切都是被允许的？）这位女演员的形象暗示了这样的推断是多么不准确。根据剧本进行表演与即兴表演的显著区别在于，一个人必须对其他演员和情境给予的东西**更加**敏感，而不是更麻木。死记硬背无济于事，你必须在每一刻都积极地体察和回应，准备好迎接惊奇，这样才不会让他人失望。一个即兴表演的女演员，如果她即兴表演得很好，就不会觉得自己什么都能说。她必须把她的选择与故事的进展相适应，后者有自身的形式和连续性。最重要的是，她必须保持她的角色对其他角色的承诺（作为演员她对其他演员的承诺）。这需要更多而不是更少专注的忠诚。

想想交响乐演奏者和爵士音乐家之间类似的对比。对于前者，承诺和连续性是外部的，来自乐谱和指挥家。她的工作就是解读这些信号。爵士乐演奏者，积极地创造连续性，必须以充分的体察并在对这种形式的历史传统负责的情况下做出选择，在每一刻积极地尊重她对其他音乐家的承诺，她最好尽可能地对作为独特个体的他们有所了解。她将比只会读谱子的人更有责任，而不是更不负责，去展开连续性和结构的工作。（我们也可以说，随着古典乐手的音乐水平不断提高，她不再只是一个死记硬背乐谱的人，而是一个积极思考的诠释者，在每次演奏时都能从中获得新的认识，就专注的特点而言，她也越来越像爵士音乐家。）

因此，这两个案例向我们表明，道德上即兴发挥的感知者负有双重责任：对投身的历史和构成其背景的不断发展的结构负责；尤其要对这些负责——在每一个场景中，在一种她自身的历史与场景的需要之间积极且充满知性的对峙中，她所做出的承诺都是崭新的。

从伦理的角度来说，这意味着感知者将一般性概念和承诺的历史以及一系列过去的义务和从属关系（有些是一般的，有些是特殊的）带入新的情境，所有这些都有助于构成她不断发展的好生活的概念。这些承诺有组织地内化，构成了她的性格。她会欣然地将这种境况视作由一般性的事物所组成，她对此的道德描述也会使用（如我们所见）"父亲"和"朋友"等措辞，并承认她在这种情况下所承担的一般和特殊的责任。正如我们所说，即使这样做会带来冲突的痛苦——但这是承认这个具体情况的一部分。

我们或许说，感知是一种规则与具体回应、一般性概念和独特案例之间充满爱的对话过程，在这个过程中，一般阐明了特殊，反过来又由特殊进一步阐明。特殊是由可重复和不可重复的特征构成的；它是用一般术语的结构勾勒出来的，也包含着我们所爱之人的独特形象。[67] 如果不是在一个具体的形象中实现的话，一般性是黑暗的、缺乏交流的；但是，一个具体的图像或描述如果不包含一般术语，则是不清晰的，实际上是疯狂的。出于我们所说的原因和方式，特殊性具有优先性；有相关的不可重复的属性，有一些可修改性。归根到底，一般性的作用只有在正确表达具体的时候才能发挥。但是，如果仔细观察，特定的人的上下文背景，在其所有要素上都不会是自成一类，也不会脱离充满义务的过去。作为人性的标志，对此的忠诚是感知最为基本的价值之一。[68] [95]

现在我们从另一个角度看到小说能够在表达亚里士多德式道德中扮演重要角色。因为小说作为一种体裁，引导我们关注具体的事物；它们在我们面前展示了丰富的细节，将其呈现为与选择相关。然而，它们却在告诉我们：它们要求我们想象我们自己的处境和这些主人公的处境之间可能存在的关系，去认同这些人物和 / 或处境，从而感知这些相似和不同之处。通过这种方式，小说的结构也表明，许多道德上的相关性是具有普遍性的：了解玛吉·魏维尔的处境有助于我们理解自己的处境。

还有一点可以补充，亚里士多德式慎思，在我看来，非常深入地涉及一个一般性概念，即人的概念。亚里士多德式探询在伦理学上的起点来自这个问题，"人应该如何生活？"（见导论）。亚里士多德本人对这个问题的一般性回答是："符合构成完整人生的所有良好功能的形式。"良好的人类功能的概念将这一探询引向更深层次，将注意力集中在情境的某些特征上，而非其他。能动者把她不断发展的好的或完整的人的生活的图景带到了选择的情境中。她会判断在这种情境下，良好的人类功能能否发挥作用。"人"这个概念是她用来界定它的最核心的概念之一，用于思考他人和她自己。她把好的特殊判断看作对人之善这一不断发展的概念的进一步阐述，如果它看起来有缺陷的话，也可以看作对它的修正。没有什么是不可修正的，但是，在她思考情境为各种功能创造了什么样的场合时，暂时性概念的指导是非常重要的。此外，正如"超越"一章中所论证的那样，这个概念不是可选的。任何**对她**来说的好选择，也必须是一种对她**作为人**来说的好选择。这在很大程度上有助于我们感到亚

[96] 里士多德式概念并非毫无根据（例如，远不如基于一个人某一时刻偏好的慎思方案那样毫无根据），也有助于我们感到，它确实给了能动者很好的指导，让她知道她的思想可能会走向何方。

这是一个宏大论题；其进一步影响不便在这里讨论，我在别处研究过它们。[69] 但有一点需要特别提一下：亚里士多德式观点并不意味着主观主义，或者甚至是相对主义。对慎思必须考量到情境特征的坚持，并不意味着慎思的选择只相对于地方性规范是正确的。亚里士多德式的特殊主义完全符合这样一种观点，即感知的目标（在某种意义上）是事物的本来面目，需要进一步论证来对此处立场的最佳解释做出决定。当然，"人"这个概念的使用将在适应跨文化判断和跨文化辩论的概念方面扮演重要角色。[70] 因此，如果普特南的担忧在一定程度上是关于这一点，我认为这几乎是毫无根据的。

在这里，我们应该补充一点，小说再一次证明了它是亚里士多德式概念的合适载体。因为它们具体地描述了在多样的社会背景下的人类境

况，并将每个境况中的社会背景视为与选择相关，它们还在自己的结构中构建了一种我们共同的人性。它们对人类讲述关于人类的故事，那种以某种可能性和某种有限性为特征的共同的人类生活形式，是它们之间以及它们与读者之间的一种强有力的连接。这种具体性被视为人类发挥功能的一个场景，读者被邀请来做出相应的评估。尽管要从一种截然不同的文化传统中直观地评估一部伦理或宗教专著极其困难，而且常常是不可能的，但小说能更有力地跨越这些界限，让读者沉浸在同情和爱的情感中，使读者自己成为所讨论的社会的参与者，并评估它为世界上的人类生活提供了什么物质资料。因此，在小说的结构中包含着不断发展的一般概念和丰富的特殊感知之间的相互作用；它们教会读者如何机智地在这两个层次间穿梭。

VII. 即兴何时即兴

有时感知者坚持一个持久的承诺；有时，新的情况会促使她修改她的目标计划。有时她会意识到一种无法解决的价值冲突；有时，她认为一个或多个价值实际上并不适用于这种特殊情况。有时她更关注她处境的一般性特征，有时更关注独特的或新的特征。我们怎么知道什么时候做什么事情呢？我们如何确保在正确而不是错误的时间，以某种程度正确而不是错误的灵活性进行即兴发挥呢？[71]

[97]

答案显示了特殊的优先性在好的慎思中的另一个维度。因为它必须是：对此不存在一般性规则，洞见取决于感知。有经验的领航员会知道什么时候遵守规则手册，什么时候把它放在一边。此类问题的"正确规则"很简单：按照经验丰富的领航员的方式进行操作。根本没有安全保证，没有公式，也没有捷径。然而，缺乏公式并不意味着我们可以自由放任，也不是说我们做出任何选择都是正确的。在风暴中摧毁船只的方法有很多种，而一帆风顺的方法却很少。正如亚里士多德所说："错误可以是多种多样的……正确的道路却只有一条；所以失败易而成功难。"（1106b28—32）。[72] 这也不意味着我们没有地方去寻求指导。我们求助于实践智慧的故事，既是为了表现良好的注意力，也是为了把作为读者的我们自己，塑造成这样专注和有洞见的人。

在这里说了什么吗？这些都有什么内容吗？此类问题总是反反复复出现。因为在哲学和生活中都存在一种趋势，那就是寻找可以预先解决问题的理论。达成的理论如此之少，留给生活中的各种场合又如此之多，这似乎既可耻又危险。答案则是，内容和真相一样多。

Ⅷ. 公共和私人：作为领袖的感知者

我们已经主要讨论了个人和私人的选择。我们举了一位女性的例子，她孤独地苦恼着该怎么做。这是有原因的。因为在区分感知方面，强调的是每种判断的独立和不受干扰的运作，它必须灵活地应对每一个新的情况。规则属于公共领域，我们可以想象它们被整个社会所遵循。同样的道理，一般性的最大化技术显然也适用于一个更大的群体的情况。在亚里士多德式的感知中，事情看上去与此相反。强调想象力和情感的内在运作，赋予即兴的机智以价值，声称"实践的问题"具有根本难以言说的模糊性——所有这些都让我们很自然地会把这种观念视为一种个人选择的模型，几乎无法应用于公共领域。在当代伦理理论中，那些对亚里士多德式个人选择道德观持有同情的人，也往往同时对公共与私人做出有力的区分，坚持认为公共程序应该比亚里士多德式的进路更明确、更规范。[73]

[98]

亚里士多德并不持有这种观点。事实上，很明显，在我们讨论过的许多段落中，他首要关心的是公共生活的行动。在他对法律和政治制度的讨论中，可以发现一些反对可通约性的篇章，以及一些表明一般性规则局限的篇章。公平的美德和能够使用灵活的尺度是一个好的政治意义上的法官的属性。亚里士多德理想中的具有实践智慧的人不是孤独的詹姆斯式的女主人公，而是一位政治上活跃的雅典公民，伯里克利就是一个例子。事实上，即使当我们读到他的那些关于个人选择的讨论部分时，我们必须记住，在亚里士多德的伦理概念中，公共和私人之间并没有明显的区别。好的人类生活是与他人相处并面对他人的生活。**城邦**（polis）的成员身份是一个人以他人为指向的活动的重要组成部分。每一种美德都有一个社会维度[74]：这就是说，在某种程度上，正义就是人类卓越的全部。即便是有关正确的情感回应是美德的重要组成部分，以及文学和诗歌可以教给人们美德的这一要素——这些对于亚里士多德而言全都是公共的理念。雅典的男性并不会把爱、悲伤和愤怒的表达保留在家庭之中，公共领域充满了那些我们有时将之与私人领域相联系的情感和想象的能量，就像家庭领域自身充满了公共的关切一样。戏剧诗是一个重要的公共节日中的核心部分，亚里士多德式哲学将自身表现为对公共实践具有价值。

在坚持感知是政治理性的标准的过程中，亚里士多德并不是在创新，不过他在一场持续已久的争论中选了边。正如我们所指出的，他的图景与伯里克利时期雅典的理想有着密切的联系；他对一般规则的批评，同时也是对斯巴达的一些政治理想的批评。正如修昔底德所呈现的反面案例那样，斯巴达的道德教导我们，公民的力量和勇气能够通过一套缺乏灵活性规则的制度来得到最好的提升，在这种制度下，所有公民都把自身视为完全屈从的。斯巴达人被描述为谨慎、缓慢、严厉。他们甚至被教导不要想自己即兴发挥，不要认为自己的智力比法律的指导更可靠。（"我们所受的教育使我们过于无知以至于不会蔑视法律。" I. 84）他们在做决策时也不会注意个人和情境的特殊性：因为他们的国王阿基达摩斯提醒他们，个体之间的差异不会很大——他们似乎将这个提醒与信任规则作为具有充分指导性的命令联系起来。[75]质上的异质性和每个个体选择者的独特性在斯巴达道德中都被否定了，很显然，个人情感和想象参与的价值也是如此。

相比之下，雅典的政治道德将具体感知置于遵循规则之上，并将公共政策视为一种创造性的即兴发挥。领袖的最高美德是地米斯托克利[99] **"根据具体情况的需要即兴发挥"**（autoschediazein ta deonta）的能力。雅典人政治生活的特点是对个人和处境的特殊性的强烈关注。其教育教导年轻人"善用判断，因为这与他们自己切身相关"（I. 70）；通过自我导向的判断（部分是由对艺术和音乐的热爱所培养的，而斯巴达式教育是由艰苦的训练构成的）学习去评估每个个体和情形的独特品质。雅典政治生活被描述为具有创新性、大胆、流动、"多彩"以及充满感情。伯里克利在这一点上很明确，正如我们所见（参见边码 83 页）。他既不想要奴颜屈膝的法律遵守者，也不想要精于算计的技术官僚；他想要的是即兴发挥者，其创造力被激情所激发。[76]

那么，亚里士多德式感知是一种公共理性的样式。我们能认真处理好这一角色吗？首先，我们要问的是，我们是否需要那种以亚里士多德式的方式运用理性的领导人和政策制定者？然后我们会继续问，什么样的政府形式可以支持亚里士多德式的能力？

首先，我们是不是，以及我们是否应当要求我们的公共领袖像亚里士多德所建议的那样运用理性？在评估他们的行为时，我们是否并且应该寻求即兴想象力和丰富的回应能力，这些亚里士多德所认为的好的和公正的法官所具有的特点？汉普希尔反对亚里士多德式感知，认为其不够明确，对公共生活来说缺乏足够的规范。有时，很难说亚里士多德的方法不是一个好的理想，或者说，尽管它是一个好的理想，但在许多情况下它在实践中不起作用。第二种说法是亚里士多德本人坚持的。因为，正如我们所说，他坚持认为，我们需要公共领域的正式程序和成文规则，这基于一系列原因：加快处理在现有时间内无法通过感知来调查的复杂材料；在偏见容易歪曲判断的情况下，要防范堕落；一般来说，为那些我们并不真正相信其理性能力的人提供选择的背景。[77]在亚里士多德式的政治学中，法律的统治得到捍卫并享有荣誉地位。

　　然而，亚里士多德做出了区分。他反复承认，公共生活中**必须**经常使用规则，这比任何可用的替代方案都要好。然而，他否认这是公共领域应该努力追求的标准。我们能理解这一区别并接受这一点吗？或者我们是否相信具有实践智慧的人的判断，**原则上**是一种不适用于公共领域的规范？在我们的制度中，对这种理想的承认可能对应着什么？

　　亚里士多德认为，灵活的统治者的公正就好比一位好法官的美德。他的观点是，一位具有实践智慧的法官，不会不加思考地服从于法律，而是会根据自己的伦理判断来运用它，他会仔细观察他的城邦的历史和环境。他相信在城邦的机构中包含这种灵活的伦理判断要素，可以赋予它以其他方式不具备的伦理水平和远见。立法者也应该表现出实践智慧和远见。值得注意的是，亚里士多德特别指出，在司法环境中公正的回应尤其是最为需要的。

　　亚里士多德的要求与我们美国法律和司法推理传统中的一个显著部分密切相符。亚里士多德式道德中的规则和感知之间的对话，与一个好法官的程序有着密切而有趣的关系，她必须在具体情境中，运用她对法律的认识、先例的历史，她对法律中所体现的道德信念的感知，以及她对面前案件的理解。然而，在美国的法律辩论中，对于法官应该做什么存在着相互冲突的理解；但一些相互争执的理论都一致拒绝将亚里士多德所攻击的"科学的"推理的标记作为司法推理过程中的规范。很少有人会怂恿法律推理将质的区别化约为量的区别。大多数人坚持面对复杂的特殊案例，将其视为一个具体历史的部分，由先例演变而来。大多数人（尽管以各种不同的方式）坚持原则、先例和新感知之间复杂的互动。（有证据表明，罗伯特·博克拒绝接受这一复杂的概念以及历史先例所扮演的角色，而更愿意接受一种更教条、更不受语境影响的判断概念，这是导致他拒绝被提名为美国最高法院大法官的重要原因。）至于情感，尽管它们的贡献在这里有时会像在其他地方一样遭到诋毁，但它们 [100]

在指导或引导最佳法律推理方面也得到了显著的认可。有时，法律相对主义者会提出这种论点，他们认为所有的法律判断都是"意识形态"的表达，他们否认权力和说服之间存在任何规范性的区别，否认法律判断中存在任何实质性的客观性概念。但是那些更接近亚里士多德观点的法律思想家也提出了一些观点——他们捍卫了实践智慧的实质概念，并简单地坚持认为，在明智判断的过程中，丰富的情感回应不是非理性的标志，而是丰富或完全理性的标志。在这后一群体中最突出的是宪法律师保罗·葛维宝，他论证指出，虽然激情会迷惑人，但它们"也可以放开、澄清并丰富理解"，而且"一个法律体系的价值和成就——一个法律体系中涉及的律师、法官和公民的价值和成就——都是由情感产生的东西所塑造的"。[78]

简而言之：好的法律判断越来越像亚里士多德所认为的那样——作为对成文法的一般性的明智补充，想象一个具备实践智慧的人在这种情况下**将会**说什么[79]，这会为审判事业带来一种丰富且应对自如的人格资源。因此，近来律师对文学产生了浓厚的兴趣，并声称文学作品能够洞察法律判断的准则，也就不足为奇了。因为葛维宝和其他人提供的判断与许多文学（和戏剧）文本中隐含读者（或观众）的活动有一种自然的联系。葛维宝对感知和情感的反思使他谈到"文学在发展法律思想到达其最为充分的丰富性和复杂性上所占据的特殊位置"。

[101]

在美国的法律审判理念中，亚里士多德式概念已经得到认可；解释过去的法庭判决中哪些是好的，不管是在理论上还是历史上，对于进一步发展这些观点而言将是很重要的。我们注意到，好法官的理念与更一般性的政治规范密切相关（在葛维宝的思想和他过去的评论中有提及）。这位好法官也是一位模范公民；在亚里士多德看来，他也会问自己，一位明智的立法者会说些什么。虽然正如亚里士多德所承认的那样，许多种正式的和受规则支配的程序，在决策过程的许多层面上，都发挥着宝贵的作用；但最重要的是对一个好的领导者的要求，以及我们应该要求我们自己作为公民，有一种不同的、更像是亚里士多德式的推理。我们通常不认为量化社会科学技术的训练对于成为一名好的议员至关重要，尽管我们确实需要这样的专家。我们坚持，适当地，而且更多地坚持发展想象，坚持对具体的人类现实的充满活力的感受，甚至坚守雅典人意义上的对生活的激情参与。在技术理智的诱惑面前，不坚持这一点的危险是显而易见的：正如我们在指导越南战争的政策制定中已经做过的那样，在我们的领导人眼前，将会有关于人的贫乏模型——数字和点，取代了男人和女人。当一个人的慎思不能赋予人类完整而复杂的人性时，就很容易盘算去做针对他们的可怕之事。我们希望领导者的心灵和想象力能够承认人类中的人性。瓦尔特·惠特曼对亚伯拉罕·林肯"伟大而善良的灵魂"的描绘，就是一位亚里士多德式的领袖的写照。他在爱中充满远见卓识，在想象中充满智慧。这样的形象仍然可以在美国的政治生活中找到，尽管并不多见。

IX. 一个感知者的社会

我已指出，亚里士多德式规范已经是我们政治和法律传统的一部分；因此，我已经含蓄说明，就其本身而言，它们并非与民主无关，或者偏向于贵族制。亚里士多德本人在与"自由平等的公民，轮流统治和被统治"的社会理想的关联中引入了此规范。但人们常常怀疑，亚里士多德的规范实际上与民主的生活方式并不相容。这个问题需要我们仔细研究。即使我们确信亚里士多德式美德对领导人和公民都有价值，但如果我们确信，唯有放弃那些我们出于独立理由认为是最好和最公正的制度才能培养这些美德，那么我们可能决定追求一种不同的规范。

我在其他地方讨论过亚里士多德政治观念的一般性形式，我还描述过他的理想所要求的民主形式。[80] 所以在这里我简要地谈谈感知的能力及其物质和制度条件。 [102]

首先，必须承认的是，亚里士多德对领袖的公平和实践智慧的要求，往往最好是通过将某些非直接民主机构纳入政治体系来实现。亚里士多德本人对此问题的看法也是矛盾的——他既称赞伯里克利作为"第一公民"的角色，又坚持"轮流统治和被统治"的理想。作为当代亚里士多德的学徒，像美国最高法院这样的非直接民主机构，似乎在维持政治生活的核心地位方面扮演着重要角色。另一方面，这个机构在某种程度上对公民的感知和他们对传统的感受所做出的回应也是非常重要的。在挫败罗伯特·博克提名最高法院大法官的过程中，公民感知令人惊讶的共识击败了公认的专家的主张，这种可能性，似乎也符合亚里士多德式的要求。

第二，如果在亚里士多德式的城邦中，政府的形式是民主的，给予所有公民亚里士多德所要求的两种参与形式，司法的和立法的，那么政府就必须关心教育的提供。亚里士多德认为，要成为一个公民感知者，他需要从体力劳动中解放出来。他提出这个观点的理由是，在他看来，这种劳作的生活使人不可能得到丰富而充分的教育来培养与感知有关的各种能力。他认为，提供这样的教育是政府的"首要和最重要的"任务，他经常指责现实中政府对这方面的忽视。

谈到劳动，我们不妨缓和一下亚里士多德关于终身免于从事体力劳动的要求。正如我们所说，他的要求首先是关于提供基础教育和我们可以称之为高等教育的教育。尽管在古希腊语境中，把这种丰富或全面的教育与劳动阶级的生活结合起来似乎是不可能的，但我们自己的可能性却更多。把普遍接受高等教育作为现代民主的目标，并像亚里士多德那样坚持它对公民身份的重要性，似乎是完全合理的，但同时要比亚里士多德做得更深入，把一个更大的群体纳入公民主体。因此，为包括高等教育在内的教育提供足够的资源，成为一个基于感知的政府最为基本的任务。政府不把高等教育看作少数特权阶层的奢侈品，而把它看作公民感知能力全面发展的必要条件。政府将致力于确保任何公民，无论多么贫穷，都不会因为贫困和需要工作而被剥夺接受高等教育的机会。这并不意味着我们将忽视更严重的问题，即在以后的生活中，各种劳动形式与人类充分利用个人能力之间的关系。亚里士多德式政治学也对这种可能出现的紧张情势深感兴趣，因为它致力于确保所有公民都拥有充分发挥人的功能的必要条件。但是，教育被认为可以改变所有人的后续生活，使其更具有人性。所以关于教育的问题是首要也是最关键的问题。 [103]

简而言之，亚里士多德式理论中有一种强烈的完美主义倾向，他坚持认为，要实现人的全部人性，必须满足相当苛刻的物质条件和制度条件。这不是世袭或自然意义上的贵族制。正如我在其他地方所论证的那样，它与现代形式的社会民主有更多的共同之处，这些社会民主是建立在人类的善和善的功能实现的实质性概念之上的。

亚里士多德式教育旨在培养有感知能力的公民。首先要有这样一种自信的信念，即每个不同种族的公民都可能是具有实践智慧的人，并具有培养实践感知并代表整个群体运用它的基本（即至今为止尚未发展的）能力。[81] 这种信念的目的是使这些基本能力充分实现。正如亚里士多德和伯里克利时期的雅典人所坚持的那样，这种教育的核心将在我们现在称之为"人文学"的研究中找到——通过艺术和文学作品，通过历史研究，通过人文形式的社会探究，对人类生活进行质性意义上的丰富探询。（它还显眼地把数学和自然科学所体现的对理解自然的教学包括进来，尽管它会小心翼翼地不把这些研究与人文学混淆起来。）对社会现实的客观和定量分析将被视为工具，它们往往非常有价值，但它们本身是不完整的，如果没有对这些方法自身无法完成的人类目的进行更丰富的研究，它们就是不完整。例如，这将意味着一种公共教育政策，其方向与英国的撒切尔政府目前采取的方向大致相反。在那里，为了促进技术和创业能力的发展，人文性研究（以及基础科学研究）正被降级和挤压。亚里士多德主义者认为，这种贫乏而缺乏创造性的观念将被证明无法支持一种民主的公民身份。感知与民主完全兼容。但它有物质和制度上的必要条件，立法者有责任将这些措施落实到位。

就道德推理教学本身而言，亚里士多德式的概念强烈支持着最近美国的努力，就是使之成为医学、法律、商业教育的核心，以及在本科教育中使之普及化。但在此需要再次做出区分。亚里士多德主义者所推荐的那种道德推理课程将会是清晰的、充分论证的、理论性丰富的。但它对想象力和情感也提出很高的要求。这门课程远不是形式上的决策理论，或者是经济理性原则（正如人们经常描述的那样）。它将在任何时候鼓励学生细心关注生活的异质性。课程材料将包括那些丰富和拓展生活感受的文学作品，在这些作品对特殊性的关注和丰富的感受中，表达亚里士多德式概念的基本要素。它也将包括对不同道德概念深入且严格的研究，以使学生对可用的选择有更清晰的意识。所有这些将有助于提高学生对好生活中选择一般性概念的能力，并在实践中意识到这种概念的需求。在这一过程的每一个阶段，学生都将继续完善她在具体案例中反思和感知的能力，也许再次通过不断接触文学和历史作品来提高这种能力。[82]

[104]

简而言之：接受亚里士多德式概念会导向人文学科是我们公共文化核心的认识。其他的推理技术是工具，其作用是协助人文学科揭示和实现人类生活及其公共需求的充分和丰富的感受。我们距离（在我们的导论中）沃尔特·惠特曼的理想并不遥远，他认为在一个基于感知的社会里，诗人（以及像诗人一样思考的哲学家，或欢迎文学进入他们哲学见解的哲学家）是教学与判断的典范。因为他们始终致力于找到精确地描述具体事物的正确图景，把"实践事务"的多样性、杂乱无章以及模糊性用语言表达出来，而不降低它的价值或简化它的神秘。[83]

尾注

这篇论文曾发表过一个较短的版本，这是第一次将完整版登出。为此，所有部分都已重写。本文延续了《善的脆弱性》第十章中关于亚里士多德式实践推理的一些思考，与那一章的总体论述相似。但在此对亚里士多德立场的呈现在其对问题的覆盖方面更加全面，并且在亚里士多德立场与其多位对手的比照过程中更加明确。对于这部文集来说它在哲学上居于核心位置，因为（连同导论）它提出了伦理生活的哲学概念以及正如这些论文所论述的，与那些在伦理探询中扮演重要角色的文学作品相联系的伦理推理。当然，在对"如何生活"问题的总体追问中（见导论及"感知的平衡"一章），亚里士多德式的概念只是众多可供全面研究的备选方案之一。这篇论文并没有声称提供了全面的研究，因此也不是对亚里士多德式立场的全面辩护。它的目标仅在于同情性地描述亚里士多德式概念中的突出要素，并在其自身和从其自身的观点来展示其如何反驳对手们的批评。全面的辩护需要对对手的观点进行更为系统和更富于同情的研究。

[105]

明确这种伦理概念与我所主张的文学角色之间的关系是很重要的。我的主张是，如果不从整体的伦理问题中**得出结论**，那么，仅仅确认亚里士多德式概念是一种严肃的伦理选择，我们仍然可以得出结论，文学（这一类别及其所描述的方式）在道德哲学中扮演着非常重要的角色，它表达了这一概念（或者那些概念，因为我认为这是一系列相关的观点）。

这篇论文展示了我在导论 F 节（同样可参见本书"爱的知识"一章）中所讨论的关于对文学进行哲学评论至关重要——它本身就是亚里士多德式评论的一个例子。

关于亚里士多德式立场的政治内涵的主张，在"感知与革命"一章（及其尾注）中做了进一步探讨。关于特殊优先性以及一般性与普遍性之间的比照，在导论中有更多的阐发，在"'细微的体察'"一章（及其尾注）中，进一步讨论了即兴发挥的隐喻。

注 释

1. 译本参考《草叶集》，[美]沃尔特·惠特曼著，赵萝蕤译，上海译文出版社，1991年。——译者注

2. 这个话题首先在我的《亚里士多德〈论动物的运动〉》（*Aristotle's De Motu Animalium*，1978）一书第四篇（译者注：该论文在该著作的第三章中）中谈到，在《善的脆弱性》第十章中得到了进一步阐释。近期有关文学观念方面的发展，见本书"有瑕疵的水晶""'细微的体察'"和"感知与革命"三章。

3. 关于"科学"，请参见下文。有关古代科学概念的讨论，参见《善的脆弱性》第四章。

4.《尼各马可伦理学》（*Nicomachean Ethics*）中的 Practice wisdom，在商务印书馆2003年出版的版本中翻译为明智。在本书中，皆翻译为实践智慧。——译者注

5.《尼各马可伦理学》1109b18—23，1126b2—4，参加下文。

6. 该词引自柏拉图《普罗泰戈拉》（*Protagoras*）第356页。关于这一段中所提出主张的完整讨论，参见《善的脆弱性》第四章，以及本书"柏拉图论可通约性"一章。我不认为柏拉图是亚里士多德所认为的"科学"的唯一支持者；关于其他相关的背景，参见我的《索福克勒斯〈菲罗克忒忒斯〉的结果与性格》一文，刊载于《哲学与文学》第1期（*Philosophy and Literature*，1976—1977）第25—53页。

7. 此处词源 akrasia 在西方宗教和知识论里，是一个很常见的概念。意思是，某人知道他理应做某事，但他却不去做。翻译时通常作意志力薄弱和缺乏自制两种解释。——译者注

8. 当然，并不需要将所有这些作为一个整体来接受或拒绝。我们可

以仅有可度量性而没有其他，有可度量性和单一性而没有结果主义（例如，如果在行为本身中可以找到一种度量标准），也可以只有结果主义而没有可度量性和单一性。

9. 关于柏拉图思想中的享乐主义的角色及其与历史背景的关系，参见《善的脆弱性》第四章，其中包括对二手文献的充分引用。

10. 这些困难包括：这两种说法是对单一问题的回答，还是对两个不同问题的回答；这两种说法是否相容；关于《尼各马可伦理学》第七卷（《欧台谟伦理学》第五卷）是属于《尼各马可伦理学》还是《欧台谟伦理学》的问题，以及这对我们的分析有什么不同。《善的脆弱性》第十章讨论了囊括这些问题的重要文献。

11. 关于亚里士多德思想中概念与经验的关系，见《善的脆弱性》第八章。

12. 这里给出的解释是最常见的。《善的脆弱性》第十章注释 12 中重新讨论了这个问题。

13.《善的脆弱性》第十章及注释对此有进一步讨论。我认为《尼各马可伦理学》这一章中其他几个有趣且深刻的论证与柏拉图关于人类生活中单一善的概念的批评并不真正相关：这一论证似乎对该话题有重要价值。

14. 对此文更深入的探讨，以及亚里士多德关于政治分配的目标应该是功能能力的论点，参见我的《自然、功用和能力：亚里士多德论政治分配的基础》一文，《牛津古代哲学研究》，1988 年补充卷。关于在政治规划中认识到质的不同目的的必要性，参见罗伯特·埃里克森的《不平等的描述：瑞典的福利研究方法》，该文曾在"生活的质量"主题研讨会上发表，由赫尔辛基世界发展经济研究所组织此次大会，并刊登于《生活的质量》（*The Quality of Life*）一书中，牛津大学出版社，由 M. 努斯鲍姆及 A. 森编辑。

15. 对这一雄心作为早期希腊伦理学的一个主题的论述，参见《善的脆弱性》第三、四章。

16.《尼各马可伦理学》第一卷，在讨论"充分性"的标准时，亚里士多德建议我们发问，就"**幸福**"（eudaimonia）组成的成分而言，一个在所有其他方面都完整，但唯独缺少这一项的生命，是否真的是完整的？《尼各马可伦理学》第四卷，对友谊在幸福中所扮演的角色的论证也是同样的：见《善的脆弱性》第十二章。

17. 这是一种深刻而普遍的思想，从古希腊时代一直延续到现在。就批判性的讨论，见阿玛蒂亚·森《多元效用》一文，收录于《亚里士多德学会学报》第 83 期（*Proceeding of the Aristotelian Society*，1982—1983）。森振振有词地认为，效用不能被完全理解为一个单一的度量标准，因为不是所有的质化差别都可以被简化为量化差别。然而，随后他得出结论，效用必须被理解为多个向量，每一个向量在数量上完全可通约，而在它们之间完全不可比较。因此，这一观点仍然处于亚里士多德所抨击的图景之中。在最近的作品中，森更彻底地捍卫了亚里士多德的概念。特别参见他的《商品与能力》（*Commodities and Capabilities*），亨尼普曼讲座（1985），其中估值函数是基于定性比较的不完全部分排序，而不是简化为任何单一度量。

18. 在这里，我不讨论"我们考虑的不是目的，而是达到目的的手段"这句话在大多数翻译中引发了很多难题；这个误译在《善的脆弱性》第十章讨论过，这里还特别提到了大卫·威金斯的《慎思与实践理性》一文，刊载于《亚里士多德学会学报》第 76 期（1975—1976）第 29—51 页，我对亚里士多德在这些问题上的理解，要归功于他。对"什么与目的有关"（希腊文的正确翻译）的思考，也包括，对什么算作目的的进一步说明。例如，从爱情和友谊的价值终点出发，我可以要求进一步明确说明爱情和友谊是什么，列举它们的类型，而这并不暗示我把这些不同的关系看作可以用单一的定量尺度来衡量，或者视两者为彼此或其他主要的价值。如果我要问正义或爱两者是否都是幸福的组成部分，当然，我并不是说我们可以用单一的衡量标准来衡量这两者，把它们视为能引起更进一步事物的东西。关于某些事物是否可以算作幸福的一部分的问题，这只是这个事物在人类最好的生活中是不是一个有价值的组成部分的问题。因为亚里士多德认为，最好的生活包含了所有那些因其自身原因而值得被选择的东西，这就相当于问这个东西是否有内在价值。但在他与柏拉图关于善的讨论中，亚里士多德认为，并不需要因其自身而重视美德，而且这与将美德和其他有价值的东西在质量上的比较是不相容的。以这种方式看待它，并不是一种对其独特性有适当考虑的行为。

19．关于亚里士多德式的概念与当代社会思考之间的相关性，参见本书"感知与革命"一章。也可参见《美国中西部哲学研究》（1988）中《非相对性美德》一文。

20．到目前为止，它似乎也与能动者欲望强度的单一价值的排序相一致，詹姆斯·格里芬在《是否存在不可通约的价值？》一文中捍卫了这一观点，刊载于《哲学与公共事务》第 7 期（*Philosophy and Public Affairs*，1977），第 34—59 页；丹·布罗克在《波士顿地区古代哲学学术研讨会论文集》（*Proceedings of the Boston Area Colloquium for Ancient Philosophy*，1985）第 1 期中对这篇论文的原始版本进行了讨论；关于一种亚里士多德式的对这一观点的批判，见下文。

21．讨论的开端见注释 18、《善的脆弱性》第十章及《亚里士多德〈论动物的运动〉》第五篇。关于这个问题，除了在注释 18 中引用的威金斯的文章外，还可以参见他的《需要的主张》一文，收录于《道德与客观性》（*Morality and Objectivity*，1985）第 149—202 页。关于这个话题的精彩讨论可见亨利·理查德森的《慎思有其目的》，哈佛博士论文，1986 年。

22．关于这种人类中心主义，参见《善的脆弱性》第十、十一章，以及收录《亚里士多德论人性与伦理学基础》一文的为纪念伯纳德·威廉斯的新书（1991）。

23. 格里芬的观点也不能解决柏拉图希望通过引入测量科学和单一性来解决的困难。关于这些，参见本书"柏拉图论可通约性"一章。森的《商品与能力》（详见注释17）关于这个问题的讨论很有启发性。

24. 参见《善的脆弱性》第二章、《亚里士多德〈论动物的运动〉》第四篇以及本书中"有瑕疵的水晶"一章。亚里士多德自己对这些冲突的重视程度似乎低于他的理论所要求的程度，但他在原则上承认了这些冲突，可见《善的脆弱性》第十一至十二章及插曲二。

25. 参见《善的脆弱性》，第二章包含了对康德、黑尔和萨特观点的讨论，并广泛参考了二手文献。

26. 这一构想引自 K. 阿罗，收录于《哲学、政治和社会》第三辑（*Philosophy, Politics and Society*，1967）的《价值与集体决策》一文，及《哲学与经济理论》（*Philosophy and Economic Theory*，1979）第 113 页和第 120 页。阿罗明确地将这一原则与拒绝任何基本效用衡量联系起来："任何重要的衡量标准，任何试图给出效用的数值表示的尝试，基本上都依赖于与其他行动的比较，这些行动在当前环境下是不可用的，或许至少不可用。"（113）我认为可以这样说，至少他持有一种形式的原则，可以排除我在这里描述的对道德困境的正确认识。

27. 如果能动者在这种情况下深思熟虑得很好，那么他（她）归于这两种坏的选择中的消极效用就会以某种方式表现在他（她）的欲望和偏好中。但是，首先，由于她只被允许比较可能的选择，而不是将所有可能的选择与所有好的和不可用的选择进行比较，坏的选择中伤害最小的那一个仍然会出现在自由浮动（而不是基数锚定）线上的顶点；第二，如果他像阿伽门农那样在慎思中有所回避，那么他的选择方案的坏处将不会反映在他的欲望中，因此，如果选择是正确的，那么两种选择所呈现的坏处将不会有所区别；第三，这个程序不允许我们区分回避性的慎思和非回避性的慎思，只要选择的替代方案保持不变。

28. 我所说的"绝对"不是也不能指永远不会做的事情；因为我的

部分观点是坚持在某些情况下，人们可能做的任何事情都会非常糟糕。我要表达的意思是，无论什么时候做这件事，它都是坏事——尽管有时它可能是可以做的最不坏的事情。

29．关于这个话题和这个案例的一个优秀讨论，可参见 M. 瓦尔泽《政治行动和肮脏之手的问题》一文，《哲学与公共事务》第 2 期（1973）第 160—180 页。《善的脆弱性》第二章里提供了其他参考文献。

30．S. 汉普希尔在《道德与冲突》（*Morality and Conflict*，1983）中《公共与私人道德》一文中的第 123 页，对此有精彩讨论。我会在这篇文章的后半部分（关于政治）讨论他的立场。

31．黑尔在《道德思考》中指出，"无产阶级"一词启发自乔治·奥威尔的小说《一九八四》。——译者注。

32．R.M. 黑尔《道德思考》（1981）。

33．参见《道德思考》；关于他的立场的进一步讨论，参见本书导论和"'细微的体察'"一章尾注。

34．对此更为深入的阐述，参见《善的脆弱性》第十章。

35．请注意这里从普遍性到一般性的过渡：但重点是，当它涵盖了许多特殊性时，它就变得太不具体，而无法成为接近具体情境的最佳方式。一种普遍性的需要不能从情境性的特征中抽象出来（见下文）；但那种可以预先修正并应用于许多案例的普遍性原则，对亚里士多德来说，实在是太难了。为了保持一致性，我从始至终把 katholou 翻译为"普遍性"，尽管在我的解释中，我试图弄清楚亚里士多德到底在思考什么问题。

36．J. 格洛弗引用于大卫·威金斯的《慎思与实践理性》一文（详见注释 21）。

37．"应该"有时会被误译为"不得不"。关于这一点，参见《亚里士多德〈论动物的运动〉》第四篇和《善的脆弱性》第十章。

38．《政治学》1263b7—14。然而，亚里士多德实际上得出的结论是，应该责怪柏拉图式的方案排除了美德，这一回应似乎与他的整体立场背道而驰（见《善的脆弱性》第十、十一章）。这句话最好的理解可能是柏拉图并没有排除财产本身，他只是排除了个人对财产的控制。因此，美德的概念空间仍然存在，但个人可以运用美德时，并没有选择空间。参见《非相对性美德》。

39．《尼各马可伦理学》1134b28—33。亚里士多德关于法律为何难以改变的论述，参见《善的脆弱性》第十章。

40．关于被认为与爱情和友谊相关的个体类型，参见《善的脆弱性》第六、七和十二章。对于亚里士多德者的立场是否真的满足我们对这种个体的所有直觉的一些疑问，参见本书"爱与个体"一章。进一步的探讨参见导论中题为"亚里士多德式的伦理观点"部分以及"'细微的体察'"章节尾注。

41．亚里士多德的这番言论，参见《善的脆弱性》第十章注释29。安德鲁·哈里森在《制造与思考：智力活动研究》（*Making and Thinking: A Study of Intelligent Activities*，1978）一书尤其是第三章中，对这些问题展开了具有启发性的讨论。

42．参见《亚里士多德〈论动物的运动〉》第四篇。

43．nous，奴斯是古希腊哲学的核心概念之一，即知性，也译为智性、理智、理智直觉等，它被认为是人类心智所具备的一种能分辨对与错的直觉能力，牟宗三将它译为智的直觉。有人认为它是一种在人类心智中运作的知觉能力，位阶高于感官。——译者注

44．在威金斯的《慎思》一文中有一段精彩的讨论。我在某种程度上要感谢他在这里的翻译和解释，见下面的1143a25—b14。

45．奴斯在这两处是与理智相同意义上使用的。（《尼各马可伦理学》中文版译者廖申白注。）——译者注

46．例如汉普希尔的《道德与冲突》第130—135页，在那里想象与"理性的"形成对比，被认为是一种不适合判断正义的能力。（这里我要说，"同情我所认为的亚里士多德的选择图景"——因为汉普希尔和我对

亚里士多德的理解并不完全相同。）

47．参见《善的脆弱性》第五章及第七章。我认为《斐德罗篇》（*Phaedrus*）对此图景有所修改。

48．参见《亚里士多德论〈动物的运动〉》第五篇，涵盖我讨论的全部文本和二手文献资料。

49．参见《论灵魂》（*De Anima*）431b2 及以下，在《善的脆弱性》第十章中有过详尽探讨。《改变亚里士多德的思想》一文（收录于《亚里士多德〈论灵魂〉论文集》，M. 努斯鲍姆、A. 罗蒂编辑，牛津，1991）中，希拉里·普特南和我提出证据，证明亚里士多德将情感和想象视为认知意识的一种选择形式。

50．这种关于慎思**幻想**（phantasia）的观点是不确定的，但它有着悠久而可敬的历史。例如托马斯·阿奎那有关为何上帝赋予人类在这个世界上生活的幻想，为何一个缺乏幻想的天使会在一个充满特殊性的世界里感到困惑和不知所措的精彩讨论。（《神学大全》中与此主题相关的大量文献在普特南与努斯鲍姆的作品中汇集在一起并得到讨论。）

51．参见《善的脆弱性》第九章。其早期版本为《动物运动的"共同"解释》一文，引自《可疑的亚里士多德文集》（*Zweifelhaftes im Corpus Aristotelicum*，1983）第 116—157 页。

52．参见我的《斯多亚学派论根除激情》一文，《阿派朗》，1987。

53．参见《尼各马可伦理学》1142b18、1142b20；以及 1147a18—24，其中亚里士多德将不自制者的理智理解，比作学生在第一次学习时对原则的理解，"背诵知识的词句也不说明就具有知识。甚至醉汉也可以吟咏恩培多克勒的诗句。一个初学者可以把各种名言收集起来，却一点也不懂。知识需要成为自身的一个部分，而这需要时间。所以，应当把不能自制者所说的话当作演员所背的台词来看待"。学生和演员的比较都证实了我的观点。不自制者所拥有的是事实（理智）知识；她所缺乏的是真正的认知和理解，是对真正危机感的一种把握，这种把握来自她内心深处的某个地方，来自她的一部分。将其与演员进行比较，特别可能会让人怀疑缺乏真情实感，至少在某些时候是这样。

54. 关于上述内容，参见《善的脆弱性》，特别是第三章及插曲二。（以及本书的"虚构"和"爱的知识"两章。）

55. 参见马塞尔·德蒂安和让 - 皮埃尔·韦尔南所著《智慧的诡计：希腊的墨提斯》（*Les ruses de l'intelligence: la mètis des Grecs*，1974）。《善的脆弱性》第一、七章中对此也有讨论。

56. 亨利·詹姆斯《卡萨玛西玛王妃》（*The Princess Casamassima*，1907—1909），I. 169。

57. 同上，前言，I. xiii。

58.《金钵记》序言部分；也见本书"'细微的体察'"一章。

59. 译本参考《金钵记》[美]亨利·詹姆斯著，姚小虹译，人民文学出版社，2021年。（下同）——译者注

60. 参见本书导论，以及"有瑕疵的水晶"和"'细微的体察'"两章。

61. 对这些观点更充分的讨论，可参见本书"有瑕疵的水晶"一章。

62. 参见本书"'细微的体察'"一章中对她早先与父亲相遇的解释。

63. 参见本书导论及"'细微的体察'"一章注释。

64. 参见希拉里·普特南在《新文学史》第15期（1983）第193—200页《严肃对待规则：对玛莎·努斯鲍姆的回应》一文，以及我关于这一问题的回答。

65. 参见本书"'细微的体察'"一章，以及艾丽丝·默多克《善的主权》（1970）。

66. 希拉里·普特南，《严肃对待规则》。

67. 本书"'细微的体察'"一章说明了事情要稍微复杂一些：在某些情况下，一般术语甚至不能概括特定的事物，因为一般的好与坏之间的区别在于正确地把握细节。

68. 参见本书导论及"'细微的体察'"一章尾注。

69．关于此，可见文章《自然、功用和能力》《非相对性美德》《亚里士多德论人性与伦理学基础》（注释 19），以及威金斯的《慎思》一文。

70．《非相对性美德》和《亚里士多德论人性与伦理学基础》在这一点上提供了进一步的论证。

71．虽然这跟关于什么时候保持一种对所有的善的平衡视角，以及什么时候采取对爱的独特性持以特有的关注不是同一个问题，但是一个同种形态的问题。这个问题在本书的"有瑕疵的水晶""感知的平衡"和"斯蒂尔福斯的手臂"三章中均有提及。

72．在这里，我们或许应该看到即兴伦理与戏剧或音乐即兴创作之间的区别：在戏剧或音乐即兴创作中，有无数种做出正确选择的方式；而即兴伦理不是。这与以下事实有关：在伦理学中，行为人与过去的义务有着更深层的联系，或者以另一种方式联系着。参见本书"'细微的体察'"一章。

73．有一个突出的例子，参见 S. 汉普希尔《道德与冲突》。

74．关于这一说法的解释，参见《善的脆弱性》第十二章。

75．参见修昔底德《伯罗奔尼撒战争史》第一卷第 84 页。

76．参见《伯罗奔尼撒战争史》第二卷第 37 页及以下页。

77．参见《亚里士多德〈论动物的运动〉》第四篇。

78．关于最近将法律与文学联系起来的著作的讨论，以及关于情感和想象在法律推理中的作用，参见本书导论注释 92，其中完整引用了来自葛维宝的这段话，并附有参考文献。此处引用的内容来自同一段落。

79．亚里士多德的要求可以被解释为"说**最初**立法者会说的话"，从而支持这样一种观点，即宪法解释试图寻找奠基者的意图。但更好的解读是，它指示法官想象一个智慧的立法者会说什么，从而给予法官自由，让其以自己的方式把先例、原则和观点结合在一起。

80．参见文章《自然、功用和能力》及《亚里士多德式的社会民主》，收录于《自由主义与善》（*Liberalism and the Good*，1990）。

81. 参见《自然、功用和能力》一文。

82. 参见本书导论和"感知的平衡"一章。在这章中我讨论了亚里士多德式结构方法和亚里士多德伦理概念之间的区别,前者考虑了所有关于好的人类生活的替代理论,而后者则是结构方法考虑的一个特定概念。正如我在这里的讨论所指出的,区分这两个层次并不总是容易的,因为结构方法所推荐的方法包括了一些能力的使用,而这些能力在亚里士多德式概念中被赋予重要价值,而在其他概念中则不那么重要。然而,通过更具包容性,通过包括其他体系方法所忽略的能力,亚里士多德式结构方法可以说对所有的选择都是公平的。

83. 非常感谢劳伦斯·布鲁姆、丹·布洛克和亨利·理查德森在这些问题上对我的帮助。

柏拉图论可通约性与欲望

看呐：我给予他们数量，是所有计谋之首。

埃斯库罗斯《被缚的普罗米修斯》

所有会影响个体状态的环境因素都可被记录、被规整，任何东西的决定权……都不能留给机遇、任性、随性判断，因为一切都要以维度、数量、重量和尺寸来检查和定义。

杰里米·边沁《贫民管理改善》

假如伦理价值是可通约的，它们之间的不同只是量上的，那么这会带来怎样的不同？[1]柏拉图给了我们一个犀利而简单的回答。采用一种伦理意义上的"测量科学"，其核心在于建立在可通约性的信念之上，对于"拯救我们的生活"是必要的和充分的，也就是说，给予人类一种免于特定不可忍受的痛苦和困惑的生活。在此，我想考察柏拉图的"生活拯救"方案的一个方面，即价值可通约性信念与人类情感本质之间所谓的关系。我将论证，在柏拉图的观念中，这种对可通约性的信念根深蒂固：当严肃地看待它时，它会改变我们的情感，也会改变我们的决策，给予我们诸如爱、畏惧、悲伤等情感以及与之相联系的伦理问题以完全
[107] 不同的特性。我们可从《普罗泰戈拉篇》开始，审视价值衡量标准定量化的采用与消除"不自制"问题之间的联系。然后转向《会饮篇》和《理想国》，我们会看到可通约性将如何改造诸多最令人烦恼的情感，尤其是激情之爱和悲伤。对柏拉图论证的探讨将会带来两种哲学上的回报。通过展现一个特定背景性的信念如何作为我们日常情感生活的必要条件而起作用，它将丰富我们对情感和信念之间关联性的探讨，通常聚焦于与每一种特殊情感之间存在关系的信念。并且，它将提醒我们，伦理学，尤其是经济学理论中的某些建议会把自己展现为日常信念与实践的无伤大雅的拓展，伴随着严肃与精确，它们的确会引导我们走向目前所知的人类生活的终结。

I

从历史的角度看，这个舞台是为柏拉图的尝试而设置的。[2] 在公元前五世纪，人们对创建一项成功的技术所需要的东西已进行了大量的讨论，即一种在某些领域对实践的有序系统化，以加强对人类存在不受控制层面的控制。在这场辩论中，作为理性标准以及作为进步指标的可通约性的角色非常重要。比如，医学作家捍卫这种观点，他们觉得需要去论证他们的科学是一种真正的**科学实践**（technē），尽管缺乏一种量化的衡量标准，但确实可以取得实现超越日常信念的进步。并且，一般意义上数字和秩序之间的联系，在计算或衡量的能力与理解、掌握或控制的能力之间的联系，在古希腊关于人类理解问题的思想中根深蒂固。它在自荷马以来的文学作品中无处不在，它处于毕达哥拉斯认识论的核心，柏拉图很可能是其认真的学生。对公元前五世纪与公元前四世纪早期关于衡量与可通约性的词研究可见，这些词负荷着

强烈的评价性的联系。凡是可被衡量、可通约的，是可把握的、有序的，就是好的；那些无法被衡量的，是无边界的、难以捉摸的、混乱的、威胁性的，就是坏的。在作为清晰的科学—数学的主题中，对不可通约性（因此是"非理性"）的发现所引发的巨大担忧，证实了这些信念的力量与广泛性。在此情形下，某些想声明自己发展了一种理性科学实践的人感到必须回答关于其主题的可通约性问题，并不令人惊奇。很自然，面对一个在其多样性与不确定性与人类的价值和选择一样的主题，一位关注秩序和进步的思想家应扪心自问，我们的生活领域是否可以，或者成为一种测量科学的领域。

II

[108]

《普罗泰戈拉篇》的主题是建立一种实践推理的科学实践。两位对话者都对这种科学感兴趣。普罗泰戈拉声称他教授这种科学，苏格拉底声称他至少知道拥有并传授这种科学将会带来什么。两个人对这样的科学是什么以及它如何解决我们的伦理难题有着各自的想法。普罗泰戈拉的科学实践似乎仅仅是对伦理现状的反思性阐述；它维持现状，并试图说明在日常信念中所意识到的（显然不可通约性的）价值的多元化。苏格拉底显然认为这是不充分的：我们伦理难题的紧迫性需要一种测量性科学实践中的拯救生活的力量。测量科学与解决伦理分歧和不确定性之间的相关性是显而易见的；《游叙弗伦篇》（7B—D）已经在这种联系中呈现了这一比照，并且还不止于比照。然而《普罗泰戈拉篇》中，苏格拉底所承诺的带来另一个出人意料的好处，它消除了更深层次的伦理问题，即"不自制"的问题。要理解对此问题的解决是如何与苏格拉底对测量的兴趣联系在一起的，我们必须仔细研究苏格拉底的论证，在论证中他旨在向我们展示，所描述的问题根本就没有出现：对善的科学智识足以使人做出正确选择。

对此论证的研究已有很多，其结构在今天也看似得到了很好的理解。[3]然而在探讨可通约性问题之前，我们需要简要地说明这些讨论的最终结果是什么。这个论证分为三个阶段：首先是对问题的描述；其次，做出一个此问题没有真正出现的论证；第三，实践错误的另一种诊断。问题是人尽皆知的。A 可以做出 x 或 y 行为。A 知道 x（总体上）更加合理但是却选择了 y，因为她受到了快乐的驱使。（对问题首先的描述将痛苦、爱以及恐惧作为备选项——但苏格拉底基于享乐主义所支持的想法，非常合理地在后面只谈论快乐的数量。这是很重要的。）由此，知识"像奴隶一样被牵来牵去"。

从一开始，在两个关键前提之上，普罗泰戈拉就与苏格拉底达成一致：

H：快乐乃善。

H_1：A 相信快乐乃善。

很明显，苏格拉底非常认可此前提。它被普遍视为苏格拉底最为严肃的命题，对建立结论的论证的有效性有着绝对的重要性。[4]然而，由于缺乏对快乐的本质及其直觉性的资质的持续检验，这让我们怀疑，引入快乐与其说是因为它的内在吸引力，不如说是因为它作为价值的单一衡量标准的颇有前景的状态。[5]该论证的结论是，我们不顾一切地需要一门用单一标准进行权衡和衡量的科学。[6]这种科学需要的价值衡量标准将是单一的、普遍的并且与所考虑选择相关的。对于这样的衡量标准而言，快乐是最合适的。伦理测量科学的后苏格拉底历史表明，快乐作为选择标准的吸引力是根深蒂固的，即便是对于那些并不倾向于享乐主义的哲学家（约翰·斯图尔特·密尔、亨利·西季威克）来说也一样。[7]因此，我们有理由怀疑柏拉图对快乐的选择首先受到可通约性思考的推动；对一个标准的特定选择的阐述和辩护都是次要的，在此也不做探讨。如果我们觉得奇怪，苏格拉底在确定可建立一个统一且无所不在的候补标准

[109]

之前，就对伦理科学将采取的**形式**充满信心，那么我们可能会开始反思，与我们对目的的直觉兴趣相比，苏格拉底（如边沁和西季威克）或许更在乎寻求拯救我们生活的事物。（在普罗泰戈拉故事中）宙斯决定将对正义的依恋作为他拯救科学实践的关键时，并不要求正义已成为人类的核心关切。

现在，在论证关键的第二阶段，苏格拉底使用了那些前提，用"快乐"来替代"善"，这就产生了一种在对所谓事件描述中出现的荒谬：A 知道 x 比 y 更好，A 选择 y，因为她被（对）y 中的善（的渴望）征服。苏格拉底说："这是多么荒谬，一个人明知它是坏事（即劣等），却还是去做它，他不应该这么做，因为他被善征服了。"

开始时我们并未看到荒谬之处是什么：因为这难道不正是"不自制"吗？在那里的另一种善产生了一种特殊的吸引力，它不断地牵引着我们，以至于我们忽视了总体而言更好的对于善的承诺。但是我们必须看到苏格拉底是如何解释这种荒谬的，向我们展示他所理解的"征服"。他现在问道，y 中的善是否能**补偿**不做 x 所带来的损失？不会，因为这会与对于此事例的描述相冲突，根据这个例子我们知道，x 中的善**要多于** y 中的善。然而，假如 y 事实上真的提供了更少量的善，其不能与 x 中的善**相匹配**，那么 A 所做的就是选择了相对少的快乐而放弃了相对多的快乐。然而荒谬的是，A 在对情况有着全面认知的同时，居然抛弃了更多善的一方，因为她只被相对少的善所征服。这相当于说："A 在 50 美元和 200 美元之间做出选择，她选择了 50 美元，因为她被 50 美元在数量上的诱惑所征服。"这看起来是荒谬的。简而言之，数量和质量同质性的概念看起来产生了荒谬的结果。我们马上就会看到它们所占据的位置是多么核心。

这样的谬误是如何产生的？苏格拉底只能将其解释为对一组对象大小的错误判断。就如不利的物理条件有时会令人产生尺寸的错误信念一样，近物看起来更高或更大；因此近处的快乐也同样，由于它们接近，让我们感到比它们本身更大和更为重要。眼下快乐的近在咫尺会产生一

[110]　种对其大小的错误信念，它在短时间内取代了能动者关于对象真实大小的背景知识。很清楚的是，快乐也好，大小也好，一种测量的科学足以不让我们再犯这些错误。

我们现在必须关注一下苏格拉底论证中的第二部分，即荒谬产生的前提。因为享乐主义的假设不足以让苏格拉底得出结论。他在此至少心照不宣地使用了两个更进一步的假设：

> M：不管 A 何时在 x 和 y 之间做选择，她会使用单一量化的价值标准来进行衡量。
>
> C：A 选择 x 而不是 y，当且仅当她相信 x 比 y 更有价值。[8]

M 为我们提供了在每个特殊案例中对量化标准的使用。H_1 给予我们能够处理所有案例的单一标准。C 给予我们在有关衡量结果的信念与能动者的实际选择之间的联系。当它们共同产生了苏格拉底需要的结论：假如 A 的选择并不是正确衡量的结果，且不是被迫产生的结果（在对此案例的描述中被排除），那么它一定是由于不正确的衡量造成的。这就是为什么某些人本可以选择更多却做出更少选择的唯一原因。

这些前提中的每一个都具有某种合理性，解释了我们在**某些**情况下慎思的方式。然而，不管是什么样的人，当他把对案例的原初描述视作一种现实的人类事件的描述时，他就要对此提出异议。因为这些前提一起成功地告诉我们，那些在直觉上抓住与烦扰我们的问题是不存在的。"不自制"被理解为一个日常慎思理性发生故障的案例。苏格拉底所做的，并不是去证明那里绝不存在这样的故障，而是去澄清介于某种特定的慎思理性与"不自制"问题之间的关系。假如我们相信单一的目的或善，只是在量的意义上有变化，并且通过一个单一的标准进行量上的衡量来慎思，**还**总是根据我们关于总体的善的信念来选择行动，那么"不自制"将不会发生。因此我们想说，只要理性保持运作，它就不会出故障，无须苏格拉底来告诉我们这些。

在此，许多诠释者忽视了整个论证。看到这些前提并没有以我们在**所有案例中的选择的描述**（总之，这些案例失去效力是基于我们对"不自制"的日常信念）被经验性地接受，那么看上去似乎苏格拉底本应更好地看待人们在现实中生活与思考的方式。[9]然而苏格拉底的结论会让我们怀疑有更进一步的内容。他告诉我们的，也是普罗泰戈拉所赞同的，那就是：只有一种伦理科学的测量才能够**拯救我们的生活**。假如我们接受他对我们的问题及其紧迫性的诊断，并且同意我们希望拯救自己的生活，它可能会让我们想到，在苏格拉底的论证中，我们被投放了一个广告，也就是为其前提做宣传的广告。论证不需要依赖于前提在常识直觉意义上的可接受性。（苏格拉底在这段对话中强调他对日常人类存在困惑直觉的鄙视。）它为我们展示了这些前提与一个问题的消失——事实上，问题不止一个——之间的联系。一个以这些前提描述的方式思考的能动者不会对选择产生困惑，不会因选择与他人产生争执，**并且**，它声称不存在"不自制"的问题。这一整套东西，前提与所有，看上去是苏格拉底实践推理的科学实践，是拯救生活的艺术。这个论证暗示了一个最令人惊讶的观点：接受所有价值在量上的单一性和同质性确实会改善我们的激情，并移除那些现在会让我们采取特定类型非理性行为的动机。"不自制"会因此变得荒谬——不是一种危险的诱惑，而是某种绝不会发生的事。为了对此进行研究，我们应当回到苏格拉底关于一组对象和量的论述上，并且更加深入地进入他假定的能动者的生活和世界观之中。

有一个"不自制"的日常类似案例。菲德拉知道，假如她在跑步之前吃掉一个面包圈，她将会抽筋而无法完成原本的跑步距离。她之后会对自己生气，发现自己不如吃得少跑得多时健康。那么假定她知道，从总体考虑现在最好不要吃面包圈，而是应立刻去跑步。然而她特别饿，面包圈又是那么诱人，放在盘子中热气腾腾，还抹了黄油。它对她的吸引力是那么显著与特别；它看起来并不像一点点运动或一点点健康，它

[111]

看上去真的像一个涂了黄油的面包圈。于是（受到欲望的驱使）她吃掉了面包圈。[10]

　　与下述案例做一下比较。由于某种原因，菲德拉的理性原则是最大化地吃面包圈。站在房间中央，她看到一旁桌子上有个盘子，里面有两个刚出炉的新鲜面包圈，烤好并涂满了黄油。在房间的另一边，在一张相似的桌子上也有一个盘子，里面只有一个刚烤好的面包圈。这些面包圈都是同一类型，同样新鲜，同样热乎，并以同样方式涂好了黄油。她可以选择前者也可以选择后者，但是（因为某些原因）不能两者兼得。她知道，根据她的理性原则，她应当吃掉那两个面包圈。然而，受到欲望的驱使，她只吃掉了那个单独的面包圈。现在这个案例看来有些奇怪，与之前的案例不同。我们看到，两个盘子中的面包圈除了在数量上不同，**没有**任何区别。这些面包圈在质上也不存在差异。这些面包圈的摆放或者盘子的摆放方式也没有显得哪边更美观。那个单个面包圈的盘子也并没有更近一点，两个盘子与她的距离是相同的。根据已经给定的原则，菲德拉的选择难道不荒谬吗？当我试图理解她的行为时，我发现自己在想象，这单个的面包圈肯定有**某些**与众不同的品质。这个面包圈上边有个小小的焦点，这使得它很可爱。或者，它来自纽约，而另外两个不是。又或者，她回忆起，曾经和恋人在**这张**桌子上分享面包圈，而不是在那[112]张桌子。或者，她是个数学家，她认为单个面包圈在盘子中央有着更多的几何美感。或者，她很欣赏放在精美绝伦的陶瓷盘上的面包圈（其他两个则被放置在简陋的餐盘上），这令她感觉到存在的矛盾性。我们可以无止境地猜下去。但是我只想除掉这个案例中所有这些在质的方面有特殊意义的元素。我特别强调绝对的同质性：唯一的不同只能是量上的不同。然后我相信我们得到了苏格拉底想要的结果：这是荒谬的。这是不可能发生的，激发行动的欲望绝不会产生，没有人能够这样做出选择。[11]

　　假如我们足够深入，苏格拉底让我们看到的，是"不自制"问题与我们日常看待事物的方式之间的联系——我们对价值的不可通约性的多元化信念在解决问题时所发挥的有力作用。我们所知的"不自制"依托于善是不可通约与特殊的信念：这个面包圈、这个人、这个行动尽管在某种意义上，总体不如它的对手好，但它有一种特殊的善吸引我们去追求，一种我们不能通过同一手段从其他方向取得的善。由于对一位爱人充满激情的欲望而变得不忠是一回事，因将其看作一个特殊和独一无二的个体。然而假设，他是你当下情人的克隆体，在质上并不存在任何差异（让我们设想他甚至在经历上也没有差异——就像柏拉图的理想国中那些真正的情人们一样），于是这整个事物就失去了吸引力。

那么，回到前提上来，我们也许会说，假如我们真的拥有 H_1 和 M，那么 C 就会成为自然而然的后果（也许会有一两个特例，我们之后会看到）。C 不是作为对欲望运作方式的经验描述。然而，C 看似用合理的方式描述着能动者的欲望，他们完全相信，所有的选择，在质上都是相同的。（毕竟，我们举出的例子不过是最肤浅的开端。我们最终应当想象的是菲德拉通过这样的方式看到她的**每一个**选择，**并且**，在每个选择中，她所意识到的价值应当有着统一的度量标准。即便是在不同的情景中，异质性也完全不存在。）上述讨论告诉我们，对异质性的认知，是助长非理性动机的重要条件，当它缺失的时候，这些动机就不会发展，或者即便得以发展，也将会衰退。

简而言之，我认为苏格拉底借助经验描述的幌子，为我们提供了一种改变我们生活的激进方案。他把自己比为普罗泰戈拉神话中的普罗米修斯。就如普罗泰戈拉所提到的其他神赐予人的能力，测量科学将深入并重塑凡接受它的人的本质和依恋。他很少向我们透露关于他所提出的目的在直觉上的可接受性，因为这个观念也许并不是我们日常生活感知能够轻易把握的。从日常观念出发，就如普罗泰戈拉所强调的那样，事物看上去都是多元且不可通约的。然而我们的日常观念令我们迷惑，我们想选择并知道自己需要采用科学的观点。科学的建立者并不需要证明这门科学在各方面都概括了我们日常信念的结构，因为假如这样保守的

[113] 认知能被称为科学，就太令人惊讶了。假如真的是这样，那么它就不能对我们的生活产生积极影响。西季威克很好地阐述了这一点，在他看到享乐主义动机源于选择问题的艰难性，而非这种目的选择的常识合理性之后，他写道：

> 然而我们要记住，功利主义并不打算证明直觉方法以及功利主义方法在结果上的绝对一致。事实上，假如它能成功地证明这一点，那么它的成功将对这些实践主张产生致命的影响，因为对功利主义原则的采用会因此变成一个完全不重要的问题。功利主义者更应当展现出从常识的道德向功利主义的自然转变，这种转变有点像在实践活动的特殊分支中，从训练有素的本能和经验法则到体现和应用科学结论的技术方法的转变：因此，功利主义可以被认为是行为规范的一种科学的、完整的、系统的反思形式，而在整个人类历史进程中，行为规范基本上总是朝着同一方向发展。[12]

这也是苏格拉底的看法。测量与日常信念是连续的，因为它实现了日常信念中的一种理性理想：由日常信念向科学实践存在一个自然的过渡。显然，为了实现这种过渡，对目的的科学选择必须与对目的的日常信念之间存在**某些**连续性：这就是为什么快乐能成为一种合理的选项，而其他可想到的选项，比如重量和长度，显然是荒谬的。然而科学作为科学的价值取决于它是否愿意超越其日常性并使之改变。

III

柏拉图没有再提过这一关于伦理科学的同种方案。纵使经过进一步检验，快乐作为单一的标准被证明是不可再用的，一旦进一步深究，所有不同美德的同质性也不再以同样方式来辩护。[13]但是我们不能由此总结，柏拉图对可通约性以及其改变欲望与动机的能力失去了兴趣。在中期的对话中，灵魂最好的部分，被翻译者命名为"理性的"，通常被柏拉图称为"计算的"，或者"那个在计算和衡量上持有信心的部分"（《理想国》603A）。《理想国》第七卷强调，任何**科学实践**（technē）或者**科学理解**（epistēmē）都应当关注有关计数和衡量的问题（522B 及以下）。哲学统治者的伦理科学就更不用说了。事实上，在中期对话中我们发现，可通约性被微妙地呈现为一种伦理进步的工具。的确，我们甚至看到了对于这个我们最感兴趣的问题更为清楚明白的思虑，即对可通约性的信念据称改变了激发欲望和情感的方式——在此，特别是爱和悲伤的情感。

《会饮篇》意识到并指出，人类经常过着无序且缺乏满足的生活，因为它们在某种程度上受到激情之爱的激发。生活不尽如人意是因为"不自制"及其相关问题，也因为爱人的失去、离开、背叛等意外所具有的脆弱性。狄奥提玛将同质性作为这两个问题的治疗方案。我在另一篇文章中对她的方案进行了更深入的分析，但在进一步讨论我们的问题之前，我需要对其主要观点做个概括。[14] [114]

首先，我们注意到，苏格拉底与阿伽松的争论唯有在所有的美（kalon）都在质上具有同一性这一点上是合理的；美的事物只在数量和时空位置上存在区别。（要说明这一点是件复杂的事，我不会在此重复以前的话，但它显然是正确的。）[15] 然而这个论证在关于可通约性问题上吸引了我们的注意，但是它却不告诉我们这种观念所做的是怎样的伦理工作。对此做出回答的人是狄奥提玛。在她描述灵魂是如何走向理解和幸福生活的时候，同质性的观念明确地扮演了关键的角色。我们从一个生活不稳定、不幸福的年轻人说起，这个年轻人经常由于激情的诱惑而迷失方向，偏离了其他有价值的追寻，他被这些激情的独特对象所"奴役"，他并不总是能够得到幸福的爱〔她告诉我们，年轻的苏格拉底就是这样的人（212C）〕。我们将这个年轻人托付给一位"正确"的引导者，后者会通过提供一种关于爱的对象的特殊类型的教导，令他的生活变得"值得一过"。

这个年轻人会从爱上一个美丽的身体开始——或更准确地说，爱上身体之美及其价值（kalon 这个概念比"美"的含义更为宽泛）。"然后，他应当明白，任何身体中的美都与另一个身体中的美密切相关；如果他必须追求形式的美，那么不认为所有身体之美都是同一的，则是非常愚蠢的。"（210A5）接着，他首先看到他所爱的人的身体的美或价值。之后，他被要求注意这种价值与其他可以比较的价值之间的**相似性**或家族相关的**接近性**。接着——在这个最重要的阶段——他**决定审慎地**将这些相关的美看作"同一的"，也就是说，它们不仅在质上接近，而且在质上是同一的，是一些可互换的、具有某种包容性价值的案例。他看到他"必须把自己看作一切美的身体的热爱者，并放弃他对单个身体过分强烈的激情，藐视它，并认为它微不足道"（210B）。换句话说，这种促使我[115]们转向可通约性的考虑是**审慎**的美德之一，并且这种举动的益处在于激情之爱的本质和强度发生了可喜的改变。从相似性到同质性的这一步骤是理智的，因为这一步骤对个性是非常有帮助的，会缓解那些难以承受的张力。

在随后的每一个阶段中，那个渴求的情人学会这样来考虑，表面上异质的价值事实上是可以比较并且相互替换的，只在量上有别。我们听到有关一种价值与另一种价值之间**大小**的比较（210B6，210C5），有关价值的"巨大数量"（210D1）。〔之后，苏格拉底把那种"在美与美之间做交换"（218E）的欲望归咎于阿尔西比亚德斯——并且，由于苏格拉底的美是"完全非凡的"，阿尔西比亚德斯则被指责为 pleonexia，**一种过度的贪婪欲望**。〕[16] 首先，身体的价值在与灵魂的价值的比较中显得"渺小"；其次，这种视野被拓展到了对法律、政策以及科学的价值的领会之中。最终，情人的视野被教育所"转向"（《理想国》第七卷），她能够把整个美看作一片汪洋大海，其组成部分就如水滴那样，在质上是不可区分的：

当他把目光转向美的广阔领域中时，他不再像那些奴仆那样，爱一
个特定少年或者一个特定男子的美，或者一种习俗之美，作为这样
一名奴仆，依然是低劣的和微不足道的。但在转向美的汪洋大海并
凝神观看时，他在对智慧充分的爱之中产生了许多美的、宏伟的对
话以及推理。（210C7—D6）

在学习可通约性视野的转变的过程中，狄奥提玛的陈述比《普罗泰
戈拉篇》要清晰得多，在某种程度上，这种对于"汪洋大海"的视野是
一种复杂治疗流程的成果，它使得学生越来越远离其对于爱的日常直觉
信念（假如我们怀疑这些，那个顽固不化的情人阿尔西比亚德斯立刻就
会让我们深刻地认识到这些）。狄奥提玛同样也对教学中的承诺更加明
确：我们被告知应该注意到，身体、灵魂、法律、制度以及科学中的美
和价值，它们**都**是同质的和可相互替换的，只是量上存在区别。最后，
她明确地谈到了教学中的人类成果。爱的情感结构将会被深刻地改变，
这使得它不再成为分心、无序和痛苦的脆弱性源泉。她将非均质性特殊
事物的爱与张力、过度以及奴役联系起来，将那种具有一致性的"汪洋
大海"的爱与健康、自由以及创造相联系。那个获得统一致性视野的情
人所拥有的生活是"值得一过的"，然而在此之前，他的生活是可悲的且
充满奴性（211DE）。[17]

要理解狄奥提玛这项计划与《普罗泰戈拉篇》中的科学之间的关系
仍然是件难事，因为我们并不清楚这篇对话中的美在多大程度上是一个
统一的一般性价值观念。至少我们被要求看到一种同质性的重要价值的
不同实例，但由于美（kalon）在使用中可以与**好**（agathon）相互替换
（201C2指出，所有好的都是美的，并且这两者的关系也满足了201C4—
5的论证需要），在此统一性价值只能有一个，根据这种价值我们最终看
到诸如正义和智慧这些特殊价值。不管怎样，清楚的是，美被设想为囊
括所有激情之爱体验的相关事物——所有人类认为在这个世界上值得去

[116]

爱的事物。显然，就如《普罗泰戈拉篇》中的科学那样，对美的同质性的信念深刻地改变着我们与世界之间的情感和动机关系。渴求中的爱人并不是在设想一种时髦的伦理策略，这种策略作为一种理论姿态让日常生活中的重要事情基本保持不变。狄奥提玛寻求的不只是口头承诺，她希望同质化的信念能深入灵魂，改变关于世界的整个视野。

这是一种不寻常且有力的视野。让我们尝试认真思考一下：这个出众的被爱之人的身体在品质上与其精神和内在生活的品质**完全一致**。反过来说，这一切在质上与雅典民主制度、与毕达哥拉斯的几何学、与欧多克索斯的天文学的价值是相同的。当我们观察一个人的身体，并在其中看到与数学证明中的善与美有着完全相同的色调——**完全相同**，只是在数量和位置上存在不同，因此，在与那个人做爱与思考那个证据之间的选择就像在拥有 n 量的水和 n+100 的水之间的选择一样，这将会是怎样的？再说一次，要是在苏格拉底的灵魂和思想中看不到任何其他东西，而只能看到在一种良好的法律体系也同样具有的（少量的）品质，那么与苏格拉底对话和执行这些法律之间的选择，在质量上没什么区别，这将会是怎样的？最后，假如我们不只是在观察每种单一选择，而是看到所有同质的选择（或至少是涉及爱与深深的依恋的选择）都是一成不变的，这又会是怎样的呢？从日常的观点看，这些提议是如此大胆而难以得到理解。也许，尽管很困难，我们可以通过想象力令自己看到所有身体在质上是如何可相互替换——因为我们有，或者可以想象拥有滥交或非特定性欲的经验。（事实上，我们甚至会说，这种非特定性欲的经验将是我们中绝大多数不知悔改的洞穴囚徒所拥有的狄奥提玛唯一期望的经验，也就是，一种强大的渴望，它把所有对象的个体特征都看作无关紧要的。因此，讽刺的是，缺乏爱的性行为可以是一种柏拉图式爱情的有用实践形式。[18]）我们甚至可以借助认为上帝面前人人平等的宗教传统来想象灵魂的可相互置换性。我们甚至可能尝试将这两者合二为一，来获得一种彻底的人与人之间的可置换性，并且我们会看到，这种可替代性

实际上将会如何对那些混乱的和破坏性行为的动机产生颠覆。（想想爱比
克泰德的深刻观察：假如墨涅拉俄斯认为海伦与其他女人没有任何区别，
"那么《伊利亚特》和《奥德赛》就都不会存在了"。）

然而美的汪洋大海超越了我们。我们仅感觉到，以这种方式看，假
如能做到，那么这的确会改变世界。我们可以理解，它会在多大程度上
削弱人们追随阿尔西比亚德斯的动机，削弱人们将自己奉献给特定所爱
之人的动机，甚至削弱人们对一座城市高于一切的爱。那个爱人，看到
的是一个平整一致的价值景观，没有任何参差不齐的岬角或深不可探的
山谷，将会缺乏来到这里的动机，而更愿意待在那一景观之中。即使我
们允许这种论证不再寻求统一的形式，我们也能看到，相比于更为具体
的实践参与，人们更倾向于某种形式的沉思生活。并且我们可以看到，
被这样的观念选中的任何生活，比起我们的经验生活，既会（少一分不
自制的扰乱）更加安逸，也会更加安全：因为与不知悔改的爱人失去所
爱之人相比，失去一滴水对于一个爱海洋的人来说显得一点也不重要。

此外，我们可以看到，不仅是激情的爱，其他诸如悲伤和恐惧这
样的情感如何会受到影响：为何在面对死亡和丧失的时候我们会悲伤？
假如爱并非易变的，并且不存在悲伤的缘由，那么有什么坏事值得害怕
呢？柏拉图在《理想国》中强调：对世界的正确态度会移除悲伤和恐惧。
理想城邦中的文学不被允许描绘阿喀琉斯对帕特洛克罗斯之死的哀痛，
或者一个好人感受悲伤的任何其他案例。它会把这些落后的情感及其表
达留给"女人，而且是不太擅长这一点的女人"。柏拉图清楚地看到，我
们的故事多么深入地依赖于对特殊事物的信念，这些会威胁到一个明智
之人的情感上的安宁。于是他对文学的驱除与他改造这些情感的欲望深
刻地联系在一起。[19]

IV

我们现在看到某种可通约性带来的情感转变。并且我们也清晰地看到，这种转变并不是采用它的意外后果，而是以这种方式超越我们日常信念的最重要的动机之一。[20] 现在我们必须开始提问。问题将有三种类型。柏拉图的观点是否在逻辑／形而上学意义上保持连贯性？是否在心理学上合理？是否在伦理上可取？

先谈连贯性。我们要非常认真地看待以下事实：与实践动机相关的对象的**每种**属性都彼此同质。(《普罗泰戈拉篇》只辨识出一种伦理上显著的属性；《会饮篇》则辨识出一种与爱相关的属性，就如我们所言，它[118]们几乎是同一事物。)[21] 现在的问题是，在这一方案中，对象和人还剩下什么？所有对欲望和行动**有价值**的对象和人物都被抹平汇入"汪洋大海"。那么又为具体单一的身体或人留下了**什么**？使它成为个体的是什么，令我们关注它、在时光中追逐它、一再识别它的是什么？我们的菲德拉的例子显然无法走得更远，因为这个例子以诸多个体化和具有潜在价值的方式，令面包圈不同于盘子和人，也不同于法律和证据。实际上，好的能动者将会看到只不过是一张地图，在这张地图上有价值的区域统一用蓝色标记，来与其余的世界区域做出区分，在那些区域中找不到有价值的东西。一个身体、一个人似乎不过是一个纯粹的容器或场所，用以容纳特定数量的价值。将其视为某种更为丰富的**存在**，就潜在地引入了复杂动机，而这是这些方案想要避免的。然而这是否足以给予我们一个明确的对象，去爱、去谈论？甚至，这是否足以让我们把自身视为明确不变的主体？柏拉图在众所周知的关于亚里士多德称为基质的问题上是有所逃避的，他在有关人或身体确定的现实性、有关他们的本性是什么，以及随着时间的推移和变化，与仅**有**的财产截然相反的持续的存在，缺乏清楚的陈述就不令人意外了。事实上，柏拉图在《会饮篇》以及其他地方，使用像"美"这样的中性表述也是众所周知的，在某些对象的属性和被描述为具有该属性的对象本身之间，这种表述常常是模糊的。然而，我们现在看到，有一条伦理路径会将柏拉图引入这片复杂的丛林之中。因为在一种对可通约性的激进与彻底的信念中，并没有证据显示，在基质和属性之间的形而上学的可用区分是明显的。因为，如果我们把某些事物视为所讨论的对象自身（实质），将它与这个对象所**拥有的**属性区分开来，如果这些事物无论在厚度上还是在有趣的程度上都足以为个体化与认同提供一个充实的基础，那么我们才会冒着把对象与它所拥有的同质价值分离的风险认为它们是具有实践相关性或显著性的。然而，这与可通约性教义所体现的对世界的描述是相悖的。比如说，假设亚西比德**是**一个活生生的身体的功能性组织，相对于他所**拥有的**身体／灵魂的价值，那么做测量的科学家马上就会想知道，这个功能性组织本身是否潜在就是一个可以爱的、有价值的，或者在实践上有意义的事物，一个可能不仅仅是无关紧要的事物？如果回答是"是"（并且它也必须是"是"），那么我们就不能把它与它所**拥有的**属性价值做区分，毕竟，它必须与这种价值同质。但是，任何真正答案为"否"的事物（他在基本位置 t？他的出生时刻？）都可能太薄而无法承载（用亚里士多德的语言来说）"正如亚西比德那样"存在的形而上学重量。 [119]

　　所有这一切尚且还不是推翻可通约性的无可辩驳论证。反过来它却在提醒我们，可通约性在这个问题上能做得更好，特别是它试图提出为个体带来福祉的主张。它使我们准备好看到，我们通过可通约性的形而上学所感知到的世界不像是由独特对象和相对持久的连续体组成的日常世界。我们必须准备好看到，采用这种信念可能会带来如此激进的结果，以至于它们会改变我们对事物是什么、我们是什么的整体看法；并且我们必须要求任何信奉这种信念的社会理论学家说明这些转变将如何发生，以及将产生何种连贯的世界秩序。相当多的当代理论家尚未接受这项挑战。

现在，让我们讨论合理性。是否很少有生活在世界上的能动者是如此思考和行动的？这里至少有两个问题。第一，我们能不能培养一位能动者，于他而言，对可通约性的信念足够深刻和全面以满足柏拉图？第二，人类之中是否存在完全对这种信念缺乏回应的欲望？对于第一个问题，我们想知道，人类儿童最初的经验是否教会他们明白某些事物是独特的而且特别讨人喜欢。儿童在母亲怀里被哺育。后来它看到自己被形塑其生活背景的特殊事物所围绕，这些事物作为自身而得到珍视。他学会将自己的父母、朋友、家庭、衣服、城市从其他类似的元素中区分出来。在面对文学作品的过程中，这些感知得到了强化。一旦沿此方向发展，或许柏拉图式的哲学家突然出现并教导可通约性将太不可能。或者说，如果这种教授是成功的，它也仅保持在肤浅的层面上，就如它对于诸多现代功利主义者那样；它将是一种形式化的言谈方式，并不会对日常感知的本质做出很大的改变。

《普罗泰戈拉篇》对这些问题只字未提。《会饮篇》指出这种参与提高的训练需要大量的时间和精力，似乎一位成年公民能够通过日常的方式得到训练，久而久之，产生狄奥提玛的结果。然而《理想国》向我们显示，柏拉图并没有忽略我们提出的问题。为了让理想城邦的公民能够认为他们自己、他们的朋友和他们的财产都是可以互换的而不是特殊的，柏拉图意识到必须要有一种对早期人类经验的深刻重构，事实上要从对乳房的体验开始。婴儿要被托付给保姆，并失去了与作为养育者的母亲、作为权威的父亲建立特殊关系的机会。（只有担忧乱伦会阻碍这些可通约的人成为整体；他们确实学会了把那一代人挑出来特殊对待）在成长的过程中他们不会拥有或看到私有财产，也不会知晓那些教授人的特殊性以及爱的对象之不可替代性的文学作品。我们很难说这样的心理学手段是否将会有效，因为它们从来没有被实践过，甚至在小说中（在《理想国》以外）它们只是以相对粗略和偏颇的方式被想象。然而我们至少可以说，柏拉图看到了问题的深度，并且凭借其有力的想象，在丰富细节的穿梭中探寻他的理念。他同样看到一个对实现全然成功的阻碍：在身体的不可再生的隐秘中，不管其他一切变得多么可被置换，这个事实仍然存在，即这个肉体与我有一种联系，它与我和另一个肉体的联系完全不同。《法律篇》告诉我们，教授年轻人的老师应当尽一切努力消除年轻人对不可简化的自身事物的特殊热爱：

> 私有观念应当在生活的各个角落被不惜一切手段地铲除。我们应当将世界上的一切事物变得共有化，即便是那些本质上私有的事物，比如眼睛和手，也要令他们去看、去听、去做公共事务。（739CD）

这是一个棘手的问题。

这个有关身体的阻碍的观念把我们带到第二个问题中。即使接受了最好的可通约性教育，这世界上是否存在独立于信念的人类欲望？当柏拉图声称，像爱、悲伤、恐惧这样的情感与信念有很深的联系并依赖于信念，对于什么是有价值的、可爱的或有趣的信念将会影响到这些态度的转变时，他是令人信服的。但这对于饥饿和干渴也是同样吗？《普罗泰戈拉篇》认为是这样的。一旦我开始认为我的饮食是善的统一计算的一部分，例如正义和勇敢行动，我便对食物和饮料失去了那种让不自制得以可能的特定态度。《理想国》中对此的看法似乎有所转变。在第四卷中，对食物和饮料的渴求属于一种"缺乏资质的欲望"，也就是说，对善的教导缺乏回应；因此它必须不仅受到一般性教育体系的训练，而且必须通过特殊的非理性技术的压迫来训练。[22] 最可能的情况是，对于完整的价值可通约性的信念，事实上并不会让我们的饮食行为免于影响。因为改变这些实践中评价性成分（趣味与选择的元素，对新鲜和独特事物的寻求），肯定会削弱其对生命的干扰的力量。那些仅仅为了满足对饮食数量的需求而无节制大吃大喝的人，比那些珍惜饮食但无节制的人要少得多。当格劳孔把这种无节制的食欲与对奢侈和特殊性的寻求相联系的时候，他无疑是对的。在"猪的城邦"（在一个动物的共同体）中，尽管存在肉体的欲望，但不存在不自制。²³ 正如在《理想国》第四卷中所写的那样，柏拉图看似正确地承认，身体欲望在结构上与情感不同，即便那些情感都得到了控制，身体欲望可能继续成为问题所在。但他在思考可通约性减轻了这个问题的困扰这一点上看上去也是对的。

[121]　　柏拉图对于性欲的分析更为复杂。有时候，他确实把它当作一种身体欲望，不管我们对对象持何信念，它都会发挥其作用。²⁴ 然而他认识并强调在一定程度上我们有关对象的信念和感知会改变这种欲望的运作。性，对于狄奥提玛的好学生来说并不是一个道德问题：他的欲望自身仿佛受到他对他人身体与灵魂观念的影响。同样的曾经将苏格拉底引向少年的欲望能量，如今转向与形式发生"性交"。²⁵ 阿尔西比亚德斯并未激起他的性欲。在上升的最初阶段，他对所有迷人身体的欲望，就如我们所说，像是一种日常的非特殊性的性欲的渴求。然而一旦我们发现认知对象具有和身体一样甚至更多的东西时，自然的结果便是，他的**爱欲**（erōs）会将自身投入这个新方向中，不再关注曾经珍视的身体。这些残留物不足以成为问题。事实上，我们很难想象城邦的守护阶层是如何延续后代的，除非在堕落之前，拥有奥古斯丁在《上帝之城》中赋予我们第一代祖先的能力（XIV. 24）。那么，这种欲望似乎是完全可被教授的；并且很清楚的是，这种柏拉图所相信的欲望会为人类的好生活提出最重要的问题。

　　这里还有另一个柏拉图没有考虑过的非理性欲望。他从未考虑到人类可能有一种仅仅以反常和非理性的方式行事的欲望。当我们叙述菲德拉的事例之时，我们忽略了一种可能：她吃下那个单独的面包圈只是为了挑战常理，为了显示她不受理性、善或其他事物的束缚。在《地下室手记》中，陀思妥耶夫斯基暗示了苏格拉底关于不自制的图景中的一个最大缺陷，其中他忽略了这种欲望，而在陀思妥耶夫斯基看来人类的自由正建立其中。²⁶ 在此我们不再进一步深入，但我们可以说，一个拥有柏拉图式可通约性信念的能动者，是否与此同时拥有这种欲望的基础。因为它看似需要一个有关自我特殊性的概念，还需要一种从其周围世界中脱离出来的根本的独特性。这些在柏拉图式信念的能动者那里都是没有的。在柏拉图更为激进和彻底的方案面前，反对俄国后果主义者的好论据似乎就不那么恰当了。

我们可以由此总结，柏拉图对于可通约性心理的阐释是复杂且深刻的。即便他让许多问题悬而未决，但至少他触及了所有重要问题。即便我们不确信他所描述的教育会为人类心理带来根本的变化，他依然向我们证明这种教育会引起某些重要的改变。现在我们可能想知道积极动机的问题：当我们摆脱所有这些之后，柏拉图遗留下来驱动我们伦理生活的动机是什么？亚里士多德在《政治学》中主张，柏拉图对人与对象在质上的独特性的否认，破坏了选择善与美德行为的人类动机的最强大来源："因为人身上有着两个最令他关心和爱的事物：我们所拥有的和我们认为唯一拥有的。这两个事物正是这个理想城邦的公民身上所没有的。"（1262b22—24）柏拉图的设想是一股从灵魂中流出的动机能量，在数量和强度上保持不变，只是分布在不同的可得的对象上。亚里士多德回应说，去除个人亲密依恋的特殊性，会使所有的依恋和动机变得微弱和分散。我们将会得到较之性意义上更甚的无能能动者。这看起来是对柏拉图非常有力的一击，并且柏拉图自己也记在心上。我相信，并在其他地方也论证，在《斐德罗篇》中柏拉图承认这点，承认对一个特殊个体的强烈的欲望之爱，被视为其本身，而不是美的替代物，在激发我们伦理上的成长以及推动我们对真正的美和善的寻求中——不仅仅是在人生的一个阶段，而是贯穿其一生——扮演着重要的角色。事实上，我相信他甚至走得更远：他把这种对被爱者的特殊的回应看作一种**认知**价值，它向我们展示真正的美的本质和人格的卓越，还向我们展示了缺乏这种亲密性及其相关信念而无法获得的信息。

最后，我们应当询问这一切的目的。柏拉图通过一种有价值的人的

[122]

条件策略所要达到的自足与稳定的状况，是不是一个人有价值的状态；并且这样的生活是不是值得我们羡慕的好生活？——有着所有真正内在价值的生活？柏拉图在这个问题上的矛盾心理通过《会饮篇》的结构自身得以表达：在《会饮篇》中，就如我之前所论证的那样，阿尔西比亚德斯的演讲，其对独特的个体之爱的描述，在激发了那种升华的同时也启发了对它进行了质疑。我相信，《斐德罗篇》也捍卫了个体之爱的内在价值，捍卫了个体在质上的特殊性和不可侵犯的独立性，以与狄奥提玛教义格格不入的方式，展现了他的批判。柏拉图使用植物作为核心隐喻来描述渴求的个体灵魂暗示他现在相信这样的美和价值的存在，它们是不能与面对损失的脆弱性分离开来的，而那种自足性并不是一种伦理理论所要追求的合宜目的。悲伤和激情之爱以人类可识别的形式回归，并且，最好的人类生活变成了一种无法摆脱特定日常冲突和风险的生活。

　　然而可通约性的吸引力是非常深刻的；因此需要对它所承诺的目的给予持续的探究。对于我们的当代伦理研究而言，做这样的探究非常重要。与未经调教的直觉进行简单的协商并不能满足柏拉图的要求。因为对于一项激进性质的方案而言，任何这样的方法都不是合适的。很难知道还有什么是可以做的。它所提出的是有关伦理方法的深刻问题。但我相信，柏拉图为我们指出了道路。他的策略之一是向我们展示其科学如何带领我们超越文学所描述的特定痛苦，来展示其科学的益处。通过对其价值图景的追问，我们可能会接着设法延续这种想象的方向，对我们时代所珍视的文学作品采取柏拉图式的审查；追问对我们而言，作为对那个人类价值得以存在的可通约性的世界的描述，是什么让它们充满吸引力，以及它们如何得到改良而被允许进入这个世界用以培养学生的课程之中。事实上，我通过亨利·詹姆斯的节选来做出尝试。其结果是很有意义的，并且完全证明了我的信念：小说深刻地致力于一种反柏拉图式的观念。（当柏拉图强调一种价值观念的改变不仅需要文学**内容**上的改

[123]

变，而且还需要文学**风格**的改变时，他无疑是正确的。）

在柏拉图作品中提出的第二种同样重要的策略，是测量科学之中和之外充满细节的虚构的生活想象。在《会饮篇》中，当他在狄奥提玛的演说后安排阿尔西比亚德斯的演讲时；在《理想国》中，当他陈述对新生活每一个细节的想象时；在《斐德罗篇》中，当他生动地描述了不同人的生活和情感时，他向我们展示了**那样的**价值——在所有这些案例中，我认为柏拉图都在进行一种艰苦的想象，这对于任何想要在这个问题上做出明智选择的人来说都是必需的。我们需要跟随他的指引。我们不仅仅需要（哲学家仅为其论证举出的极其明确但又寥寥无几的）哲学例子，我们也需要有关那些考虑并过上可通约性生活的人的完整生活方式的小说，需要关于他们如何走向那种生活方式以及他们现在如何处理与他人以及自身之间关系的小说。[27] 我们需要这些作品以及其他有关不同的人生和价值的作品。它对我们的讲述并不是通过知性的方式，而是通过唤起非认知的回应，这些回应有其自身的选择性与真实性。任何推荐或使用一种量化的价值尺度，而在这个方向上首先不践行想象力的社会理论在我看来都完全不具有回应性。在《法律篇》中，陌生人告诉我们，善的政治实践的最大阻碍是人们轻信不同事物的可通约性，然而事实却不是如此。他把这种在可通约性问题上所缺失的严肃称为"一种非人类的境况，是一种更为适合猪一样的畜生的境况"，对此陌生人称，"不仅为自己耻辱，也为所有希腊人耻辱"（819D）。这种境况也许比他的评论中表明的还要更加普遍。

尾注

这篇文章与《善的脆弱性》的第四章和第六章的论证有着紧密联系，但是它的重点和结构方式却与前两者不同（参见注释 1）。这篇文章在此收录的原因是它与本书中其他文章在主题上的衔接，特别是与"洞察力"

[124]　和"叙事情感"之间的关系。它关于情感和信念或判断之间的联系的论证在"叙事情感"中得到进一步发展，并且也是我目前关于古希腊哲学作品的主题。（例如刊载于 1987 年《阿派朗》中的《斯多亚学派论根除激情》一文，以及 1989 年《阿派朗》中的《超越痴迷和厌恶：卢克莱修论爱欲的治疗》一文。）

　　哲学和文学之间的关系是本文的一个尽管是从属性但非常重要的主题。因为文章最后一部分提出了一个很好的方法来从哲学上弄清楚接受价值可通约性的信念对人类生活的真正意义是什么，那就是求助于文学想象，寻求那些真正持有这种信念的人的故事，这些故事将以抽象哲学思考所缺乏的具体性和影响力向我们展示，在这些人眼中世界将是什么样子的。显然，这与本书绝大多数文章及导论中对文学的主张不同。因为，一方面，它对文学所扮演的角色有一种**更加宽泛**的主张：某种特定的或多或少的文学想象被认为在充分评估许多作为可能的生活方式的伦理观点（不仅仅是亚里士多德式观点）上发挥了作用。另一方面，这种更加宽泛的主张不能、也不应该被理解为一种论证，用于证明转向诸如詹姆斯和普鲁斯特那样的小说是与那些非亚里士多德式的探究联系在一起的。假如我们想要公允地研究功利主义和康德主义观念所提倡的生活方式，在此所规划的"文学作品"就不应当具有表达和陈述亚里士多德观念元素的叙事结构与形式。这可能意味着，我们将不会有我们期望在小说中看到的那种类型的人物和事件，所讨论的作品将被纳入并不十分容易识别的文学体裁。即便如此，这似乎是一个合理的要求，即各种不同概念应该可以在某些特定人类生活的叙事中得以实现，应该有一些故事，可以令我们告诉自己，过着这个概念所推荐的生活会是怎样的。（一个这样的故事在《善的脆弱性》第四章的结尾开始，它与可通约性的生活相关联。有一件事是，那些过着这样生活的人对理解那种常见类型的文学作品，比如古希腊悲剧缺乏兴趣。）

我们在此所描述的柏拉图只是这位哲学家的一个层面，我坚信他对这些问题的观点是复杂的、也是临时性的，并会逐渐发展。《善的脆弱性》一书第四、六、七章中探讨了这些张力的部分。

注释

1. 这篇文章与《善的脆弱性》一书第四、六章有着紧密联系。但是它们各自的介绍方式却截然不同，并且其中的一些论证，特别是在本章第Ⅳ部分的论证，并不出现在《善的脆弱性》中。对柏拉图的诠释问题以及对文学作品更多的参考和讨论，在那本书中做了更加详细的陈述。因此我把自己限制在对我的作品十分重要的源泉的确证上。关于《普罗泰戈拉篇》，在 C.C.W. 泰勒的克拉伦登柏拉图系列（1976）和 T.H. 欧文的《柏拉图的道德理论》（*Plato's Moral Theory*）中有着精彩论述。大卫·威金斯刊载于《亚里士多德学会学报》第 79 期（1978—1979）第 251—277 页的《意志的弱点、可通约性以及慎思和欲望的对象》一文，与本文多处观点相交。早在我的这些观点形成之前，1974 年我第一次读到威金斯这篇文章的初稿，直到本文的最终修订阶段，我才重新阅读了已经发表的那个版本。我不知道对我的写作有什么直接影响，但可能存在一些。多年来与威金斯就此话题和相关问题的交流，一直是鼓励和启发我思考的宝贵源泉。

2. 这是我对《善的脆弱性》第四章有关科学实践的历史细节讨论的浓缩。在那本著作中有关于其他柏拉图的篇章，以及其他许多古希腊作家及其文学作品的广泛文献。相关讨论参见我的《爱利亚的传统主义与菲洛劳斯论思想的条件》一文，《哈佛大学古典语文学研究》第 83 期（*Harvard Studies in Classical Philology*，1979）第 63—108 页，特别是第 89—91 页。

3. 特别参见欧文的文章，他的构想与我的很相似，以及泰勒，他将对论证的分析与对衡量的启发性讨论联系了起来。

4. 参见 351C 和 357A。在《善的脆弱性》第四章中有对这些文章和分析的更全面讨论。

5. 我的立场接近 I.M. 克朗比在《审视柏拉图学说》（*An Examination of Plato's Doctrines*，1962）中的观点，I. 232 及以下页。

6. 356DE：**测量科学**（metrētikē technē）很明显，在对我们生活的拯救上是**既必要又充分的**（sōtēria tou biou）。

7. 有关快乐作为选择标准的讨论参见约翰·罗尔斯《正义论》第554—560 页。

8. 参见《普罗泰戈拉篇》358D，我在这里的表述得益于欧文的启发。

9. 对此的批判参见亚里士多德《尼各马可伦理学》1145b25 及以下。

10. 请注意，这看起来多么接近偶然性价值冲突的情况（参见《善的脆弱性》第二、三章）；D. 戴维森在《意志软弱何以可能》一文里提到两者的密切关系，此文收录于《道德概念》（*Moral Concepts*，1969）第 93—113 页。

11. 参见威金斯《意志的弱点》Ⅷ。

12.《伦理学方法》第七版（1907）第 425 页。克伦比对柏拉图也有类似看法。

13. 对此参见《善的脆弱性》第四章以及插曲二，同样参见欧文《柏拉图的道德理论》。

14.《亚西比德的演讲：解读柏拉图〈会饮篇〉》，发表于《哲学与文学》第 3 期（1979）第 131—172 页，修订后的版本成为《善的脆弱性》第六章。此文的分析集中了柏拉图引起我们注意这些问题的多种方式，并敦促我们思考，一种与这些问题联系在一起的生活并不"值得一过"。

15. 199E—201B。参见《亚西比德的演讲：解读柏拉图〈会饮篇〉》及《善的脆弱性》第六章。这里的主要观点是，根据假设（1）一个情人爱美的事物（2）一个情人缺失她所爱的人，并不能推导出情人完全缺失美——无须做出两个进一步假设：（a）情人爱的对象是人的美，而不是那个拥有美的属性的完整个体；（b）所有美的表现形式在质上都是相似的，如果一个人缺失一种，那么就有可能断定她缺失的是美。

16. 有两段的量化不够清晰：210B7 的"更光荣"和 219A1 的"黄金换青铜"。但两者都与定量读数兼容（黄金在单一的金融衡量尺度上更值钱；问题在于荣誉的差异是定性的还是定量的）。因此，这两个段落都没有反对单一定量尺度的优势证据。

17. 这里我不赘述从"汪洋大海"到单一形式的过渡。具体可参见《善的脆弱性》第六章。

18. 这一观察的得来主要归功于乔尔·范伯格。我在《善的脆弱性》第七章中，提出了与《理想国》第五卷和《斐德罗篇》中前两个演讲相关的观点。

19. 这些问题在《善的脆弱性》第六章中有进一步的讨论，尤其见插曲一和插曲二，我讨论了柏拉图对文学性艺术的批评和亚里士多德的回应（特别提到恐惧和怜悯）。也可参见《斯多亚学派论根除激情》一文，收录于《阿派朗》（1987）。

20. 遵循这种建议的一个重要动机，无疑是苏格拉底的例子，他的生活和性格证明了提升的好处。

21.《理想国》中的情况就没有那么清晰了。一个好的回答需要对善的形式进行解释，我在这里不打算尝试。里面的对话中，美有时被当作一种价值来讨论；但作为实践理解的标识，计量和计算也格外受到重视（柏拉图对灵魂最美好的部分的描述是逻辑分析，即"计算要素"）。无论如何，很明显（可见下文），人在价值上被假定为可以相互替换的：所有公民都是"相似的且都是朋友"，而哀悼一个特定的所爱之人的死亡将是不存在的。

22. 可见欧文《柏拉图道德理论》，以及 G. 沃森刊载于《哲学期刊》第 72 期（1975）第 205—220 页中的《自由的能动性》一文。

23. 比较伊壁鸠鲁对不守规矩的食欲行为的诊断，是对价值和需求的错误信念的结果。自然的欲求是适度的，容易满足于手头现有的任何东西。参见我的文章《治疗性论证：伊壁鸠鲁和亚里士多德》，载于《自然的规范》（1986）第31—74页。

24．从《理想国》和苏格拉底在《斐德罗篇》中的第一次演讲的内容似乎可以判断这是真实的；《会饮篇》和《斐利布篇》给出了更为复杂的解释。关于苏格拉底在《斐德罗篇》中的第二次演讲，可见下文。

25．参见狄奥提玛在211D6中使用"与情人共处"（suneinai）表达对男孩的爱，在212A2中与形式性交；在211D，她暗示苏格拉底会发现自己的渴望不是男孩、衣服和金钱，而是他的知性对象。

26．已故的尤尼斯·贝尔古姆在1976年的哈佛博士论文中，结合柏拉图和亚里士多德的这段话做了精彩讨论。另见朱莉娅·安纳斯《陀思妥耶夫斯基〈地下室手记〉中的行为和性格》一文，刊载于《哲学与文学》第1期（1976—1977），第257—275页。

27．当然我们还需要——在开始这部分工作之前——将当代理论中引用的不同类型的可通约性与柏拉图的各种建议进行比较。显然我不打算在这里尝试比较。

第四章

有瑕疵的水晶：
詹姆斯的《金钵记》以及作为道德哲学的文学

在中央，水晶式的爱之床正是对她的题献。那个为她的卧榻和仪式打磨水晶的人无误地猜到她的本质：爱**应当**由水晶铸成——时全透明时半透明……它内部的圆润预示着爱的单纯本质：因为单纯是对爱的最佳诠释，因为爱不能有阴霾角落，也就是说，既没有算计也没有背叛。

戈特弗里德·冯·斯特拉斯堡《崔斯坦》

严令禁止犬类、自行车或者三轮车在任何时间进入本花园。公园管理者有权驱逐任何违背此规则的人。

伦敦卡多根广场 1980 年标语

I

这个女人期望着没有瑕疵的生活。她对她的好朋友范妮·艾辛厄姆说："我要的幸福不能有漏洞，连你手指头戳得进去的大小都不行。……

那只金钵——原本是如此呀……我们所有的幸福都放在钵里。没有裂痕的钵。"（《金钵记》II. 216—217）[1]——以这种方式告知完全明了这个引人注目的、有缺陷的对象的属性的我们，她期望自己的生活（与这个钵相反）像一块纯净而完美的水晶，完全没有瑕疵或者裂痕，既宝贵又坚硬无比。

　　在小说的前半部分，玛吉·魏维尔的道德生活有着两个令我们印象深刻的特征。一个是她对完美，特别是道德完美的孜孜追求；另一个是她对父亲特有的强烈的爱。她与王子怪异的婚事，不仅没有影响到童年以来习以为常的承诺与责任，甚至还令她出奇地满足于"就是依旧能保持着小女儿的身份，充满高度热情"（I. 395）。我们感受到，对无瑕疵的期盼以及继续做她父亲的女儿的欲望——我们怀疑它们之间必然有着某种关联。然而这种关联的本质并不明显，特别是，当她把拒绝从父亲家搬到丈夫那里的行为看作一种成年女性的完美生活方式时，这种关联就更不明显了。然而我相信，假如我们更加细致地观察玛吉道德渴求的特殊本质，一种更深刻的关联将会浮现。这将是进入小说的一条途径，通过这条途径，我们可以开始欣赏詹姆斯对道德雄心、道德主义以及我们与价值之间的世俗关系本质等问题的处理。（由于它与对这些经验元素的探索相关，令我产生这样的想法：这本小说是哲学性的，或者说，对道德哲学做出了重要贡献，它将同时有助于提出进一步的问题。）

　　于是玛吉想变得完美。当她表达这种期望的时候，很明显，她想到的是道德的完美。假如我们更细致地问，对她来说，构成道德完美的元素是什么，我们会发现其核心思想是永不犯错，永不违反规则，永不伤害他人。她的父亲注意到："玛吉一辈子犯的错，加起来没超过三分钟。"（I. 236）在所有选择场景中，她"小小的却挺热切的公平正义的气概"（I. 395）催促着她"不可有伤人之需求"（II. 64）以及对"不伤人"的"迷信"（I. 160）。我们一点也不惊奇，为什么她的丈夫在想象中会把她与古罗马贵妇做对比，因为后者带有"那是大家眼中一般做妻子与做母亲的样子，表现得体，但心思难以一探究竟"（I. 322）。然而令她与这种严肃且

[126]

耿直的形象截然不同的，是她坚持声称自己无辜时那种强烈、真实的恐惧。在一个具有启迪意义的例子中，她将道德要求（特别是对某些不恰当行为的禁止）比作远洋客轮内部的"水密舱室"："密不透水——船舱里就数它最大？哎，它是最大的客舱，是主甲板，是引擎室，也是服务员的食品储藏柜！它就是这艘船本身——这整个运输公司。它是船长的行程表，是一个人的所有行李——在这趟旅程里要阅读的东西。"（I. 15）道德观念及其不伤害他人的规则为她构筑了一个安全的世界，在那里生活和航行，免受不可名状的危险。一旦这条船的舱壁上出现裂痕，哪怕只有一条……她对此甚至不敢想象。她尽一切努力来避免这种事情的发生。她就坐在这条船上〔这条船也许与范妮所称的"魏维尔先生的船"（I. 267）是同一条船〕，她只阅读船长——或说她的父亲——给予她旅途的读物。

于是，在天真的包围下，她想要保存她的正直，使她的生活像一只无瑕的水晶碗，就快乐而言，"没有什么，人们不得不承认，只有纯真和快乐，没有惩罚和快乐"（I. 11）。这种美好的想象充斥着整部小说：水晶的想象、圆润的想象、童年的想象；特别是，正如王子形容的"我[127]们最原初的父母、亚当夏娃堕落之前的那种状态"（I. 335）。[2] 这种想象还对应着一种快乐的天真。不管是做什么还是看什么，远离原罪的他们——她和她父亲亚当——受到"单调的伊顿广场"（I. 333）的雪白墙壁和静谧花园的保护，这广场仿佛就是玛吉对伊甸园的向往的由衷表达：[3] "从这些观点看来，可能他们知道这世上完全没任何事值得谈一谈，管它美好或是愤世嫉俗；假使他们有朝一日平心静气地承认，他们并不需要知道，而且事实上他们也根本无法知道，或许他们会好过一些吧。他们是优秀的传人，祝福他们，也是优秀传人的子孙。"（I. 333—334）就如玛吉对游轮的看法，我们有种感觉，无知的壁垒正被建立起来，以抵御一些来自世界的威胁；对一些真理的认知并不是简单地缺席，而是纯粹为了美而被主动地拒绝。（因为亚当的**女儿**不是在伊甸园出生，并且因此"优秀传人的子孙"肯定也受到原罪的牵连。）

玛吉到了生命中的这个阶段，我们可以期待她会注意到自己很难实现自己的理想。确切地说，她结婚了。她成为一个女人并且需要从父亲家搬到丈夫家。这是引起责任冲突的阶段。作为一个严父的女儿，作为从童年到青春期一直是她父亲唯一的旅伴、朋友和搭档的女儿，这个阶段会因怀旧和留恋产生撕心之痛。为了成为独立的女人，为了成为王子的妻子，很明显，这个女人不得不忍受痛苦。即便就如范妮所说，自然的依恋"可能很强烈，但是并不会妨碍其他强烈的情感"（I. 395）。就如婚姻一样深刻，这种特殊的家庭关系有其特别的苛求，这种苛求会阻挠与其他人的关系，会让爱变得复杂。[4] 但是玛吉的良心在痛苦的内疚中退缩了，她根本无法忍受这种分离。因此，她机敏的想象力发现，对于每种爱或者价值的冲突，通过适当的付出之后，一个人可以抵达某种恰当且清白的和谐状态——即便"精神上甚感安慰，几乎片刻未曾另作他想，但现在不同了"。为了什么呢？"为了要维持一成不变"，她告诉我们，"她总是能够多多少少删减掉一些对自己重要的事"（II. 6）。我认为，这个来自三段论逻辑的意象向我们指出，解决责任冲突的方式总是重写实践三段论中的前提，使前项不再涵盖中间项的整个延伸。我们现在可以用"一些 B 是 A"来替代"所有的 B 都是 A"。通过此策略，玛吉使一个潜在的麻烦价值不再适用于给定的情况。她通过保持一致性来维护她的安逸。就如王子所观察到的，她通过"让一切变得简单"——她的世界以及她的人格——来维护她的一致性（I. 322）。于是她通过"削弱"婚姻的要求来解决夫妻之爱与尽孝义务之间的冲突，通过以这种方式结婚，她能始终留在父亲身边，使两个人变得"不可分割"（I. 323）。

因此，那个以履行义务、珍视每一种价值为目标的高贵理念，以一种有趣的方式，最终在一个削减、减少、改变价值以符合一致性主张的事业中得以完成。任何看似与其对于父亲的首要义务——一种对于这位好女儿而言等同于道德自身的义务——相冲突的主张，只有在与他的需求、准许相协调的情况下，正如她或她父亲的话说，变得"圆润"而非

[128]

有棱角、和谐而非不协调时，才具有有效性。[5] 在她的想象中，她和她父亲挤在一条船上，驶离"丰饶的复杂性"（II. 255）。

玛吉对道德简单性的依恋带来了一些令人不安的后果。首先，很明显的是一种对其自身成年性欲的回避或压抑。假如她允许自己变得成熟并充分体验婚姻，那么她就会让自己直面复杂性以及决裂的可能性，她和她父亲将不再是"不可分割的"。因此玛吉，在表面上变得成熟的过程中，不断地培养着自己双性化的甚至是禁欲的人格。"在她的漂亮中……有一种异乎寻常的**纯洁**"（I. 9），她甚至被描述为"一本正经的"。她的父亲想起："有人当着他的面，不避讳地说过她像个修女；她听到后挺开心的，也说一定会尽力像个修女。"（I. 188）后来，有人把她比作"游行队伍里的圣像一般"。她的性格，像范妮说的，像"那个由教皇赐福过的小小的银制十字架，你一直都紧贴着皮肤戴着，没给别人见过"（II. 112）。这种对其女性气质的刻意压制，显然是她的父亲促成的，后者把女性气质与软弱、缺乏判断力以及不能给予真正的友谊联系在一起；而另一方面，他把女儿视为他精神冒险中的第一个伴侣。他是一个智识与艺术上的先锋派，一个发现新大陆的科尔特斯。当他试问自己他的妻子是否可能在这场冒险中陪伴他时，他很快在结论中完全排除了女性（或至少是他自身社会阶级的女性）："想必科尔特斯的同伴里并没有一位真正的女士：魏维尔先生允许这一历史事实来决定他的推论。"（I. 143）

[129]

成为一位"真正的女士"则意味着抛弃她的父亲，因不在所有事情上成为他的伴侣而伤害他。我认为，这种道德主张，不仅仅是某种模糊的恐惧，它让玛吉甚至在与她深深喜欢的男人结婚以后，依然会压抑她的女性回应，而对此，范妮自信地并在我们看来正确地断言玛吉从来没有"拥有过"王子（I. 384）。[6] 这种联系，通过詹姆斯微妙地将水的意象与性的激情和道德冲突或道德复杂性——通常这两者同时存在——联系起来而得到了证实。我们已经注意到玛吉"密不透水"的船舱，可以保护她不受伤害或者免于违反规则，还有魏维尔先生的小船，可以安全地驶离纷争和麻烦。我们现在能够指出的是，第一个意象与玛吉本人密切相关，她承认她对丈夫"特殊的自己"缺乏回应；在第二个例子中，玛吉陪伴她父亲的小船所驶离的复杂性是"丈夫们和妻子们"，他们"让空气变得太酷热"（II. 255）。玛吉甚至对此自问："为什么他们不能永远住在一条船上呢？她脸上感受到一丝可能性的气息，她的情绪也因为这个可能性而和缓下来；从今以后他们只要知道，彼此仍处于未婚的关系即可。"性被视为并被恐惧为冲突的根源，是一种对道德安全的威胁。玛吉对水的恐惧表达了一种在两种拒绝之间的联系——就像在王子和夏洛特重新开始他们的关系的段落中，洪水的意象（与突破或跳出一个完美的圆圈图景相联系）立即表明了他们相互的性回应和他们对道德内疚的接受："像有水流从一道狭窄的海峡奔流到另一方的海洋，每件事都崩散、失常、溃退、融化、混合。双唇追索着双唇，唇上的压力追索着的回应，唇上的回应追索着的压力，激烈得令他们在下一刻发出叹息，以最长最深的静止，热切地立下他们的誓言。"（I. 312）[7]这种猛然打破和谐的小圈子、在大海中冒险的意愿，正是我们所知的玛吉迄今为止所缺乏的。在她的父亲同时回避道德自责和完整的性生活的情况下，小说通过他面对新婚妻子时生理上的无能，清晰地告诉我们这个事实。[8]对玛吉来说，这一点并不那么清晰，或许也不那么重要。不管在生理上发生什么，我们清楚在想象力和情感层面，以及作为一个独立成年女性在回应她丈夫自身独立的性欲上，存在着一种失败。她在天真无邪的意义上依然是完整的，毫发无损。"正如她喜欢描述的那样，她可以结婚又不必和过去分离。"（II. 5）[9]

[130]

　　玛吉的天真的另一个后果，坦率地说，是她在人生的所有领域中都看到各种价值，包括人的价值，作为独特的目的自身而存在。在每种情形之中，它们都是圆润的、接纳性的，它们的主张与其他主张之间的冲突并没有得到认识。但这很明显是一种看待人——那些顽固的、根深蒂固的"棱角分明"的对象——的方式，它会导致某种忽视。首先，她忽视的是她丈夫"不为人知、林林总总个人的事……那个特别的自己"（I.
9）。她告诉他，"你也许不是绝无仅有"（I.12）。并且在小说第二部分开
篇有关宝塔的著名形象描绘中，她首次流露出对自己境遇的好奇，而这
境遇中王子扮演了如此重要的角色。她第一次想去探索这个奇怪的塔状
物体内部，这个塔在她的花园长期以来奇怪地占有中心位置，"但是从她
近在手边的花园方向，却连个可以进去的门都没有"（II.4）。难怪在这一
点上，她开始领略到，她的道德想象力就像一个混乱的储藏室，其中满
是"困惑的对象"，"有一堆虚华之物，同类的、不同类的"，它们被堆积
成山并被钥匙锁起来。"她转过身去，最后那幅内在景象被外在的一幕乍
然终结。"（II.14）

　　不仅仅是个人在质上的独特性进入了玛吉的储藏室，而且我们被告
知，其中还有个体的**独立性**、每个人与每个目的的价值，它们作为独特
的事物有其自身的主张。在特里斯坦的浪漫故事中，其对爱的水晶式的
简单赞赏詹姆斯很有可能了然于心。[10] 这对情人对简单性的培育令他们
无视每个人的承诺，以及每一种价值不同于其他价值或者倾向于与其他
价值冲突。同样，玛吉只看到生活的圆润，而在现实生活中存在着棱角，
[131]
因此忽视了每一种特殊价值的不同要求。就如我们从小说开端的那个简
短、预期的场景看到的那样，甚至她对她父亲的爱明显也是如此。从教
堂回来的路上，玛吉发现她的父亲受到兰斯女士的纠缠，她是一个想嫁
给他的令人恼火的女人。玛吉第一次意识到，她自己的婚姻**已经**开始给
亚当带来被抛弃的痛苦以及来自潜在伴侣的骚扰。奇怪的是，突然间，
她首次意识到，她父亲是一个独立的人："她一直记挂着他，甚至可说
是照顾着他——和别的东西不同，他以前一直是深植于她的心中和生命
里；太深了，好像深到无法分离，无法和其他的做比较，也无法说出反
对的话，总之，无法客观地将他呈现出来。"（I.155）关于个人（或是其
他的道德诉求来源）价值的道德客观性显然需要我们有能力看到这个事
物区别于其他事物；转而需要那种将其视为一种能够与其他价值相比较

或对立的价值，而不是将其视为一个天真和谐事物的深层组成部分的能力，即便这样的要求会引发潜在的冲突。讽刺的是，当她把父亲的律法看作纯洁世界的规则时，玛吉无法看到**他**。她领悟到这点时已是很久以后了。在此她的下一个行动是解决冲突，并通过把夏洛特许配给他来恢复"和谐"。但是由于这一幕，**我们**意识到她的策略是自欺与错误的。我们知道，在这个世界中所需要的一种价值，一种善的知识，需要有关恶的知识，也就是说，需要对冲突、无序、分离或伤害的偶然必要性的认识。不吃下这颗果实，她就只是个天真懵懂的孩童，也不了解善的价值。

我们现在能够欣赏詹姆斯笔下这一对理想主义美国人最奇特和最显著的特征之一：父亲和女儿都有一种根深蒂固的倾向，即在他们的想象和慎思中使人们等同于**艺术品**（objets d'art）。在詹姆斯的设计中这个特征被给予了相当多的强调。小说中最引人注目的侵入作者叙述以进入叙事之中的方式，在很大程度上是通过一个或另一个人物的意识开始的："同样的价值来度量这么不同的财产物件，我们可能会觉得真是怪透了，打个比方，像是拿古老的波斯地毯和新添的用物一起比较。"（I. 196）并且，这样奇怪的价值评判也在我们第一次见到玛吉时得到呈现，她把自己的丈夫称为"很稀有，是件美丽的物品，也是件昂贵的物品……你是他们所谓的**精品**（morceau de musée）"（I. 12），当然，我们被邀请慢慢探询这个奇怪的问题。

我们很快意识到，这种对人进行审美化的倾向并不意味着魏维尔一家人忽略道德，或把道德简化为审美。相反，人们一致认为他们以强烈的**道德**意识，甚至严厉的道德主义而与众不同。他们道德目标的特殊本质，对于完美无瑕的生活以及因此对一致性和和谐的极端强调，得到了一种观念的支持，该观念将他们的特殊属性同化为艺术品的特定显著特征。艺术作品是珍贵物品，是具有很高价值的物品。然而我们对艺术品的关注的一个显著特征，是它似乎平稳而和谐地传播自身。在参观博物馆时，我用带着适当的敬畏和温柔的方式去观赏诸多精美物件。我在时

[132]

而关注一个作品、时而关注另一个作品的同时，不会感觉到这些作品对我的爱慕和关怀所表达出的嫉恨。假如有一日，我只参观透纳的作品，这并不会让我对隔壁厅威廉·布莱克的作品感到内疚；同样，假如我对欣德米特一往情深，这并不使我少一分对巴托克音乐的敬仰。活在艺术品世界中就是生活在一个价值极其丰富，但不存在不忠、不敬或者任何冲突的世界里。魏维尔一家想法的精明之处在于，只要人被塑造成与美的物品相似，陈列在画廊里供我们纯真的注意力欣赏，道德生活也可以是完美无瑕和无辜的，也就保持了价值的完善。与魏维尔先生对夏洛特的审美化密切相关的是一种"对某种观念的欲望，其隐藏在夜晚无比清新的空气之中，吐纳间，各式各样的差异性，会在他脚下融合又蔓延开来"（I. 205—206）。在他看到珍贵的大马士革瓷砖"相继地，哦，如此温柔地被揭开，显露出来"，直到它们"最终完全和谐地躺在那里，绽放出尊贵的光彩"（I. 215）的那一刻，他萌生了这个念头——他应该娶夏洛特为妻，以恢复整体的和谐。每一块方砖都平整地与其他方砖对齐：魏维尔先生期望在生活中看到的就是这种美的事物的辉煌秩序与和谐，并且为了实现这个期望，他通过婚姻，把夏洛特视为最精美的艺术品。玛吉也是一样，她绝妙的想法，是一个有着"精美艺术作品"气质的丈夫，应是随时可被打包、拆装，随时可以被展出；或者，假如他变得过"大"，那么就要被发往美国城"埋掉"（I. 14）。然而不管什么样的情况，其存在都不会给收藏家的慎思造成负担，或者破坏博物馆或是生活的和谐，这证明了他罕见的洞察力。[11]

那么，简而言之，我们从一种高尚而可敬的道德理想开始——这不仅仅是一个孩子气的女孩的幻想，而且更是一幅关于个人行为与个人正确性的图景，其深深地扎根于我们整个文化的道德传统之中。（赋予小说中的这些美国人物形象道德主义与极度简单相结合绝非偶然，这些美国人在技术慎思上的足智多谋和情感回应上的幼稚并行也并非偶然。）作者向我们指出，这种道德理想，如果遵循其最严格的结论，通过将个体对爱的追求和责任屈从于对和谐的要求，会导致一种对价值和目的异乎寻常的无知。并且，我们看到，这些完全是一个孩子气的女孩的幻想。它不能按照自己的方式行事，因为它对人做出错事，做出盲目和残忍的行为〔玛吉和她父亲，以及另一对夫妻，被指控为不忠和通奸，这并没有不当之处。（参见 I. 304）这种指控或有其理由，因为他俩都像孩童一样不愿打破和谐或体验内疚，为此都背弃了他们各自的婚姻承诺。〕这在道德上会令人反感，它让持有者系统化地忽略人的诸多特征——也就是人的独立性及其在质上的独特性——在其基础上特殊的人的价值被认为得到了依托。小说的道德视野的丰富性在于，它向我们展示了严苛的道德主义的辉煌（因为这种简单的道德观念不仅吸引魏维尔一家，同时在某种程度上吸引小说中的所有主要人物），同时也通过向我们展示这种天真所带来的罪恶的过程中，削弱了我们对这种道德理想的信心。就如玛吉之后所说的，"在事物中存在着一种糟糕的混合"（II. 292）。 [133]

《金钵记》的世界是一个沉沦的世界——在其中天真不能存在也不能被安稳保存，这是一个被爱与价值之间无处不在的冲突所充斥的世界，以至于并不存在一种安全的人类期待，在一生中保持完美的忠诚（这部小说在人类个体的爱的范围内阐述了这一观点，但《卡萨玛西玛王妃》向我们展示，詹姆斯准备将其扩展到更广泛的范围，以包括非个人的承诺和价值）。在这个世界中我们作为成年人的首要选择，是追寻我们的个人目标，以与父母分离和断绝关系作为代价。并且我们认为对丈夫的爱甚至需要挚友或导师的精神死亡，对妻子的忠诚甚至需要对情妇的残忍抛弃。在这个错综复杂的世界，自然而然存在着更好的和更糟的选择，但要是拒绝看到这些复杂性如何缠绕在一起，以何种方式发生纠葛的话，就太天真了些，因为这是我们作为有价值的生物，在自然世界中运作的情况的一个特征。就如詹姆斯在《梅西的世界》前言中所写的那样："只有为我们折射出生活的困惑、幸福和不幸之间、有益和有害的事物之间密切关系的主题，才是具有人性的主题。它如闪耀且坚硬的金币，由一种奇怪的合金构成，在我们面前晃来晃去，正面是个人权益和幸福，反面是他人所承受的痛苦和不公。"（《小说的艺术》第 143 页）。

那么我认为，小说通过根本性地展示一种人类与价值之间的关系，一种不完美的忠诚以及负罪，揭示了一种世俗意义上原罪的类似物。它还向我们展示自身作为珍贵的、有价值的存在，会在这世界上的价值路径交织的压力下破碎并出现瑕疵。如果不是一种字面上的先验的话，在此对价值的负罪感，仍然是我们人性的特征之一，它作为一种我们在自然与家庭处境中的结构性特征附着在我们身上，[12] 先于我们在特殊生活中所面临的具体选择和失败。当王子谈到水晶时说："它漂亮在于它**是**水晶。不过，它的硬度当然让它很安全。"鉴于这个类比，人类就如金钵一样，虽然美好却不安全：他们拥有理想，但他们会分裂。夏洛特对于金钵的疑问是："如果它这么珍贵，为什么会这么便宜呢？"对这个问题的回答则是有关四个人生活的故事。

[134] 我已经说过，这部小说讲的是一位女性的成长。为了成为一个女人，把她自己交付给丈夫，玛吉就要把自己看作某种有裂缝、不完美、不安全的东西，一艘有洞的船只，水会从中渗入，一艘水密舱不再封闭的汽艇。后来，随着她感知的改变，她把自己看作一个无法严实地遮风挡雨的房子："她往周围看看，透过百叶窗的缝隙有好刺眼的阳光。"（II. 303）并且在自然的世界中，玛吉所看到的是夏洛特因为她的所作所为而遭受的痛苦。她的负疚感进入她的想象。

小说的后半部分是有关玛吉开始认知她所身处的沉沦世界的故事。对于她来说，开始**生活**（参见 I. 385—386），意味着认识到：对世界上的爱情做出有意义的承诺需要牺牲自己道德的纯洁。为了重获丈夫她必须伤害夏洛特。和她一样，我们完全意识到，她对夏洛特的残酷和不诚实并没有因夏洛特自己的冒犯而被一笔勾销。不像崔斯坦式的爱情理想，她的爱必须建立在算计和背叛之上；这样做需要她打破道德规则，需要她离开舒适的花园。

追溯这一发展的各个细节是一项重要且迷人的工作：比如，与以前一样，那种面对冲突的方式与以女性心态面对性欲是联系在一起的，在水的意象中，作为乘客的玛吉变成游泳者；[13] 她开始看到人和物的价值从某种程度上是由给他们带来的痛苦和反抗的风险所构建，任何"深植人心的激情，都有其喜悦与痛苦之处，也知道痛楚与焦虑，才会让我们对它有丰富的感受"（II. 7）；离开伊甸园可能会产生某些在伊甸园中所没有的道德情感——包括羞耻、嫉妒、温柔以及尊敬，从只看到清晰、辉煌的事物，玛吉学着生活在人类世界里，成为一位"隐身女主"（II. 142），一位洞悉微妙和复杂的读者（伊甸园中没有书籍）。[14]

即便我们没有充分的篇幅去深入讨论所有这些问题，我们现在也必须注意的是，这些新的感知和回应的维度开始发展，奇怪的是，对于我们和玛吉而言，随着事情的发展，与其说是一种不完美的生活方式，不如说是一种追求完美的新道路。玛吉，仍然像以前一样严苛和理想主义，发现了一种**在**这个沉沦世界中保持天真和安全的方式，成为"一颗有棱有角的小钻石"（II. 145）。（警觉的读者会注意到，本篇文章开头的引言并不源于小说的初始章节，也不源于之后对这些最初事件的思考，而是源于非常后面的一个片段：当玛吉已经开始用更新的、更冒险的方式思考问题之时。）我们或许以这种方式来描述这种新理想：看得清楚，并用上高度的智慧。以一种丰富活跃的同情想象给予回应。假如存在着冲突，就用敏锐的感知诚实地直面它们。选择你所能选择的公开行为，但是在每一刻要记得想象力和情感更为全面的职责。假如对丈夫的爱需要伤害与欺骗夏洛特，那么就应做出此残酷举动，做出最好的选择。但要永不停止对夏洛特痛楚的丰富体察，并在想象和情感中承担造成这种痛苦的全部罪责。假如生活就是一场悲剧（参见 II. 311—312），那就要看到它；以同情他人并为自己感到恐惧来回应这个事实。永远不要合上双眼，一刻也不要；并且永远不要钝化你的感受。这种理想被詹姆斯在《卡萨玛

[135]

西玛王妃》的序言中总结为"细微的体察和完全的承担";在这段漫长的慎思中，生动地描绘了夏洛特默默承受的痛苦，玛吉决定敦促丈夫在她离开之前再和夏洛特谈谈（II. 327—331），在此我们感受到玛吉对于爱与友谊价值强烈的敏感性，而友谊则是她正在违背的价值，这种敏感推动她去救赎与转化她行为中的残酷。如果她逼不得已而行恶，至少她有意识地承担了这个错误的罪责，并显示出她是这样一个人，对其而言这种恶是可憎的。玛吉不断地把自己想象为一个因细微的责任意识而承受痛苦和罪责的牺牲者，这对我们来说一点也不惊奇。这种用爱承担罪责的观念明显源于玛吉对古希腊宗教中的替罪羊的参照：替罪羊通过承担人类社会的罪责来拯救人类社会（II. 234）。她还参照基督：基督担起了整个世界的罪孽（II. 112）。她的案例的不同之处在于，她并不是通过放逐和死亡来承担世界的重担，而是为了爱而犯下罪行，看到自己正在犯下罪行，以及承受自己的不完美。

然而当小说接近尾声，我们被一种新的保持无辜方式的意识所困扰。我们被玛吉将自己比作一块钻石——比原初的水晶更加有棱有角，更加坚硬——所做的比较所困扰。[15] 我们注意到她仍然喜欢使用绝对道德语言："'至上'（consummate）是一个她私底下用的词。"（II. 359）她并没有太多改变自己的道德范畴，因为她重新安排了她那些要件，她将其归属于那些偏爱的术语；她并没有太多接受自身中的邪恶，因为她看到了一种（内在）安全无辜的新方式。我们已经对这些安全和完美的计划报以警惕，因此我们想知道玛吉新的理想自身是否同样存在裂痕。

现在，当我们如此思考时，就会惊讶地发现：事实上，根据小说最后的场景，当她接近与夏洛特和她父亲的最后告别，以及与阿梅里戈王子的最后对峙时，玛吉并没吃下善恶知识的果实。在结尾之前，它依然在她面前悬挂，"金色的果实在远处闪着光芒"（II. 367）。因此这种新的道德理想并不是真正能吃的果实，直到小说的最后，玛吉在某种重要的意义上仍然保持着无辜，即便她比之前更具有回应性，也更为女性化。

那么，什么是玛吉的无辜未能识别的东西？我们能在最后一幕中发现什么，为什么在这里，并且唯有在这里，詹姆斯把她呈现为失去了纯真？在她与亚当和夏洛特最后的相遇中，我们注意到一些重要的信号。人物的审美意象重现并增加。这里存在着"这一场景里就需要这类人形家具，以表达高度的美感"（II. 360）这样的说法；这里还有"最好的东西也有一半搬走了"（II. 362）的说法来谈论一个房屋的空空荡荡。最重要的是，夏洛特被明显地以"无人可及""太了不起"而被赋予美学品质。我们被迫追问，在玛吉新理想的正确性胜利之时，为什么她要故技重施——为什么在深刻地回应了夏洛特的孤独和痛楚，并在催促阿梅里戈王子做出同样举动之后，她又突然退到这些过去的拒绝背后。答案随着问题的出现而出现，我们开始感受到詹姆斯为我们准备好的发现。

阿梅里戈王子不仅拒绝了对夏洛特的爱，还拒绝了对她的回应和想象。他拒绝感受她的痛苦，他与这种痛苦保持距离；他对她的接受如同"王室"成员般，而不是把她视为一个围绕着对他的激情而安排自己生活的女人。我们现在看到的是，玛吉认为这能够且应该有所不同的想法是错误的。事实上，他对玛吉的爱的要求，不允许他在道德上奢侈地拥有清晰的视野与慷慨的回应。若要全情地去爱一个女人，他就不能总是被对另一个女人的意识所折磨。那么他必须不可避免地放逐另一位，不仅像玛吉那样，在行为上不公正地对待她，同时还要在深层的想象和看法上不公正地对待她。这种新的观看的理想要求并不总与我们每一种承诺的完全实现所兼容，因为有些爱是排他性的，并要求我们对其他部分视而不见。事实上，相比"细微的体察和完全的承担"，作为爱人，我们不得不变得对他人以及不兼容的要求非常麻木和漠不关心。这种深刻投入的纯粹事实会导致盲目。在玛吉最终尝到"金色果实"时就是这样一个时刻：对双方来说，迟钝滋养了爱情的胜利。

　　"她是极好的，不是吗？"她简单地说，试着解释，也结束这个话题。

"喔，极好！"他一面说话，一面朝她走来。

"那样帮了我们大忙，你知道的。"她补了一句，进一步说明自己的心意。

因此，他一直站在她的面前，接受——或者说尝试接受——她如此美妙的给予之物。很明显，他极力想讨好她——顺着她的方式使她满意；结果是他走过来，双手握住她的肩膀，她的脸一直面向着他，而他的整个动作包围住她，并立刻回音似的说："知道？除了**你**，我什么都不知道。"过了一会儿，这句话所含的真相有股力量，奇怪地使他眼睛变得好亮，她却像是因怜悯与畏惧不忍直视，于是将自己的双眼埋在他的胸前。（II. 368—369）

因此，王子的眼里没有其他只有玛吉。而玛吉，当看到这样一种专一的视线时，她对阿梅里戈视线的回应就如对一部悲剧的反应——怀着"怜悯与畏惧"。因为事实上，她看到的是他**确实**只能看到她；在他的想象之中，她和他共同引起了一种视觉的消亡与回应的丧失。她看到，这[137] 一切都出于悲剧的必要性，因为这需要他对她的投入。很久之前，玛吉看不到在竞争性的价值之间做选择会是悲剧性的。之后她看到这会是悲剧性的，但认为一个悲剧的女主角只要在理智和感情上能够有完全的承担，她依然能够内在地避免悲剧。现在，她在她的丈夫身上看到了真正的、不可挽回的东西，一个为了爱而违背爱的"英雄"，而这种爱被缺乏内在的同情与缺乏更为深刻的意识所净化。

然而在此刻，面对悬于她面前的知识的"金色果实"，她同样发现，自己不能像那些能够完美回应并且负责任的观众那样去注视这部悲剧，去继续感受和关注每个人物，并且依然拥有爱的知识，因为她牺牲了这种知识。亚里士多德指出，悲剧为我们阐明了相关价值：通过悲剧事件所激发的"怜悯与畏惧"，我们意识到也清楚地看到对我们来说重要的事物，我们得到了澄清。在小说最后一句话中，玛吉意识到，好的悲剧观众的敏锐洞见与认可本身就是价值，它们在自然世界中可能与其他价值产生冲突。要看到所有的人，出现在所有的人面前，旁观者就需要有一种狭隘的爱；向爱屈服需要对灵魂之眼的叛逆。去看一个人意味着去评判他，去评判他意味着辜负他全部的激情。夏洛特说："真是谢天谢地，要是那里有道裂缝，我们会知道它！"（I. 119）在此，玛吉看到了她以外的东西，她看到，爱的礼物需要一种温柔，它超越并且涵盖知识。

因此，她对他做出了最后一次、也是最舍己的牺牲。她给了他自己纯洁的想象，她钻石般的坚硬——就像他为她放弃了对夏洛特的人性的想象一样。很久以前，他曾经要范妮把自己的双眼借给他，意思是把她美国式的道德感的敏锐借给他（I. 30）。现在他的美国妻子事实上给了他她的双眼，将她的想象、她完美的正确性埋藏于他的体内。[16]

就如夏洛特所问的，我们为他人奉献的礼物从来没有缺陷？对此，玛吉在她作为鉴赏家的最深刻的时刻曾有过这样的回答："坦白的情感显示在不牢靠的艺术中，细腻的同理心也显示在系出名门的粗俗里；最丑陋的常见物品其实最美，最柔弱的纪念品，像在一个个玻璃柜里看到的，当然很值得摆在家里，但并不值得端放于庙堂之中——它们是献给那些愁眉苦脸的神的，献给相貌堂堂的众神可就不恰当了。"（II. 156）

我们对此能说些什么？小说中是否存在着一种道德理想？小说序言和第二部分的洞见站得住脚吗？我想说它们站得住，这里确实存在着一种道德理想。它并没有完全被破坏，它仍然非常宝贵。就如所有人类一样，它只是显示为不完美。（并且也许，就如刚才的引文所指出的那样，这种瑕疵在一定程度上构成了它特有的人类价值和美。）小说的结尾并没有告知我们，拥有"细微的体察和完全的承担"是完全无用的；它仅通过向我们展示一种深刻的爱有时需要一种不忠诚来背叛这种成人的精神标准，来警告我们不要把这种人类的不完美变成一种新形式的水密舱式的单纯。 [138]

那么，我们如何知道这些呢？我们在什么时候需要追寻这种理想以及什么时候任其而去呢？深刻的爱的价值值多少，在什么样的环境中它值得付出对其他一切视而不见的代价？我们要画下怎样的界线？我们需要确立的首要条件是什么？在我看来，这些都仍然是小女孩的问题，只不过被加了一层新的包装——只要小女孩本性仍然不变，这些问题就会再次出现。小女孩想要提前知道什么是对的，在什么时候是恰当的。她想准确地知道对另一个人有多么热爱，想知道去爱一个人她要做出什么选择。为了停止这样不断重复的问题，詹姆斯一次又一次地在小说的后半部分向我们展示一个不同的图景：一位女演员突然发现脚本并没有被提前写出，所以她必须"非常英勇地"为她的角色做即兴发挥。"准备工作和练习算不上什么，她的戏份无所限制，要说什么，要做什么，她随机应变发想一番。"（Ⅱ.33）这就是他对小女孩的批判带给我们的最终理解，**即成年人的慎思是什么以及应当是什么**。在那里没有安全，根本没有安全可言。

Ⅱ

假设，就如我所主张的那样，这部小说的目的在于探索人类道德经验的重要方面。人们仍然可能会问，为什么我们需要这样的文本来解释这些问题？作为对理解和自我理解感兴趣的人，为什么我们不能从一篇文本中得到我们所需要的一切，那个文本简单明了地陈述和论证这些关于人类的结论，没有人物和对话的复杂性，没有文学的文体和结构的复杂性——更不用说在这个特殊文学文本中的特定倾向、歧义和注释说明了？为什么我要坚称这个文本是哲学性的？即使这种说法得到承认，我们又为什么应当相信它是一部重要的或不可替代的道德哲学作品，而我们习惯称之为哲学的文本不能完全替代它的位置？

这里的确包含着两个问题。一个是关于这部特定小说主张的特殊问题；另一个是更为一般性的关于一般文学作品在哲学上的重要性的问题——意思是，那些与该作品共同具有某些一般特征的作品，由于这些特征，它们通常被分类和研究，而不是被承认为哲学作品。我没有真的在此尝试回答第二个问题，它相比第一个问题更宽泛。在这个文本的诸多特征中我主张其在哲学上的重要性，有些特征事实上与其他相关的小说以及悲剧有着共同之处；有些特征是这个文本所特有的，或在一种特别高的程度上属于这个文本。因此我只谈《金钵记》和詹姆斯的晚期风格；关于文学与哲学之间的常规区分所带来的更广泛的后果，我留给读者去做探索。

　　首先，为了防止混淆，我们必须大致了解道德哲学和道德哲学工作是什么——因为某些对此的解释，特别是康德主义的解释，这样的文本 [139] 由于其经验性以及偶然性的特质，显然完全处于道德哲学领域之外。我们应当找到某种描述道德哲学目的的方式，它能够得到普遍的同意，而不会对我们关于这个文本的问题的回答带有偏见，更不会因为过于特殊而无法为我们的问题提供一些抓手。我因此建议我们从那个亚里士多德式的简单观念出发，即伦理学是对一个人的好生活的规范。就如亚里士多德所坚持的那样，这项研究并不仅仅是简单的理论上的理解，而且还是一项实践（我们并不是单纯地为了学习，我们的目的还在于更清晰地看到我们的"目标"以及我们自己，这样我们就能更好地活着，行为更加恰当）。这项研究的理论目标在缺失实践维度的情况下是不可能实现的，因为另一种理论概念是一种苏格拉底式的方法，它要求对话者道德直觉与道德回应的积极参与。[17] 此研究的目的将是生产一种"表象"——人类能动者与选择者的经验与言说——的理智秩序。因此它无论如何都不能与对人类生活的经验和社会条件的研究相分离。事实上，在亚里士多德的概念中，伦理学属于关于人类的社会研究的内容之一。

　　我选择这种道德反思观念的原因不仅在于我发现它吸引人并且从广义上是正确的，不仅在于我期望它有足够的普遍认可度，同时还因为，詹姆斯用一种把他与亚里士多德事业紧密联系的语言描述了他作为作者的任务。在《卡萨玛西玛王妃》的序言中，他说他的目的在于写出对人类经验的"知性报告"，也就是说，"我们的理解以及对发生在作为社会造物的我们身上的事物的权衡"（《小说的艺术》，第64—65页）。由此，我们希望根据一种道德书写的背景来对詹姆斯的作品进行评价，而这种道德书写同时非常强大，詹姆斯在其上建立自己的主张。

我在此仅概略地叙述那些总体的线索，在其中我将《金钵记》作为论证的案例。但我希望那些评论的实用特质会被证明是具有启示性的，而不是令人沮丧的。就如我在第一部分解释的，我们首要关注的是文本的道德内容，其次重点关注阅读和诠释中有关道德能力的本质（这并不代表某主张可将这部小说的形式与内容分离，这点也是我希望很快能明确显现的）。

首先，这个文本所涉及的价值与不完美性的主张是一些观点：其合理性与重要性在没有持续地探究特定的生活的情况下，是难以得到评估的，而一个这样的文本则能让这种探究得以可能。我们的爱和投入之间的关系如此紧密，这使得不忠和回应的缺失变得或多或少不可避免，即便最好的爱情例子也一样，对于这种例子，哲学文章在进行直接论证上会很吃力。只有在我们像玛吉一样用细腻且敏感的思维，透过人类生活中千丝万缕的复杂关系和偶然事件来探索爱和感知的时候，这些想法才能向我们展现它们的强烈影响。当我们面对的意识是细腻且合理的，当我们觉察到，即便对于这样的意识，金钵也有残缺——那么我们会得出一个有说服力的观点，其以普遍的方式来掌握人类生活。那么，这不仅是小说探究生活长度与广度的能力，而且还是这种探究能力与人物在场的结合，这种人物将会被视为人类对价值回应的高级案例，会创造出强有力的论证。詹姆斯向我们强调，他的文本的道德主张本质上依托于那些高贵的人物的在场，他们同时是生活的能动者与诠释者，我们将把他们对生活的阅读视为我们自身的高级案例。在《卡萨玛西玛王妃》的序

[140]

言中，詹姆斯就对一位主人公的选择这样写道："在特别环境中能有特别感受力的人，会最大程度地做戏剧性同时也客观的**记录**，是唯一一种不会背叛、贬低、放弃事物的价值与美的可靠人物。正因为这个事物**对于**这种个体来说是有重要意义的，我们对它的认知也就是最真实的。"（《小说的艺术》，第 67 页）

在此我们看到，詹姆斯一如既往熟练地把好的人物和好的性格相结合，把生活中的好读者与小说文本中的好读者相结合；这两者反过来又为这个人物和文本**的读者**提供了平行的回应和视角，他们必须是某种得体的道德存在，否则他（或她）将明显降低文本的价值。最后，詹姆斯明确指出，在这一群人的意识中，以及他们背后，站着的是作者，这一切最终都是作者的责任，作者的自觉见证要么揭示生命的价值，要么通过忽视贬低生命。在序言中，作者将对生命价值和神秘感的倾力表达与人物面对世界错综复杂的回应紧紧地连接在一起。关于作者，他写道："对于小说来说，如果你内心没有事物的根源，没有生命的感觉和敏锐的想象力，那么在被揭示和确信的事物面前，你就是一个傻瓜。然而……一旦你**拥有**这样的武装，你就不会因没有资源而无助，即便是在面对最深刻的神秘事物之时。"（《小说的艺术》，第 78 页）同样，在《金钵记》序言的结尾，他详述小说家追求一种最高道德责任的努力，这种努力本身就是一种"行动"，带着"对生命的积极感受"（I. xvii）；而这种生命的积极感受正是"握住他的意识迷宫中那条银色的线索"，因此，为表达一种全新阅读中智识的"一般性冒险"，一种与已完成的行为或文本的重新对抗，将不会为"瞠目结舌地悔恨"留出空间（I. xxv）。

到现在为止，看似我们远远超越了直接的观点，进入了詹姆斯关于其写作任务的复杂概念的迷宫。然而事实上，如果不同时谈这个创造的文本，就不可能谈论在这个文本中所体现的道德观，它例证并表达了一种想象的回应，意味着关心我们，并为了我们将自身放在那里。詹姆 [141] 斯写道："艺术若是缺乏例证，那就不足为道；若缺乏积极主动，那就无所关切了。"（I. xxv）当然，《金钵记》中的"案例"，并不仅仅是这个或那个人物意识的冒险，正如至今为止我们的强调可能暗示的那样。是整个的文本，以一个人的想象努力得到展示，这个人在此作为特定人物展示自身，后者为了不贬低生活与作品的价值而阅读它们。我认为这个文本所展示的观念，其力量来自于这样一种崇高而美好的心灵的沉思，其关切那些想象生活中错综复杂的奥秘。如果这一心灵只是平铺直叙它的结论，如果它没有在我们面前展现其反思的丰富性，让我们能够追随和分享它的冒险，我们就很难看出这些观点对我们是否具有例证的价值。

　　一个更进一步的事实是，这个文本中所表达的观念很少在道德哲学的作品中提出并给予认真审视。对于我来说这并不是个意外。任何慎思的观念首先认为，这是一项直观感知和即兴回应的事务，在那里，一种固定的先行秩序或排序被视为一个不成熟而非卓越的标志。任何认为成年能动者的职责是带着敏锐的眼光和警觉，回应性地处理一个复杂的情况，在必要时准备根据新的经验，改变他或她对善的最初概念的观点，这都可能与某些古典的目标和道德哲学的断言相冲突。后者通常声称，通过使我们从当前的困惑中解脱出来，通过建立一个无懈可击的规则系统或无懈可击的计算程序来事先解决麻烦，而为我们带来进步。少有为直觉感知的优先性做辩护的哲学家。当他们出现的时候，他们会自然而然地总结出——就如亚里士多德所做的那样——道德理论不能是一种科学知识形式，这种形式把"实践事务"放入一个简洁的先行体系，就像亚里士多德转向对悲剧的关注，他们也自然而然地转向文学作品，以求从中获得有关实践智慧的启发。事实上，亚里士多德很清楚地表明，他的写作至多提供了有关好生活的"草图"或"概述"，其内容必须由经验给出，它本质的论点只能通过诉诸生活与文学作品得到澄清。[18]

　　为了展现亚里士多德"洞见取决于感知"这一观念的力量与真实，我们就需要文本——要么是与哲学的"概述"一起，要么是在"概述"之中——向我们展示出道德选择的复杂性、不确定性以及全然的**难度**。

就如这个文本关注的玛吉·魏维尔那样，文本还展示了那种孩子气，那种对生活的拒绝，她根据某个包含着不可违反的规则的系统将一切提前设定。这项工作不能简单地与那些采用"普遍性术语"的文本相伴——因为这种观念所强调的慎思的难度之一在于把握一种新的特殊事物的独一无二性。这项工作也不能由那些以硬邦邦或平平淡淡的方式进行言说的文本来完成，而道德哲学在传统上选择以此作为自身的风格。——如果没有加诸其上的道德的显著特征，这种风格又如何在能动者面前传达这种"实践事务"的令人困惑的复杂性？没有这种风格来传达这些，它又如何才能传达这种慎思智识的积极冒险：这种"思想的渴望与同情的旅程"（II.330）如何构成我们大部分的现实道德生活？ [19]

最后，没有对这种生动的慎思情境的神秘、冲突以及风险的呈现，哲学就很难将选择的价值与美以人性化的方式加以传达——因为我们已经暗示，有瑕疵、不清楚的事物有其自身的美，而不是一种低劣的美。詹姆斯同样在《卡萨玛西玛王妃》的序言中表达了这个观点："假如我们从没有走得更远，也许我们就没有什么可讲的故事，也许我们就是无所不知的超自然生物；然而我们的生命会无比单调，因为人类的缺陷不会来打搅像奥林匹亚山上的诸神那样无趣至极的生活。"（《小说的艺术》，第63—64页）这种想法——人类慎思是一种个性的**冒险**，这种冒险承担着非同寻常的困难，并处在可惧的神秘之中，**并且**事实上这是其美与丰富性的来源——是那些用传统的哲学风格书写的文本最难以向我们传达的。假如我们的道德生活是一系列"故事"，在其中神秘与冒险扮演了核心且有价值的角色，那么看似关于这些生活的"知性报告"需要故事的讲述者具备能力与技术。（以此，我们看出，詹姆斯不仅是其专业意义上的职业小说家，他还以这种形式表达他的道德观念，如同一位道德观念的知性创造者，他在小说中将其具体表达出来，因为只有在这种形式中他才能完全并且恰当地表达它。）

如此，这些评论暗示：存在着不少道德真理的候选者，对此，简洁平淡的传统道德哲学无力表达，而《金钵记》却能做出精彩的表达。只要道德哲学的目的是通过对各种有关善的观念的检验来给予我们对人性之善的理解，那么这一文本及其他文本就似乎是这种哲学的重要部分。然而我们在这个部分的开端已经谈过，道德哲学的目的并不仅仅是简单的理论理解，而且还与实践有着关联——这意味着对人性之善的哲学研究不可分离、不可脱离于苏格拉底式对话者的工作或者读者自身的道德

[143] 直觉，这种直觉将会让读者对他或他的道德目的有更清晰的认识。[20] 我们现在必须要考察的，是这个文本的读者的活动和回应——一种詹姆斯经常强调的活动，或通过直接评论关于"我们"、某些相关的观察者，或是某些人（I. 125）可能找到对那些事件的言说与感受；或者也可以通过将文本中的两个人物，阿辛汉姆夫妇纳入其中〔在所有人物中，只有范妮被推荐为"我们的朋友"（II. 162）〕，他们的作用，就如古希腊悲剧的歌队那样，在于他们对见证事件做出解释（这个想象的读者与负责任的作者的想象之间的联系多次被提及，并在序言中明确表达，其主题是作者对其所创作的作品的重读）。我们的问题必须是：读者一方怎样的活动能够最好地满足这种苏格拉底式的评估过程的目标？

我现在想要表明的是，这篇小说读者的冒险，就如小说中充满智慧的人物冒险那样，涉及那些并没有被传统道德哲学看重的人类道德经验的重要方面；也因此，通过我们的道德直觉来完成这项事业将是必要的。因为这篇小说唤起并发展了我们以包含着思想和感情在内的认知来面对神秘的能力。阅读这些语句和章节将是投入一项探索与阐明的活动，这种活动要行使能力，尤其是情感与想象的能力，而这些很少得到哲学文本的利用。[21] 但是这些能力至少非常值得被看作道德评估过程中的重要部分。在他的序言中，詹姆斯谈到将一种对他小说的阅读看作"一个人知性冒险的记录和镜子"（I. xix）。假如传统哲学文本不能记录这整个冒险，并召唤所有能力参与其中，那么这将是一个好的理由来认为苏格拉底式事业需要像这样的文本来得到完成。

我们到现在为止所谈的小说的理想读者非常像小说第二部分"理想化"的玛吉·魏维尔。这个读者对于情境中的每个细节都有着活跃的思维和感受，积极地感受并关心所有的相关人物——因此在他或她关注的完善中变得更为正确。然而我们已看到，这种"理想"并不是这部作品关于人类实践智慧的整个故事。我们知道，在有伟大的爱存在的地方，[144] 其另一方面或许存在着一种悲剧式的必要的盲目。我们现在想要知道，我们道德生活的这种特征是否在作者对故事创作的责任以及读者对小说的回应中占有一席之地。换句话说，文本自身是否对意识的瑕疵性质有所认知，这种意识生产文本，并依次从作为读者的我们那里引发对自己的不完美性的认知？

我想说明它确实从两个方面做到了这些。首先，在与这个文本的相处中，或许就如与英语文学中少量其他作品相处时，我们对每一点上自己注意力的不完美印象深刻。我们注意到，我们倾向于错过细节，跳过一些事物，在追寻其他解释时忽略了特定解释的可能性。对我们自身瑕疵与盲点的意识（首先这是詹姆斯后期风格的十足难度创造的）被范妮时常出现的自我批评，对她此前有缺陷的"阅读"的不断修正所增强。这种意识同样被作者/读者称呼的"我们"不断提醒：我们的关注是有限度的。像"在这个他关照我们的时刻"（I. 3）、"在这个我们与她面对面的特别时刻"（I. 245）、"我们有时间去贴近观察"、"我们刚刚在路途上遇到的"（I. 163）这样的句子提醒我们，我们的道路是唯一的道路，并且作为人类的我们不能无时无刻不追随所有交织混杂的道路。作者的声音同样提醒我们，即便我们去关注，就如所有的人类那样，我们的注意力仍是有利益牵涉的和解释性的。我们被告知，如此这般的事物在某些事件中"对于我们而言……是主要的利益"（I. 326），并且我们看到"我们尝试分析的，这些我们对意识、经验的摸索和矫正"（I. 319）的观念。在所有这些时刻，作者把自己人性化地置入他的文本世界中，并把自身作为有局限的和人类的冒险者与我们连接起来。

这正是这部小说的明确设计所应该具有的样子。在他的序言中，詹姆斯告诉我们，他已经选择避免"那种含混的、不负责任的'作者身份'"，而是成为一位在其工作中负责任的（以及我们怀疑，因此是负疚的）能动者。他继续说："这并不是因为冠冕堂皇的'作者身份'在此不**加掩饰地**指令一切，而是当我正在摆脱、否定对其需要的时候，我又需下沙场，为了生活、为了存在，为了与参与斗争的人一起进行拼搏。"（I.vi）——他不久后所描绘"或多或少受伤流血"的那些人。詹姆斯在此含蓄地批判在英国小说中的一个传统，因为该传统在作者的声音中创造了一种角色，这一角色不具有人性的限度，因此也不会为我们指明理解我们自身限度的途径。[22] 那么，《金钵记》看起来是一种将小说自身从纯粹知性职责的伊甸园中移出来的尝试。

[145]　这项工作的核心，以及至少像零散的第一人称评论那样重要的是：由于它选择了自我参与的美德，知性为文本注入活力成为事实，我们可以说，正因它关注一个个角色，它将自己送抵我们的冒险意识无法企及的那种深邃迷雾中。当我们小心地追随并回应玛吉，通过她聪颖的双眼观看世界时，我们几乎没有注意到我们自身快速地与夏洛特的距离越拉越远，我们会变得像玛吉一样对夏洛特生命内部的痛楚变得盲目。文学评论家有时说小说的第二部分展示的夏洛特是一个在道德上非常肤浅、内在生命贫乏的人物。但认为夏洛特并没有表现得那么肤浅，会更为准确，也更为符合所宣称的詹姆斯的设计精神。是玛吉，因此也是我们，相对于夏洛特显得更为肤浅与贫瘠。最终，夏洛特及其痛苦并没有被揭示而是被隐藏了起来。[23] 我们对玛吉的积极关注，以及我们接受邀请，去看玛吉所看的东西，使我们（这个"我们"由作者和读者组成）对道德世界这一部分视而不见。〔在第二次和最后一次对这位女性的内在生活进行感受的时候，詹姆斯通过称其为"在这一瞬间我们对她的关注"（I.245）来强调该事件的奇特性〕。詹姆斯告诉我们，当我们选择去使用回应性的注意力时，这种注意力使得其人物的"孤独""取得了合

法性"（I. 245）——这跟生活中一样，我们的孤独的分离取得了合法性，从未因其他人的关心而被移除。夏洛特，失去了我们对她的关注，最终成为我们的"宝塔"：一个"极好的"的事物，"肯定存在"（II. 356），在我们之间"居高而坐"（II. 358）——在此詹姆斯意味深长地加了一句："就如人们所说的那样。"是的，就如人们所说的那样，我们的对话和回应都无法进入这种孤独、痛苦以及沉默。没有一扇门看似为进入这个便利的花园提供入口，那个"巨大的装饰表面"保持着"持久的不可穿越与不可预测"（II. 4）。

那么作为读者，将作者作为我们的向导与合谋者，我们吃下了这个金色的果实。怀着怜悯和畏惧，我们将我们的双眼深深埋藏。[24]

尾注

这篇文章是我在这个哲学／文学计划中的首篇作品（除了古希腊哲学研究工作的进展）。它是我在写作《善的脆弱性》过程中写的，是我第一次尝试以一般性方式提出这部作品中的那些问题，为一般的哲学读者所写。这种一般性的探询始于一种对一部特殊的小说及其人物的持久的爱，并非偶然。 [146]

当我在美国哲学协会上发表这篇文章的时候，它得到了理查德·沃尔海姆的评论，帕特里克·加德纳则在牛津大学类似的会议上为它做出点评。这篇文章以及这组评论此后在《新文学史》杂志上刊登，与此一同出现的还有希拉里·普特南和科拉·戴蒙德对其的评论。我对这些评论的回应以独立的篇幅出现在刊物上。但这篇回应并没有被收录在本书中，因为它依托于其他那些文章。他们所提出的一些最重要的观点以不同方式渗入了我对这个主题的思考。沃尔海姆关于哲学评论重要性的看法（我在本书"爱的知识"和导论中进行了介绍）现在成为我的思考核心。我现在认为，他关于小说如何引领读者走出道德范畴的方式同样具有极大的重要性（参见本书导论、"感知的平衡"以及"斯蒂尔福斯的手臂"）。普特南对于道德感知的批判推动了我后来对詹姆斯／亚里士多德立场的澄清：它们在"洞察力""'细微的体察'"以及"感知与革命"中得到了明确详尽的讨论。戴蒙德那篇有价值的文章激发了我对"制定方法"更多的反思（参见本书导论及"感知的平衡"）。

那么，剩下的就是介绍帕特里克·加德纳关于我对这篇小说的阅读以及对美学意象的使用所提出的有价值的观点。这一点我在"'细微的体察'"中曾一笔带过，然而它的重要性仍需要我们进一步地讨论。就我关于魏维尔一家的伦理思考中所进行的美学想象力功用的讨论上，加德纳论证指出，在小说的后半部分，这种审美化并没有被完全根除，而是通过新的方式被变相使用，向我们展示了美学活动和道德观念之间的丰富关联。特别是，将我们与他人的关系与我们与艺术品的关系相对照，会以某种方式向我们显示，一种伦理性的关切有着细腻感知和回应性感受，并摆脱了个人的憎恨、愤怒以及嫉妒，这些情感太过经常地出现在我们的人际交往中。因此，尽管存在其缺陷，但玛吉的早期态度已拥有了推动其后来成长的积极元素。

加德纳通过一个令人吃惊的例子提出他的观点：在玛吉与夏洛特对峙的场景之前的一个场面中，她通过窗户观看集结的人群，她看人群的方式就好像在看一幅画：

> 她一直走着，也时时停下脚步。她又止步看了看吸烟室，而此时——宛如认出这一景似的，她被紧紧吸引着——她好像在看一幅画，其中曾诱惑她、让她逃开的，已经绝迹了，那是为何她一开始没有任由她的委屈放肆地发怒。她看着他们，觉得有可能错失了，再也找不回来；觉得自己有可能一直渴望着要直接报复，有憎恶的权利，发出嫉妒的愤怒，表达激烈的抗议，尤其因为自己被欺骗了……从窗户看到那一群人组成的样子**告诉了**她为什么，告诉了她

该怎么做，好像用坚定的双唇说了个名字给她，直接**对**她说了名字，如此一来，她就得全盘面对此事，也因为全部的事实一股脑儿地要她承担，所以其他衍生出来的关系也如法炮制。真是太不寻常了：他们确实使她理解到，如果用的是立即式的反应，用的是按照惯例又可满足自己的方式来感受他们，就等于是弃他们不顾，而弃他们不顾可是件难以想象的事，真是妙啊；因为那些方式通常是被激怒的无辜者以及遭到背叛的慷慨者才会用的。

　　他指出这个场景与之前场景之间的显著反差，坐在这些人**之间**的玛吉，正想着怎样抛弃这些人，并任随她的感受被嫉妒所占据。在此，这种近乎审美化的疏离体验，与一种远离了更为自私和盲目的情感相结合，从而实现一种平衡与积极的普遍同情。

　　我认为这是正确的且极度具有感知性。它向我们展示了一种詹姆斯的道德观念，某种在其他小说中也有所体现的事物（参见"感知的平衡"以及"感知与革命"），并且关于"什么情感值得信任"，也是詹姆斯不同于普鲁斯特之处。（参见"爱的知识"以及"斯蒂尔福斯的手臂"）。然而我们应当补充，我认为这种新的与正确的审美态度和玛吉之前对审美意象的使用之间存在着至关重要的差异。她之前的审美化否认了那些如此受到尊敬的人的活生生的人性，这是一种区别于积极的爱以及责任感的审美主义。相反，这种新的审美化，总是能将其对象设想为鲜活的、有所需要的、有主张要表达的。这幅画更像是一段戏剧而不是一幅画（戏剧性意象在小说这一章之前的部分被经常应用）；看上去这群人在向她讲话，坚持不懈地让她明白他们的需求与她的责任。那么，审美化就会与伦理关切和爱相分离，其自身并不是正确的保障。但对于詹姆斯来说，这种审美主义或许也并不是一种对艺术的充分或完整的爱——就如他对吉尔贝特·奥斯蒙德的塑造暗示的那样。可以肯定的是，对詹姆斯而言，这样一种非道德（nonmoral）和非爱（nonloving）性质的审美态度，并不是一种完整或者完全正确地阅读这样一部小说的正确方式，因为它包含了——就如他经常告诉我们的——一种"投射的道德"。

"洞察力"的新的拓展版本更加详尽地讲述了在小说的第二部分中玛吉新的慎思方式，它将这种分析与亚里士多德式伦理观念联系在了一起。

注释

1. 所有页码均引自《金钵记》纽约版（1909）。其他作品的序言引用自詹姆斯的《小说的艺术》纽约版（1970），以下简称*AN*。其实，这段话摘自小说的结尾而不是开头，参见边码第 134 页。

2. 王子在这里指的是他和夏洛特因为另一对的天真而被迫假装得异常天真。关于魏维尔的伊甸园状态的引用贯穿始终，而且频繁到无法一一列举。（除了文中讨论的 I. 335 和 II. 367 之外，仅举几个例子，请参见 I. 78、187、309、385，393—395。）

3. 伊顿广场，结构坚固，洁白无瑕，甚至在詹姆斯时代之前，就已经是"体面的同义词"（苏珊·詹金斯，1975 年版《伦敦的房东》第 82 页）。对这对夫妇来说，代表着远离俗世纷扰的地方："行事'范围'也包括波特兰道，它没有丝毫伊顿广场那种大格局，这是他们另一个颇为反常却又美好的机会。"（I. 320）我们还应该注意到，玛吉最初试图通过室内装饰使波特兰道也能体现她的道德抱负："她站在那儿转来转去，展现出的姿态总是证明，她正进行着个人完美的程序。她有个特征，不管什么场合，**看到**她的时候她都已经准备停当，没什么尚未打点好的，看不到没戴好的饰品，多余的也都移除了。她家里的布置尽管辉煌，但稍显壅塞，纹饰过多；从被清空和装饰的东西可以看出，她对于秩序和对称性的要求细小但坚定，物品要背靠着墙放，甚至似乎在说着，流在她体内的美国血液，要把新英格兰的祖母们，全都掸得一尘不染，磨得晶亮。"（II. 152）

4. 比较西格蒙德·弗洛伊德《性学三论》（*Three Essays on Sexuality*，1905）、《西格蒙德·弗洛伊德心理学著作全集标准版》（*Standard Edition of the Complete Psychological Works of Sigmund Freud*，1953—1972）VII，

第 207—243 页。

5. 参见 I. 135—138，特别是："倒没有醒目的转变，回想起来也没有需要激烈调适的问题出现。"（I. 135）；"呵，要是他有那么点儿棱角！——接着会发生什么事，又有谁知道呢？"（I. 137）。亚当将王子的"圆融"与"和你生活在一起，你会是块纯净又完美的水晶"（I. 138）的说法联系在一起。

6. 见第 I. 398 页，范妮这样评价亚当："但整个重点在于，他并没有和夏洛特真的在一起两年——或者你可以说，要是连着一起算的话。"鲍勃回答道："你的理论，玛吉也没有，哦，不管是'真的'或是'连着一起算'，和王子在一起四年，对吧？正因为没有……玛吉的天真无知才解释得通，我们也才这么欣赏她。"

7. 里昂·埃德尔在他的传记〔1971 年版《大师》（The Master）第 222—223 页〕和斯蒂芬·斯彭德在他关于这部小说的文章中都指出，这段话表明詹姆斯本人对身体亲密关系这一事实有了新的认可。斯彭德写道，我们在作者身上看到的是"一个人，在克服了巨大的抑制之后，全心全意地接受了人们爱的观念"（引自埃德尔语，第 222—223 页）。

8. 参见 I. 307，夏洛特说她现在知道她和亚当永远不会有孩子，并肯定地说这不是她的错。（我想，她之所以能在这个时候如此肯定，是因为他的阳痿或不情愿，而不是不育。）

9. 比较西格蒙德·弗洛伊德《性学三论》第 227 页："然而，在人生的每个阶段，都会有一些掉队的人，有些人就终生不能摆脱父母的权威，他们的真情也几乎无法从父母身上转移开来。这种情况多见于女孩，她们一直停留在儿童对父母的喜爱之中，与父母无话不谈。有趣的是，恰恰正是这些人，在今后的婚姻生活中往往无法尽到一个妻子的本分。她们性情的冷漠和性爱上表现出的冷淡，都无法给自己的丈夫带去应有的满足。"（中译本参考浙江文艺出版社 2015 版，徐胤译——译者注）

10. 金钵本身让人想起乔治一世送给兰姆家族一位新生儿的钵，这给詹姆斯在 1902 年访问苏塞克斯时留下了深刻的印象（见埃德尔作品，第 209 页）。显然，还有《传道书》12：6—7 的典故（银链折断，金罐破裂……尘土仍归于地，灵仍归于赐灵的神），以及布莱克所说："智慧可以保存在银杖中，/ 或者爱可以保存在金钵中吗？"但是，从那个钵是一块有瑕疵的水晶这一事实，以及在其他地方反复出现的关于水晶完美纯洁的暗示，却没有做任何解释这一点，让我们推测这极有可能是在暗示这个伟大爱情传说中众所周知的象征意义。〔关于这个钵的复杂象征意义的其他方面，参阅昆汀·安德森 1957 年版《美国人亨利·詹姆斯》（*The American Henry James*）。〕

11．在小说中有很多地方用带有美学色彩的"极好的"（splendid）这个词来赞美一个人，对此进行审视是颇具启发性的。这通常表明这样称赞一个人，就是拒绝给予那个人适当的人性温柔和关怀。

12．有人可能会问，是否表明我们所知道的家庭结构中存在的特定紧张以各种方式呈现为它们是人类生活的基本特征。没有地方比在《理想国》中更为勇敢地提出这一问题，它确实论证指出我们最麻烦和普遍的道德冲突根植于家庭，可以通过消除家庭来消除这些冲突。但柏拉图也意识到，这将包含塑造人类，特别是关于他们的依恋和情感，与我们所知道的任何事物截然不同。

13．例如，参见 II．42—43、II．263；比较范妮在 I．365—379 的描述。值得注意的是，在玛吉"开始生活"在人类世界的时期，她对自己的想象往往是这些形象，它们与出生或出生的愿望联系在一起。参见弗洛伊德《梦的解析》（*The Interpretation of Dreams*，1900），标准版 V 第六章 E 节。

14．关于这一联系，我发现阅读安德鲁·马丁《无知的起源：伊甸园中的无知与全知》关于创世纪的第一章很有启发性。该文刊载于《哲学与文学》第 5 期（1981）第 3—20 页。

15．比较亚当用钻石作为一种棱角的形象，这种形象据称是阿梅里戈所缺失的："我站在这儿就看得一清二楚——每一个都突出来——全部用建筑工艺切割而成的钻石会将人柔软的那一面刮伤。人是可能被钻石刮伤的——那伤口肯定最平整——不过也有可能只是被胡乱切一切罢了。"（I. 138）。

16. 这一刻是由另一种对看法的拒绝提前准备好的，就像这次一样，是一种温柔的表达，为爱打开了道路："她跪下来，双臂放在窗边的椅子边缘，她遮住双眼，因为光线透进来太耀眼，她了解了他的想法，就是不管发生什么事，都要等在她身边。有很长时间，她感觉到他在向她深埋的脸靠近。"（II. 294）。

17. 比较约翰·罗尔斯在 1971 年版《正义论》第 46—53 页中关于道德理论的苏格拉底性质的评论。罗尔斯将这一观点的原理从西季威克追溯到亚里士多德。我在收录于《语言与逻各斯》（*Language and Logos*，1982）中的《拯救亚里士多德的现象》一文中讨论了亚里士多德的观点，另见《善的脆弱性》第一章，以及本书导论和"感知的平衡"。

18. 关于"草图"及其与特殊直觉判断的关系，参见本书"洞察力"一章以及《善的脆弱性》第八章及第十章。关于文学故事作为经验扩展的进一步评论，参见《善的脆弱性》第六章。大卫·维金斯的《慎思与实践理性》一文所描绘的慎思图景与此处概述的内容密切相关，此文刊载于《亚里士多德学会学报》第 76 期（1975—1976）第 29—51 页。

19. 这些想法与艾丽斯·默多克的《善的主权》（1970）中所追求的一系列论证之间有明显的联系，我在《善的脆弱性》第二章中讨论了她有关想象力工作的道德重要性的看法。

20. 如果有人认为要在道德理论和道德教育之间做出明确的区分，下面的内容可以看作这部作品对道德教育的重要性的评论。然而，由于我所研究的道德哲学概念使哲学对善的说明成为教育性的产物，让文本和读者之间产生了苏格拉底式的交流，读者可以积极评判这个文本多大程度对他或她的伦理经验做出了解释，我将指出似乎读者的活动与道德哲学有关。关于"道德"与"伦理"以及"哲学"与"理论"，参见本书"感知的平衡"一章注释2。

21．在小说中，对想象、反思以及慎思中感受的解释得到了颇具启发性的表达（与号召）。在更进一步的审视中，这作为最引人入胜的贡献得以显露。我在本书"灵魂的虚构"一章中，参照普鲁斯特进一步讨论了这些问题。

22．从詹姆斯的其他著作中可以明显看出，乔治·艾略特是他的主要目标。

23．詹姆斯的笔记显示，小说起初的暂定名是《夏洛特》（见埃德尔作品，第572页）。很久以前，这篇文章也是作为一篇关于夏洛特的文章开始的。这看似证实了之前的说法，即文章最初的目标是将注意力集中在夏洛特身上，但由于作者／读者对玛吉无处不在的关心和关注而受挫，玛吉或多或少不可避免地"取而代之"了。这会是詹姆斯自己创造的经历吗？或者他有没有想过给小说起一个标题，让我们看到小说中的沉默的核心重要性，就像它的实际标题指出，我们在人类回应中产生的这些沉默的瑕疵那样？

24．我要感谢丹尼尔·布鲁德尼、斯坦利·卡维尔、阿诺德·戴维森、盖伊·瑟切洛和苏珊·沃尔夫对本文早期草稿的宝贵批评；尤其是感谢理查德·沃尔海姆和帕特里克·加德纳，他们分别在美国哲学协会太平洋分部和牛津哲学协会发表了对这篇论文的评论。我特别感谢大卫·维金斯，他带我参观了小说中设定在伦敦各处的原型，帮助我了解了它们的历史。总的来说，他让我了解了"在一个钟头的时间里变幻出辉煌的气氛，而只有伦敦知道它是怎么办到的"（《金钵记》I. xii）。

第五章

"细微的体察和完全的承担"：文学与道德想象

亨利·詹姆斯在谈到道德想象力的任务时说："面对持续的混沌之力，我们认真看事物、认真展示事物的努力并不是一项闲散事宜。"[1]我们生活在各种令人迷惑的困扰之中。愚昧和缺乏远见是我们的顽疾。想要从黯然的生活中夺回敏锐的洞察力，我们就要付出艰苦的、辛勤的努力以及对特殊事物的敏锐观察。我们最高级别的也是最艰难的任务，是使自己成为"无所错失"的人。[2]

对于向往好生活的人来说，这就是伦理任务的要求。在此背景之中，它同时也是对文学艺术家任务的要求。詹姆斯经常强调这种类比："从某种方式上看，道德想象力的工作，与创造想象力，特别是小说家的创造想象力工作非常相像。"我期望能够研究此种类比并理解这种类比的深层意义：为什么这种道德关注和道德视域的概念总能在小说中找到其最恰当的表达。甚至，根据这种概念，为什么小说本身就是一种道德成就，为什么好生活是文学艺术的结晶。

尽管根据这种道德概念，詹姆斯小说具有这种价值，我们从他的作品中得到了这种价值，不过我的目的是以超越狭隘的兴趣来推荐它——事实上是把它视为对这些事项的最好解释。然而如果我只是成功地建立了一种薄弱的主张，即它是真理的一个主要候选者，值得我们在研究道德哲学时进行最严肃的审视。这就是我们把这些文本纳入道德哲学的充分原因，这样道德哲学才能得到最恰当的表达。我会论证詹姆斯的小说正是这样的文本。所以我会为我的内容提供更多的支持，以证明小说是不可替代的道德哲学作品。然而我还要走得更远。我会试着明确表达主张并对其做出界定，小说能够成为道德行动的范式。我把自己的讨论限制在《金钵记》这部作品，[3]这样可以依托之前的解释。[4]

我从在一个片段中审视道德关注与洞见的本质开始。在此片段中，[149]两个采取利他行为的人，并不依赖义务的规则，而是根据需要即兴发挥。这导向某种对于在道德判断与学习中规则与感知之间互动的反思：对于"平淡"的价值，感知困惑的"神秘湖泊"，"捕捉到诀窍"和找到"基础"的反思。最后，我会探究詹姆斯在道德关注与我们对艺术作品关注之间的类比。简而言之：我开始评估文本的道德贡献，这些文本叙述了致力于价值的经验，使用"大量的措辞——感知的和表现的……在句子、段落和页面中，俯视着业已存在的表达方式——或者说，就像警觉的有翼生灵，歇栖在那些越来越尖的峰顶，向往着更清冽的空气"（《金钵记》序言，I. xvi—xvii）。

I

如果不进入那些词语与句子，我们如何期待去面对那些人物及其困境？这些语句的婉转与迂回传达了它们困惑的清晰及其不可定义的精确。任何关于我们可以在不丧失道德品质的情况下解释这一场景的借口，都会让我将要进行的论证落空。我因此对《金钵记》第五部第三章中的引文做出预先假定。事实上，为了尊重其"关系之链与责任"，我假定整部小说都引用了这句话。以下是评论。

这个女儿与这个父亲必须抛弃彼此。在这之前"曾经，不管发生什么事，他们总能永远地**拥有**彼此……会一起做的，全都相符一点不差：一种充满各种可能性的安排"（II. 255）。然而事实上并不是所有的可能性都与这个安排相互兼容。他爱着她，但必须容她离开，容她与丈夫生活在一起，作为真正的妻子去生活；她也爱着他，她必须要找到一种方式，一种让他在离开时像一个"伟大、深沉又伟岸的"男人、一个有着不容侵犯的尊严的男人那样的方式。在"肯特郡森林""周围一片金光"中（II. 256），他们"逆风航行""穿过沙洲"（II. 264）；通过一种相互且持续的道德努力，他们做出了决定，并走到了终点。而且，（在这种丁尼生 [5] 式的形象中）这更是他们与死亡的交锋：她接受自己的童年以及包罗万象的爱的死亡（她离开伊甸园，走向生与死的世界）；他接受了一种从此以后没有她的生活，一个死亡之地。作为女性的新生杀害了他，这令她心怀负疚；他"**献出**自己当牺牲品，拿自己压迫着她——他了解她的最佳选择，知道了他自己的路"(II. 269）。这是开始我们探究的合理之处，因为这些被记录下来的行为可以说是道德的范例：他的牺牲，她对他尊严的维护，他对她独立和自主生活的认可。

　　这一场景始于逃避，逃离两难处境而进入不复存在的纯真童年之中。因为，"挺神奇的，好像他们一起上了某艘小船，划呀划地驶离岸上那群丈夫和妻子，以及一大堆的纠葛，连空气都因此变得湿热"（II. 255）。他们像"以往"那样一起"溜走"（II. 253），他们在"隐蔽的长凳上"休憩，远离"感受了很久的压力，虽然从未说出口"（II. 254），这种冲突由其他

[150]　关系所强加。他们可能再次成为伊甸园中唯一的男人和女人。他们"再一次地"沉浸在"内在的幸福中，也许不过半个小时，仅仅是女儿和父亲"（II. 254—255）。他们的任务将是在不污损它的美的同时，离开这种幸福。

　　困难真的足够多了。对她来说，抛弃那个她强烈地爱着的男人，抛弃那个抚养她、保护她、笼罩她的父亲，那个真的也只爱她，为了未来的幸福而依靠她的父亲，这对于她来说难道不是程度最深的痛苦和负疚吗？在这种情况之中除非驱逐她的父亲，否则她就无法去爱自己的丈夫。但是如果她驱逐她的父亲，他将生活得不幸福并孤单地死去。（并且，难

道她不是把他视为一个失败者，认为她的生活既堕落又空虚吗？）那么，玛吉发现自己希望"与他一起逆流时光之河并沉入似水的温馨回忆中"（Ⅱ. 258）不足为奇。有勇气去成为她强烈渴望的人，并去做她强烈欲求的事看起来是，并且实际也是太骇人了，那是一种对忠诚的残忍拒绝。然而，如果她的全部世界不是建立在忠诚之上，以及他的伟大形象之上，那么她的整个世界又建立在什么之上？这样我们就不奇怪，在这场意识危机中，她会把对丈夫的欲求感受为一种麻木的寒意，并且会控诉它："我现在……自私冷酷得硬邦邦的。"（Ⅱ. 265）

这是道德上的痛苦，而不是简单的女孩式的恐惧。减少她原有的、有关他无处不在的孩子的感受并没有解决她的问题，还让问题恶化；因为把他看作有局限的，不过是个人（视为亚当，而不是造物者），这会让她看到，在没有她时他得不到任何东西。并且在这种痛苦中，她甚至严肃地想要反悔并回到他身边："只要依旧生活在一起，为什么他们不能永远住在一条船上呢？"（Ⅱ. 255）。在追寻这个想法的过程中，她需要行使能力，用一些普遍性的措辞来表达关于"一个人必须总是要做"的事。叙述者说这种"简要"的言语"无疑太常见了，即使现在她身处危险的状况"（Ⅱ. 258）。——这种抽象化倾向以及"固定用语"的使用与她在过去和当下拒绝面对她自身特殊背景的独特的、矛盾的特质联系在了一起。

我说这些的目的在于指出此处所发生的道德难题，以及他在解决这一难题的自我牺牲行为中所取得的道德成就。一般性的牺牲观念——也就是他与夏洛特一起去美国——其本身并不解决问题。因为这需要在恰当的时间，用恰当的方式，以恰当的表达来提供时，它才会成为解决之道，以此方式她接受这种解决方法。以不压制任何隐藏在她身上的忠诚和负罪感来提供解决方案，他清楚地知道如何来压制；他以高尚与美的方式放手让她离开，这样她能够爱并且发现美好。那么，为了放手让她离开，他必须真的放弃她；他必须全心全意地**愿意**放弃她，只有这样她才能看到，他**已经**"了解她的最佳选择，知道了他自己的路"。

玛吉谈到她对阿梅里戈的激情时说，当你深陷爱情之中时你将超越嫉妒："当您爱得深不可测又无法言说的时候……没有任何事阻挡得了，您会坚不可摧。"（II.262）接下去发生的是，她父亲以特定的方式观察她：

> 话语中的热情轻轻地脉动着，暗示有个人意识清明地在温暖的夏日海洋里漂荡、发亮，某种元素像令人目眩的蓝宝石和银光；有个人在深渊上面成长，因于危险中依然浮升不坠，身处其中不随势而动，害怕或是愚蠢或是沉沦都是不可能的——她很可能正沉浸于狂喜之中，据推测，想当年也没几个人相信他给过别人或是接受过这种狂喜的状态，而现在这一切因为他谨慎又半推半就地同意，再度出现在他面前。他坐了一会儿，好像知道自己不可以出声，几乎像是受到告诫一般，而且不是第一次了。然而，带到他面前的，与其说是他错过的，还不如说是她得到的。……可以进一步把它当作知道——知道若是没有他，什么事都成不了：那是最不会错过的了。"我猜呀，我不曾嫉妒过。"他终于说话了。

[151]

她对此回答："喔，爸爸，我说的没有任何事阻挡得了是指您呀。您坚不可摧。"（II.263—264）

这段文字记录了一个有着深刻意义的道德成就。在这个精致的美与抒情的图景中，亚当意识到他女儿的性以及依自己心愿的成熟。甚至，他希望她能够得到自由，希望她言语中的那份激情转化并实现为闪闪发光的愉快生活。他赞成她的欢愉并期望成为对这种欢愉加以赞许的旁观者，而不是它的障碍。与此同时，他放弃了他自己的所得——甚至放弃去问自己可能得到什么或者可能得不到什么。（因为凡是带有嫉妒或者忧虑的问题，哪怕是最简单的问题，也会导致翻船。）他这一形象的意义也更多地引发我们的共鸣，如果我们回想起他一贯看待玛吉的方式（以及希望她成为）像"某种瘦小的、衣饰披垂的'古董'，仿若梵蒂冈式或卡皮托利诺式大厅中可见，式样既优美又新颖，像是稀有的记号……仍保留原有塑像的质地，圆满而又完美"（I. 187）。这种形象（与她显而易见的合谋一起）否定了她积极的女性气质，也否定了她作为一个独立自主的选择主体的地位。在这些人物的思考中，通过水的意象及其运动，它所表达的是想要收藏并留存她的愿望，想要使她远离那些经常谈到的危险的愿望。现在他期望她运动并充满活力，在海洋上自由地漂游——甚至不受他的小船的限制，或是受制于过去的"收缩的水盆"的限制，更不会因罪责感而"冷酷得硬邦邦"。

　　我们可以就此谈论很多关于这个图景的道德意义。首先，作为一幅图景，它的确是有意义的——不仅因为它与随后的言行举止之间有着因果关联，而且就其自身而言是一项道德成就。当然，它有着重要的因果上的意义。他此处与后来的言行都从此衍生，并从此获得基调的正确性。但是假定我们重写这个场景，为的是赋予一个不同的形象以同样的言行（甚至，虽然保持精准的语调**并不可能**）——或许是一句冒犯的言语，或者是一个伴随她游泳的愿望，或者甚至是一个想要她溺水的愿望——在任何那样的案例中，我们对他的评价将会有所改变。[6] 此外，这幅图景在他的道德活动中起着关键作用，如果把它仅仅看作行为的前提，就无法捕捉到这一点。我们想说，**此处**正是他的牺牲、他的关键道德选择发生的地方。在此，在把她描绘为一个海上造物的过程中，他的放弃举动令我们感动，并感到悲伤和敬仰。他"了解她的最佳选择，知道了他自己的路"——在此詹姆斯告诉我们，牺牲**是**一种想象力诠释的行为；它是一种对她所处情境的感知，她作为一个自由女性不受他的愿望所限制。并且这与亚当公开的言辞如出一辙：他的言语成功之处在于其直接地理解玛吉言辞里的意思和微妙之处，并且用最好的方式去"领悟它们"。 [152]

　　那么，这个形象在道德上是突出的。我想就这一形象的突出之处多说一点。它首先让我们感到震撼的是其全然闪耀的美。亚当看待女儿性征的方式，只能在抒情诗般的美妙语言中被捕捉到。这告诉了我们有关他的道德想象力的很多东西——这种道德想象力是敏锐和高级的，不简单也不粗糙；是精确的而不是粗略的；是具有丰富色彩的，而不是单调的；是充满活力的，而不是勉勉强强的；是慷慨的而不是吝啬的；是充满爱意的，而不是陷入沮丧的。对于这种道德评价而言，这一形象的全部特殊性是具有相关性的。假如我们读到"他把她看作一个自主的存在"或"他认识到了他女儿的成熟的性征"，或者甚至是"他把他的女儿看作一个在海中游荡的海洋生物"，我们便失去了清晰感、表现性的感受以及令我们感动的慷慨抒情。与之相关的是，他的想象不是一个平淡的事物，而是一件艺术品；它有着所有詹姆斯通过这些词语捕捉的细节、声调和颜色。它不能被任何的改述所捕捉，因为改述自身并不是艺术作品。

这段文字还暗示了更多东西。"可以进一步把它当作知道——知道若是没有他，什么事都成不了。"准确地说，以这种方式把她视为一种海里的造物，就是去理解她，去理解他们的处境，而不是去忽略任何其中的细节——简而言之，就是成为一个"无所错失"的人。詹姆斯暗示，道德知识，并不是简简单单从认知上对命题的掌握，它甚至也不是简单地对特殊事实的掌握；它是感知。[7] 它是以一种特别敏锐且十分具有回应性的方式来看待复杂、具体的现实；它是用想象力和感受来领会在那里的事物。理解玛吉意味着去看待、去感受她的个体性，她的幸福，意味着去认知所有一切而不遗失任何细节。假如他掌握了同样那些一般性的事实，但缺失这些具有特殊性的回应和想象的话，那么他就并不是真正理解她。

之后，她也取得了与他同样的道德成就。她把自己控制在一种极度的张力中，接近于他需求的复杂性，焦虑地护卫着这堵立在他们之间寂静的"薄墙"（II. 267），还焦虑地防范着将会损坏他的尊严并阻碍他们"最佳可能性"的坦率之语。她的警惕，她沉默的注意力，她强烈的关切，都作为道德行为摆在我们面前："那段时间里，她全身心都知道，虽然用的方式不同，但平衡的形式正是他们竭力要挽救的。"（II. 268）她通过充分的想象来衡量她的道德水准："这么短的时间挤进这么多的事，她已经知道自己正保持镇定。"（II. 268）并且她的想象力，就如亚当的想象力那样，通过找到正确观看的方式实现了它的道德目标。就如一个艺术家最终创造出一种卓越的形式那样，她发现，"目前这个情况，那更像是出于仰慕之情所努力追溯的结果"（II. 273），对她父亲的忧心"使得他在她眼中，任何曾放在他手中的珍宝恐怕都比不上"（II. 273）。她把亚当看得比他宝贵的艺术品更加珍贵，因为在片刻之后，她把他看作"一个伟大的、深沉又伟岸的小个头男子"（II. 274）。其伟大正出于他的困难、他的局限性以及他的努力；伟大是因为他是亚当，一个个子不高的男人，而不是因为他是一个无所不能的父亲。这是不能被忽略的。简而言之，就是"温柔地爱他也很骄傲地爱他"（II. 274）。相信他人的尊严、为他人的尊严而自豪，这与用温柔之心对待人性的局限并不相悖。通过找寻一种看待他的方式，不把他想象成父亲、律法以及世界，而是一个有局限的人，他的尊严体现在他的局限之中，而不是与之相悖的过程中，玛吉实现了一种对他的成人之爱以及一种平等的基础。"他的勇气就是她的勇气，她的骄傲也是他的骄傲，他们都是心胸宽大又能干的人。"（II. 274—275）为了放弃他以及保护他的尊严，她的感知是必要的。就其自身而言它们也是道德成就：爱的表达，对被爱之人的保护，对一个将他们联结起来的崭新和丰富的纽带的创造。

[153]

　　同样，在这幅场景的当下以及之后，道德交流并不是对一般性命题式判断做简单的表达或接受，它同样不是一种纯粹的认知行为。它关乎他们这些个体在道德努力中的情感与想象力的丰富性。通过观察他们对相同图景的分享，我们看出他们如何加深相互的亲密理解。当我们听到他们"越过沙洲""逆风航行"（II. 264）时，我们立即发现我们不能说对于他们的境况而言这是谁的想象。我们只能说，这幅场景是他们两人共同所有的：从他或她的视角出发，他们中的每一位都处于相同图景的世界之中。"仿佛她已经熬过了，正停下来等着她的伙伴也照着做。"这段话将他们两人的意识和观点融合在一起——并不是将两者的独立性混在一起，因为在这幅图景中他们看到作为独立个体的彼此，而是通过展示在多大程度上对他人的健康关注能够让两个独立的人栖居同一个被创造的世界——在最后，甚至他们使用的描述性语言都变得一致："但是又过了一分钟之后，他说话了"，并且，"她帮着他把话讲完"（II. 265）。在爱和伤痛中，他们共同创造出一种对他们面前的道德现实的明确描绘——作为父亲又作为母亲，他携带着它，并促进它；她则帮他传达。他们的回应性交流的结果就是正确的判断。在这个章节的最后片段中我们听到有关"他们之间已经质变了的联结"（II. 274）的谈论。一方面，他们的道德相似性并不仅仅是一种与某种外在事物之间的关系（一个规则，一个命题）；另一方面，也不是某种内在的事物，以此方式意识会被融合，个体性则消失。这是警觉的存在者之间的微妙交流，他们总是被"细腻的薄纸"（II. 267）所分隔，分开站立，通过这层薄纸，他们聆听对方的呼吸。

　　镜头的最后那刻描绘了这种交流所产生的结果。我已经说过，这些（本身就是一种行动的）图像、描述、感受以及交流所具有的道德价值并不能简化为它们所引发的公然行动。[8] 在此基础上，我已经开始为一种说法建立了一个案例，即这种交流在道德上有价值的方面无法在一个概要或改写中被捕捉到。现在，我开始从另一个角度缩小行动和描述之间的差距。就如詹姆斯所认为的那样，我要展示一个负责任的行动，是一种高度情境特殊的、微妙的以及具有回应性的事物，其正确性无法在缺乏艺术性的描述中被捕捉到。我再次引述这个篇章：

[154]

　　　　"我相信你，胜过任何人。"

　　　　"任何人？"

　　　　话中的意思很多，她犹豫了。然而，这是毋庸置疑的，哦，完全毋庸置疑！"任何人。"她不再向他掩藏，用眼睛把真相透露，任由他看破一切。片刻之后，她继续说："我觉得就是这样，因为你也深信着我。"

他凝视了她一段时间，但最终他的语调是肯定的："确实，是这样的。"

"那么？"她说这话仿佛是为了结束对话，也是为了结束所有其他的事物。他们永远不再回到这上边。

"那么……"他伸出双手。当她抓住这双手的同时，他把她抱在怀里。他把她紧紧地抱在怀里，任凭时间流过，而她也任随其行。然而这拥抱，高贵甚至隆重，却不因其深刻而恸情，也没有催下泪雨。（II. 275）

我们再次明白，那些明显的措辞、言语与拥抱都不是仅有的与道德相关的交流。我们被告知，在她的"那么"背后的思考和回应——对终结的思考，对无法度量的爱的感受，没有这些思考和感受的话，这些简短的话语将丧失道德内涵。然而我们现在也看到，即便在明显的措辞得到关注的地方，语调的微妙与精妙细节决定一切。"最终他的语调是肯定的"，假如他用不同的语调去说同样的话，缺少控制，更为伤痛，难以接受，那么他的整个行为的贴切就会化为乌有。如果他没有在此时以这样的语调和内容说得这么好，那么他就不会如此爱她。（他的这种犹豫不决以及他的沉默是他所取得的成就的一部分。）我再次强调，他们的拥抱之所以成为爱与利他行为的完美成就，并不单单是拥抱这一事实本身，而是在于其恰当的语调以及拥抱的质量。它猛烈且长久，在父亲一方表达了深深的感情，在玛吉一方则是对爱的柔性接受。但这个拥抱具有尊严且严肃，拒绝轻易落泪而贬低其价值。

首先，我们可以说，没有任何描述比此更能恰当地表达此举动的贴切性。其次，任何在此描述中的变化，即便在相同水平的特殊性上，看上去都会产生不同的行为——或者至少需要我们去质疑这种行为的相似性。（比如，当我用"严肃"替换"威严"时就会让事情变得更糟，这暗示了对深刻感受的禁止，而非尊严的完整性。）而且，像我刚才写的那段改述，即便是合乎情理的，却完全无法成功地替代原文；因为这不是一部高水平的文学作品，缺乏原作中感受的丰富性、语调与节奏的恰当性，原作的抑扬顿挫将不可阻挡地给心灵留下深刻的烙印。一个好的行为并不像我的转述那样，是平淡无奇的，缺乏语调以及生命活力的，我[155] 的转述对那些道德话语中"常备的措辞"的使用，如"相互牺牲"这样的表述，会使之对于最高的价值而言太过迟钝。它是一个"警觉的有翼生灵"，以其视野的灵活性与明晰性高飞于那些措辞之上。改述这一篇章而不丧失价值的唯一方式便是另写一部艺术作品。

II

在他们敏锐的感知过程中，这两个人对那些常规的义务负有责任，有些义务是特殊的，有些则是一般的。这些感知"栖息在"那些常规性措辞的"头上"：这些措辞不能替代它们。需要强调的是，因为我们很容易认为，那些高度敏感的人的道德是一个为其自身内在美学特质编织的艺术品，只体现在其绣花手绢般细腻的内在美感上，并不考虑原则与责任。[9]事实上，詹姆斯把这视为无法摆脱的危险。通过鲍勃和范妮的人物形象，詹姆斯向我们指出，没有责任感的感知如何处于危险的自由浮动中，即便是义务，如果没有感知也是粗糙和盲目的。行为的正确"基础"存在于这两者充满爱意的对话中。在此，玛吉对亚当的常规责任（也是一般意义上女儿对父亲应尽的责任）把她（同时在思想与感受上）拉向正确的感知，帮助她清晰阐明那个场景，对她所能做出的回应予以限制。她对他的尊严的深刻义务感，在她拒绝其他可能的形象以及直到最终找到那个艺术品的形象中扮演了关键性的角色（II. 273）。亚当的关于海洋生物的形象也同样是恰当的，部分是因为它满足了他关于一个父亲拥有一位成年女儿的感受。

因此，假如我们把感知看成一种创造出来的艺术作品，我们就必须同时记得那些艺术家——就如詹姆斯所言——并不是仅仅在自由创造他们所喜欢的任何事物。他们的义务是准确地、忠实地勾画现实世界。在这项任务中他们得到一般性原则与内化了的习惯及喜好的帮助。（在此意义上，作为孩子的感知形象是更好的，显示出只有在对自然有所限制的情况下，你才可以拥有恰当的创造力。）假如他们对场景的感受是即兴发挥的，就像詹姆斯本人那样，如果玛吉把自己看作即兴发挥的演员，我们必须记住，这个即兴发挥的演员的精彩表演并不是随性而为的。她必须在每一刻——远远超过那个依据外在的剧本进行表演的人——保持回应性的活力并投注于其他演员、叙事的进展以及这种体裁与其历史的规则与局限。可以想想在交响乐演奏者与爵士音乐家之间的类似比照。对于前者来说，所有投入与连贯性都是外在的，它们源自总谱以及指挥家，演奏家对谱子的读取方式都是一样的。爵士乐音乐家则是主动地制造连贯性，其必须对这种形式的历史传统保持高度关注并负有责任，必须在每时每刻积极地尊重他的音乐同行，他非常清楚他们都是独一无二的个体。他需要比读乐谱的演奏家更为负责，对逐渐展开的作品的连贯性和结构也更为负责。这两个例子向我们指出，一个即兴发挥的感知者肩负着双重责任：对历史的承诺和对那些成为其背景的正在展开的结构负责；并且，特别是对那些活动负责，在那些活动中她不是去识别一个外部的脚本或乐谱，而是将投入内在化、同化以及去感知。 [156]

更进一步说，这个道德即兴发挥的案例显示出，它比那些艺术案例有着对责任与规则更深刻的要求。对于爵士乐音乐家来说，以突然的和激进的方式背离传统显得非常令人不安，有些时候会是自我沉溺或不负责任的。然而它同样也可以是创造性的突破，在它面前对于传统的义务感荡然无存。我认为，这不是詹姆斯式的道德。总有一些时候，当面临新的境况时，感知者会重新修正她对价值的常规理解，判定某些表面上的义务并不真正具有约束力。但这绝不会采纳超越或者绕开那些常规的承诺。并且，假如感知者在审视这些承诺的时候，判定它们对她具有约束力，不允许她做出任何自由的背离，那么这种感知的努力将会成为一种忠诚于所有情景元素的努力，成为一种紧张和吃力的努力，不遗漏任何细节。作为感知者，玛吉并没有不受限制，并没有使她背离她的父亲，她的父亲也没有不受限制地弃她而去。"他们互相警戒的整个过程"（II. 267）的任务，在于获悉"他们之间的薄墙甚至会被最轻微的失误戳穿"（II. 267）；好的即兴发挥不会撕破，而是会保持这层"精致的薄纸"。

那么，具体的感知如何具有优先性？（在何种意义上，小说家的描述较之于那些常规措辞更为高超、更为机敏？）首先，我们能够看到，要是没有能力对他们所处具体特殊情境做出回应并做出机智的解释，那么玛吉和亚当就不能指出是什么规则和常规的义务在此运作。情境都是非常具体的，并且它们都不会通过贴上义务标签来呈现自身。缺乏这种感知的能力，义务就会变得盲目并因此变得无力。（直到向他妻子过于奇异但必不可少的双眼求助之前，鲍勃·阿辛汉姆与有关他的道德现实之间并无关联。）

其次，一个仅仅被常规措辞武装的人——仅仅被一般性原则和规则武装——即便他设法在具体案例中应用它们，他仍然无法充分地通过装备它们而做出恰当的行为。这并不是因为这些常规措辞在它们应用到具体情境中需要更加准确，而是它们自身可能都是错的。它们无法在对与错之间做出充分区别。在此，在错误的时间用错误的语气、错误的言语做出牺牲，也许比根本不做出牺牲还要糟糕。我所说的错误并不是指受偶然和不可预见的后果所做的判断，对此我们不能让亚当承担责任。我的意思是错误自身，是他的错。他在此的责任在于获得其背景的细节，确保没有错失任何事物，充分地感受，找到适当的语调。迟钝是一种道德上的缺陷，其反面（敏锐）可以得到培养。通过这些常规措辞，以及对它本身的信任，都是迟钝的原因。"在适当的时间、适当的场合，对于适当的人，出于适当的目的，以适当的方式感受这些感情，就既是适度的又是最好的。这也就是德性的品质。"（亚里士多德，《尼各马可伦理学》1106b21—23）[10]

最后，在他们行为中的元素甚至不能在原则上被既定的"常规"表达所捕捉，无论它们如何恰当且正确——要么是因为它们是令人惊讶的和新颖的，要么是因为它们具有无法简化的特殊性。那个好的詹姆斯式的感知者以一种开放并变化的方式来运用一般性措辞与概念，为观看与回应任何场景中所产生的任何新特征做好准备。玛吉看到，亚当正在改变他们关系的方式以及以英雄式的道德创造来做出回应的方式——就像一个即兴发挥的女演员承接另一位演员所给予的，并与之并行那样。这一切，假如她在面对新的场景时仅仅视之为应用先前规则的那个场景，那么她就不会做出这样的行为。我们同样不能忽略，这一对演员的特殊性以及他们的故事以最高的道德相关性进入他们的思考中。要是没有（恰当地）发现我们自己处于有关谁应当做什么的迷茫之中，我们不能重写这一场景，也会忽略玛吉和亚当的特殊性。我再次强调，把我们自身限制在那种普遍性中会导致迟钝。（即便对那些规则本身的良好使用都不能脱离它们与感知之间的关系。）

[157]

假如严肃对待这种道德观念，假如我们期望作品能够以最好方式把它呈现出来（为了预测或补充经验，或者为了对这一标准进行评估），看上去很难不得出结论：我们需要转向那些不亚于这部小说的精致、语言上微妙、具体、强烈专注、充满隐喻与智慧的文本。[11]

Ⅲ

感知与规则之间的对话，明显是詹姆斯在构思《金钵记》时投注大量思考的主题。因为他在我们与"全身投入且多少富于同情的参与者"(Ⅰ. vi）之间安排了两位人物，他们或多或少扮演了古希腊悲剧中歌队的角色。就像我们这样的"投入的参与者"(《小说的艺术》第62页)〔范妮是所有人物中我们唯一的"朋友"(II. 162)〕,他们与我们共同参与、评判以及诠释,甚至更为深刻地投入与牵涉其中。詹姆斯所选择的"歌队"既不是一个庞大的群体,也不是一个孤独的个体,而是一对已婚夫妇,他们在处理伦理问题的方式上有着深刻的差异,但通过情感共同致力于一种远见卓识。在他对他们努力看清真相的描述中,詹姆斯容许我们更深刻地看到在对特殊性的细腻感知与受规则主宰的对于一般义务的关切之间的关系:为何每个人自己的看法都不足以达到道德的准确性;如果不足的话,细节又是如何(以及为什么)总是能优先的;以及两者之间,出于爱的对话如何找到道德判断的共同"基础"。

鲍勃是一个忠于规则和一般概念的人。他既不让自己有所惊奇也不让自己陷入困惑——这在很大程度上是因为他不允许自己看到特殊性:

[158]　　他太太数落说他缺乏道德上和知性上的反应,或者更确切地说,根本没有反应能力……人类的病痛和困境,他都不觉得有何惊讶或吓人之处,也甚少觉得有趣——这点恐怕是他富足的事业里真正的损失。那些情况对他而言是很自然的事,没什么可怕的;他把它们分类,估算结果和机会。(I. 67)

因为他只允许自己看到那种可以用一般概念来分类的事物,他不能拥有任何包括娱乐在内的道德责任,后者需要对微妙之处与独有特质有所认知。(在把他作为怪异、独特的人物拿来为**我们**娱乐的同时,詹姆斯提醒我们小说家对生活的理解与他自己的生活观念之间存在不同。)

另一方面,范妮所选择的细腻感知到达了一种危险的缺乏根据的极端。她在一定程度上拒绝一般规则的引导,她以审美化的爱去看待她世界中复杂的人与她世界中的困境,就好像在观赏她"最精致的花坛"一样;让她感到不快的是,在穿越花坛时鲍勃总是走"捷径"(I. 367)。她在这些特殊事物自身的复杂性之中获得愉悦，没有充分感受到对任何人的道德责任。因为她拒绝任何一般性的分类，而这则是鲍勃看待世界的全部方式，她缺少他的那种从过去所获得的直接指引。她的想象力太过自由而迷失方向，过于修饰而繁缛。通过向我们指出这两个人物以及他们尝试看待与评判在他们面前的事物时所存在的不同缺失，詹姆斯对与他自己有关的敏锐意识提出了一些很难的问题。他向我们指出，这种敏锐意识在被赶入错误方向的时候，它会把我们带入自我放纵的幻想中。他意识到鲍勃身上"无须修饰的说法才更有价值"（I. 284）。所以他建议我们（这也是我们从他的小说人物中所看到的，即便不那么明显），感知并不是一种自给自足的实践推理形式，仅靠其风格就凌驾于其他之上。其道德价值并不独立于其内容，其内容应当与能动者的道德与社会教育密切关联。这种内容（至少是在小说主线中），经常在普通人对常识道德价值的遵循中得以保存；它将经常为我们提供合理的指引，在那里我们可能开始寻找那种恰当的特殊选择。

在一个鲍勃与范妮对峙的场景中，詹姆斯向我们展示了一种被分享的道德"基础"，一种负责任的视野是如何通过感知与规则之间的对话来得到构建的。范妮已经抵达了理解的边缘，她曾有意地无视夏洛特和王子之间的关系。在此章中（第三部第十章），她和她的丈夫将会共同认识到发生的事情，并接受了由于他们的无视所助长的阴谋而应付的责任。这种为真正的对话而做的准备通过连续的隐喻得以体现，在那些隐喻中，它们向他们自身呈现自身。她沉思着，变成了一个"无言的斯芬克斯"，他则成为一个"在纪念碑底下的沙漠扎营的老年朝圣者"（I. 364—365）。当他在她面前等待的时候，我们开始感到"一种对他们以前东聊西聊的旧习惯的暂停，那种因误解而产生的交流方式，现在变得如此笨拙"（I. 365）。她开始在他身上感受到一种对她道德痛苦（I. 365）的"更为细微的感受"；在他那边，他原有的责任感还加强了那种对她困境的强烈感受。在他的想象中，她正在一条不结实的船上危险地游荡。并且，他对

[159]　　这幅图景有所回应，忠实于他那老兵般朴素且粗糙的责任感，带着这样的思考，他必须在"一个神秘的湖畔"等待她，"一旦她发出求救信号他就准备好去救援"（I. 366）。

　　随着故事的发展，这种对责任的意识使他开始逐渐认识到她所冒的风险和她的窘境——他的那些原有的道德观念元素与对范妮急切的爱纠缠在一起，令他看到她的道德努力，并对此给予越来越多的关注。另一方面，他的严厉阻止她找到一种对所处情境逃避性的或者自我欺骗性的解读，阻止她找到一个容易的出口。他的那些问题确保她的感知诚实。鲍勃，在他的感知变得更为"细微"的同时，也并没有失去自己。他仍是简单而富于责任的男人，但对妻子的爱是具体的，因此他能在这幅道德风景中感受到一个特殊的困境所在，他开始越来越清晰地注意到它的全部。因为只有这样（只有通过愿意接受惊奇与新事物），他才能爱她与帮助她——"他以前说过有关一个直率男人的看法，但现在他可万万不能只当个直率的男人。"（I. 375）——**多**了某些东西，而不是**其他**什么，因为唯有保持其观念的正直，他才能在**她的**努力中帮助她很好地感知。因为他把他自身看作在岸边准备救援她的人，她无法回避自己对于道德危险的预感。他让她面对一般的问题，从而面对她自己的责任。

　　随着他们越来越靠近，他们开始分享彼此的话语；通过一种想象的努力来填补彼此间的鸿沟（I. 368）。他们从形象上的接近到共存于一幅图景的变化，表达了对于道德冲突与即兴发挥的相互参与；他们现在"好像一对饱经世故的冒险家，半夜在一个奇怪的角落，听到什么可怕的声响，被逼得急于找寻脱身之道"（I. 371）。片刻之后，她向他展示一个他"能够进入"（I. 374）的图景。在最高潮的阶段，（作为**他**努力的结果）范妮感受到一种罪责所带来的巨大痛苦；而鲍勃则以温柔来回应她的痛苦，也为她的道德冒险完全敞开自我，面对他们共享境遇的具体感知，完全敞开自我。她哭泣，他抱住她：

他的耐心使她平静了下来。然而奇怪的是，这场小小的危机并没有
结束他们的交谈，它自然而然地把他们带上床：他们之间的问题变
得越来越深刻，由于她所流露的敏锐感受，这个问题前进了一步，
并且在沉默中令他们达成理解，关上身后的大门，令他们走得越来
越近。他们在几分钟之内，透过这被人间悲痛照亮的窗户、这时而
闪耀在范妮房间花饰的金印和水晶上的光线，继续探索这特别的问
题。一种美感，透过她心酸的泪水，透过他的温柔和安抚，透过他
们之间的沉默，在他们之间油然而起；好似他们手挽着手，一同沉
入这神秘湖泊中，沉入我们曾提到过的、他看着她划桨游荡的湖中。
这种美感生于此刻，因为他们相比过去可以更加坦诚地谈话，因为
他们的共识基础最终得到定义……他令她明白，不管发生什么，他
已经充分捕捉到诀窍，而这诀窍正是他所需要的。（I. 378—379）

　　平淡和感知，严肃和困惑，所有这些都构成了"基础"。然而，感 [160]
知仍然具有优先性。在最后，他们一同沉入"神秘湖泊"，而不是在干涸
的湖畔。若想靠近她，他就要沉浸其中，去感受那个特殊事物的神秘性，
要抛弃他之前的"分类"和"编辑"行为。这个"基础"本身并不是一
种规则，而是一种看待具体案例的方式。在认知到她的能力之前，他在
这个案例中看不到任何东西；而他现在之所以能够对此认知，仅因为在
他身上已经存在某些超越普遍性的事物，也就是一种充满爱的，因此也
是特殊的关于她的理解。这种在他的规则和她的感知之间的对话受到爱
的激励和维持，这种爱本身就属于感知领域，先于所有的道德共识。詹
姆斯指出，作为道德共同体的成员，假如我们要分享对现实事物的感知，
那么我们首先要彼此相爱，要在彼此的分歧与我们在质上的差异中彼此
相爱。就如亚里士多德，他看似要说公民之间的爱要先于公民正义，并
滋养后者。他还提醒我们亚里士多德的观念：一个想要成长为有能力感
知的人的孩子，必须从对其父母的爱的感知开始，并接受他们高度个体

化的爱。即使在时间上，感知似乎也是先行的，它通过共享的一般性图景来激发与维持整个生活的事业。

最终，詹姆斯（或鲍勃）所谈论的"捕捉到诀窍"向我们显示，建立在感知之上的道德交流和道德认知会是怎样的。进步并不源于教授抽象的法则，而是源于引导朋友、孩子或爱人——通过词语、故事和形象——让他们看到眼前具体案例的某些新的层面，让他们看到不同的所在。给予一个"诀窍"相当于给予一个关于如何观看世界的提示。在此，"诀窍"根本不是用语言表达出来的，它存在于一种突如其来的情感表达中。它是具体的，并且促进了对具体事物的认知。[12]

我已经论证，詹姆斯式的感知和行为需要詹姆斯那种充满艺术性的文本来表达。现在我更进一步指出，在这一观念中，规则本身的道德角色只能在一个故事内部得到体现，故事将规则置于与感知有关的适当位置之中。假如我们要评估合理判断源于先在原则与新的感知之间的对话，我们就需要看到，这种观念体现在文本之中，它并不削减选择的复杂性和不确定性，后者给予了这一观念以实质。那种投入给予和获取"诀窍"的道德工作很难通过一种形式化的决策理论的作品来表达；它不能被任何抽象的哲学散文所表达，因为它是一个学习对具体事物的恰当感知的问题。它甚至不能在哲学家举的例子中得到很好的展示，因为一个例子

[161] 缺乏充分的特殊性，也不具有文学案例那样的不确定性，还缺乏文学案例丰富的隐喻和图景，后者向我们叙述人物如何具体看待彼此，以及关注他们所处境况的新的方面。在这部小说的序言中，詹姆斯谈到"负责任的散文"的"责任"，他说这种责任"力图让笔下的文字足够优美，足够有趣，在需要的时候，让*其本身*足够具有画面感"（I. ix—x）。《金钵记》的文字表述实现了这种责任。

我说这种文字表述本身体现着一种道德关切的观念。那么，探究我评论的学术地位也就自然而然，这些评论为这个文本做了补充并指出为什么小说有着哲学上的重要性。我能不能停止引用这些章节，或是整本

小说？把评论放在它之上？或者，到底还有没有任何空间留给一种关于文学的哲学批评？

这个作品本身就体现并且也是一种很高程度的道德行动。然而我认为，它在与其他道德关注概念对照并解释与它们之间的不同时，本身是不充分的。比如解释为何在"道德推理"的过程中仅仅依托于抽象或技术材料，而忽略像这样的作品将会失去我们道德冒险的一个重要部分。作为文学解释的盟友，哲学解释在此概述了它与其他道德书写形式的关系。我发现，批判和区分技能经常与确实可以在此发挥作用的哲学（并不准确地）联系在一起——如果它们愿意采取一种足够卑微的姿态。正如亚里士多德告诉我们的那样，一种能够为具体的特殊事物赋予重要性的哲学阐释，其本身必须是卑微的，它只提供一种指引我们道德生活显著特质的"概述"或"草图"。真正的生活内容并不能在这样的"概述"之中被找到，除非它引用或者专注地重新构建文学作品。并且，即便是文学的盟友——不是去否定那个正在论证中的道德生活的观念——哲学家的散文或许不得不与某些传统的哲学风格有所不同，趋向于更具暗示性。然而，只要那种回避《金钵记》的洞见的诱惑与我们相伴——它将毫无疑问与我们相伴，只要我们渴求一个对惊奇和困惑的终结，渴求一个比现实生活更加安全和简单的生活——我认为我们就需要这样的"概述"，这些概述以其更明确的方式，把我们带回到对小说复杂性的惊奇之中，带回到我们自身对生活的积极感受面前。[13]

IV

我们现在必须更仔细地研究詹姆斯关于道德和艺术之间的类比，以及它对这个文本的道德地位的进一步影响。我首先探讨道德关切与对艺术作品的关注之间的关系，之后再探讨艺术创造和道德成就之间的关系。

正如我在其他地方论述的那样，玛吉开始通过把人看作精致的艺品的方式顺利地与他们的人性和对频发冲突的要求拉开距离。然而，随着她的成熟，她对类比的使用也越来越成熟，她从未放弃过类比使用。[14]

[162] 在小说的最后，她有能力把其他人看作活着的、有呼吸的绘画，她对他们的关注就如对这幅作品的回应（II. 236—238），表达了她对詹姆斯道德理想的诸多特征的承诺，这种理想到如今对我们来说已不再陌生：它是一种对具体道德情境中不可化约的特殊性与作为其组成部分的能动者的尊重，它还是一种以强烈的感知去审视这种特殊性的方方面面的决心，一种将它视为一个整体的决心。我们还看到她要求自己受温柔善良的情感引导，而不是受盲目、迟钝以及粗糙的情感引导——受一种面对所有人的公正的爱的引导，而不是受"她因委屈而肆意发泄的怒火"的引导（II. 236）。

然而这种道德关切的观念也暗示，道德／美学类比的意义超过简单的类比内容。因为（就如詹姆斯在使用作者／读者称谓"我们"时经常提醒的那样）我们对小说人物的关注本身就是一种高度的道德关注。我们是对小说人物和复杂故事"有着强烈关怀的参与者"（《小说的艺术》第62页），我们通过充满爱意地审视表象与他们互动。我们积极地关注他们的特殊性。我们努力成为在智识和感受上没有错失任何细微之处的人。所以，假如詹姆斯对道德关切的观点是对的，那么他就可以公正地宣称，像这样的一部小说不仅展示出其比一篇抽象论文更好，而且它还引发了后者。他唤起了我们"有关生活的积极感受"，即我们的道德能力。各个人物的"情感、他们所激起的认知、他们的道德意识，通过充分投入的阅读，从而成为我们自身的冒险"（《小说的艺术》第70页）。通过对他们的认同，并允许我们自身感到惊奇（一种故事讲述所培育和发展的观念态度），我们在面对自己生活的冒险时变得更具回应性，更加愿意看到生活，并受到生活的触动。

然而毫无疑问，我们反对这种看法：一个在现实生活中迟钝的人也将会成为一位詹姆斯作品的迟钝读者。就如我们所说，当那种用来进行良好阅读的道德能力据称需要得到发展的时候，文学是如何在一切问题上给予我们展示和训练的？我认为，詹姆斯的艺术类比已经向我们提供了对这个问题的回答。当我们审视自己生活的时候，我们在获得正确感知的过程中需要面对如此多的阻碍，如此多的走向盲目和愚蠢的动机。这种嫉妒和个人利益的"粗俗热度（vulgar heat）"挡在我们和对每个特殊事物的爱的感知之间。一部小说，正因为它不是我们的生活，把我们置于一个有利于感知的道德立场上，它向我们展示采取这种立场在生活中会是怎样的。我们在这里看到的是没有占有欲的爱，看到的是没有偏见的关切，看到的是没有恐慌的参与。毫无疑问，在我们完全走近这篇小说，并在它之中看到所有一切之前，我们的道德能力必须要发展到特定程度。相比我们阅读自身，声称我们中的大多数人都能更好地阅读詹姆斯的作品，这看起来并不那么牵强。

　　这个类比的创造层面在詹姆斯的主张中得到了简洁的表达："要将事物恰当地'安顿'好，并且负责任地与无止境地去做好它们"（I. xxiv）。反过来，这个主张包含两个方面。一方面，这是一个有关小说家道德责任的要求，小说家必须凭借其对生活的感悟，以清晰、警觉和有翼的姿态呈现价值世界。把事物"安顿"好就是采取一种可受到评价的行动。正如我们已经看到的，这个作家的行为**就像**处于最佳状态的道德行为那样。然而还有比像更进一步的东西，艺术家的使命**就是**一种道德使命。通过许多这样的艺术家所给予的世界，"通过进入一个更为浓密的领域，我们得到对这个世界最好的诠释；通过一种更为愚钝的、粗俗与肤浅的能力，我们得到的图景是模糊的和贫乏的"（《小说的艺术》第 67 页）。[15]这部小说的全部道德内容表达了艺术家对生活的感受，从詹姆斯的观点看，小说家的卓越就在于恰当地承担了道德责任：[163]

　　很明显，问题回到了艺术家感性的类型与程度上来，这正是他的主题生根发芽的土壤。这一土壤的质量与能力，它以适当的新鲜度和直观性"培育起"任何生活愿景的能力，强有力地或者微弱地再现

了那种被投射的道德。(《小说的艺术》第 45 页）

另一方面，事实上那种最为确切和负责任的方式是"安顿"：用正确的语调，准确恰当地描述所取得的成就。道德经验是一种对所见之事的诠释，"对于在我们作为社会造物身上所发生之事的理解和权衡"(《小说的艺术》第 64—65 页）。好的道德经验是一种清晰的理解。就像玛吉和亚当的想象和行动那样，这种道德经验，较之于简单它更为精确，较之于模糊它更为尖锐。它是"任何丰富性与任何清晰性的组合"(《小说的艺术》第 240 页）。当那些小说情境把它们呈现出来的时候，就如在人类生活中所呈现的那样，这并非不确定性与神秘性不复存在，而是这些事物被以那种恰当的、激烈与奋力的"困惑的**质量**"所回应(《小说的艺术》第 66 页）。

我们再一次看到，这里还不止于类比的问题。不管是《金钵记》中提出的，还是在梅西很少用言语表述，但在不少回应与强烈想象中所表达的，我们的整个道德任务，是创造一部好的艺术作品。詹姆斯并没有给予语言的再现首要的地位；他坚持，梅西的想象力中存在着某些很好的东西，并通过他的文字得到了恰当的表达，即便梅西本人并没有找到这样的表达。感知不必通过语言来表达(《小说的艺术》第 145 页）。但他坚持，我们的整个行为就是**某种**形式的艺术"安顿"，并且其可评估的美德同样是我们在看待小说家时所期待的东西。

有两个问题需要澄清。首先，这不是一种道德的审美化。因为对于詹姆斯来说，那个创造性的艺术家的首要任务是有关道德的，"这种表达、这种文字挤压出价值"(《小说的艺术》第 312 页）。其次，把行为叫作一种创造，并不指向一种无根的相对主义。因为詹姆斯的创造理念（就如亚里士多德有关即兴发挥的观念那样）是它完完全全地致力于现实。"艺术处理着我们的所见……它在生活的花园里采摘它的材料"(《小说的艺术》第 312 页）。一位詹姆斯式的艺术家根本不会随意创造任何事物；他想要自己努力让事物得到正确表达，不遗漏任何事物，追求敏锐而非迟钝。他带着道德的和表达的技术来接近生活的材料，这些技术让他得以"挤压"那些存在于那里的价值。

于是，这种理念为一种或多种恰当性的标准以及一种伦理客观性的 [164] 实质解释腾出空间。这种争论中的客观性是"内在的"和人性的。它并不寻求接近那个可能是自己存在的、未经解释的、非人性的世界。它的原始材料是人类社会经验的历史，其本身就已经是一种诠释和一种评价。但它仍然是客观的。这就是艺术家很好地完成使命对他人来说如此重要的原因。在与道德迟钝的对抗中，艺术家是我们的战友，经常是我们的向导。我们在此可以发展那种有关我们感受力的类比，也就是术语"**感知**"所涉及的东西。通过观察和倾听，我相信，我们并不是在观看世界自身，一个远离人类以及人类观念计划的世界，而是在观看一个已经得到我们能力和概念诠释的、人性化的世界。然而，谁能够否认，在我们中间有一些人的视觉或听觉要比其他人更加敏锐。有些人的能力被发展得更好，他们可以分辨颜色和形态（音高和音色），而我们其他人却没有这种能力？因此，谁更少地错过在一处风景、一首交响曲、一幅绘画中听到或者看到的东西？我认为詹姆斯式的道德感知正是如此：它是一种有关我们人类观看、感受以及判断的能力的好的发展，一种更少错过、更多回应的能力。[16]

V

这是一种实践标准吗？当我们说玛吉和斯特瑞塞的意识可以成为我们自身的行为范式之时，有什么意义吗？简而言之（詹姆斯介绍了一位批评家所提的问题）："究竟在哪里这个时候让我们迂回曲折"，他找到了那种"差别微乎其微的大杂烩"（《小说的艺术》第211页）？并且假如它们并没有被找到，而是经艺术家的双手，从粗糙的原始材料中被

"挤压"出来，那么它们如何成为我们的典范？詹姆斯的答案是非常复杂的。一方面，他承认他不能轻易从日常生活中援引这样的例子（《小说的艺术》第222页）；另一方面，他坚持认为这些人物距离现实生活并不遥远，他们清晰的形象令他们"得到我们的宠幸"，"知道得太多并且感受得太多……因为他们保有'自然性'和典型性，因为他们与我们自己掉入陷阱和困惑的重要责任有着必要的联系"。（《小说的艺术》第63页）。就如亚里士多德笔下的悲剧英雄一样，[17] 他们是高人一等的，但也是可能的和可得的，达到这种程度以至于他们可被说成**本质上的一种可观察的现实**（《小说的艺术》第223页）。并且，如果今天我们周围的生活不向我们展示类似于这种案例的丰富性的话，"那么这生活就太糟糕了"（《小说的艺术》第222页）。

对此，反对者会回应说，这看上去显然是奇怪的，并且他们会以奇怪的傲慢来暗示，这整个国家都是愚昧和迟钝的，且只有亨利·詹姆斯和他笔下的人物有着良好的感受力足以为我们指引道路。毫无疑问，公共生活的模式必须非常贴近生活，对于某种事物直接的描述能够被轻而易举地找到。詹姆斯走得太远，他对生活的感受失去了与现实生活的关[165]联。詹姆斯的回答是，展示一个人对现实的美好可能性的承诺（"反对简单廉价的规则"）的最好方式，就是在想象中去创造他们的现实：

> 在没有任何其他享受的情况下，**创造**一种记录；简而言之，去想象一种值得尊重的、可再创造的案例。还有比这种高度的、有益公众的，可以说是想象力的公共使用（civic use）更好的例子吗？……生活中充满智慧的画家，其工作难道不是准确地勾勒出人生的意义所在吗？如果它最终摆在他面前，他必须尽其所能承担起来；凡是经他的双手，平坦的事物会变得棱角分明，缠绕的事物会变得清晰，最普通的事物——最糟糕的！——甚至会显得有趣而罕见。（《小说的艺术》第223—224页）

如果他已经做了这些——我认为他已经做到——那么这些警觉有翼的作品将不仅仅是不可替代的道德成就的良好再现，而且它们是为了我们共同体所取得的道德成就。就如亚当的牺牲那样：利他主义在恰当的时间，以恰当的形象与恰当的语调，以及恰当精确的困惑方式得到展示。[18]

尾注

本篇论文与"洞察力""感知的平衡"为这部文集提供了这样的论证：在好的慎思和判断之中，特殊事物在某种意义上要优先于一般规则与原则。"洞察力"（也可参见导论）区分了亚里士多德式论点的多个不同方面。目前的这篇文章和"感知的平衡"论证指出，一种忽视对特殊情境的体察与回应的伦理判断方式是存在缺失的。然而，这篇文章和"洞察力"都强调，一种亚里士多德式的对特殊优先性的辩护并不意味着它会放弃一般原则的引导。事实上，这些规则经常提供一种无可估量的引导，没有这种引导，感知将会危险地自由浮动。本篇文章对鲍勃和范妮的探讨体现了有关这一观点我所主张的和我没有主张的。然而，就如本文试图指出的那样，一种亚里士多德式的基于感知的道德对一般原则的运用方式，与许多当代道德理论的运用方式截然不同。

在此，对"**一般性**"与"**普遍性**"进行区分是非常重要的——同样参见"洞察力"一章和导论中"亚里士多德式的伦理观点"部分。本篇文章的论点首要反对的是**一般性**描述的观念，并支持将小说家细腻而高度具体的描写视为道德上高度相关的案例。从某种程度上看，这些小说人物在此慎思的伦理恰当性是具有普遍性的，也能够被一系列极端具体的和具有良好调节性的普遍性原则所把握，就如 R. M. 黑尔所建议的那样。（参见导论和"洞察力"章节。）对此关系，黑尔在对话中评论道："小说如果不是通用处方，又能是什么？"尽管这个评论令人吃惊，并且显然是有目的的，但我们应该承认它是有力量的，并体现在四个不同的

[166]

243

方面。首先，就如亨利·詹姆斯的主张，小说呈现了一种道德的"记录"和"投射"，将它的特殊人物形象以及事件以某种在人类生活中**可能发生**的例子进行呈现（参见亚里士多德，《诗学》第九章）。这样，通过詹姆斯观念中的小说家的工作，他们的具体作为与想象就具有了一种普遍意义。（普鲁斯特也提出了类似的观念，比詹姆斯更加明确。）其次，就如我们已经描述过的，读者的道德行为不仅包括一种友情参与具体小说人物的冒险，而且还包括一种把小说看作他或她自己生活中可能发生的范例的尝试。（对于普鲁斯特来说，这意味着，读者应当在他／她的经验中"挖掘"相似的材料。）如此，通过小说阅读自身的活动、在认同与同情之间轮替，这种道德想象的普遍倾向得到了鼓励。

第三，在我们关于玛吉和亚当间的回应什么是合适的那个探讨中，我们已经强烈地暗示，两个处在相同境遇中的人，即便有着各自特殊的历史，至少在很多情况下以同样的方式行动。我们对于所发生的事件是否正确与合理的判断，是一种对那些所描述的特征做出的恰当回应，并且这种判断无疑包含着许多普遍性元素。

第四，我们必须承认小说家的语言，就如尼采所贬低的那样，是"牧群的语言"；也就是说，甚至这些"警觉的有翼生灵"也都是具有公共性的措辞，对于通过语言来阅读的所有人而言是共有的。于是，就有人担心到最后是不是会存在一种语言所不能表达的特殊事物类型。就像"叙事情感"和"斯蒂尔福斯的手臂"两章所讨论的，小说是一种文化建构，它自身帮助构建读者作为社会性的存在。它使用共同体的语言，它让读者与小说人物以及作者（及彼此间）处于社会的连接中。这种观察会让我们感到困惑——让我们感到有一些深刻的东西是小说无法捕捉到的——除非我们相信，与贝克特笔下的人物一起相信，每个人生活中最私人和最基本的东西是无法分享且不能分享的。这部小说采取与亚里士多德一致的立场，认为人类本质是具有社会性的。我相信这个观点，并且这也是我对这部小说产生兴趣的一个原因。我们应当承认，对此的认可同样支持了黑尔的看法。

　　然而另外一方面，我们必须提出一些限定性条件。首先，非常需要再次强调的是，当我们在阅读像这样的小说时所做的普遍性理解中涉及的一般性理解很少。要是有读到这个场景的读者会从中总结"所有做女儿的都应当像玛吉对待亚当那样对待自己的父亲"，那么这个读者确实有点太愚钝了。相反，我所呈现的阅读方式暗示，"任何女儿，有着玛吉那样的经历和人格，同时其父亲有着亚当那样的经历与人格（在此可以填充一个极为漫长、可能是开放性的描述），当处于这样的场景中时，应当像玛吉那样做出回答"。它也更为贴切地意味着："所有女儿都应当用同等的感性来回应父亲的人格和处境，来回应他们经历的特殊性，就如玛吉在此所展现的那样。"在后一个案例中，这种普遍性工作所提供的并不是一个原则，而是一种思想与想象的方向。 [167]

　　其次，我们必须指出，超越某个特定观点，对如此多的具体特征的道德相关性的认知超过了一定的程度，就会使整个普遍性工作变得特殊。至少，这样的普遍性工作不可能提供像"原则"那样的不变性、均一性以及事前引导，这些都是普遍性的捍卫者经常寻求的东西。然而我们同样可以说，某些小说家提供的道德相关描述，特别是对人格与经历特征的描述，对理解所描绘的个体人物如此重要，以至于那种想象**另一个人**的理念开始失去了它的一致性。在这样的案例中，普遍性的捍卫者需要一种关于个人认同的理论来支持他／她的主张，即这种思想经验是具有一致性的；在我看来，我们能找到的最好的理论或许也不会支持黑尔在此的方案。

　　我们还可以补充说，在爱得到关注之处，作为一个至关重要的元素，对特殊事物的依恋看上去包含着这个人是不可替代的思考，是唯一恰好占据这一关系的人的思考。（同样可参见导论和"洞察力"章节。）玛吉能够还是必须接受她父亲的替代者，一个拥有与她父亲完全相同特征的替代者？毫无疑问，他们没有相同经历，她肯定无法接受。然而即便我们找到有着相同经历的替代者（也就是说他在类似的世界中有着与玛吉完全类似的女儿），他也不能成为亚当的替代者，并且也无法成为相同的评判的对象。亚当仅此一个，就是陪伴玛吉、爱玛吉的独一无二的那一个，除此之外，她不期望其他任何人。并且她的道德判断对象也仅此一位，别无他者。黑尔的观点即便比绝大多数康德式或功利主义式观点对此关切更为敏感，但在我看来，他的观点并不符合这种直觉，并会将它视为非伦理的并且或许甚至是非理性的而加以拒绝。我不认为如此。另一方面，小说家的视野把这种直觉视为一个在此场景中完全理性的重要组成部分。人的生命只有一次，是单向行进的；而某种爱则是爱某种本质性的、不可消除的并且从理性上看独一无二的事物。

注释

1. 亨利·詹姆斯，《小说的艺术》149页。在随后的引文中，将不再独立提示序言名称。章节名引文来自《小说的艺术》第62页。

2. 亨利·詹姆斯，《卡萨玛西玛王妃》（纽约版）I。

3. 文中所指均为1909年纽约版《金钵记》。

4. 参见"有瑕疵的水晶"一章。

5. 丁尼生（1809—1892），英国诗人。——译者注

6. 参见艾丽丝·默多克，《善的主权》（1970）。

7. 有关亚里士多德的类似观点，参见《善的脆弱性》第十章，以及本书"洞察力"一章。

8. 同样参见《小说的艺术》第65页，詹姆斯抨击道："举止和感受之间不合理的清晰分辨……我所看到的他们的'举止'正如他们的感受，他们的感受正如他们的举止。"（引自《卡萨玛西玛王妃》序言，对此内容的进一步分析参见本书"感知与革命"一章。）

9. 对于反对意见，参见希拉里·普特南《严肃对待规则：对玛莎·努斯鲍姆的回应》，《新文学史》第15期（1983）第193—200页。

10. 译本参考《尼各马可伦理学》，[古希腊]亚里士多德著，廖申白译注，商务印书馆，2013年。——译者注

11. 就相关论题，参见《善的脆弱性》第一、二、六、十章，以及本书"有瑕疵的水晶"和"洞察力"章节。

12. 与路德维希·维特根斯坦《哲学研究》（*Philosophical Investigations*，1968）第二卷第11节227e相比：

更准确的预测一般来自那些对人类有更多知识的人的判断。

人们能够学到这种知识吗？能，有些人能。然而不是通过学习一门课程，而是通过"**经验**"。——在这方面有人能够成为另一个人的老师吗？当然。他时时给他以正确的**诀窍**——这就是在此种语境下的"教"与"学"——人们在此获得的不是一种技术，而是学会正确的判断。规则是有的，但它们没有形成系统，只有经验丰富的人才能正确应用它们。这不同于计算规则。

在这里，最困难的是将这种模糊性正确无误地用语言表达出来。

13. 我在本书"爱的知识"一章中进一步阐述了这一点。

14. 关于这一点更进一步的讨论，参见帕特里克·加德纳对"有瑕疵的水晶"的回应，收录于《新文学史》第 15 期（1983）第 179—184 页；我对此的回应（《新文学史》第 201—208 页）要点集中在"有瑕疵的水晶"一章的尾注中。

15. 这个观念在其原文背景中指的是男女主人公，但是它也同样适用于作者。参见本书"有瑕疵的水晶"一章。

16. 这个观点与纳尔逊·古德曼《构造世界的多种方式》（1978）一书拓展的观点很相似。我感谢古德曼对本文之前的版本提出的有益评论。

17. 关于亚里士多德式英雄的讨论，参见《善的脆弱性》插曲二。

18. 这篇文章的精简版题为《"细微的体察和完全的承担"：道德关切和文学的道德任务》，收录于《哲学期刊》第 82 期（1985）第 516—529 页，并于 1985 年 12 月 29 日在美国哲学协会举办的一场关于"文学中的道德"的研讨会上发表。那时的评论者科拉·戴蒙德，她的一篇题为《错过冒险》的精彩论文（后摘录于《哲学期刊》第 530 页及以后页），从多个方面促进了我现在这个版本的观点的发展。

第六章

感知的平衡：文学理论与伦理理论

> 纽瑟姆夫人穿的衣服从来都不是"低开式"的，而且她也从不在颈项上围一条宽阔的红丝带。假如她也这样穿着，可不可能达到这样令他心醉神迷的效果？[1]

> 亨利·詹姆斯《使节》

斯特瑞塞在向小比尔汉姆讲述有关查德·纽瑟姆令人惊讶的进展时，讲述了他自己的观念和他的兴趣：

> 在谈论他的为人、他的举止与品行、他的性格和生活时，我是把他和她联系在一起的。我所谈到的他，是一个可以与之打交道、交谈并一起生活的人，也就是说，我是把他当作一种社会动物来谈的。（I. 283）

文学理论的话语，特别是近年来，并不经常有跟斯特瑞塞一样的关切与联系。我相信，如果没有这些关切和联系，它会有一个贫瘠的未来。相反，我想象在未来，我们关于文学的讨论将越来越多地回到对实践的关注上——回到让文学在我们生活中具有高度重要性的伦理和社会问题上。在未来，这些兴趣，就如这里的斯特瑞塞那样，将发现自己与德·维奥内夫人的利益联系在一起，也就是说，在伦理判断领域内，那些情感和欲望是无法和谐共处的。在那里，文学－哲学性探究将以类似于斯特瑞塞的"耽于幻想"（I. 61）以及"诚心诚意地好奇"（I. 49），询问文学作品对这些问题表达了什么——通过它们的"内容"表达，但也不可分割地通过它们的形式和结构表达，因为这些方式"在任何时候"（就如斯特瑞塞"哲学分析"那样）都是"感知的条件，思想的措辞"（II. 49）。简而言之，在未来，文学理论（同时也不要忘记它的许多其他追求）也将参与伦理理论，一同寻求对"人应该如何生活"这一问题的回答。

[169]   "参与"，我的意思不是作为说教式的道德主义者那样去参与，而是作为迂回的盟友和反叛性的批评家那样去参与。因为我们注意到，斯特瑞塞的回答将他自己对查德的更全面的感知与马萨诸塞州乌勒特的狭隘道德观念进行了对比。在斯特瑞塞密集的感知受到攻击之前，我们这些被系统的伦理理论所吸引的人可能会像他一样感到，"一股不可抗拒的光亮之潮似乎把我们带入了一种也许可以说是更为古怪的知识之中"（II. 201）。

伦理的缺席

最近的文学理论对哲学产生了浓厚的兴趣。事实上，无论是从它提出的问题的性质还是从它寻求启迪所涉及的名字来看，都很难将它与哲学区分开来。有关现实主义、相对主义、主观主义的问题；有关怀疑论与辩护的问题；有关语言本质的问题——这些现在都是这两个专业的共同兴趣。在追求这些问题的过程中，文学理论不仅讨论和教授那些直接探讨文学问题的哲学家的作品（如尼采、海德格尔、汉斯－格奥尔格·伽达默尔、斯坦利·卡维尔、纳尔逊·古德曼、希拉里·普特南），而且也会探讨和教授诸多并不直接关注文学问题的哲学家的著作（如W.V.O. 蒯因、保罗·费耶阿本德、S.A. 克里普克、托马斯·库恩、尤尔根·哈贝马斯）。（这些有意筛选的清单也显示了影响当前文学领域的哲学风格和方法的多样性。）事实上，对于当代几位杰出的人物——尤其是雅克·德里达和理查德·罗蒂——他们属于哪个专业？这个问题并没有明确的答案。事实上，这个问题，其实本身便让人提不起兴致，因为不同专业领域共同分享了如此多的问题，而且方法论上的差异存在于每个专业内部，而不是简单地按照学科界限划分。

但当我们从认识论转向伦理学时，情况就大不相同了。这是一个道德哲学丰富且精彩的时代。[2] 人们无法在时代的年轮中找到一个时代——如果不算更早时代的话，就从约翰·斯图尔特·密尔的时代开始——有如此多杰出的、富于冒险精神的、各种各样的著作，探讨人类生活的核心伦理和政治问题。关于正义，关于幸福和社会分配，关于道德现实主义和相对主义，关于理性的本质，关于人的观念，关于情感和欲望，关于人类生活中的运气所扮演的角色——所有这些和其他问题都从许多方面得到了相当激烈甚至紧迫的辩论。这些哲学辩论经常是跨学科的，因为它们涉及的人类问题是多个研究领域的核心。比如，关于情感，道德哲学家与心理学家进行了激烈的讨论；关于道德相对主义，则与文化人类学者展开对话；关于幸福生活和理性，他们又同经济学家积极交流。人们当然会期待文学和文学理论在这些辩论中扮演重要角色。因为文学为我们提供了对所有这些问题的洞察，在某种程度上这与文学形式密不可分。因此，人们会期待那些以对文学进行一般性思考为职业的人，会讨论这些问题并参与这些公共辩论。

[170]

我们知道，这些并未发生。文学批评处理特定的文本与作者，当然，也会继续谈论对于那些作者而言至关重要的伦理与社会关切。然而，即便是这种关切亦受到当前思想压力的制约，这种思想认为讨论一个文本的伦理和社会内容在某种程度上忽视了"文本性"，即文本与其他文本之间的复杂关系；与之相关的——尽管更极端——观点认为文本根本不涉及人类生活，只涉及其他文本与它们自身。[3] 假如人们从文学批评转向关于文学的更为一般性与理论性的写作，那么伦理思想或多或少就会完全消失。我们理解这一点是借助对哲学文献的考察。哲学家的名字经常出现。然而我们时代最重要的道德和政治哲学家的名字——约翰·罗尔斯、伯纳德·威廉斯、托马斯·内格尔、德里克·帕菲特、朱迪思·贾维斯·汤姆森以及其他人，还有昔日伟大道德哲学家的名字——比如约翰·斯图尔特·密尔、边沁、亨利·西季威克[4]、卢梭，以及伦理方面的柏拉图、亚里士多德、休谟和康德，根本没有出现。（即使是那些最近的道德哲学家，比如伯纳德·威廉斯、希拉里·普特南、艾丽丝·默多克[5]，也是如此，他们对体系化伦理理论的批判让他们自己成了文学的同盟。）文学理论领域并不研究这些作者的伦理学，就如他们的认识论与形而上学领域的同行那样。（在过去和今天）他们之中既探讨伦理学也探讨认识论的学者，也只被片面地研究过。简而言之，这些对人类社会经验的多样而出色的分析，通常不被认为会对理论家的活动产生任何有趣的影响。

　　文学理论可以忽略道德哲学，但仍保持了对伦理热切的兴趣——尽管之后我会尝试指出一些原因，说明为什么转向哲学可以在这里提供有价值的启迪。然而，在人们忙于关注其他类型的哲学时，道德哲学的缺失似乎是一个重要的标志。事实上，它标志着一种更为惊人的缺失：文学理论中缺失道德哲学的组织问题，以及道德哲学对这些问题的紧迫感。我们是社会性存在，在面对巨大道德困境时，会苦苦思考对我们而言什么可能是最好的生活方式，对此的感受——这种实践重要性的感受，激发了当代伦理理论，也一直激励着许多伟大的文学作品——在我们许多重要的文学理论家的著作中是缺失的。没有比读过尼采后，再阅读雅克·德里达的《马刺：尼采的风格》[6]更清晰地衡量这种缺失的办法了。一旦人们完成并恰当地（我认为）被德里达对尼采风格敏锐而机智的分析所折服，他就会在所有文雅的尽头感到一种相当于饥饿的空洞渴望，一种对艰难、风险和实践紧迫感的渴望，这些都与查拉图斯特拉的舞蹈不可分割。渴望对尼采看到了欧洲与整个人类的危机有所了解，他认为，无论一个人是以基督徒还是以其他尚未明确的方式生活，都是非常重要

[171]

的；他将自己的职业生涯献给了这种想象。显然，尼采的作品是对现存伦理理论的深刻批判，然而，除其他以外，这也是对最初苏格拉底式问题"人应该如何生活"的回应。德里达并没有触及这个问题。查拉图斯特拉说："一切写作之物，我只喜爱一个人用自己的心血写成的东西。"[7]在阅读德里达而且不仅仅是德里达之后，我感到对血有一种特定的渴望，也就是说，渴求那些谈论人类生活和选择的文学作品的写作，就好像它们对我们所有人都很重要一样。[8]

毕竟，诸多伟大的文学作品都是本着这种精神曾经并且正在被书写与阅读的。我们接触文学的确是为了消遣和娱乐，为了那种跟随形式的舞蹈和解开文本联系的网络所带来的兴奋。（即使在这里，我也不会很快承认，有关从我们人类实际的利益和欲望中抽象出来的审美愉悦的描述存在着任何一致性）。但是能使文学对我们来说比一场复杂的游戏——比如国际象棋和网球，这种因其复杂之美使我们惊叹不已的游戏——更深刻、更重要的原因之一是，它能像斯特瑞塞那样言说。它讲述的是**关于我们**，关于我们的生活、选择和情感，关于我们的社会存在和我们关系的全部。[9]就如亚里士多德所观察到的，它是深刻的，有助于我们探究应当如何生活，因为它不仅仅（像历史那样）简单记录了这个或那个事件的发生；它寻求的是可能性的模式——选择和环境，以及选择和环境之间的相互作用——这些模式在人类生活中以如此持续的方式出现，以至于它们必须被视为**我们的**可能性。因此，我们对文学的兴趣就变成了（就像斯特瑞塞对查德的兴趣）认知性的：一种——寻找（通过观察和感受其他方式的感知）生活给我们提供了什么可能性（以及悲剧性的不可能性），以及它为我们支持与颠覆了怎样的希望与恐惧——的兴趣。[10]

要解释文学理论是如何失去这种实践维度的，那会是一个很长的故事。这个故事将包括康德美学的影响、二十世纪早期的形式主义以及新批评。它将包括伦理理论中几种盛行趋势的影响——尤其是康德主义和功利主义，这些伦理学观点，以其不同的方式，都在对待与想象性文学任何可

[172]

能的关系上如此不友好，以至于伦理学一方也把对话切断了。[11] 它也将包含对一些文学写作的批判性审视，这些写作长久以来一直将伦理关切纳入考虑。因为不少这种写作由于忽略了文学形式和简化的道德说教，给有关文学的伦理写作带来不好的名声。人们很容易感到，伦理写作必然会对文学施以暴力。当然，很明显，关注形式而忽略作品的生活意义与选择并不是一种解决方式，只是一种变相的暴力。人们本应意识到，这两种暴力都是不需要的；只有当我们仔细研究文学文本体现和表达的形式时，才能掌握它的实践内容；反过来说，如果我们没有探究詹姆斯小说所表达的生活意义，我们就无法正确地描述文学形式。然而，除了某些明显的例外，[12] 这些总的来说并没有得到承认；我们可以看到其中的历史原因。

在我看来，未来的文学理论有一个重要的任务，就是详细地写出这段历史。我不打算在这里承担这样的任务。不过我会从我所设想的这项事业的另一个部分开始。通过详细地举一个例子，我将试着去说明文学理论可以与伦理理论协同工作，勾勒出这种理论可能关切的一些问题；并且我将提出一些方法，通过与道德哲学家的对话来协助我们发展它们。在这一点上，我将讨论詹姆斯的《使节》，我把它当作一部道德哲学的重要作品——它谈的是道德哲学如何受到一种感知的质询，谈的是纽瑟姆夫人礼服特征如何指出了在伦理理性的某些解释中的缺陷，这些解释甚至在今天也影响着我们的日常生活。

反思的平衡

但是在我们开始谈斯特瑞塞之前，无论多么粗略和不完整，我们都需要讲述一下我的关于将文学理论和伦理理论结合的提议。[13] 对于一些事业以及这项事业的某些描述而言，会将其中一方或另一方降格为合伙人身份。找到一种对伦理探询任务无偏见描述的困难本身就会阐明我们
[173] 的问题；一些关于这一任务的当代著名的哲学性描述中隐藏的偏见将开

始向我们表明，由于缺乏与文学思想的对话，道德哲学已经失去了什么。

我已经说过，我的文学－伦理探询开始于"人应该如何生活"[14]这一问题。这个出发点的选择是有其意义的。这个问题并没有（像康德式的问题"我的道德义务是什么"那样）假设存在一个"道德"价值的领域，这个领域可以从人类生活中所有其他实践价值中分离出来。它也不像功利主义者所关注的问题"我如何实现功效的最大化"那样，假定所有选择和行动的价值都由它们倾向于促进的结果来评估；它同样也没有假定否认这些主张。到目前为止它是中立的，只不过把这些主张留在探询中去进行审视。重点是要以一种一般性与包容的方式来陈述开头的问题，在一开始就不排除任何关于人类美好生活的主要故事。

那么，这项研究问的是，一个人如何才能过得好。正如我想象的那样，这项调查既是经验性的也是实践性的。经验性是因为它建立在现实人类经验之上并对其负有责任；它意在引出一份詹姆斯所说的，对于这种经验的"知性报告"——也就是说，"我们对自己作为社会存在，对发生在自己身上的事情的理解和权衡"。[15]（它并不是像康德所认为的那样是先验的）。其实践性是因为它是由参与行动和选择的人来施行的，他们认为这项调查与他们自己的实践目的有关。他们并不以一种"纯粹"或超然的方式，来追问道德价值的真相可能是什么，就好像他们在要求对某种单独存在的柏拉图式真实进行描述一样，事实上，他们在人类生活中寻找某种东西，某种他们自己试图在生活中实现的东西。他们所问的并不是"外在的"善是什么，而是我们作为社会存在，最好靠什么生活，以及与什么一起生活。他们的结果受制于并且恰当地受制于他们对自己的希望和恐惧，受制于他们的价值观，受制于他们认为可以与之生活的事物。这并不意味着这种探究不能从实质上改变他们之前有关"目标"的概念，指明之前模糊的目标，甚至说服他们以实质的方式修改他们的目标概念。但他们的目标是实践的，而不仅仅是理论的。并且，这种探究之所以是有价值的，是因为它以两种方式为实践提供帮助：通过推进个体澄清和自我理解，以及通过推动个体走向公共协调。[16]到现在为止，这种程序的观念应当被看作亚里士多德式观念；它得到了后来的思想家的赞成与运用，比如亨利·西季威克，也得到了约翰·罗尔斯新近在《正义论》中具有影响力的运用。[17]这与亨利·詹姆斯有关他作为小说家的目标有着很多共同之处。

[174] 这种核心的程序观念是：我们对有关好生活的那些主要的备选观点进行研究，在每一种情况下，将它们与我们自己的经验和我们的直觉进行比照。第一步将是对这些备选方案进行清晰的描述（尽管我们应该记住，这些描述已经包含了评估和回应的元素）。在这些观点中，突出的观点将体现在各种各样的文本之中，无论这文本是最近的还是更古老的。接下来，我们注意到并且清晰地描述我们所发现的这些观念之间的冲突和张力。当存在不一致或不可调和的张力时——当这种张力与我们在自己的经验和思想（个人的或共同的）中注意到的某些东西相对应时，我们的目标是修正整体图景，使其与自身和谐，如亚里士多德所说，保留原始判断和感知的"最大数量和最根本"。在此不存在关于如何做的规则。[18]个体仅会问什么看上去最深刻，会问什么是生活中最不能缺少的——这些都是由他们的生活意识、他们对一致性与共同体的持久兴趣所指引。也就是说，他们希望达到一种内在一致的观念，同时也是一种广泛共享和可被共享的观念。（因此，为了找到一个更多人能达成一致的主张，他们会经常性地放弃个人主张，即便不需要狭隘的一致性。）没有什么是不可探讨的，即便是对这些调节性原则本身最精确的阐释都是如此。这一过程是整体性的：[19]它坚持，没有什么是不可修正的，而是在作为整体的系统中寻找一致性与"合适"。

注意，到目前为止，我们尚未谈到在此过程中我们信任或最信任的个体能力（理智、想象力、情感）；同样，也没有谈到我们倾向于更信任哪些判断；更没有非常具体地谈论过这个程序如何以及以何种结果结束。这是合适的，因为好的（或理性的）判断的原则和恰当的分类——

对生活的知性"阅读"——本身就在这一程序中有待讨论。但这是在为亨利·詹姆斯的贡献做铺垫（我相信他的贡献与亚里士多德在这方面的贡献密切相关），我希望描述一种亚里士多德式程序的显著并具有影响力的版本，它在这一点上确实添加了一些（非常不具亚里士多德式的）说明。对我们来说有趣的是，这些说明被添加的时候，就好像它们是没有争议的；并且，事实上，这在现代道德哲学的传统中是非常正确的。在《正义论》中，在描述道德理论的任务时，约翰·罗尔斯采用了一种明确可追溯到亚里士多德的程序；但他在我所报告的大致概要中做了三个重要内容的补充。[20]首先，罗尔斯给予了这个程序希望实现的目标一个名称：它是"反思的平衡"。这就是我们经历这一程序后所达到的状态；这个名称意味着平衡，意味着没有矛盾或紧张，意味着知性判断的主导地位。其次，他提供了一种"深思熟虑的判断"的阐述，它告诉我们在这一程序中哪些判断是可以信任或者可以怀疑的。（他似乎从一开始就假定，我们只是在使用不同程度的具体的永久判断，而不是沉浸在情境性的感知中。）[21]不被信任的将是"那些犹豫不决的判断，或者是我们对其信心不足的判断。同样，那些在我们心烦意乱或惊恐时得到的判断，或我们以这样或那样的方式获得的判断，都可以被搁置一旁。"[22]这被用来给我们提供了条件，"在此条件下，我们的道德能力最有可能在不受扭曲的情况下得到表现"。[23]最后，罗尔斯补充了五种所有伦理理论都必须满足的约束条件，这些约束甚至会在这种审视的过程中被认真考虑。这些条件是：它的各种原则应该在形式上具有**一般性**，在其应用上具有**普遍性**；它们必须是**公共的**，并且为所有人所用；它们应该对相互冲突的主张施加一个一般性的秩序；并且这些原则必须被看作最终的和结论性的——"实践推理中的终审法庭"。简而言之，"假如我们从具有所有美德原则的完全一般性理论的角度来思考，那么这样的理论描述了相关考虑的总和和它们恰当的权重，以及它的需求是决定性的"。[24]

我已经说过，罗尔斯认为这些条件，包括这最后五种条件，是相

[175]

对没有争议的。事实上，在当代关于他的（还有争议）的理论的辩论中，它们确实如此。就像我们将要看到的那样，斯特瑞塞与它们的关系并不简单；关于他的故事，我们大部分工作将集中在对这种（有时是悲剧性的）关系的阐述中。一般来说，我们可以期待，源于文学的伦理思想——如果它们有什么共同点的话，似乎共享了对伦理相关的特殊性和感受的认识论价值的承诺——并不会发现这些限制是微不足道的或者毫无争议的。我们真的应该以平衡或均衡为目标吗？这种平衡真的应该是"反思性的"吗——也就是说，假定（正如罗尔斯使用这个词）一种脱离于强烈感受和特定情境的沉浸状态？我们真的应该将我们的困惑和犹豫从这种慎思的过程中排除出去吗？我们是否应该自动地不信任我们的恐惧、悲伤或爱的感受给予我们的信息？（因为陷入爱河肯定会被理解为一种"心烦意乱"的情况。）事实上，我们是否应该追求体现一般性和普遍性的理论，而不是跟亚里士多德一样，说"洞见源自感知"？[25] 我们是否相信**可以**对相互冲突的主张施加一种一般性的（而不是特殊性的）

[176] 秩序，并且可以预先施加这种秩序；最重要的是，我们是否认为一个一般性的原则体系可以是和应当成为实践推理的终身法庭，在生活本身之前就制定出标准？在这种情况下，我们开始感受到纽瑟姆夫人严肃的在场。"所有冷冰冰的想法"，都丝毫不受惊讶的影响，她的正义是理想主义的，没有例外。

僵直与惊奇

"这正是她的困难——她不承认令人惊奇的东西。我认为这是一个说明她和表现她的事实，完全符合我告诉你的情况——她脑子里充满了我所谓的冷冰冰的想法。她预先就按照自己的想法把一切都规定好了，既为我也为她自己规定好一切。你知道，一经她规定，便没有任何更改的余地。她要掌握的东西，她就把它装满、塞紧，如果你想取出一些或装入更多或不同的东西……"

"你必须把这女人彻底改造过来？"

"其结果便是，"斯特瑞塞说，"你已经从精神和理智上把她抛弃了。"（II. 239）

詹姆斯对纽瑟姆夫人富于喜剧性的描述处于他的斯特瑞塞冒险故事的中心。即便她不在场，也显得无处不在，通过这一反差，她在斯特瑞塞的道德运动中表达着她的存在。他一开始的身份是她的使节，是她早就定下的道德目标的代理人；结果他成了一个独自"蹒跚"的孩子，一个在深海中潜水的人，一个在陌生且嘈杂声音中的聆听者，一个在不可抗拒的光的潮汐中的漂浮者。要理解斯特瑞塞的挣扎，我们就必须理解**她**——并且带着特定的同情；比如，我们要问，她对惊奇的拒绝是怎样与她冷冰冰的想法"相符的"；同样也要问，为什么她的生活愿景能吸引我们的朋友，并不断地激发他的道德想象力。

我们首先明显注意到，她的道德主义，她对道德是非的问题，对冒犯行为的批判，以及对罪恶评判的关注。就如斯特瑞塞所描述的，"本质上所有的道德压力"（II. 198），她激发了他自己对纪律和惩罚的着迷，以及他对"凡事只要和兰伯特·斯特瑞塞有关，他总喜欢知道最坏的情形"的决心（II. 69）。的确，他被她所吸引也许只是因为"他的古老传统，他在其中成长起来的那个传统，即使经过了这么多年的生活它仍然没有什么改变。这个传统观念是：作恶之人的处境，或者至少是其幸福，会遇到某种特殊的困难"（II. 272）。毫无意外，她的原则对于他来说体现在一个审判他的母亲的梦的形象中，这个母亲"比在生活中高大许多"，直至"他已经感觉到她向他袭来，在她的谴责下，愧疚莫名，两颊发烧……在她的指引下他看到自己被重新投入乌勒特监狱，就像少年犯被投入惩戒所一般"。（II. 61）[26] 她对道德权利优先性的着迷，似乎完全充斥于她的崇高意识中〔道德压力的存在"几乎与她自己的存在相当"（II. 198）〕，

[177] 我们也许可以在她的诸多原则的观念中加上一项严峻主义（rigorism）。在她的世界里，一切都必须是"笔直的"（斯特瑞塞之后称她为"道德和智性的整体存在或实体"）；并且她的权利规则不允许在目前环境中，在个别的情况下有任何软化。"在他认识的女人当中，甚至包括那些乌勒特女人，她是唯一不会撒谎的女人"：她"拒绝在人际关系的处理上缺失严谨"（I. 95）。斯特瑞塞把对她的想法和一种处于"强光之下"的无例外的正义观念联系在一起（II. 5）。这种道德上的严峻主义，加上无处不在的道德评价，只允许她在面对新发生的事件时持两种态度：赞成或不赞成。"自从她们感到不高兴时起"，斯特瑞塞谈到她以及她的新使节莎拉时说："她们就只能是——我所承认的她那样。"（II. 218）

如果说权利的普遍原则和一般原则优先于（并且的确吞没了）生活的所有其他要素，那么就会存在三种纽瑟姆夫人讨厌并回避的人类经验元素：情感、被动性以及对特殊性的感知。这些要素以一种有趣的，并且在某种意义上深深吸引人的方式联系在一起。斯特瑞塞把她描述成一位"不会被触动"（II. 239）的人；当他对她进行想象的时候，他的眼睛"可能正注视着北方寒冷、碧蓝的海水中某座巨大的冰山"（II. 240）；并且，就如我们所看到的，他在她"紧密填充"的完整中，把她看作一块"石块"。在他看来，在这些形象中，她情感的冷冰是她更大的非被动性的一个方面，是她对世俗环境的任何变动的抗拒。这就是为什么她的"冷静思考"与她对惊奇的抗拒如此"合拍"。她是严厉的且纯然积极的（本质上对所有的压力都缺乏回应），生活不能在她身上留下痕迹。她不**允许**东西进入她，或者从她那里把任何东西拿走。斯特瑞塞若有所思地想，她是那种"冷餐"形式的食物（以一位使节为代表）而"不真正失去任何"（II. 237）的基本风味——它的特点在于对眼前事物的回应如此之少。

在情感的缺失与被动性的缺失之间的关联，早在作为整体的乌勒特人身上就有所体现。斯特瑞塞告诉玛丽亚·戈斯特利"乌勒特人不敢肯定他应当享受。如果他认为应该的话，他就会享受"（I. 16）。这句评论的前半部分经常被批评家所引用，我认为后半部分更为重要。因为它告诉我们，乌勒特人认为生活中所有活跃的有价值之物，都可以被道德意志所支配。如果它**确信**享受是它的义务，它就会让自己去履行这项义务，它就会简单地要求自己去享受。这个观点的奇怪之处提醒我们，生活中有一些有价值的东西，相比主动的意愿，更多与被动性和情感回应有关；因此它们与"应该"之间的联系是值得深入怀疑的。

　　这一切的结果是，乌勒特人不能也不愿意活在当下，并直面那些生活带给他们的新奇和特殊的事物。他们达到一种有所掌控的处境：生活不应该触动它们，确保他们一般性的，甚至相当抽象的原则坚实而牢固。这些原则，即在实践理性中的终审法庭，甚至支配着他们可能**看到**以及认为与新原则相关的事物。感知的特殊性带来的是惊奇，令人惊奇的被动性以及道德掌控的丧失。查德因此成了"那个年轻人"，德·维奥内夫人成了"那个人"；乌勒特人对待他们的方式事先已经很清楚。由于这种感知本身的性质，任何更多的人际遭遇都是不可能的。这就是当斯特瑞塞谈到乌勒特时所称的"念念不忘别的事情"："我老是在想别的事情，别的事情，我的意思不是眼前的事情。"（I. 19）这种令斯特瑞塞困惑甚至"恐惧"的倾向，正是纽瑟姆夫人的优雅和她的高高在上。 [178]

　　因为纽瑟姆夫人是"高高在上的"。在她的冷冰冰和石头般冷酷的背后，斯特瑞塞令我们理解了她深刻的尊严感，正是这种尊严感激起了她对生活的攻击。"纯洁，用寻常人的话说，'冷酷'"，她不是粗糙或者坚硬，更确切地说是"深沉、执着、高雅、敏感、高贵"（II. 47）。没有什么比逐字逐句的引用更能揭示她的潜在动机：

　　　　可以说萨拉的回答非常直截了当，非常"斩钉截铁"，以至于他立即就感觉出它的来源。"她托付我来决定如何表达她个人对每一事物的感觉，并维护她个人的尊严。"

　　　　这正是乌勒特的那位夫人所说的话——他准会听见这话被说上

一千遍，她临别时肯定也会这样嘱咐她的孩子。(II. 203)

这起初令我们惊奇，因为我们也许会受斯特瑞塞的影响，认为这个女人是个冷酷无情的存在，她说的话全是冷冰冰的指令。我认为，她的话，我们被告知将其视为案例，暗示了一种更加复杂的理解。我们在这里看到了一种有关人类尊严强烈意识的表达——一种我们作为能动者的价值观念，这种观念是康德式道德的基础（并贯穿于罗尔斯的康德主义中）。这种观念是，我们不需要作为世界力量的万物，过着"朝不保夕"的日子，随波"逐流"。我们是有尊严的道德存在，正因我们意志和判断的力量，我们才能有尊严；才能创造而不是被创造，才能成为能动者而不是受害者或依附者。斯特瑞塞通过纽瑟姆夫人对尊严的维护对她产生认同；他知道，俗人眼中的冷漠是一种高贵。我认为，这是因为他认为她的道德主义建立在能动者尊严的观念之上。对于高贵且自主的道德能动者而言，自然没有、也不应有使人震惊和惊奇的力量，也不应有引发喜悦与热忱好奇的力量。这样的能动者在俗人看来是冷冰冰的；但任何与世界的其他关系都会放弃尊严，招致侵犯或至少是诱惑。

这样的能动者会以一种平等的尊重来对待其他人，关注作为道德存在的这些人的尊严。我们记得，纽瑟姆夫人从来不会穿开领的衣服，这会促使斯特瑞塞把她看作一个令人惊讶的特殊的身体存在，从而令他在她面前放弃自己的尊严。〔通过她现实中黑色褶皱的连衣裙，这让他想到了承诺终身不嫁的、捍卫国家尊严的伊丽莎白女王（I. 51）〕。从乌勒特女人们的观念看，她们看上去麻木不仁，但实际上她们却下定决心将每个人都视为自主的道德意志，通过道德能力与她们建立联系，并以一种严格的判断来表示对她们自由的尊重。任何温柔的语调都会损害这种道德关系。当斯特瑞塞屈服于玛丽·德·维奥内温柔的声音时，他内心的乌勒特元素观察到："她的语调可以感动铁石心肠。"（I. 275）

[179]　　这是因为纽瑟姆夫人并不单单是漫画形象，而是一种对康德道德哲

学最深刻且最吸引人的特征的精彩喜剧性呈现，所以小说有它所具有的平衡和力量。我们看到，康德式的哲学态度给了我们一种特殊的尊严与高贵；我们还看到，它是我们文化的深层组成部分。我们看到，不像玛丽·德·维奥内那样爱着一个不可替代的特殊的人，乌勒特的女人们有能力驾驭生活并且避免成为生活的受害者。但这就是问题所在：她们战胜了生活，却没有真正在**生活**。乌勒特女士的言语中缺少了什么？是特殊性，是查德和斯特瑞塞的名字，是对他人看与观的禁止，是个体脆弱性的意识，是对丧失的恐惧。斯特瑞塞说，任何微小的变化都不能令这个女人接受惊奇，我们感到他说的是对的。然而，是否有另一种保持理性和道德的方式，一种对生活更为友善的方式？

斯特瑞塞用一个问句为小说开篇。〔第一句话是："斯特瑞塞一到达旅馆，便首先打听有无他朋友的消息。"（I. 3）〕这已经是一种背离了。从一开始我们就感受到他有一种对眼前实际情况的好奇，一种开放以及一种自足性的缺失。这令他成为纽瑟姆夫人意志的可疑的使节。我们感受到，在乌勒特的风格中，并没有给疑问留下太多角色空间。斯特瑞塞在这点上仍与他的过去有着紧密联系，然而"可怜的斯特瑞塞被一种奇特的双重意识所累。在他的热忱中存在超然，在他的冷漠中则存在好奇。"（I. 5）。他作为使节的道德目标是一个独立的目标，他对新事物缺乏兴趣的同时，却有一种想要**看见**新事物的急切渴望。他最初进入这个新世界的步伐，充满了孩童般的新鲜喜悦和一种对新的具体事物未受指导的开放性。他用"漫无目的的眼睛"（I. 36）去观察花园中的各种景象和声音，"一些微不足道的小事吸引了他的注意力并引起了他极大的兴趣"（I. 39）。他觉得自己"陷入了难以控制的感知之中"——其中就包括对玛丽亚·戈斯特利复杂领口的观察，并且他以这个令人惊奇的红色丝带"为出发点，思前虑后，胡思乱想"（I. 51）。他与他处境之间的关系首先被新鲜感以及对冒险的易感性所支配；并且这种易感性，在他的眼中，与一种敏锐的感知有关：

> 斯特瑞塞有一种从未有过的奇怪感觉，他感到当前的自己与过去的自己完全脱节，而且他真实的自我感觉只产生于此时此地。其实这种感觉始于楼上……他仔细地打量着自己，很长时间他都没有这样做了。(I.9)

这种生活是一种冒险的感受，而生活的一部分乐趣恰恰是与新事物的对抗——这是一种与乌勒特的生活感受相去甚远的感受，在那里，尊严通过压制新事物而得到维系，只有当新事物例证了一些已经被理解的法则时，它才得到承认。纽瑟姆夫人是一个远离人类童真的人。(通过将她与伊丽莎白女王做对比——她甚至从未养育过孩子，在历史的读者看来，她一直是成年人，始终是自足的——斯特瑞塞把她描绘成一个英雄，不受生活中任何可怕或美好方面的影响。)然而，当斯特瑞塞走上冒险的

[180] 旅程时，他就不再是一个控制欲强的成年人；他成为一个"蹒跚"学步的孩童(II.48)，他瞪大双眼，脆弱不堪，对每一个新事物都感到好奇。

在他日益增长的对世界的认识之中，我们发现三种纽瑟姆夫人极力避免的评判元素，这三种元素在他的肯定中与在她的否定中有着重要的联系。文本中最强调的，是斯特瑞塞接受被动性的意愿，放弃康德式自我的无懈可击的能动性。他说"放任自己"(II.64)，"随遇而安"，"朝不保夕"(II.3)；各种感知汹涌而至，"压在"(I.276)他身上，在他的身上起着作用，而不是他创造世界或给世界打上印记。他甚至觉得自己像一个"绊了一跤并摔倒在地"(I.276)的人，生活给人的感觉是如此强烈。但被动性往往更令人愉悦。在格洛瑞阿尼的花园中，"各种印象更是纷至沓来"，令他"在这幸运的时刻敞开了心扉，并让自己颇为灰暗的内心享受一次阳光，这在他的旧地理中不曾有过"(I.196—197)。在小说对这一特征的不断强调之中，我们感受到它在某种程度上成了理解一切的关键：愿意放弃无懈可击的状态，愿意采取一种多孔的、易受影响的能动姿态，认为对世界中的特定事物获得一种准确感知最为重要。

因为斯特瑞塞对特殊性的看法包括一种不完整的意愿，对新事物的惊奇，以及看到我们"实际的冒险"（I. 176）如何超越我们的"个人经验"。因此，通过能够认可过去经验的不完整性，他称之为"这个最后的奇特数量"（I. 176），斯特瑞塞允许自己作为（用玛丽亚的话来说）一个对于他来说"任何事情……都不会像其他任何事情一样"（I. 70）的人。他的这种对特殊事物和人的眼力，部分基于他对特殊事物和人的敏锐且具体的感知；另一部分基于这样一种意愿：看到混杂的局面如此紧密地联系在一起，各种关系是如此的复杂，以至于作为一个整体它是独一无二的。就像玛丽亚的领口令他的视野复杂化那样，一般而言，新的元素构成了新的关系。"一切声音都变得更加混浊，其含义更加丰富，当他走动时，它们一齐朝他袭来——以这种一齐发作的方式不让他得到安宁。"（II. 210）

这种对特殊性的看法，由情感与想象力的回应活动所塑造（乌勒特人的观点则不是这样），这两种活动密切合作。从一开始，斯特瑞塞就惊讶于"他的回应如此之多"（I. 6）；并且玛丽亚正确地观察到，"没有人比你感受得更多，不——没有任何人！"（II. 126）。

所有这些都交织在一起，让人既快乐又困惑地沉浸在生活的冒险之中[27]，使斯特瑞塞有可能说出这样简单的话："新一周的星期天是一个晴朗的日子"（I. 193）——乌勒特的女士是不可能写出这样的开篇之句的；他与人相处的方式也是如此，"他那亲切的目光在他俩身上移来移去，同时他也想起许多事情"（I. 222）；他在踟蹰之中寻求事物的称谓（I. 49），摸索对在他面前的奇特事物的正确描述。踟蹰和困惑都是他生活感受的一部分，**也是**这种生命感受准确性的一部分：

[181]

"仰赖那些离奇玄妙的力量，是有违游戏规则的，必须用全部精力对付它，追踪它。难道你不明白？"他表情怪怪的，好像是在自我表白，"一个人当然希望享受如此稀有的东西。就把它称为生命吧，"

他一边思索，一边说话，"称它为令人吃惊的可怜的亲爱的老生命吧。什么东西也不能改变这个事实，即它可以使所有的人惊呆，或者至少能使人目不转睛地瞧着它。该死！这就是一个人看到的，或者一个人**能够**看到的。"（I.167—168）

感知的生活带来复杂、艰难、不安全的感受。（斯特瑞塞在此的语句有着他言说事物的笨拙与风险。）然而这种生活对于斯特瑞塞来说（对于我们也是）同样显得更加丰富，享受上更为充分，也有更多值得被称为世界知识的事物。在小说最为著名的篇章中，他将与沉浸在真正活着、拥有自己的生活的印象联系在一起；他热情地敦促小彼尔汉姆不要错过那样的冒险：

"你可要尽情享受人生，如果不这样便是大错特错。重要的不在于如何享受人生，只要享受人生就行。如果你从未享受过人生，那么你这一辈子还**有**什么意义？这个地方以及查德和在查德**那里**见到的人给予人的印象尽管有点平淡无奇，但总的说来对我还是有所启迪，并深入我的内心。我现在明白了，我以前没有尽情生活。但现在我已经太老了，明白这一切已为时过晚。哦，至少我**确实**明白了，其程度超过你所认为的或我所能表达的……千万不要愚蠢地错过机会……享受人生吧！"（I.217—218）

（我们又一次注意到，小说将这种新的生命意义与特定的文学风格相联系：因为斯特瑞塞说得"缓慢而友善，有时停顿，有时一气呵成"（I.218），并用亨利·詹姆斯的小说风格写下了自己对生活的回应。）

斯特瑞塞的意识找到了鲜活的隐喻来表达他的新道德态度——即兴游戏的形象，复杂联系与缺乏乌勒特那般"僵直"的形象，童年的形象，飞翔的形象，尤其是水的形象，水与光在一起的形象——表明那种启迪现在被视为不能与一种在事物的物质存在面前充满风险的被动性分离开来；〔面对萨拉对他的新观念的反对，他回答道，他几乎无法控制自己看待事物的方式："一股不可抗拒的强光似乎引导我们获得一种也许可以说是更为古怪的知识。"（II. 201）〕我们也注意到，他和玛丽亚·戈斯特利如何在谈论他们所看到的事物的时候，抵达了一种新的感知，并被它所震撼，似乎发现自己突然身处一个从来没有去过的地方，身处一个此前并不知道将要去的地方。"我们就在那里"——或者"那么，我们就在那里"（II. 138，143，327）。（小说以一个问题开始，以这样一个惊奇到来的时刻结束。）

在新的感知规范中，不像乌勒特人定下的规范，这里有着一个关于权威的令人困惑的问题。因为如果伦理规范不在于对之前的一般规则的遵守，而在于随机应变地对感知到的新事物做出回应，那么在任何特定的选择或愿景下，伦理规范总是处于不清晰的状态，不管这种规范是否得到正确实施。这不意味着不存在标准或怎么都行。但它确实意味着，标准最终将不会比那些我们可以依赖、能做出有力判断的能动者的选择或描述的一致性更难或更清楚——就如亚里士多德非常相似的观念那样，良好感知的规范是对某种类型的人的判断，即具有实践智慧的人的判断。[28]在这种方式中，当斯特瑞塞想知道他是不是"只是傻乎乎"时，他只能靠想一想他所交往的朋友：[182]

他想了一想这种可能性，但只一刻便将它忘记了。如果它存在的话，那么，同他一样傻乎乎的还有玛丽亚·戈斯特利、小彼尔汉姆、德·维奥内夫人、小让娜，当然还有兰伯特·斯特瑞塞本人，而且，尤其是还有查德·纽瑟姆。那样的话，难道不应当说，与其加入清醒的萨拉和吉姆一群，还不如加入傻乎乎的这一群，才会更加接近现实吗？（II. 81）

我们自己在追问斯特瑞塞如何正确时，也只能做同样的事情——想知道，比如查德·纽瑟姆的判断到底是不是一个好的判断，想知道兰伯特·斯特瑞塞令查德产生高度敬意的想象力部分到底是什么。这里并不存在明确的保证，无论对判断者而言还是我们对他的评价来说都是如此。正如亚里士多德会在此背景下说："洞见源自感知。"

这是一种可与乌勒特人的准则相竞争的伦理准则。[29] 它值得作为一幅有关理性与正确的图景而被严肃看待。当它捕获了我们的想象力，并对我们关于生活的意义做出回答时，它就对我们道德理论中的那些判断和能动性图景中的诸多元素提出疑问，这些道德理论是由乌勒特人的关切以及在结构上类似于乌勒特人的关切所激发。在支持斯特瑞塞反对罗尔斯有关深思熟虑的判断观念以及他对有效理论的限制的过程中，我们想要反对的是，情感在很多情况下可能是正确判断的宝贵指南；一般的和普遍的规范可能不足以对特殊情境的复杂性做出判断；沉浸式的特殊判断可能具有反思性和一般性判断所无法捕捉到的道德价值。我们想说的是，困惑和犹豫实际上可能会成为细微关注的标志。正如斯特瑞塞所总结的那样，"还有许多东西是语言无法形容的——只有身临其境，才能体会得到"（II. 126）。所有这一切看似都被那种导致反思的平衡的数据所忽略。事实上，他的经历所暗示的是一个伦理程序本身消亡的反面故事。这里仍然在寻找平衡，因为斯特瑞塞尝试让一切"漂亮地挂在一起"（II. 172）。但是，他的平衡，正如它所做的，处理与印象、情感以及一般意义上特殊事物之间的关系，这种平衡最好有一个不同的名字。也许我们[183]最好称它为"感知的平衡"：一种在其中具体的感知"漂亮地挂在一起"的平衡，既体现在彼此之间，也体现在与能动者的一般原则之间；一种随时准备自我重构来回应新事物的平衡。

我们可不可以把这种新的规范仅仅看作对旧规范的扩展，这样我们就可以用沉浸式的经验判断来**补充**罗尔斯的一般性理论？亨利·理查德森最近一篇非常有意思的文章中，根据亚里士多德和罗尔斯的亚里士多德主义，对这一观点进行了令人信服的论证；他创造了"扩展的反思平衡"这一称谓，用来指明包含这一切的伦理程序的目标。[30] 我们记得，斯特瑞塞对纽瑟姆夫人有一个不同的看法——她是不可触碰的，无法将任何生活纳入她的生活，她完全被塞满了；她的整个存在和她的基本动机不**被**那些沉浸的生活感知所触及是基本的要求。（我们在对她的康德式能动性观念的分析中支持这种看法，因为我们说过，对于她的整个人生计划而言，不要被动地面对世界是基本的要求。）因此，如果一个人选择重视感知，他必须要做的是脱离"整个道德和理智的存在或者整体（block）"。（换句话说，你不能在纽瑟姆夫人的绉领上加上玛丽亚·戈斯特利的红色丝带，她不会穿这样的衣服，她会认为这是对她尊严的亵渎。）这并不意味着，感知的方式不能采用规则和普遍原则；显然它采用了，它将会成为一种拓展了的探究的重要部分，探究斯特瑞塞的标准，并追问如何以及何时。好奇的质问的延展调查也会是一个重要的部分。[31] 但它不能按照纽瑟姆夫人将会推荐的方式和理由来进行；它必须给那些判断元素一个中心位置，而为了一致性和尊严，她会坚持排除这些要素。

是什么在为斯特瑞塞的这种感知的方式做准备？为什么在所有从美国到巴黎的人之中，事实上只有他一人"走出来"了，[32] 面对感知的影响开放自己？我们得到了一些线索。首先，当然是他没有很强的尊严感。他非但不坚持自己的尊严，反而允许自己持续不断地作为他人目的的能动者被对待。他的名字（出现在乌勒特的杂志中）被"印在绿色封面上，为了纽瑟姆夫人他把它放在上面"（I. 84），并且他担任她的使节的意愿，表明他并不完全具有康德式的自主性。这是一种令人不安的想法，詹姆斯坚持认为，[33] 他身上的这种弱点（从我们对自己尊严的兴趣来看）也许是为另一种优势所做的必要准备。

但詹姆斯甚至更为坚决地指出了另一种形式的准备。因为从一开始，斯特瑞塞就与文学有着深厚的联系。作为一名编辑和作家，他对所有艺术都有一种严肃的热爱，特别对文学艺术，尤其是对小说的热爱。这种作为读者和作者的想象力被表现为那些能力，那些能力为他以一种非康德式的感知与回应做好了准备。他对小说的关切是过去就有的；巴黎重新唤起了这种关切，提醒他从欧洲带回的"柠檬色的书卷"及"它们所代表的那种锐意求新的精神"（I. 86—87）。在乌勒特，这些书已经处于"陈旧""污损"，甚至散落的状态——但是在巴黎有关它们的回忆令其"再次悸动"，直到他的良知做出惊恐的回应，"在这 48 小时之中他自娱自乐，不准自己买一本书"（I. 87）。

[184]

这并不是什么好事：对故事的旧爱重新泛起，激发了他去等待和去看的欲望，他倾向于以小说家的"获得很好调整的视野"[34] 来关注新的人和事。对它们的特殊性给予一种充满爱意的不加评判的关注。对他最喜欢的作家的引用越来越密集，直到最后漂浮在新的景象和声音的潮流中，他注意到，"她使他想起了——因为十有八九，他对眼前景物的印象都会唤醒他的想象——某个古老的故事中神情专注、坚强高贵的女主人公，他也许是在某个地方听到或者读到过，假如他富于戏剧性想象的话，也许甚至能写出这样的故事"（II. 6—7）。写作（叙事性，而不是戏剧性的）[35] 也同样越来越多地表达了他的决心，不错过任何可以看到和关心的东西："每当发生了什么新的情况，或者某件事情再次发生时，他总是马上提笔，似乎担心如果不这样做就会失去什么东西。"（I. 257）正是他书信的叙事特征（我们必能料到，完全不同于纽瑟姆夫人的）令纽瑟姆夫人如此震惊。通过这样的写作和观察方式，他不再是她的使节。他的风格暴露了他的秘密。

在此，詹姆斯向我们展示了故事读者（及作者）的意识与感知的意识、道德之间的合谋。因为故事培养了我们观察和关注特殊事物的能力，不是作为规则的再现，而是作为它们自身而存在：在新事物面前，用感官和情感做出有力的回应；深切地关心世界上发生的偶然事情，而不是加固自己以抵御它们；等待结果，并感到困惑——等待与漂流，并保持积极的被动性。我们如此地习惯于小说，以至于我们倾向于忘记它在各种宗教和世俗道德主义眼中是一种多么具有道德争议的形式。（甚至在我写这篇文章的时候，田纳西州的原教旨主义的家长们正在寻求那些禁止想象力自由实践的故事，他们坚持《圣经》所规定的律法就是十足的真理。）有很好的理由质疑：因为这部小说对世俗的感官细节表现出一种惊奇，而纽瑟姆夫人绝不会有这种感觉，也不会赞同这种惊奇；它们赋予了那些超出道德意志控制的结果一种充满危险的重要性。通过斯特瑞塞的眼睛我们（或多或少）看到了小说的世界，事实上，通过让人几乎无法区分这些眼睛与作者的眼睛——通过向我们同时展示在乌勒特的女人们眼里，这个故事（或是作为一个非故事，事件和人物看起来是怎样的）可以是多么不同——通过让我们充分知道他们所看到的来发现他们不能感知也不能描述同样的现实——詹姆斯为小说家（和读者）关于"生活感受"的道德价值提供了一个案例，为了警觉和敏感的想象力，关心处境中的每一个人，并拒绝乌勒特为了纯洁和安全来"简化"生活的禁令。这些语句是斯特瑞塞的，在充满惊奇困惑的神秘中，努力朝向感知的正确性前进。[36] 乌勒特人的句子是简洁的、"直截了当的"，以及如斯特瑞塞所言——"斩钉截铁的"。而叙事风格的充分和密度本身就是某种道德想象的恰当表达。事实上，詹姆斯提醒我们，即使是这部小说，以其所有的丰富性，实际上也只能表达一个真正在努力看的人的密集意识的一小部分。因为他有一次说："如果我们企图写下我们的朋友在不眠之夜所想到的一切，那么我们就会把笔写秃。不过我们可用一两件事来证明他的记忆是多么清晰。"（I. 139）这部小说有其自身的简化——但在现有的各种写作形式中，这种体裁——最恰当地体现詹姆斯所说的"投射的道德"。[37]

[185]

感知与方法

我们开始看到两种相反的实践理性概念，以及它们各自的动机和后果。感知的道德以一种文本形式呈现在我们面前，恰当地表达了它对我们想象的要求。文学理论和伦理理论之间拟议的下一步交流是什么呢？在此没有什么深刻的内容可讲述了，但我可以勾勒出一些我认为这个更大的方案可能包含的部分。

首先，我相信，在追求理解与协调的目标的过程中，我们需要对康德哲学的观念及其现代的延续（特别是罗尔斯）有更丰富和更深刻的理解。这部小说是斯特瑞塞的故事。纽瑟姆夫人并没有像斯特瑞塞那样，以自己的方式（以及亚里士多德的相关观念）充分公正地对待康德的论证力量。如果我们对内容和形式的紧密关系的看法是对的，那么这就不是巧合。任何处理经验细节的叙事都不**能**以完全同情的方式看待康德的观念。这并不意味着这里不存在某种特别的兴趣去了解在一个故事中（在我们的生活中），一个彻底的康德主义者会是什么样的人物；因为这样当然有助于我们看到康德是如何符合（或不符合）我们自己对于生活的积极意识的。但我们想要直接而严肃地看待康德式的哲学家们的自身论证；不然的话这种探究就很容易遭受损害，流于把复杂的哲学立场当作稻草人。这同样适用于其他与斯特瑞塞的感知形成鲜明对比的主要伦理观念——特别是古典功利主义的道德。[38]

[186] 既然已经开始了这种探询，我认为，我们现在就应当仔细地研究一下斯特瑞塞观念中的不同元素（以及在与之完全不同的观念中的相关元素），探询它们是如何相互联系和相互关联的，每个元素是如何得到支持和维护的。对特殊性的感知是如何与对惊奇的开放联系在一起的；这两者是如何与一种对情感认知引导的承诺联系在一起的。这里特别重要的问题是，规则和普遍原则在感知的道德中**能够**而且应该扮演什么样的角色，以及总的来说，什么样的系统理论方法可以与斯特瑞塞的洞见相兼容。如果我们想要捍卫这一概念的规范性，特别是为了我们的公共生活，那么我们就需要仔细考虑这些。我设想，通过让斯特瑞塞（以及他的相关哲学观念）面对来自康德哲学和功利主义哲学的挑战，我们将抵达对这一立场以及所有立场与我们自己的同情之间的联系的一种更为深入的

理解。

在这点上，许多富有成果和有趣的方案都表明了自身看法。我们需要更深入和更细致地追寻我的论证中的风格部分，与更多的作者、更多不同的体裁和风格一起，就结构选择在各个具体层面上的实用性和人文表现性的内容发表更多的看法。我们想把哲学作家视为风格选择的制造者，探询他们自己的文学选择表达了什么样的伦理承诺。（我怀疑我们会经常发现，这些选择中的其中一部分并不被其作品论证中的"内容"所支持，有些甚至可能与其内容存在矛盾——比如一篇关于情感的关键认知角色的文章却似乎假设理智是读者唯一值得关注的部分。尚不清楚造成这种不一致的原因，但我们需要对此提出尖锐的问题。）

我们还想转向我们自己的生活，包括私人生活和公共生活，检验我们在那里发现的（关于人的，等等）理性概念，并探询所有这些如何与我们迄今为止所困惑的东西相符合。这将是一个特别有用的练习，比如，通过研究当代关于理性的经济学文献，其中有许多关于可通约性、排序以及普遍性的相关辩论，并看看斯特瑞塞的"立场"有哪些元素被纳入这些辩论中；还要探询什么样的社会科学可以建立在斯特瑞塞提供给我们的东西之上。我们还可以想象诸多其他相关的方案。

在这个开放式的探究过程中，我们需要尽可能多地保持自我意识，了解我们自己的方法和隐含的目的，探询它们本身表达了什么评价内容。感知平衡和反思平衡的目的并不相同，它不使用同样的判断或者同样的能力。这并不意味着在伦理探究中不可能有客观性；这也不意味所有方法的选择都是主观的。[39] 但这确实意味着这些程序本身是负载价值的，因此它是所组织的整体事业的重要组成部分；就如其他的部分一样，它是可以替换的，以达到更深入和更包容的调和。因此我们必须在每个阶段对它们进行检查，问问它们是否能够充分满足我们的生命意识所希望包含的一切。

感知与爱

　　然而，在这一点上，我们又回到了《使节》。因为到目前为止，关于斯特瑞塞想象力的故事被讲述得太简单了。[40] 在这个有关感知平衡的更长的故事的部分，肯定要发现这些方式，在这些方式中詹姆斯的小说本身让我们对斯特瑞塞的赞赏复杂化，使我们看到，对生活的感知在最终可能并不存在一种平衡——生活的作者和读者的敏锐眼光与激情的"洞见"之间处于一种持续的紧张状态。我们认为当生活的印象展现在斯特瑞塞面前时，他屈服于这些印象——就像允许他自己受到诱惑一样。同样，我们现在也必须思考他感知的无能，以及后来接受查德和玛丽·德·维奥内之间爱欲的无能；他在感知玛丽亚·戈斯特利对他日益加深的感情上的无能；他在审视和承认他自己对玛丽·德·维奥内的复杂情感上的失败以及对查德的嫉妒。当他意识到他是如何向自己掩盖了他们的亲密关系时，我们一定会想到他羞愧得脸红，"以模糊不清为由来遮盖这种可能性，就像一个小女孩给她的洋娃娃穿上衣服一样"（II. 266）。他也简化了生活，通过拒绝自己的感情以及生活方式，他无法与他对感知的清晰性和无私的一般性关切的要求相协调，他最终阻止了自己对周围情境的关键事实进行感知。〔"这真是太美了。"他对巴勒斯小姐说道，"你们只要愿意的话，都能把问题简化。"但她回答道："当**你**必须这样做时，这根本不算什么。"（II. 180）〕当他在新获得的知识中面对玛丽·德·维奥内时，在这种情况下，他无法获得一种特殊的感知；由于他对激情的内在拒绝，她变得疏远了，成为一个纯粹的抽象物。"好像实际上他想的根本不是她，好像他不可能想别的，只想的是她所代表的激情、成熟、深不可测、可怜以及她所背叛的可能性。"（II. 286）对他来说，她从那奇妙的多彩自我变成了"一个如此被人利用的人""一个为她的男朋友而哭泣的女仆"。带有距离的观察者，充满怜悯的法官，在这种方式中，他最终还是乌勒特的使节；因为在他人的亲密关系面前，他敏锐的双眼将不会温柔地移开，他的精神不会缓和对正义与判断的无所不在的要求。他同样抗拒，同样拒绝宽大的红色丝带扰乱他的视野。

现在我们也看到，先前有关斯特瑞塞的"双重意识"的评论可以有另一种解读。在"他的热忱"中有一种奇怪的"超然"——在他感知的热忱中有一种对强烈情感的疏离。并且在他的"冷漠"中——他作为感知者的不偏不倚，身体的平衡感强烈地向往着非极端——这里有着一种近乎偷窥的"好奇"，不卷入其中的、凝视的好奇。

斯特瑞塞的这种不完整性与他对文学的兴趣有着明确的联系：因为我们一再看到，生活的读者和作者的立场是以牺牲某种情感深度为代价来实现某种清晰视野的；一种放弃甚至蔑视沉浸在更黑暗、更混乱的激情中的立场，一种将它们全部"削减"为一个简化的一般故事的立场，只以读者的兴趣来阅读〔这就是斯特瑞塞称为"维克多·雨果的便利措辞"（Ⅱ.7）〕。直到那一刻，斯特瑞塞才在外出中有了令其心烦意乱的发现，仿佛是他记忆中对朗比内绘画的探究那样：他的生活，在这一刻"继续待在那幅图画里……同时他却一次也没有越过长方形的镀金画框"（Ⅱ. 251—252）。即使是船上的那对恩爱情侣也出现在"画"中（或故事中，因为对斯特瑞塞来说这幅画有着显著的叙事性）——只要他不是非要承认他们是自己所关心的和在自己的个人生活中必须面对的那些个体，只要他不是非要承认他自身的嫉妒和渴求。那么这个故事就不再只是一个故事，它就成为对平衡的一种威胁。 [188]

詹姆斯在此提醒我们，在一件艺术作品面前，我们是超然的感知者，可以自由探索所有细微的感知，但从个人激情的汹涌感知中解放出来（或与其切断关系），也从——当我们享受它那美妙的以及半期待的惊喜时——标志着我们现实人际关系的真实而惊奇的强烈震撼中解放出来。阅读是为过一种远离现实的生活做准备，这种生活通过避开某些风险和危险而变得更加精细和清晰。这是好还是坏？后来，当斯特瑞塞在玛丽亚·戈斯特利的餐厅坐下来时,他思忖道:"像他以前对他的女主人所说的那样,坐在那儿可以看见生活反映在一尘不染的锡铅合金器皿上。这样做既是对生活的适应,也是对生活的改善,所以使人目不转睛,感觉格外舒适。"(II. 319)[41] 艺术并不仅仅感知生活,还通过令我们与生活中的暴力和武断保持距离来安慰我们。(因为即便它的内容涉及暴力的激情,我们自己与它的关系却不是暴力的;维克多·雨果的措辞确实相比我们在爱、嫉妒、恐惧和愤怒之中所说的措辞更为"便利"。)小说家置身于纷繁复杂的人类生活场景之外,他把自己的清晰归功于这种"不断改进的"不投入状态。然而,这难道不会使他作为一个人,多少有些不完整、多少缺乏人性吗?斯特瑞塞怕韦马希在背后说他坏话,玛丽亚安慰他说:"你以为任何人都有能力知人论世,并做无情分析吗?世界上像你我这样的人并不多。"(I. 44)小说家是第三个这样的人,作为读者我们紧随其后。这事实上是一种好的或完整的生活方式吗?

我们是把这些问题都归结于斯特瑞塞自己的特质,归结于他对自己年纪太大、看不清东西的遗憾,还是把它们归结为感知道德的缺陷呢?我认为,他这些反思的其中之一是很重要的。他不喜欢这种被揭露的亲密关系的原因是,在之前它是被隐藏起来的:它发生在两个人之间,远离感知和描述。"亲密关系就是**这个样子**——你还能希望它像别的什么样子?他感到可惜的是,这种亲密关系就像撒谎。"(II. 266)斯特瑞塞所感受到的是,他所称的爱欲的"深刻真相"在两个方面与感知的道德相冲突。它要求隐私性,要他人转移他们的凝视;而在内心,它要求将注意力从外界转移开。情人在这个时刻只看到彼此;如果他们**能**仔细观察周围,那么这种爱就不是真的很深刻。这种视野排除了一般性的关注和关怀,至少是在那个时刻。这种亲密性是世界的一部分,**不需要**在正在感知和记录着的小说家眼中——至少不需要以它全部的特殊性出现。然而对于致力于感知(小说写作)的人来说,这看起来是一种糟糕的方式:一方面是因为它阻碍主体对整体的道德视野,另一方面是因为它要求不

[189]

被作为客体纳入这种视野。可以肯定的是，这些沉思都源自斯特瑞塞的孤独。但他坚信，孤独是睿智感知的条件；他对亲密性的恐惧同时也是对自己道德存在的畏惧。

我们需要认真对待这个问题。感知作为一种道德，要求对回应性感觉有所信任，但它的感受是对朋友的感受。（斯特瑞塞的第一个问题是有关他的朋友的，而小说家对他的视角是一种"得到**友善**调整的"视角。）我们有理由认为，个体之爱的排他性和强度实际上会妨碍这些更温和的感情所协助的公正和一般性回应。如果它们妨碍了这些，它们就妨碍了感知者对我们的道德方案的贡献，妨碍了我们对达到感知平衡的共同努力。但是，认识到有一种从激情的角度看世界的观点，并且这种观点对感知者是封闭的，这就向我们表明，即使就感知本身而言，它也是不完整的。作为感知者的感知者不能看到一切；为了得到整体，他必须有时停止做那种关注整体的人。作为一个感知者，他在道德上是值得钦佩的，既美妙又可爱。然而，正如玛丽亚在斯特瑞塞身上所爱的（不仅仅是钦佩，而且还是爱）承诺，正是他不仅不能去爱她的原因，而且还是无法以任何方式理解或者看到她的爱的原因。当他把拒绝的原因告诉她时，她"无法抗拒"他，这是他们的喜剧也是他们的悲剧。玛丽亚的"一切都这么喜剧，一切都这么悲剧"（II. 327）是对人类爱情在道德上的不可能性的回应。只要我们的眼睛是睁开的，我们就是美好的、充满爱意的以及回应敏锐的；然而当我们沉浸在最有力的回应中，陷入沉默，闭上双眼，我们还有能力提出有关朋友的问题，思考共同体的善的问题吗？如果我们做不到这些，我们是否还配得上他人的深情与承诺？詹姆斯曾经写道，他的母亲沉浸在对丈夫和家庭的强烈的爱之中，她没有什么东西可以"深深地给予"。[42] 还有什么爱人能比这做得更好？没有这种深度，生命就会显得不完整并且感知本身就会显得盲目；但它本身不能在感知的平衡之中得到有序安排，或者也无法被其对完整生活的微调的视野所看到。

这令我们对伦理探询的实践目标的观念变得进一步复杂化。如果斯特瑞塞的感知平衡仅仅被削弱，显示它不是一个高远的人类目标，那么事情会变得简单。但在小说的结尾，感知平衡得到了爱和肯定，"一切都这么喜剧，一切都这么悲剧"。正是这一点使他美好和可爱，即便这也是他无法去爱的原因。如果有人能给我们指出一条途径，以某种和谐的方式，用爱来完善与补充斯特瑞塞的不完整，那就再简单不过了。（在这种方式中，小说作者可以拥有亲密的个人生活，并且仍然为我们所有人着想。）我们没有被提供这些捷径中的任何一条的出口。如果我们对一种结合了精细的感知与爱的沉默和隐秘的视野的生活愿景有任何期待，那么也只是在一种条件下，它本身根本不是"平衡"，而是于盲目和开放之间、排他性和一般性关注之间、对生活的精细阅读与对爱的沉浸之间不稳定地来回振荡。

[190]

在此，我们找到了小说对伦理理论做出贡献的另一种方式。到目前为止，它（或这部小说）已经展示了从康德式的对"人应该如何生活"问题的狭隘理解走向更开阔、更丰富的理解的道路。现在它要求我们看到伦理问题本身的局限性。它指出了伦理意识的限度，令我们意识到我们伦理生活中的深层元素，这种元素以其暴力或强度将我们完全引向伦理态度之外，引向对平衡视野与完美正确的追求之外。它可以包括，或至少表明，那种它自己的回应性散文所无法进入的沉默。

文学理论和伦理理论

我已经想象过一种文学理论，它可以和伦理理论进行对话。我把这种伙伴关系想象成一种实践意义上的伙伴关系，在这种关系中我们寻找可能生活在一起的形象，并询问当我们努力实现"感知平衡"时，什么样的概念和形象最符合我们的全部感知和信念。（现在我们也有了这样的想法，也许我们的目标根本不是平衡，而是一种介于两种无法调和的视

278

野之间的张力。）我曾设想过，文学理论会对这一事业做出有创造性的、相当激进的贡献——就如我们看到的那样，这项事业的目的和方法受到了斯特瑞塞的成就以及他的悲剧的质疑。

然而，为什么文学理论应当与伦理理论建立友好关系？因为我们可以承认文学作品的实践维度，并坚持在理论写作中恢复这一维度，而不采取这里提出的进一步措施。为什么文学理论家在没有研究康德、亚里士多德、边沁和罗尔斯的情况下，就不能简单地说一下亨利·詹姆斯，不把这些哲学家的形象纳入他或她对詹姆斯小说人物的探讨中？这个问题牵扯更多与我的计划有着含蓄关系的重要理论哲学家——F.R. 利维斯和莱昂内尔·特里林——他们似乎完全能够在不把道德哲学带入这幅图景的情况下讨论文学的伦理内容和文学形式的伦理表达。

对伦理理论进行明确而深入的研究，首先将向我们澄清文学作品为我们的生活意识提供了什么。我们通过对比来把握，通过将某些事物与不同的事物相对照来感受它是什么。如果小说仅仅凭借其形式就共享了某些伦理承诺（对特殊性、对惊奇的道德相关性的承诺），那么我们就要通过审视一些哲学家基于什么理由否认或拒绝这种共同的承诺，来更好地把握这些承诺。当我们看到詹姆斯对感知的解释是如何违背几乎所有西方伦理传统中普遍存在的、经过深思熟虑的判断规范时，我们就能更清楚地理解它的力量。为此，我们必须以严肃方式阅读哲学家的作品，而不是像我所说的那样，把他们当作稻草人来进行辩论。当我们在哲学内部遇到不少感性和具有文学洞察力的朋友时，我们的理解会以一种不同的方式得到加强，他们明确反对许多主流传统，并为我们阐明了斯特瑞塞所取得的成就的要素。（我在此，通过不同方式，想到亚里士多德、艾丽丝·默多克、伯纳德·威廉斯——以及威廉·詹姆斯。）[43] 如果我们现在更仔细地审视利维斯和特里林的例子，我认为我们会发现他们并没有反对这些主张。因为我相信，利维斯对詹姆斯晚期小说[44]的诋毁，在某种程度上是肤浅的（而他大部分的作品都不是这样），是**因为他没有做**

[191]

出这些反思性的哲学比照，也没有为自己区分出詹姆斯反对和提出的是什么。特里林在政治、伦理以及心理学思想方面的广博而深刻的学识，虽然表现得低调而优雅，但我认为，这些学识始终贯穿他最令人难忘和最具特色的作品中——尤其是他在《自由主义的想象》中关于詹姆斯的那篇文章。[45]

同样，由于伦理理论的系统性和包容性的学科特征，也可以通过提出一些问题来促进我们对一部文学作品的理解，这部作品可能会或可能不会明确地问自己，关于它的伦理观点与我们必须思考的其他问题之间的关系——关于社会结构、经济分配以及自我与个体身份等问题。例如，我想象中的理论对话将引导我们询问，什么样的政治结构能与斯特瑞塞的道德规范相兼容，不管我们是否要因这种规范而放弃部分或全部的民主传统。如果我们能回答这个问题，我们就能更深一步地理解詹姆斯。答案不仅会出现在对像《使节》和《卡萨玛西玛王妃》这样的小说更深层次的反思中，还会出现在对个人理性概念和政治概念之间关系的更为一般性的反思中。

这里存在着为什么文学理论需要伦理理论的一些原因。（如果我们愿意的话，这种与理论的密切联系将是区分文学理论与优秀批评的一种方式——它与优秀批评应该始终保持几乎不可分割的密切联系。）另一方面，我们也可以提出类似的并且同样有力的论证。到目前为止，这个论点已经相当清楚了：文学理论可以通过让伦理理论面对人类伦理生活的各个方面的一个或多个独特的概念，以最适合其表达的方式得以实现，从而提高对伦理理论的自我理解。只要伟大的文学作品打动并吸引了它的读者的心灵和思想，那么当我们研究不同的概念时，它就已经确认了自己的主张是值得被认真对待的。

[192] 那些不同的概念可以得到伦理理论家的描述和探询，有时它们确实得到了描述和探询。但这往往会导致一种批评，这种批评只是简单挖掘作品中的一系列命题性主张——而不是我所呼吁的一种探询，探询通过

句子本身的形状、形象、韵律以及停顿，通过传统体裁的形式、叙事本身来表达和"主张"的东西。这种更加丰富的伦理工作看起来不太可能由一位不习惯关注这些事情的人来承担。

然而为什么我们要关注描述伦理理论的文学替代品呢？假设在伦理理论中（或与之并行）有一项任务是文学工作者最有能力完成的：为什么必须要有人承担这样的任务，而不去承担文学理论可能或确实承担的其他许多有趣的任务？如果道德哲学家（或政治理论家又或经济学家）陷入困境，我们为什么要救他们一把？在此，我回到了我关于伦理探究的实践目标的观念——它包含着自我理解与公共协调。这些目标很重要。我们每个人不仅是一个从事职业的人，而且还是一个努力生活得更好的人；不仅是一个人，而且也是某个城市、某个国家的公民，最重要的是一个人类世界的公民。在这个世界里，协调和理解是极其迫切的。当然，现在除了我们的职业生活之外，我们可以通过很多方式来促成这些目标：通过抚养孩子，通过参与某种形式的政治行动，通过慷慨捐赠，通过观察、交谈和感受。然而，当一个人碰巧从事了一项与人类生活的主要目标相关的职业活动时——这种活动是多么令人振奋，而且我认为它所强加的义务又是多么深刻。

在我们周围，其他智识学科正在形塑我们文化中的私人和公共生活，告诉我们如何想象或反思自身。经济理论锻造了人类理性概念，这些概念支配着公共政策关于食物分配、社会福利的决策。法律理论家和法学家寻求对基本权利（比如隐私权）以及其在我们彼此生活中所扮演的角色的理解。心理学家和人类学家描述我们的情感生活，我们的性别体验，我们的社会交往形式。道德哲学试图对医疗、堕胎以及基本自由这些争论做出仲裁。文学理论却在这些争论中保持了太长时间的沉默。然而，它有一个独特的言说角色去扮演——首先就是用斯特瑞塞的意识来面对政治和经济理性的统治模型。在这些事上，沉默，就是一种投降。如果这些替代方案不被提出和描述，我们将继续日复一日地受到理性概念的支配，这些概念与我们在小说中所熟知和关心的概念相比，似乎是贫乏的。更糟糕的是，大多数人不会察觉感知，因此就不会真正地在不同概念之间选择。饥饿的人将会根据某种关于人的观念得到食物（或得不到食物），病人将会被治愈，法律和政策将被制定——这一切都是根据人类人格和人类理性的某种或某些概念而定。如果我们不参与这些选择，它们将在没有我们参与的情况下被默认制定。

[193] 　　我提出了一项显然吃力不讨好的任务。我们是否有理由认为，通过接受经济理论和公共政策，目前支配我们日常生活的根深蒂固的观念（关于理性和价值的观念），将会因与兰伯特·斯特瑞塞的接触而得到修正，或者，持有这些观念的人会随时关注亨利·詹姆斯以及相关的作者？任何可能的实践目标，可不可以通过微妙而精确地写下多数在公共生活中的人无论如何也不会读的书籍而达成？我们这些美国人也许会问：斯特瑞塞的**任何**写作，具有回应性的和细腻的，致力于感知的写作，能否强加于我们美国文化形式之上？关于这一点，我们有时有充分的理由认为（就如斯特瑞塞对纽瑟姆夫人的看法），它"不能**被**触及"；它只能涉及一个问题，即驱逐隐现在我们面前的"整个道德和知性的存在或障碍"，与其功利主义和宗教道德主义的奇怪组合，就像寒冷的北方海洋中某座特别巨大的蓝色冰山。（同样的问题当然可以用来探询有关伦理理论本身的实践价值，我们提议与之合作来"触及"她——即便理论冷冰冰的手可能不会很快被感觉到是一种具有威胁性的攻击。）

　　那么，除了尝试以外我们还能做什么？许多影响我们生活的重大选择——比如，最高法院的裁决——实际上是由一两个阅读、思考以及感受着的人在头脑中通过一两种复杂的反思过程做出的。一篇雄辩的文章（比如詹姆斯论隐私的道德价值）也许会改变这种反思的过程。在尝试之前，我们知道这些事情吗？詹姆斯曾经写过，面对社会性的迟钝与感知的一般性失败，文学想象的任务将是：

在没有任何其他享受的情况下，去创造一种记录；简而言之，去想象一种值得尊重的、可再创造的案例。还有比这种高度的、有益公众的，可以说是想象力的公共使用更好的例子吗？[46]

我们可以以那种爱的程度作为未来的目标。（尽管对这种爱的本质以及它与其他爱、与生命本身的关系越来越感到困惑。）在剑桥墓地里的一座开阔明亮的山上（在那里，人们可以在宁静的阳光下独坐，用整个上午的时间阅读。从那里会隐约听到孩子们的声音，仿佛是从下面的学校传过来的），他那朴素的墓碑上的碑文是："亨利·詹姆斯，小说家，两个国家的公民，大洋两岸他那一代人的诠释者。"就如斯特瑞塞所观察到的，我们就是这样。[47]

尾注

这篇文章是为探讨《文学理论的未来》(*The Future of Literary Theory*)一书而写的。与本书中的其他文章不同，它不仅试图说明为什么道德哲学需要文学，而且还试图指出文学需要道德哲学。它论证指出，有关文学的当代理论写作，在不忘记它的许多其他关切的同时，应当重视文学作品面对读者关于人应该如何生活的问题所做的回答。为了与这种文学哲学探究的起点和整体辩证方法保持一致，它坚持认为，想象中的方案不仅需要那些同情小说中所包含的感知的哲学形式，而且还需要有力论证正确生活方式的不同观点的哲学形式——尤其是康德主义和功利主义哲学。这篇文章展示了斯特瑞塞的人生观，这种人生观在很多方面都有很强的吸引力；但它认为，要理解我们与它的关系——甚至要完全理解它——我们需要把它与其他替代概念放在一起。另一方面，那些拥护相反观念的人，如果他们也同样致力于审视那些主要替代概念，他们就应该同意，他们自己的整个方案的完成需要像这本小说这样的文本。

[194]

　　这篇文章清楚地表明，在一开始就不排除主要对象的情况下去描述整个方案的难度。导论中讨论了这给我的方案所带来的困难，以及我对这些困难的回应。

　　这篇文章详述了这部特殊的小说，将小说家的立场与对激情欲望之爱的拒绝联系在一起。在"有瑕疵的水晶"和"'细微的体察'"中对《金钵记》的阐释，使詹姆斯所关切的这幅图景复杂起来。这整个问题也在导论和"斯蒂尔福斯的手臂"两章中得到了进一步讨论。

注释

1. 亨利·詹姆斯，《使节》纽约版（1907—1909），I. 50。本书所有涉及该作品的引文均源自此（两卷本）版本。

2. 本篇文章中，我倾向于使用"伦理理论"，而不是"道德理论"，因为前者并不意味着人类价值区分为两个不同的群体，道德的和非道德的。关于这种区分及对其质疑的一些理由，参见伯纳德·威廉斯《伦理学与哲学的限度》（1985）以及努斯鲍姆《善的脆弱性》第一、二章。我在此对"道德哲学"一词的使用仅仅是因为没有对应（既包含伦理理论也包含道德理论的）"伦理哲学"的词。我对伦理理论和道德哲学的区分与罗尔斯对道德理论和道德哲学的区分密切相关：参见约翰·罗尔斯《正义论》（1971）第46页及以下页。道德哲学是一个宽泛而包容的学科，涵盖了许多不同类型的伦理研究，其中一种是对实质性伦理立场或伦理（道德）的理论研究。对于我的研究进行这样的区分的结果是伦理探询不再是系统化和理论化的；因此也不再是伦理理论，但可能仍然存在于道德哲学之中。正是基于对道德哲学的这种宽泛理解，我在"有瑕疵的水晶"中提出论证，某些文学作品是道德哲学的一部分。也可参见本书"导论"。

3. 参见阿瑟·丹托发表于《美国哲学学会论文集》第58期（1984）第5—20页，《文学与／作为／中的哲学》一文。

4. 亨利·西季威克（1838—1900），英国功利主义哲学家。——译者注

5. 艾丽丝·默多克（1919—1999），二十世纪英国最著名的女作家之一，其作品《大海，大海》曾获得布克奖。——译者注

6. 雅克·德里达，《马刺：尼采的风格》（*Spurs: Nietzsche's Styles*,

1979），B. 哈洛译本。

7. F. 尼采，《查 拉 图 斯 特 拉 如 是 说》（*Thus Spoke Zarathustra*，1966），W. 考夫曼译本，第一部中的《读与写》一篇。

8. 很明显女权主义批判和马克思主义批判是我们此处描述情况的主要例外。但它们在与周围学说的差异以及对它们经常性的批判中，成为证实规则的例外。

9. 参见丹托《文学与 / 作为 / 中的哲学》一文。

10. 参见《善的脆弱性》插曲二；同样参见希拉里·普特南《意义和道德科学》（1978）中的"文学、科学和反思"一章，83—96 页。

11. 参见本书"洞察力"一章。

12. 我首先想到的是 F.R. 利维斯和莱昂内尔·特里林（见本章注释 43、44）；同样参见彼得·布鲁克斯《为情节而阅读：叙事中的设计与意图》（1984）、马丁·普莱斯《生命的形态：小说中的人物和道德想象》（1983），尤其参见韦恩·布斯《我们所交往的朋友：小说的伦理学》（1988）。

13. 此处我们可以与本书"有瑕疵的水晶"一章中的伦理研究做对比，同样参见《善的脆弱性》第一、八章，以及本书导论。科拉·戴蒙德用更加怀疑主义的眼光在《新文学史》第 15 期（1983）第 155—170 页的《关于何为道德哲学的一个简要故事》一文中做出了相关描述。

14. 关于这个问题及其与道德 / 非道德区分的关系，参见威廉斯《伦理学与哲学的限度》以及努斯鲍姆《善的脆弱性》第一章。

15. 亨利·詹姆斯，《卡萨玛西玛王妃》序言——参见本书"有瑕疵的水晶"和"感知与革命"两章。

16. 我在 M. 斯科菲尔德和 G. 斯特里克编辑的《自然的规范》（1986）一书的《治疗性论证：伊壁鸠鲁和亚里士多德》一文中深入探讨了这个问题，第 31—74 页；同样参见《欲望的治疗》。

17. 罗尔斯，《正义论》第 46 页及以下页。罗尔斯的讨论涉及亚里士多德以及亨利·西季威克的《伦理学方法》第七版（1907）。

18. 参见《善的脆弱性》第八章以及本书"洞察力"一章，同样参见罗尔斯《正义论》第 46 页及以下页。

19. 参见罗尔斯作品，同样参见亨利·理查德森在他的博士论文作品《慎思是有目的的》（*Deliberation Is of Ends*，1986）中对罗尔斯方法论的精彩讨论。

20. 第 46—53 页及第 130—135 页；同样参见罗尔斯的杜威讲座，"伦理理论中的康德式建构主义"，《哲学期刊》第 77 期（1980）。

21. 这一点罗尔斯并没有明确指出，但在他的讨论中有所暗示；理查德森以一种似乎与罗尔斯一致的方式，令人信服地论证了这一点。

22. 罗尔斯，《正义论》第 47 页。

23. 罗尔斯，《正义论》第 47—48 页。

24. 罗尔斯，《正义论》第 135 页。由于这个讨论不属于"反思的平衡"部分，因此，对于它是否应该是我们用来考虑所有理论的一般方法的一部分，还是应该被理解为包含在（康德式的）原初立场中道德观点特定叙述的一部分，存在一些不明确的地方。但是，由于它的限制说明了"适用于所有伦理原则的选择，而不仅仅是正义原则的选择"（第 130 页），而且由于它们支配着当事人甚至被允许考虑的理论的选择，罗尔斯似乎很可能将它们视为合理的道德约束，强加于所有实践推理，而不仅仅是具体的康德式概念的推理。无论如何，要把罗尔斯的这两个层次的方案分开是有困难的，因为即使是对"深思熟虑的判断"的阐述，明确地成为我们用来考虑所有替代概念的一般方法的一部分——因此，它不仅应该对康德式的概念公平，而且也应该对它的对手公平——也与康德主义有强烈的密切联系。这个问题在杜威讲座中有进一步的讨论，没有明确的解决方案。

25.《尼各马可伦理学》1109b18—23 以及 1126b2—4，同样参见"洞察力"一章。

26. 梦中的形象被证实为莎拉·波科克，但是她在此正是纽瑟姆夫人的使节。

27. 参见本书"细微的体察"章节。在我宣读这篇论文初稿的美国哲学学会研讨会上，我有幸得到了科拉·戴蒙德的精彩点评，题为《错过冒险》，其摘要发表在《哲学期刊》1985年第82期，第529页及以下页。这些评论形塑了我对这些问题的看法。

28. 希拉里·普特南在《新文学史》第15期（1983）上发表的《严肃对待规则：对玛莎·努斯鲍姆的回应》（第193—200页）中有力地指责了这种观念缺乏标准（违背了在"有瑕疵的水晶"中亨利·詹姆斯式的观念）。至于我的回答，参见本书"洞察力""'细微的体察'""感知与革命"以及导论章节。

29. 参见本书"洞察力"以及"'细微的体察'"章节。

30. 理查德森，《慎思》。我非常感谢理查德森就这些问题进行的讨论。他的一篇新文章《反思平衡的情感》以一种与这篇文章相接近的方式，对这个问题进行了延伸，尤其接近"斯蒂尔福斯的手臂"一章中的观点。

31. 参见本书"洞察力"一章。

32. 对比《使节》I. 200、209、213等。

33. 参见 I. 209："我们这位可怜的朋友感到不安和被动……"

34. I. 8。对斯特瑞塞之后的描写正是这种视野所带来的结果。

35. 那些有关戏剧写作的负面文献显然鼓励了我们在斯特瑞塞与詹姆斯本人之间建立联系。

36. 伊恩·瓦特在《批评文集》第10期（1960）第254—268页《〈使节〉第一段：一种解释》中对小说的风格有很精彩的阐释。由 A.E. 斯通重新编定的版本出现于《20世纪对〈使节〉的诠释》（1969）第75—87页中。

37. 这个短语詹姆斯用在《一位女士的画像》的前言之中，参见詹姆斯《小说的艺术》（1907）第 45 页。

38．关于这种对比的一些因素，参见本书"洞察力"和"柏拉图论可通约性"两章。

39．关于这点，参见前文《治疗性论证》（详见注释 15）。

40．菲利普·韦恩斯坦在《亨利·詹姆斯与想象力的要求》（*Henry James and the Requirements of the Imagination*，1971）一书中对小说的这些层面进行了很好的讨论，第 121—164 页。

41．这段文字和其他用到"生活"一词的篇章都在琼·贝内特《亨利·詹姆斯的艺术：〈使节〉》一文中得到很好的讨论，《芝加哥评论》第 9 期（*Chicago Review*，1956）第 16—26 页。这篇文章后重新发表于《二十世纪的诠释》（*Twentieth-Century Interpretations*），第 57—65 页。

42．源自列昂·埃德尔在《亨利·詹姆斯：未尝试的年代》（*Henry James: The Untried Years*，1953）中引用的亨利·詹姆斯的一封书信，第 49 页。

43．我特别想到威廉·詹姆斯在《信仰与道德论集》（*Essays on Faith and Morals*，1962）中的《道德哲学家和道德生活》一文，第 184—215 页。

44．F.R. 利维斯，《伟大的传统》（1948），第 154—172 页。

45．莱昂内尔·特里林，《自由主义的想象：文学与社会论文集》（1950），特别是文章《〈卡萨玛西玛王妃〉》《风尚、道德及小说》及《文学观点的意义》。

46．詹姆斯，《小说的艺术》，第 223—224 页。

47．这篇文章于 1987 年首次在圣克拉拉大学的"美德与能动性"讲座上阅读。我感谢大卫·菲舍尔在此场合发表的激动人心的评论。我同样感谢保罗·西布莱特和阿马蒂亚·森，他们的问题和见解促成了许多修订，并且也感谢剑桥大学、约克大学、耶鲁大学、伦敦大学、哈佛大学以及罗得岛人文论坛上的听众。

第七章

感知与革命:《卡萨玛西玛王妃》与政治想象

I

"她告诉我你变了,你和以前的观念背道而驰。"

"以前的观念?"

"有关社会布局的。你现在不再追求刺杀豪贵。"

"我从没有过这样的追求!"海厄森斯愤怒地说道。

"哦,如果你变了,不必躲躲藏藏的。"他的朋友用激励的语调讲着:"成为富人对某些人来说挺好的。贫穷并不适合所有人。"

"如果所有人都富有就太好了。"海厄森斯和善地提议道。

"是啊,只要不是用偷盗或者杀人的方式。"

"不,肯定不是用偷盗或者杀人的方式。我从没想要那样。"

"啊!那她肯定搞错了。但你难道认为我们现在需要的是耐心?"王子继续说道,似乎强烈地期望海厄森斯能够把这个宝贵的信念归功于他。"这也是我的观点。"

"噢,是的,我们必须有耐心。"他的同伴暗自窃笑着说。(II. 319)

仅几个月之前,海厄森斯·罗宾森还将工人革命及其投射的乌托邦未来看作要靠充满热情的乐观主义和强烈的反抗欲望来实现的目标。现在我们所看到的，则是他和一个愚钝颓废的贵族成员达成了口头上的一致：用轻柔不带血腥的口吻来谈论进步，赞成以耐心与温和的态度面对政治变革——即便当这（既喜剧性又悲剧性地）和剥削者最美好的期望相符合。他的窃笑，讽刺地承认了这种不协调。到底发生了什么？这种耐心的政治学是什么，又可以是什么？它似乎建基于对人类生活的温和态度、对美的钟爱、对特殊人和事物的微妙感知，是一种回应性和负责任的感受活动？

回到1970年的那个漫长夏季，当我第一次见到希拉里·普特南时，他正在伊利诺伊州锡安市的讲台上，以非常彬彬有礼的语调号召工人革命，并温和地主张可以为此杀害无辜和有罪之人。在那个夏天，人类需求的紧迫性没有给耐心留下丝毫空间。战争的暴力以其丑陋和卑劣充斥着生活，看起来任何迟缓的自由主义的回应，轻则被看作天真，重则被判定与恶同谋。人们在那时，同样在当前看到，马克思的"自由王国"的光辉景象在清洗斗争的遥远彼岸，地球上一切反对人类尊严的罪行都得到更正，在这个一切都相似的新世界里，所有人都将从阶级的限制和异化劳动中解放出来，在和平与休闲中实现他们完整的人性。这幅画面，与当日普特南的演讲相互映照，成为号召暴力的一部分，让计划中的战争变为圣战，并将迟缓视为罪恶。后来在锡安当晚，我们还看了电影《阿尔及尔之战》，看到了其中带着同情心的杀戮及其对王国的嗜血渴望。[196]

我当时和现在都困惑于那个时期普特南政治观点中温和与暴力的奇怪并置，他一边充满爱意地感知着具体人的生活，另一边却号召抽象的杀戮。从某种层面上讲，这些元素似乎是相互支持的：对苦难的敏锐反应唤起了迅速和激进的解决方案。但另一方面，它们又指向截然不同的政治道路。大多数发表了以上革命观点的人都忽视了温和，他们的话语具有一种相应更为统一的声调。那么温和感知的心灵在政治生活中曾经处在什么位置？现在又处于什么位置？如果其任务是帮助别人的话，那么海厄森斯·罗宾森的这种感性难道不是一种责任吗？

在最近几年，希拉里·普特南批判了他以前拥护的马克思式的乌托邦政治。[1]他还写道，"人们普遍面对的**长期**核心哲学问题，是如何在对进步持有信念的同时不相信乌托邦。"[2]和海厄森斯·罗宾森很像，他主张所有可行的进步观念都要坚持文化的连续性，坚持以一种谨慎耐心的保守主义来对待社会传统和艺术作品，通过它们，人类得以表达与认同自身。和海厄森斯一样，他认为艺术作品是洞见和启迪的根本源泉，如果把它们从人类社会中移走，我们将失去道德生活的一个核心元素。[3]他描述了一个由三种元素组成的"政治立场模型"："以**社会主义**作为经济的指导原则，以**自由主义**作为政治的指导原则，以**保守主义**作为文化的指导原则。"[4]——我们将看到，每个元素都可以从海厄森斯自身的反思中找到许多回应。对人类苦难的同情贯穿了普特南的思想和行动，为了向这位杰出哲学家和好朋友致敬，我决定转向亨利·詹姆斯的一本小说。詹姆斯提倡细腻地感知特殊事物，他的这本小说探询了这种理想与其本[197]人对人类苦难的同情之间的关系。接下来，我将要讨论的是《卡萨玛西玛王妃》，探询它有关进步的想法可能是什么，以及感知想象力在其中的角色；海厄森斯的文化观念可能与他对耐心的信念之间有着怎样的关系，在他作为一个"无所错失"的人和他无法对革命的社会主义保持乐观之间的关系。最重要的是，探讨小说中那个兼具悲剧性和喜剧性的问题：一个人怎么可能既有同情心又会去杀掉（或者到最后没杀掉）人民的敌人？

Ⅱ

我的计划面临挑战，来自两个相关的来源。欧文·豪在《政治与小说》中的观点很有影响力，他认为不能从《卡萨玛西玛王妃》中挖掘政治思想，而我想从中挖掘。因为事实上，亨利·詹姆斯根本不在乎，也没有能力处理政治思想。[5]豪认为，一种对抽象的某种嗜好和对一般化表述的喜爱被认为是现实政治思想家的标志。他还认为，政治思想的合适主题是"一种行动的集体模式"：一种不能被还原为具体人类的行动或需求，或者借此来进行恰当描述的看待行动的方式。之后他观察到，在詹姆斯的小说中存在着一种对一般性的"反感"，是"一种深度的不信任，实际上是一种职业化的拒绝"。我们发现了豪所谓的一种"训练有素的在抽象思考上的缺乏经验"。并且最终，我们看到的是任何意义上"作为行动的集体模式的更大政治观念"的缺席——与之相反，小说家的注意力全面转向了具体人类的行动及苦难。[6]从某种程度上说，所有这些观点作为对小说的描述是足够准确的。但是，如果我们考虑到，或许这种对抽象和一般性的拒绝可能源自詹姆斯思想中的更深层资源而非小说家的职业习惯，那么我们或许仍对确保我们对詹姆斯作品的政治兴趣怀有希望；这种无法以集体（而非个人）的眼光看待事件可能源自对道德真正需要什么的深刻意识；而那种一般化的趋向（正如我们所看到的那样，呈现在小说里，在小说不止一位社会主义者的话语中），从这个视角看是道德的，并且是一种政治缺陷；（就如我在其他地方论述过的）分析詹姆斯的最好方式不是像豪那样来看待他，把他视为一个职业是小说家的人，通过形式（无论有什么限制）来表达他的道德观，而是要把他视为人类社会生活的思想家，他关于生活的思考在小说中找到了必要的形式和恰当的表达。

然而，普特南本人也对詹姆斯持保留态度，这与豪的观点相关，但更加彻底也更加严谨。[7]不同于豪，普特南认识到詹姆斯的道德观中很重要的一点是，对特殊性的感知在某种意义上优先于一般性的规则和原则——在此意义上，这些小说中细腻的非抽象性恰当地表达了一些詹姆斯有关人类生活应当怎样的观念。但是普特南对这个观念作为一种模式的价值，甚至对于个体生活的价值都存有疑虑。他指责这种感知的道德，同时也是一种对待特殊事物的温柔关切的道德，危险地缺乏一种一般性的由规则指引所带来的确定性。一个以詹姆斯所建议的方式进行慎思的

[198]

人不免显得太不受义务约束，太过善于权衡利弊。我已经不止一次地尝试回应这种涉及个体道德的指责，并试图细致地澄清我们实际上在詹姆斯的道德观中发现的关于规则与感知的对话。[8] 但是，即便我们可以在这种背景下为詹姆斯辩护，我们仍可能感觉到，那种反对在政治生活中是具有力量的，在那里即便是那些赞成个体选择的特殊性的道德思想家有时也要承认我们需要被确定和一般性规则指引。[9] 普特南没有把他自己对艺术和文学（以及关于进步的新模式，文化上的保守）的政治兴趣与对詹姆斯的道德观念的批判联系起来。但是他不仅有明显与海厄森斯·罗宾森的想法相近的反乌托邦文章《关于进步的笔记》，还有对詹姆斯小说中男女主人公持怀疑态度的《严格对待规则》，这种并存迫使**我们**不得不探究詹姆斯的观念在道德以及在此案例中政治上的可行性。

显然，詹姆斯本人已为捍卫他的对公共和私人层面皆有效的道德理想做好准备。他反反复复地谈到，作者的使命不仅是道德上的，而且也是政治上的。他曾就作者创造某类小说男女主人公的目的这样说道：

> 在没有任何其他享受的情况下，去**创造**一种记录；简而言之，去想象一种值得尊重的、可再创造的案例。还有比这种高度的、有益公众的，可以说是想象力的公共使用更好的例子吗？——在对道德的关注中，我每时每刻都对这种可能的精妙运用肃然起敬。[10]

因此，我们阅读《卡萨玛西玛王妃》这部詹姆斯作品中最为公共化和市民化的作品的核心任务，在于探询詹姆斯笔下的人物如何能够（**请原谅，豪**）表达政治思想，以及我们如何（**请原谅，普特南**）在现实政治生活中为这种思想的价值辩护。

Ⅲ

　　这本小说向我们展示了一种特定的意识,但同时要求作为读者的我们也成为这种积极回应的意识。在它盘根错节的字里行间,小说创造了这种心灵的记录,并且在我们探索错综复杂的路径时,教导我们自己成为它所展示的复杂性。小说的这一方面在其设计和出色的序言中都得到了极好的强调,其序言是詹姆斯有关小说家功能的观念中,对于某类主人公的角色所做出的最详尽也是最著名的描述之一。海厄森斯·罗宾森是一个"无所错失"的人(I. 169)。[11]詹姆斯在序言中赋予了他一种良好的感性智慧,对发生在他身上的所有事情都会产生非常强烈的感受,简言之,他有一种"细微的体察和完全的承担的能力"(I. viii)。相比那些"粗鲁与盲目"(viii)的人,对他们而言那些发生在自己身上并不那么重要,罗宾森属于"那种更为深刻地感到疑惑……真正富于感受性"的人(viii)。詹姆斯强调"知性的介入"在此处是小说家创作的"本质"(ix),他所谓的知性不仅仅是智识上的敏锐,更多的是一种感知并感受每个特殊事件与人以及困惑的实践意义的能力。事实上,在那些人物的生活中,回应与行动之间的区分失去了意义,这是因为他们在道德上所**做**的,意味深长的以及可供评估的所作所为属于对其所见之事的恰当回应。他总结道:"这样我将刚刚提到的这些人的'所做'视为所感,将其所感视为所做。"(I. xi)而至关重要的是,小说的政治场景则会通过"一种(就被动和主动的生物而言)经过细腻的强化和广泛扩张的意识"(xii)展现给我们,一种许多最恰当的行为正在感受和感知的意识。很明显,它不仅是向读者传达丰富感受的有效手段,而且也是一种具有独特道德维度的手段,通过它,我们获得"事物的价值与美"(xiii);我们不仅可以指望海厄森斯·罗宾森是一个故事的讲述者,从某种意义上讲,他还是出色的道德试金石和向导。

[199]

我已在其他地方探讨了有关詹姆斯的道德理想及其在他的主张——作者与读者的工作是一种道德行为的范例——中扮演的角色。[12] 我之后会回过来讨论海厄森斯道德想象的独有特征。然而如果真的把詹姆斯的主人公看作政治生活同时也是道德生活的典范，那么显然，我们就必须面对一些棘手的问题。首先，我们会被问到，这种道德规范意味着怎样的政治观念？假如人类最好能做到"细微的体察和完全的承担"，难道这不意味着把某种形式的贵族制和寡头制视为最好的政治结构吗？（如果真的如此，这岂不是也给了我们质疑道德准则本身的理由吗？）这个问题含蓄地出现在多部詹姆斯的小说中，这些小说所关注的那些充满活力与感受力的人物，碰巧是一些悠闲的绅士与女士。它们也暗示道德生活的本质存在于那种可能发生在家庭宴会上的某种形式的交谈中。《卡萨玛西玛王妃》向我们展示，亨利·詹姆斯并没有回避这个问题，而是急切地直面它。因此对这部小说的任何阅读者而言，其首要任务就是考察这种直面带来了什么。

[200]

其次，我们得从政治结构的问题转向政治想象，以及普特南和豪所提出的问题。用政治的措辞来讲，难道这些痛苦的感受和微妙的感知不是过于复杂和细微，又缺少了由规则制约带来的坚实吗？难道我们在社会抉择问题上不需要某些更加明确、坚决，更为直接，更为一般性的东西吗？詹姆斯在这个问题上同样没有回避；[13] 他给出了一系列有趣的政治行动者形象，我们可以在比照中评价海厄森斯的想象所提出的主张。当我们在思考这些的时候，我们也需要考虑海厄森斯对艺术和文化连续性的依恋的政治意义，因为这些依恋被表现为他的道德态度的关键性元素，与他看待和感受事物的方式密不可分。而这些依恋显然带来了成问题的政治后果。那么，我们会想要政治行动者也拥有这样的依恋吗？

最终，我们不免面对最棘手的问题，从我们听到他的姓名起，这个问题就在令我们尴尬：对于这个世界而言，这一角色的性格是否过于温和了？太柔软，太渺小，太像一朵花，太过天然地缺乏暴力与粗鲁激烈的回应去参与政治生活？而如果缺乏粗鲁与暴力，政治生活在很多时候看上去就什么也不是。这样一个人物，致力于温和地关注特殊事物，只是一个错误的人物，在那个黑暗和腐败的环境中，是相当可笑的，难道不是这样吗？在个人生活中的精细，以及在小说家作品中的精细，可能是一种资产，从政治上看却是一种致命的负担。这样的人对任何人来说没有好处，他只有被碾压，或是要屈从于压迫者的意志。詹姆斯不允许我们不面对这个问题。我们仅从名字就能知道，风信子是保罗·穆尼芒的城堡里的一棵脆弱的植物[14]。那么，感知的政治难道不是虚弱或可笑的政治吗？

Ⅳ

如果我们从詹姆斯的语句所再现的思想与感受活动中获得道德标准，并在内心进行创造，那么我们就必然得是贵族吗？看上去似乎如此。就像小说中经常暗示的那样，如果这种细腻的回应性思维需要特定的必要条件，诸如无须从事机械难熬的工作，接受过一定水平的教育，以及可能拥有一些闲暇。如果这种思维是我们唯一信任的能做出好的决策的方式，我们似乎就只能把决策权留给那些享有特权的少数人，让他们照看那些太过迟钝、无法看清自身利益所在的人的利益，就像柏拉图说的那样。这个问题在詹姆斯许多的小说中并未得到处理；因为我们看到在那里只有远离工作的上层中产阶级和上层阶级，即便工作对小说中的人物有着重要的意义（比如亚当·魏维尔、兰伯特·斯特瑞塞和默顿·丹歇）。但是《卡萨玛西玛王妃》与其工人阶级的主人公却直面了这一问题。[201]

为了看清詹姆斯如何面对这个问题，我们首先要区分两种对贵族制的辩护，而这是诸多把詹姆斯划为贵族式保守派的人所没有做的——或者更确切地，区分对贵族制的辩护和对一种一般意义的政治至善主义的辩护。一方面存在着传统的贵族观点，詹姆斯有时为此受到批判，该观点认为只有某个阶层的成员天然地拥有良好治理所必需的精细思维，因此他们应该管理所有人；另一方面，我们看到的是至善主义者的观点，他们坚称，所有人并不是同等的完整和发展良好，即使就道德发展本身而言也是如此。因为在现实条件下，整体上讲，人类核心能力的发展所需的必要物质和教育条件并非对所有人开放。第二种（亚里士多德式）观点并不是一种保守主义的观点。[15] 假如我们像亚里士多德那样，将此观点与那种认为政治的核心任务是让人们，让每一位城市中的人能够以最重要的人性方式幸福地生活的主张相结合，这将激发一种对社会和教育改革的激进要求，目的在于给所有人 [16] 带来**幸福**（eudaimonia）和实践智慧的条件。我相信，《卡萨玛西玛王妃》向我们展示的观点是亚里士多德式的观点，而不是保守主义抑或贵族式的观点。

这部小说清楚地向我们展示，并作为一种重要的社会洞见推荐给我们：思考、想象甚至欲望受到生活的物质环境——受到营养供给，周围环境的肮脏或宽敞、优渥或贫瘠，以及教育和家庭关系的稳定与质量——的极大影响。就如这本小说所表现的，贫穷和肮脏的最可怕之处是它们会腐蚀思想、感受和欲望的能力。海厄森斯对王妃说："多个世纪的贫穷、劳苦、饥饿和无家可归没有给更为高级的能力带来任何积极影响……在他卑微的生活中，人们没有任何思考能力；他们的心灵被简化为两三个要素。"（I. 245—246）

这个感受当然不容易被有同情心、有特权和多少有些激进的人士接受。作为读者，我们被希望分享王妃不自在的感受，"当她转过身，微微扭动身体，似乎想反驳"（I. 246）。然而，小说又完美清晰地表明了其立场与赞成世袭贵族制如何相去甚远，它多次反复强调是物质条件造成了思想上的差异，而物质条件是可以改变的。有一次海厄森斯差一点忘记了这些，但是立刻就受到穆尼芒的提醒，后者虽然在感知和感受上存在道德缺陷，但他仍然可以吐露小说想表达的真理：

[202]

"我们这些人的卑鄙之处是恶劣的条件造成的，我想改变的正是这种
条件。假设那些命运多舛的人能有一个好的起点，那么我们就可以
推断他们会走得更远。我想试试，你知道。"（II. 216）

海厄森斯同意这种分析。之后，当他终于挽着好奇的王妃冒险外出
时，他首次亲眼看到了伦敦贫民窟的肮脏不堪，他明白即便是改善环境
的欲望也会被苦难消磨殆尽：

他知道这些人的处境极其可悲，他甚至比他们自己更能意识到这一
点。他经常震惊于他们野蛮的麻木，粗野阻挡了更美好事物的滋味
以及对它们的渴望。（II. 262）

像这样的话不是所有人都喜欢。我发现我那些生活优渥的学生经常在
此刻同情心大增并试图反驳："那么托尔斯泰笔下的农民又如何呢？"但
是对于托尔斯泰而言，善和敏锐的思想不依赖物质条件的想法与基督教有
关灵魂的观念是不可分割的，灵魂不受物质条件影响并且等待在另一个世
界获得补偿。这部小说不接受这种灵魂观念。事实上，基督教的来世允
诺在詹姆斯的小说中被明确刻画为冷酷、压迫性贵族政治的帮凶〔王子
说，在英国"真正的信仰"的缺失解释了贫困的英国人对社会变革的极
度需求：信仰使人有耐心（II. 312）〕。詹姆斯可能会说托尔斯泰对穷人的
感伤描述错在精神与其物质条件的关系上，并且这种描述本身就是对社
会进步的阻碍。他会说，更真实的同情是不加掩饰地指出贫穷的全部丑
陋，并且指出它让身体和心灵付出的代价。青年马克思的人道主义作品曾
讨论过发挥完整人性功能需要什么，以及工人与其全部的人类机能都异
化了，除了其中最为动物性的使用，类似于海厄森斯·罗宾森所感知到
的恶劣境况。[17]马克思的这些作品和我所认为的詹姆斯这本小说的目的，
都在于通过清晰地衡量他们当下的生活现状与我们认为人类可以享有的 [203]

繁荣之间的差距，来唤起一种不那么自私的和更为激进的对工人的同情。

这部小说向我们展示，那些在灵魂上最卑鄙的人，他们的物质条件同样极其糟糕。但小说显然没有停留于此。它甚至表明像海厄森斯这样的技术工人，他们的生活从某个角度上阻碍了实践理性的充分应用。此处，劳动本身并不是问题所在：在小说中，订书匠的工种被描述为一种能够富有感情地表达高度人性的职业。装订工厂的工人，以及其他经常在日月咖啡厅参加政治集会的技术工人，都被描绘为正经规矩的人，有能力表达不满，能够想象、建立友谊和思考政治。但是他们缺乏教育，而且其心灵没有受过艺术或者知性方面高度复杂的创作经验的影响。因为没有人引领他们阅读或以其他方式欣赏思想严谨、情感细腻的作品，他们自己的政治言论经常显得模糊不清和粗俗不堪。他们"盲目、蹩脚地，在一种永远肮脏的知性雾霾中"寻找善（I. 340）。他们不断地自我重复，用"复述"来代替论证。其中一人"总是旧调重弹：'那么我们现在是挨饿还是不挨饿呢？我挺想听听大家伙就这个问题的看法。'"其他人说道，"如果今天吃不饱，明天就得要吃饱"（I. 339）。詹姆斯在小说中没有对这种简单性做感伤的描述，他的读者对此并不会感到奇怪。个人生活和政治生活都是艰辛且复杂的，为了提升其质量，就要有敏锐的感受和清晰的思路。没有教育，只是盼望这种思想和感受从天而降是没有用的，也不应企望政治言论能够处于其最佳状态并满怀人性。

再一次，我认为詹姆斯是对的，并且比那些只将简单感伤化或假装复杂性不需要条件的作者更为正确，且拥有更为真实的同情。詹姆斯的观点与托尔斯泰的社会观相去甚远，无论在关于灵魂的简单化问题上，还是在塑造灵魂所需的艺术方面，都是如此。但他再次与青年马克思的观点走得很近，后者曾经想象，工人新获得的闲暇应当用来接受完整的心灵教育，通过接触伟大的艺术和文学作品。

海厄森斯是怎样摆脱这命运的呢？假如我们能够领会一个工人如何在这些现实底下成为詹姆斯小说的英雄，那么我们就能更好地领会詹姆斯的社会规范的背景条件。显然,海厄森斯是在符合最基本的营养与健康的条件下长大的。他健康且强壮。洛马斯广场虽然单调乏味,但并不肮脏,我们从海厄森斯对其他地方的惊恐反应上就能看出来。能够得到像样的医疗护理是詹姆斯特意去进行记录的事情。当皮妮生病的时候,海厄森斯去请了一位知名且高价的医生,结果这位医生告诉他,他们当地的医生所给出的疗法已经很好了。我们也看到,海厄森斯在稳定和充满爱意的环境中由皮妮和维奇抚养长大,这在与亨宁家日常的家庭暴力和酗酒的对比中得到了强调。(在这点上,作者明显在暗示一系列通常与贫困有关的、亟须关注的社会问题。)

此外,海厄森斯从事的不是一种异化的、令其感到疏离的工作。他 [204] 在装订书籍的工作中肯定自我,从他所生产的产品中确认自我,并且对能表达自己思想和感受的他的作品感到自豪。他的工作为他留有足够的闲暇去追求社会关系和娱乐。(小说的很多情节都发生在星期日。)

海厄森斯受过良好的教育。皮妮和维奇对他的学习热情给予了极大的鼓励,因此尽管存在阶级壁垒,他的聪慧头脑使他读完了诸多伟大的文学作品(我们经常看到他漫谈大小仲马、巴尔扎克、缪塞、丁尼生),使他能经常光顾剧院、欣赏音乐——至少是戏剧类的音乐,使他精通法语并略懂意大利语,使他对艺术史了解到足以定位、鉴赏他所看到的艺术品的程度。海厄森斯明显是个上进且聪明能干的学生。作者并未引导我们去相信所有人都能如此自学成才。但维奇也是这样,而且比所有贵族都聪慧。我们感到,在此意义上的成长完全符合对人的尊严的期待,这要比天生的活力所具有的重要性更能够推动海厄森斯走上其道路。于是我们得出结论,如果所有人不仅被要求接受教育,还能坚持接受(来自家庭和整个社会的)教育是他们合适的天赋权利及他们每个人都拥有的人性的恰当完成,那么我们就向前迈出了一大步。然而这一步还远不足够。索尔图受过教育但缺乏智识,王妃对新的情感强度的空洞欲望导致她滥用自己受过教育的才智。即便如此,能够在这个世界上踏出这一步，已经很不错了。

正是这一步，把我引入海厄森斯生平中最后一个特征。与小说中其他工人阶级角色相比，他最不寻常的特征是他成长于自己真的是个绅士的想法中，而所谓绅士，是一种思想清晰、感受敏锐的人物，是出现在伟大艺术作品中的人物，是如果达不到作品所给出的标准也没有借口可找的人物。在他被慈爱地抚养长大的关于他出身的神话中，作为某种人的责任和机遇以生动的方式传递给了他。对自己崇高形象和忠诚贯穿始终，这是使他竭力不错失任何东西，使他保持正直、细心、体贴和清醒的关键因素。与此相反，其他工人对自己期望不高，他们总是从控制他们文化生活的傲慢的贵族向他们展示的本阶级成员的形象中看到自己的可能性。（只有米莉森特·亨宁以其十足的能量和"大方且自由的本性"摆脱了这种自我定型，并开心地活出了自己独特的一面，这并不亚于海厄森斯敏锐的回应。）

这样，詹姆斯就向我们揭示了英国阶级划分的另一个可恶之处：它们将高度人性的形象与阶级成员的形象捆绑在一起，从而损害了人们对可能性的理解。罗茜·穆尼芒的生活因她无法想象除了贵族服装以外的美的形式而扭曲。就算是充满爱的皮妮也将自由和高贵与贵族的形象联系起来。同样，海厄森斯最后也陷入其中。他无法想象一种建设性的政 [205] 治方案，因为他总是将道德目标与成为像有特权的人那样的想法联系起来。这也许就是为什么，在穷人面前，他的思想向"一种无法避免、无法克服的感觉"妥协了（II. 262）。然而，詹姆斯还通过包括海厄森斯在内的人物的局限性向我们展示了，能令来自任何阶级的学生都能认同的高度人性的形象对于任何发生在教育领域中的"改善作用"（II. 170）来说都非常重要。他最大的成功在于向我们展示海厄森斯如何既成功逃脱一个被划分为阶级的社会为个体设下的思想和欲望的陷阱，同时又深陷其中。他成功逃脱是因为他信任自己想象力的来源，找到了相信自己的尊严并将其投入社会的方式。他同时又陷于其中，因为他的尊严太依赖于自己出身贵族的幻想。某些法国文学让海厄森斯开始超越这种幻想。在巴黎,他证明自己能够想象他的无产阶级革命祖父在对他说话,就像在他自己创作的小说里那样,以一种"即便是政治狂热也不能压制的快乐"说话,以一种"令人愉快与友善的腔调与措辞"的法语散文说话(Ⅱ. 122)。这种"模糊但生动的人格"(Ⅱ. 122)是一种关于人性的新文学所设想的英雄。对我们来说,海厄森斯自身是另一位这样的人物。

这在政治上为我们提供了什么?正如我们必须通过海厄森斯的双眼看到的那样,我们能够太过清晰地看到这种虚无。但当我们受邀对他进行批判性思考时,我们也被邀请为我们自己想象各种可能性。事实上,我们看上去拥有一个案例来体现普特南"政治立场模型"中的所有三个元素。首先是经济上的社会主义:小说作者向我们清楚地指出,满足所有维持生命的必要需求,诸如饮食、住房、娱乐、良好的医疗和教育,是任何社会的一个最为关键的部分,其有机会超越这部小说摆在我们面前的那些错误。

"自由主义作为政治上的指导原则"——我相信,这个要素在小说中也占有一席之地。因为詹姆斯向我们展示了一种人性的观念,根据这一观念,我们的基本尊严居于思想自由与积极回应的活动中,居于对语言的自由的创造性使用中。小说也支持自由主义,其不信任革命的暴力,并对耐心的缓慢变革有所偏爱,我们会很快审视这个主题。在最后,小说对自由主义的赞成体现在,即便所有生活方式的价值不完全等同,但它同样坚持我们不想要一种迫使不同的个体进入同一路径的政治,或是阻挠他们在选择职业、朋友以及娱乐上进行多样化自我表达的政治。 [206] 透过维奇的眼睛,我们看到了普彬的社会主义愿景是多么沉闷乏味,"人类家庭会根据亲疏成群地围坐在小桌边,一边喝咖啡(而不是茶,例如![18]),一边感受自然的和谐。维奇先生既没料想到也不期望这种规划好的至福,他喜欢的是他的茶"(Ⅰ. 96)。在这里,詹姆斯有力地向我们揭示了诸多社会主义者(以及许多保守主义者)心中有关善的愿景:它们经常包含一种强制，将某些社会精英专横的偏好当作对每个人有效的普遍法律。因为法国人普彬喜欢咖啡，那么所有人就必须喝咖啡。维奇则明智地想要为私人选择自由的实质空间提供保护，尽管是基于一种有关好的人类机能运作的一般性愿景。

"在文化上以保守主义作为指导原则。"就如我们所看到的，詹姆斯暗示创造新的人物、新的身份以及批判旧有人物及身份的重要性。他显然并不推荐怀旧式的传统主义。他还引发我们思考，有必要设计那些让公众得以接触到最好的艺术作品、普遍接受人文主义教育的途径。但是保存文化传统，是这部小说所要强调的核心。在探讨詹姆斯的主人公会是什么样的政治能动者时，我们会很快回到这些论点上来。

简言之，在我看来，在小说中存在着一个政治方案，或者是至少存在着一种政治立场。这是一种在撒切尔夫人时代之前的英国所尽力实行的政策，它包含了健康和营养方面的社会主义经济政策和自由主义对种种自由的保护，实行博物馆和美术馆免费面向大众的政策，兴办公园和音乐演出，以及实施那进展得非常艰辛的公共教育计划。

V

我们到此仍未回答豪和普特南的问题。我们一直没有指出，詹姆斯向我们展示的那种作为典范的意识实际上**是**在政治生活中具有典范意义的。正如普特南所言，詹姆斯的主人公难道不是**过于**关心特殊事物而不够关注原则，过于关心细微的具体事物而不够关注道德的抽象性吗？为了回答豪，我们需要问同样的问题。因为我们想要揭示的是，海厄森斯·罗宾森在思想和表达上的一般性的缺失——这在小说家的意识中也有体现——并非出于忽视或者无能，而是在有意创造一种不同的、可信的规范。

我们已经开始对作为政治舞台上的演员的"我们的英雄"做了一番

介绍。(由于我在其他地方已经具体讨论过与海厄森斯的道德进路颇具亲缘性的《金钵记》和《使节》,[19] 在此不作赘述。)首先,海厄森斯是"一个无所错失的年轻人"。"他意识内部的舞台"(I. 160—170)充满了丰富的印象,他有着"早熟的注意力"(I. 19)并"善于观察到一切"(I. 76),他几乎无须刻意努力就能对所有呈现在他感官之中的事物做出回应,并能在其中"看到难以描述的差别"(I. 167): [207]

> 对于这个不幸但是有卓越的组织能力的年轻人来说,所有视觉上的满足或者不满都能为他的整个思想上色并且……在生命中,没有什么东西比他的印象和思考更能引起他的兴趣、对他更有价值了。他的印象和思考源自所有他触及的事物,这些事物使他震颤,让他在醒着的大部分时间中兴奋和悸动,构成了至今为止他一生的主要事件和阶段……所有他观察范围内的事物都拥有意义。所有事物都在撞击、穿透和搅动他。总而言之,他眼中有更多的新鲜事物,尽管他知道怎样称呼这些事物,却不知道该拿它们做什么。他有时感觉自己就像处理不了过多信件的商人一样。这位商人的确可以聘请一个秘书,但是又有什么样的秘书能够为海厄森斯整理这些生命里最奇特的交流呢?(I. 159)

我们在这里以及其他地方不仅可以看到一种感官上生动的回应,还可以看到海厄森斯在强烈地**反思和感受**;其反思强烈到甚至由反思导致困惑,其感受强烈到甚至由感受产生"代价"。这种感到困惑而**不是**去简化的能力与任由自己被"穿透"的情绪相结合——就像詹姆斯在文本与序言中所清楚表明的那样,这一切把海厄森斯塑造为一个感知者,没有错失任何东西。假如你已准备好欣赏生活的真正面目,你就应当愿意去困惑,以看到生活的奥秘和复杂;那种安慰性的简化会带来眼力的钝化。并且,正如戈弗雷·索尔图告诉王妃的:"有些神秘你只有在拥有一些像样的人类感受时才能看穿",所以如果海厄森斯想看穿这些神秘,心灵就必须为所见之物"震颤"。就如序言所强调的,他的感受占据了他可在道德上被评价的"行动"的相当大一部分。而在海厄森斯与周遭世界的关系中,我们"立刻能看到,感受或者那许多种可能的感受贯穿整个情节,就像一连串的兴趣被逐个穿进线绳"(I. xii)。

詹姆斯清楚地指出,海厄森斯的感知和他对伦理价值的敏锐感受,与对人类的积极热爱是分不开的。序言告诉我们,他的回应是一种针对价值的回应。从小说开头海厄森斯就"希望成为非常好的人"(I. 52),他"努力在他自己的行为中培养正义","抓住每个环节,感受每种价值"(II. 7)。他感受到的价值主要是伦理价值。这意味着在面对人类悲惨的遭遇时他深受折磨(I. viii):他的能力"完全建立"在"有关苦难的认识之上"。很明显,这种清晰地感受具体生命和语境的能力以及——就像他经常做的那样——想象他人的经验和动机的能力与一种对正义和善的普遍追求的结合,是造就海厄森斯成为细腻的伦理和政治能动者的原因。

[208] 他细腻的本性可以从小说的比照中得到更清晰的体现:海厄森斯的心灵具体且丰富,与那些其他心灵形成对照,后者的道德粗俗是一种迟钝的眼力,拒绝看到和感受任何具体的独特生命。而詹姆斯在这部小说中的观点正是,最为现实的政治思考与能动性都会被这种愚钝伤害。厄斯塔士·普彬是一个诚实又好心的人,看上去慷慨温和。然而从我们得知他的那种粗糙、无趣感伤的乌托邦社会主义者形象——在那里,"世上所有的国度都要废除他们的边界、军队以及海关,互相拥抱,让地球变得畅通无阻"——的那一刻起,我们就得知这个心灵已经被"规划好的至福"所俘获,很难看到个体的现实生活。从那一刻起,他就已为最终对海厄森斯的背叛做好了准备。革命运动的方向被展示得越是宏伟,它也越会显得粗野,缺乏看到和感到每个人的能力就如对受到尊崇的领袖霍芬多尔的心灵的简短描述那样:

人性，在他的计划中，以非常德国式的彻底性被归类和细分了，当
然完全是从革命的角度进行的……对待所有事物、人、机构、观念
就像演奏屠杀交响曲中的音符一样（II. 55）。

然而，正是在对保罗·穆尼芒——这位富有魅力的社会主义官僚机
构未来领导者的精彩描写中，詹姆斯对政治的一般化提出了最为尖锐的
控诉。因为穆尼芒和海厄森斯的关系是，或者至少看起来是一种个人间
的友谊。对海厄森斯来说，这种关系需要尽力看到穆尼芒思想和行动中
的善，即便当它们难以置信地与自己的回应相差万里；对于穆尼芒而言，
这种关系应当意味着，或者说我们和海厄森斯是这样期待的，至少在此
案例中意味着要努力获取一种情感丰富的特殊回应和视域。通过他们之
间友谊破裂的叙事：一边是处于悲剧性的困惑，另一边则是处于高度的
迟钝，詹姆斯非常尖锐地向我们展示了他基于感知的政治话语案例，以
及他对抽象化趋势的控诉。

从开始我们就了解到穆尼芒是粗糙的："精细得体从来不是他的主要
特征"（I. 124），他的面貌"对我们这位敏锐的年轻人来说就像一排竖立
的尖刀"。而且海厄森斯发现穆尼芒如此远离具体的人类生活，假如我们
熟悉詹姆斯笔下有罪而天真的肖像（一种对现实的远离，使人可以怀着
自身纯洁的崇高感去做可怕的事情），我们就会得到充分的提示：高傲、
"视角单一"（II. 218）的形象，对"手的触感同时非常坚定且非常柔软，
然而异常冰冷"（II. 212）的描述。海厄森斯依然决心爱他，在他的背叛
行为中看到善，在海厄森斯的想象中，他暂时让自己承担起：

这样一种崇高的一致感所带来的"重量"。海厄森斯感到他自己永远
不能攀升得那么高。他曾经有能力对霍芬多尔做出正式的承诺，也
有能力对此负责；但他无法以同样的坚毅面对另一个人了，他无法
完全脱离个人偏见，无法向一个从种种迹象上看，他都很喜欢的小

家伙以那种方式提出这个可怕的"任务"。(II. 136)

[209]　　　不久之后我们就理解了为什么穆尼芒能够攀爬得这么高。因为我们得以——或许通过海厄森斯对他富于同情的努力理解———瞥穆尼芒眼中的世界样貌:

> 对于他人的行为他从来不给予感受,他认为这样的事情没有效率。他对人类苦难的最好解释从不超越偶尔调用的一些统计数据和"回报",关于工业的酬金、求职的申请以及解雇信息。在这些事情上他极其精通,一直在一种枯燥的统计与科学的氛围中活动,这些事让海厄森斯付出呼吸的代价来陪伴他。(II. 137)

　　　最重要的是,当我们继续时会发现,穆尼芒"激情的缺失,他明艳的冷酷,他的简易与准确的知识,他让自己在肮脏环境中保持清洁(除了手上细小的浓酸痕迹)"(II. 137)。他没有感情,决心对感情的拥有"越少越好"(II. 291),他从头到尾都是清洁的,唯一的小污点是他朋友的生命在他高效的双手上留下的(科学与化学记录)。

　　　这是一种政治话语。(回想起 20 世纪 60 年代的各个革命政党)我们不能否认,我们能辨识它的音符以及那些人物。我们也不能否认,在某种传统意义上海厄森斯的反面论调和思想都是个人的和非政治性的。他不能攀得那么高,呼吸那里的空气。他不能不看到每个人身上的个性,不能不看到每个人与他人以及与他自己的复杂关系网,不能不看到每个人的经历。他的想象力让他接近那个复杂的世界,而不允许他处于数学式抽象的高尚的洁净之中。但是詹姆斯的看法是,这种对个人的承诺本身**就**是政治性的。他认为,攀得过高会导致政治做出残暴行为,不再呼吸人性的空气。感知者立场的优越性不仅体现在他**能够**看到,可以触摸到,并因此可以做到(对于穆尼芒来说看不到并且因此不纳入他关于国家的任何愿景之中）的事情之中，同时也体现在他**不能**做到的，被阻止去做的事情之中。詹姆斯将这种精致的、情感负载的对特殊事物的感知（如海厄森斯那样的，对正义充满伦理渴求与欲望）与温柔和仁慈相联系，把那种切断感情的能力与以可能的可怕的行为攀升于人们之上的能力相联系。这种主张似乎是，如果你真正生动地体验了一种具体的人类生活，去想象过这样的生活是怎样的，并且与此同时允许自己对那种具体的生活做出所有的情感回应，你将（如果你的道德出发点是好的）不会对别人做出那些特定的事情。生动性造就款款柔情，想象力造就同情心。耐心观察世界的努力缓和了那种造成政治恐怖的粗野。（在这一联系中我们回想起，纳粹官员倾向于称犹太人为"货物"，或者特定数量的商品，是要被包装、运输并被量化的。对他们而言，正如在此对穆尼芒一样，让他们看到一个特殊的人性存在就是一种危险。）

　　小说中有一个场景对这一问题有着特别清晰的解释。海厄森斯和欧若拉·朗格丽世女士是在皆被王妃遗弃以后结识的。他们坐在一起，"在一种奇怪的、受难的神秘共同体中互相对视"（II. 354）。现在看来我们自然会觉得他们也许会一同恼怒，表达怨气或者愤恨，甚至想要或计划复仇。但所发生的并非如此： [210]

> 一种心照不宣的忏悔来回重复，两人互相理解。他们一点都不想谈报仇——他们彻底不会谈了——因为在他们共同的意识中有某种东西与粗野的控诉互不相容。（II. 354）

　　在此，就如经常在詹姆斯小说中看到的那样，我们看到了一种对报复和仇恨的拒绝与感知者对于情境中特殊事物的细致体察相联系。这种联系是由积极回应和爱建立的。海厄森斯和欧若拉爱着王妃，以一种感知的方式爱着她，看到她所身处的所有复杂性。那么，抱怨王妃将会显得是太过盲目的自我标榜，太过粗鲁而缺乏爱意，并且自恋。在专注于

她的过程中，他们放下了复仇欲望。（小说中最经常抱怨与控诉的人物是罗西·穆尼芒，她完全陷入忌妒的迷雾之中，我们无法看到她受到的伤害以外的事物。就如海厄森斯所见，那些社会主义者也经常被忌妒驱使，他们看不到眼前的事实。）看起来，清晰造就温和。像小说家那样去看世界是更人性的方式。

假如这是可信的，那么豪的批判就错过了关键点：詹姆斯并非要展示自己对政治思想的无能，而是为我们提供了一种对最为现实的对政治思考的透彻批判，并论证指出那种我们经常称为个人的思考承诺了一种在人性上更为丰富的政治观。被豪轻蔑地批判的莱昂内尔·特里林对此却看得非常深刻。[20] 至于普特南所担忧的感知者是否有能力成事，我认为我们在这里看到一个具有说服力的论点，即感知者（如果能够得到教育的充分引导，我们再一次强调，那种教育包括道德感知与好的道德原则）将会最为深刻与牢固地在选择政治行动时与人类价值联系在一起。

VI

但是至此我们仍然没有介绍詹姆斯对感知政治的辩护。我们尚未讨论小说中最核心的政治题目：对艺术与高雅文化的热爱和工人革命政治之间的张力。就如特里林动人地揭示的那样，[21] 海厄森斯对革命动机与目标的不断祛魅与其对艺术与文化的热爱，和他想要保存他所看到并且热爱的这种"美与力量的构造"（II. 125）联系在一起。于他而言，建筑、文学、绘画是"人类生命最丰富的表达"（II. 265），也是"有时以某种形态在他的想象中像光环般出现的""雄伟的景象"（II. 217）。这种对艺术的爱，被视为一种美与神秘，是海厄森斯悲剧的重要组成部分，因为他（真的）相信革命会毁掉文化的传承性，相信霍芬多尔会恍若无事地"把委罗内塞所绘的天花板打成碎末"（II. 146），是这些东西促成了他对革命目标的离弃。但是这种对文化保守的政治期望的动机和后果具体是

[211]

什么呢?

首先,我们应当说,海厄森斯对艺术的热爱是他以感知的方式面对世界的自然结果,反过来,热爱艺术又强化了这种方式。海厄森斯是从书里学到这一感知习惯的,而这种习惯反过来令其成为一位更好的书籍和其他艺术作品的爱好者。为了热爱高雅艺术,不管是文学的还是视觉的,一个人必须确保接近感受性和具体事物本身。如果一个人将海厄森斯的这种亲密性与他对看到价值的投入结合在一起,那么詹姆斯指出,对伟大艺术作品的深刻回应是自然的结果。此外,热爱艺术使得他更加强烈地,并且更加慷慨地热爱这个世界以及其中包括他自己在内的具体的居民。当他漫步塞纳河畔时:

> 他突生奇感,令他焦虑不安——这种感受令他觉得所有东西都可以把人置于世界之内,令他感知到能活在世界上的温存,令他为伟大城市的绚烂所着迷,为周游世界、探索未知所诱惑,令他在仰慕中浸沐于世界的慷慨。(II. 141)

当他看到自己身上这种艺术与对世界的慷慨的爱的联系时,他逐渐相信艺术需要被保存,因为对于所有的人而言,艺术是一种对生活以及好生活的激励:

> "我认为绘画、雕塑永远不会过多。"海厄森斯突然说道。"不管人们是否遭受饥饿,艺术总是越多越好。在改善作用的方式中,这些难道不是最确定的吗?""一点面包和黄油对于目标而言更为直接,如果你在饿肚子的话。"王妃说道。(II. 170)

对于我们而言,这是一个颇有难度的对话。这跟我们的政治兴趣有关,也跟我们对马克思观点的某些方面的同情有关。詹姆斯的意思或许会被理解为，对饥饿缺乏关注以及对精英价值有冷酷的偏好。它还会被解读为对我们早先在小说中发现的洞见的否定：感知和回应需要物质上的必要条件。但是我认为这两种都是对小说的误读。这里所说的是政治不能完全自下而上地处理所有人类生活的问题，也就是说只有当身体需要完全得到满足的那一刻才能思考精神。革命想要摧毁艺术财富以满足每个人的物质需求。海厄森斯的观点是，任何对饥饿和苦难的真正解决必须发生在一种持续发展的关于生活的丰富性、价值以及人性意识充分的情境之中。食物只有在作为某种事物的食物时才有意义；如果这种事物的意义消失了，喂食将会是喂养动物。假如我们仅仅为了饮食而关心我们自己，那么我们将会令那种让人们抓住世界的事物变得空虚，让激发对生命与人性之爱的事物变得空虚，到最后，我们最多只是被喂养得很好的猪而已。詹姆斯清楚地反对组织性的宗教在让人们把特定精神承诺置于物质需求之前的过程中所扮演的角色。他借王子之口全然否定了

[212] 这些观点。我们不能接受一个关于在另一个世界获得安慰的承诺，后者是对这个世界中社会变革的替代。但詹姆斯持有这一观点：一种更加世俗化的精神发展是给予包括物质生活在内的生活以人性意义的关键要素。艺术以及我们所称的人文学科的通识教育是这种发展中至关重要的部分。

　　对海厄森斯文化观的进一步论证可在他对文化传承性与人们对于自身身份意识（个体与集体的）的反思中找到。对他来说，革命有时像一场"淹没世界"并且"荡涤所有过去传统"（II. 262）的洪流。这意味着摧毁"混合着世世代代的渴望和泪水的事物"（II. 146）。清楚的是，海厄森斯不仅因为艺术的美和它的人性价值，而且因为它作为一项记录所具有的历史深度，这项记录赋予一个民族以身份，让他如此害怕它所遭受的亵渎。他害怕，在革命之中他的订书匠的职业不再能赢得尊严（II. 263），他害怕的不仅是美的丧失，还有历史的丧失以及历史性建构自身的丧失。再次重申，这不是对传统不加批判的辩护，也不是将人文教育局限于来自自身文化的历史中的作品。我们已经意识到海厄森斯对工人

阶级的新文学有强烈的兴趣。他的想象力也被许多不同的无论远近的人性形象激发。但他只是在提醒我们，人文教育的重要功用之一在于懂得每个人自己的历史，而这种历史性的理解对自我理解来说是至关重要的。

除了我们刚才已经说过的之外，在海厄森斯对文化的关切中还有一个观点帮助我们理解他对在政治生活中的耐心的新的尊重。这就是那些被人们热爱与研究的好的艺术作品，在它们的内容以及创作的事实中所展示的根深蒂固的冲突与悲剧性紧张，人类历史也被编织其中：在美与丑，在高尚的目标与某些人的苦难与痛苦，在善与恶的意图的关联之中。海厄森斯看到他所珍视的宝藏从人民的苦难和劳役中得到"拯救"与"赎回"，它们由支持这一苦难的文明产生。他对它们的关注充满了批判性反思，这绝非一种怀旧式的传统主义。（事实上，用普特南的文化保守主义这一说法是不正确的，我没有在此用它。）他看到，艺术本身表达着"渴望和泪水"：这种内容本身向他展示（如同小说本身向我们展示的那样）人类动机的复杂与混乱，就像詹姆斯在另一篇序言中所写的那样，"幸福与灾难，有帮助的事物和伤人的事物……"有着经常性的联系，"某些人的权利和安逸"与"某些人的痛苦和邪恶"也经常联系在一起[22]——简而言之，在善之中存在着普遍的张力，人类能动者在不完美的注意力和有缺陷的情境中探询这一张力。

詹姆斯坚持认为，文学艺术的核心功能在于向我们揭示这种张力，它让我们相对于我们的最高目标成为有瑕疵的事物，向我们揭示在我们对那些事物的爱与关切之中的悲剧性张力。他提醒我们，对这些瑕疵的认识是真正的利他主义的重要前提，因为，就如夏洛特·斯坦特所说，"假如我们可能消亡于我们所不了解的事物的破裂之中，我们就永远不能相互给予"。否认这些困难会产生一种无辜，这种无辜以最夸张的乐观主义，经常对那些现实存在的事物毫不宽容，甚至残酷。对困难的认识会产生一种对有瑕疵事物的温柔，也同样对自身的瑕疵产生温柔。

在此，詹姆斯把这个观点理解为一种政治观点。伟大的艺术在我们

[213]

的政治生活中扮演着一个核心角色，因为通过揭示我们的各种爱和承诺的复杂本质，通过向我们揭示我们自身如同有瑕疵的水晶，它减弱了那种乐观主义的对现实的憎恶，这种憎恶制造了大量的政治暴力，也减弱了那种残暴的希望，这种希望只是对人类心灵的复杂精致予以践踏。就如普特南所写，政治需要一种现实主义的道德心理学，一种对人性可能性的理解；政治还需要一种对人类价值的多样性以及在它们之间常见的悲剧性张力的理解。

伴随着这种理解产生了一种政治态度，它不是对罪恶更加**宽容**，而是更倾向于怜悯而不是愤怒，看到对于善的阻碍是如此普遍，如此根深蒂固，如此成为自己以及他们的一部分。这种政治倾向于背离那种严厉的和理所当然的惩罚，而转向一种人性意义上的耐心；它背离了残酷的报复而转向一种缓慢而温柔的对可能的善的培养。这是一种耐心的持续的为一种来之不易的渐进进步而努力的政治学；一种（塞涅卡 [23] 为谴责政治性愤怒而写下的）"并非终结恶，而是防止其获胜"（《谈愤怒》II. 10）的政治学。我们需要艺术在我们面前展示这些困难，让我们远离过度粗糙的希望。

《卡萨玛西玛王妃》本身就是对这种困难的提醒。因为在其悲剧性的结论中，海厄森斯对于他承诺的义务感（以及对工人奋斗目标的义务感，他同意代表他们）与他对于感知细微的新义务发生冲突，在他看来，这使他找不到出路而只能以一枚穿心的子弹了结。他对艺术的新的体察令他更多而不是更少地对工人所受的苦难做出回应，他两面都不能放弃。[24] 我们了解到，穆尼芒"崇高的一致性"确保他安全，远离悲剧，让他否认任何那些难以看到与感受的主张。王妃也同样以自己的方式存活，因为"卡萨玛西玛王妃有着一种对自己不想考虑的事情置之不问的能力。这至少不是在一种轻蔑的氛围中，而是在沉思、安静以及随时缺席的氛围中，最终回归到自己想谈的话题之上"。（I. 211）对于海厄森斯和我们来说，这种对于困难的看法伴随着一种令人不快的脆弱性，因为他的

"感情,他被激发的知性,他的道德意识通过充分着迷的精读而成为我们自身的冒险"。(I. xv)通过阅读与感受到他的悲剧,他把所有的困难摆在我们面前,对我们而言,我们能够看到这个世界中有关善的条件的真相。

1941 年,W.H. 奥登[25]访问马萨诸塞州的坎布里奇,写下了一首诗歌,反思由战争产生的政治态度与亨利·詹姆斯在小说中所鼓励的心灵习惯之间的关系,诗歌中的诗人 / 叙事者站在詹姆斯的墓前。以下是那次反思的部分内容:

> 今日更于往昔,当火炬和军鼓 [214]
>
> 刺激着两栖类头脑、蹲着的女人
>
> 直到族群的眼泪
>
> 四处辱骂而流淌时,当在我们的梦中
>
> 群猪演奏管风琴,蓝天怒吼时,
>
> 当最后的审判来临时
>
>
> 我们需要用白魔法召唤善良的幽灵
>
> 召唤他们细腻的爱意。战争就如婚姻
>
> 没有歧义;这个**命定**[26]
>
> 的结果既简单也悲伤,
>
> 人类对象的所有现实消亡,
>
> 人类对象掩盖难事。
>
>
> 提醒我,虽然我仍需要被提醒
>
> 值得猜疑的考验不是
>
> 一个历史的事件,
>
> 噩梦的低级民主主义和

军队原始的井井有条都不能在神意制裁上

骗过我，

胜利和失败

都不能取消的灾难；聋子

却又决定要歌唱，

瞎子和瘸子却坚持为"伟大善良之地"照明，

腐败到骨子里却得到

真正"高贵之物"的吸引。

难道我不应该特地为你祝福，即便我受到

自己卑贱的问题所困扰，然而我却守在

你歇倒的床边

当你的**善良**以不可抵御的缘由冲向你时，

思维这样热情地向它敞开双臂，请求

华丽地留在它怀里。[27]

　　我相信在某些方面奥登扭曲了詹姆斯的道德观——特别是通过强调内心"腐败到骨子里"，而不是詹姆斯经常强调的，在一个复杂的世界中为我们的所爱与承诺做正义之事的困难，甚至还包括真正地看到我们应当看到的东西，感受到我们应当感受的事物。不过奥登还是精彩地指出了一个关键性观点：从詹姆斯式的观点看，战争是一种简单粗鲁且懦弱的方式，伴随着一系列道德和政治生活上的问题，而耐心而清晰地面对困难则是一种真正有勇气的方式。战争并不面对，并不**看到**我们的人性，它只是打断它。它看起来很强大，充满活力且激情四射，但它回避了对现实与每件事情复杂性的激情投入。詹姆斯的小说则是面对了这些复杂性与暧昧性，充满激情与温柔地展开双臂来面对人性的希望与冲突，就如以全部的爱、耐心以及对困难的温柔兴趣,即父母所需做到的那样来面对一个孩子。

我们现在可以更好地看到,当王子在口头上将一种他自己也赞成的 [215]
情感赋予海厄森斯:"我们需要有耐心。"时,〔或者,就像王子之前用意
大利语更直接地表达的 *Che vuole？Ci vuol' pazienza.*("你想要什么?
这些事情需要耐心。")〕海厄森斯为什么笑了。王子的意思是,穷人应当
停止制造问题,应当被投入来世的宗教,应当等待他们的施舍者的决定
与救济。海厄森斯并没有这个意思。他直至最后都致力于他对人民的承
诺,尽管在悲剧性的境况中他无法实施一个为了改善他们的物质与精神
的可行策略。他并不想要人民依赖于像王子这样的人。然而他还是说:
"我们需要有耐心。"悲剧性地、困惑地在黑暗中窃笑着,他摸索出一种
思考:一种真正和持续的政治出路必须通过一种非暴力的对心灵和思想
的改变来实现——这是一种想象力上的努力,一种劝说的努力,我们或
许可以说是一种写作与阅读的努力。这不意味着此种政治永远不能为革
命策略作辩护,因为我们知道,海厄森斯赞赏法国大革命。但是这些策
略将总是从属于改变心灵这一更为深刻且宏大的目的,然而它们经常不
起作用,反而还阻碍那些改变。比如,小说中所设想的革命只不过是掩
盖了问题的深度而已。海厄森斯在黑暗中微笑,他是在对那种他与反动
势力在口头上一致性的反讽与困难发笑,是在对让受人尊重的爱人民者
将此认真地视为一种回应的困难发笑,还是对让敏感的读者确信那种看
似的投降实际上是最为真切的勇气的困难发笑。或许这种在黑暗中的微
笑也是作者的微笑,因为聪明的读者无疑会把他自己对反动势力耐心的
支持,把他对感知的捍卫错认为是一种对政治思想的反感。

Ⅶ

但是,难道海厄森斯不是太过于懦弱了吗? 詹姆斯不断地提醒我
们海厄森斯身材矮小、身体柔弱、他的精致以及脆弱。"我们的小英雄"

（II. 155）"我们的小小英雄"（I. 261）究竟如何才能在政治生活中幸存？他难道不是注定被像这个世界中的穆尼芒那样的"无比野蛮"（I. 338）践踏，甚至彻底摧毁？奥登的诗歌同样关注这个问题，因为他对詹姆斯的描绘接受了后者的人性视角，这种视角在其所描述的关于爱的显露和孩子气的特征中几乎是充满怜悯的，与那种我们感到会使其消亡的暴力形成了对照。在这本小说中难道不存在一种用于治疗贫乏无力，甚至是善的自取灭亡的良方吗？

詹姆斯对此的态度并不简单，因为他确实经常以不同的方式邀请我们来批判海厄森斯·罗宾森。我们已经指出，詹姆斯小说主人公的不完美（甚至超越了人类生活普遍的不完美）是其设计的一个重要部分。如果詹姆斯指出海厄森斯通过他的想象和努力逃脱这个阶级分化社会的局限，那么他就会削弱他所提出的感知和社会条件之间的联系的论据。那么海厄森斯的缺陷在于他对尊严和价值的形象的理解中只有贵族的形象：当他去见王妃时，他就太过信任，太过情愿以优雅的方式看到一种并不存在的道德价值。在某种程度上这些缺陷可以解释他在寻找一种行动的[216] 可行方式上的失败。通过在小说的核心部分，把一个完全不同的，更健康与强壮、更少精致与轻信，但依然慷慨、富于同情心和充满爱意的人物与海厄森斯放在一起，詹姆斯更进一步地复杂化了我们的问题。我们可以说米利森·何宁之于海厄森斯就如鲍勃·阿辛汉姆之于范妮，何宁的简单地由规则指导的道德和她的真诚善良以一种必不可少的方式支撑着他。这令我们想到，一个健康的政治共同体不仅由海厄森斯这样的人组成，而且或许由这两种类型的灵魂之间充满情谊的伙伴关系所造就。[28]

但是最终我们还是回到"我们的英雄"身上，我们爱着伴随所有困难的他。在此我们必须再次有所回应：在小说中海厄森斯并不是一个软弱的人物。说他软弱，那就没有认真对待詹姆斯在颠覆我们通常有关软弱与强大的判断方面的提议。我们被要求认识到，在耐心的清晰与非暴力的缓慢努力中蕴含着比林立的尖刀之中更多的力量，这是一种为了人性的勇气，而不是为了逃避人性而飞向高空。正如海厄森斯完全改变了那句话:"一个人情愿为羔羊而死，而非绵羊"(I. 145)，因为作为羔羊，我们为了他人的需求而袒露自身，并借此展示一种在想象力上更卓越的勇气。那些一开始自然让人感到可笑的事物——比如"海厄森斯·罗宾森"这个名字很难在选举中得到很多选票("穆尼芒"将会获得很多选票，这个名字暗示了一种严厉的防务政策)——在小说的尾声却让我们感到不仅比那些严厉的事物更为美好，而且要更加勇敢，就如有勇气成为一棵植物，成为一个人而不是一座城堡。因为一个现实中人并不敢于成为一朵花:我们必须看到这才是一种懦弱。那个耐心救助他人的欧若拉女士，以同样的方式看上去要比那些激进分子更像是有勇气的革命者，那些激进分子玩着暴力的游戏，却从不直面任何一个人的生活。[29]

Ⅷ

那么，在这本小说中确实有对革命的召唤。绝不是其人物在小说开头所筹划的革命，而是一种同时更为现实与激进的革命。不是那种包含着仇恨与杀戮的革命，而是那种包含着学会去看到与爱，而不是厌恶不完美的人类的心灵中的革命。这要求我们作为社会存在，不要满足于考虑不周的抽象话语和粗糙的感知，满足于詹姆斯在其他地方提到的"廉价且简单的规则";而是在公共空间和私人空间中，要我们以机敏、回应、体贴以及想象力与他人相处，就如投身于文学艺术作品的创作那样，卸除我们的愤怒，培养我们的温柔。作为一种感知的政治，其要求我们以耐心的承诺来工作，给人类带来精神生活所需的物质条件，与此同时，带给他们一种世界与彼此之间爱的关系所需的精神和教育条件。像这样的小说创造了一项作为记录的革命，并且作为一种行动，在其读者的心灵中引发革命;他们在短短的几个小时中将这项记录予以例证，此后他们可能感到一种对日常话语、行为以及感受中粗鲁的显著不满，

[217]

感到一种对更为细腻、更加真实并富于同情心的事物的显著欲求。正如
詹姆斯所言:"还有比这种高度的、有益公众的,可以说是想象力的公共
使用更好的例子吗?"

"要是假设读者对此完全没有感受,什么也没有发生,并且一切如常。"

"你们想要什么? 这些事情需要耐心。"

(也许会在我们所处的黑暗中微笑。)

尾注

本书的导论和不少文章(特别是"'细微的体察'"和"感知的平
衡")都讨论过一种亚里士多德式的哲学,其探询的是朋友间亲切对话的
成果。本篇文章就是一例。因为它所展示的是我在一段友情中不断交换
感知经验的一部分,其支持了我对这部著作中那些问题长达二十年的反
思。它为一部庆贺希拉里·普特南六十岁生日的文集而写,他是哈佛大
学现代数学与数理逻辑领域的沃尔特·比弗利·皮尔逊讲席教授。对于
阅读这本书的哲学家来说,普特南无须多作介绍。但是鉴于本书的很多
读者可能不知道他所做的工作,我找到了一个在此介绍他的愉快借口。

普特南是至今仍然在世的最杰出的美国哲学家之一,[30] 他属于少数
有眼界、有能力、有深度洞见的哲学家。他几乎在每一个主要领域都做
出了突出的贡献:逻辑学、数学哲学、物理哲学、一般科学哲学、形而
上学、知识论、语言哲学、心灵哲学、道德和政治哲学以及文学哲学。
他的作品是亚里士多德式的,因其能涵盖许多领域,能把在一个领域获
得的洞见关联到另一个领域的问题上;这种亚里士多德式的特点还体现
在其将严谨与对人类关切的慷慨结合在一起。在他这一代的主要英美哲
学家中,普特南事实上在对哲学史的尊重以及充满热情地使用历史来阐
明当下关切上是独一无二的。同样不同寻常的是,他对文学的尊重与热
爱,他在发展一种伦理观念中的兴趣为在文学中所体现的洞见留出了空

间。众所周知，他义无反顾地寻求真理，无论真理会将他带往何处，即使这意味着放弃早先的立场，因此，他的哲学观念经常发生改变。这里提到的改变观念也间接提及这样的事实，我们曾经合写一篇论文，题为《改变亚里士多德的心灵》（将发表在一部 M. 努斯鲍姆和 A. 罗蒂主编的关于亚里士多德《论灵魂》的论文合集中），这篇文章的主题提出需要修正当时有关亚里士多德在身心问题上立场的特定看法，我们同样也描述了在正确阅读亚里士多德中我们立场的改变。

在越南战争期间，普特南曾是一位哈佛大学反战活动的领导人。他 [218] 先是成为一个反战的自由派，之后转向左翼并加入了"学生争取民主社会"（SDS, Students for a Democratic Society）团体的分支"进步劳动党"（Progressive Labor Party）。几年来他深深地卷入政治活动。当我第一次见到他时（就是本文中所描述的事件），他是一场为丹福斯研究生奖学金（Danforth Graduate Fellowships）的新晋获得者举办的会议的特邀发言人；我当时是研究生一年级，正在帮助组织这场为新选成员举办的会议。（我自己的政治立场是支持尤金·麦卡锡，是反战的自由主义立场。）普特南两三年后离开进步劳动党，他现在持本文已描述过的立场。和海厄森斯·罗宾森一样，他是一个"无所错失"的，非常忠诚、慷慨和勇敢的人。

这篇文章基于我们之前对在个体伦理推理中亚里士多德主义的同情性评价，还建立在"洞察力""有瑕疵的水晶"以及"'细微的体察'"的观点之上。像"洞察力"一文那样，它企图将结论拓展至政治推理领域。在这样的过程中，它尝试面对针对亚里士多德／詹姆斯观念的两项指控，在我的经验中这种指控特别普遍：（1）认为存在着一种对"我们应该如何生活"问题的客观回答且一定与一种精英主义与反动的立场联系在一起；（2）认为詹姆斯对感知与想象的个体性的强调本身就是资产阶级的和反动的。这些指控经常以某种特定的含混方式做出，因此在回答之前，我们必须清晰地陈述它们。这就是本文力图去做的事情。第一种指控经常在最近的文学理论中听到，在那里对客观真理的辩护（即便它是复杂的，包含像普特南的"内在实在论"这样的观念）很快会被贴上反动的甚至是"法西斯主义的"标签（参见"诡辩"一章）。在回应这些指控的过程中，重要的是我们需要回想起相对主义者在诸多方面诉诸地方传统以及否定客观性的做法，已经被用于支持政治上的反动观念甚至极权主义观念；我们同样需要留意詹姆斯所注意到的事情，腐败的欲望与感知如何成为善的见证。第二种指控我在文章中有详细探讨。关于当代的左翼政治，它在多丽丝·莱辛的《金色笔记》中得到了非常精彩的探究。

在一些没有出现在本书中的相关文章中，我对亚里士多德式政治观念做了进一步的研究：

《自然、功用和能力：亚里士多德论政治分配的基础》，《牛津古代哲学研究》补充卷（1988）。

《非相对性美德：一种亚里士多德式方法》，《美国中西部哲学研究》（1988），以及一篇在形式上略有不同的文章，收录于 M. 努斯鲍姆和 A. 森编辑的《生活的质量》（牛津大学出版社，1988）。

《亚里士多德论人性与伦理学基础》，发表于 R. 哈里森和 J. 奥尔瑟姆编辑的论伯纳德·威廉斯哲学的文集中（剑桥大学出版社）。

《亚里士多德式的社会民主》，见 G. 马拉和 H. 理查德森编辑的《自由主义与善》（1990）。

[219] 由于关于"伟大的书"在教育中的作用在最近美国的政治辩论中扮演了重要的角色，因此有必要说明这部小说以及我对它的阅读对课程性质的问题意味着什么。（我在此并不代表普特南的立场，他的"文化保守主义"也许与我的立场不同。）这部小说坚持人文学科，包括那些对杰出文学与艺术作品的研究，是好的教育的核心，且是不可或缺的一部分。它们不能也不应该被其他更为技术的或更为社会科学的作品**取代**，即便那些书有其自身的用途。这是我在小说中看到的核心课程理念，我提出这一理念并且捍卫它。（同样参见"洞察力"一章。）

但是还会有人提出问题，小说敦促我们把**什么样的**书放在这个核心位置；可能看到的建议是，海厄森斯对于公认的西方传统经典的明显偏好是小说自身的推荐。我认为情况要更为复杂。就如我们所看到的，海厄森斯对文学艺术在教育中的重要性有三个论点。第一个论点涉及艺术在实现人的最为全面的能力方面所扮演的角色，这些能力让他们作为感受的存在与理性的存在；第二个论点涉及历史以及历史性构建的身份意识；第三个论点涉及理解困难与冲突的重要性，在试图过上好生活的过程中一个人很可能遭遇这些困难与冲突。第一个和第三个论点需要卓越且深刻的作品，且不需要局限于某一特定传统的作品。事实上，小说对第一个论点的复杂沉思暗示，当人们与那些包含并确认他们自身出身并激励自我尊重的作品进行交流时，从教育的角度看他们将会做得最好。（在学着如何尊重他们的过程中，这样的小说对未遭到剥夺的人而言也是有价值的。）海厄森斯为此必须创造一个工人阶级的英雄，当然，詹姆斯也做了同样的事情。这里包含着的我们社会所关切的课程，意味着我们应当从多种多样的视角（包括底层与少数群体视角）选择杰出作品。如果我们要为这些关切增加另一个詹姆斯自己并没有置于核心考虑的关切，但其确实是在其他小说中得到重视的关切——**跨**文化之间的理解和尊重——那么这给了我们更多的理由在选择杰出作品中重视作品源头的多元性。

第二种论点强调理解自身传统与历史的重要性。但是，首先，这个观点对这个方案的理解是，需要研究被上层文化所排除的历史（人民的痛苦和劳役）以及上层文化本身的历史；其次，这并不妨碍课程的多元化，只要我们自身的传统**处**于需要被研究的选题之列。

注 释

1. 希拉里·普特南,《认知》第 11 期(*Erkenntnis*,1977)中《关于进步的注解》一文,第 1—4 页中第 1 页。

2. 同上。

3. 希拉里·普特南,《意义和道德科学》(1978)一书中"文学、科学与思考"一章,第 83—96 页;同样参见此书"注释",第 3—4 页。

4. 同上书,"注释",第 4 页。

5. 欧文·豪,《政治与小说》(*Politics and the novel*,1957)。有关詹姆斯的一章重新发表于由 L. 埃德尔编辑的《亨利·詹姆斯:批判散文集》(*Henry James: A Collection of Critical Essays*,1963)的第 156—171 页。相关页码引自此版本。

6. 同上书,第 165—167 页。

7. 普特南,《新文学史》第 15 期(1983)第 193—200 页,《严格对待规则:对玛莎·努斯鲍姆的回应》;这篇文章是针对本书"有瑕疵的水晶"一章的回应。

8. 参见《对理查德·沃尔海姆、帕特里克·加德纳以及希拉里·普特南的回应》,《新文学史》第 15 期(1983)第 201—208 页;这篇回应中最重要的观点,在本书导论及"有瑕疵的水晶"一章尾注中有所提及。

9. 关于这一点,参见本书"洞察力"一章。

10. 亨利·詹姆斯为《小说的艺术》(1907)题写的前言《大师课》,第 222—223 页。相关探讨另见本书"'细微的体察'"一章。

11. 本章所引用内容均源于《亨利·詹姆斯的小说及故事(纽约版)》(*The Novels and Tales of Henry James: New York Edition*,1907—1909)。其第五册和第六册是《卡萨玛西玛王妃》(*The Princess Casamassima*,1886)

的第 Ⅰ 卷和第 Ⅱ 卷。《卡萨玛西玛王妃》序言的页码注释以此版本页码为准，而非《小说的艺术》中的页码。

12．参见本书"'细微的体察'"一章。

13．参见《大师课》一篇前言中假想对话人所提出的问题："究竟从此刻我们周围的哪里，"詹姆斯找到"如此微妙的关系？"（《小说的艺术》第 221 页）

14．海厄森斯（Hyacinth）名字的意思是风信子。——译者注

15．参见我发表于《牛津古代哲学研究》（1988 年补充卷）中的《自然、功用和能力：亚里士多德论政治分配的基础》一文。

16．关于具体是哪些人被包含在亚里士多德的分配计划中，参见《自然、功用和能力》一文。对亚里士多德观点的当代暗示的讨论，参见我的《自由主义与善》（1990）一书中的《亚里士多德式的社会民主》一文，G. 马拉、H. 理查德森编辑。

17．例如，参见《1844 年经济学哲学手稿》（*Economic and Philosophical Manuscripts of 1844*）中这样一段，是马克思对亚里士多德阅读后的回应：

> 不言而喻，**人的眼睛**和原始的、非人的眼睛得到的享受不同，人的**耳朵**和原始的耳朵得到的享受不同，如此等等。……囿于粗陋的实际需要的**感觉**只具有有限的意义。对于一个忍饥挨饿的人说来并不存在人的食物形式，而只有作为食物的抽象存在；食物同样也可能具有最粗糙的形式，而且不能说，这种饮食与**动物的**饮食有什么不同。

《马克斯 - 恩格斯读本》（*The Marx-Engels Reader*，1978）第 88—89 页，M. 米利根译，罗伯特 C. 塔克编辑。（译者注：中译本参考中共中央编译局编的《马克思恩格斯全集》第 42 卷，第 141—142 页。）

18．原文中"例如"一词使用了法语 par exemple。——译者注

19．参见本书"有瑕疵的水晶""'细微的体察'""感知的平衡"等

章节。

20. 参见莱昂内尔·特里林《自由主义的想象》（1950）中《卡萨玛西玛王妃》一篇，第58—92页。

21. 同上。

22.《梅西的世界》（*What Maisie Knew*）序言，收录于《小说的艺术》第143页。

23. 塞涅卡（约公元前4年—65年），古罗马斯多亚学派哲学家、政治家、剧作家。——译者注

24. 参见莱昂内尔·特里林书中的精彩讨论。

25. 威斯坦·休·奥登（1907—1973），美国诗人，20世纪重要文学家之一。——译者注

26. 原文中"命定"一词使用的是法语affaire fatale。——译者注

27. 威斯坦·休·奥登，《诗歌集》（*Collected Poems*，1979），《在亨利·詹姆斯的墓前》。

28. 关于对阿辛汉姆的讨论参见"'细微的体察'"一章。

29. 相关反思参见以赛亚·伯林刊登在《纽约书评》1988年3月17日的《论追寻理想》一文。

30. 希拉里·普特南（1926—2016），当代美国著名哲学家、逻辑学家，新实用主义的主要代表人物。他是英美哲学界颇具影响力的哲学家之一，在哲学界享有极高声誉。（作者出版本书时，普特南仍在世。）——译者注

第八章

关于诡辩的传统

我们让提西亚斯和高尔吉亚睡下。因为他们注意到似是而非的故事所赢得的荣耀比真理还多。借助他们的话语力量，他们使琐碎之事变得重要，重要的事变得琐碎，他们用旧的语言包装新的观念，用新的语言包装旧的观念，他们还发现了怎样简明地谈论任何主题，同时也发现了如何冗长地讨论任何主题。

柏拉图《斐德罗篇》267a6

诡辩家又一次来到我们中间了。就像苏格拉底一样，我们需要一种"真正的修辞"。也就是说，我们需要一种有关文学的话语形式，它关注对人类非常重要的真实事物，这样，它尊重最近备受轻视的有关真理、客观性、论证的有效性以及定义的清晰性等观念。因为如果我们谈论的是真实的事物，它就是重要的，而且非常重要，无论我们谈论的具体是什么，因为人类生活并不是简单的自由游戏与不受限制的创造，尽管我们可能会对此感到遗憾。并且，如果它真的重要，那么就值得花上数年时间去做一些非戏剧化的，可能是乏味的、严谨的工作去努力使之正确。

这就是我对斯坦利·费什的文章初步的未经整理的回应，我感到其中的很多内容令人担忧。显而易见，我正在表达两个相关的忧虑——一个涉及他表达的一些观点的内容，另一个涉及一种表达它们的方式。一个涉及一种松散的、未获充分说明的激进的相对主义甚至是主观主义；另一个涉及在许多话语中表达这种主观主义或者相对主义时所表现出来的一种对严谨、耐心以及清晰的蔑视。就像对于古希腊的诡辩主义者那样，对于很多当代文学理论家而言，这两个事项，其形式和内容，并非偶然地联系在一起。因为如果一个人真的相信，每个人（或者群体）都是真理的标准，以及（又或者）在理性的劝说与因果操纵之间不存在显著的区分，那么他就不会对那种追求有效与清晰的传统哲学方式怀有尊重。他会倾向于把那些对此唠叨不停的人视为看不到某些事物的反动派。（这体现在"左"与"右"这样的术语在费什的文章中用得随意且令人吃惊，他以此猛烈抨击我们之中那些不够时尚的真理寻求者。我并不确定在美国什么样的政治立场致力于开放的公共辩证法，这种辩证法为理性论证与公平程序的传统标准所支配，但是我相信这并不代表右翼。我有一个怀疑，这只可能是同样被诋毁和所谓过时的角色，自由派。）[1] 与此同时，如果一个人秘密地或公开地鄙视理性论证并且像高尔吉亚那样，期待用其他方式赢得名声和财富，那么在这个过程中有什么是比高尔吉亚的学说更为方便的教义呢，后者认为不存在任何真理，一切只跟操纵有关，或多或少就如下药那样。那么，一个人在表现传统理性美德上的缺失将会看上去显得大胆而不是草率。

[221]

我已经提到诡辩主义者。事实上现在我想谈谈古希腊人。相对主义的历史及在古希腊哲学中其与辩证法之间的互动显然包含了在当下文学中有关真理的诸多论争。当我们审视的对象离我们更远的时候，我们也许能更清楚地看到这种不合理的转变，并更好地理解它们的动机。

古希腊哲学，无论是科学还是伦理学，看起来在一开始都是天真的现实主义。作为对那些存在于宇宙中真实事物的替代，人们毫不犹豫地提出了另一种科学理念。即便伦理标准也被看作由神所赋予，是永恒的，独立于文化或历史。在五世纪中，有多种多样的因素促使思想家关注在所谓的永恒真理中的不可化约的人性要素，一种解释或概念的要素，看似可让我们的理论不会被动地接受和记录一个预先阐明的假定事实。（导致这种关注的诸多因素是：对那些基于不同信念生活的、极其不同的人类共同体的发现；对我们的感知器官如何形塑其接收的东西产生了新的兴趣；那些激进或怀疑的观念的存在，迫使我们认识到，为了我们思考和说话，某些事物必须被认为是真实的——比如，这个世界必然包含多元性和变化，等等）。对于某些人来说，这似乎意味不再可能重申那个被广为接受又完全未经解释的老故事了。

在这点上，该领域为各种不同的回应提供了空间。其中一种流行的回应是，这是一种普罗泰戈拉式主观主义，尽管普罗泰戈拉自己并不太可能持有这种观点。根据这个观点，考虑到感知判断显而易见的多样性和异质性，以及考虑到任何"更为牢靠"的判断标准的明显缺失，每个人都必须被视为真理的标准。假如 A 觉得风是热的，那它仅对于 A 来说是热的；假如 B 觉得风是冷的，那它仅对于 B 来说是冷的；就此不存在任何其他合理的说法了。一种更为激进的版本放弃了"对于 A 来说"和"对于 B 来说"的限定条件，这种立场的持有者于是被迫悬置了不矛盾律（the Principle of Noncontradiction）。万一我们找到两个人说这样的话，那么风同时是热的也是冷的。（这种观点不限于像热和冷这样的情况，在这种情况下，其吸引力至少是可以理解的。这是一种相当普遍的关于所有断言的观点。）

这种学说自然转向一个有关话语与学说能够如何的问题。既然每位[222]公民或每位批评家是对事物如何的裁决者，那么普罗泰戈拉式学说如何对学生产生吸引力？这是个令人烦恼的问题。普罗泰戈拉式的立场暗示，那种论证并不是真正的论证，它移除了一种涉及我们努力达成共识的共同真理的观念。在其温和的形式中，它告诉我们不存在论证，存在的仅是对观点与感知的断言。在其激进的形式中，它通过废除不矛盾律，摧毁关键支柱，从而摆脱了所有论证。那么，当人们声称要论证和指导的时候会发生什么事情？为什么我们应该听从一个专业的导师呢？高尔吉亚提供了一个著名的回答。话语确实是一种迷药，是一种用因果关系来操纵行为的工具。就如斯坦利·费什（或者他的代言人，特洛伊的海伦）所断言的那样，在劝说与强迫之间并不存在区别。一切都是操纵，而操纵的能力可被教授。就像一个人在此所设想的那样，这种立场的影响导致了一场在政治领域中严重的信任危机。就如修昔底德笔下的演讲者所言："目前的事态是，一项以诚实的方式提出的好方案会被当作绝对有害的事物那样被怀疑。"（在我看来，这种情势是费什演说方式的逻辑结果，也是其理所当然造成的讨论氛围。）

在检视这些发展时，现在这些事情很可能令我们感到吃惊，它们并不理性。我们发现，没有一个神圣的准则，永远独立于我们的存在和思想；我们也发现，真理在某种程度上或以某种方式是人性的与历史的。这些发现当然无法推导出以下结论：人类的每个真理与其他真理同样好，那些追求真理与对论证进行理性批判的历史悠久的制度都不再有意义。于是我们想知道，是什么促使人们做出这样的推论？又是什么让其他人在那些人做出这些推论时为其鼓掌？

在此，就像在许多事情上一样，睿智的阿里斯托芬向我们提供了一个颇具启迪价值的案例。一个年轻人，在学完一整天的诡辩课程之后回到家中。他告诉他的父亲："父亲，我可以向你证明儿子都应该打父亲。"父亲惊呼："但任何地方都没有这样的传统。"他由此说出了神奇的流行词，儿子的致命"证明"也随之而来。假如这些信念都真的只是传统，那么，儿子说，它们就是由人创造的——像你和我一样的人，并且他通过劝说的力量将它们强加给其他人。所以呢，我作为人，也完全可以创造我自己的新传统，儿子应该打父亲，作为对年幼时被打的回报。然而最令人吃惊的是，这个父亲居然被"劝服"了，弯下腰来让儿子打。在这种普罗泰戈拉式混乱的"我定的法律别人也要服从"，以及高尔吉亚式的"让我们以任何手段推行法律"之下，有一个重要的真理潜伏在那里：也就是这个儿子**想要**打他父亲。这个论证吸引人并不是因为这是一个好的论证，它显然不是（因为较之于这种制度，存在着各种各样的理由去偏好那套旧的人类制度），而是因为它是一种对儿子想要做的事情的方便而巧妙的辩护。他要的不是真理，而是权力。向我们展示的关乎他本人，而不是真理。这并未向我们展示真理就是权力，或者对真理的追寻并没有与对权力的追求相区分。如果我们阅读喜剧的剩余部分并理解了它的警告后，我们就会觉得父亲的沉默不再神秘，因为这部喜剧提出警告，那些试图仿效知识分子的头脑简单的人会因为对自身质朴的内疚而被牵着鼻子走。[2]

[223]

在这种诡辩主义者名利双收与真理声名狼藉的境况中，很多热爱追求真理的人在精疲力竭与绝望中放弃。当柏拉图和亚里士多德在与那种对真实和诚实的修辞进行定义的挑战进行搏斗时，他们都对这个问题有所记录——或用亚里士多德的话说，辩证法不同于简单的辩论术。[3]但是为了不给自己的学生树立负面的典型，他们一致认为，走进辩论场与这些有名的人物争斗，弄清楚他们的论证，并向他们揭示其自身立场存在着深刻的不一致性是重要的。[4]不是每个人都能这样被说服，因为"有些人需要被说服，而另外一些人则需要对之使用暴力"，亚里士多德曾揶揄道，并记录了他关于两者区别的重要性的信念。[5]他（在所有领域）恢复追寻真理的荣誉地位的尝试是一件值得我们审视的好事，因为（就如我在其他地方论证的那样）[6]这并不依赖于一切概念化而给予我们的如其所是的实在观念。但其指出，在所有"现象"之中，也就是被人类感知并得到诠释的世界之中，我们能找到我们需要的所有真理，要比诡辩主义者所相信的多得多。

在最基础的层面至少存在着一条任何思考与言说都要服从的原则：不矛盾律。就如亚里士多德在《形而上学》第四章中针对其普罗泰戈拉式的对手所指出的那样，我们可以向这条原则的批判者展示，任何他所参与的话语，甚至是明确表达对这条原则的攻击，都依赖于这条原则。他只有两种选择：要么他将说些什么，要么将保持沉默。假如他保

[224]　　持沉默，我们就不必对其操心。"为了跟一个什么都不会说的人说话而去寻找某些事物是非常可笑的。一个如此这般的人几乎像一株植物。"[7]（1006a13—15）但如果他的确说了些什么，某些确定的东西，那么你就可以继续向他指出，在这样做时他其实相信并正在使用那条他所攻击的原则。因为为了说出某些确定的事物，他不得不排除某些不兼容的事物——至少是他所断言的矛盾。邻近这种最基本的层面将存在特定的其他信念——比如关于变化与多样性的信念——看起来也同样深刻地嵌入我们的思想和话语之中，我们以不连贯而将其悬置。另一方面，在"最高"的层面上也存在着看上去是纯粹武断的各种信念和原则，我们不需要改变许多重要性就能轻易改变它们。（就如亚里士多德所谈到的一些肤浅的宗教信仰和传统，比如关于节日的合适日期）。多数有趣的案例都处于这两种极端之间：在没有这些原则的前提下继续生活与言说将会是可能的，在评估我们对任何一条原则承诺的深度时，我们需要做的是去追问缺失它们的代价是什么，我们会为此不得不放弃哪些其他信念、实践以及态度。比如，假设我们相信是运气而非我们自身努力在让我们的生活变得有价值这一点上扮演了决定性的角色。亚里士多德指出，假如我们想象自己将这种信念放在心上，我们将看到，这会使我们的生活变得平庸且无意义，从而令我们不想过这样的生活。通过清楚地展示它在我们生活中的深度和核心位置，哲学将类似这样的信念正当化。

　　这只是有关亚里士多德主义者对诡辩主义者回应的概述的一个开端。我相信它为一种连贯的、不幼稚的、"内在的"实在论提供了基础，尽管我显然没有开始在这里详细地说明这一点。这种观点与普特南文章中的反相对主义立场非常接近，也与其在《理性、真理与历史》中的内在实在论很接近。事实上，在其之前的文章中，普特南（借着一项比较弱的原则：最小化矛盾原则）接受并发展了亚里士多德式的有关不矛盾律的论证，在这次会议上他与玛丽·赫斯的主张"一切都是可以修正的"分道扬镳，显示出他仍然支持他的论证。[8]

现在我要把我的古希腊故事与这次会议的材料做进一步的比较。在费什的文章及其所引起的讨论中，[9]我注意到有两种不同的语言被用来描述我们与自身信念和原则的关系。一方面，我们有"可选择性的语言"——如"规定""建构""判断""决定""传统""有用"这些词——所有这些都意味着相关信念是我们可以随意交换、拿起、放下的东西，并且／或者因为这样做是有好处的。这是那种我们在谈到阿里斯托芬剧中的那个儿子时注意到的语言，他从某些原则的人性和偶然性直接转向一种有关它们的可选择性的断言。如果这个原则是人造的，我现在就可以造一个新的。另一方面，我们也找到了"深度的语言"：人们谈论令人信服的对共同体的信念，谈论告知并塑造了我们的原则，甚至谈论"个体是由他或她的共同体遗产构成"的观念。费什在他的文章中混用了这两种语言。他在论辩中断言，后者更加根本，就他使用"规定"这样的词似乎暗示我们可以自由选择我们的信念与价值，这些词并没有真正表达他的立场。然而我相信，在他拒绝对劝说和强迫做出区分时，以及在坚持专业即真理标准这一观点进行辩护的过程中，我们发现在高尔吉亚式的表面之下，潜伏着一个阿里斯托芬式的儿子。因为如果该专业不能自由地在 p 与非 p 之间做出决定，如果问题太深奥以致不能由专业的可选择性来改变它，那么其所在的共同体总还是有资格去批判这一专业，而且往往有充分的理由说，该专业违背了任何有思想能力的人必须持有的某些深刻真理。我因此认为，如果他不以一种比他正式所做的更激进的方式来支持传统主义（conventionalism），那么他就不能拥有他想要的权力和绝对专断的自由。假如我们把目光放在会议之外的许多当代理论家的著作中，我们会再次发现这两种表达形式的使用，它们有时候相分离，有时候相结合，往往不太考虑彼此之间的关系。（比如德里达在《马刺》一书的结论中以看似普罗泰戈拉／阿里斯托芬的口吻说话：如果不存在消除其他诠释的可能性，那么每个批评家都将成为真理的仲裁者，批评似乎成了自由的游戏；[10]即便在其他时候，他显然偏爱深度和有节

[225]

制的语言。)

　　我认为，古希腊故事向我们表明的是这两种语言互不相容。可以这样说，如果某种原则或信念对我们来说是可供选择的，那么在这种程度上它并不深入我们的生活。如果在某种程度上，它成了我们生活和思想过程的组成部分，那么在这种程度上它根本不具有可选择性。我认为，亚里士多德的观点是正确的，他认为哲学的诸多主要任务之一——如果不是最主要任务的话——是清理我们的信念和原则，确认它们落在这个光谱上的哪个位置。他还正确地认为，一旦开始这项艰苦的工作，我们就会发现我们重新得到的正是普罗泰戈拉主义者与高尔吉亚主义者所否定的东西，即关于公共真理、理性证明以及客观性的完全成熟的观念。当我们面对两个原则之间的矛盾时，我们不能说，好吧，既然不存在未被诠释的给定，那一切都是自由的游戏，任何故事都同样合理，只要它被制作得具有说服力。我们当然首先尝试消解矛盾。但是如果做不到，我们会诉诸对所有思想和话语来说都是必要的不矛盾律。因此，依靠这一点作为一种调节原则（拒绝断言矛盾的存在），我们在相互竞争的原则之间做出裁决，在每一种情况下询问抛弃每一项原则的代价是什么。于是，就如亚里士多德所言，我们在自己的其他信念中选择了"拯救其中的大多数和最基础的"。

[226]　　让我们举一个当代伦理理论的例子。约翰·罗尔斯提出了各种反对功利主义的论证，支持他自己的正义原则。其中一个论证大意如此。（我希望读者能够原谅我这种过于简洁与概略的结论）。[11] 我们最先表明，功利主义致力于一幅有关各种欲望聚合的图景，它忽略了个体之间的区分，或者视其在伦理上是无关的。我们表明，正义的原则并没有忽视人的独立性。然后我们问功利主义者，他或她是否与我们共享这种关于人的观念，这种观念使那些个体之间的界限具有高度的伦理相关性，甚至是根本性的。假如功利主义者同意我们的诊断，她同意在她的立场中存在着内在不一致，这可以通过放弃任何一种冲突的原

则（无论是人的概念还是功利主义的原则）来解决。罗尔斯确信，大多数的功利主义者会发现人的概念是更为根本的，因此他们两人会在正义原则上达成一致。

在这里我举一个关于理性论证和理性辩护的例子，它完全不依赖一种未经诠释的给定，可以说，在一种完全可识别的意义上，它产生了伦理真理。它与单纯的修辞上的操纵完全不同，因为它是通过耐心地澄清替代方案和发现不一致与矛盾来进行的。并且，它为合理的反专业主义留下了足够空间。用这样的论证，罗尔斯可以走到经济学专业的前面，例如，使人相信一些论证是浅薄的和缺乏一致性的，表明某些经济学家没能恰当地阐明他们自己所持有的关于人的信念，并且没有注意到这些信念与他们自己的其他信念的关系。罗尔斯能够为反动功利主义经济学家的正义原则提供辩护，并不取决于他在经济学上受过良好训练（尽管他确实如此，并且**在实践上**，他能够说服真正的经济学家也确实仰赖于此）；这取决于他是否关心人类事务，这是他与他的专业之间的共同基础，也取决于他是否关心一致性以及理性说服。也许他们会被说服，也许不会，但这不是问题所在。关键在于，我们可以认识到这种论证能够说服任何凭理性行事、不挑剔其前提的人。

费什会很快做出回应（就如他在会议中所做的那样），我对那些论证的批判性评论与他的论题并不真的相悖，因为它们批判的是他们所从事的专业行为，而它们成了他论题的一部分。通过这种方式，他当然可以平静地吞下任何事物。但是我要明确指出，我不属于他所描述的那种专业活动的一部分，这有两个方面。首先，我认为在劝说和操纵之间有着非常大的区别；我声称我正试图按照前者的规则行事。我根本不在乎我是否真的说服费什或其他从事这一专业的人，只要我提供了一个论证，它们遵循了特定的理性程序，他们就会接受它。基于这种专业正在玩的是费什所描述的另一种游戏，那么我就不是其中的一部分了。其次，就如罗尔斯的例子所表明的那样，一般来说，对一种制度或专业有一些看

[227]

335

法与过着那种制度下的生活之间存在着重要区别——比如，作为一名医生和对医生要如何行动有一些看法之间、处于婚姻之中和对婚姻制度有一些看法之间存在重要区别。为了提出中肯的批评，一个人需要对这种制度的生活方式特征有多少内在的认识，这是一个复杂而微妙的问题。或者另一方面，事实上，在获得一个好的批判性视角时，多大程度的疏离性与外在性可能是有价值的？显而易见的是：假装我在黑斯廷斯中心的顾问角色使我有资格行医、假装我对价值可通约性的批判使我有资格教经济学十大原理、假装我对婚姻的看法决定了我的婚姻状态——这些都是诡辩。用这样的策略，费什拉拢不到什么对手。他无论如何都会这样做，而且，作为一个非常有魅力和机智的人，他经常会成功。但这正是劝说和操纵的区别所在。有些东西在劝说中是行不通的，不管你多么有魅力。

就有关哲学与文学之间一切的关系，我还有两个想法。首先我认为，正是因为我们长久以来被各种类型的形式主义所支配，我们丧失了那种文学是处理人类重要事务的意识，这才使得一种高尔吉亚式的转向得以蓬勃发展。因为我对费什这个人有足够的尊重，所以我会（无知地）推测，在任何对他真正重要的事情上——政治、个人友谊和爱情、养育儿童——他都会相信说服和强迫之间存在非常重要的区分。（当德里达在捷克斯洛伐克坐牢时，这个专业的所有成员显然清楚这种区分所在。）我打赌，在养育儿童的问题上，他也不会认为儿科医师和儿童心理学家的最新成果就是真理的标准，可以免于理性的批判；在爱和性的问题上，他也不会认为社会学和性学的最新潮流就是正确的标准；等等。为什么文学专业及其主题就被如此轻视，就好像它是一个我们可以玩弄这些差异的地方？难道它不是同样关乎一些真实而重要的事情吗？[12]

其次，我认为我所描述的辩护行为显示了哲学和文学之间的一种非常重要的联系。无论哪种信念，当我们问及任何一种信念对我们来说有多深刻时（比如，关于道德价值不可通约性的信念，或者上面提到的关于人的信念），我们需要生动地想象，如果有或者没有这些信念，生活将会是什么样子，让我们用自己的想象和情感去了解，如果放弃了这种信念，我们将会付出什么代价。为了获得对可能性的理解，一种既感性又智性的理解，我们需要哲学中的文学。因为文学可以通过丰富的细节向我们展示，以特定方式生活会是什么样子，而这是形式抽象的论证所做不到的。[13] 在这种意义上，文学以及我们关于文学的话语能够是，而且确实是哲学性的：它是我们追求真理和美好生活的一部分。另一方面，哲学必须借助文学及我们关于文学的话语，否则，哲学就会在最重要的问题上显得空洞无物。

[228]

简而言之，要让文学话语具有哲学性的正确方式是更多而不是更少地热爱真理。使哲学具有文学性的正确方式是更多地沉浸在文学所描绘的人类生活的复杂性中，而不是去模仿高尔吉亚式论证的游戏性。

尾注

这篇文章最早是作为弗吉尼亚大学"科学哲学和文学理论"会议论文集的一部分而发表的。（这些会议论文占据了发表本文的整卷《新文学史》期刊。）那次会议由 E.D. 赫施和理查德·罗蒂组织，目的是考察在两个领域中以相关方式发生的辩论——尤其是实在论／反实在论的辩论，并敦促文学理论家对哲学辩论的论证与结果有更多的注意。在我看来，我的评论针对的是在会议上使用的关于真理和传统的论证的一些普遍的问题——尤其是斯坦利·费什题为《反专业主义》一文中的论证。费什认为，我们对一种既定专业做出判断的唯一真理标准是该专业从事者中普遍存在的（目前占主流地位的）观点。费什明确地否定了"主流"所有规范性的认识论内容：它是一个描述性的术语，与权力、声望以及收入等事物有关。对于费什来说，在任何情况下，说服与操纵，甚至与暴力之间都没有明显的区分。

那些想知道我对费什的观点的评价是否公正的人应当去读一下那份期刊（在其中他们还会发现一篇由希拉里·普特南所撰写的精彩论文，我完全同意他的观点）。我之所以重新发表这篇文章，并不是因为其论战性或人身攻击上的价值，而是作为对最近的一些文学理论作品中普遍存在的一种倾向的评论。这是一种通过支持某种形式的激进主观主义、相对主义或怀疑论，来回应那种不够格的形而上学实在论（这种观点认为，只有当我们完全无中介和非解释性地接近现实的结构时，我们才能获得真理）的假定崩塌的倾向——比如费什在此的立场，根据这一立场，陈述不能据其合理性得到评价，而只能评价为它们的创造者的权力。通常情况下，这些行动是相当迅速的，没有探究那些更为温和的反实在论主张：比如康德第一批判的立场，或者普特南的（非常康德式的）"内在实在论"观念，抑或纳尔逊·古德曼的多元主义，根据其观点，世界有多种可接受的版本，但是我们可以运用严格的正确标准来剔除远比这多的不可接受的版本。

[229]

文学界对这些替代方案缺乏兴趣，似乎经常暴露出它对形而上学实在论本身的过度依赖。就如尼采所说的那样，上帝之死的消息迫使现代人走向虚无主义，走向这样一种观点，即所有的偏好和价值观都缺乏基础，什么都是可以的。所以对于诸多当代理论家来说，我们走向世界并以非中介的方式看到它的真实存在的希望崩塌了，只留下了这样一个想法，即没有任何一种描述可以被辩护为高于任何其他描述。然而在尼采的故事中，人们有此反应的原因在于他们沉迷于这样一种观念：没有上帝，他们就无望成功，而且他们自己对世界的解释是毫无价值的。因此，人们也怀疑，退回到主观主义或怀疑论就会背叛对形而上学实在论的剩余的承诺，而形而上学实在论被认为是值得拥有的唯一形式的真理。如果不这样的话，我们似乎没有任何值得选择的东西。这样的观点通常没有得到有力的哲学论证的支持。在这个意义上，缺乏对康德以及当代最优秀的实在论思想（蒯因、古德曼、普特南、克里普克、刘易斯[14]）的了解，已经造成了实质性的损害。然而这种观点是如此的普遍，如此有影响力，因此需要在这样的方案中对它们进行评论。因为这个方案将文学视为人类意义上真理的来源。

注释

1. 所有这些关于"左"和"右"与专业主义和反专业主义的关联的讨论，看上去不过在重新处理那个老问题，即在威权主义与极权主义之间是否存在实质性区分；但它比之前的讨论无趣得多，因为这种在此对措辞的隐喻性使用实在含糊（费什所描述的专业是指一个军政府还是一个政党？它重要吗？）

2. 这一幕取自阿里斯托芬的《云》（*Clouds*），1399页及以下页。应当注意到，当儿子建议同样要去打母亲时，这个当父亲的才清醒过来。我曾在《耶鲁古典研究》第 26 期（*Yale Classical Studies*，1980）中的《阿里斯托芬和苏格拉底关于实践智慧的学习》一文（第 43—97 页），以及在《哈佛大学古典语文学研究》第 83 期（1979）中的《爱利亚传统主义及菲洛劳斯论思想之条件》一文（第 63—108 页）中讨论过这一幕和有关传统与真理的相关问题。

3. 关于此区分的讨论，参见 G.E.L. 欧文在《逻辑学、科学与辩证法：希腊哲学论文集》（1986）一书中十分重要的论文《辩证法和辩论术对形式的处理》，第 221—238 页。

4. 亚里士多德是这样描述沮丧的可能性的，与他对普罗泰戈拉式主观主义的批评有关〔《形而上学》（*Metaphysics*）1009b33—1010al〕："就在这一方向，开展讨论最为困难。假如那些见到了这些事例的人认为这样的真理是可能的——而且认为这样的真理正是他们最喜爱而乐于追求的——假如那些具有这样意见的人来宣扬这样的真理，初进于哲学研究的人不将自然地失望吗？因为追逐这样的真理何异于追逐空中的飞鸟。"（译者注：译本参考《形而上学》，[古希腊] 亚里士多德著，吴寿彭译，商务印书馆，1997 年。下同。）

5. 亚里士多德，《形而上学》1009a16 及以下内容。文章接着说："如果他们由于困惑而产生这种信念（即认为不矛盾律是错误的），那么错误很容易纠正，因为困难不在于他们的陈述，而在于他们的思想。专为辩而辩的人，除了否定他们的辩论，就没法为之诊治了。"

6. M. 努斯鲍姆，《拯救亚里士多德的现象》，刊载于由 M. 斯科菲尔德和 M. 努斯鲍姆编辑的《语言与逻各斯》（1982），第 267—293 页；本文的修订与扩展版本见《善的脆弱性》第八章。下面的段落浓缩了那次讨论的部分内容。

7. 在亚里士多德文中，他的确做出"说出一些有道理的话"和"不能说出有道理的话"的区别，但是"不能说出有道理的话"与笔者的所谓"沉默"还是有区别的。——译者注

8. 希拉里·普特南，《理性、真理与历史》（*Reason, Truth and History*，1981）以及他的《存在着至少一个**先验**真理》一文，〔《认知》第 13 期（*Erkenntnis*，1978），第 153—170 页〕；也收录于他的《实在论和理性：哲学论集》第三卷（*Realism and Reason: Philosophical Papers*，Vol. Ⅲ，1983），第 98—114 页。

9. 这还令我想到理查德·罗蒂在《文本与肿块》中对这两种语言的运用〔最初发表于《新文学史》第 17 期（1985）〕。

10. 对于怀疑论的相关讨论参见本书"爱的知识"一章。

11. 罗尔斯在《正义论》（1971）第 189 页及以下页首次提出这一论证。人的概念在正义原则论证中所扮演的角色，以及对客观性和正当化的相关评论，也在他的《道德理论中的康德式建构主义：杜威讲座1980》中得到阐释，《哲学期刊》第 77 期（1980），第 515—572 页。关于此问题的进一步讨论，参见我的《亚里士多德论人性和伦理学基础》一文，收录于一本由 J. 奥尔瑟姆与 R. 哈里森编辑的有关伯纳德·威廉斯的论集。

12. 相关评论参见阿瑟·丹托发表于《美国哲学学会论文集》第 58

期（1984）第5—20页的《文学与／作为／中的哲学》一文。

13．普特南在《意义和道德科学》（1978）的"文学、科学和反思"一章中（第83—94页）提出过类似观点。还可参见本书"有瑕疵的水晶"和"柏拉图论可通约性"两章。

14．大卫·凯洛格·刘易斯（1941—2001），美国哲学家。——译者注

为生命阅读

遭受继父的殴打，失去母亲的爱与呵护，大卫·科波菲尔转而向阴郁的莫德斯通一家并未事先想到去打压的一群朋友寻求友谊：

> 我父亲在楼上的一间小房间里留下来为数不多的一批藏书，由于那间小房间紧挨我的卧室，我可以很容易拿到它们。正是从那间无人管理的小房间里，走出了罗德里克·兰登、佩里格林·皮克尔、汉弗莱·克林克、汤姆·琼斯、威克菲尔德教区的牧师、堂吉诃德、吉尔·布拉斯和鲁滨逊·克鲁索这么一群显赫人物，他们都把我当作朋友。他们保全了我的幻想，保全了我对某些超越我当时处境的东西的希望。他们——还有《一千零一夜》和《源氏物语》——没有对我造成任何伤害……这是我唯一的安慰，也是我经常的安慰。现在只要我一想起它，当时的情景就会出现在我的眼前。那是一个夏天的晚上，孩子们都在教堂庭院里玩耍，我却坐在床上，拼命地看书……现在，读者该跟我一样清楚，我现在重新回忆起来的那段童年生活，是个什么样子。[1]

在这个精彩的篇章中（实际上阅读整篇更加精彩），成熟的自传作家大卫提醒读者，小说的艺术为读者提供与图书之间建立关系的力量，并且，在与读者保持关系的过程中，把后者变为朋友。小说是大卫最亲密的伙伴，他可以在数个小时内与其保持非常强烈、亲密和充满爱的关系。就像他在这种友谊中所想象、所梦想、所期待的那样，他成了某种特定的人。事实上，叙事者明确地期盼我们看到，早期阅读对大卫的影响是深远的，把他造就成我们所熟知的那样的人——面对特殊世界充满童稚奇趣，以及拥有大方、机灵和敏感的心。同时，小说作为一个整体，在其许多自我指涉的反思中也号召读者询问自己，当他们阅读的时候会发生什么。比如，读者会注意到，他们有时候对某些道德上有缺陷的人物充满了爱以至于无法做出严谨的判断；他们有时候会以一种全新的同情感知他们周边的社会。简而言之，他们会一点点地，在他们的渴望和疑惑中，逐渐接纳大卫父亲的观念："一颗充满爱意的心比世界上任何智慧都更加可贵和强大。"

[231]　　人们很在乎他们所读的书，并且会被他们所在乎的东西改变：不管是在我们阅读的过程中，还是在此后那些难以区分的数不尽的途径中。如果真的是这样，并且，如果读者是个善于反思，愿意去追问（为她和／或她所代表的共同体利益发问）什么是好的生活方式的人，那么提出以下问题就显得合理且迫切：这些能使我们找到自我的文学友谊具有怎样的特点？这种友谊对我有什么影响，对他人有什么影响，对我所处的社会有什么影响？在阅读时光中我们选择了怎样的友谊？

　　这些问题显然已经足够。我们在各种背景下，从始至终问的都是同样的问题：比如当我们为学生们建立书单时，当我们向朋友推荐小说时，当我们引领孩子阅读时。然而，当代文学理论从整体上要么是回避、要么是积极地蔑视如是问题。这种抵触源自几种不同的原因。其中之一是相信文学伦理评价注定是教条的、简单的，在评判文学作品时用一种僵化的规范性标准来衡量文学作品，而忽视了文学形式的复杂性。事实上，这种疑虑有其根据，诸多伦理批评都是如此。另外一种抵触的原因是根深蒂固的、认为美学价值从根本上与实践价值相区分的哲学思想，根据这种思想，对审美作品进行伦理评价是一种莽撞的错误，显示出评价者对审美评价实践活动本质理解上的失败。另一种紧密联系的抵触是文学文本之间相互指涉而不指涉现实世界的近期流行的教条，这再次暗示，追问文学如何对我们言说以及如何言说我们是一个幼稚的错误。旧有的形式主义和新式对"文本性"的捍卫所使用的术语是截然不同的，但它们的动机和论证是共通的。另外一个阻碍伦理评价的流行观点认为这种评价是彻底的主观化。这种观点有时在文学界表达为：所有的"理由给予"（reason-giving）都是某种"权力寻求"（power-seeking），所有的论证都是某种"意识形态"（ideology）的表达。最终，我们必须谈及疏离（disaffection）和爱的丧失。职业写作者最终经常是在创作中失去了对书籍的热爱，失去了那种造就大卫·科波菲尔与他的"光彩夺目的主人"之间友谊的充满新鲜感的愉悦。一旦丧失了这种愉悦，文学评价便无处施展，我们也能更加容易地看到为什么这整个理念失去了它的吸引力。

在其杰出且富有内涵的书中[2]，韦恩·布斯重视所有的——包括我们刚刚指出的那种职业写作者在内的——反对者，并为伦理批评的一贯性与重要性提供了一个引人注目的案例。他以一种充满活力与开放的态度写了这本书，让我们回想起自己的文学性专注和愉悦的经验。（布斯并没有讨论《大卫·科波菲尔》或者我所引述的段落，但是他的整部书都像是在对其进行诠释。）根据布斯引导性的隐喻，我们与文学作品（并且他明确地把他自己的书也包含其中）之间的关系是一种友谊关系，而且他说，良好的友谊是出于自愿。所以，根据这个隐喻，想要了解我们如何思考评论者与所评论之书之间的这种奇特的、带有强制性的亲密关系，不免显得有些困难。因此，在开始这篇评论时，我想说，这本书是一本我愿意一遍又一遍地阅读的书——因为它论证的范围和细节，因为它在文本细读上所展现的活力，因为其问题的重要性，因为它的幽默、清晰以及慷慨的人性。对于所有关心人文学科、关心文学批评在我们的公共文化中的地位的人们，我非常推荐这本书。[232]

重新定位伦理批评

布斯在书的开篇告诉我们，他在事业的最初，就像其他作家一样，是"快乐抽象形式主义"（5）的捍卫者，他那时相信针对文学作品提出政治和伦理问题"显然是非文学的"（5）。一日，他正和其他志同道合的芝加哥大学人文学教师们探讨入学新生的阅读清单（这个清单包括当时已经入围有年头的马克·吐温的《哈克贝利·费恩历险记》）。年轻的黑人助理教授保罗·摩西却"表态这部作品令人愤慨：这是一种坦诚的、严肃而无妥协余地的伦理批评行为"（3）。摩西告诉其他教师，这本书令他愤怒，他不会再教授它。这本书中假定的被解放黑奴和白人之间的恰当关系以及黑人遭到歪曲的形象，对于摩西来说这看起来"纯粹是不良教育"。其他教师（全都是白人）在感到窘迫的同时还受到了冒犯。这可不是一种谈论一部伟大艺术作品的方式。"我记得我们曾经惋惜，拙劣的教育令可怜的保罗·摩西无法辨识他遇到的经典作品。"（3）很明显，可怜的保罗·摩西因为过于愤怒而无法采取一种恰当的审美态度。

作为对保罗·摩西的纪念（他在这件事发生四年之后去世，年仅37岁），《我们所交往的朋友》是布斯逐渐意识到这种对摩西的回应并不恰当的记录。摩西提出这些关于文学的问题是完全正确的，其正确地从培育人格重要因素的角度思考了我们与文学作品的关系，因此也就正确地体会到有关这一关系的批评性伦理话语不仅是合法的，而是对于一个正义和理性的社会来说的确是至关重要的。布斯总结道："对我来说，在所有的批评工作中，最重要的是要参与——从而促进——一种批评性文化，一种充满活力的对话。"（136）而且这本书不仅提供了伦理批评理论，同时还给出了许多生动案例，就如布斯描述了自己从摩西事件中的一位自鸣得意、感觉良好的形式主义者转变为一位在此所见到的对艺术与生活连续性的热情捍卫者。他同样从一位多少对"伟大的艺术"不加批判的仰慕者，过渡到一个对伟大的文学作品中描述女性、少数群体以及一般意义上我们的政治与社会关系等提出难题并进行思考的人。

文学的伦理批评存在着多种形态，其中一部分极度粗劣，缺乏吸引力。布斯因此在他书中的第一部分（"重新定位伦理批评"）花了很长的时间来对他自己的方案和其他相关方案做区分。他的叙述很复杂，但其中四个区分非常重要。首先，布斯所用的"伦理的"（ethical）是一个宽泛并具包容性的术语。它覆盖所有有关"人应该如何生活？"的问题和答案。享受、娱乐，甚至对形式的沉思都是布斯所理解的伦理形态（只要我们将其视为人类生活的一部分，并得到相应评估）。他对文学作品所问的问题从不是简单的"文学作品向我们要求什么样的道德义务？"，而是"我应当和这样的作品建立什么样的关系才能生活得更好？"——我们还要补充：这里的"生活"是作为社会成员去生活，因为布斯强调，每个人都是社会和政治意义上的存在。 [233]

其次，布斯伦理批评的操作方式不是通过跳出整篇作品的背景，来评判个别句子或者个别人物。如果用这样的方式，那么伦理批评就会因对文学作品结构的忽略而受到指责。相反，布斯的一般性问题是："这部作品整体上表达了一种什么意义上的生活？"——这种问题应叩问其结构、其句子形态，以及不同部分之间的关系。用这种方式进行伦理批评，批评家**必须**对文学形式敏感。在这方面，布斯通过引入一个在其他作品中也得到辩护的有用分析概念框架来很好地帮助我们。他特别鼓励读者在他们对文学作品发问时，辨明三种经常混淆的声音：**叙述者**（narrator，讲述故事的人物）、**隐含作者**（implied author，在整个文本结构中显现出来的生活的意义或者观点）、**写作者**（writer，真实生活中的人，包括他或她的一时疏忽、琐碎的日常追求等）。即便布斯对读者和三个形象之间的关系有着非常有趣的见解，伦理批评所首要关心的还是读者和隐含作者之间的关系。优秀的伦理批评并不排斥形式分析，相反，它需要这种分析；风格自身会塑造思想——这正是优秀的伦理批评家所能领悟到的效果。

再次，就如布斯所认为的，伦理批评并没有一种单一教条的关于文学应当是什么、应当做什么的理论。比如：它该强调某种道德准则，或它应该让读者与"他者"建立联系。为了避免他所谓的这种"负荷满满的标签和粗鲁的口号"（7），布斯明智地强调文学可以做的和成为的事情还有很多——文学可以去追求很多善的事物，正如在人类生活中存在着许多善的事物一样。他还从亚里士多德式的角度认为，对于"什么是善"的理解，从某种程度上取决于读者自身的特殊需求、其背景以及语境所产生的作用。另一方面，也存在着一些能让伦理批评站得住脚的**对立面**的事物。我们可以反对虐待、种族主义、性别歧视；同时，我们还可以远离那种被狭隘理解的道德，我们可以反对亨利·詹姆斯曾经所称的"简单又廉价的规则"——进而反对对重要事物的随意化、粗鄙化以及庸俗化。

最后，布斯的主要关切并不在于文学阅读所造成的**结果**。他虽然很看重这个话题，但是阅读与生活中其他元素的互相影响是如此复杂，以至于他认为，相对很难从一般意义上来谈论其结果。他因此专注于一个更加简明的问题：读者在阅读的**同时**会有什么变化？不同类型的作品是怎样塑造他们的欲望和想象，又是怎样培育了或富裕或贫穷、或专注或疏忽、或有形或无形、或有爱或冷漠的生活的？

[234]　　布斯的伦理批评因此避免了困扰过去许多伦理批评并使其受到忽视的陷阱。他通过对特定类型语句对我们的欲望和思想产生的影响进行微妙分析来一次次地说服读者，伦理批评并不需要说教，也不必对形式缺乏敏感。他书中第一部分的余下内容着重讨论了评价性批评的逻辑结构和论证结构，并着重反驳了那些充满怀疑的反对者——他们认为所有评价都是无可救药的主观评价。这两个论述互不可分，因为布斯认为，怀疑者陷入怀疑态度是由于对理性评价论证形式的过于简单的假设。由于把所有理性论证都视为从必要正确前提出发的演绎论证，这些批评家认为，在文学评价中这种论证是不存在的（有人或许还会补充，是在更普

遍的伦理学中）。当看到这些时，这些怀疑者就会得出结论，所有的论证都是感受的表达或者都是对权力的追求，在劝说和操纵之间没有任何区别。对于这种看法，布斯通过描述、捍卫以及不断举例一种非演绎式的形式来进行回应，这种形式虽是非演绎式的，却有着其真实理性，布斯称之为"共导"（coduction）：一种并非**针对个人**，而是**与他人共通**的合作式论证，在这种论证中，原则、具体经验和来自朋友的建议会随时间相互作用，产生并修改判断。由于这种对实践理性的描述是这本书最有意义的贡献之一，我会在后文对此进行具体解释。

在第二部分中，布斯发展了一个核心隐喻：文学作品就像一个朋友，评价友谊的方式同样可以被我们用来评价我们与文学作品之间的关系，并且意识到，我们可以被我们所维持的这种友谊关系所评判。布斯对于友谊的描述源自亚里士多德，后者认为友谊是一种建立于信任和友爱之上的关系，我们正是在这种关系中通过一种社交的方式，很大程度上是通过这种与朋友共享活动、欲望和价值的方式来追求我们的目标。因此，清楚的是，我们选择的朋友对我们生活的质量有着很重要的意义。亚里士多德认为友谊存在着三种不同的基础：愉悦、有用以及善的品格。布斯论证道，所有这三种元素，在其不同的组合中，影响着我们阅读的选择。并且他还强调，如果小说不是建立在其中之一或更多的元素之上，我们花数个小时深入"（隐含）作者"内心的行为就会变得难以得到解释。和亚里士多德一样，他认为，尽管三个元素在幸福生活中各有其位，但建立在人格和抱负上的友谊是三者中最好也是最丰富的。他论证道，这种排序的方式是评价文学经验的良好起点，是一个人生命的组成部分。相反，如果"隐含作者"的人格糟糕，他就会把我们带入糟糕的经验中，从而形成暴虐、野蛮、不公正，或完全放肆与草率的欲望与设想。可以说，这些关系只能提供一些有用的信息或者暂时性的安慰，但是和能在本质上丰富我们生活的关系比起来，价值并不高。

紧接着，布斯提出一整套更为具体的问题——当我们开始对一部作品的人物以及作品向我们所提供的关系进行评价时，就会提出这些问题。他在多篇文章中尝试提出这些问题，并在每个案例中试问，在我们阅读时，我们的欲望和思想是如何得以塑造的。彼得·本奇利的《大白鲨》就是一个消极的例子。布斯敏锐地指出，在阅读这本书时，我们的感受和观念会变得何等狭隘，"决定花数个小时读这样的作品实在是对生命的浪费"。

[235]　　这个故事尝试着把我碾碎，并且把我牵入某些低级感受，令我寒战并令我忽略其他的感受。如果我进入了这样的世界，我就会成为**如此类型的欲望者**，会拥有作者想在他小说结构中建立的力量或者弱点。（204）

　　其他的现代例子——我们可以举诺曼·梅勒、安妮·泰勒、W.B. 叶芝、詹姆斯·乔伊斯、E.E. 卡明斯的例子——给予我们各种更复杂分析的机遇。布斯在这一章的结尾对一列开放书单中作品的贡献给予了赞扬（其中有莎士比亚、简·奥斯汀、塞万提斯、狄更斯、托尔斯泰），因为这些作者的作品能够让读者"在阅读的过程中活得比他们独自生活时更充实更丰富"（223）。第二部分以对文学隐喻，特别是其如何形塑读者的思考作为总结。

　　第三部分中作者致力于对四个作家进行详细的批评分析，这些作家由于他们的政治和社会观念在最近被当作伦理批评的靶子。书的这一部分非常精彩，因为我们清楚地看到布斯对高质量写作的热爱，同时也看到，在某些情况下，他被迫得出消极道德总结时的勉强。布斯并不是僵化的理论家，他给人的印象是个谨慎的人，但他热衷于社会正义并致力于理性论证。因此，他改变自己想法的例子以其实践性，在民主文化中富有说服力。所有这四个分析都显示：当新的建议、重新阅读以及经验与一般道德原则结合产生出新的评价时，他会逐渐改变他自己的判断。

一篇对拉伯雷的女性主义批评的长篇且复杂的分析，以女性主义的最终胜利落下帷幕。无论他如何艰难地为他所喜爱的作家辩护，当布斯一旦完全进入这个议题，他无法回避整部作品对女性的冒犯。他最终失去了对拉伯雷的尊重。

有关简·奥斯汀《爱玛》的结尾的批判分析引出了一个更为复杂的结论。布斯论证道，奥斯汀显然不是一个幼稚神话的受害者，这种幼稚神话指出女性必须依赖仁慈的父系形象的保护才能获得幸福。她通过诸多作品中展现的对这种罗曼司的怀疑和批判，以及对女性可能性的探索，印证了这一点。然而，对于《爱玛》一书而言，小说结尾的结构却诱导我们喜欢上她在其他作品中所批判的这种结局。布斯总结道，浪漫小说的形式将自身的欲望和渴求的标准强加给作者，即使是奥斯汀这样具有批判力和独立性的小说家也不例外。通过采用这种写作形式，奥斯汀遇到了某种可以说是介于她所期待的文学形式和她自己的事实文学形式之间的张力。

一个有关 D.H. 劳伦斯的令人印象深刻的章节，叙述并证实布斯对劳伦斯从不屑到热忱的变化。在这个案例中，当结论没有像布斯在自由派的圈子里其他的论点那么受欢迎时，我认为读者会特别感受到作品这种"共导"过程的力量，因为读者看到布斯设想（并提出）的细腻、耐心的论证如何真正导致其对之前坚定信奉的判断加以修缮。

最后，布斯首尾呼应地讲述了其对于《哈克贝利·费恩历险记》看法变化的历程，小说此时已被仔细地一再阅读。布斯不仅赞同了摩西关于一般性伦理批评的观点，而且他还转而接受摩西对这部小说的想法，他注意到了以前在黑人贵族的动人形象中所未看到的家长制作风和屈尊降贵。这里我们有了一个特别清晰的案例来说明，一些发展中的道德准则（特别是对人权平等的尊重）如何通过新的经验和与他人的对话来引领文学批评。重新修正的判断具有说服力，因为它体现了一种更加完整的人性理解。读者很可能会相信这种判断是理性的，而不仅是时尚更替

[236]

的结果或者意识形态的表达，部分是因为布斯细心地为他的立场作证，同时还因为我们感受到这个关于改变的故事很难用另一个角度讲述。一旦我们看到一篇文章的某些层面，并且像在此这样，将其与现实人类社会的反思性感知相结合时，我们就不能走回头路或者选择无视，也很难允许自己对小说进行无忧无虑的消遣。

这是一本广博而丰富的书，关于它还有写不完的话。在一篇书评中，很难对它的核心主题进行全面的批评检验，即便如这篇的长度。但有三个话题我打算多说几句，并提出一些问题：关于文学的边界、关于友谊的隐喻，以及关于依据"共导"和"多元主义"对实践理性所做的分析。

哲学和文学

布斯这部作品的副书名是"小说的伦理学"，书中包括第三部分在内的诸多案例都是小说。但是他的分析涉及的范围要广泛得多。比如，包含抒情诗歌和哲学作品。（埃德蒙·伯克是一个章节的中心例证，康德是另一个章节的中心例证。讲隐喻的部分讨论了宗教和哲学对宇宙的多种说法。）当然，我们绝对没有理由认为布斯的分析不能以这样的方式拓展。但有人会因布斯对我们与**文学**作品之间关系的独特性质关注太少而感到遗憾。比如，我们拥有的哲学论述所承诺的友情与我们同文学作品间的友谊有何不同；同样，这种友谊怎样和我们与抒情诗歌之间的关系做区分。这种分析的缺失不会削弱他**所说的**任何东西。然而既然布斯对他所热爱这些作品（尤其是小说）如此热情，我们不免失望于他对作为朋友的小说究竟是一种什么类型的"人"惜字如金。

显然，在此不需要肤浅的归纳，而需要从外在的特定案例与作品着手。然而，如果我们想到大卫·科波菲尔的"为生命阅读"，我们会清楚地意识到狄更斯作品中的主张是针对更为一般意义上的小说而言的：

小说提供了一种欲望和思想的特殊模式，并凭借这一模式要求读者关注特殊性，并在特殊性中感受一种同情与激动的独特混合。以莫德斯通一家阴郁的宗教观来看，他们有充分的理由拒绝接纳佩雷格林·皮克尔。

狄更斯心知肚明，他的小说以一种道德上可疑的方式培育着欲望和想象力：这不仅可以应用在对莫德斯通家庭的伦理分析上，也可以用在其他许多不同类型的伦理和哲学立场上，其中有些立场非常值得尊敬。比如，我们想到在《艰难时世》中的葛莱恩先生禁止"幻想"的学校。在狄更斯眼里，坚持己见的功利主义者向来深度怀疑文学想象力，因为它把思想和与自我更为接近的特殊事物捆绑在一起，阻挠了作为功利主义理性中心思想的对所有人类客观公正的关注。（至于他的女儿路易莎，葛莱恩先生满意地评价道："若不是教育，她早变得放纵任性了。"） [237]

因此，作为一种写作的形式，小说具有一种独特并备受争议的伦理内容。即便大卫·科波菲尔也不能声称小说能使他的判断更加稳定和持久，因为他清楚地把他早期对文学故事的热爱与对作为故事伴侣的詹姆斯·斯蒂尔福斯（一个时髦好色且没有道德的人物）的热爱联系起来，以及与后来对斯蒂尔福斯的道德评判的意愿联系起来。他也让他的读者清楚地看到，作为宗教道德象征的人物，艾妮斯·维克菲尔本身也并不是小说阅读者。狄更斯对小说的主张，在如此的挑战中，狄更斯对小说的主张在大卫的看法中得到表达，后者认为对于特殊事物的鲜活想象是一种至关重要的道德能力，那种脆弱而疑心重重的心灵在道德上要好过那种顽固不化的心灵。

这些主张，以及其他与此相关的诸多主张，值得在伦理批评的事业中得到全面的审视。我希望，布斯能够在某一天就这个主题写一点东西，并就人们想要叙述的内容和为此而选择的体裁和结构之间的复杂关系做进一步论述。

友谊、诱惑和培养道德情操的学校

这使我直接进入第二组问题，有关布斯提出的友谊的隐喻。这是个非常丰富和具有启迪性的隐喻，但是目前，它的某些方面还没有从细节上得到发掘。首先，在布斯的文章中，两种描述友谊的方式之间存在着未解决的张力。布斯论证的主线是将读者与文学的关系当作友谊，同时还借助亚里士多德来进行阐述。但是，在亚里士多德的描述中，即便朋友们分享同样的愿景并且深受彼此影响，每个人却有着自己的独立性和批判的自主性。布斯还将读者和文学作品之间的关系用另外一种诉诸性爱诱惑的语言的方式进行描述。他经常说到"屈服"（succumbing）、"最初的赞成行为发生于我们将自己交付于故事的那一刻"（32、140）。这种语言对于他的论证是重要的。因为我们充满信赖地屈服于文本中欲望的形态，也就是说，允许它以自己的方式来与我们交谈，这对于布斯主张伦理评价的迫切性有着重要作用。

在此我相信，我们看到一个领域，在其中对文学类别进行区分，特别是对小说和诸多传统哲学写作形式进行区分，将会卓有成效。布斯是在一般意义上提出这些看法的，似乎这些看法适用于所有文本而无须做出区分。但是哲学文本，一般来说，是不会让读者陷入爱恋的。事实上，[238] 它们还拒绝这样的目标。它们要求读者持审慎和怀疑的态度，检验每个逻辑环节和前提。从苏格拉底以来（甚至可以更早），哲学的专业准则就是怀疑，而不是信任。

沿着这一思路所创作的文本，体现了一种对交流中什么是重要的和人应该如何对待他人的独特观点。在这种观点中，情欲之爱几乎没有立足之地。事实上，在诸多哲学著作中，爱和友谊也都没有发挥作用：这些文本甚至否定脆弱、不完美、有欲望的人之间存在任何关系。另一方面，某些其他的哲学文本（我特别想到的是亚里士多德）则邀请读者进入一段友谊关系——一种主张每个伦理信念和每种激情、经验都得到严肃看待和郑重检验的友谊关系。

不过，在很多情况下，小说都是充满友情和爱欲的。不仅因为小说勾起读者的同情和恻隐之心，同时也以其神秘和浪漫的魅力吸引读者。它们要求读者参与一个公共道德世界，但又总是将读者从这个世界中拉出来，带到另外一个更加阴暗又充满激情的世界中，并且要求读者赞同以及屈服。从某种意义上讲，这要求读者变得被动并具有可塑性，要求他对新事物的影响、有时是神秘的影响开放——这就是小说的价值和它与读者间的交流。就如大卫·科波菲尔所认识到的，阅读小说是一项坠入爱河的练习。某种程度上是因为小说让读者做好了爱的准备，才使得它们为社会和道德发展做出了有价值的贡献。

在此我们还有很多要说的。多数伟大的伦理小说家都认为小说的诱惑力既是精神源泉也是问题所在。就如布斯敏锐地指出，简·奥斯汀以其带有怀疑性的良好感知，与许多体裁的情欲结构进行对抗，在邀请读者信任的同时，警告他们不要相信表象。在我们的例子中，狄更斯努力解决把艾妮斯的道德判断和斯蒂尔福斯的浪漫上升运动相结合的问题。"好天使"和"恶天使"一起形塑作品。就这点而言，关于亨利·詹姆斯、托尔斯泰以及普鲁斯特则有更多有意思的问题值得探究。

为了更好地探究这些问题，我们同样需要考察不同的哲学写作形态和它所吸引人的地方。因为哲学同样有其自身的诱惑力，可以吸引读者远离具有丰富结构的特殊性的世界，把我们带到抽象的高处。它同样允许读者逃离我们所生活的凌乱艰辛的世界，把我们带到一个更简单和程式化世界中。这种诱惑对于人类生活而言经常是有害的。与之相反，文学的诱感却经常能把我们带回一个更加丰富和复杂的世界；小说的魅力就在于促使读者接受情节的复杂，接受情感的纷乱。

然而对于我来说，道德哲学的某些形态（特别是亚里士多德的哲学）可以激发与读者之间的友谊，这种对友谊的激发避免的是哲学的诱感，却可以彰显文学的贡献。因为亚里士多德式的道德哲学依旧接近特殊性世界，会引导读者把目光转向特殊性，并把包括情感在内的经验作为伦理洞见的源泉。与此同时，这种道德哲学拥有那种能够对不同概念及其显著特征进行清晰比较的辩证力量。正因如此，它可以成为文学的重要盟友，可以解释文学的贡献以及它如何与抽象的道德哲学不同。亚里士多德哲学之所以能做到这些，原因在于它与读者形成的特别的——在致力于解释的同时也对特殊性保持关注与回应，饱含情感却不乏批判的——友谊。

在探询这些以及相关问题时，我们可能对伦理批评的角色有一个新看法。布斯的著作并不诱惑读者，相反，它创建的是一种友谊，在这种友谊中，同情与关注不同可能性的睿智和思辨相连接。它展示对深刻的情感的尊重，并且探究其主张；但是它对批判理性的重视又将这些主张与其他主张并置。因此作品的讲述口吻，比起一个小说家或者一个抽象且程式化的哲学家，更像一个亚里士多德派哲学家，它邀请读者审视论证并且通过将他们的经验与其进行对比，来厘清他们与它之间的关系。事实上，这种层次的反思以及自我审视对于布斯所描述的批判文化的建立似乎非常必要。小说自身是不会将自己和不同时间、不同地点的读者的观念进行对比的。但是布斯的论述指出，这些对比不仅对于他世界观的建立是绝对重要的，同时对于他更加深刻、更加充分地理解一些小说也是绝对重要的。简而言之，布斯有理由设想：只有通过屈服并且自问为何屈服、我们的经验与他人的经验之间有什么关系，我们才能用最具人性和社会性的方式回应文学。于是，通过投身亚里士多德式哲学的批判思想和与其相关的友谊观念，布斯能够比现在更加清晰地指出其研究所期待的贡献，甚至表明文学对于哲学的重要性和贡献。

若成为文学同盟，并且指出文学在哪方面具有哲学重要性，我们就需要仔细审视伦理批评的文体风格及其本身所表达的观点。它需要——相比通常意义上的哲学——少许抽象性和程式化，更多对情感和想象力

[239]

的尊重，更多即兴和尝试。简而言之，它需要为其自身选择能够显露而不是否决文学洞察力的风格。描述如此的哲学以及它与文学、与其他哲学类型之间的关系，对于我来说是非常重要的任务。我希望布斯能够承担这项任务。[3]

我们现在需要进一步探讨文学友谊。因这问题太过显而易见，布斯反倒未对其进行探索：我们只会独自阅读小说。无人在旁回应。因此除了幻想之外，并不存在任何如爱恋或友谊那样的情感交流。这一观点并不削弱布斯对隐喻的使用——但它会引发些许伦理反思。直到这个显而易见的问题被摆上台面，它们才浮出水面。

首先，有人会说，书籍并不足以成为好的人类生活的全部。尽管，就如大卫·科波菲尔的故事所展示的，阅读所激发的幻想中的交流为爱的关系在生活中的实现做了有益的准备，但书籍同样可能助长自我专注并阻碍人际互惠。无论布斯所说的人与书的关系有时比与人的关系更加丰富的观念多么正确，我们同样也需要有血有肉的人。不过，书的非现实性也存在有益的一面，亨利·詹姆斯和普鲁斯特都就此用他们各自的方式充分强调：面对小说我们不可能拥有现实中的那些糟糕感受，比如嫉妒和报复欲。但我们却完全可以从中感受到同情与爱。因此通过这种方式，小说可以成为道德感受的教育模范，它使我们远离蒙蔽心灵的个体情感而培养有益于共同体的情感。普鲁斯特甚至说，我们与文学作品之间的关系是唯一真正的利他主义的人际关系，也是唯一使我们从嫉妒的"炫目的万花筒"中解放出来的关系。通过文学，读者可以真正认识到他人的思想。我不会像他说得那么极端，但是这个看法揭示了一个真正的问题，并且我认为，如果不能对此探询，就不能完全理解小说的伦理贡献。

在此我们还有最后一个不同性质的问题。我对待书的方式绝不会运用于现实中的人。有时人们觉得，我们需要完全麻木的消遣，在这种完全的消遣中我们会忘记所有的压力和担忧。让我们现在对比两个寻找这

[240]

种解脱的人。一个人去嫖娼，度过翻云覆雨的一夜；另一个人买了一本迪克·弗朗西斯的小说并且在沙发上度过安心阅读的一夜。我认为，在这两个人之间存在着巨大的道德差异，而这一差异并非在布斯的友谊隐喻中有所展示。（我所说的那个读书的人的阅读方式就像每当我写完论文后那样，我试图在布斯严厉的评估面前来为自己辩护。）寻欢作乐的那个人是通过另一个人来寻求放松，他／她参与的交易都利用、贬低了另一个人和这项亲密活动。我相信，阅读迪克·弗朗西斯的那个人则不会对其他人有什么伤害。她肯定不是在压榨作者：事实上，她对待弗朗西斯的方式正是他所期望的那样——在一种不失庄重的交易中。难道她在通过压榨隐含作者享乐吗？我觉得这是一个很独特的问题，并且我认为答案一定是：以这种方式缓解压力，她没有任何道德过错。我认为布斯需要对这种对比进行解释，这或许能缓和他对阅读流行小说的严厉态度。

实践理性与多元主义

接下来我来谈谈这本书最吸引法学家注意的部分：布斯在诠释和评价作品时对实践理性的客观性的捍卫。布斯明确地使用法律推理模式来论证他的观点（72—73）；并且，他在清晰的理论解释（70—77）与实践中所发展的亚里士多德式的评判，的确与法律评判之间存在着有趣的关联。尽管布斯的立场中有着一些限制其在该领域中使用的含糊之处。

[241]　　　布斯称他所推崇的这种评价性判断为"共导"。〔"共"（co）表明这种判断既是在社会意义上，在与他人之间的对话中产生的，同时也意味着一种含蓄对比因素的存在。〕与演绎证明不同，在"共导"之中我们并非始于已知的、事先的并且在整个论证过程中保持不变的前提。相反，我们需要从我们自身复杂的历史出发，那是一种包含原则、包含历史回忆以及"有关其他故事与人的无以名状的复杂经验"（71）的存在。这种对于新文学经验的最初评价经常是含蓄对比性的：我们通过对比这种复

杂背景来对作品进行评估。

在我将自己的印象和他人的印象做对比时，我发现这种初始印象可以通过多种方式得到改变。它可以变得更加自觉与明确，可以在建立于我的经验之上的同时也建立于他人经验之上，并且可以与背景中的原则和标准相抗衡。"每个针对叙事的评价，都是对于我们在它面前永远拥有的复杂经验与我们已知的事物之间的潜在比较。"（71）关于这一点，布斯引用了塞缪尔·约翰逊有关演绎证明和基于经验的判断之间的比较论述：[4]

> （在科学事件中可能发生的）证明能够即刻展示其力量，不必对时间流逝抱持希冀或恐惧；但尝试性或经验性的作品（也就是依托于经验的作品）则必须根据其与人在一般与集体意义上的能力的相应程度做出评价，因为它们是在一段漫长连续的努力中获得的。（文中解释性内容由布斯补充。）

该书的主要目的在于展现这些判断并不仅仅是主观念头或是政治意识形态的表达，它们可以是理性的。实践理性的模型事实上是值得发展的，尽管我认为我们还需要做更多的工作来赋予它一个具体的哲学基础。它与亚里士多德对实践智慧的叙述有着诸多共通之处，并且与近来查尔斯·泰勒的某些有关实践理性的令人印象深刻的著作相通。[5]由于布斯不是哲学家，他本可以利用一些更大范围的相关哲学讨论来更好地补充自己的想法。

但是这种构想依然很有吸引力；布斯也的确说服了读者，对批评持怀疑立场的人就是怀疑主义者，因为他们在寻求一种错误的论证方式——当他们失败的时候，则导致他们放弃整个理性思维。（泰勒就这个方面做出了精彩的论述。[6]）然而，当我们尝试把"共导"的论述与布斯经常提到的"伦理批评是'多元主义的'"观念相关联时，我们开始遇到真正的问题。在这里我认为缺乏清晰的哲学（表达）是造成问题的真正

原因。因为布斯对其"多元主义"的提及似乎具体说明了许多不同的观

点，但这些观点之间没有一致性，并且其中有些观点还会与他所主张的

"共导"发生矛盾。我们需要对这些不同观点加以分类，并追问哪个（或

哪些）观点才是他的论证所真正需要的。

我们在他的作品中发现至少如下立场：

1. 作为组成部分的善的多样性的多元主义。 布斯经常使用"多元主

义"这个词来表达一种看法，即存在多个在价值上不同且并不兼容的事

物，因此文学在生活中可以扮演很多个积极角色。这种立场显然与他对

客观评价的主张相融；并且这一主张相当重要，因为他的许多论证都建

立于其上。

1a. 作为冲突多样性的多元主义。 有时这种善的多样性会产生悲剧

性的张力：就如当布斯对马克·吐温热情洋溢且诙谐幽默的小说的喜爱

与他对家长制度的厌恶形成矛盾之时。在这里我们确实得到一些以"X

既是好的又是坏的"为形式的真实表述，但这里并不存在逻辑问题，因

为对象的好坏特征体现在不同部分，尽管有时不能将它们相分离。再次

强调，这里对批评的客观性没有构成任何威胁。

2. 作为语境主义的多元主义。 当谈到多元主义时，布斯有时会将

"X 既是好的又是坏的"这种形式的陈述与我们所称的亚里士多德式的语

境主义相关联：在你所处的环境里是善的事物，并不必然在我所处的环

境里是善的。就如亚里士多德所说，摔跤手米罗[7]的饮食习惯对你我来

说可能是无法消受的；或者，就如布斯所观察到的，对于道德主观主义

者来说，也许阅读和思考《老古玩店》是件好事，然而同样的经验对于

过度信仰教条主义的人来说或许并不是件好事（68）。再次重申，如此观

点在布斯的论证中非常重要，并且它们与布斯对客观评价的主张并不矛

盾。判断力在具体环境中要永远保持敏感，但是，鉴于此，我们就没有

理由不能说此而非彼在伦理上是正确的。

3. 作为特定善的多样特殊性的多元主义。 这种立场表明，重要的

伦理原则经常在相当高度的一般性层面运作，对许多具体的特殊性抱有怀疑，其中并不是所有的都可以同时实例化，但是它们都可以在实践中实现这种原则。比如，我们假设有人断定一种好的人类生活应该为友谊创造空间，同时，美好友谊的本质在于互惠、努力去爱，以及（如亚里士多德所言）从他人利益出发使其获益。我们因此可以注意到各种各样友谊的存在，具体而言有着非常不同的类型（比如在不同的社会传统中），所有这些都有其道德价值特征。我们不能同时拥有所有的友谊形态，即便是在单一社会中也不行。但是它们分享着相似的道德特征。在此，多元主义会坚持认为所有这些特征都是善的，尽管它们在许多方面并不兼容。这种立场在布斯的书中很难得到确认，但是我相信，这种立场在他许多宽容和民主的声明中已经得到了充分的表达。在此重申，这种多元主义并不会以任何方式损害伦理的客观性。

然而，在他论述的一些观点中，布斯有时倾向于主张两种更为强硬且更成问题的立场。（这特别在他尝试说服读者他不是教条主义者时出现。）

4. 缺乏冲突的多元世界版本。 在书中处理宇宙神话的部分，布斯似 [243] 乎表达了与纳尔逊·古德曼相接近的多元世界版本的看法，[8] 尽管布斯没有把自己的看法与古德曼的联系起来。这种看法宣称存在着许多不同的、有价值且有效的世界版本。（正如布斯所描述的那样，这些版本只是看上去无法兼容，但彼此之间并无冲突。）正确性的标准的存在令我们可以缩小可接受的版本的群组范围，但是我们不能理性地抉择哪一个比另一个更加容易接受。要评估这个观点与前三个多元主义的用法之间的关系以及它与捍卫"共导"的关系是非常困难的，因为它在布斯的作品中并未得到哲学性的发展，并且也没有被应用于伦理学。假如其他不同的版本之间都是相互一致的（或者至少没有冲突），并且只是被用于不同的目的或者不同的背景中，那么这种观点就不会导致伦理上的相对主义或者主观主义。另一方面，一些布斯提到的源于宗教的例子让我怀疑他的主张是否确实更为相对主义，并因此对于"共导"而言显得问题重重。

5. 充满冲突的多元版本。最后，以开放性的多元主义为例，布斯简明地在多处断言一种矛盾，而这种矛盾在我看来是无法解决的。在书的前半部分，他似乎想表明他同时采纳亚里士多德的友谊观与基督教的学说（173）——尽管在很多关键层面上两者存在着直接冲突（就个人价值、爱的适当基础等层面）。这种多元主义会造成伦理困惑。在第 348 页中，布斯明确地劝说读者接受并且相信一系列"在某种程度上是不一致且自相矛盾"的宇宙神话。在第 351 页中，他似乎对那些针对逻辑的怀疑性攻击有所同情；并且在书的最后部分，他经常把自己的伦理信念（比如反种族主义）看作"我的意识形态"。为了接受并信任所有真理的候选人，他走到了放弃以理性进行伦理判断的边缘。

这种更为广泛且颇成问题的多元主义看似并不是书中的一个可以轻易解决的问题，因为布斯经常断言它们具有重要性。但是这个问题应当得到解决，因为它危害着全书的核心论证，并将阵地拱手让给那些对手（包括各种类型的主观主义者和怀疑论主义者），而对这些对手，布斯在书前面的部分都进行了巧妙的驳斥。在这一刻，我认为布斯是在尽力讨好他在文学领域的那些现实或想象中的批评者，他急于向这些人证明他不是教条主义者，不是对逻辑的古板捍卫者。他本不应当如此迁就。首先，这并不管用。许多人会恨这本书并称布斯为反动者，这是他为理性辩护所要付出的代价。其次，这出卖了他的立场。反种族歧视，用布斯自己的话说，并不仅仅是他的"意识形态"。这是一个同时可以通过理性论证进行辩护和捍卫的伦理立场。

我认为，布斯本应保留作为多样性的多元主义、作为语境主义的多元主义以及作为多样特殊性的多元主义。如果他可以足够仔细地说清楚这些局限，他或许可以将此与古德曼的某些多元世界版本相结合。但是容忍在实践理性中的矛盾，会打破整个"共导"过程，因为"共导"是通过注意到不同主张之间的冲突而得以发展的。布斯本应傲然于世，忽略文学领域中那些嘲讽客观性的人。他的书，即便在那些潮流被忘却许

[244]

久后，也将依然被阅读。

　　身为朋友，书籍即是如此，既不简单屈服也不一味应同，而是会争论不休。这本书所激起的批评的活力就是其价值的清晰印证。它的力量与洞见将鼓励关于这些紧要问题的公共讨论。用亚里士多德的话说，这是公民间的友谊。这本书正是公民的朋友。

尾注

　　这篇评论文章与"斯蒂尔福斯的手臂"一章写于同一时期，并与其紧密相关。它关于实践理性的论述与我们在本书导论以及"诡辩"一章中关于亚里士多德式辩证法的论述有着紧密联系。本文在收录于本书时已稍作修改。

注 释

1. 引自《大卫·科波菲尔》第一卷第四章《蒙羞受辱》。——译者注

2.《我们所交往的朋友：小说的伦理学》（1988）。（译者注：后文凡引用此书时都以文中夹注的形式标明页码。）

3. 对此我在"爱的知识"一章会进行更加充分的讨论。同样参见导论。

4. 参见塞缪尔·约翰逊为《莎士比亚戏剧集》（*The plays of William Shakespeare*，1765）所题写的前言，收录于耶鲁版《塞缪尔·约翰逊作品集》（*The Works of Samuel Johnson*，1968）第七卷第 60 页。

5. 参见查尔斯·泰勒的《哲学和人文科学》（*Philosophy and the Human Sciences*），《哲学论文》（*Philosophical Papers*，1986）第二卷。同样参见《生活的质量》（1991）中泰勒的《解释与实践理性》一文。

6. 参见泰勒《解释与实践理性》一文。

7. 克罗托那的米罗是一位公元前 6 世纪古希腊的摔跤能手，曾在奥林匹克运动会等体育盛会上 6 次获得摔跤冠军，其名字至今仍为力量的代名词。——译者注

8. 纳尔逊·古德曼，《构造世界的多种方式》（1978）。

第十章

灵魂的虚构

葛特露说："啊，哈姆雷特！不要再说下去了！／你让我的眼睛看透了自己的灵魂。"[1]他于是在一番演说之后，令她看到了自己的灵魂。很多各种类型的演讲都试图做到哈姆雷特在这里所做的事。它们向我们展示关于我们自己的描述或图景，想要告知我们，我们到底是什么样的人——或者（通过用某幅已经存在的图景）向我们展示我们人类灵魂的内部。这些有关我们自身的真理以多样的风格与形式传达出来——有些是通过结构化的论证，有些是通过更为迂回或更为暴力的策略。一位杰出的思想家把关于灵魂本质的论述比作干燥而晶莹剔透的缕缕阳光，驱散错误信念的黑暗阴影。另一种是将接受者内在灵魂的真实叙述描述成痛苦的呼喊："这些话像刀子一样戳进我的耳朵里。"

显然，在一个思想家或作家想象灵魂的方式与他或她构建能够向一个灵魂传达重要真理——尤其是关于灵魂本质的真理——的话语方式之间应该存在关联。无论别人是用阳光还是匕首来接近，无论我们是需要光还是需要暴力的运动来显示我们是什么：这似乎取决于我们实际上是什么。取决于回答诸如以下问题：我们的灵魂是透明的？不透明的？开放？厚颜无耻的？并且，与人类灵魂接触就像让光穿过钻石一样吗？像拥抱朋友一样吗？如同抽血？更通俗地说，取决于回答诸如以下问题：灵魂如何抵达真理？它有哪些促进和阻碍理解的因素？关于它最重要的真理的主题或内容是什么？对它的认识包含了怎样形式的活动？于是，一个关于灵魂的故事或描述就被讲述出来了。如果故事是一个好故事，那么这种讲述就不会偶然地和其内容相联系。无论讲述者是一个深谙风格选择本质的文学艺术家，还是一位我们经常认为他是在回避或逃避风格的哲学家，都应该如此。任何风格的选择都不能被认为是无倾向性的——甚至是选择单调或中性的写作风格时也不例外。

[246]　　这篇文章的目的在于着手研究人类灵魂是什么的观念，与在写作中以及在观念的交流中如何对这种灵魂进行呈现的观念之间的复杂联系。[2] 我选择了两种截然不同的观念，与两种极其不同的风格。一种是关于个人的理智观念，以一种通常与哲学写作有关的风格来表达；另一种以一种文学叙述的方式进行表达，将对理智主义提出严厉批判。哲学观念与对文学艺术的严厉批判相联系，而文学观念亦与对哲学探究的严厉批判相联系。在每一种情况下，我都想知道所讲述的故事在讲述中是如何与读者的灵魂建立关系的，以及这种讲述与被讲述是怎样相互匹配的。我选择了两个极端，并不是因为我想暗示这些立场如何表达哲学或文学的本质，而是因为它们以一种启发的方式相互交谈与批判。如果我们愿意的话，通过看到它们的对立元素被清晰而有条理地展示出来，我们将处于一个更好的位置，去想象介于它们之间的另一种选择。我的哲学主角将是柏拉图——或者说是柏拉图的某些方面，文学上的对手将是普鲁斯特。

　　事实上，我将首先通过普鲁斯特的小说，介绍一个心理学研究的特殊案例，在这个案例中，叙事者提出了一个有关灵魂结构的重要主张，就如他之后所断言的那样，这个主张不可能以其他风格真实地予以呈现。之后我将转向柏拉图，概要性地介绍关于灵魂的理智主义观念的特征，这种特征在他对文学艺术的谴责中被证明是重要的。我将把普鲁斯特对灵魂的叙事性探究与一种在假设的哲学文本中类似的探究进行比照，这个文本遵从了柏拉图观点中对文学艺术的谴责。我要问他们中的每一个人，使他们的文本呈现出某种形态的观念究竟是什么，以及他们如何论证，对方的写作方式不能告诉我们我们是什么的真相。

I

那么，我从《索多姆与戈摩尔》结尾的一幕开始，普鲁斯特笔下的叙述者开始为读者探索有关人类灵魂的核心真理。他正与阿尔贝蒂娜在海滨的铁路上骑行，这条铁路穿越邻近巴尔贝克的度假小镇。他厌倦了阿尔贝蒂娜，差不多已经决定离开她。就在他们到达目的地之前，阿尔贝蒂娜吹嘘她与作曲家凡德伊女儿的友谊——马塞尔知道凡德伊是个坚定的女同性恋。阿尔贝蒂娜的话通过唤起他的嫉妒，向他展示了他对她的爱有多深。当阿尔贝蒂娜走向火车车厢门的时候，某件奇怪而意义重大的事情发生了：

> 她这样下车的举动撕裂着我的心，着实叫人于心不忍，犹如，与我的身体独立的立场相反，阿尔贝蒂娜的身体似乎占据着我的立场，这种遥远的离别，一个地道的画家非万不得已不会在我们之间加以描摹的，它充其量不过是一种表面文章，犹如，对主张根据真人真事再创造的艺术家来说，现在无论如何不该让阿尔贝蒂娜与我保持一定的距离，非把她画到我的身体里不可。（II. 1153—1154）[3] [247]

不久之后，叙述者把这种经验转换为对人类灵魂结构的一般性反思：

> 视觉是何等骗人的感觉！一个人体，甚至是所爱的身体，比如阿尔贝蒂娜的玉体吧，离我们虽然只有几米，几厘米，可我们却感到异常遥远。而属于她的灵魂也是如此。只是，只要某件事猛然改变这个灵魂与我们之间的位置，向我们表明，她爱的是别人，而不是我

们，此时此刻，我们的心跳散了架，我们顿时感到，心爱的造物不是离我们几步远，而就在我们心上。在我们心上，在或深或浅的地方。但这句话："这个女朋友，就是凡德伊小姐"已经成了**芝麻开门**的咒语，我自己原是无法找到这个秘诀的，是它让阿尔贝蒂娜进入我那破碎的心的深处。她进门后即重新关严的石门，我即使花上百年时间，也弄不懂到底怎样才能重新把石门打开。（II. 1165—1166）

从这一点看，人类灵魂中包含着作为内在对象的被爱之人的主张，是小说的一个重要主题。（例如，这样的主题在《女囚》[4]中得到了详尽的发展，其中，叙述者指出这个关于被爱之人的观念是如何能够解释被爱者的行为给予施爱者以深刻影响的。在《女逃亡者》[5]中，对这些行为真实性的探究给叙述者带来了心脏探查手术那样的痛苦。）很明显，这是叙述者最重视的关于人类心理学的发现之一。几乎是在整部小说接近尾声的部分，他谈到了他描述某些人物的计划，这些"人物，不存在于外界，而只存于我们内部，有时他们最微小的动作甚至可以带来致命的困扰"的计划，然后他观察到"这是我和阿尔贝蒂娜的关系便足以为我说明了的，没有它则一切都是假的和骗人的"（III. 1104）。因此，这似乎是一个很好的例子，可以用来研究普鲁斯特的叙事告诉我们自己我们是谁的方法，以及在叙事中才能真正向我们呈现我们自身的某些特征的主张。

现在，我们必须介绍另一位主角柏拉图。在这种情况下，我们不是从一个例子或一个故事的具体部分开始，而是从一个立场的抽象和概要的描述开始，这是恰当的。在《理想国》和他的其他中期作品的相关对话中，柏拉图描述了一个特定的立场或视角，从中可以抵达真实描述[248] 和正确的判断。[6]他把这种立场描述为"自然之上的真实"，与大多数人和所有文学艺术家描述现实的立场形成了对比。普通人的立场是由不完善的和有限的存在的需求及利益所塑造和构建的。它对什么是真理和价值的描述受身体需求的压力、情感的波动以及我们血肉之躯中人性的约

束及限制特性所扭曲。我们可以令人信服地表明，在诸如《斐多篇》和
《理想国》的对话中，柏拉图的论证主要依赖于这样的一种观念，即食欲
和情感需要及欲望是扭曲和分散注意力的强大力量，只有通过让理智完
全摆脱它们的影响，让它"自行其是"，才能对价值做出清晰和充分的判
断。"自然之上的真实"的立场就是这样一种独立的理智立场。当柏拉图
问关于任何有价值的事物的真理是什么时，他问的是一个不受约束和限
制的理智存在会选择什么。为了给出这种价值认识论一个例证，我们可
以考虑《理想国》第九章中有关梦的段落。在此，我们被告知，**只有**当
做梦者设法使梦成为一种仅仅是智识因素的运作时，梦才能为做梦者提
供通往真理的路径。在入睡前，他或她必须平息其他部分，食欲与情感，
使之进入非活跃状态，这样它们"不会用快乐或痛苦烦扰灵魂其他较为
优秀的部分，让后者可以独立、纯洁地进行考察，把握和理解那些它
所不知道的事情，包括过去的、现在的和将来的"[7]（571D—572B）。在
《斐多篇》中，他再次告诉我们，当灵魂本身尽可能从肉体影响的限制中
解脱出来，并且独立地接近纯粹知识对象时，才能最大程度地接近真理。
在其不可分割的纯粹中，它与该对象有着密切的联系（65A—D）。[8]

　　之后，柏拉图发展了一幅灵魂的图景，根据这一图景，灵魂在其最
真实的本性中是一种纯粹的、非复合的智识实体，能够接近完整和完美
的真理，只要它能够将自己与偶然联系在一起的情感和欲望因素分离开
来，或保护自己免受其阻碍。但是，当然就如柏拉图所知，我们人类本
性中的那些元素与文学艺术有着最深刻的联系。一个能促进真正获得真
理的文本必须促进智识的独立。但是，无论是在内容的选择上，还是在
内容的表现方式上，悲剧诗歌（《理想国》第十章里的核心案例）都与非
理性纠缠在一起。在《理想国》第十章里，柏拉图声称，一出代表冷酷、
冷静的实践智慧的思考的悲剧，不可能吸引观众，如果不把强烈的情感，
比如愤怒或者激情之爱作为它的内容，它就会失去它目前所珍视的力量
（604E—605A）。但是，柏拉图进一步指出，那些表达强烈非理性的作品　　[249]

不仅彰显与强调了一种错误的价值方案（比如激情之爱需要一种错误的信念，即美的实例在质量上是独一无二的和不可替代的），它还在我们观看时激起我们自身非理性的本性。我们理解强烈情感的表现方式本身就涉及情感活动。无论我们是同情地观看，假设一个或多个角色的情感范围，还是像柏拉图经常假设的那样，我们以同情的情感（如怜悯）对角色的困境做出反应，在这两种情况下，我们都在情感上是活跃的。这意味着，柏拉图说，诗歌给予我们的情感和欲望以营养和力量，"浇灌"了——根据他的灵魂观——我们"本应干涸"的人格要素（606B）。因此，就其艺术的本性而言，诗人促进了那些令普通人的日常生活远离理智和接近真理的元素，他阻止了理智的独立，阻碍其上升至"自然之上的真实"的良好视野，而真正真实的描述正是由此产生的。

Ⅱ

在简单介绍了这个背景之后，现在让我们试着想象一下，在对现象的本质进行探索时，一个真正促进理智独立的文本会是什么样子。什么样的柏拉图式的睡前故事才能带来真正的梦，它与普鲁斯特的故事在内容和方法上有何不同？（请注意，我问的不是柏拉图自己的文本实际上是什么样子，就像我将指出的，柏拉图的写作对象是那些在他看来早期教育并不充分的人，他的思想中有关于注意力和动机的复杂问题不会困扰他理想城邦中的话语创作者。）我们可以概要性地列出这种论述的几个特征，然后可以以此来对普鲁斯特关于内在人物的段落进行评价。

1. 交流载体。哲学睡前故事将针对柏拉图的交流理想：纯粹独立的理智之间的对话。它自己的语言将是清晰、简洁和纯粹的，不掺杂情感或激情的表达。它将努力激活读者或者听众的**理智**，同时阻止欲望与情感的参与。在柏拉图看来，这意味着需要放弃令人兴奋的风格样式，比如令人心潮澎湃的节奏语言，避免使用易于激发情感和想象的图像或感性语言；最重要的是，避免表现强烈的情感，或任何有可能引发一连串联想或记忆的东西，导致读者在自己的经验中出现一些令人不安或激动的事情。然后，它可能会以清除所有这些分散注意力的因素的严格论证来关注自身。

2. 视角。我所称的哲学睡前故事，鉴于与前一个观点密切联系的原因，并不是一种真正的**故事**。也就是说，它对于（比如）灵魂本质的研究将尽可能地远离任何普通人类日常生活的具体特征。它不会说它的一般性反思在具体人类经验或者这种经验的观点中有其源泉或理由。柏拉图反复告诉我们："任何不完善的事物都不能用来作为衡量其他事物的标准。"（《理想国》504A）因此，如果话语要正确地衡量世界，它就不得不从一个与人类不完善无关的存在的观点出发，这一存在实际上是无限的、不受约束的。这种论述将展示灵魂如何在柏拉图称为"自然之上的真实"中现身。但是我们看到，这是一个没有叙事或故事可讲的视角；因为对于一个无限和永恒的存在来说，没有任何事情是真正**发生的**，或者说没有任何事情是真正**重要的**。就如《会饮篇》中关于爱的升华的段落所展现的那样，由上述产生的论述认为偶然的细节——例如，关于灵魂的事实，如某一特定的人对另一特定的人的爱——是最不重要和最没有价值的。[9]

3. 主题：形式特征。我们已经讲了一些理智会希望阻止的元素，这已经导致了对其表述内容的一些限制。但我们现在可以在此基础上，加上它处理任何内容的四种形式特征的详细说明。

a. 一致性。理智首先呈现出一幅灵魂（或无论其主题是什么）的图景，它遵循理智最基本的法则，即不矛盾律。它不能同时说 p 与非 p，用例证来制造混乱并在读者身上激起困惑。不管它的话语变得多么复杂，它所有的部分都将在一个自洽的系统中凝聚在一起。

b. 一般性。从较高的视角看，关于灵魂（或其他任何主题），这种理智将最有可能强调的是，所有灵魂统一的一般结构及其活动的一般原

[250]

则——而不是个体灵魂的变化和特殊性，就像我们已经提到的那样。例如，正如《会饮篇》向我们展示的那样，这样的文本将谈论"美的汪洋大海"，并力求给予美在整个宇宙中的本质以一般性说明，而不愿关注所谓的个体灵魂独一无二的特征。

c. 准确性。 当引出关于某些重要事物的结构的真理时，理智会尽可能地尝试给出一套精确的条件或者标准，以确定某个存在拥有或享有那种价值。这是柏拉图式探究中很重要的、我之前没有谈到的一个显著特征。但我希望我们能欣然同意：对于柏拉图来说，理智只有在能够给出一个足以将 F 与非 F 清晰明确地区分开来的解释时，它才掌握或理解了某些 F 项的一般特质，从而解决我们在问题案例中可能存在的任何分歧。柏拉图认为，我们之所以无法画出如此明确的界限，是因为人类认知的局限性；完美的哲学家的叙述将不会有这样的缺陷，因为通向完美认知的所有障碍都将被消除。就灵魂而言，我们拥有一套精确的必要和充分条件来证明某个事物存在或拥有灵魂、或具有某些更具体的心理要素，以此类推，心理上的探究的各个方面都是如此。

[251]　　**d. 解释。** 柏拉图式话语的另一个特征值得强调。这就是其对解释的兴趣。一个好的柏拉图式的对某种事物的解释，比如对灵魂，不会仅仅提供一个其属性的清单，它会试图告诉我们一些东西，这些东西充分地解释了这些属性以及它们是如何结合在一起的。[10] 柏拉图强调，我们寻求的是更有力且更有包容性的一般性理论假设，这些假设将系统地组织我们的知识，我们想说的一切都将由此产生。到目前为止，这还不够清晰，但稍后我们会回到这点上来。

一个好的柏拉图式文本有一些显著的特征。我希望说清楚，这个假定的文本不仅仅是我和柏拉图的单纯幻想，而是一幅关于哲学写作的图景，其对我们整个传统产生深远影响。仅举一个例子，洛克将书面文本中的修辞和情感元素比作一个性感撩人的女子的诡计——这对于寻找消遣甚至享乐的人来说显得很有诱惑力，但对于积极寻求真理的人来说显

然是负面的:

> 然而,如果我们谈到事物的真相,我们就必须承认所有……雄辩所创造词语的矫揉造作和比喻性的运用,无非是为了暗示错误的**思想**、调动人们的情感,从而误导人们的判断,因此,这确实是一种彻头彻尾的欺骗;因此……当然,在一切假装告知或指示的话语中,它们都是完全应该避免的,而且,就涉及真理和知识而言,它们只能被认为是语言或使用它们的人的一大错误。(《人类理解论》第三册,第十章)[11]

如果我们希望听到更当代的声音,我们最好求助艾丽丝·默多克,她是为数不多的用英文写作的哲学家之一,也是一位杰出的文学艺术家:"当然,哲学家各不相同,有些人比其他人更'文学化',但我想说,存在一种理想的哲学风格,它具有一种特殊的毫不含糊的朴素和冷酷,一种质朴无私且坦诚的风格……当哲学家站在与他的问题相关的第一线时,我认为他言说时带着一种清晰可辨的冷酷声音。"[12] 这段话指明,我们的哲学传统在多大程度上继承了柏拉图哲学风格的图景。令人惊奇的是,他们很少费心去研究柏拉图关于选择那种风格的论证。他们似乎把这种风格当作一种在人和学习的概念中完全中立的事物,适合于追求真理,不管真理究竟是什么,也不管我们如何去掌握它。相比之下,柏拉图清楚地看到,哲学家是一位艺术家,在其对灵魂的观念中,他创造了一幅有关真理的特定图景,他对这种创造的承诺导致了一种风格的选择,这种风格将是它的合适体现。

现在我们转向普鲁斯特的叙述者。在阿尔贝蒂娜推开小火车的车厢门,同时走进他的内心深处时,这个关于人类灵魂的故事是怎样的?它通过什么方式向我们表达,它使我们灵魂中的哪一部分活跃起来,我们可以说从它那里获得了什么样的知识?要描述这里发生了什么,最好首 [252]

先处理"视角",然后再问这个故事所代表和涉及的灵魂部分。

视角。很显然,这种叙述从没有脱离人类生活的具体环境和条件。它对灵魂实质的一般探究完全植根于人类观点的独特特征:它特有的时间性,它的需求、欲望和满足模式。更重要的是,甚至人类生活的这些一般特征都是从一个特定的人类生活的角度来探索的。作为真理的可概括的内容已经作为关于特定人类故事的真理而出现,而真理本身就是故事的一部分。例如,我们被仔细地告知是什么特定感知和回应导致了马塞尔的一般反思。而且,一旦他简略地表达了心理学一般原理,他就会回过头来细想他自己的情况,细想阿尔贝蒂娜那句敲开他心扉的那句话。一般反思和特殊经验是互相阐明的,正如它们在生活中那样;而我们面对真理,只在生活中、在偶然事件至少与真理同等重要的故事中,在发生的真理自身具有偶然事件性质的故事中。

那么,我们怎样阅读这个故事?当我们评估它的主张时,我们的活动和观点是什么呢?我们当然需要在阅读的时候描绘出场景。由于这个场景所在的世界是通过个体人物的视角给予我们的,我们就被要求用想象力来进入这种视角,接纳马塞尔的行动和回应。这意味着,当它所包含的核心心理学真理以这种奇特的空间隐喻显现在我们面前时,我们首先要从马塞尔的角度来对其进行探索和评价:也就是说,我们需要通过假设他的经验和回应来实现这些。我们通过曾经引导他的过程来感受和看到这幅图景。然而,我们的情况要比这还要复杂。因为叙事不仅向我们展示了这幅图景的主人公马塞尔,而且还向我们展示了故事的作者老马塞尔,他将这幅空间的图景清晰地呈现出来,并评估了其作为一般真理的重要性。所以我们被要求在假设马塞尔的原初视角,以及他的感受和观看方式,和假设一个从内部及外部回忆他的经历的视角之间交替,审视并重新体验他的心理,重温并回应他的经验。因此,我们也能感受到,让那些经验通过记忆在另一个时间对同一个人产生影响是什么感觉。更重要的是,当我们阅读的时候,我们毫无疑问在从内部以同情回应故事与旁观者的角度这两种视角之间来回转换，这个旁观者与后一位马塞尔的旁观者是不一样的，因为他或她与那些记忆的关系是不一样的。

最后，就如普鲁斯特所反复强调的那样，我们同时要"挖掘"我们自己的经验，以获得相似的材料。因此，在所有这些复杂而多变的运动中，我们也将在自己的记忆中跟随这个故事所激起的联想。当我们被告知某些经验会把一个人放进我们的内心，我们会通过回想我们自己的爱与对失去的恐惧经验来跟进，并问自己是不是也有这样的感受——所爱的人对我们所有的思想和行为是否产生了深刻影响，他或她通过各自的独立来扰乱我们的力量，感觉就像，被这样一幅图景很好地捕捉，在这幅图景中这个人打开我们的心灵之门，像一个令人不安和无法控制的客人那样进来。这种对记忆的追踪将涉及再次呈现我们过去自我的思想与感受。当我们这样做的时候，我们将会受到记忆的影响，正如普鲁斯特的叙述者身处他自己早期自我的记忆中那样。[13] [253]

简而言之，不同于柏拉图的那种偏离中心的理智之光，我们所拥有是一种难以捉摸、迅速变化、不稳定的想象和感觉活动，它以极大的灵活性从一个观点滑向另一个观点，从一个时间过渡到另一个时间，从一个人的经验转换到另一个人的经验。考虑到小说中实现人类真理的视角，这种经验由普鲁斯特的写作方式所设计，并不令人奇怪。因为这部小说反复宣称，没有任何真理可以从人类生活及其具体经验，从构成与时间和变化有着特殊关系的人类生活的碎片化或者统一性的经验中脱离出来。的确，在小说最后一卷的一般性反思中，通过对心理学真理的视角和语境性质的论证，选择小说作为心理学研究的载体获得了辩护。有人认为，借助艺术，我们可通过假设另一个具体的人的视角进入这个世界，来拓展我们自己的特定理解；叙述者声称，这种具体的关注和回应为我们提供了**唯一**的途径，使我们可以摆脱自身并接触到其他"风景"。在这个过程中，我们也获得了对自我的认识，这是其他任何途径都无法带来的。

所以我们开始看到这种主张的一些力量，任何其他形式的表现都是人为的和不真实的：风格和有关风格的主张与心理学真理是什么，以及如何达到它的观点密切相关。

但是为了进一步深入，我们现在必须更多地谈谈在此活跃着的马塞尔以及我们的灵魂部分。并且当我们这样做的时候，我们必须开始谈论普鲁斯特的伟大主题之一：痛苦之于心理学知识的重要性。

灵魂的部分。好吧，很明显，理智在此是很活跃的。马塞尔正在思考、比较，然后概括。在追随他的故事时，我们也是这样做的。但是，在这种活动中理智并不是完全与我们人格中的其他元素相分离。我们在这里已经谈到了想象力的活动。我们现在必须承认的是一个明显的事实，这个篇章既呈现了情感活动，也在我们身上唤起了这种活动。不仅仅是情感活动，而且还有暴力和痛苦的情绪。痛苦是这个故事的内容，它声称讲述了一个人类的真理：剧烈的痛苦，实际上是人类心灵的"撕裂"。它表明，并且这个故事展示出，核心的心理学真理不能通过平静的理性思考，而是通过痛苦本身以及在痛苦中被掌握的。（我们很快会问更多"通过"和"在"的问题。）为了得到它所传达的真理，当我们进行我们[254] 所描述的想象活动时，我们自己不仅要以旁观者的怜悯来回应马塞尔的痛苦（即便这是柏拉图所明确禁止的）；还会从马塞尔的角度出发，去体会他的剧烈痛苦，沿着痛苦向他展示其灵魂的行进。而且，由于我们与自己最痛苦的记忆建立起密切联系，如果我们按照普鲁斯特所要求的去做，我们就会像在某个过去那样遭受剧烈痛苦，并从现在去感受过去加诸我们的力量。我们这一部分的心理探究，如果要抵达真理，就不是通过直接的理智路径，而是通过一种强烈的认知浪潮：在这种浪潮中，在我们的想象和心中出现的将不是一种知识，而是某个特定的被唤起记忆的人物的面容与身体，我们会重新感受我们对那个人的深刻情感。如果这一过程所唤起的情感浪潮如此巨大，以至于它暂时打断了阅读行为本身，那也不足为奇。

我们必须在这里稍停片刻，审视一下"人类的学习是在痛苦中进行的"这一观念。因为毫无疑问，这是文学作品为自己的利益和为教导人类真理的主张辩护时提出的最古老也是最著名的主张之一；对该主张的抨击是柏拉图对文学进行抨击的核心部分。叙述者在普鲁斯特小说中所表达的关于人类学习的观点符合他的文体表达方式，因为它使痛苦和突如其来的强烈情感反应具有巨大的认知重要性。为什么是这样呢？在《女逃亡者》的开场篇章中，普鲁斯特的叙述者似乎是以如下方式进行论证的：

为了理解人类的心理活动，有必要首先审视自身，并了解自己的灵魂要素。但是为了这种探寻能够成功，探寻者必须克服某些巨大的障碍。首先是习惯，它在麻木我们感性的同时，还使我们注意不到，或掩盖了许多承诺和关切领域的真正重要性。马塞尔与阿尔贝蒂娜生活在一起的习惯令她显得可有可无，也掩盖了他对她的需要与渴望。其次，我们建立了更具体的防御机制来抵御我们自身状况的真相，如果这些真相浮出水面，我们将很难接受。比如马塞尔，他想象自己渴望与其他女人发生关系，并以这种方式向自己隐藏了他对阿尔贝蒂娜需要的深度，从而掩盖了他自己巨大的不完整性、被动性和脆弱性。最终，还有一种障碍是由理性化造成的——一种在表面和智性层面上进行的自我阐释活动，通过让我们相信我们已经完成了科学分析并抵达了确切的真理，而阻止我们进行更深入或更全面的探究。在得知阿尔贝蒂娜离去之前，马塞尔就处于这种过程之中，完全信服他自我分析的科学准确性："我相信我这个准确无误的心理分析家并没有忽略任何一个方面；我认为我对自己内心最深处也了如指掌。"正如马塞尔所说，为了移除这些阻碍，我们需要一种"捕捉真实情况的最灵敏、最有力、最合适的手段"。这种手段是在痛苦中给予我们的。他惊呼道："心理上的痛苦如此遥远地超越了心理学本身！"在得意洋洋、自信满满之际，他突然听到了这句话："阿尔贝蒂娜小姐走了！"突然间，所有他用理性捏制的虚假真理很快就被痛苦的力量击倒了，他通过这样的痛苦承认了他的爱。他告诉我们，理智不能掌

[255] 握关于他的这个真理，并不是因为对理智的滥用，这是由理智思考本身固有的局限造成的。他用化学反应来做类比：痛苦是催化剂，它沉淀出了片刻之前最清晰的视觉都无法辨别出来的元素。

我们最好在此打住，对这幅图景提出几个问题，因为它可以有多种理解方式。在一个故事中，声称痛苦是掌握某些心理学真理的必要条件，这意味着痛苦有助于掌握某些真理，有些知识，除了痛苦之外，是可以掌握这些真理的，原则上（尽管实际上不一定）可以通过其他方式掌握。以哈姆雷特的母亲为例：她灵魂中"黑色和颗粒状的斑点"就在那里。它们在那里，让上帝在任何时刻直接看到，完全与痛苦或其他任何人类情感无关。葛特露要在这一幕中看到它们，就必须忍受痛苦。但这是由于她自身的缺陷和限制，而不是由于知识的本质导致的。假如我们代表普鲁斯特采纳这幅图景，那么普鲁斯特就会同意柏拉图的观点，即在原则上，除了人类的心理活动和回应之外，还有一种关于灵魂的纯粹知识。关于灵魂的知识不需要涉及情感，知识本身的内在本质并不包含痛苦。普鲁斯特仅在对于某些有缺陷和有局限的人获取知识的最佳途径上，不同意柏拉图的观点。

但还有另一种可能性。比如，在这里，我们可以看到对爱的认识，与对世界上某些独立事实的掌握是截然不同的；它某种程度上是由对未能满足的需要和痛苦做出反应的经验构成。爱是在爱和痛苦的经验中被掌握的。痛苦并不是某种独立的东西，它能帮助我们接触到爱；它是爱本身的组成部分。爱不是一个在心里可被观察的东西，如上帝在葛特露灵魂上看到斑点那样；它体现在爱的体验中，由爱的体验构成，其中显著地包括痛苦的体验。催化剂不仅能揭示一直存在的化合物，还能引发化学反应，同样，阿尔贝蒂娜关于凡德伊小姐说的那一番话也没有向马赛尔透露她一直在他心中的事实。它们将她放入、插入他的心中。对这番话的回应，痛苦的浪潮和失去的恐惧，就是他的爱。

那么我们想说的是，在普鲁斯特的作品中，我们发现，痛苦不仅仅是通往柏拉图谈到的那种认识的唯一路径。它是另一种认识和自我认识的一部分，是其构成部分，是完全内在的。[14] 根据这种观点，一个缺乏我们这种阻碍，也没有我们情感回应的神，不会认识到我们灵魂的某些部分。当马塞尔的理性被阿尔贝蒂娜离开带来的震惊打乱，并不是某些帷幕被拉开，他用同样的科学眼光，清楚地看到了他之前试图用同样的方式看到但没有成功的东西。这种科学家的认识被另一种完全不同的、更深刻的东西所取代。　　　　　　　　　　　　　　　　　　　　　[256]

　　不同于通过科学的方法来认识他自己，他是在他的痛苦和他的复杂回应*之中*认识他是谁、他是什么。在某种程度上，有些东西是以前不一样的方式存在于那里，如：对阿尔贝蒂娜的爱。但与此同时，在这里谈发现也并非不合理，因为在承认他对阿尔贝蒂娜的爱时，马塞尔触及了他的状况中的一种永恒的潜在特征，即：他是有需求的，他根本上的不完整与饥饿，他过度的占有欲和控制欲，他受着与在这个世界上所有可爱之物不得不分离的痛苦。因此，这种特殊的痛苦，也就是对特殊的爱的认识，也被认为是对某种东西的承认，这种东西构成和贯穿他所有特殊的爱。我们可以说，这种东西就是不完整的状态，也就是痛苦自身。这种不完整的痛苦使我们认识到潜在的条件，因为它是那个条件的一种情况。所以在允许自己在体验它的过程中他承认，并允许自己去体验自我。于是，有一种认识通过痛苦而产生，因为痛苦是内在于认识和被认识的。从这个角度看，马塞尔尝试通过一种科学的认识来把握他的灵魂，把他的经验视为某种处于身体外部或外表的存在，这是一种自我回避的形式。试图用柏拉图式的认识来把握爱，是一种对爱的回避。试图**看到**痛苦是一种**不去体验痛苦**的方式。如果一个人把思想、感受、痛苦看作他自身之外的东西，看作可以在思考、感受、痛苦于这些经验之外加以把握和研究的东西，他会是什么样的人呢？普鲁斯特的小说向我们表明，这将是一个回避自我认识的人，也就是回避承认他或她自身的需求和不完整性。这部小说展示了这种回避的多种形式，它向我们指出社会生活的许多形式正是如此——例如，在一个令人难忘的场景中，盖尔芒特公爵夫人无法接受斯万身患绝症的事实，也无法接受人类的死亡和脆弱，她指责斯万在戏弄她，并去她的房间拿她的红拖鞋。在向我们展示这些形式的回避时，它同时向我们展示了不止一种形式的认识：因为在幽默和怪诞感，以及在深刻的个人痛苦中都存在着认识。这部小说的喜剧和讽刺元素，就像它的悲剧部分一样，直指人类的真理。但很明显，这些认知和回应，这些欢笑和泪水的涌动，不仅仅是通往柏拉图式认识的路径，它们也是认识本身的一部分。

这些横亘于普鲁斯特和柏拉图之间的关键问题有着重要影响。因为如果是这样的话，问题就不单单关于如何以最有效的方式到达同一个认识目标，而且还涉及目标的本质。只有小说才能传达心理学真理的主张，并不仅仅是要表达小说能比哲学文本更巧妙地绕开某些障碍，它还声称那里至少存在着一些知识，一些重要的人类知识，单单凭借一部小说就能提供这些知识，也就是说，这是一部能使读者欢笑和痛苦的作品，在原则上这些欢笑和痛苦甚至不能以另一种更为理智的方式来提供。阿尔贝蒂娜坠入马塞尔灵魂深处的画面不能被一种转述所取代，因为这种极[257] 其生动有力的空间图景是在读者的认识活动中建立起来的。现在我们需要更简洁地处理一下其他方面的比较。

a. **一致性**。普鲁斯特的叙事似乎包含着未解决的矛盾。如果我们把这种一般的心理学主张与其他主张并置在一起，我们将很难弄清楚它们之间的联系。比如，我们的篇章并没有告诉我们如何理解它与叙述者关于同样关系所作的其他明显矛盾的观察之间的联系——比如，观察到阿尔贝蒂娜于他而言是毫无希望和不可知的外在，她位于他永远无法进入的广阔的外部空间。它没有将其主张与特定事物相对化，仅仅说"在 t 时段，对马塞尔来说这是真的"。但它并不关心如何将明显的不一致视为统一的真实图景的一部分。如果我们是对的，这里有一幅把握真理的不同图景，也并不令人惊奇；这幅图景与对一致性需求之间的关系也需要得到更多的审视。

b. 一般性。与前面所述的一样，这个文本所追求的那种一般性，并不是柏拉图哲学故事所追求的那种。它确实声称包含了关于重要问题的一般真理。普鲁斯特的叙述者在最后一卷中谈到他对"许多事物所共有的一般本质"的兴趣，并指出，对于像他这样的心灵而言，这些本质是"它的营养和快乐"。（III. 905）我们被邀请去文本中寻找适用于我们人类生活的真理。然而这些至多是一些情境性的真理，对于人类而言是真理、在他们生命中的某段时光而言是真理，这对柏拉图来说是不够的。此外，更重要的是，一般真理有力地肯定了偶然特殊事物的重要性和独特性。令马塞尔如此不安的内在对象并不是人类的一般形式，而是一个长着大圆脸的特殊女人，一个说着"那位朋友是凡德伊小姐"的女人。这个文本是一般性的，因为它要求我们把自己的某些经验看成是类似的。然而当我们这样做的时候，我们就不能简单地抹去阿尔贝蒂娜的大圆脸，去思考一个抽象的形式。我们还要进行适当的概括，我们会用我们自己内心深处的某些人的一些深受喜爱的个性特征来代替。我们从没有像柏拉图主义者那样，从特殊事物上升到更高的普遍性，从那里我们蔑视或忽视它们。

c. 准确性。很明显，这个篇章在某种程度上确实呈现了一种人类关系的范例，但并没有为我们提供任何一套这种关系的必要和充分条件，让我们可以据此判断自己的爱是否属于这种类型。它对真理的主张似乎并不依赖于它所呈现的一幅清晰、界限分明、单一的深爱图景。至少可以说，它的真理似乎也不太可能以任何形式保存下来，"人类关系是深刻的爱，当且仅当……"这个内在之人的图景有一种力量，它既不依赖也不被任何这样的定义表述所耗尽。它还有一种神秘性和不确定性来抵制这种表述，对此，叙述者显然会将其标记为"人为的和不真实的"，这是有充分理由的。简而言之，它有一种自己的非科学的准确性。

d. 解释。从某种意义上讲，这部小说对解释有着浓厚的兴趣。也就是说，很明显，它的目的是提出一些心理学上的真理以供评估，这些真理被认为可以解释我们自己的经验的特征，或者一般意义上的人类经验。[258] 它谈到了获得和揭示强调与解释了许多特殊事物的那些本质。但是，这种对解释的兴趣受到其对一般性和一致性关注的限制：我们没有被系统性地或总体性地告知这些法则如何相互匹配，甚至关于它们是否真的匹配。我们没有柏拉图想要的那种等级化的演绎体系；我们甚至没有一个更温和与开放的框架。这似乎是小说传达的真理的一部分，它本应当是这样的。正如小说向我们所展示的，人类的生活是一连串事件，多少带有些神秘感。但是，要完全消除它们的神秘，就意味着要控制它们，在某种程度上，这是我们永远也做不到的。此外，即便是解释整个世界的目标，将世界置于一个系统的秩序中，用小说的措辞来说，可能是一个人与他生活的世界不那么恰当的关系，这个目标将他纳入其中，就如马塞尔的自我分析的科学计划将他纳入其中一样，都否认了不完整性与脆弱性。如果把世界上的所有黑暗都描绘成光明，甚至是可发光的，把其所有的不确定性都进行整理和分类，那将是对世界上某些真实事物的否认。在随后关于我们心理学真理的表述中，叙述者将阿尔贝蒂娜称作一个"由于在某些事故之后定位失误，最后竟顽强地固定在我们自己的体内，致使我们自问此人在过去的某一天是否在某个海边小火车的走廊里注视过一个女人，而且在这样自问时我们体会到的痛苦与外科医生在我们心脏里取子弹时感到的痛苦如出一辙"（III. 507）。在这里，我们非常清楚地看到，即使是这种核心的心理学"法则"的运作，也在很大程度上取决于特殊的偶然事件，而爱在这里的运作在很大程度上仍然是心理学审视所无法触及的。（比如，我们注意到，就连故事的事实讲述也发生了变化，我们不清楚到底是阿尔贝蒂娜的一句话还是一个眼神促成了爱的经验。）小说的过程并没有把关于灵魂的一切都带入一个清晰的秩序中，但这是其观点的重要组成部分，即人类灵魂的一切并非都是清晰的，最深处是黑暗的、变化莫测的和难以捉摸的。而暗示除此以外的结论的表达方式是造作的和不真实的。在我们自己对这种观点的评估和批评中，**我们**也不应当声称我们把一切都弄清楚了。如若不然，我们就是在玩弄人类的神秘，而人类的神秘是我们应当去回应的。这幅内在人物的图景不能用批评家的中性语言进行转述、剖析以及解释。我们必须在其全部的痛苦而强烈的神秘中去回应它。

Ⅲ

我们现在可以得出一些暂时的结论。柏拉图和普鲁斯特对他们的任务和目标共享了一个特定的含糊观念。他们认为自己是通过言说向人类灵魂阐明有关人类灵魂的真理。但显然他们各自有着非常不同的方式让读者参与到对真理的探寻中。我们现在开始看到的是，这些方式几乎不是任意的。它们与人类心理、教育、认识，以及对真理的掌握和真理内容的概念紧密相连，这些概念也属于各种风格所表达的观点的内容。他们之间的一些差异只是关于获得真理和知识的工具手段的差异：关于人类怎样获得真理，以及什么样的经验带来的知识会影响这幅图景的作者对读者（一位潜在的致知者）的言说方式。然而，其他差异则更为深刻，它们源自我们如何进一步明确这个目标本身的性质的不同概念，即所谓关于灵魂的真理的知识。也就是说，对于真理的主题是什么以及涉及什么样的认识有不同的概念。就这两种差异而言，特别是就第二种差异而言，所谓文学的和修辞的元素，并不仅仅是修饰或消遣，而是灵魂概念所固有的。就如柏拉图清楚看到的那样，哲学和文学之间古老的争论不仅仅是关于装饰的争论，而是关于我们是谁以及我们渴望成为什么的争论。每一种观念都可以恰当地声称其他风格在对人的表现上**撒了谎**，并扭曲了他们；每一方都可以宣称自己的谈论模式才**具有真理性**的风格。认识到这里不仅存在着观念上的对立，而且实际上也存在着风格上的对立，这是对这些问题进行认真研究的第一步，这些问题长期以来一直被

[259]

一种中立的、无内容的谈话方式的假设所掩盖。就像普鲁斯特的叙述者所说："风格之于作家，犹如颜色之于画家一样，是一个视觉问题。它是一种揭示，不可能通过直接和有意识的方法，它揭示了世界呈现在我们每个人眼前的质的差异和风格的独特性。"选择一种风格就是讲述一个关于灵魂的故事。

那么，这里的文字（应该）表达什么样的洞见？一个人可以采用怎样的风格来评估这两种截然不同的风格和观念？怎样才能让这两个故事彼此进行某种对话？这些都是棘手而冗长的问题，我在这里没有足够空间进行探讨。但我确信，对其的回答将需要我们再次转向解释的问题，询问我们多大程度上能在不破坏神秘的情况下言说神秘。在这个研究过程中，我们会碰到这样一个问题："对文学进行哲学批评可能吗？"抑或——用我熟悉的哲学乐观主义的风格来说——"一种对文学的哲学批评**如何**可能？"[15]

尾注

本文在"有瑕疵的水晶"之后不久写成，是本文集中最早的文章之一，它有些过于压缩和简略，无法完全公正地回答关于形式和内容的复杂问题。（人们可以把本书的导论看作同一计划更为详尽和完整的版本。）它的核心对比虽然粗糙，但在我看来，仍然以一种有益的方式聚焦了这个问题，并且分析的范畴开始为探究提供方向，为进一步的工作绘制了一组难以捉摸的、基本上未知的问题。

看过导论的读者会注意到，在后面的部分中，这里列出的几个范畴已经被改写和重新排列。特别是作为"视角"的单一范畴，变成了"声音"和"视角"两个范畴。同一个讲话者可以从不同的角度向读者进行言说，即便是关涉同一个主题。普鲁斯特的叙述就是这样一个明显的例子。同样的观点，对于某些事件，也可以被不同之人的不同声音所占据。

[260]

无论如何，这两篇文章中提出的范畴不应被视为彻底规范性的或教条式的，它们不过是提出了一系列可以帮助我们着手分析不同类型文本的有益问题。

在这里，重要的是要注意到有代表性的行为中涉及的人格部分与文本在与读者交流中所涉及的人格部分之间的区别。这两个问题是密切相关的：例如，某些强烈的情绪表达经常会唤起读者的相关情绪，尤其是因为文本所传达的信念与所涉及的情绪有着密切关联。对复杂智性活动的描述——比如在一篇关于逻辑的论文中——倾向于以类似的方式来激发读者的智力活动。但这种联系也可能被打破，特别是当我们被劝阻去认同角色或相信他们所说的话时。比如斯多亚悲剧描绘的是被强烈情感控制的人物，但以这样一种方式使观众与情感保持距离。詹姆斯和普鲁斯特都认为，我们无法分享剧中人物的情爱、愤怒和嫉妒，这是小说的道德功能的一个重要元素（参见"感知的平衡""'细微的体察'"，以及"斯蒂尔福斯的手臂"中的不同观点）。

这里所描绘的柏拉图和普鲁斯特显然被简化了。更复杂的描述，参见"爱的知识"中论普鲁斯特，以及《善的脆弱性》第四到七章中对柏拉图的讨论。

注释

1. 译本参考《莎士比亚全集》（第五卷），[英] 威廉·莎士比亚，朱生豪译，译林出版社，1998 年。——译者注

2. 本书整体尤其是"有瑕疵的水晶"一章中同样探讨过这个问题的诸多方面。在《善的脆弱性》第一、六、七章以及插曲二中也有相关论述。

3. 此处关于普鲁斯特的所有引用，均出自《追忆似水年华》（*A LA RECHERCHE DU TEMPS PERDU*，1981）C.K. 斯科特·蒙克里夫及 A. 梅耶译本，由特伦斯·基尔马丁审校。（译者注：译本参考《追忆似水年华》第四卷《索多姆与戈摩尔》，[法] 马塞尔·普鲁斯特著，李恒基、徐继曾等译，译林出版社，2012 年。）

4.《追忆似水年华》第五卷卷名。——译者注

5.《追忆似水年华》第六卷卷名。——译者注

6. 就此问题我在《善的脆弱性》第五章中做过讨论，该书第四、五章和插曲一同样有对这个观念以及柏拉图风格选择之间关系的思考；在第六、七章中对《会饮篇》和《斐德罗篇》的讨论令其变得更加复杂，其中甚至涉及《斐多篇》和《理想国》的内容，要记住，对理想城邦公民的演讲与对柏拉图的实际听众的"治疗性"演讲之间进行区分非常重要，理想城邦的公民的灵魂从未被不恰当的信念和情感所塑造。柏拉图并没有像他敦促的理想城邦里的作家那样去写作，但是这里有良好的和明显的理由这样做。

7. 译本参考《柏拉图全集》（第二卷），[古希腊] 柏拉图著，王晓朝译，人民出版社，2018 年。——译者注

8. 他关于这个问题的完整论证参见《善的脆弱性》第五章。

9. 参见《善的脆弱性》第六章。

10. 尤其参见柏拉图《游叙弗伦篇》（*Euthyphron*），第 10—11 页。

11. 保罗·德·曼曾在《隐喻的认识论》一文中讨论了这段文字。见《批评探究》第 5 期（*Critical Inquiry*，1978），第 13—30 页。

12. 出自艾丽丝·默多克在《哲学与文学》一文中与布里昂·马吉的访谈，该文章刊登于《思想者》（*Men of Ideas*，1979），第 262—285 页。这些说法与默多克作为小说家和哲学家自身的复杂风格实践之间的关系，在我看来很难定性。

13. 我很感谢理查德·沃尔海姆在他第三次"威廉·詹姆斯讲座"中对这些问题所做的宝贵反思。参见《生命之线》（*The Thread of Life*，1984）。

14. 关于所有这些，参见斯坦利·卡维尔的《理性的主张》（1979），以及他的早期文章《致知与承认》，参见《言必所指？》（1969、1976），第 238—266 页。

15. 本文的一部分内容首次出现在 1981 年 12 月的美国哲学协会东部分会上对玛丽·劳林森文章《艺术与哲学间的古老争论：阅读普鲁斯特》的回应。我感谢劳林森激发了我的一些思考，她论文之后的版本以《艺术与真理：阅读普鲁斯特》之名，发表在《哲学与文学》杂志 1982 年第 6 期，第 1—16 页。感谢托马斯·帕维尔在关于小说风格会议上，为我对本文的陈述和讨论提供了一个激动人心的机会。我还要特别感谢理查德·沃尔海姆和罗纳德·德沃金，在我写这篇文章的过程中，与他们的讨论对我助益良多。

第十一章

爱的知识

如果一种认知印象（cataleptic impression）不存在，那么也就不会有对它的任何赞同，因此也就不会有任何确定性。如果没有确定性，也就不会有一种确定性的系统，即科学。由此推断，也不会有关于生命的科学。

塞克斯都·恩披里柯，《反学问家》vii, 182

当我们仔细审视这个观念的时候，它对我们来说更像一种祷告，而非真理。

塞克斯都·恩披里柯，《反学问家》xi, 401

弗朗索瓦丝向他宣布："阿尔贝蒂娜小姐走了。"就在不久以前，他还十分肯定自己已经不再爱她了。现在，她离开的消息使他产生的反应如此之剧烈，令他如此之痛苦，以至于他对自身状况的看法瞬间消失，马塞尔知晓，且毫无怀疑地知晓，他爱阿尔贝蒂娜。[1]

我们在爱的问题上欺骗了自己——关于谁、如何、何时以及是否。我们也可以发现和更正我们的自我欺骗。在此，欺骗和揭露我们的力量是多样且强大的：无比巨大的危险，对保护和自足性的迫切需求，对快乐、沟通与联系的相反和相同的需求。在这种情况下，其中的任何一种都可以服务于真理或谬误。紧接着，难题就来了：在这种困惑（以及欣喜和痛苦）中，我们如何知晓我们对自己的看法，我们身上的哪些部分是可以信任的？哪些关于心灵状况的故事是可靠的，哪些又是自我欺骗的虚构？在以各种不和谐的声音来讨论这个永恒的自我利益的话题时，我们发现自己在问真理的标准在哪里。（并且在此寻找标准意味着什么？这种要求本身是否会成为一种自我欺骗的工具？）

普鲁斯特告诉我们，这种情况下，我们所需要的那种心灵知识不能由心理学或者实际上任何一种对理智的科学使用来提供。心灵的知识必须源于心灵——源自并存在于它的痛苦和渴求、它的情感回应之中。我审视普鲁斯特观点中的这一部分，以及其与"科学的"对手之间的关系。这种观点会激起一系列令人困扰的问题，它们只在普鲁斯特有关情感与反思之间互动的阐释中得到了部分回答，他在《追忆似水年华》的最后一卷进行了这些阐释。然后，我审视了另一种关于爱的知识的观点，这种观点以更为激进的方式反对科学的解释。我在安·比蒂的短篇小说中发现了这种观点。最后，我会就这些关于爱的知识的观点与其所表现的风格之间的关系进行探询，并就文学的哲学批评做一些评论。

[262]

用知性审视心灵的知识

我们需要从普鲁斯特在阐述我们如何认识自己的爱时所反对的观念开始。重要的是需要在开始就认识到，这不仅仅是关于这件事的另一种解释，正如一种信念和另一种信念之间的不相容那样，它与普鲁斯特的观念也不相容；而且根据普鲁斯特的说法，当我们希望避免或阻止他将描述的那种知识时，它也是一种我们所参与的活动形式，一种我们所做出的承诺。它是一个对此知识实践上的阻碍，也是一个理论上针锋相对的对手。相信这种理论上针锋相对的观念并据此生活，那就不仅仅是在犯错，而且是在参与一种本质上自我欺骗的活动。

那种针锋相对的观点是这样的。关于一个人是否爱另一个人的知识——在爱之中一个人的心灵状况——能够以一种超然的、不带感情的、精确的知性审视一个人的状况而最好地获得，就像科学家进行一项研究那样。我们以细腻的知性精度，细心地关注我们的激情的变化，进行整理、分析、分类。这种审视对于必需的自我认知而言是必要的也是充分的。[2] 普鲁斯特笔下的马塞尔就深受这种观念的影响。就在他获悉阿尔贝蒂娜离开的消息之前，他仍一直在用科学的方式审视自己的内心："我曾相信我没有把任何重要的事情遗漏，就像精确的分析家一样，我相信我明白自己内心的状态。"（III. 426）。[3] 这种审视让他确信他对阿尔贝蒂娜已经没有丝毫爱意了。他厌倦了她，他渴望着其他女人。

很明显，这种知识的观念在我们的整个知识传统里有着深厚的根源，尤其是在我们的哲学传统中。这也是一种在那个传统中关于方法与写作的许多思想所依托的观念。这种观点（如柏拉图和洛克等不同的思想家所捍卫的）[4] 认为，我们的激情和我们的感受对于探询任何事物的真理而言都是不必要的。更重要的是，感情会阻碍这种探询，要么干扰这种探询的理智，要么更糟糕的是，扭曲它对世界的看法。就如柏拉图在《斐多篇》中所说的那样，欲望把灵魂与身体牢狱捆绑在一起，迫使它只能通过身体的囚室看待一切。其结果是，这种理智被"施了魔咒"，其功能被扭曲，作为一个俘虏，它"协助了对自身的监禁"。简而言之，有关我们自我欺骗状况的发生，就是我们的理性被感受和欲望侵蚀的结果。理智"它自身"从来不会自我欺骗。当然，即便它可能因为某些外在的原因而未能实现目标，但它从未呈现一种关于真理的歪曲或者片面的观点。它不是内在腐化性的或者正在腐化。它也不需要其他资源的补充。"它自身"会抵达真理。

这种观点对于方法和风格的问题都有影响。当然，洛克对于理智与身体意义上的感知之间关系的观念完全不同于柏拉图，但他对激情及其在探询真理中所扮演的角色并没有更为仁慈。他对风格的修辞与情感特质的攻击（我已在其他地方对此做了进一步讨论）是以各种激情对于掌握真理绝无必要作为前提，而且他认为它们通常是有害的。我在此将其作为一种典型的偏见来引用，这种偏见贯穿于我们许多的哲学传统：

> 然而，假如我们接受如其所是的事物，我们必须接受所有……雄辩所发明的词语表象和象征性的使用不过是为了暗示错误的**观念**，不过是为了调动激情，并因此误导判断力。这一切的确都是纯粹的骗术。因此……我们需要尽全力躲避它们企图预示和教授的，并且关系到认知和真理的部分，我们只能把它们视为要么是语言的缺陷，要么是使用者的缺陷。（《人类理解论》第三册，第十章）[5]

我们应当特别注意到"调动激情，并**因此**误导判断"的推断，同时要注意到作者的明确论点：写作风格中的情感因素没有好的或必要的作用，它们可以也应当被完全抛弃。理智是衡量真理的充分标准，除此之外我们没有其他可验证的因素。因此，一种声称要寻找真理和传达知识的话语必须使用理智的语言，致力于诉诸读者的理智（并且，就如柏拉图可能会说的那样，鼓励读者自身理智的独立性）。把这种关于知识和话语的观点作为我们的（多少有些被简化了的）目标，我们现在可以进一步探讨对立于普鲁斯特的观念了。

认知的印象：痛苦中的知识

当自信十足并且自鸣得意的马塞尔在分析他的心灵时，他听到了这句话："阿尔贝蒂娜小姐走了。"刹那间，这些理智中的伪真理被这句话所激起的痛苦一扫而光，显露出他的爱的真相。"这痛苦深入我心底，甚

[264]

至比我心还要深"，他说道。失去爱人对他的打击以及随之而来的痛苦
向他表明，他的理论是自我欺骗的合理化形式：它们不仅对他的状态的
分析是**错误的**，并且还是对一种反应的表现和共谋，这种反应否认与隔
绝在普鲁斯特看来深深扎根于我们人类生活中的人的脆弱性。它首要的
也是最普遍的反思可见于习惯的运作中，它通过掩盖需求，掩盖特殊性
（因此易于失去），掩盖世界上所有导致痛苦的事物——它使我们习惯于
它们，对它们的攻击毫无反应——让我们的脆弱性导致的痛苦变得可以
容忍。当我们习惯了它们，我们就不再以同样的方式对它们有所感受或
者渴望；我们不再因不能控制和拥有它们而被施予痛苦的感觉。马塞尔
已经断定他不再爱阿尔贝蒂娜了，部分原因是他已经习惯了她。他冷静
的、有条不紊的知性审视无力驱除这种"与人的存在如此紧密联系在一
起的可怕的神力，它那如此嵌在人心中的微不足道的面容"（III. 426）。事
实上，它完全无法分辨习惯的面孔与内心的真面目之间至关重要的区别。

的确，理智的活动以不同的方式帮助并支持习惯，掩盖了真正的面
目。首先，由理智引导的心灵之旅对所有地标都一视同仁，指出许多显
著且有趣的欲望实际上是微不足道的和肤浅的。就如龚古尔兄弟在一本
戏仿的刊物中对社会生活的描述那样（在这种情况下，餐桌边缘的颜色
和某人的眼神一样重要），理智有关心理的阐述缺乏分寸感，以及对深度
和重要性的感受。因此它倾向于用数字来计算一切，"将阿尔贝蒂娜给予
我的庸俗乐趣与她阻止我实现的绚丽多彩的欲求相比较"（III. 425）。普
鲁斯特认为，这种对心灵的成本效益分析——理智本身有能力自己进行
唯一的比较评估——必然会忽略深度上的差异；不仅会忽略这些差异，
而且还阻碍了对它们的认知。成本效益分析是一种自我安慰的方式，是
一种自我控制的方式，它假装所有的损失都能够用足够数量的其他东西
来弥补。这种策略阻碍了对爱的认识——而且，事实上阻碍了爱本身。[6]
此外，我们可以看到的不仅是智性描述的内容，而且还有在智性自我审
视中所存在的那种事实，在此，这种审视是一种安慰和距离的扭曲来源。

这种感到他是微妙且深刻的，他"像一个严谨的分析家，没有遗漏任何事物"的感受，导致马塞尔自鸣得意，阻碍他进行一种更加丰富或更为深刻的探询，使他不太可能在乎他自己心灵的提示。

应对这种策略的解药是什么？为了移除这些通向真理的强大障碍，我们需要"最细腻、最有力、最适合掌握真理"的工具。这种工具是在痛苦中被给予的。

> 然而我们的智力无论多么敏锐，也无法窥见组成心灵的元素：只要在它们普遍存在的这种倏忽即逝的状态中，只要那能够使其脱离这种状态的现象未能使其经受起码的凝固作用，这些要素就是不可臆测的。我错误地以为我看清了自己的内心。然而，即使是最敏锐的感知也无从给予我这种知识，适才却因为骤然的痛苦反应而使我获得了它，它坚实、鲜明而奇异，宛若一颗晶莹的盐粒。（III. 426）　[265]

斯多亚学派哲学家芝诺[7]认为，我们对外部世界的所有认识都建立在某种特殊的感知印象之上：它们借由自身的内在特征，自身的经验品质，自证了其自身的真实性。[8]从（或在）认同这些印象的过程中，我们就进入了一种认知状态，一种任何东西都无法驱使我们的确定与自信的状态。正是基于这些确定性，自然的和伦理上的科学被建立起来。（科学被定义为一种 katalēpsis 系统。）据说，认知的印象仅仅通过它自身的感受特性拥有了一种迫使我们赞同、令我们确信事物不会是其他样子的力量。它被定义为一种灵魂的标记或印记，"一种凭借事实本身和与事实一致而被刻印在我们身上的印记，一种不可能来自非现实的东西"。[9]拥有　[266]
这样的一种经验可以比作一个被巨大重量压着的天平——你只需要遵从它，它迫使你同意。[10]芝诺再一次将它的封闭和确定性比作一个握紧的拳头：它就是这样坚硬，没有反对的空间。[11]在我看来，马塞尔——他在别处表达了对古希腊哲学家的浓厚兴趣[12]——正在为我们对内心世界的认识建立一种（高度非斯多亚学派的）[13] 与芝诺观念相似的想法。对我们内心状况的了解是在某些强烈的印象中，或通过某些强烈的印象而给予我们的，这些印象来自我们所处状况的现实本身，它们不可能来自其他任何东西，而正是来自那个现实。事实上，他明确地使用了一种芝诺式的语言来描述通过这些经验获得自我认识的方式。他告诉我们这种印象是"真理的唯一标准"（III. 914）；所有对我们生命的理解都建立在文本"现实要求我们的，是现实本身在我们心中留下的印象"（III. 914）的基础上。但是在这种情况下，认知的印象是一种情感的印象——准确地说是苦恼的印象。

　　是什么痛苦的印象让它们变得可认知呢？为什么它们要令马塞尔确信真相**就在这里**，而不是在理智的判断中？我们首先认识到的是它们十足的**力量**。这种痛苦是"坚实、鲜明而奇异的"，"一种我感到再也无法忍受的痛苦"（III. 425），一种"巨大的新的震动"（429），一种"对心灵的物理撞击"（431），"像……一种雷击"（431），它使"伤口裂开"（425）。这种印象的力量完全压倒了其他的印象。理智的表面印象"甚至不再能开始竞争……就瞬间消失得一干二净"（425）。

[267]　　这些段落向我们揭示印象除了纯粹的力量之外，还存在着惊奇与被动性。马塞尔所产生的这种印象是突如其来的，它不请自来，不受控制。因为他既不预测也不管理它，因为它只是强加于他，所以可以自然得出结论，这种印象是真实的，而不是经过自我抚慰的理性设计的策略。正如斯多亚学派的感知印象迫使感受的主体不仅因其生动性，而且因其突如其来与外在的特征，而给予赞同：它们似乎是不能被捏造出来的，它们必定源自现实本身——这些情感印象也同样。对普鲁斯特来说特别重要的是，惊奇的、栩栩如生的特殊性以及极度的质性意义上的强度都是被习惯系统地隐藏起来的特性，这些习惯是自我欺骗和自我隐藏的主要形式。那些具有这些特性的事物必然已经逃脱了这种自我欺骗，且必然来自现实本身。

最后，我们注意到，正是这些印象的痛苦对它们的认知特征至关重要。我们的主要目标是安慰自己，减轻痛苦，掩盖我们的伤口。那么，具有痛苦特征的事物一定逃脱了这些安慰和隐藏的机制；那么，它们也一定来自我们所处状态中真实未被隐藏的本质。

我们现在正面对马塞尔的陈述中的一个模糊之处。[14] 他已经告诉我们，某些自我印象是关于我们自己心理真相的标准。但这幅图景可用不止一种方式来理解。根据一种解释，印象提供我们通往真相的途径，而这些真相在**原则上**（即使不是事实上）可以通过其他方式来掌握，比如理智。由于某些人类心理上的阻碍，我们也许不能如此掌握真相。但除了痛苦之外，它们存在于心灵之中，可以成为知识。马塞尔的爱是某种高级存在——比如说，上帝——可以毫无痛苦地看到和认知事物。当与情感相分离时，关于心灵的纯粹智性知识在原则上是可能的；知识本身的本质并不包含痛苦。在此段落中，马塞尔只与理智主义者在认知的工具方法上发生争论；同样，在某些情况下，也会就所获得的认知内容发生争论。然而他不会从根本上争论**何为**致知（knowing），是怎样的主动性或被动性构成了这种致知。

然而还存在另一种可能性。对于斯多亚学派而言，认知的印象不仅仅是一种致知的路径，它**就是**致知本身。它没有超越自身指向知识，它构成了知识。（科学是一种**由 katalēpseis 构成的**系统）。假如我们严格地遵循这种类比，那么我们就会发现，关于我们的爱的知识并不是这种痛苦印象的结果——这是一种原则上可以在没有痛苦的情况下得到的结果。这种痛苦本身是一种自我的认知。在用痛苦来回应失去的事物时，我们抓住了我们的爱。爱并不是某种由印象所指示的独立事实，印象通过构成爱来揭示爱。爱不是一种在心灵中等待被发现的结构，它体现在痛苦的经验之中，由痛苦的经验所构成。它由弗朗索瓦丝的一番话"产生"在马塞尔的心中（III. 425）。 [268]

马塞尔的化学类比证明了这一点。催化剂不会揭示一直存在着的化学成分。它会引起化学反应。它使盐沉淀出来。盐以前不在那里，或者说不是那种状态或形式。这些词，就如催化剂一样，都揭示了一种化学结构，并以同样的方式创造了一些之前并不存在的事物。弗朗索瓦丝的话就像催化剂一样。它们并不是简单地移除科学知识面前的障碍，就好像窗帘拉开了，马塞尔可以看到以前在没有窗帘时他本应看到的东西；它们带来了一种变化，那**就是**痛苦，这种痛苦与其说是科学认知的对象，不如说是科学认知的另一种替代。替代科学认知的是一种可以**算作**认识自己的东西，而科学的那种把握无法做到——因为它不是一种为掌控万事的策略，而仅仅是赤裸裸地展示了他作为人的不完整与匮乏。它与自我欺骗之间的关系，并不是一种与之敌对的关系，也不是一种对心灵结构的更为准确的描述；也就是说，爱、匮乏、痛苦的产生，不仅是他现在对阿尔贝蒂娜的一种特殊的心灵状态，而且也是人类灵魂的一种本质状态。

于是，在这种认知的印象中，马塞尔承认了他的爱。不管是在特殊还是一般的标准上，这里既存在着发现的元素也存在着创造的元素。对阿尔贝蒂娜的爱既是被发现的，也是被创造的。被发现，是因为习惯和理智掩盖了马塞尔的心灵状况，这种状况已经准备好面对痛苦，而且，就像化学物质一样，只需要催化剂的轻微影响，就可以把它自身变成爱。被创造，是因为被否定与被压抑的爱并不是真的爱。当他极力否认他的爱时，他根本就没有在爱着她。在一般性的标准上，马塞尔再次发现并表现了其心灵状况的一个持久的潜在特征，也就是他的需求，他对占有和完整性的渴望。从某种标准上说，这在失去爱人之前就存在了，因为这是人类生活的组成部分。然而在否定与压抑它的过程中，马塞尔暂时变得自足、封闭，并与他的人性疏远了。他面对阿尔贝蒂娜所感到的痛苦，通过处于一个有关那种心灵状况的情况中，那种之前没有存在过的情况中，他接触到了这种持久的潜在状况。在遭受痛苦之前，他的确处在自欺之中——这既是因为他否定了他人性中的一般性结构特征，也因为他否定了他灵魂对阿尔贝蒂娜的那种无可救药的爱的特殊愿望。他身处悬崖的边缘，认为自己安全地封闭在理性之中。然而他的案例同样向我们展示了对爱的成功否认是爱的（暂时）消亡和死亡，自我欺骗能够以自我改变为目标，并几乎实现了这一目标。

我们现在确切地看到，马赛尔对自我认识的描述如何以及为何并不简单是知性描述的对立面。它告诉我们，这种智性描述是错误的：错在关于马塞尔心灵真相的内容，错在追求这种知识的恰当方法，也错在人的致知之内与之外的经验如何。它还告诉我们，尝试用理智的方式来把握爱是一种没有痛苦也没有爱的方式，那是一个实践上的对手，一种逃避的策略。 [269]

认知印象与生命科学

相对他的理论和实践观念，马赛尔的认知印象是一个非常强有力的替代性观念。我们多数人都有过这样的经验，在这种经验中，那种理性化的作为自我保护的薄纱，在一瞬间就像被手术刀划开一样。事实上，作为一个关于情感认知的故事，而不是感知知识及其预期功能的分析，芝诺的描述似乎更加有说服力。然而，当我们反思马塞尔的故事，像普鲁斯特所敦促的那样，为我们自己的经验挖掘相似的材料时，我们开始感觉到某种不满。

这种盲目的、不请自来的痛苦感受的涌动，真的是马塞尔所相信的"微妙且有力"的工具吗？它不会也是欺骗性的吗？——比如，由于自我中心的需要与挫折所引起，而与爱相关甚少。此外，在它的暴力和愤怒中——对那种认知状态至关重要的品质——难道不是一种粗糙而生硬的、缺乏回应和辨别能力的工具吗？

在此，有几种不同的担忧需要我们来处理。它们分为两类：担心马塞尔把错误的印象作为认知的印象，以及对于整个有关认知印象观念的担忧。那么首先，如果与爱有关之处存在着认知的感受，那么为什么它们必须是痛苦的感受呢？我们理解马塞尔为何这么想：这些是唯一我们永远不能伪装的感受。但是，考虑到我自己对此的经验，我发现自己在问：为什么不是喜悦的感受，或者其他更为温柔的激情，比如温柔关切的感受？的确，为什么不是那些在本质上更具有关系性的感受——感受交流的经验，情感交流的经验，那些必须通过提及他人的意识和活动才能得到描述的经验？如果我们接受马塞尔的主张，即我们自然的心理倾向总是趋向于自我隔离和对侵入性刺激的迟钝，那么我们似乎有理由假设：如果强烈的痛苦感受在某种意义上并不真实，不是源自一种我们通常所掩盖的深度，那么它就并未存在。但我们应该接受这样的故事吗？而且如果我们这样做了，它是否给了我们理由去认为其他的感受缺乏同样的深度？

此外，我们还注意到，如果就心灵而言，痛苦是唯一可靠的印象，如果痛苦**就是**爱，那么对于"我爱吗？"这个问题的唯一可靠回答必定为"是"。我们可以理解为何普鲁斯特想这样说，但这似乎很奇怪。难道没有可能，我们不管回答是还是否，都是在自我欺骗？

这就引出了我们的第二类问题。任何感受，如果脱离其背景，脱离其历史，脱离与其他感受和活动的关系，真的是可理解的吗？我们对它以及它所表达的东西的判断难道不会出错吗？感受不是简单的原始感受（普鲁斯特也不相信它们是），仅仅以个体化的方式表达他们的感受质量。那么，为了确认这种痛苦就是爱——而不是，例如恐惧、悲伤或忌妒——我们需要仔细审视与之相关的信念和环境，及其它们与我们其他信念和环境之间的关系。也许这种审视会揭示马塞尔只是病了或缺乏睡眠，也许他真的是对自己的文学事业感到沮丧，或者是一种对死亡的恐惧——与爱完全无关。这种印象似乎并没有被可靠地贴上那个属于情感本身的姓名标签。即便它是爱，是否只有一种印象能令他确信无疑地知道这是对阿尔贝蒂娜的爱（而不是思念他的祖母，或者其他更一般性的对安慰和关注的欲望）？简而言之，印象需要解释。如果我们只被给予一种在孤立中的单一经验，那么可靠的解释很可能是不可能的。即使是一种拓展

[270]

开来的模式也可能遭到错误的理解。但承认这些是为了放弃认知的印象。

所有这些都引导我们发问：马塞尔是否（显然）过于仓促地将理智和对理智的审视从自我认知的事业中剔除？他也许已经表明，光有爱的知识并不充分，但他并没有表明它是没有必要的。我们很快会看到，普鲁斯特在某种程度上承认了这一点。

但现在我们要从塞克斯都·恩披里柯对斯多亚学派认知印象的攻击中借鉴更深层次的批判。这就是，马塞尔的整个计划有一种奇怪的循环。我们如何对爱有所了解？通过一种认知的印象。但爱是怎样被认识的？它被理解为，被或多或少地定义为，在认知印象中为我们揭示的东西。我们把痛苦的印象作为标准，然后我们采用一种爱的解释（几乎是唯一可能的解释），根据这种解释，爱正是这个特征向我们揭示的东西。我们怀疑马塞尔不会允许让爱成为某种不能被认知传达的东西，某种我们无法用单一且孤立的印象来确定的东西。我们怀疑，在他对我们所称为"爱"的观念的诸多方面——比如相互关系、欢笑、祝福、温柔——强烈拒绝的根本原因是，他认为这些事物不存在认知。即便如此，斯多亚学派将认知印象定义为"由现实事物所烙印与强加的东西"，然后将"现实事物"定义为"能产生认知印象的东西"。[15] 这样，生命的科学就被建立在一种可靠的基础之上。

马塞尔与自我认知科学的关系现在开始变得比我们所怀疑的更为复杂。我们说过，试图以知性的方式把握爱是一种逃避爱的方式。我们说过，在认知印象中存在着对自身的脆弱以及不完美的承认，也存在着一种对自我逃避的终结。但是，难道把爱和对爱的认识建立在认知印象之上的整个观念本身不正是一种逃避——从面向他人的开放性，从在爱之中的所有那些没有确定标准的事物中的逃避？他的整个事业难道不就是一种新的和更为微妙的表达，表达了对控制的愤怒，对占有与确定性的需要，对这项知性计划的不完美与匮乏的否认？难道他不是依然渴望一种生命的科学？

[271] 考虑到这项计划的显著后果，普鲁斯特式的认知是一个独立的事件。这一点在叙事中得到了强调。在阿尔贝蒂娜不在的时候，真正的爱的知识出现了，确实是在那个时候马塞尔将再也见不到她了，尽管他不知道这种知识。这种经验并不需要阿尔贝蒂娜的参与甚至意识，其不存在相互性或交流的元素。当然，它也不会以了解或信任他人的感受为前提。这与他不知道也无法知道她是否爱他的信念共存。事实上，认知的经验似乎以一种非常微小的方式具有以对象为导向的意向性。马塞尔所感到的是他自己身上的缺口和缺失，一处被打开的伤口，一种对心灵的打击，一个内在于他的地狱。这一切真的是对阿尔贝蒂娜的爱吗？并且，决心要拥有认知的确定性，同时认识到他者的独立性与分离性并不能让他在他人身上获得这种确定性，这正是令他用极其特殊的方式描绘爱的本质的原因，这难道还不够清楚吗？

结果实际上更令人不安。我们曾经说过，这种认知印象可以与对他人感受的怀疑共存。事实上，这暗示了这种怀疑论。因为根据这种认知观念，一种情感只有当它被生动地体验时才能被认识。你无法了解你并不拥有的东西。但对于马塞尔而言，他人的意志、思想与感受是无法拥有的东西的典型范例。它们召唤他走出阿尔贝蒂娜在巴尔贝克挑衅般无声的眼神，一个与他的意志接近的神秘世界，一个他的野心所不能囊括的巨大空间。[16] 他的占有计划在开始之前就注定会失败，因其只在它们的自我削弱中获得满足——就像当他守护着熟睡中的阿尔贝蒂娜时，后者此刻不再逃避他，但是她只是"一个呼吸着的存在"，不再激发爱——这令他懂得，他人的心灵和思想都是不可认知的，甚至是不可接近的，除非在幻想与投射中，这些幻想与投射实际上是认知者自身的生活元素，而不是他人的。"人是一种不能脱离自己的存在，他只能通过自己了解他人，如果他说的与此相反，那就是在说谎。"阿尔贝蒂娜对于他来说只是"一个巨大建筑的生成中心，超越了我的心灵平面"（III. 445）。简而言之，"我明白我的爱不是对她的爱，而是对我自己的爱……对我们来说，它只不过是我们自己思想内容的有用的陈列柜,这是人类的不幸"(III. 568)。[17]

这种状态是他们的不幸,从某种意义上讲,也是我们的不幸。但怀疑论并不仅仅是马塞尔认知方式的意外且不幸的后果。它同时还是这种认知方式的潜在动机。因为这是一个多疑的人,他只满足于完全的控制,他不能容忍他人的独立生活,所以他需要这种他人所不能给予的认知印象和确定性。正是因为他不希望被他人的无法掌控的内在生活所折磨,所以他采取了一种立场,使他能够得出结论:他人的内在生活只不过是他自身心灵的建构之物。这种怀疑论的结论所给予的慰藉远多于它所带来的痛苦。它意味着在知识的世界中他是孤独且自足的。这种爱不是一种危险开放的来源,而是一种与自身的相当有趣的关系。 [272]

反思规划的认知:普鲁斯特的最终观念

在我们离开普鲁斯特之前,我们应该认识到,这并不是马塞尔对爱的知识的最终想法。他在小说最后一卷所表达的立场使认知的观念复杂化了,这显然是为了回应我们的一些批评。然而我认为我们将看到,我们最深切的担忧仍然没有得到解决。

马塞尔仍然坚持认为理智必须从不期而遇的非知性真理开始着手,那些真理是"生活违背我们的意愿,通过一种印象向我们传达的东西,这种印象是物质化的,因为它通过感官进入,却有一种我们可以从中提取的精神意涵"(III. 912)。理智,通过使用认知印象,尤其是痛苦的印象作为基本材料,从中抽取它们所指向的普遍性"规律和想法"。我们思考那些我们之前"仅仅是感受到的"事物。思考通过吸收大量印象,并以艺术的方式将它们联系在一起,来实现这种普遍性。"是我们的激情为我们的书绘出轮廓,而随后的间歇休憩又将它们书写出来。"(III. 945)

反思所传达的关于爱的真理是什么,那些真理仅在感受中或通过感受无法得到清楚描述。首先,一个人的爱的一般形态和模式是:

一部作品，哪怕是一部直接的自传作品，也至少是作者生活中几个相互关联的片段拼凑而成的——早期的片段激发了作品的灵感，后期的与之类似，它喜欢追随早期的模式。对于我们一生中最爱的女人，我们并不像对自己那样忠诚，我们迟早会忘记她，以便——因为这是那个自我的特征之一——能够重新开始。我们的爱的能力最多只是从这个我们深爱的女人那里得到一个特殊的印记，它将使我们即便在不忠的时候也要对她忠诚。我们需要的，是替代她的女人，同样的清晨散步，或者每天晚上送她回家，或者给她百倍的钱……这些替代给我们的工作增添了一些客观的、更普遍的东西。（III. 145—146）

然而这种普遍性的力量还有更多的作用：它向我们展示，爱不仅仅是一种重复的经验，而且还是我们灵魂的一种永久的结构特征。"假如我们的爱不仅仅是对吉尔伯特的爱（那个令我们吃尽苦头的人），并不是因为我们也爱着某个阿尔贝蒂娜，而是因为爱是我们灵魂的一部分……它必须……要脱离具体的人以便获得它的普遍性。"（III. 933）在这个深度的层面上，爱本身是统一的，并向我们展示了其在不同的失望和痛苦中的统一，那些我们以前可能根本不会称之为爱的形式。在反思中我们看到，爱的痛苦与旅行的痛苦"并不是有所不同的失落，它们只是假定的不同方面，根据发挥作用的特定环境，通过我们内在的无能为力，在物质享受或有效行动中实现自己"（III. 911）。换句话说，我们知道这种对于阿尔贝蒂娜的爱是我们爱的一个实例，并且我们的爱是我们的永恒有限性和不完美性的普遍形式——通过这种方式，我们对爱的理解远比我们仅凭印象所得到的要完整和正确得多。

最后，反思向我们展示了"心灵的间歇性"——在爱和否认爱、在痛苦和否定痛苦之间的摇摆不定构成了人性心灵最本质和最普遍的结构特征。在痛苦中，我们只知道苦难。我们称我们的理性化是错误的和具

[273]

有迷惑性的，而我们看不到的是，它在多大程度上表达了一种我们生活中有规律的和深刻的机制。但这意味着，就爱本身而言，我们对爱还不完全了解——因为我们并不掌握它的局限与边界。就像不能说海洋生物像一个可以勘察并居住在海洋和陆地上、注意到它们是如何相互束缚和限制的生物那样了解海洋。[18]

这种对认知观念的重新表达回应了我们的一些担忧，因为反思令我们对印象进行批判性评估，将它们在一个整体中进行联系，并对其进行分类与再分类。普鲁斯特现在承认，对于某些印象，我们可能是错误的：我们并没有注意到旅行的痛苦和爱的痛苦是同一种情感。解释开始扮演我们所寻求的角色。但是此处需要谨慎。首先，我们对于**爱**是不会出错的。我们只有在没有把真正的爱视为另一种痛苦的时候才会出错。所发生的修正包含注意到作为欲望基本形式的爱的无所不在，而不是变得更为微妙和选择性地考虑哪些经验可被视为爱。其次，重要的是注意到，爱的认知印象仍然是所有知识不容置疑的基础。反思和艺术可以填充轮廓，它们绝不能挑战或者修正它。"印象是真理的唯一标准。"（III. 914）因此是反思的真理的唯一源泉。情感印象对于艺术家来说——马塞尔在此继续——就如观察资料之于培根式的科学家。虽然在某种意义上，只有把这些资料整合到一个理论中，它们才能得到真正与完全的认识，然而科学家仍然从这些数据单独出发，并绝对依赖它们。因此，修正后的观念并没有真正回应我们关于痛苦的问题——痛苦是否是最好的指南？任何孤立的印象是否真的是**爱**的证据？

它还有一个更为深远的后果。自我认识和对他人的怀疑之间的联系，实际上在这种复杂的观念中得到了加强。建立于认知的感受之上，并只相信这些感受，反思永远不能渗透到他人的思想和感受中。并且，作为反思，它把这种事实变成一个理论的结论，一个"苦行的课程"。马塞尔宣称，艺术家最大的勇气在于他或她愿意承认怀疑论的真理，他"否定他最珍贵的幻觉，不再相信自己所创造的客观性，并且，与其一百次用

[274] '她真甜美'这样的话哄骗自己，不如**直截了当地**说'我喜欢亲吻她'"（Ⅲ. 932）。相信他人是一种弱点，一种安慰性的自我欺骗的形式。

然而，我们不能不感到，在唯我论这一严酷的课程中还存在着一种令人慰藉的事物，这种唯我论已被思想的运作所证实、规定和科学化。塞克斯都·恩披里柯看上去是对的：这种观念相较于对真理的陈述更像一种愿望或祷告。并且，这难道不正是理智主义者所寻求的那个东西：从纷扰和痛苦之中解脱出来？ [19]

学会投入

我现在转向一种观点，即赞同普鲁斯特对理智主义的批评，但把爱的知识放在一个完全不同的地方。实际上，这种观念认为知道爱就是知道如何超越普鲁斯特式的怀疑论和孤独处境。那么在此如何克服这种怀疑呢？用爱。

与普鲁斯特的观念不同的是，这种观念不只是用另一种单一而简单的内在态度或状态来替代理智的认知活动，认为知识就存在于这种状态中。它坚持认为，爱的知识根本不是孤独的人的一种状态或功能，而是一种存在、感受和与另一个人互动的复杂方式。要知道自己的爱，就需要信任它，允许自身暴露。最重要的是，要信任他人，放弃普鲁斯特式的怀疑。这种知识并非没有证据。一般来说，它建立在长期发展的大量注意力之上，这种注意力提供了大量关于他人、关于自我以及关于两者之间互动模式的证据。它同样不是独立于有着真实证据价值的强烈感受。但它却超越了证据，冒险超越了内在世界。

正是由于这种观念的性质，我们很难对它做太多抽象的描述。它传达的信息是，不存在充分和必要的条件认为，爱的知识就是爱的故事。探询它的最好方式似乎是我们自己去读故事。我们可以在很多地方找到它（我认为最重要的例子是亨利·詹姆斯和弗吉尼亚·伍尔夫）。但我选择了一个当代的例子，它以一种非凡的精简和聚焦强度来证明这一观点。这就是安·比蒂的故事《学会投入》。[20] 如书名所示，这是一个女性的故事，她学会了解自己的爱并不再害怕自己的脆弱。我想让这位女性的声音尽可能地讲述这个故事，她不断变化的节奏本身就是她不断涌现的知识的一部分。因此，我将粗略地勾勒"情节"，然后对三个段落进行评论。

[275]

故事的叙述者是一位三十岁左右的女性，一位康涅狄格州的家庭妇女，不幸嫁给了一位乏味而成功的职业男性。她在纽约有一位叫瑞伊的情人，她之前和他分手了，"我发现爱上瑞伊就像不喜欢亚瑟一样让我感到困惑，他对我的影响太大了，我不能再做他的情人"。（12）现在，当她进城时，她带着她最好的朋友露丝的儿子。这个男孩是个孤僻的、有轻微脑损伤的三年级学生，嘴巴下垂，有不同寻常的感知力。这一天，她带着他去了城市里的不同地方散步，一直想着瑞伊，但没有给他打电话。然后，发现她（也许是有意地）让他们错过了回康涅狄格州的火车时，她给瑞伊打了电话。瑞伊就与他们一起喝咖啡。我将详述这个故事的结尾，但我们首先需要谈谈小说的开头。

> 露丝的家，大清早：在餐厅的桌子上有一碗苹果，方砖纹理桌布上有面包碎屑。"我爱你。"她对安德鲁说。"你猜到我爱你吗？""我知道。"他回答道。他妈妈在我面前表现得如此多愁善感，这令他感到烦恼。他急于表现得独立，并且因为刚刚睡醒而脾气古怪。我也有点古怪，即便是在寒风中开车去见露丝之后。我喝着咖啡是为了清醒。此刻如果有人说他爱我，我绝不会相信。我在这么早的时候无法思考，厌烦谈话，对漫长寒冷的冬天感到愤怒。（3）

露丝是一个信任别人和值得别人信任的人，一个最有能力去爱的人物，她那简陋的、乱糟糟的、温暖的房子对叙述者来说与她自己婚姻的富裕却乏味形成了鲜明的对比。〔"她在社区大学几乎赚不到钱，但她那半加仑葡萄酒尝起来比亚瑟的朋友们拔去瓶塞的昂贵酒瓶里的酒好喝得多。她会伸出手触摸你，让你知道她在听你说话，而不是建议你出去看电影娱乐。"（8）〕仿佛如舞台指示般，我们从露丝的家开始，就被她的存在包围。对于露丝来说，问一个有关爱的问题——只能是一场爱的游戏，一种温柔而调皮地说"我爱你"的方式。"你猜到了吗？"她可以这样问，因为他们的整个生活都远远超出了猜测。〔孩子的父亲在孩子出生前不久突然离开了她，从此他们再无联系。即便如此，她"并不痛苦"，只是"对我自己生气。我通常不会那样误判别人"（9）。〕这个小男孩从没有想过问一个真正怀疑的问题。对他来说，这个问题仅意味着她妈妈太多愁善感了。"我知道"是游戏所要求的回答；但对他（正如对她）而言，这与真正的求知没有一点关系。他不是在检查他自己（也不是他妈妈）的心理状态，他不是在寻求或体验任何可把握的事物。他仅是在吃早餐，说着平常的话。爱的知识是他与他母亲生活的全部方式。我们看到，他并不确定他喜欢这种知识。他想变得独立，学会不去说那些话。[276] 他可能已经认为，作为成年男人需要对此予以否认。21 然而，否定它并不意味发现他或她的心灵的一些新的事实。这不过需要他停止那种游戏，停止过那样的生活。

　　叙述者是一个怀疑论者。她不相信爱的表达。她不相信它是因为她生气、困惑、困倦，说话不自在。她不像露丝那样拥有触摸或被触摸的优雅。她将自己远远地置于一边，若有所思。她喝大量的咖啡，安德鲁知道她"整天"（4）都不吃东西。她必须控制一切：她的身材，她的情人，时间。她总是很早，匆匆忙忙地赶火车，被她所拒绝的食物深深诱惑着。

　　这让我想到了她的手表。

　　我看着我的手表。这块表是亚瑟送的圣诞礼物。令人感动的是，他送我这些没有人情味的礼物，比如电子表或者蛋杯，却一点都不尴尬。为了看时间，你需要摁边上的小按钮。只要你摁住它，时间就会一直显示、变化。当你的手移开时，手表再次变成清晰的红色。（7）

手表呈现的是非人性的时间，是被审视、被控制、被知性化的时间：这是怀疑论的时间。（露丝只是慢慢来，感觉有"很多的"时间，她把手放在你的背上，而不是放在手表上。）手总是放在手表上，她不会让事情的发生耗费时间。她记得，安德鲁花了八年时间才开始信任他妈妈以外的人。²² 只有和安德鲁在一起——因为她和他在一起时非常开心，因为她"很了解他"，因为他并不令人担忧，她对他有很多同情——她才会把手从手表上拿开。"我近乎爱上他了"。她异想天开地想象着那个超人从安德鲁膝盖上的超人补丁中跳了出来，在距离地面一英尺的高度飞行，吓到路人（4）——这种想象有其魅力，一种无忧无虑的享受和幽默，这是我们在这个女人身上从未见过的。这也许是她第一次不再思考她自己。

在她和安德鲁沿着街手牵手走了一阵子之后，她才意识到他们已经误点了。这只手表的时间不对，她也知道此事。（它甚至都没有做好它的非人性的工作。）安德鲁"想的东西和我一样——如果我有意的话，我们本来是可以赶上火车的"。（11）当她依靠它使她与爱保持距离，用准确的知识使她远离那种知识时，她的另一部分正在利用它的不可信来得到另一种信任。她去中央车站的公用电话给瑞伊打电话。 [277]

在理智主义者的观念中，爱的知识和其他事物一样，都是通过钟表来测量的。它处于被测量的时间内，它本身就是一种测量和评估活动，就像手表的测量工作一样。（它权衡和测量一种快乐与另一种快乐，计算成本和收益。）普鲁斯特向我们展示了心灵的时间性如何与测量装置的节奏相分离。爱的全部故事——它的间歇性，它的痛苦与逃避的节奏——只能通过观察人类欲望和习惯的特定时间性才能被理解，这种特定时间性根据其自身时间感受的持续规律来进行。那种认知知识的盲目瞬间，就如任何其他打破习惯之墙上的时刻那样，给人一种永恒的感觉，一种生命整体的感觉：神秘而短暂，瞬间却永恒，"坚硬、闪闪发光、奇异"，伴随着死亡的陡然终结。这不是一个过程或一种进程，这不是一种随时间发展的关系。事实上，正因为它根本不是一种关系——它真的与他人无关，它是自身的一种化学反应——它才具有这种瞬间性特征。普鲁斯特将我们从钟表时间带到了人性的时间中，然而这种时间并不需要时间来让事情发生——因为事情可能发生，那么人也许就不是孤独的了。比蒂的叙述者从她的电子手表转向了一种不同的人性的时间——一种随时间发展的信任，它是习得的，由于错过一班列车而需要打发时间，它在时间中被允许发生。[23]

　　我们对这个男人了解多少呢？我发现，这个故事的十页比描绘阿尔贝蒂娜的那三千页还要丰富。这已经是某种迹象了。从一开始，在我们看到他之前很久，就令人感觉到他作为具有侵入性的、令人困惑的存在——他温柔的声音，他简洁的语言，他的靴子，他在物质中的快活，他漂亮的双手，还有他的耐心。在她所到之处，他强烈而温柔的性张力无处不在——在古根海姆博物馆、苏豪区的公寓、车站电话亭。从一开始，这是一个关于两个人的故事，一个存在于他们之间的知识的故事。"我习惯和他睡在一起并抱着他的头，就好像我相信颅相学一样。当我抱着他的头时，他习惯于握住我的双手。瑞伊的双手是我见过的最漂亮的。"在她注视着它们时，她用的是现在时。"想留在城里吗？"他说（12）。

　　与普鲁斯特的相当，但又如此不同的这一刻，是由这个男孩促成的，他的膝盖上的超人补丁——无所不能，在地面一英尺之上飞行。他们坐在餐厅座位上。安德鲁一如既往地吃着东西，喝着奶昔。她喝着更多的咖啡。瑞伊想要喝点别的什么，但不得不忍受咖啡。故事是这样结束的：

　　　　安德鲁在座位上动了动，看似要对我说些什么。我把头转向他。"什么？"我轻轻地说。他开始一阵低语。

[278]

"他母亲正在学会俯身。"我说。

"这意味着什么？"瑞伊问道。

"在她的舞蹈课上，"安德鲁说着，他又在害羞地看着我了，"告诉他吧。"

"我从没有见过她这样做，"我说，"她告诉我——这是一种练习之类的事情。她正在学习俯身。"

瑞伊点点头。他就像一个耐心听学生叙述刚刚得出的明显结论的教授一样。当瑞伊并不感兴趣时你是知道的。他挺直脑袋，注视你的双眼，似乎他对此很感兴趣。

"她只是突然弯下身吗？"他问安德鲁。

"不完全是，"安德鲁说，似乎之于瑞伊，更像是在对我说，"比较缓慢。"

我想象着露丝伸出双臂，头向下倾，做出近乎忏悔的姿态，然后双膝放松，慢慢地向下弯折。

瑞伊的手伸过桌子，把我的手往前拉。他的触碰吓到了我，以致我跳起来差点把我的咖啡碰翻。

"去散个步吧，"他说，"来吧，你还有时间。"

他放下两美元，并把钱和账单推到桌子的一头。我为安德鲁拿着他的派克大衣，他穿了上去。瑞伊帮他整好肩膀。瑞伊弯下腰并摸索安德鲁的口袋。

"你做什么？"安德鲁问道。

"有些时候，消失了的手套会突然出现，"瑞伊说，"我猜没有。"

瑞伊拉上绿色羽绒衣拉链，戴上帽子。我和他并肩走出餐厅，安德鲁跟在后面。

"我不想走太远，"安德鲁说，"很冷。"

我紧抓信封。瑞伊看着我笑了，很明显，我用双手紧抓信封，这样就不用跟他牵手了。他靠近我，用他的手搂住我的肩。不像孩子那样手摇着手，而是像一个得体的绅士和一位女士外出散步。这些露丝一直都是知道的：将要发生的事情是无法阻止的。走向恩典。(13—14)

她知道露丝一直都知道的事情：将要发生的事情无法阻止。但这意味着，她不让自己去阻止其发生，她决定不去阻止它。她通过任由事件发生去发现会发生什么。像露丝在课堂练习慢慢俯身那样，教导与展示信任，她学会了投入。就如安德鲁所说，她不是突然弯下身（就像马塞尔那样，突然栽下去），而是温柔地、和缓地顺应她自己的缓慢弯曲，顺应瑞伊搂在她肩上的手臂。她不让触碰吓到她，就像露丝的俯身那样，如她所见，如同祷告，这是一件已经完成的事情，一旦你做了，就根本不可控制。没有意外，却是在顺从；有一种追求的目标，却是为了恩典。你不能真的追求恩典。若有的话，这种追求与你的努力和行动几乎没有任何联系。但你还能做什么呢，你如何才是祷告呢？你为你自己向这种可能性开放。

[279] 这是发现还是创造？我们必须说，两者都是。一种模式已经存在了，它贯穿整个故事。最后一刻有信念，有力量，有疯狂的喜悦，因为某些一直存在却备受压抑的事物得以浮出水面。我们在这里可以谈论自我欺骗，就像我们在谈马塞尔的例子时那样，因为她一直在否认瑞伊持续不断地对她想象和行动所施加的那种力量。安德鲁知道她自己不承认的事。当然，相比于以前，她现在更爱瑞伊了。这种恐惧和逃避的爱不只是待在皮肤之下等待暴露，也不是像露丝的缓慢俯身那样在叙述者僵硬、细瘦、喝咖啡的身体中以柏拉图的方式存在。它需要被创造。去除自我欺骗也是一种自我改变。发现和创造也同样体现在普遍层面上，就如她同时发现了自身脆弱和激情的面向，这些面向曾遭到否认，现在则让她成为一个更信任他人的女性。她决定让那些元素繁荣兴盛，成为现实。[24]

认知的观念在这些经验中也扮演着角色。毫无疑问的是，她想着他，她之所以错过火车是因为她在想他。毫无疑问，当他跨过桌子握住她的手时，她的兴奋和惧怕都是存在着的。所有这一切都在她的爱的知识中扮演着重要的角色，并且这些印象的力量也是她为爱所做的准备的一部分。然而重点在于：这些印象为爱做着准备，但它们还不是爱。认识本身是一种关系，一种欢愉而晕眩的投入。这里有多种强烈的感受——性欲的感受，我认为是深刻喜悦的感受，裸露的感受，眩晕的感受和自由的感受：投入的感受。但他对这一切来说太本质了，以至于我们不能说这些感受是投入，是爱。爱关系到他，是对他的开放，就如在她形象中的祈祷，是一种面向上帝的敞开心扉。她也可以说信仰是心灵深处的一种强烈的感受。普鲁斯特式的祷告者，那个认知意义上的祷告者，应该是所要说的全部。

在这里，她对自身状况的认知和对他的认知是不可分割的。并不是说她已经成功地进行了颅相学研究，也不是说她成功获得了关于他头脑的某种无须置疑的科学解释。并不是她拥有着他的经验，或者她自己也能感受到这些经验。很明显，她可能错了。无论根据她的观念还是我们对她的观念看，证据并不是没有意义的。她和他曾有一段过去，她知道他怎样开玩笑，他如此耐心地等她，并不是没有意义的。但这些都不能使她或者我们摆脱对他的怀疑。露丝曾对某些人做出错判并遭遇背叛。信仰从来不会超越怀疑，恩典从来都不会得到保证。证明上帝存在的事业与此几乎无关。你的目标不是去证明它。让她超越怀疑的是，她不再要求证据，而是允许他的手臂搂住她的肩膀这一简单事实。（我们必须补充：在这点上，她允许自己对他更温柔和关切，注意并回应他的所为，以一种她从未有过的方式陷入自己的焦虑之中。）

当我考虑这对情侣时，我发现自己又回到了他们的玩笑上，回到了笑话和幽默所扮演的全部角色上，这种角色将这种观念和普鲁斯特式的爱情观相区别。瑞伊认为让这个女性笑是非常重要的。"你知道吗，女士？"他在首次成功之后说，"我在电话中比在面对面时更能把你逗乐。" [280]

和我们一样，他知道，当她笑的时候（这是故事中的第一次）是一种让步，一种对那种严格掌控的放弃。最后，她在微笑中让步，回应他的微笑。她与他分享着她自己的拘谨笑话，她拿着信封，这样不需要握住他的手。想象一下，"一个得体的绅士和一位女士外出散步"，一起欢笑着（正如那句话所指示的那样，对于一个不得体的、不忠的女人和她那穿着黑靴子的与亚瑟语言不同的情人而言，这是如此滑稽又不合适——然而，对于他们彼此之间的温柔，对于他们远远超出鸡蛋杯和电子表的关系来说，这又是如此合适）——笑的是控制与失控、自足与让步的喜剧。笑是一种社会性与关系性的东西，是一种包含信任背景的东西，在某种程度上痛苦则不是。它需要交流和交谈，它需要一个活生生的人——而马塞尔的痛苦发生在一个孤独的房间里，转移了他对所有外界的注意力。把爱想象成一种哀悼的形式，这俨然是在追求唯我论；把爱想象成一种笑的形式（微笑的谈话），就是坚持假定，或者就是一种对唯我论的超越，就是一项共同体的成就。[25] 这里值得补充的是：我们想象这对情侣在一起会有幸福的性生活，而马塞尔的观念暗示了这里除了手淫之外什么都没有。"我们所爱的人……不过是一个巨大且模糊的空间，在那里我们可以将我们自己的欲望外化。"（III. 505）就如加里·格兰特曾经说过的："为什么那样不好。那根本算不上谈话。"

为什么我们要相信瑞伊，而不去想他究竟是谁，他穿着长靴，带着他的芭蕾舞票，他真正的意图是什么？回答是：因为我们跟随着她。既然如此，我们为什么要相信她？为什么毫无质疑地认为她说的是真话？因为，跟她一样，我们学会了投入。阅读故事不过如此。和她的爱一样，阅读故事需要时间，你从小就在学习这一点。假如你妈妈问你："你猜得出那个人物真的有我说的那种感受吗？"你也许会感到有趣，困惑，恼怒或者像安德鲁在早餐桌上那样感到尴尬。

话语形式与生活的艺术

那么，我们如何看待我们在这里处理的是一个故事的事实呢？普鲁斯特认为，一部要表现爱的知识的作品必须是一部能够表现认知痛苦的作品。此外，如果它要传达这种知识，而不仅仅是表现它，它必须能够引起读者的痛苦反应。普鲁斯特小说的读者通过一种非常复杂的活动来了解他或她自己的爱，这种活动包括对马塞尔的痛苦的共情参与，对他的痛苦的同情回应，以及相伴随的"挖掘"他或她自己的生活经验以获得类似的爱。在经历痛苦的过程中，读者接触到关于他或她自身状况的现实。普鲁斯特式的最终观点为这幅图景增添了反思活动。因为即使马塞尔在创造他的文学作品时，分辨并阐明他的爱的模式，彰显其间歇性的结构，读者借此理解了普鲁斯特作品的整体模式（并以一种同样清晰的结构，把她自己的生活置于她之前），像马塞尔那样，从束缚中解脱出来，进入当下的经验，并占有她的爱的全部。唯一能促进这种认知的文本，将是一种将情感材料与反思进行必要结合的文本——也就是说，一种像普鲁斯特小说那样自成一体的文本。他关于人类心灵真理的观念——它的内容是什么，以及通过什么样的认知活动来掌握它——决定了他对哪个或哪些文本可以作为认识的载体和来源的看法。[26]

如果我们现在回到安·比蒂的小说，一些类似的东西以更大的力量施加于我们。因为，如果不可能独立于那些既向我们展示又给予我们认知经验的文本去掌握认知观念的真理，那么，要在一个非叙事性文本中展示我归功于比蒂的有关爱的观念及其知识，就显得更为困难了。[27]这种知识"有点缓慢"，它在人性的时间中延展。它根本不是一个事物，而是一种与另一个人相处的复杂方式，一种对无法掌控的外部影响的有意让步。在此不存在充分必要条件，不存在确定性。为了在一个文本中充分展示这些思想，我们似乎需要一个文本来展示事件的时间序列（它有

[281]

情节），它能够呈现一种具体人类关系的复杂性，能够同时展示否定与让步；没有给出任何定义，神秘依然存在。[28] 非叙事性文本能做到这一切吗？我们几乎难以想象我们（或者芝诺）如何在一个文本中描述与捍卫关于爱的认知观念，而不去参照任何完整的文学作品——也许是使用简要的案例。我们可以这样想象，因为我们所讨论的经验基本上是独立的和孤立的。并且它宣布了一组充要条件，它告诉我们什么是爱。在比蒂看来，即使是通过简要的案例，这种处理也注定会显得空洞，缺乏丰富的质感，而这种质感在这里展示了爱的知识。我们似乎不需要比这个具有开放性的真实故事更短的单元。这种观念认为，如果我们试图拥有一种生活的科学，我们就不能爱；它必须通过一个自身摆脱了科学的文本来得到体现。

[282] 如果我们现在考虑**我们**与文学作品之间的关系，那么它的不可被取消的理由将变得更为充分。因为，就如我所提出的，这个故事不仅描绘了俯身与学习俯身，而且还支持我们参与这样一种信任和爱的活动。我们在阅读它时悬置了怀疑，随着时间的推移，我们允许自己被文本和我们对话的人物所感动。我们可能是错的，但我们允许自己去相信。相比之下，我们在哲学文本面前的态度看起来是拘谨和缺乏爱的——询问原因，质疑和仔细审视每一项主张，从模糊中费力获得清晰。当比蒂把爱的知识与信仰相联系，而不是与哲学论证相联系时（当她把露丝描述成一位阅读俄罗斯小说家作品的文学教师，而不是阅读康德的哲学教师时），她知道自己在做什么。显然，当我们进行哲学思考时，我们并不是很有爱的造物。"未经审视的生活是不值得过的"——也许这不是一个完全信任他人的人说的话。"你猜到我爱你吗？""妈妈，你一直在用'爱'这个词来说不同的事物。但你能不能告诉我，当你用这个词时，你说的是**什么**？因为我觉得我对这些事物的共同之处缺乏了解，你肯定知道这一点，妈妈，因为你经常谈到爱。"他不会得到回答。并且，如此讲话，他已经不再是她的孩子了。

在一部文学作品（比如这个故事）面前，我们是谦虚的、开放的、主动的，也是多孔的。当我们在处理一部哲学作品的过程中，我们是主动的，有控制欲的，将不留任何不设防的侧翼和未经驱散的神秘。很明显，这太简单和概要性了，但它说明了一些问题。这不仅仅是情感缺失的问题，尽管这是其中的一部分。这也是被动性问题，它涉及信任，涉及对不完美的接受。

但在最后出现这样的讨论，让这听起来很可疑。我说安·比蒂的故事给了我们所需要的所有知识，意味着什么呢？而我显然是在写一篇有关这个故事以及它与其他两个故事间的关系的论文。比蒂的故事本身就足以说明爱的知识并向我们传达这种知识吗？我是否可以引用这个故事并放上我的评论来结尾？[29] 我们就不能只看这个故事吗，也许与普鲁斯特的小说一起看？我所描述的知识中有什么本质上是哲学的吗？或者在哪些方面哲学不仅不是一个对手，而且事实上还是一个朋友？

在此，我常常发现自己在谈亚里士多德式的东西。[30] 我相信，当我们把这三种对立的爱情观及其知识放在一起，审视它们彼此间的关系以及它们与我们的经验之间的关系时，我们在理解上就取得了进步。从某种意义上说，这篇论文中没有什么不是已经存在于这些故事中，也没有什么不是存在于我们的经验之中，让我们对这些故事感兴趣。但是，正是哲学，或哲学批评，建立起了这种冲突，澄清了这些对立，使我们从一种对这个或那个故事无法表述的同情，转向对我们自己的同情的反思。[283] 当我们了解马塞尔故事以何种方式引发唯我论时——以及唯我论是如何在相反的故事中被克服的，我们就更清楚地看到我们与马塞尔的故事之间的关系是什么；不是通过任何知性的计谋，而是通过爱本身。我们把哲学读者的怀疑和不信任态度，与小说读者的开放态度进行了比照，这在某种意义上是正确的。但是我们现在也必须承认，是哲学，而不是故事，向我们展示了故事的边界和局限——让我们回到比蒂的故事，可以说，通过澄清它与普鲁斯特的认知的唯我论的关系，让我们对故事产生信任。再一次，是哲学而不是情感冲动，向我们表达了如下观点，即这种知识可能是知性把握之外的事物——可能是一种情感回应，甚至是一种复杂的生活形式。并且，在经过反思性的审视之后，我们的理解会更加坚实——虽然我们在某种程度上已经对此了然于心。我们不太可能因为某种似是而非的理论性主张而偏离它或对它产生不信任的态度。这一点毋庸置疑。但是，在哲学中这种看似没有爱的探究和质疑，也能合宜与耐心地应用于"现象"——我们关于爱的经验和我们的爱情故事——给予最为温柔和最具保护性的关怀。

关于这一点，还存在另一个层面。我们认为，关于爱的理论，尤其是关于爱的哲学理论，与我们在故事中所发现的事物并不相符，因为这些理论太简单了。它们只想找到爱存在于灵魂中的一件事，只想找到其知识中的一件事，而不是去看看那里到底有什么。这个故事可以向我们展示一种复杂性，一种多面性，一种在时间变化中的多样性，这在明确的理论中是不存在的，甚至在普鲁斯特的理论中也是如此。我们说过，由于这种复杂性，从哲学上确切地谈这种观点是非常困难的。好吧。但是，再说一遍，哲学不是说"看一看"吗？这不会让我们止步于一些过于简单的想法，比如普鲁斯特的，难道不是哲学把我们引向这个故事，并告诉我们它为什么如此重要吗？这看起来太傲慢和沙文主义了，有些人肯定会说："不，这是人心本身，是爱本身。我们不需要哲学教授来告诉我们这些。"从某种意义上说，这种回答是公正的。但有时，我想人的心灵需要将反思作为盟友。有时，我们需要条理清晰的哲学来让我们回到心灵的真理，并允许我们相信那种多样性，那种令人困惑的模糊性；将我们引向"现象"，而不是其"之外""之下"或者"背后"。

那些时间是什么？或许当有人感到需要一种关于生命的科学时的时间。普鲁斯特和比蒂用不同方式表明，这种需求就像我们对自足性的需求和我们对暴露的恐惧一样深刻而持久；并且事实上是一种需求的形式，意味着一种治疗性的哲学总是有工作要做：揭露这些不同的自我欺骗的计划,展示它们潜在的亲缘关系及其异常的后果,并指出它们所掩盖或否认的生活的各个部分。刚才我们把哲学家描绘成一个怀疑和缺乏信任感的人物,一个苏格拉底式的拒绝未经审视的事物的人物,这使得他与那些认知经验的寻求者颇为接近。这对于在某些背景下的某些哲学家来说是真的。但我们也必须承认,在某些背景中,这种怀疑的不安可能会导向对日常生活多样性的尊重。在某些情况下,正是哲学家首先说:"看一看,观察它的多面性,看看这里不存在认知的确定性。"通过 [284]
打破简单化、击倒确定性,他打开了一个爱的故事得以存在并发挥影响的空间。[31]

为了给爱的故事腾出空间,哲学必须更加文学,更紧密地与故事联系在一起,并且比通常情况下更尊重神秘与开放性。它必须贴近最好的和真正最合理的非哲学性写作。我发现这一人性哲学的观念在威廉·詹姆斯的《道德哲学家和道德生活》一文中得到了完美的表达:

> 在所有这一切中,哲学家与其他我们这些非哲学家的人一样,只要我们是公正的、本能地具有同情心,只要我们对抱怨的声音持开放的态度。他的作用实际和当今最优秀的政治家无异。因此,他关于伦理学的著作,只要真正触及道德生活,就必须越来越多地与一种公认的试探性的和启发性的,而不是教条主义的文学结合起来——我指的是与那种深刻的小说和戏剧,布道、治国之道、慈善、社会和经济改革有关的书籍相结合。以这种方式处理的伦理学论文可以是浩如烟海的和富有启发性的,但它们永远不可能是**终极性的**,除了它们具有最为抽象和最为模糊的特征,它们必须越来越多地放弃过时的、明确的、可能是"科学的"形式。[32]

但是,我认为,如果哲学家只是把这个领域留给其他这些写作形式,那么他或她就永远不会完全公正,也不能给人醍醐灌顶的启发。詹姆斯需要的是结盟，而不是投降。显然，不是任何一种哲学都可以成为文学的盟友；为了成为盟友，它必须采用不否定文学洞察相对抗的形式与过程。但是我们有关亚里士多德式哲学的图景已经指出了为什么它仍然应该保留一种独立的批判性身份——为何彼此独立领域的结盟对于双方的公正和启迪都是必要的。

没有一种话语形式是认知性的。没有一种风格或方法包含确定的真理标准。没有一种不能用于以自我欺骗为目的。但是，也许在哲学与文学彼此之间专心的——或者我甚至可以（太天真地？）说是充满爱的——交谈中，我们可以希望在某些不受手表控制的时刻，偶然地发现一些神秘而不完整的事物，类似于有意地俯身（投入），走向恩典。[33]

[285]

尾注

这篇文章提供了一个比"灵魂的虚构"更全面、更平衡的关于普鲁斯特方案的描述——不过它与"灵魂的虚构"并不矛盾。特别是，文章提出了一种以情感印象传递的知识必须通过反思活动加以系统化和固定的方式。这篇文章对普鲁斯特关于情感认识的观念及其动机显然也更加具有批判性。为了完整地阐述普鲁斯特在这些问题上的立场，还需要进一步讨论几个要素：最重要的是，读者与文学作品本身的关系，这种关系被认为是一种既亲密又没有嫉妒的人际关系——因此，这种关系可以产生对另一个特定心灵的真正知识，而这种认知恰恰是"现实生活"中的关系所不具备的。

普鲁斯特的文本，结合了叙事的具体性与哲学反思的解释性，似乎是在我这篇文章和导论中所呼吁的叙事性与哲学性相结合的一个例子。但是正如文章中对认知印象的批判所表明的那样，我们还是有必要保持谨慎。这种结合需要我们进行慎重思考。因为普鲁斯特的反思把痛苦的印象作为它的认知材料，并在随后的反思中对它们报以完全的信任。我在这里的结论中所推荐的亚里士多德式的方法（就如在"感知的平衡"
和导论中的方法论评论所表明的那样），致力于认为没有事物是可以不需
修正的，超越（或者服从于）批判。它寻求与整个系统的一致与契合，
这意味着它会频繁地审视情感——就如本文审视马塞尔的情感一样（同
样参见"叙事情感"）。

　　在这里，人们再次看到，以任何方式来描述文学作品与标准哲学之
间争论的困难，会产生一种对于目标的共同解释。这三种不同的概念对
自我认识的理解是不同的——都涉及所认知的**内容**，以及对致知**是什么**
的理解——因此，如果不使用一方或另一方的特定术语，我们就很难说
这场争论到底是关于什么的。然而，我认为我们也意识到这里**存在着**一
场真正的争论，意识到自我知识，即便得到模糊的规定，依然存在着一
个具有真正内容和真正重要性的目标，能够规划进一步的探究。在这方
面，它类似于古希腊的概念 eudaimonia（"人类繁盛""好的人类生活"），
关于这一概念的进一步规范，人们几乎没有达成一致，但作为一个概念，
它仍然为几个世纪以来伦理辩论的内容提供了规划。

　　关于近来对这些相似问题的精彩处理，以及对哲学方法论和风格的
相关问题的讨论，参见由 B. 麦克劳夫林及 A. 罗蒂编辑的巴斯·范·弗
拉森作品《有关自我欺骗的看法》（*Perspectives on Self-Deception*，1988）
中的《情爱与欲望的特殊效应》一文。

注 释

1. 我已经在"灵魂的虚构"一章对小说这一段及其认知的观念做了阐述。本篇讨论对之前文章中的许多观点做了调整，并在其他方面有所拓展。

2. 对此观点更加详尽的阐述参见"灵魂的虚构"一章中有关柏拉图的探讨。

3. 在提及马塞尔·普鲁斯特的《追忆似水年华》时，我将引用由C.K. 斯科特 - 蒙克里夫和 A. 梅尔翻译、特伦斯 - 基尔马丁修订的译本（1981）的卷数和页数。在某些情况下，我自己对法语做了重新翻译，以便更清楚地呈现出原始版本的某些方面，但我仍然提供基尔马丁版本的页数。

4. 关于这一比较以及相关问题参见本书"灵魂的虚构"一章，以及《善的脆弱性》（尤其是第一章和插曲一）。有关柏拉图的内容，参见《善的脆弱性》第五至七章。

5. 对此段落的讨论，也可参见保罗·德·曼刊载于《批评探究》第5 期（1978）第 13—30 页，《隐喻的认识论》一文。

6. 对这些问题的探讨，参见《善的脆弱性》第十章的进一步探讨。关于对可通约性的信念对我们情感生活的修缮，参见《善的脆弱性》第四章以及本书的"柏拉图论可通约性"一章。在"洞察力"一章中我讨论了亚里士多德对可通约性的批判与当代经济理论中某些理性模型之间的关系。

7. 或称季蒂昂的芝诺（公元前 335 年—前 263 年），古希腊哲学家，出生于塞浦路斯的季蒂昂，受到苏格拉底、赫拉克利特、犬儒派等的影响。于公元前 305 年左右创立了斯多亚学派。——译者注

8. 认知印象是一个极其复杂的历史问题。主要的古代文献参见 J. 冯阿尼姆版本《斯多亚学派残篇》(*Stoicorum Veterum Fragmenta*)第一卷（1905）第 52—73 页，以及第二卷（1903）第 52—70 页。最重要的文献是第欧根尼·拉尔修的《名哲言行录》(*Lives of the Philosophers*)第七卷（芝诺），第 46 页、第 50—54 页；塞克斯都·恩披里柯的《反学问家》(*Adversus Mathematicos*)第七章，第 227 页及以下页、236 页及以下页、248 页及以下页、426 页；西塞罗的《论学园派（前篇）》(*Academica Priora*)第二章，第 18、77、144 页；以及《论学园派（后篇）》(*Academica Posteriora*)第一章，第 41 页。我在此所发表的观点——印象自身的特征迫使赞同——是那些古代解释者（然而，他们中的两位对此是具有敌意的）最普遍的看法。这肯定是作为塞克斯都和西塞罗的读者的马塞尔会吸收的观点。现代评论者曾尝试在证据中找出一个更加复杂的立场，至少已经变得清楚的是后期的斯多亚学派修正了芝诺原初的简单观念。关于对所有证据的讨论，参见：由 J. 巴恩斯编辑的 J. 安纳斯《怀疑与教条主义》(*Doubt and Dogmatism*, 1980)中的《真理与事实》一文，第 84—104 页；由 M. 伯恩耶特编辑的 M. 弗雷德《怀疑论传统》(*The Skeptical Tradition*, 1983)中的《斯多亚学派和怀疑主义论清晰明了的印象》一文，第 65—94 页；J. 李斯特《斯多亚哲学》(*Stoic Philosophy*, 1969)一书第八章；以及由 A.A. 朗编辑的 F. 桑得巴赫《斯多亚主义中的问题》(*Problems in Stoicism*, 1971)一书中《幻象认知》一文，第 9—21 页。

"认知"一词源于古希腊 katalēptikē，一个源自动词 katalambanein（"抓住""掌握""紧紧掌握"）的形容词，一个可能是积极而非消极的词："有理解力的""紧紧地掌握（现实）的"。在题词中，我把与之相关的名词 katalēpsis（拥有这种印象的人所处的状况）翻译成"确定性"。在我看来，这样的翻译是合适的：它提出了一个重要的观点，即这个人现在对现实的某些部分有了绝对不容置疑和不可动摇的把握，这种把握不可能由非现实产生。然而，重要的是要明白，只有像 katalēpseis 这样的一个有序**系统**（sustēma）才能构成科学的认识或**理解**（epistēmē）。

当我们在考虑普鲁斯特的类比时，还有一个有关这些印象的观点需要牢记于心：它们可以是，也经常是命题性的——也就是说，**印象是这样的**。

9. 对于这样的定义，参见塞克斯都·恩披里柯《反学问家》第七章，第 248 页、426 页；塞克斯都·恩批里克《皮浪学说概要》（*Outlines of Pyrrhonism*）第二章第 4 页；第欧根尼·拉尔修《名哲言行录》第七卷第 50 页；西塞罗《论学园派（前篇）》第二章，第 18 页、77 页。最后一个条款的要点不仅在于印象不可能来自不真实或不存在的事物，而且还在于印象不可能来自任何其他事物，而只能来自它所声称代表的现实本身。关于把**科学实践**（technē）定义为一种"出于某些有用的实践目的而排列在一起的 katalēpseis 系统"，参见冯阿尼姆《斯多亚学派残篇》第一卷，第 73 页。

10. 参见西塞罗《论学园派（前篇）》第二章第 38 页、塞克斯都·恩披里柯《反学问家》第七章第 405 页。

11. 西塞罗《论学园派（后篇）》第一章第 41 页以及《论学园派（前篇）》第二章第 144 页。〔**科学实践**（technē）本身就像一只握紧的拳头。〕

12. 参见普鲁斯特《追忆似水年华》，特别是第一卷第 768 页。在那里，马塞尔看到一个漂亮的女孩时油然而生的焦虑令他产生这样的言论：

> 在诸多建议我们限制欲望的哲学家中我找到了某种智慧。（也就是说，假如他们想要谈的是我们对人的欲望——因为这是唯一产生焦虑的欲望，其欲望的对象是某种未知但有意识的个体——那么假设哲学谈的是对于财富的欲望的想法，就会显得荒谬。）

限制欲望与避免焦虑之间的联系是一种个体化的特征，这种特征在古希腊伦理思想（伊壁鸠鲁学派与斯多亚学派）中都得到突出强调，在怀疑论中也是如此，只是稍有变化。（我们还应当记住的是，在马塞尔的课程中，古希腊哲学家居于中心位置，但他们并不适合我们；西塞罗、普鲁塔克和塞涅卡的读者要比亚里士多德的读者更为广泛，同样，怀疑论也一直处于突出地位。）就在说完这段有趣的评论后不久，马塞尔遇见了阿尔贝蒂娜。

13. 真正的斯多亚学派绝不会支持情感上的认知印象。这样它在术语中就近乎陷入矛盾，因为斯多亚学派论述称，情感是错误判断的形式。然而，当我们更进一步地对此进行研究，这种差异会变小。斯多亚学派所认为的错误判断的情感，是对于外部不可控制事物的价值的判断：因此，爱——**假如**我们把爱理解为一种卷入对被爱者的评价的情感，被爱者被视为一个独立的存在——在他们的术语中就是一种错误的情感。然而，我们并不是很清楚，马塞尔对爱的观念是否会以这种方式遭到斯多亚学派的反对（见下文）。参见《阿派朗》（1987）中《斯多亚学派论根除激情》一文，第129—177页。

14. 这段讨论紧跟着"灵魂的虚构"中对这种对比的讨论，但是我们在此做了一些重要修改，特别是在有关创造和发现之间的关系上。我现在要说，在普遍和个体层面上都有创造和发现的因素，不像我之前所说的，个体的爱是被创造的，普遍的爱是被发现的。

15. 参见塞克斯都·恩披里柯《反学问家》第七章第426页。理查德·沃尔海姆在《生命之线》（1984）第191页及之后的内容中，曾点明一个不同于此又极其有趣的关于马塞尔的错误的叙述。

16. 参见普鲁斯特《追忆似水年华》第一卷第847页及以下页。

17. 小说中有诸多类似陈述，在此给出几处例子：参见普鲁斯特《追忆似水年华》第三卷第656页、第908—909页、第950页。

18. 彼得·布鲁克斯和理查德·沃尔海姆对我在"灵魂的虚构"有关普鲁斯特观念的叙述在其第一次发表时以不同方式进行了批判，我在此对它们进行回应。

19. 在此，我显然不是在追求普鲁斯特关于我们对他人认识的观念的所有相关方面。最重要的是，我并不追求最后一卷中的主张，即我们**可以**在一个案例中了解他人的心灵：通过阅读文学艺术作品，我们可以了解艺术家的思想。因此，我把那种简单又复杂的认知观念都归于马塞尔这个人物，而没有对普鲁斯特的整体思想做出任何正式结论，甚至包括那些我们所爱的知识。但我确实认为，称整部小说挫败了在个人爱情中有关他人的知识的乐观主义是合理的，并且它也通过展示基于某种自我欺骗的、诸多看似充满希望的爱情，看上去支持了马塞尔这种自我中心的结论。

20. 安·比蒂的小说集《燃烧的房子》（*The Burning House*，1979）中的故事《学会投入》，第3—14页。

21. 也许值得一提的是，在与布朗大学本科生（上了我的哲学与小说课程）的讨论中，男学生绝大多数都对这种认知的观念有所同情，女学生则更加强调时间及一种互动模式的重要性。（他们讨论的是同样的现象吗？他们是不是像马塞尔一样在根据认识论的观点来形塑被定义者？这两个群体之间的差距是否本身就提出了新的认识论问题？）我完全不相信在任何深刻或必要的意义上存在着一种男性的观念和另一种女性的观念。但是，这种文化对男性教育中对自主和控制的强调，可能导致他们中的许多人走向那种承诺自足性的爱情观念。这可以通过安德鲁的形象得到证实。也可以参见卡罗尔·吉利根在《不同的声音》（1982）一书中的相关观察。

22. 这个故事描述了对爱人的爱是持续的，但比对父母的爱要困难且冒险得多。由于他的残疾，安德鲁从安全可靠的家庭中出来，走向外部世界的孩子与陌生人，这种转向是极其困难的。但他的自我意识，作为一个孩子来说是不寻常的，在此是叙述者所认为的成人的爱的普遍真实写照——让自己暴露的困难，害怕被批评、欺骗与嘲笑。她不自在的感受就跟安德鲁一样，她也害怕被拒绝。而且，她更害怕被接受。

23．关于时间对于爱情和友谊中所需信任的重要性，可见亚里士多德，《尼各马可伦理学》1156b25ff。同样参见斯坦利·卡维尔在《追寻幸福》（*Pursuits of Happiness*，1982）一书第二章中对《一夜风流》（*It Happened One Night*）的解读。卡维尔对这部电影的讨论中有几个主题与此处对比蒂的解读有交集，尤其是关于饮食的讨论。第欧根尼告诉我们，芝诺以钢铁般的自制力闻名于世，但他不喜欢公开地与卑微的身体机能相联系。为了消除他的羞耻感，犬儒学派哲学家克拉特斯：

> 给了他一锅扁豆汤，让他端着穿过凯拉米克斯；当克拉特斯看到他羞愧难当，想把汤藏起来时，克拉特斯用手杖一敲，把锅打碎了。当芝诺带着流到腿上的扁豆汤逃走时，克拉特斯说："为什么要逃走呢，我的小腓尼基人？你并没有遇到什么可怕的事情。"（《名哲言行录》VII.3，希克斯译，经我修改）

第欧根尼还说，在宴会上芝诺喜欢坐在沙发的最边上，以免离其他人太近。（VII.14）。

24．我曾被人问及，这个故事以及其中的观点是否取决于瑞伊是一个安全、坚强、（显然）不神经质的人，令她完全可以放心地投入。如果他也像她一样复杂且神经质，我们是否能谈论投入之类的事情？我相信回答是肯定的。在这种情况下，我们可以谈论各自学习如何投入。但这样则说来话长。

25．参见卡维尔《追寻幸福》，特别是第二章第80页及之后内容，以及论《费城故事》（*The Philadelphia Story*）的章节，这段话末尾的评论是从那部电影中引用来的。

26．参见我在"灵魂的虚构"一章中更详细的讨论。就这个普遍问题，参见《善的脆弱性》一书，尤其是第一章和第七章，以及插曲一和插曲二。关于对普鲁斯特艺术观进一步的相关讨论，参见玛丽·劳林森在《哲学与文学》杂志第 6 期（1982）发表的《艺术与真理：阅读普鲁斯特》一文，第 1—16 页；以及杰拉德·热奈特在《叙事话语》（1980）一书中关于普鲁斯特叙事技巧的非常有启发性的讨论。

27. 这一困难在斯坦利·卡维尔的《理性的主张》一书的第四部分中得到了精彩的回应。在那里，为了讲述我们承认和回避他人和自己的故事，卡维尔讲述故事，在那些复杂的案例中进进出出，花时间让故事展开，并以阅读莎士比亚的《奥赛罗》（*Othello*）结束。哲学家们读这本书有时会遇到的一个困难是，卡维尔在书中完全没给出关于承认的精确定义，及其充分必要条件。但这并不意味着他没有给出这一主题所需要的那种哲学论述。

28. 关于我们对情节的兴趣深度以及此情节结构与人类欲望形式之间关系，参见彼得·布鲁克斯的《为情节而阅读》（1984）。

29. 理查德·沃尔海姆曾以此观点作为针对我发表在《新文学史》第 15 期（1983）第 185—191 页的《有瑕疵的水晶》一文的回应。我现在和沃尔海姆的立场比我当初回应时更为接近了，参见本书导论。

30. 参见我的《拯救亚里士多德的现象》一文，《语言与逻格斯》（1982），第 267—293 页。有关维特根斯坦的一个更长的版本，成为《善的脆弱性》第八章。

31. 关于这种形象以及维特根斯坦对它的使用，参见《善的脆弱性》第八章。关于哲学与文学之间关系的类似论述，参见科拉·戴蒙德的《一个关于道德哲学是什么的粗略故事》一文，《新文学史》第 15 期（1983），第 155—169 页。

32. 威廉·詹姆斯，《信仰与道德论集》（1962）中的《道德哲学家和道德生活》一文，第 184—215 页。引文位于第 210 页。

33. 我非常感谢杰弗里·科布，在与他一同教授普鲁斯特时，与他在 1984 年秋季的对话中，他所提出的问题激发了本文的一些核心观念。受邀在纽约州立大学石溪分校哲学系的学术研讨会上发表论文，这是一个很有价值的讨论来源，我特别感谢玛丽·劳林森、伊娃·凯塔以及帕特丽夏·阿塞所提出的问题。其他慷慨地写下评论帮助我的有西塞拉·博克、阿瑟·丹托、辛西娅·弗里兰、大卫·哈珀林、布莱恩·麦克劳克林、亨利·理查德森、艾美莉·罗蒂以及格雷戈里·弗拉斯托斯。我知道我没有充分回复他们提出的所有问题。

第十二章

叙事情感：贝克特的爱的系谱学

I

两个为生活所困的声音，叙述它们情感的故事。第一个声音没有名字，它说：

他们爱彼此，为了更好地爱彼此，更方便，他们结了婚，他去了战场，他死在战场上，她哭，带着情感，哭她曾爱过他，哭她失去了他，嘿，她再次结婚，再次为了爱，再次更方便，他们爱彼此，你需要爱多少次就爱多少次，只要为了幸福，他回来了，另一位回来了，从战场上，总之他没有死在战场上，她去了火车站，去见他，他死在了火车上，死于情感，一想到会再次见到她、再次拥有她，她哭，再一次哭，再次带着情感，为再次失去他而哭，嘿，回到家中，他死了，另一位死了，岳母把他解下，他吊死了自己，带着情感，一想到会失去她，她哭，哭得更厉害了，哭她曾爱过他，哭她失去了他，这是给你的故事，它教会我情感的本质，这就叫作情感，情感之所能，在有利的条件下，爱之所能，好吧，这就是感情，这就是爱。[1]

另一个声音自称马龙。它讲述了一个有关麦克曼的故事，麦克曼脸贴着地，给自己讲故事，全身被"沉重、冰冷、直直落下的雨"浸湿：

> 惩罚的念头涌上他的脑际，他的脑子对这类怪象已不觉惊奇，倒是身体的姿势以及仿佛在疼痛中蜷曲的手指让他印象深刻。虽然不知道自己的罪到底是什么，他很清楚光是活着并不足以赎罪，或者这种赎罪本身就是罪，需要更多的赎罪，等等，就好像对于活着的人来说，除了生命以外其他什么都可以存在。并且，要不是因为记忆，他早就想过为了受惩罚而变得有罪是否真的必要，越来越恼人的记忆，对于自己曾同意活在母亲的身体里、之后又同意离开她的记忆。而这次，他还是不能视其为他真正的罪，只是又一次流产了的赎罪，且远远不能清洗他的罪，只会把他更深地推入罪之中。并且说实在的，罪疚和惩罚的想法在他的脑袋中渐渐混淆，就如那些混淆了原因与结果而仍继续思考的人一样。并且他经常困于恐惧与颤抖，自言自语道，这会令我付出巨大代价。但他不知道该怎么做，不知道怎么才能正确地思考与感受，他就突然没有缘由地微笑起来……微笑并感谢这场猛烈的雨和它包含的承诺——稍晚时候会有星星，它们将照亮他的路，在他需要时为他指明方向。（239—240）

（这也是个爱情故事，别认为它不是。）

此处贝克特的声音就如在《莫洛伊》三部曲的其他地方一样，分享了对于爱、恐惧、罪疚、厌恶、希望等情感的态度——以及对所有这些被唤起的情感的复杂交汇的态度，对于第二个声音来说，它们是因想到母亲的身体而被唤起的。情感并不是那些从我们的自然自我中以某种自然的、未经训导的方式流露出来的感受；它们事实上完全不是个人的或自然的，它们是人工造物，是社会建构。我们学习如何去感受，也学习我们全部的情感剧目。我们学习情感的方式与学习信念相同——从我们的社会中学习。然而，与许多信念不同，情感并不是通过或抽象或具体的关于世界的命题式主张直接向我们传授的。它们主要通过故事传授。故事表达其结构并教给我们其动态。这些故事由其他人创建，之后被教授和学习。但一旦被内化，它们就会塑造感受和看待生命的方式。在第一段引文中，爱的含义通过有关渴望、恐惧、丧失、冲突和绝望的范例故事给出。第二段引文中的复杂场景描述了麦克曼努力重演一种关于罪疚、恐惧和渴望的文化范例，它在充当叙事声音的同时，也成为了它自己关于所有这些情感的复杂交汇的范例故事。社会给了麦克曼一则有关他的罪责和他努力赎罪所带来的罪疚感的故事；同样，也为他渴望救赎准备了"正确"的标准。这个被接受的复杂故事塑造并构成了他的感受经验，而他的故事反过来也塑造并表达了叙事声音的情感世界。我们似乎可以说，伴随着那个无名声音的，不仅是某种故事对情感的展示或再现，情感本身也是对这种故事的接受，同意按照这种故事生活。简而言之，故事承载并教授感受的形式和生命的形式。

这些声音表达的是孤立和绝望。它们无疑将自身的困境与充满恐惧、厌恶感和罪疚的爱相联系，因为故事，这是它们所知的唯一一种爱。所以在要求我们看到感受的起源的同时，它们还邀请我们批判性地审视这些偶然的结构和推动着它们的叙事。事实上，它们本身也越来越激进地试图终结整个讲故事的计划，终结这种实践所支撑的生命形式。它们要求我们将其感受形式看作可以拆解的模式、一种书写（writing）成为非书写（unwritten），一个故事可以终结——不是通过给它普通的悲喜结局，而是通过终结讲故事的生命。如果故事可以被学习（learned），它[288] 也可以被忘却（unlearned）。如果情感可以被建构，它也可以被拆解。并且，这种解构计划所通向的沉默也许是一种敞开和清理，让人和动物能够在没有远离故事及他们的罪疚的情况下认识彼此。也许对这种沉默的渴望本身就是一种属于且内在于故事的情感。也许这项消极的计划是一个有着幸福结局的故事，其自身陷入其正想反抗的东西中。

正如他大部分的作品一样，这些令人不安的思想是贝克特三部曲的执着之处。不论任何人，只要他思考叙事和人类的自我认知之间的关系，只要他接近试图理解人类生命及其前景的叙事，就一定要面对这些思想。但是对于任何想要主张小说叙事在自我理解上扮演核心的且可以说是积极的角色，主张缺少叙事形式的文本无法充分扮演这种角色的人来说，这些思想都是特别具有颠覆性、危险性的，且对那些人而言也是必要的。贝克特的声音似乎特别地质疑了一个计划。这个计划包含了以具体的叙事小说来补充抽象哲学自我理解的尝试，该计划的支持者认为，这些小说包含更多与我们尝试去想象和评估自身可能性相关的内容，会去追问我们可能如何去选择生活。

我认为这个计划不仅对于专业哲学家，而且对于那些在生活中追寻关于生活的问题的人们来说都是有价值且切实可行的。并且在我的这项工作的背景下，我听到贝克特的声音已有些时日，这些声音诉说着它们颠覆性的主张，甚至和亨利·詹姆斯论证小说家的道德角色或普鲁斯特论述叙事形式的认知价值同样清晰可闻。我希望让其发声，看看它们到底对这项工作质疑几何，看看它们关于人类欲望和情感的叙事形式的洞见会如何促使我们对其进行修正，甚至或许将其终结。简而言之（用他们的话来说），我想用莫洛伊的审判来评判这项工作："我在腐烂的安宁中才想起这份漫长而混乱的情感，它是我的一生，我审判它，就如人们说的上帝会审判我，并且是以同样的鲁莽。"（25）（也许这种审判行为本身就在故事内部，并且因此注定要认可故事，即便它让故事受到了质疑。）

这项评估必须从描述这个计划开始——就如莫兰的寻找是从其"猎物"（110）的故事开始一样。之后我们需要更具体地描述我们从贝克特的声音中听到的有关情感的观念。我们会看到，这种观念并非这些声音所特有，它有着悠久的哲学 - 文学历史，并且最近在哲学和社会人类学中重现为主导的情感观念。这意味着，我们不能通过告诉自己，贝克特和他的声音是一种相当古怪的生命观来回避它的挑战——我想，这是阅读并拒绝贝克特的最常见方式。紧接着我们会再次转向《莫洛伊》三部曲，近距离审视贝克特就叙事情感所写的特定故事；不是三部曲整体，那样工程量太大，我们只会讨论它的第一部《莫洛伊》，特别是小说中有关如下主题的故事：爱、罪疚、与它们有亲缘关系的希望和恐惧，以及在一种由社会教授的宗教生命观中所有这些的起源。莫兰写故事的目的在于不断挫败读者的情感，不断拆解那些再现并且唤起情感的叙事结构。我们之后将思考这个有关终结的计划，询问它与其自身批判的关系。然后我们就可以将这种对故事的系谱性批判与另外两项相关的哲学事业（卢克莱修和尼采的事业）进行对比，以评判它与我们自己的哲学事业的相关性。

II

在此我要先谈谈这个"计划"：我将其视为一项行走在哲学和文学之边界上（或拒绝承认边界的存在）的组织清晰且具理论正当性的事业。[2]然而，我并不是说它仅仅是一种在此受到质疑的或多或少带有哲学色彩的独特书写形式。事实上，这个计划将自身描述为一种对一些隐含在阅读和反思阅读的活动中的活动的明确拓展。它寻求的是描述叙事小说在人类生活中一直发挥的（并非唯一，却很重要的）功能，一种我们在解释叙事小说对人类的巨大重要性时必须提到的功能。[3]这个计划之于这种人类活动就如描述性语法之于母语使用者一样。

即便在它清晰的形式中，这个计划也不新奇；它的本质部分和古希腊悲剧诗歌与其对手柏拉图之间的争论一样古老，这甚至非常清晰。[4]它是一场哲学和文学分析之间的对话，旨在追寻人类问题："一个人应该如何生活？"它在亨利·詹姆斯和普鲁斯特的主张中判明自己的方位；詹姆斯认为小说家的技艺执行着一项实践性任务——通过表达"投射的道德"和积极的"生命感受"帮助我们追寻这个问题；普鲁斯特表示，某些关于人类生活的基本真理只有在拥有叙事形式的文本中才能得到恰当

的表达和审视。[5]该计划的核心主张是，文学形式和人的内容是不可分
离的：形式本身表达了内容，内容也无法（不带改变地）脱离表达形式
而被珍视。该计划将其与另一个主张结合起来：文学形式将某些不能以
其他任何方式唤起的实践活动带到读者跟前。就如普鲁斯特坚称的那样，
某种特定的自我审视只能被某种特定的文本章唤起，即叙事文本。或者
如亨利·詹姆斯所说，如果我们期望以最适合实践性反思的方式唤起我
们的生命感受及价值感受，我们就需要一种特定类型的故事，里面有特
定类型的人物。

　　该计划将从这些主张进展到一些更具体的对文学形式和实践内容之
间关系的研究。其主要目的之一在于批判某些当代道德哲学工作，因为
这种工作一方面宣称要评估人类个体和社会生活的所有可用的主要观念，
另一方面，它却完全将自身限制在某些写作形式中，这些形式因其抽象
和无情感的特征会远比其他形式更适合研究某些实践观念，但也相应地
收窄了读者的反应和活动范围。这种工作也没有论证它的隐含假设：只
有这些（收窄后的）反应与实践性评估的任务有关。[6]这个计划的批判部
分特别关注（有人会说，执着于）一种特定的实践观念：它以亚里士多
德的实践性"感知"规范为主轴，强调对复杂特殊情形进行微妙的积极
回应的重要性，以及把这些情形**视为**特殊的、不可化约为普遍规律的意
愿的重要性。这种观念要求灵活地沉浸在生命的"冒险"中，沉浸在基
于感知和即兴发挥的实践选择过程中。它同样强调，对实践状况的正确
感知同时需要情感活动和智性活动，并且情感作为认知形式，在伦理生
活中扮演着一个有价值的信息性角色。[7]基于几点原因，这个计划目前
想要论证，这种实践观念在具有复杂叙事结构的文本中得到了最充分的
表达，并因此能被最充分地研究；这些叙事也是最适合激起读者与此观
念相关的道德活动的文本，特别是这种观念认为的同时具有认知性和内
在性伦理价值的情感活动。论证指出，如果道德哲学家（通常是那些追
寻关于实践的"智慧"的人）想要对这个及相关的人类生活的观念进行

公正且合理的评估，他们就要将具有恰当形式的文本纳入其研究。假如哲学在寻求关乎我们自己的智慧，那么它就应当求助于文学。

　　该计划并不想要主张它是对具有文学意义的叙事的唯一研究，或是对具有人性意义的叙事的唯一的文学研究。但它确实有力地强调了，文学研究经常无法谈及叙事与各种形式的人类情感、人类选择之间的关[291]联。[8] 通过强调叙事将各种形式的人类生命和欲望具体化，通过强调某些类型的人类理解属于形式上不可化约的叙事，该计划在呼吁一种研究叙事形式与生命形式之间，以及叙事运动与读者欲望活动之间联系的文学话语。通过这种方式，该计划将自身与当代叙事研究中诸多其他后形式主义思潮相连接；这种叙事研究要求我们再次把叙事看作一种人性结构。[9] 这并不意味着我们要回归一种简单化的道德说教式文学批评，这种批评满足于提取有用的实践内容，却忽视了文学形式的微妙之处。[10] 我们所提出的内容研究强调了内容与形式是不可分割的。并且，该计划主张，事实上，只关心形式而不问形式本身所表达的人性内容（欲望、计划、选择）的文学研究即使不是没有巨大的吸引力，也是非常不完整的。

Ⅲ

　　这个计划谈到了情感和情感活动。它之所以推崇小说，是因为小说将情感回应再现为关于实践的重要信息来源，并再现出这些情感回应本身独立于这种信息性角色之外的高实践性价值。它也强调了叙事能够激起读者的情感活动，它说这是一种有价值的活动，无论是对其自身还是对其认知性角色而言。就此，该计划运用并论证了[11] 一种关于人的主要情感的观念，即它们并非我们动物本性所产生的情绪、刺激和感觉的盲目涌动，也并非单纯由它们感受上的特征所定义（和彼此区分）。相反，这些情感自身有一种认知内容，并且与对世界的信念和判断紧密相连——假如相关信念被消除，情感产生的原因以及情感本身都会随之消失。信念是情感的必要基础和"根据"，甚至可以说是情感的组成部分。比如，亚里士多德——该观念的首位重要辩护者——认为，愤怒由痛苦的感受和认为自己被冤枉的信念混合而成。这意味着（看上去是对的），如果我发现我的信念是错误的——表面上的冤枉实际并没有发生——我就会放弃我错误的信念，不再愤怒。假如一些痛苦的感受仍然留存，它将不再被认为是愤怒，而是残留的非理智的气愤或者激动。[12] [292]

在这幅关于情感的认知性的大致图景中，我们得以对情感和信念之间的确切关系进行不同的诠释。有些版本认为信念是情感的必要起因，但不是它的一部分。有些则认为信念是情感的组成部分，就如亚里士多德的版本，但它本身不足以产生情感（我可以相信我是被冤枉的却并不生气）。还有些版本认为，信念（不管是作为外在起因还是组成部分）足以产生情感：如果我不生气，我就不是真的认为或相信我被冤枉了。有些版本，特别是（我认为在整个哲学传统中对情感思考得最为深刻的）伟大的古希腊斯多亚学派哲学家克律西波斯的观点，他坚称，情感本身就意味着对一种信念的完全接受或认可。我自己支持最后这种最强的认知观点。[13] 然而由于这种观点初看之下会很奇特，需要详细的论证：特别是它需要我们仔细分析克律西波斯有关认知和接受，或"赞同"一个信念的概念，才能使其变得可信。所以我在此就不论证支持这种观点了。

然而，所有这些认知观念都对批判和评估情感的想法表示赞同。如果情感并不是自然的刺激而是建构，如果其存在基于信念，那么它们就会因信念的变更而变更。我们也可以用评估信念的方式来评估它们：理性或者非理性（取决于获得情感的方式）、有用或有害、真实或虚假。假如我仓促并不假思索地相信了一个我被冤枉的错误的故事，我的愤怒就会被批判为非理性和错误的。而论证可以通过消除错误和非理性地形成的信念而改变这种愤怒。[14]

这种观点可以应用在许多不同层次的特性上：我可能会坚持一种非常一般性的信念，即我可以因为他人的能动性而受到某些冤枉，这可以成为愤怒的基础（如果它们确实发生了）。但在对特定案例的批判中我被冤枉的信念可被认为是错误的：事实上，X 刚才并没有那样冤枉我。其次是一种更为一般性的批判，我可能就会发现，所有我以前看作严重错误，并因为成为愤怒的基础的一系列情形，事实上根本不重要。比如，通过改变我对于公共声望的重要性的看法，我就会改变在所有涉及名誉受损的场合中对愤怒的经验。最后，在一个最高的一般性层次上，我可能会将使这种情感成为可能的整个信念结构判断为错误和／或非理性的：比如，我可能会感觉他人对我的任何侵犯都不足以成为愤怒的根据。认知观念主张，如果我真的真诚地如此相信，我就不会再愤怒了。

[293]   这幅图景所主张的不仅是情感和信念的密切关联，而且还尤其强调了各种情感和**某一种**信念之间的关联，即关于什么是有价值的和重要的信念。15 愤怒需要我们想到自己被他人严重地伤害了。恐惧需要我们想到自己可能遭受超出控制的严重伤害。爱需要对所爱的对象的高度评价，悲伤需要想到损失的东西有重要价值。我们注意到，这些情感都不仅需要关于价值的信念，还需要关于某件特定事情的信念：相信那些外在于我们、我们不能完全掌控的事物是有价值的和重要的。想象一下，一个对外在世界毫不关心的人，对于不能完全掌控的事物不给予任何重要性的人，是没有能力去悲伤、愤怒、受惊或者欢愉的。就此，我们达到了情感批评中最为一般性的层次。现在我们看到，如果一个人有着斯多亚式信念，即外在或者不可控制的事物根本没有价值，那么他就完全不会有情感生活（就如斯多亚学派所坚持的那样）。如果我们认为一个人的情感信念是正确或有益的，我们就不会想教给他上述这种思想。但如果我们像斯多亚学派那样相信，这些信念是错误且有害的，如果我们相信拥有情感信念的生活会把我们带入痛苦并且伤害他人，那么我们就有很好的理由着手来取消（undoing）这些信念。这种取消的计划在不同的社会中有不同的形式，因为每个社会都有相当独特的方式来构建情感信念，这种取消计划也就有着相应的独特性，以对抗那些缠住我们的思想。我认

为，贝克特的这些声音就是以这项激进取消计划的一种形式来参与其中的。

对情感的批判不同于对其他事物的批判，比如对科学或数学信念的批判是通过给出逻辑论证或者新的感知证据来实现的。但我们不是从逻辑论证中学到那些给我们的情感生活奠基的评价性信念的。它们是通过（很早且很习惯性地）暴露在复杂的社会生活形式中而习得的，这些信念和相关情感寓于社会生活形式之中，且（对于习得它们的人而言）可以说是被其构建出来的。儿童并不是通过坐在伦理课堂上学到其社会关于爱与愤怒的观念的。早在任何课程之前，他已经通过与家长和社会的复杂互动学到这些了。这些互动提供了情感范例，并教给他作为情感经验基础的认知范畴。并且，因为我们都是故事的讲述者，以及因为儿童习得社会价值和结构的最有效、最普遍的方式之一是通过他听到并学着去讲的故事，所以故事是所有文化的情感生活的主要来源。对于儿童来说（就如对于贝克特的声音来说），恐惧与爱是怎样的，将**是**一种故事的构造，是这些故事的交叉或有些混乱的混合。故事先构建再激发（和加强）情感经验。因此，对情感的批判显然应当是对故事的非书写。 [294]

大致而言，这就是这些主要的情感认知理论的一致之处，从古希腊思想家到如今的心理哲学和认知心理学、精神分析思想中更偏认知的部分以及盛行于社会人类学和激进的社会史中的各种形式的关于情感的"社会建构"理论。[16]（对于最后一类，我想到的是福柯，但也包括对欲望进行更为客观批判的历史学家，他们经常从一种左翼视角出发展开写作，并强调批判和改变我们社会性习得的感受的区分的可能性。）[17]在这一点上，这些理论在许多方面各不相同：这种不同取决于它们在多大程度在婴儿早期和在不同于后期的社会交往的家庭中找到情感的起源。在多大程度上承认不同社会之间的共同认知结构，或相反，强调情感对于特定社会形式而言的相对性；以及最后，在多大程度上相信我们的过去所再现给我们的认知结构是可能更改的（因为认知观念使更改具有逻辑上的可能性，然而更改的真正有效性取决于进一步的信念：这类结构可以怎样被挑战）。

这里有大片区域尚需更进一步探索，不幸的是，持这类观点的不同群体之间少有交流，因此就少有对这些问题的综合性研究。我甚至无法在此以一种适当的方式对其进行分类，所有我将简单断言我自己认为的当前的论辩〔或非论辩（nondebate）〕的状况，即我自己准备好去论证的状况。我认为，情感在婴儿早期就由文化通过儿童与他人的互动模式教授于我们，主要是父母，后来包括更广阔的共同体。（然而就如精神分析经常忽略的那样，父母已经体现并教给孩子自己所属的社会的观念。）[18] 这种教育在特定文化中有着非常特殊的形式。在体现并教授这些特殊形式的结构中，一个文化的故事是最为突出的。文化之间还存在着很多家族相似性，因为多数社会都通过维系一种关于重要性的信念来教授支持某种形式的愤怒、恐惧、爱和悲伤等情感的价值模式，我们已论证过这些情感依赖于前者。然而这些情感之间的区分、相互关联及与生命的其他方面的联系则在不同社会中有很大的不同，它们所寓居的叙事结构也是如此。这种具体的社会塑造对于在每种情况下拥有情感意味着什么来说非常重要。我们仅从接受了某一类抽象命题的角度出发不足以定义情感。如果故事是情感教育的首要驱动力（就如贝克特的声音所主张的），我们就可以说，拥有情感意味着（或主要涉及）接受某一类故事。这意味着，为了掌握一个人或一个群体情感生活的全貌，我们需要审视它讲出的故事以及这些故事之间的联系：比如，理解为什么在我们选取的第一个故事中，爱以那样的方式与狂躁的焦虑、对死亡的期待相联系；为什么在第二个故事中，对母亲的爱会涉及罪疚，涉及无法满足的赎罪需要，涉及有罪的感受和对审判的恐惧，以及最终涉及某种不可能的希望。如果我们应该看到，这种复杂的情感编织在其特定的文化显现中为人类生活带来了阻碍，那么对情感的批判就不仅需要批判抽象命题，而且还要首先批判故事（包括那些存在于我们潜意识层面的故事），要批判我们对故事的爱，批判由我们的阅读经验所形成并唤起的欲望、希望和期待的模式。

对我而言，接受这种对情感本质和起源的建构主义叙述，似乎并不意味着我们只是被困在我们所拥有的东西中，没有积极地批判和改变的可能性。这些故事如此深刻地扎根于我们内心，这让改变成为一种长期治疗的问题而非一次性的论证。但我不认为我们无法设计出甚至能够在潜意识层面改变我们的疗法。这种观点也并不意味着，当我们自问应当如何生活时，没有任何对人类繁盛的描述可供参考，因为我们可以恰当地批判我们自己社会的故事。文化情感故事的多样性绝不意味着一种在情感所涉及的规范性价值上的彻底的文化相对主义，就像信念的冲突不意味着信念的主观性一样，尽管社会建构论者（特别是人类学家）并不经常注意到这些。社会建构理论使我们面对相对主义的问题，但它自己并不作答。我认为，在社会建构过程中，个体显然可以是积极和批判性的，也可以是消极的，并且他们经常对关于什么是有益于人类生活的繁盛的观点进行批判和付诸实践——不管是他们在社会自身偏狭的理解中所发现的观点，还是在其他地方发现并得以理解了的观点。马克思主义版本的社会建构理论强调，我们必须对一些与人类繁盛观念相关的欲望进行批判。我看不到有什么理由假定这种一般进路注定会失败，而所有这样的批判计划仅仅是对每种文化自身自主的自我建构活动缺乏理解的侵扰。[19]

[296]

IV

对这种情感观念的接受为我们描述过的哲学／文学计划提供了重大支持。因为它清晰地展现了为何以及基于什么我们认为情感具有认知性，而在实践慎思的过程中如果忽视它们，将错失具有丰富信息价值的材料。它也向我们显示了比这项计划迄今所给出的理由更为深刻的理由，来说明为何**叙事**对于实践反思过程至关重要：不仅因为叙事恰好再现并激发了情感活动，而且因为叙事本身的形式就是情感结构的源泉，是对于我们来说情感是**什么**的范例。这更给我们理由认为，如果仅仅为抽象的理论文章添加几个情感案例和情感诉求，那么我们是得不到想要的丰富信息的：因为一种情感在其与其他情感和生命形式相联系的过程中，其完整的故事需要其叙事形式的充分发展。

　　然而另一方面，接受这种情感观点明显会让这个计划受到质疑。因为该计划与大量当代道德哲学著作同样依赖对具体事物的直觉性回应（特别是情感回应），就如特殊资料的重要性，即精确性能够给予我们生命感受那样。[20] 该计划就像亚里士多德那样，强调"洞见取决于感知"以及"在对行为的表述中，那些普遍的更为全面，然而个别的更加正确，因为行动是关乎个别的，而表述应当与其协调一致"。[21] 它认为的故事在实践上的不可消除性建基于一种思想，即故事所体现的具体评判和回应都不太可能将我们引入歧途，在此意义上它们包含着对我们而言最为深刻的东西，最真实地表达了我们的道德感受，以及与那些理论的抽象性相比，与行动最为相关的东西。然而一旦我们被提醒，直觉并不源于自然，或源于我们身上任何比那些理论和原则产生之处更为"纯粹"和更为准确的部分，而实际上是像我们的其他信念那样在社会中习得的，我们就不能不去怀疑和询问这些直觉、情感和故事了。[22] 事实上，当我们反思到自己在学习情感故事时大体上不如学习理论时富有批判性和理性，当我们反思到这些故事从那时起就通过许多我们甚至意识不到的方式限制了我们新的感知和回应——我们就会意识到，不加批判地依靠从我们的故事经验中提取出来的资料确实很鲁莽，而且，我们将很难找到这样一种批判，其自身并没有被其声称要批判的结构所塑造和表达。正如我们将看到的，这并未完全破坏我们的计划，但它告诉我们不要期望在故事中找到一个伦理纯洁性未受玷污的黄金时代。

[297]

V

"我在腐烂的安宁中才想起这份漫长而混乱的情感，它是我的一生，我审判它，就如人们说的上帝会审判我，并且是以同样的鲁莽。"莫洛伊认为情感并不是他生命故事中一个独立的片段，而是在一个具有特定形态的故事中活着。并且事实上，他的故事与他的影子人物莫兰的故事分享着同一种复杂的情感结构，罪疚、恐惧、厌恶、希望和爱并不会孤立地在其中冒出来，可以分别辨识和单独定义。相反，这些情感是同一个叙事相互交织的各个方面。我们开篇所引的两段——特别是第二段——给出了这种情感混合的部分配方，表明爱无法离开罪疚、对审判的恐惧、对弥补和救赎的渴望而出现——而所有对爱的企图都会被观察和审判，就如莫洛伊现在审判自己、上帝将审判他一样。

莫洛伊"漫长而混乱的情感"的生命故事是关于他两次游历的故事：莫洛伊从外部世界回归到他母亲房间的游历，以及代理人兼侦探莫兰找到并审判莫洛伊的游历。它们都是逐渐瓦解的故事，做事爽利又有条理的莫兰与他的抓捕目标变得难以区分，因为两个人的身体都逐渐屈服于一些可笑又有些令人作呕的弱点。莫兰将这场追捕清晰地描述为探索并穿越自己内里的追捕（113），因此这篇小说的故事很明显是一则情感的故事，拥有一种将那些内里的结构告知我们的地理学。莫洛伊的家乡名为巴里（Bally[23]），是巴里巴（Ballyba）（134）地区的中心。莫兰则来自图尔蒂（Turdy[24]）——怀孕的已婚女性的女神图尔蒂圣母（Turdy Madonna）的家乡（173）。附近的另一座城镇是霍尔（Hole[25]）。而莫兰的儿子"只会傻傻地等待霍尔，上帝才知道是什么情况"（143）。所以莫兰从图尔蒂去往巴里巴（他从没真正到过巴里）并露宿在霍尔附近。而离开巴里的莫洛伊最终进入他母亲的房间（7）："把我带到这个世界的她的房间，如果我记得没错的话，她是从屁眼把我生下来的。第一次尝到屎的味道。"（15）所以，这个世界的基本事实、构成它所有地理环境的事实，正是污秽观念的事实，是怀孕的已婚女性的行为会被粪便包裹的事实，是新生儿在其能感觉和行为之前，就从粪便中降生于世的事实。从那时起，他的整个生命都耻辱地活在阴道、肛门和睾丸附近。因为那个孩子是一个女人生出来的，所以被她的污秽包裹。因为他是有性欲的男人（一个巴里的住户），所以他的罪过也就更大了。他的欲望因原初的污秽而污秽，也因其对象是本身已被视为满身污秽的母亲而污秽。他返回母亲卧室或子宫的游历，在某种意义上算是一项赎罪的计划，一种通过回归胎儿状态而挽回他出生的原罪的尝试，这种尝试在性欲的驱使下，促成了一种对肮脏插入的罪恶欲望以及一种复合的原罪（"这种赎罪本身就是罪，需要更多的赎罪，等等，就好像对于活着的人来说，除了生命以外其他什么都可以存在"）。"无辜在其中有什么用呢？"莫洛伊出发的时候自问道，"这和数不胜数的恶灵之间有什么关系？"（10）他被有罪地置于睾丸和肛门之间，生于肛门并注定从肛门返回，继续犯下新的罪。

关于这个位置的地理学还有一个事实。它完全被一个庞大机构的首领监视着，首领的家乡非常遥远，但他赋予所有游历以目的和意义，并且武断而不可预测地（115）带着父亲式的关心、愤怒和暴烈的判断对其做出审判。他喜欢使用"预言性现在"时态来谈论在他看管下的人们会如何行动（比如"你的儿子陪你一起"）。并且他的名字就是一种预言性现在时态："游迪"（Youdi），或者"游殆"（You die[26]）。终有一死是一种对普遍原罪的惩罚。游殆的信使叫贾博〔Gaber，与天使加百列（Gabriel）之名相关〕，他会拜访游殆的"代理人"来传达他的命令，甚至信使也受到监视，连做爱都会被打扰（94）。游殆的法官和评审的角色被其代理人在自己的生活中模仿，他们对自己的女人、孩子，以及自己的罪疚思想和欲望扮演法官的角色。游殆的范例为他们的游历注入目的，借助游殆机构成员的身份，他们的所有活动和行为都具有了超越他们自身的意义。

　　我们可以如此总结莫洛伊生命的情感故事：它是一个关乎原罪，关乎对上帝审判的恐惧，也关乎对救赎的徒劳期望的故事。[27] 这开始令我们看到，这些声音的有关爱与恐惧的经验是怎样与非基督教文化中这些情感的经验相区分的。但它并不是一份概要，其包含了特定和高度特殊的习得的音调，是这种音调令这些人的基督教世界成为一个拥有非常具体、独特的形式和感受的世界。在这个世界中，无处不在的罪疚和一种肛门形式的厌恶（和幽默）被涂抹在所有情感和感知上。我们想说的不只是这些人对原罪感到罪疚，还想说这种罪疚感来自父母的性行为——被视为将母亲浸泡在排泄物中，并通过排泄导致孩子出生。他们不仅对此感到厌恶和憎恨，最重要的是，他们的厌恶还有其对象：女性的身体。 [299] 它们被视为，也被引申为会衰朽的身体，因为终有一死本身就被视为对性罪恶的惩罚，而他们自己的身体则是从男性气概与欲望的方面来看待的。他们感受到的不仅是恐惧，而且是一种对被监视着他们所有感受的最高存在惩罚的恐惧，而他们仅因为存在就应当受惩罚。他们感受到的不仅是希望，而且是一种对得到"救助"（71）、被仁慈地赦免于正义的惩罚的希望（162）。但至此这一切仍过于抽象。他们感受到的东西在故事句子的具体性中得到了最好的表述。

　　那么爱呢？如果没有这些以及其他联系，我们将无法讲述关于他们的爱的故事。因为这里的欲望之爱围绕着一个典型场景，即儿童对于钻回母胎的弥补性但罪疚的尝试，变成了一种包含对赐福的渴望，与对客体及自身的厌恶在内的奇怪的、高度特殊的混合，并总是充满对灾难的预感。当莫洛伊回忆自己经历的"真正的爱"时，他首先心怀罪疚地想到了他的母亲："有女人能够阻挡我对母亲的冲动吗？很可能……男人，过去我接触过一些男人，但女人？好吧，我还是现在坦白吧，我接触过一个女人。我不是说我母亲，我不只是接触过那个女人而已。"（56）他继续说道，女人在垃圾场找到他，他正"无力地在垃圾堆里翻拣，想着也许在这个年龄我应该还能有些普遍的想法，这就是生活"（57）。她邀请他去"认识爱"（57），得到了他热切的回应，就如同得到救赎一样。甚至在刚开始她看起来有一条用来做爱的缝："不是我想象中的桶孔，而是裂缝。"但做过之后——整个行为被她的丑陋和摆出的"狗一样"的姿势弄得并没有乐趣（或记成了没有乐趣）——莫洛伊不确定他们的交媾到底是不是肛交："也许最终她把我放入她的直肠中了。对我来说这完全无所谓，我根本不用告诉你。"（57）他的无所谓是因为生殖器上沾满了屎，而作为产道的阴道不过也是直肠罢了。

这一切以及更多都是一种关于爱的观点，是由某个特定历史时刻的某个特定具体社会所教授的观点。这种观点与该社会的其他观点或关于情感的故事，与它的宇宙，与其中所分享的生命形式形成了无缝的统一体。在这个世界中，莫洛伊经常觉得他处在一种"没有尽头的终结的气氛"（111）中，而他是这个世界的一件"装置"，是"在苦涩的结局中演着自己戏份"（114、122）的演员。用"在苦涩的结局中"替换了读者预想中的"直到苦涩的结局"，这是想说所有社会角色皆是在污秽中被扮演的。所有的表达，就如出生一样，都是来自肛门。

我们已经说过这个故事是一种感受结构。然而我们也可以说，这些感受形式正是在生命形式中得到体现的，因为角色注定要重复表演他们的文化及其故事所教授的范例式场景。这两段叙事的核心剧本（与寻找母亲卧室的梦交织在一起）都是寻找有罪的人，而那个人同时也是自己这样的情节。因为正如我们所说的，人内化了法官和惩罚者的角色，即使他意识到惩罚的对象正是自己的欲望。游殆的代理人莫兰想象着他的任务：

[300]　　人同样在那里的某处，在自然王国的巨大聚合物中，孤独且受约束。而猎物就卡在那大块聚合中相信着自己的分隔。这对任何人都适用。但我收钱是为了找他。我来了，他离开了。他的整个生命不过都是在等待这一刻，看到自己被青睐，想象自己被诅咒或被祝福，想象自己平庸或凌驾于其他所有人。（110—111）

这是一个侦探－冒险故事，其中有罪的一方是"人"，并且不论什么人都可以，故事展现了诅咒和拯救、恐惧和希望的奇特混合，而这些都是莫兰故事的核心。[28] 这故事是一种富于表现力的结构，同时是情感的源泉和范例。它向我们指出，我们最喜爱的故事模型（包括侦探故事）如何表达并滋养着这个世界中的情感，这些情感教育我们把自己想象为寻猎罪恶的人，教育我们去渴望最终的审判。

在生命的其他部分，同样的故事也在上演。"我知道不去做已经做过的事情有多难。"正如莫洛伊所说的那样（85）。他和莫兰在每一段关系中强迫性地重演他们的文化习惯。如此，所有与女人的关系都沾染了令莫洛伊将音素"-g"加入音节"Ma"的渴望和不情愿就显得不足为奇了：

> 因为对我来说，即便我不知道为什么，字母 g 破坏了 Ma 音节，就好像在上面吐了痰一样，这比其他任何字母的效果都好。并且同时也满足了我一个深刻的、无疑是不被承认的需要，即需要一个"Ma"，它就是妈妈，而且大声地，把它说出来。因为在说"Mag"之前你肯定会说"Ma"。……另外，对我来说，在我还向里面爬行的时候这个问题并未出现，我指的是到底应该叫她"Ma""Mag"还是屎伯爵夫人的问题。（17）

同样不应感到奇怪的是，莫兰在游历时想起了"一个关于女人灵魂的古老笑话。问，女人是否有灵魂？答，有。问，为什么？答，为了让她们被诅咒。"（137）我们也不会惊奇于在他的很多感知中，自然世界本身就充斥着基督教含义：植物给予莫兰"一个上帝存在的重孕式证明"（99）；大地在他眼里"是自我抬升的，在它出发之前，等待着许可"。（140）

然而，这些重复的后果正是在三部曲中阐述得最为充分的虚构关系中得到了最为生动的体现：莫兰与他儿子的关系。这个男孩首次亮相，他父亲在他走过时猜测他"沉浸在我不知道的逃脱和追逐的幻想中。我叫他不要弄脏自己"。(93) 从这一刻起,这段关系就演起了游殆所设计的角色:在父母的惩罚中奇怪地混有父亲的关心,爱被对纪律的需要阻断。莫兰自己的感受是"我自己从未得到充分的管教",这导致"我会过度惩罚我的儿子,让他有点怕我"。(95) 结果是,每种情感本能都必须受到怀着罪疚的道德决心的审查:"这个景象直插我心,但我还是要尽我

[301]

的职责。"(109、121) 莫兰认为父亲该做的,就是教授年轻人该有的罪疚程度:"我为他年轻的心灵指出了一条最有前景的道路,恐惧身体及其功能"(118);"我准确无误地让他正确认识自己的罪过"(160)。父亲的职责也要求对孩子——这个被视为与自己相似的存在的强烈厌恶:"他爱我有我爱他那么多吗?这个小伪君子你永远没法确信。"(120)两人之间的交流从来都不是个人的,从来都不是直接的或者温柔坦率的,总是被宗教结构中介化。"我们仅有的定期一同散步是周日从家去教堂,之后从教堂回家。夹在信众缓慢的人潮中,我的儿子不是独自与我一起。但他属于这乖顺的人群,他们再次感谢上帝的善意,恳求他的怜悯和宽恕,他们的灵魂得到放松,然后转向其他的享乐。"(129)这就是父母的爱及其使用的叙事语言,不断自我再生产,代代相传。

VI

莫兰的游历是一次瓦解和终结之旅。被视为外在于他的追捕对象莫洛伊被证实是其内在的混乱和不体面(113、115)。把他带到巴里巴(尽管不是直接到巴里,也没有到霍尔)[29] 的"朝圣"最后被证实是在返回家里,返回图尔蒂——如他所谎称的那样,是去朝拜怀孕已婚女性的守护神图尔蒂·麦多娜(173)。简言之,这次游历与莫洛伊返回母亲卧室或子宫的游历越来越难以区分,他充满欲求并因此有罪的企图先于他自身有关原罪的观念存在。莫兰从小说开头那种直接、干脆、井然有序的生活渐渐转向莫洛伊那种充满惯性且分裂的生活。他讲到自己的"变

化"，讲到"一切始终使我免于变成一直被指责的样子的东西破碎、崩塌"（148），讲到他"对自我被剥夺越来越顺从"（149）。

这段游历一方面只是对他内在的一次发现，另一方面则是发现莫兰已经拥有的社会情感，以及这些情感内在逻辑所产生的结果。因为有猎人的地方就有猎物。如果猎人生于并住在图尔蒂，那么他自身也一定是一个猎物；游殛的意图肯定是在他审判并惩罚猎物的同时审判并惩罚他（154、162）；由此，既然他在模仿游殛的审判行为，这也一定是他对自己的意图。因此，发现自己是猎物，是污秽，是混乱，就是发现自己是"人"。但他一直都是这样的人，所以罪疚、恐惧和猎物的角色也一直都属于他。

然而，这个故事中还存在着另一种更为彻底的崩溃。它似乎是情感结构本身的崩溃：莫兰逐渐疏远了整个由爱、厌恶、罪疚与渴望构成的结构，疏远那些构成这些情感以及作为这些情感主要载体的故事的宗教内涵。一开始，这种"破碎"看上去不过是之前的审判和追寻的反面。然而随着莫兰的前行，他的终结计划似乎变成了终结整场游戏的计划，[302]
变成了把自己从寻猎关系的两端剥离出来的计划，即使代价是丧失他的生活和很大一部分自己都建基其上的秩序。[30] 当他在自己的思想中发现了"永恒喷涌的希望，童稚的希望"时——与他的儿子重归于好的希望，作为父亲与莫洛伊重归于好的希望，最终与不再愤怒和惩罚的游殛重归于好的希望——他并不沉湎于这些希望，或者滋养这些希望，而是在试图清空他的整个精神性存在中拒绝这些希望，并清除它的这些观念："是的，我令它们在我内里喷涌，成长壮大，用上千个幻想照耀并吸引我，然后我带着对我的整个存在的巨大厌恶，将它们清扫殆尽，我将它们从体内清扫殆尽并满足地审视着被它们污染的虚空。"（162）而现在，想到可能在游殛处遭受的惩罚，莫兰只是发笑，"一阵放声大笑"，笑得发颤（162）。

正是在这个时刻，莫兰听闻了有关游殛与贾博对话的报道，游殛说生活"是一种美好的事物……和一种永恒的喜悦"（164）。他没有带着渴望和欲望拥抱这种情感，相反，他似乎以一种全新的超然态度，提出了一个怀疑的问题："你认为他说的是人类生活吗？……也许他说的不是人类生活。"（165）正是在这个时刻，他自言自语了些什么来"让我的灵魂为终结做好准备。"（166）这些话包括十六个荒诞和晦涩的神学问题，它们那阴冷且粗暴的幽默令我们（莫兰与读者）远离了宗教观点中的严肃生活〔基督从来不笑（101）〕。这些话语也包括了一个祈祷，它甚至更加生动地展现了莫兰与宗教情感的新距离："我背诵着寂静主义者佩特的教诲，我们的父亲不在天堂也不在人间和地狱，我不想也不愿你的名被尊为圣，你最清楚什么适合你，等等。中间和结尾部分非常精彩。"（167）叙事并非朝着传统的幸福或不幸的结局发展，而是朝向一种对宗教含义和宗教欲望的更为彻底的摧毁。

在这段时间里，莫兰的思想逐渐转向了他的蜜蜂，就如转向那些生活没有被宗教含义"污染"的造物那样。它们的舞姿在他看来显示了一条与人类沟通"不同的道路"，因为其舞姿有着复杂且可辨识的形式，可以被研究，然而（与上帝眼中的人类能动性不同）它们没有含义——或者如果有，也是一种陌生的含义，一种"非常高贵，不会被我这样的人的思考玷污，在他的男性气概中遭到驱逐"（169）的含义。他认为蜜蜂的生活是一种远离情感生活的生活，他与蜜蜂的关系是他生命中唯一不以情感及其他肉体的脆弱为媒介的关系："我永远不会对蜜蜂犯下我对上帝犯下的错误，我被教导将愤怒、恐惧、欲望甚至我的身体都交予后者。"（169）

[303]　　莫兰也越来越多地指出，这种对宗教情感的新的、激进的态度需要一种新的对待文学和文学创作的态度，也需要一种新的对待读者和作者之间关系的态度。我们也许会说，在旧有的叙事关系中，作者对于读者来说就是作为父亲的上帝：那个为事物创造意义的人，那个创造世界的人，那个唤起并构建读者的快乐、渴望、罪疚和恐惧情感的人。在莫兰

的侦探故事中，作者操纵读者调查、谴责、追踪与审判有罪猎物的欲望。因此，随着他越来越疏远游殆，远离那种恐惧和渴望，莫兰拒绝了叙事者的任务，也拒绝给我们读者的情感。他把他的生活称为"不可形容的精巧装置"（114），提醒我们叙事所强加的简化和拒绝。之后不久，他认定自己是整部小说以及贝克特其他小说的作者——但他告诉我们，这一次他不会再有小说写作了："哦，如果我心平气和，我可以给你们讲很多故事。我脑子里是一团乱麻、一群垂死之人。墨菲、瓦特、耶克、麦西耶以及所有其他人……故事，故事。我还不能讲述它们。我不会讲述这个故事。"（137）在这样的时刻，他似乎在应和莫洛伊对故事的持续和无休止的沮丧的表达："因为，假如你想提到所有事物，你就永远收不了尾，而重要的是，去结束，去收尾。"（41）然而莫洛伊认为，这个目标是实现不了的，他最多希望"换换粪肥，从一堆移到稍前的另一堆"（41），莫兰似乎相信叙事将再也不会发生，一切都将结束，他将要终结这一切。

他经常发现自己处于老的文字游戏的边缘，以为了唤起我们的叙事欲望而写作——他坚定地决心放弃这种活动。"我会告诉你。不，我什么都不会告诉你。什么都不。"（134）在引介一个新的人物时，他回避了叙事者详尽描述的任务，而这是作者用来唤起我们对人物兴趣的主要策略之一，这个人物会捕猎或被捕猎，或恋爱，或显得淫秽，或所有这些。"我得简单地描述一下他，即便这与我的原则相悖。"（150）他两次礼貌地拒绝给出我们想要从他的故事中得到的东西，好像文学是他的弱点，也是我们的弱点一样，现在走回头路已太迟了："很抱歉，我不能明确指出这种结果是如何获得的，这本将是一个值得阅读的东西。然而并不是在这段关系的最后阶段，我打算向文学让步。"（151）"我只会描述它们一次，而不是现在，对不起，它们是值得一读的。"（166）并且即便在他挫败和解构我们的欲望时，他也为自己的叙事渴望找到了一个结局。在拒绝讲述前往巴里巴路上的冒险经历（阻碍、魔鬼、行为失当、瓦解）

时，他评论道："我曾有意，几乎渴望，讲述这一切，我欣喜于终有一刻能够这样做。现在这个意愿消失了，期待的时刻来了，欲望却走了。"（159）他甚至怀疑自己是否完全超越了思考和构想（165）。然而不管是什么在等着他，可以"确定"的是它不会"被知晓"，不会出现在任何故事中（172）。当他讲到准备"为灵魂安排一个结局"（166），以及他宣告"现在我可以收个尾"（174）时，可能指的是这段写下的故事的结局。但除此之外，它们指向了故事的终结，指向在故事中被教导和过着的生活形式的终结。

莫兰的叙事收尾于其开端，在他家的花园中。然而这种结尾似乎证实了我们的观点，即一种巨大的变化在此发生、一个新的生命在此开始：

[304]　　　我的鸟没有被杀死。它们是野鸟。却对人很信任。我认出了它们，它们似乎也认出了我。但是谁知道呢。有一些消失了，有一些是新来的。我尝试更好地理解它们的语言。不求助于我的语言。那是这一年中最长也最美的白天。我生活在花园中。我提到过一个告诉我事情的声音。我现在更了解它了，明白它想要什么。它用的不是莫兰小时候学到、轮到他时又教给他的孩子的词语。所以起先我并不知道它要什么。但是最后我理解了这种语言。我理解了，我理解了，也许一切都错了。问题不在这里。它让我去写报告。这是不是意味着我比以前更加自由了？我不知道。我需要学习。然后我回到屋子里写作，半夜里。雨敲打着窗户。那不是半夜。天没在下雨。（175—176）

在此我们似乎看到了一种超越厌恶和罪疚的纯粹，一种对自然和身体的接纳，这种接纳不要求任何高于它们的东西来拯救，一种不再需要以宗教情感为媒介，甚至也不需要以建构了这些情感的语言为媒介的、与生命体的关系。通过拒绝人类语言，我们似乎已经打破了从父亲到儿子之间"漫长而混乱的情感"之链。甚至莫兰对意义与理解问题的漠不关心，似乎也是一个快乐的发现，即世界不需要被解释，人们可以简单地生活其中，这个世界可以被接受、被相信，就像鸟儿那样相信。他住在花园中，成为大自然的一部分，不再捕猎或被捕猎。

　　在这个结尾，贝克特暗示了两个强有力的反宗教救赎故事。这些暗示强化了我们的信念，即宗教情感的束缚真的被超越了。花园中的结局明显意指伏尔泰《老实人》的结局，其中，回到自己的家以及选择"种植自己的花园"代表着摒弃莱布尼茨式的在所有事件中寻找宗教意义的探索，以及决定生活在这个世界中，就像在一个偶然的任意的地方，因正派的友谊而适宜居住。然而贝克特和伏尔泰的花园都有着更早的出处：伊壁鸠鲁的花园，在那里，伊壁鸠鲁的弟子通过对从社会中习得的情感进行耐心的治疗性批判，学会去过一种不受源于宗教的恐惧与渴望，以及建基其上的爱影响的生活。[31]伊壁鸠鲁的信条是，人类的不幸源于我们的欲望与情感，而这些不良欲望是"空洞的"社会建构，由习俗建立也可以被相反的习惯瓦解，其关于情感的学说在贝克特的这本书中被当作整体来处理。所以在莫兰故事的结尾有这样一个伊壁鸠鲁式的背景也就不足为奇了。甚至贝克特对动物的兴趣也与伊壁鸠鲁（和卢克莱修）相似：动物有着远离宗教污染的生命形式，它们向我们展示了没有希望、恐惧、厌恶甚至爱的生活会是什么样子。

　　然而对于伊壁鸠鲁、卢克莱修和伏尔泰来说，花园是幸福的场所，是在偶然且暴力的宇宙中得到人们接纳的绿洲。即便在这个有限的范围内，莫兰故事的结尾也有着同样幸福吗？假如确实如此，假如它在这方面确实满足了我们作为读者的渴望，这不就意味着，我们刚刚就讲故事的终结所说的是部分错误的？读者的旧有情感深切地渴望着一个幸福的结局：一次拯救，一次救赎。所以如果这就是我们在这里得到的，那么讽刺的是，这恰恰不是我们所得到的。我们只有通过终结对救赎的渴求、通过不再使用救赎的概念才能得到救赎。贝克特的反叙事过于多面，太具有讽刺意味，无法给我们任何简单的慰藉。他让我们从一开始就对新

[305]

的转向提出疑问，让我们自问，这个给希望和其他情感画上句号的计划本身是否就被旧的情感牢牢掌握着，这是一个源于厌恶，努力走向救赎的计划。记住，当莫兰把他的希望一扫而空时，是"带着一种强烈的厌恶，席卷了我的一切"（162）。他对游殆的笑，在剧烈的颤抖中无法与恐惧区分开来："真是奇怪的笑，而且毫无疑问叫错了名字。"（162）在一系列充满嘲弄的神学问题之后，是一系列个人问题，这些问题不仅涉及莫兰及其家人，而且涉及作者在他的其他小说中所描绘的其他人物在天堂的救赎（167—168）。开始看起来似乎这种新的结局和旧的一样，都是受罪疚感驱使。唯一的区别是，之前的厌恶只针对自我的某个特殊方面——身体上的，生为女性的方面——而现在可以说，它上升了一个层次，把作为一个社会性的"精巧装置"的莫兰整体，尤其包括他的罪疚和厌恶的情感作为它的目标。这种二阶性厌恶，以及相应的二阶性渴望（从对救赎的渴望中获得救赎）构建了莫兰归乡之旅。甚至他对结局的探寻也是一项灵魂的准备（166），大概是为最终的审判所做的一项准备。

这些迹象禁止我们有一种舒服的想法，认为这里发生着一些幸福、解放和终局性的事情。当我们注意到事情不幸福、不具有终局性时，我们又从自身发现了第三阶的厌恶：对人类厌恶的厌恶，它激发了莫兰对终局的寻求，并使他始终处于这种寻求所反对的局限之中。然而紧接着，我们当然也注意到了这种反应同样是这个古老陷阱的一部分，因为它激起了我们的欲望去迫切想象一种真正幸福的结局会是什么样子。而它本身就是一种需要受到更多评判的缺陷："这种赎罪本身就是罪，需要更多的赎罪，等等，就好像对于活着的人来说，除了生命以外还有其他东西。"

而莫兰的写作呢？在结尾处我们看到，这部终结小说的小说，是他自己精心构思的小说，作为一种苦修被命令（133），并在一个奇特声音的命令下被执行（131）。因此，再一次，它被包围在它所反对的结构之中，而且饶有兴味地宣布了这一点，在最后承认了自身的虚构性，也让我们看到，这种对故事的抨击只不过是另一个故事。也许，只有在这个故事中，猎物是故事本身及其欲望结构，猎人是我们作为读者对故事的说谎特性的评判，而这种评判是我们对那些控制我们的厌恶和罪疚的充满攻击性和厌恶的抨击。尽管它的忏悔和审判行为针对的是整个忏悔和审判的机构，但这些还是同样的古老宗教行为，并不比针对身体的污秽的一阶忏悔更少暴力和束缚。真正更糟糕的是，因为我们本以为措辞将会成为我们的救赎。　[306]

　　问题的关键在于，如果写作是你正在做的事情，那么你就根本不可能超越写作。你显然无法摆脱"要求你要么说谎要么沉默的习俗"。（88）也许蜜蜂的舞蹈，或莫兰的鸟真的能超越厌恶和罪疚——**然而**它们的歌唱与舞蹈并不是我们这些文学读者所欲求的，因为它们并不会表达**我们**，因为我们是人为制造的。我们如此彻底地学到了我们的课程，以至于我们无法离开它，甚至终结它。我们继续用我们知晓的唯一方式来讲故事；而在另一方面，如果有什么东西存在的话，那就只会是沉默。然而我们感到，如果我们的死亡及其沉默最终真的到来，它们很可能会像马龙那样，出现在我们自己讲述的故事中。而攻击的武器可能是一把锤子、一根棍子、一个拳头、一种思想、一个梦想或者一支铅笔，都不重要了（288）。

VII

　　这种对宗教欲望的批判有其先导。其中两人是卢克莱修和尼采。因为伊壁鸠鲁的伟大诗人弟子与上帝之死的宣扬者都相信，一种关于世界的宗教观严重毒害了他们身处时代的人类欲望，构建了恐惧和渴望的畸形模式。他们也都相信，某些有影响力的艺术形式是宗教渴望的有力帮凶，若要成功打击宗教，就必须摧毁这些艺术形式。但他们都没有以拥抱沉默作结。实际上，他们都想象了超越宗教期望的人类的丰饶生活，也都构建了他们认为适合那种更为丰饶的生活的写作形式，或至少适合朝着这种生活运动。也许可以说，追寻这种终结方式的不同，可以帮助我们看清我们到过哪里，我们是否不得不去那里。

遵循伊壁鸠鲁教诲的卢克莱修认为，人类欲望和情感中有很大一部分是"空洞的"：它们建立在从社会中习得的并且是错误的信念之上，这些信念大多体现了宗教精英的目的，即通过令人们对生活中仅仅作为人感到不快和厌恶来获得凌驾于人的权力。这个宗教计划的核心是关于死亡的教育，它引发了恐惧、厌恶以及对不朽生命的渴望。在卢克莱修看来，我们的其他情感——包括激发战争的愤怒，以及通过与"女神"结合寻求个人救赎的情欲之爱——大多是这种宗教恐惧和渴望的伪装形式。这些情感形式在诗歌中得以延续，特别是在哀悼诗和情爱诗中。所以要批判这些社会建构的情感，我们就要攻击这些诗歌形式。在他自己的诗中，卢克莱修通过讽刺和尖锐的否定论证来实施这种攻击。[32]

[307] 但卢克莱修相信，许多人类欲望和动机并非如此有害。其中包括身体的自然欲望，人类天生就喜爱运用理性，以及最后，还有一些习得的但仍然是丰饶的欲望，比如对友情的欲望和正义感——所有这些都可以为构建一种独立于宗教的丰饶的人类生活做出贡献。他相信人们可以想象这种生活，甚至可以在写作中描述这种生活。他似乎也相信，尽管有些推动写作的欲望就是他所攻击的（渴望永生、情欲之爱、对自身有限性的愤怒），但文学动机并非都是如此。比如，有一种"纯粹"的给予和接受快乐的欲望就在眼前，这也是一种对社会正义与和平的欲望，一种对丰饶的欲望。因此，即便他的写作攻击同时代的诸多常见的写作形式，包括当时的大多数诗歌，但其写作仍无须破坏所有写作，也无须自我颠覆。诗可以用来表达一种治疗性话语——尽管是非常独特的诗——能给予读者快乐又能免于对自身的批判。也许在这种治疗的另一面——即便这一点还并不清晰——写作可以做到什么和成为什么：一种快乐的源泉，一条友情的纽带。

尼采对于他的时代的现有情感模式在多大程度上是宗教教义的产物持更悲观的看法。他相信，有着一千九百年历史的基督教已经对人类的自我认识产生了巨大的影响。如今，人类与其自然的身体意义的人性是如此彻底地疏离，如此彻底地沉浸于对另一个世界的幸福结局的渴望中，这个世界相比之下显得贫困且令人厌恶，以至于消除宗教希望会产生虚无主义的危机。宗教目的论的欲望模式根植于我们心中如此之深，对身体的恐惧根植于我们心中如此之深，以至于我们不清楚在我们心中是否还有不依照宗教形象制造的任何鲜活的生命。因此，在宗教衰亡后没有东西可以激发我们创建新的生活。[33]意志崩溃的结果就是虚无主义的威胁，是拒绝继续进行安排和评价。

然而尼采确实保留了人类生活超越虚无主义的希望。他相信，自己作为一个作家的任务就在于以一种生动的可能性来创造这种希望。这个创造任务的第一步必须是消极的：通过揭穿真相的系谱学、辛辣的讽刺和可怕的预言等技术，彻底、细致地摧毁宗教信念和目的论意义上的欲望。然而，即便尼采笔下的这一消极行为本身也已包含积极的层面：人的力量和"美德"的形象，以及在其对古希腊人的描绘中所表现的、在生活和感受中无所恐惧的整个人类的形象。在精神的"拒绝"阶段之后，尼采预言并提出了一种可能性，一种精神和身体结合在一起的快乐的积极生活，一种真正超越厌恶与敬畏、憎恨与渴望约束性对立的生活。尽管尼采把大多数现实中的诗人和艺术家批判为传统宗教的奴仆——即使歌德也最终被视为一个存在缺失的、追求至福的俘虏——但尼采显然也清楚地相信，包括音乐和舞蹈的艺术，以及包括哲学家－诗人的艺术在内的艺术，在使人回归自我和回归大地方面起着核心的积极作用。这种写作必须努力不受同时代欲望的激发与限制；即便是查拉图斯特拉也渴望一种令人心安的终结状态，并渴望摆脱他的负担。但这种诱惑是一种作者可以在自己身上克服的诱惑，并仍能发现话语和创造。"我渴望**幸福**吗？"查拉图斯特拉最终高兴地说，"我渴望**作品**。"[34]

[308]

VIII

　　贝克特是这个治疗性群体中的一员。但是他的悲观主义（或者他的声音的悲观主义）否定了他们保持开放的可能性。假如我们想要知道自己所处的位置，就需要更深入地理解这种否定。在我们阅读这些小说时有一点很清晰：我们到头来只听到了一个人的声音，而不是有着不同感受结构的多个人的声音的对话。贝克特通过将莫兰与他的其他小说的作者等同起来以强调这个观念。[35] 然而这个声音的生命感受是如此彻底的唯我，以至于我们感受不到这个世界的其他任何生命的独特形态。这些声音含蓄地宣称要成为整个世界，要以它们讲述自己的方式讲述世界。但是有什么理由认为这种生命以此方式是具有代表性的？坦率地说，即便这种特别枯燥的基督教情感形式确实在世界的某些地方深刻地影响了**某些**人的生活，以至于对于这些人来说，除了它之外没有其他形式的情感与写作，我们有理由认为，这对于我们所有人来说都是真实的，或者对我们所有人的情感生活是一种破坏吗？如果一个人把贝克特和他心目中的伟大英雄之一普鲁斯特放在一起读，这个问题就会自然而然地出现，如果一个人同时读其他伟大小说家的作品，比如亨利·詹姆斯或弗吉尼亚·伍尔夫的作品——贝克特在年轻时就会读这些作家的作品——那么问题就更是如此了。因为人们没有发现在这些作者的写作中宗教扮演任何重要角色，宗教对身体的厌恶也不是情感生活的主要来源。不管他们在我们的情感及其社会建构中发现了什么样的问题，这些问题都并不会导致贝克特的虚无主义或他对沉默的寻求。这只是因为他们没有看到贝克特更清晰地看到的关于我们社会的一些东西吗？或者，是不是因为在他们所描绘的生活和他们所表达的生活感受中，这些问题真的并不重要？并不是所有有说服力的声音都说着莫兰的语言。

　　除了人类多样性的缺失，我们在贝克特身上还发现，人类**活动**的缺失对于我们的情感发展经验来说也很陌生，甚至在文化和社会层面也是如此。贝克特笔下的人物都是一种情感的继承者，这种情感无情地塑造了他们。他们不由自足地被塑造成这样，他们感觉像是"装置"，像是完全被外部编程的机器："你认为你是在发明，然而你不过是在结结巴巴地叙述你的课程、用心学了却已忘了很久的作业的残余。"（31）他们是被制造出来的，他们唯一制造的就是一个像他们自己形象的孩子。这既不是一个孩子个体发展的令人信服的图景，也不是一个社会演化令人信服的图景。孩子积极地进行选择和诠释，在他们周围的社会中有着许多积 [309] 极的声音，努力劝说我们向新的方向前进。说服，而不仅仅是操纵，至少部分地解释了这些变化。关于多样性和活动的观点似乎是有联系的：因为在某种程度上，贝克特认为社会是单一的铁板一块，这使得他可以忽略争论、批判和改变的存在。我相信，在所有这一切中，我们可以感受到一种深刻的宗教情感在起作用，因为我们一直都有感觉，仅仅作为人类是无能为力的，因为在宇宙中存在着更为强大的东西在创造一切。我们充其量只是它的**代理人**，这就是我们不能**行动**³⁶的原因。

贝克特向我们展示，叙事所产生的欲望是对我们的有限性和无力感受的回应。希望、恐惧、热切的渴望，所有这一切都与我们的感觉联系在一起，这个世界不受我们控制，世界上珍贵的事物不受我们的意志控制。然而我们可以同意这种对情感和有限性关系的一般分析——事实上，我们在对情感的一般性描述上确实同意这一点（见本文第三部分）——但不承认这种对有限性的感受以及我们对它的情感回应本身必然充满了**罪疚感和厌恶感**。在贝克特对情感的叙述中有一种奇特的动向——我们甚至在前两段就注意到这一点——从对人类局限性的感知到对有限事物的厌恶，从悲伤到厌恶和憎恨，从对脆弱身体的悲喜剧到对身体的狂怒，其被视为充满污秽。这就好像贝克特相信有限和脆弱只能激起我们的厌恶和憎恨——生命（根据游殆的说法）只有在"永恒"中才可以成为"一件美好的事物和一种喜悦"。这是因为，正如我们所说，在贝克特的世界中，终有一死不被看作我们的中性与自然的条件，而是对我们原罪的惩罚。[37] 在这部作品中，完全没有在有限性之中的喜悦，这向我们表明，整个叙述都是一种对生活的宗教观点的表达。卢克莱修和尼采站在他们所谴责的事物之外。他们有着对快乐与价值的独立和未受腐蚀的感受。正因如此，他们才能看到有限的生命如何拥有其独特的光辉。贝克特的叙事没有看到这一点。但是，他对叙事的攻击并没有从我们身上排除另一种叙事的可能性，这种叙事的结构表达了人性和脆弱性之美，并唤起我们对这种美以及构成它的有限性的爱。

最终我们在这种叙事中注意到更深层的宗教偏见：对在社会中产生的东西的偏见，对纯粹灵魂的偏爱，即那种在所有社会建构之前或远离社会建构的灵魂。因为在贝克特的声音中，激发厌恶的不仅是一种由社会所建构的特殊欲望的形式，而且也是整个社会建构本身的观念，即一个群体可以告诉我我是谁、我是什么以及我感受到什么的观念。这些反思在《无法称呼的人》中，通过对"马胡德学徒"的批判得到了充分发展，后者按照被教导的方式去思考和感受，因此，他只有一类语言和一类感受，永远无法言说自己，甚至不能思考**他自己**。但是，在对特定的[310]社会形式的厌恶之中，这种思考贯穿了整个三部曲，有力地传达了小说中绝望的消息。

然而，我们也许会问，为什么这些声音如此无法容忍社会以及思想和情感的共同形式？为什么它们不想让那些所有人共有的事物存在并言说自身？难道不正是因为它们被一种对纯洁灵魂的渴望控制着？这种灵魂如钻石一样坚硬、独立且不可分割，从它在创造者手中诞生之时就已刻印好它的身份。它们对共同语言的拒绝难道不是因为它们渴望一种灵魂本身的纯粹语言，以及人类社会生活中的偶然性结构无法充当媒介的灵魂之间的纯粹关系吗？这些声音无论转向哪里，都会找到所属的群体和历史。它们无法超越这种限制。然而这对于它们来说是一场悲剧，只是因为它们坚信，凡是人为的和偶然的事物都不能代表它们。它们的绝望证明了它们深刻的宗教虔诚。他们没能充分远离基督教的图景来看到如何以一种不被这幅图景影响的方式来提出自我表达的问题。如果他们能足够远离这幅图景，可能就会发现，成为一个政治性动物并不可耻，人类的语言对于野兽或神来说都是不可用的，这也没什么好反对的。

IX

尽管有这些批评，这项计划以及其他相关计划还是从贝克特的声音中学到了一些重要的教训。首先，我们应当记住，如果情感是具有认知性的并因此成为关于人类价值有用的信息源泉，那么它们同样也受到了社会的操纵。就如我所说的，这并不意味着一种"所有建构都同样好"的相对主义，也不是说不同社会教授不同的信念，因此所有信念都是同等真实的。但这确实意味着，有关社会起源的问题必须像直面信念一样直面情感；这意味着，情感并不给予我们一个可靠的"自然的"证据的基础，可与社会建构的事物区分开来。这也意味着，对于情感和信念来说，我们在给出任何关于它们在人类生活中的作用的结论之前，都必须仔细审视其社会和心理的根源。并且，在给出任何关于是否有益于人类繁荣的规范性结论之前，我们都必须面对相对主义的问题。简而言之，这个计划应当以批判的眼光关注社会历史。

我们同样应当记住，叙事在其结构本身中承载着情感，因此它们的形式需要我们像对在其中再现的情感那样给予同样的审视。叙事不是未经塑造的人类生活，的确，人类的生活也并非如此。叙事是那种回应各种特定生活模式的建构，并反过来塑造它们的模式。所以我们必须经常问，文学形式自身表达了什么内容，它们所再现和唤起的欲望结构又是什么？

这意味着在对抽象原则和理论进行评估时，我们一定不能把文学性的"证据"当作任何好理论都须符合的培根式观察数据。相反，我们应

[311] 当把原则和故事都当作关于生活的不同类型的理论或观点；假如二者出现不一致，我们不会总是优先选择故事及其情感。这个审视我们生活意义的事业应当是整体性的：我们经常会拒绝一种抽象的理论解释，因为它与体现在文学形式中的对生活的具体感知与感受相矛盾；但有时，我们也会把一个故事放在与理论解释的比较中对其提出批评——如果我们认为后者包含了更多我们想要保留的东西的话。当我们这样做时，我们并不能占据一个阿基米德支点，关于如何做到这一点也不存在任何硬性规则。³⁸ 但是，关于基督教对我们叙事形式的建构的感受，我们在反思其深度后表明，我们至少应当让这项事业中的理论和批判部分保持强劲的活力，并使这些情感得到理性的检验。

最终，我们需要考虑，就如贝克特强迫我们考虑的那样，任何写作的选择本身就表达了内容，因此如果我们真的想要审视所有对人类生活及其价值的态度，我们就不能仅仅审视截然不同的写作形式。如果可以的话，我们还必须与贝克特的声音一起询问，写作本身在人类生活中究竟是什么；它是如何与控制和命令的野心联系在一起的，并因此可能与某种对它所过的人类生活的不满甚至憎恨联系在一起；它是如何将作者和读者从一个充满爱意接纳的世界中置换出来的？至此，我们已经说过，写作似乎能以其自身的多种形式来表达所有的人类感受形式。但写作本身也是一种选择，一种行为，且并非一种中立的行为。它与其他形式的行为或激情相对立：去聆听，去等待，去保持沉默。³⁹ 因此，它的感受形式可能是同样受限的，与其他形式相对立。在《无法称呼的人》中，叙事声音发现自己被"封锁"在词语组成的墙壁中，被它自己的言说限制。并且"沉默在外面，外面……周围只有这个声音和沉默"。而对沉默的思考是与对自由的思考联系在一起的（409），一种也许同时来自创造与被创造的自由。

这种声音意识到，即使是这种思考本身也是通过旧有的语言说出来的，那种故事的语言，进展的语言，希望和幸福结局的语言。这种声音还

不够沉默，不足以接受它自己的样子。最后，故事人物想象自己本可以
生活在一个完全不同的故事中，而措辞不过是把他带至"我的故事的门
槛，在开启我的故事的大门前"（414）。并且如果这扇大门开启，"那将是
一片沉默"（414），是认知和构想的终结，是写作和言说的终结。这种沉
默将会是写作生活的唯一出口，是终结故事的唯一故事（这种对终结的
思考自身不就是一种旧风格的结局吗？）。当我们继续（我们必须这么做，
他也必须这样做）用措辞来言说自己时，这些事情也是我们必须考虑的。

　　如果有的话，沉默本身表达了怎样的情感呢？在沉默中，在非结构
化、非写作的行为中，存在一种爱的形式吗？或者可能缺少情感、缺少
故事建构，这本身比以往的爱都更富爱意吗？这也是所有关于此话题的　　[312]
写作都必须考虑的，即便写作行为掩盖了这种可能性。

尾注

　　这篇文章对包含在所有其他文章中的那项计划做出了评论，其评论
是一目了然的。它寻求情感与叙事形式之间的联系，并进行广泛的探究，
它开始了这种探究但绝对称不上完成。（我目前正在进行的一些关于古
希腊哲学的工作进一步推进了这项探究，特别是刊载于 1989 年《阿派
朗》上的《超越痴迷和厌恶：卢克莱修论爱欲的治疗》。它将成为我在
1992—1993 年吉福特讲座的核心主题。）通过指出我们从我们的情感库
存（至少从我们听到的故事）中所学到的主张的合理性，我们看到了为
什么不单单是道德哲学，还有心灵哲学和行为哲学都需要求助于文学来
完成它们自己的计划。

　　在对沉默的讨论中，本文触及了其他一组文章没有处理的一些大问
题。人类对世界的符号性再现／诠释有诸多形式：语言的、图像的、音
乐的、建筑的、动态的等等。在讨论不同类型的书面语言符号化之间的
关系时，我并没有探究书面语言与非书写的口头话语之间的关系，更没

有去探究语言和非语言的再现形式之间的关系，或者所有这些公开的再现与沉默的等待、思考或感受之间的关系。我们在詹姆斯和普鲁斯特身上都发现一种这样的思想：小说家致力于寻找明确清晰的措辞，为每一种情境的复杂性和每一处微妙感受选择正确的词语，这种投入是与充分的体察、责任以及积极回应的理想联系在一起的，其作为生活和存在的好的方式得到了捍卫。在詹姆斯那里，这种主张体现为艺术家的行为对我们而言都具有典范性：我们所有人都应当更加用心地书写我们的生活。（但要注意，他并不认为这种再现必须是语言性的，就此参见"'细微的体察'"一章。）普鲁斯特的主张走得更远：艺术家的生活，在彻底完成的艺术作品中得以实现，这是唯一真正充分的生活，与之相反，其他生活是循规蹈矩的，感觉不充分的（参见导论）。我们需要仔细审视这些规范，询问想象力警觉、敏锐地选择了正确的词的那一刻，在多大程度上是一种我们想要包含在内的那种注意力的范式；无论其他更为卑微或更具接受性的关注形式是否被需要以使生活真的完整；无论这些关注形式是否被各种书写方式所捕获。"有瑕疵的水晶""感知的平衡"以及"爱与个体"三章都在个体之爱的语境下探讨了这个问题的一个层面，但这个问题显然需要更进一步的讨论。

本文对读者的情感提出了质疑。"斯蒂尔福斯的手臂"同时为小说读者的情感提供了一种截然不同的解释，并为这些情感作为伦理生活的核心进行了辩护。解决这个问题的需要展现了亚里士多德式哲学批判的重要性，这一重要性在导论与"爱的知识"章节中已有描述。并且即便有[313]人得出结论，贝克特对小说的攻击没有切中要害，其所提出的问题仍应当经常被问起：我们读者的兴趣所依赖的情感本身是否体现了有问题的信念以及有缺陷的生命形式？事实上，就像"超越"一章所论证的那样，哲学写作也需要问这个问题，也许更为迫切；因为，读者对某种哲学写作风格的大部分兴趣与他对超越日常人性的兴趣有着由来已久的联系，这是一种极有问题的渴求。

注释

1. 塞缪尔·贝克特，《莫洛伊，马龙之死，无法称呼的人》（*Molloy, Malone Dies, The Unnamable*，1955），第 406 页。所有对长篇三部曲的引用都来自此版本。该版本的第二、三部小说由作者翻译，第一部由作者和帕特里克·波尔斯合译。页码在本文括注中给出。

2. 我自己在该领域的工作表现在本书的其他章节上，特别是"有瑕疵的水晶""'细微的体察'""感知的平衡""爱的知识""爱与个体"以及"斯蒂尔福斯的手臂"。同样参见我的《善的脆弱性》（1986）一书。对我的思想有启发的该领域的其他近作包括希拉里·普特南的作品，特别是《意义和道德科学》（1978）第 83—96 页，以及刊载于《新文学史》第 15 期（1983）的《严肃对待规则：对玛莎·努斯鲍姆的回应》一文（第 193—200 页）；斯坦利·卡维尔的作品，特别是《理性的主张》（1979）一书；科拉·戴蒙德的作品，特别是摘录刊载于《哲学期刊》第 82 期（1985）的《错过冒险》一文（第 529 页及以下页）；以及阿瑟·丹托的作品，特别是刊载于《美国哲学学会论文集》第 58 期（1984）的《文学与／作为／中的哲学》一文（第 5—20 页）。

3. 对此观点更深入的探讨，参见"感知的平衡"一章以及丹托（详见注释 2）。（在我的认识范围内）语言学上的类比最早由柏拉图笔下的普罗泰戈拉在同名对话录中使用。

4. 参见《善的脆弱性》以及本书"感知的平衡"一章。

5. 对詹姆斯有关小说家任务的观念的更深入讨论，参见本书"'细微的体察'"一章。就文学艺术的任务的主题对普鲁斯特的讨论，参见本书"虚构""爱的知识"两章。

6. 这些对当代道德哲学的批评在《善的脆弱性》第一章，以及本书

"感知的平衡""洞察力"两章中得到发展。

7. 参见《善的脆弱性》第十章以及本书"洞察力"一章。

8. 丹托对此有类似的论述。

9. 比如，彼得·布鲁克《为情节而阅读：叙事中的设计与意图》（1984），马丁·普莱斯《生命的形态：小说中的人物和道德想象》（1983）。在本书"感知的平衡"一章中，我就此讨论过莱昂内尔·特里林和 F.R. 利维斯的文章。

10. 请特别参看本书"感知的平衡"一章。

11. 特别参见《善的脆弱性》第十章、插曲二，以及本书"洞察力"一章。这种观念在我的《欲望的治疗》一书中得到了更具体的发展。相关话题出现在 1987 年《阿派朗》中《斯多亚学派论根除激情》一文，以及 1989 年的《超越痴迷和厌恶：卢克莱修论爱欲的治疗》一文中。

12. 参见《善的脆弱性》插曲二，以及《欲望的治疗》对此章节的讨论。

13. 参见《斯多亚学派论根除激情》一文。

14. 这就是《欲望的治疗》的中心题目，在与伊壁鸠鲁派、怀疑主义和斯多亚学派疗法的关联中得到了发展。

15. 参见《善的脆弱性》插曲二以及《斯多亚学派论根除激情》一文。据我所知，这部分情感的认知观念尚未在任何当代的辩护中被强调。

16. 对于这些不同进路的例子和较广泛的参考书目，参见 A. 罗蒂编辑的《解释情感》（1980）。关于人类学的社会建构观点，R. 哈雷编辑的《情感的社会建构》（1986）是一部出色的近作集，特别是其中由哈雷、阿尔蒙-乔恩斯和阿维利尔撰写的文章；同样参见卡特琳·卢茨所著《非自然的情感》（1988）。在精神分析方面，我尤其受到梅兰妮·克莱因的影响，特别参见其《爱、罪疚、修复及其他，1921—1945》（*Love, Guilt, and Reparation and Other Works, 1921-1945*）（1985）。

17. 米歇尔·福柯《性史》第二、三卷（*Histoire de la sexualité*，1984）。对于后一组观念的特别清晰的叙述，我尤其受惠于亨利·艾博罗夫（1987

年2月在布朗大学"历史和文化中的同性恋"会议上提交）的《同性恋历史是可能的吗？》一文；但还有其他诸多历史学家从类似的角度书写欲望，比如，杰夫·维克斯的《性、政治和社会：19世纪以来的性管制》（*Sex, Politics, and Society: The Regulation of Sexuality since 1800*，1987）。

18. 然而梅兰妮·克莱因坚持，人类学家经常忽略不同社会中婴儿的客体关系在结构上的相似性。〔参见她在《嫉羡、感恩及其他，1946—1963》（*Envy, Gratitude, and Other Works, 1946-1963*，1984）一书中《成人世界及其婴儿期起源》一章的"附录"，第247—263页。〕

19. 关于对文化进行理性的"内在"批判的问题，在《相对主义》（*Relativism*，1989）一书中由我和阿马蒂亚·库马尔·森共同撰写的《内在批判及印度理性主义传统》一文中有所讨论。

20. 参见托马斯·内格尔《人的问题》（1979）一书，以及伯纳德·威廉斯《自我的问题》（1973）以及《道德运气》（1981）两本书。

21. 亚里士多德，《尼各马可伦理学》1107a29—32。

22. 托马斯·内格尔对伊壁鸠鲁关于死亡的立场的批判，在我看来忽视了伊壁鸠鲁批判性论证的这个向度，简单地假设我们可以用未经检验的直觉来反对伊比鸠鲁的立场：参见《人的问题》中《死亡》一章；同样参见S. 罗森鲍姆对内格尔的出色批评，1986年刊载于《美国哲学季刊》（*American Philosophical Quarterly*）的《如何死亡且漠不关心：对伊壁鸠鲁的辩护》。我在1989年《哲学与现象学研究》（*Philosophy and Phenomenological Research*）杂志上发表的《凡间的不朽：卢克莱修论死亡与自然之声》一文中讨论了这些论证以及恐惧的合理性，更多深入探讨参见《欲望的治疗》。

23. 可理解为"睾丸（ball）的"。——译者注

24. 可理解为"粪便（turd）的"。——译者注

25. 意为"洞孔"。——译者注

26. 意为"你死了"。——译者注

27. 斯坦利·卡维尔在《言必所指？》（1969、1976）中的《终结那场等待的游戏》一文中有对贝克特作品的这些方面的精彩解读。

28. 关于这个侦探故事的情节，参见彼得·布鲁克的著作。

29. 这也许在暗示他除了罪疚外还是无能的。

30. 参见卡维尔《终结那场等待的游戏》。

31. 参见《欲望的治疗》。相关内容更早出现于本人《自然的规范》（1986）一书第31—74页，名为《治疗性论证：伊壁鸠鲁和亚里士多德》一文中。

32. 对卢克莱修的详述参见《超越痴迷和厌恶》一文。

33. 亨利·毕霍在其著作《新尼采》（*The New Nietzsche*，1985）的《尼采思想中的至福》一文中对尼采的这种思想元素做了非常细致的讨论。

34. F. 尼采《查拉图斯特拉如是说》，第四部《预兆》一篇，我的译本。〔瓦尔特·考夫曼将"Werke"译为"工作"，这无法充分地传达查拉图斯特拉对创造的强调，而且会与德语"Arbeit"（工作）一词混淆。详见瓦尔特·考夫曼编译的《维京袖珍本尼采》（*The Viking Portable Nietzsche*，1966 年）。〕

35. 同样参见小说第412页，其中，那个没有名字的声音被证实是三部曲所有故事的作者。

36. 作者在此巧妙利用了"代理人"（agent）以及"行动"（act）之间的词源关系。二者同源于拉丁语的"行动"（agere）。——译者注

37. 关于卢克莱修和但丁之间差异的值得称赞的比较，参见乔治·桑塔亚那《哲学与诗：三位哲学诗人卢克莱修、但丁及歌德》（*Three Philosophical Poets*，1910）。

38. 就此（参考了罗尔斯），参见本书"感知的平衡"一章。

39. 它当然也与口头讲话相对立，然而贝克特的声音似乎没有着重区分讲故事和写故事。但在任何对此问题的进一步讨论中，我们都需要考虑言说与书写的区别。

第十三章

爱与个体：浪漫的公正和柏拉图式渴求

1984年2月，斯坦福人类学中心举行了一场会议，以纪念杰出的人类学家米歇尔·罗萨尔多，她在菲律宾开展先驱性田野工作时不幸去世。由于她的很大一部分工作都致力于研究在理解个体方面的文化差异，特别是对作为主体和客体的各种情感的理解，为此会议组织者选择了这个主题："重建个人主义（Reconstructing Individualism）"。与会者将思考西方传统的个人观念的各个方面以及对这种传统的批判，并探询从这种批判中可能产生什么新的观念。因为我近来发表了一篇关于在柏拉图的《会饮篇》中个体作为爱的对象的论文，[1] 所以我被要求就"爱与个体"这一主题发表演讲。

这个任务给我带来了一些困难。因为爱在任何时候都是一个难以书写和思考的话题，生活也并不总能为此提供帮助。此外，我已经在有关《会饮篇》和《斐德罗篇》的文章中对柏拉图的观念有过讨论。并且，我已经为《哲学与文学》杂志完成了一篇关于普鲁斯特的文章。那么，这篇新的文章该采取怎样的形式呢？

在我为这个问题担心之际，我正在把我的大部分著作和论文搬到布朗大学，我计划从第二年秋天开始在那里教书。由于家里没有足够的空间，我被容许在这一年剩下的时间里把我的东西存放在布朗大学，直到有了自己的办公室。十二月下旬一个潮湿寒冷的星期六，搬家工把我的文件和纸箱搬进了哲学系大楼，堆在楼梯下指定留给我放东西的壁橱里。正是在这一壁橱的地板上，我注意到一份奇怪的文件。这是一份打印出来的约三十八页的文稿。它的题目是"爱与个体：浪漫的公正和柏拉图式渴求。一个故事。"这真是一个惊人的巧合，因为我刚刚为我在斯坦福的演讲选了这个题目。搬家工离开后，我便在壁橱里坐了下来，把它通读了一遍。这确实是一份奇怪的文件，是小说和哲学的奇怪混合体。但这是我的话题，一个我自己也找不到什么可说的话题，于是我开始考虑带着它，并在斯坦福朗读它的其中部分。但我想不出它的作者是谁。我强烈怀疑那是一位女性，一位哲学家。故事的背景是一个真实地点，一位哲学家的家中，我甚至去过那里。我立刻想到了我在哲学领域的一位女同事黛安娜·阿克曼。但是我推断，她研究的是完全不同的主题（她现在的名字是菲利西亚·阿克曼，现在我知道她确实在写小说。她最近因一部小说而获得了一个重要奖项。然而在我看来，她仍然不太可能是文稿的作者。她的风格非常不同，她对柏拉图不感兴趣）。我看到，这位作者熟悉柏拉图和亚里士多德，也熟悉普鲁斯特和亨利·詹姆斯。事实上，她的兴趣和我的兴趣非常接近。更奇怪的是，她引用了据说是她笔下的其中一位人物（那个叫"她"的人）的句子，而这居然是我写的，发表在我关于《会饮篇》的一篇文章中。她的另一个人物（称为"我"的人）声称写了我关于亨利·詹姆斯的文章。[2] 好吧，我坐在壁橱地板上想，不管她是谁，如果她能偷窃我的文字，那我也能偷窃她的。于是我决定在斯坦福以及在接下去的书中做这件事。在本书中我再现了这份奇怪的文件，并修订了介绍性的叙述，期望它能对哲学和文学写作之间的关系有所贡献。

[315]

一个故事

这时，痛苦凄厉的声音开始

传入我的耳朵。这时，我来到一个地方
这里痛苦的哭声把我鞭笞。

但丁《神曲·地狱篇》V. 25—27

　　1982 年 1 月的一个冬日深夜，整个佛罗里达都下着雪，毁掉了橘子作物的收成，她发现自己在塔拉哈西彻夜不眠，思考着爱。而且，毫不奇怪，是关于一个人的，而这个人曾是她爱的对象。从客房向外望去，是一个铺着白色毯子的高尔夫球场，其优雅的轮廓，以新教徒式的尊严忍受着该地区可能损失的数百万美元，对她体验到的更加无序的丧失感提出了一种礼貌的责备。乡村俱乐部的月亮无忧无虑地微笑着，浮游在自然灾害之上：清澈、圆润、单纯而不受影响，好似一种柏拉图式的"理式"——或像一个复活的橘子——在她看来似乎表达着柏拉图式的思想，相爱的个体，就像橘子作物或者就像橘子本身那样，总是一个接一个地出现，从本质上讲，它们在健康和充满能量方面是没有区别的。一 [316]个消失者完全可以直接被同质的下一个生成者替代。因此，人们只需要忍受一段短暂的白雪皑皑、光照明亮的日子。

　　她发现这种洁净的狄奥提玛式的乐观主义思想难以置信地与她那些乱七八糟的思考发生着冲突。的确，说得不那么优雅些，她发现把它当作对真正的个人损失的安慰是荒唐的（因为在那些日子里，她不接受任何替代，坚持认为愿意接受这样的安慰是有失体面的），于是她拒绝它，并考虑其他的可能性。当她探出窗外，感受着眼睑上平静凝滞的充满繁星的空气时，她明白下一步要做的就是打破这种寂静，用某种方式证明她对狄奥提玛的对手亚西比德及后者对爱的更加准确的观点的认可。也许是出去砸碎几尊神圣的雕像，或者对球场第十七洞大搞破坏。但事实上，她的性格偏于温柔，对她来说，用暴力来安慰从天性上讲是不可能的。此外，她自己对爱的真正观念难道不正是她通过撰写有关《斐德罗篇》的文章所发现和描述的吗？也就是说，个人的爱并不一定与无序相联系，事实上是最好的有序生活的构成因素，而这种生活致力于理解价值与善？癫狂与理智，个人激情与理性渴求在它们最高的形式中难道不是彼此和谐甚至相互融合的吗？我们不需要在苏格拉底和亚西比德之间做出选择吗？的确，她认为这正是她的问题所在；因为要是没有了无序，人们也许甚至会设法取悦自己。

多年前的那个下午，当她第一次见他时，他正走在阳光斑驳的长廊上，有说有笑，他的整个身体被从门口射进来的阳光强烈地照亮，在她看来宛如透纳笔下站在阳光中的天使。或者更好的说法是，像是某个善良的天使，同样光芒四射，掌握权力但几乎是仁慈的。就像《斐德罗篇》所称的"真正地表达美和高尚的形式"。在适当的情况下，没有必要在苏格拉底和亚西比德之间进行选择。

那么，身处狄奥提玛的秩序和亚西比德的暴力的冲突中，既不像透纳画中被天使之光照亮的渔夫，也不像《斐德罗篇》中为某个美少年之美所惊羡的恋人。她感觉自己更像柏拉图笔下被诸神弄瞎了双眼的斯泰西科洛斯（Stesichorus），摸索着寻找让他重见光明的韵文。于是她寻求帮助和光明，这是她唯一能得到的帮助。没有什么是戏剧性的，或者甚至没有什么是柏拉图式的。倒是更像亚里士多德式的。她转身回到房间，开始阅读书籍。

有太多的个体，而且他们都结了婚。这就是我对这个贸然答应写的题目所能给予的唯一的一般性智慧。苏格拉底在《会饮篇》中说"我除了爱以外什么都不懂"。当然，这个荒谬的说法暗示我们，有些有趣的事情正在发生。可以肯定的是，这种想法掌握并理解了爱的本质是一项事业的重要组成部分，它正忙着将彼此相爱的人转化为普遍的实例，从而转化为（科学）研究的对象，所有这些都是为了阐明和超越作为普通的有限生命的人有所体验的爱的现象。狄奥提玛告诉我们，认知的洞见与

[317]

人类身体的洞见并不相容。通过一个凡人对日常激情的表达，声称对爱有一般性理解，正是哲学可以提供的自我反驳命题的最好案例。更重要的是，就如苏格拉底的主张那样，它也是一种对爱的危险的某种否认或拒绝。就如亚西比德在讲述他的爱情故事所展示的那样（"噢！爱，我对此了如指掌。"我会用同样的语调说我的开场白"一般性真理"，出于同样的原因）。那么，问题就变成了，如果一个人不希望，即使是心照不宣地把苏格拉底式的主张说成是一般性理解，那么如何写关于个人的爱呢？如何限制和削弱一个人的主张，明确表示他们没有犯苏格拉底式的"自负"？与此同时，如何验证这些有限的陈述，表明它们来自哪里，以及是什么让它们声称是在讲述人类的真理？回想起我写过的关于亚西比德、亨利·詹姆斯，尤其是关于普鲁斯特的文章，我不可避免地得出了结论：我只能通过一种叙事的形式来谈论爱。

可以肯定的是，这将是一个引人注目的哲学叙事。它的大部分"情节"将是一个关于思想和作品的故事。它的题目听起来像是一篇文章的题目。它的其中一部分确实将是一篇文章或文章的概要。它会详细地告诉你这位女主人公的一般性反思；她是怎样思考甚至写作的，她是如何解读《斐德罗篇》的，她是如何组织反驳以及举出反例的。因为思想——特别是这种思想——是占据生活空间的事物之一。它也是一种主要的手段，通过这种手段，生活试图维持自己的秩序：一个爱情故事不应当不展现这一点。

并且，她的故事在另一个方面是哲学性的——就像亚里士多德说的那样，诗是哲学性的而历史不是。因为它，正如亚西比德的叙事和普鲁斯特的叙事那样，并不是简单记录了一个实际发生的极为特殊的（idiosyncratic）事件（你应当怀疑这一切是否如所说的那样发生了）。更确切地说，它是一份写给读者的记录，记录了人类生活中"可能发生的事情"。如果读者没有决心把他／她自己想象成一个根本的个体，没有与这位女士分享任何相关的回应或可能性，那么读者则可以**做必要的修改**

（mutatis mutandis），把它当作他／她自己的爱的故事。

但这篇哲学故事，却与同一主题的哲学论文或者哲学文章截然不同。因为它将展示，她的思想来自痛苦、希望、报复与绝望——简而言之，通常来自孕育思想的困惑之中。这个故事会把它们呈现出来，把这些满脸皱纹、赤身裸体、满身是血、未经育婴室摄影师清洗打扮好的儿女展示出来。你不会怀疑它们的来源，也不会怀疑它们的脆弱。你会被鼓励去询问，它们的特征是如何在产生它们的特殊欲望和需求那里得到解释的。这不应当令你忽视真理问题，或是把它们视为简单的主观报告。但是，当你把它们当作真理的候选人时，你就能够问一些困难且可疑的问题，关于可能导致探询产生偏见的背景条件，关于在这样的探询中存在什么偏见以及怎样的客观性这些问题。然而，在你提出疑问时，你也以另一种方式感到放心。因为你看到了血，听到了哭声，你就知道这些婴儿确实来自某个真实的地方，它们是活生生的，是有着人类生活和行为的普通孩子，而不是一些哲学意义的调包婴儿，只是伪装成孩子。因为调包婴儿从来不会伪装出生一刻的那种痛苦。

[318]

那么，我将开始讲述这个令人困惑的女士的哲学爱情故事。我不确定我现在是否有资格写它。现在不是 1982 年。虽然又是同样的寒冷、雪白、寂静，整个佛罗里达的橘子（我想还有葡萄柚）都在死亡。现在不是 1982 年，我也不像她那样在为所失去的事物而悲痛。今天下午我一直愉快地坐在厨房里喝茶，读但丁。刚才我正在给某人写一封情书。"爱与个体"这个题目现在在我看来有些模棱两可。我把它当作一个关于爱的对象的个体性问题。但这也迫使我对我自己的个体性以及从一段爱的历程走向下一段爱的历程的连续性质疑。就如维特根斯坦所说，幸福的人的世界和不幸福的人的世界是不同的。两个如此不同世界的居民真的可以是同一个人吗？

然而我与她之间的断裂并不是彻底的。昨晚，广播悲痛地宣布了水果收成的损失，那个有关垂死的葡萄柚和未到成熟就被中止的橘子汁的故事，把我奇怪地拉回到她的那个爱情消亡的古老故事里。今天，报纸上的一张照片上，一个尚未成熟的橘子被冰包裹着，令我想起了她曾经写过的一句话："当苏格拉底的光芒，'再次出现'在亚西比德身上的时候，这是一种光芒，光芒四射地倾泻于这具渴求的身体，像一件冰衣那样，或将其封存或将其冻住。这就是它的美。"我并不完全赞同，但这打动了我。现在，尽管我对她那启示录式的、自我沉溺的回应缺乏同情，尽管我希望以玩笑的方式对待这个话题，而不是为之哭泣，但我发现自己再次在她面前，看到她，看到她随后看到的他的形象，那个形象在其力量上更像一道闪电，而不是太阳（正如亚西比德所知道的），即便它带来了光明。

那你就听她的故事吧——我这就讲述她的故事，因此你必须提高警惕。因为你现在可以看到，我是多么想以一种方式而不是另一种方式来讲述。因此我活下来，并在这里愉快地替代她，是真实的，在道德上是可被接受的。爱着不同的人，我还是原来的我，这也不算太糟。因为我有兴趣成为她的继承者，而不仅仅是一个两岁的孩子。如果我进一步说，从爱的死亡中幸存下来不仅在逻辑上是可行的，而且在道德上也是最好的，如果我甚至争辩说，最好的爱的概念是允许某种形式的个体替换，你们必须记住，这些论点，尽管是从她口中说出来的，但可能是由我刚刚给别人写了一封情书这一事实形成的。不仅仅在战争的背景下，幸存者的负疚是一个有用的解释性概念。

现在，我既对她保持戒备，但又被她爱的力量吸引，我一边想着彻底抛开她，另一边却期待了解她的激情，就像但丁在面对佛兰切丝卡的灵魂的谨慎举止那样，我走近她。除了像他所做的——"通过引导她的爱"来呼唤她，我还能做些什么呢。就像一只疯疯癫癫失去方向的鸽子，穿过那个寒冬的黑暗天空来到我面前，"受到欲望的驱使"，在悲伤中显得如此温柔。我可不像这样。

我曾说过，她对书籍的搜寻是亚里士多德式的。这并不准确。奥古 [319]

斯丁的"拿起和阅读（Tolle Lege）"更是一种激励性的愿望。彼时，她想要一个能改变她人生轨迹的文本，一个能把她从被诅咒变成被救赎的文本，一个能把她带到一条幸福之路的文本，一个能把她带到一个海角上的文本，在那里她可以俯瞰整个世界，以及她自己在其中的位置。她虽然不完全是，但也差不多是在**人生的半途**[3]，就好像那个不健康的年代他们会去想象的那样，因此某种救赎的方式似乎是正确的。

但塔拉哈西[4]没有神圣的书籍。所以，她除了看看客房里实际上有什么东西，随便拿一本书，从书页里读出她的命运之外，还能做些什么呢？（很明显，无论如何，她渴望的不是宗教的救赎，而是爱的救赎。）

她的房东在这间特别的客房里摆满了布鲁姆斯伯里群体写的书或是关于他们的书。这似乎并不令人满意。她更情愿去读普鲁斯特。她对布鲁姆斯伯里群体的作家知之甚少，但是她认为他们可能更适合狄奥提玛式的环境。不管怎么说，她知道得足够多，这令她怀疑他们那过度的文雅，以及对用一个人来替代另一个人的强烈兴趣。于是，她没有抱太大的期望，就从离窗户最近的书架上挑了一大堆朵拉·卡灵顿的信件和日记。尽管对卡灵顿的书信和日记的性质一无所知，但她还是（我怀疑，她是抱着一线希望，希望能看到一些足以适合她的悲剧性事物）一直看到最后。

在那里，她看到了下面的记录。（她不由自主地立刻记住了其中的大部分内容，并随身携带了几个月，作为随时可以流泪的源泉，我不得不专门去图书馆找到它。当我读它的时候，我发现我所熟悉的东西很少。这让我感到惊奇。）

> 没有人会知道利顿超乎寻常的完美。他欢快的时候的笑话："东方女王消失了。"我相信你吃了我的指甲刀，并在午餐的时候，在我们起来之前假装演奏赋格曲。还有一些关于咖啡从未到来因为我待在那里吃奶酪太久了的笑话。有时候我想，任这些笑话如飞燕一样

飞过天空是多么可惜的事。但是人们不能把这些笑话记下来。我们在一起再幸福不过了。因为他的每一种情绪都立刻在我的内心产生共鸣。一切都消失了……现在，亲爱的利顿，没有人给你开台伯河以及海洋之马的玩笑，没有人在夜晚为我读蒲伯，没有人陪我在平台上散步。没有人可以给他写信，噢，我最亲爱的利顿。

……现在我每日在这些谈话、笑话、美好的愿景、痛苦甚至这些梦魇中看到的东西还有什么意义？我还可以讲给谁，谁又能理解呢？人们找不到像利顿这样的人物，尽管这在 G.B. 看来很奇怪，这些他所谈论的作为慰藉者和利顿的替代者的朋友，是不可能相同的，这**恰恰就是**利顿于我的意义所在。

当一个人整个生命的意义在于爱、思想以及交流时，他就不能靠回忆生活。

她觉得这段记录是她写的，如此直接地表达了她自己的忧伤。她坐在那里，对着书多少有些荒唐地哭泣着。"超乎寻常的完美"这个短语使她想起了一个如此具体的形象，以致她一想起它就颤抖，又哭了起来。（我发现很难描述这些。） [320]

在此，她认为，有一些关于爱的东西值得一读。她称此为亚西比德的观念。（现在）称此为她自己的观念。因为她也知道那些慰藉者以及他们的游戏。她对她所爱却未能拥有的事物太了解了。就如这位女士所说，这是一种特殊的完美，一种准确的、不可重复的、不能被再次找到的东西。存在着不能与这种特别关系相分离的价值与知识。要想重新抓住或取代它们，就像一个笑话过去了想将其再次找回一样徒劳。她想起了他们的笑话。

那么，这种个体性究竟是什么？对于卡灵顿来说，它是由什么构成的？（你现在开始明白这位女士是怎样的人了：她一直在思考。她不会仅仅哭泣，她会问哭泣包含了什么。一滴眼泪就是一个论证：这就是她生活前进的方式。）在这段话中，卡灵顿与她的慰藉者之间有一些不同但相关的争吵。准确地说，是三次。第一，朋友们似乎没有理解这一事实，即独特性、不可重复性这些属性对爱而言本质上至关重要。他们谈论那些可以成为替代物的人。这意味着，他们相信利顿的某些一般特征是可以在其他人身上体现出来的——也许在某些有着相同价值和性格的人身上。但卡灵顿知道，在爱的意义上，没有另一个像利顿这样的人物。没有其他人能讲出这样精彩的笑话，也没有人能像他那样有力量以精确的魔法改变日常。对亚里士多德来说，物种的同一性也许就足够好了，但这不是她想要的。正是这种东西，独一无二且（她自己也很清楚）转瞬即逝。（"不幸的是，死亡，"她在同一页上写道，"**并不是**不可理解的。这太容易理解了。"一段恋情的结束也会带来类似的认知问题，只不过不那么高贵。）

除此之外，第二，她知道，一些令她喜欢利顿的东西根本不在他个人身上，它们是他与她之间关系的特性。有一种特殊的亲和力，一种恰如其分的幽默感，一种互相了解，这些价值本身是不可重复的，不需要用任何理性的方法搜寻，而只能被找到——就如阿里斯托芬所说的，一个有缺失的人突然遇到了另一个有缺失的人，这个人完全符合他或她自己的奇怪形状。当然，当然，卡灵顿的日记之所以如此打动她，部分原因是它的大部分内容是私密的，是她所无法理解的；它暗示了一种亲密交流的密度，这种密度是没有人能在这种关系之外完全掌握的。因为和卡灵顿一样，她知道这种可怕的孤立是与这样一种知识并行的：没有人会以这种方式与她一起笑，也没有人会那样对她的回应给予特别的回应。她突然想起了许多事情。这些想法占了她不少时间。她发现不可能把它们包含在任何一种有序列的清单之中。

除此之外，她想——她把自己拉回到清单上——因为她说过清单上有三条，在达到这三条之前，她倔强的性格是不会让任何事情阻止她的——除此之外，还有他们的过去。即便一开始不止一个人能在卡灵顿身上激发同样程度的爱（就她自己而言，她非常怀疑这一事实），现在也不可能有另一个人成为替代。因为现在，多年的亲密、交谈、写信与收信强化了他们之间的亲密关系。可以说，这种爱在很大程度上是由这段过去、这样的习惯，比如讲述每一次经历，并从讲述的每一次经历中找到一种新鲜的愉悦所组成。他们在关系上的正确，可能在某种程度上是最初的契合，但过去及其亲密性在很大程度上构成了这种深刻的、不可替代的关系。

[321]

没有任何人能够知晓他超乎寻常的完美。这样的人物是找不到另一个的。假如我选择对充斥她内心的形象进行描述，她清单中的三点得到了详尽的讨论，她就抵达了卡灵顿的那个毫不妥协的结论，你也许会更好地理解她，以及那时对她来说如此重要的爱。我没有这样选择。我打算让你对她所爱的人的个体性，他们之间的关系，他们的过去，以及她悲伤的直接原因一无所知。原因有许多个。有些我不会提到，有些与亚里士多德式的观点有关，即什么让历史富于哲学性。但其中最重要的原因是，如果我允许自己成为她在记忆、痛苦以及好奇中漂泊的完美伴侣，如果我让那个个体的力量压倒我，就像它那时断断续续地压倒她那样，我也许就不会继续写我正在写的这封信了。同样清楚的是，我不会继续写这篇文章或这个故事，不管它是什么。我认为，书写有关爱的脆弱性是要付出代价的：这是某种对这种脆弱性认知和认可的拒绝。写关于爱的文章，即使以谦卑和回应性的方式，本身是否是一种控制话题的手段，把它像动物一样困住并束缚起来——所以，其必然是一种缺乏爱意的行为吗？如果我能在书写中把他记下来，将每个动作、表情以及美德用文字表达出来；如果我能做到这一点而实际上没有停止书写，我难道不是最完美、最彻底地控制着他，从而彻底消灭那种爱的力量吗？从这个角度看，我的无能似乎是一种偶然的恩典。

我所寻求的，似乎是一种非控制性的写作艺术，它会让作家比以往更容易接受爱。如此，就不会犯写作对生活一贯冷酷无情的错误。因为认为写作是一种创造性的游戏形式，并且一切皆为写作的一些流行观念，在我看来忽略了一个明显的事实，即人类生活中的大部分根本不具有游戏性，甚至不具有创造性。写作与生活的非游戏性的层面之间的关系是非常模糊的。可以肯定的是，写作记录了它。但即便如此，它也在修复、简化和塑造。因此，它似乎很难不成为神秘和爱的敌人与否定者。被美丽的风景与强烈的情感所折服，我跑去拿我的那叠纸，如果我能把它用语言表达出来，把它记录下来，我就松了一口气。一种谦卑的被动性已经被消除了。因此，写作似乎并不是一切，而是某些事物的反面——比如说，等待。贝克特尝试找到一种用语言的方式来进行消解，消解简单性并拒绝语言，用故事来破坏故事，用言语来消解言语。如果我不是决心存活下来的话，我会试着这样去书写。

这些就是她可能拥有的想法。它们并不完全适合我。上帝保佑她，也许她也读海德格尔。就像但丁一样，我离她太近了。但对于我来说，这幅图景中只有一个天使，唯一的救赎就是尽可能彻底地受到诅咒。现在，当我看着她哭泣，失控地把自己埋在她放书的枕头里，我便从她身[322]上感受到了什么是爱一个个体，以及什么是被一个个体爱着。因为害怕说一些我自己个体性的东西——因为这会描绘他，从而违反了我设定的准则——我就会简单地说：

> 唉！欲望何其强，柔情蜜意何其多
> 竟把他们引向这样痛苦的境地。[5]

然而即便在她哭泣的时候，她也开始怀疑卡灵顿是否对她的慰藉者说出了最后的话。这是一句可怕的最后的话，她读了很久足以看到得出的结论。她想知道，卡灵顿是否完全是公正的，这使她很害怕。（因为在论证中保持公正似乎是回避这种结论的一种可能方式。）清楚的是，当一个人在阅读慰藉者的论证时，其论证确实准确地处理了与她的爱相关的个体性观念，并指责她事实上误解了她自己十分看重的事物。她似乎发现了所有利顿的个体性，在独特性、转瞬即逝以及关系中发现了所有他的真实。然而，他们认为，利顿是一个拥有明确道德和智识特征的人，有着一系列明确的价值、承诺以及渴求。如果她不爱并看不到这些元素的核心重要性，她怎么能声称爱利顿呢？这些元素比在某一天他谈论奶酪这样的事实要深刻得多。所有这一切对于哀悼和生命的延续有着很好的启示。然而对于现在来说，令她印象深刻的是这种极度浪漫的爱情观念（或是阿里斯托芬式的观念，因为我们可以追溯到那些独特的有缺失的另一半），这种认为爱首先是偶然特殊契合的事物的观念，可能没有包含足够深刻的个体观念，正是因为它忽略了这些可重复的元素。

　　毫无疑问，这些元素的确处于卡灵顿的爱的核心位置（因此显然处于她自己心灵的核心位置）。关于这一点，我们从她有关思想交流和对话的谈论中就可以看到。或者甚至想想她的语句："人们找不到像利顿这样的人物。"她想，人们不会用这样的句子来形容一个自己并不欣赏的人，也不会因为某些美德和价值而欣赏他。一个人说这句话意味着（当她认为这句话特别适合她自己所表达的意思时）这个人在某些方面特别好，他相信善很重要。亚西比德就是这样谈论苏格拉底的，并没有把他的爱局限于那些（可重复的）美德，而是坚持认为，当他爱苏格拉底时这些美德是他所爱的东西的一个非常核心和重要的部分。在爱之中他在渴求，他并不仅仅是在寻求他的另一半。他并没有就阿伽颂[6]说同样的话，除了笑话以外。卡灵顿如何能声称爱利顿却不理解这些价值对于利顿的存在有多重要，他拥有并以这些特定的价值生活，事实上他把自己的整个生活建立在这幅价值的图景上？

　　但现在似乎有一些有趣的事情随之而来。因为在这种情况下，正如慰藉者正确地指出的那样，有一些东西从他的死亡中幸存下来，一些她可以继续去爱和珍惜的东西，尽管这种东西已不复存在于这种特殊的生活中。听一听她对此的回答。"他们说一个人必须保持自己的生活标准和　　　　　[323]

479

价值。但我怎能做得到？曾经，我只为你而把它们保持。一切都是为了你。我热爱生活，因为你让它变得如此完美，现在没有人可以和我开玩笑，或与我谈论有关拉辛和莫里哀，谈论计划、工作以及人们。"她激动地想着，他们应当回答说，这句话揭示了一种对爱和利顿的深深困惑。因为他是一个拥有价值和标准的人，一个喜爱事物本身的人，这对他的存在至关重要。如果她没有尝试去分享拉辛对他的意义，如果她把拉辛看成一种有缺失的独特性，一种偶然的契合，她怎么能说她爱的是利顿呢？她开始想，这些慰藉者是有道理的。因为很明显，她自己爱的这个男人，并不仅仅是因为他以偶然的方式适合她，而是因为他是一个天使。也就是说，在某些方面光彩夺目的善和好，对她来说，又善又好也是很重要的；也就是说，他毫不妥协地追求她也追求的标准，因为它们本身而爱它们。(你认为你对他一无所知。知道了这一点，你就可以在汪洋人海中一眼挑出他来。)

现在她已不再哭泣，而是在房间里踱来踱去，心情激动。因为在她看来，如果有一种更丰富的对个体的爱，一种最真实的对个体的爱，我们可以说，她的爱是建立在承认某些事物具有内在价值的基础上的，这种内在价值是可重复的而不是特殊的，它将在个体死亡后仍然存在，那将是她的悲伤的一个极好的结果。一个人爱这个人越深，他就越会发现，事实上，在那个人之外，还有一些值得为之而活的东西，一些与爱本身所基于的承诺和渴求有关的东西。这种东西可以在其他人身上寻求，甚至可以在不涉及爱的情况下，在自己身上寻求。(因为像狄奥提玛的许多顽冥不化的弟子一样，这位女士认为自己是一个无药可救的浪漫派，而且在所有的星期一、星期三和星期五都是这样，她也喜欢寻找道德上可接受的方式去满足她对稳定的渴望。狄奥提玛的方式是不可接受的。但是，如果独特的和被独特地爱着的最真实的价值能给予爱它的生命以稳定——这将是所有把戏中最好的把戏。正如我提醒过你的，我正在尝试这种把戏的一个变体。尝试着公正地书写爱的脆弱，让这种脆弱成为我自己稳定的源泉。）

完成这个反对卡灵顿的论证的希望使她激动得热泪盈眶。这需要大量的探索和反复的辩论，因为这种无法平息的悲伤的强大吸引力令她对任何这样的**哲学慰藉**（consolatio philosophiae）[7]都深表怀疑。为了更具有说服力，就得把它写下来，因为她从来没有被她自己的思想说服过，除非看到它们被确定下来。

她从哪里开始对卡灵顿的攻击呢（正如你看到的那样，也是对她自己死亡道德优越性的攻击）？她设想了一种关于价值的观念，以及那种基于承诺和渴求的可重复特征的爱的优越性，紧随其后的是一系列卡灵顿的异议以及对那些异议的回应。在最初的陈述中，她也许只想到了她自己的爱，然而她是这样一个一般性热爱者，以至于她甚至不能尝试去理解如此特殊的事物，不把它与一些阐明它的哲学解释联系起来，而是被它阐明。在她看来，这篇文章总是比她自己对爱的观念的描述更好。那篇在她看来既反对狄奥提玛对个体激情的压抑，也反对阿里斯托芬对另一半的极度强调的文章，毫无疑问就是柏拉图的《斐德罗篇》。她拿起一支笔和一叠黄色的纸（即使是在绝望的时候，她也总是带着），在写字台前坐下，开始为她自己写下以下这些话。 [324]

我现在不同情她了。她是一个非常坚强的女人，因为她坐在那里写异议与论证。她不再是一只胆小的鸽子，而是一个自信、机敏的专业人士。更像我了。

我告诉她，"那么，**该怎么办就怎么办**（À la guerre comme à la guerre）"。就像詹姆斯笔下的王子对夏洛特·斯坦特如此含糊不清的表达一样。"但我却被你的勇气吸引，近乎被自己的勇气惊到。"

爱着个体：浪漫的公正和柏拉图式渴求

Ⅰ《斐德罗篇》：最好的爱情观以个体的观点为基础，这种观点本质上是由价值与渴求所构成的。

这并不是对一般的激情之爱的描述，而是一种对最好的激情形态的描述。苏格拉底认为，这种对另一个个体的"癫狂"的激情是人类最好生活的重要组成部分，也是在好生活中激情可以表达的最好形态。这也被认为是爱独立个体的最好方式。与吕西亚斯相反，他认为恋爱中的人永远不知道所爱的人到底是谁，苏格拉底认为，一个人只有在激情中（不是所有的激情，而是最高的激情），才能真正地认识与爱——去爱这个人最真实的东西。

它始于对价值观的认识。灵魂通过它们最为关心的事物而被个体化。比如，像宙斯一样的灵魂特别关心哲学和道德价值，并寻求这样的价值。关心这些价值成为这样一个灵魂的实质。我们可以想象这些人失去了他们的金钱、他们的声望、他们的青年朝气——但本质上也还是一样的。我们不能以同样的方式想象他们不再关心知识或正义。亚里士多德说得很简洁：品格和价值承诺（与表面的快乐和利益相反）是每个人的"**自在所是**"（kath' hauto），是他或她自身。爱一个人本身，而不是去爱一个人偶然表达的特征，才是爱。

这些价值的认知是通过投入，甚至需要激情而得到实现，并保持被动性的。首先发生的事情是，恋人只是简单地、神秘地被另一个人的魅力打动，被"一个真正表达美和高贵的形式"打动。他感到眼花缭乱、兴奋不已、豁然开朗。他的灵魂唤醒时就好像是一个正在换牙的儿童的牙龈一样；他也被比作一棵植物，被对方的美丽与卓越浇灌和滋养。他所经历的绝不是冷淡的尊重或纯粹的敬佩。然而，至关重要的是，在唤起他的美之中，他看到了他所珍爱和追寻的价值。他所做的就是"追随他的神灵的踪迹"。即便是在开始的时候，他人的美也不会被看作表面的吸引，而是一个忠诚灵魂的光辉。敬畏和惊奇是他的爱的关键组成部分。

关键在于，如果对方不能回应他的渴求，他就不能真正去爱。

爱与性（至少在身上）本身就是具有选择性和渴望的。激发激情，使他战栗和颤抖的，是对满足他灵魂欲望的事物的感知。激情喜欢**这样**：它要求对象散发着价值的光辉。最终，它想要从这个人那里获得的，是一种爱与思想的相互交流，这将成为每个人追求其核心愿望的无缝部分。 [325]

另一方面，渴求在这种描述中成为一种并非超然和自足的事物，而同时是有需求的、脆弱的、与运动和接受联系在一起的事物。没有爱的渴求与滋养，他们就无法追求他们的价值。为了走向价值，每个灵魂首先必须是开放的和包容的。通向真理和知识的关键的第一步，是当美的溪流进入眼睛，滋润并融化灵魂中坚固的干燥元素。只有在这个时候，灵魂才开始领会到自身以及自身的目的。随着时间的变化，怀着"真挚的激情"，通过接触和交流，他们在对方身上"追寻着他们各自的神的踪迹"，同时开始认识彼此，认识自己以及认识真正的价值。

在这一切之中，个体又在哪里呢？每个人本质个体性存在于灵魂的美好之中，存在于使每个人成为一种特定神的追随者的人格和承诺之中。由于这些承诺的模式都是可重复的，而不是特殊的，这种说法意味着，至少在开始的时候，可能有不止一个合适的灵魂类型的人会满足恋人的内心需求。一个人的生活可能（在死亡或离去之后）会包含多种相似的爱，这也是合理的。然而，这里是有限制的。首先，这样的人不容易找到。其次，这样的人也必须拥有一种更神秘的具有强迫性和压倒性的吸引力。再者，历史的重要性也是显而易见的：随着时间的变化，这种关系的加深显然是他作为知识、自我知识以及动力的价值源泉之一，以这种方式发生的偶然事件接近核心。最后，与卡灵顿的慰藉者相反，我们必须注意到，在完全没有爱的情况下，柏拉图不允许失去爱人的人继续追寻所爱之人的价值；至少，他们也不可能同样被追求。丧失爱人的人必须等待再次受到触动。

尽管如此，还是存在空间用于个人生存以及替代。恋人不会觉得没有爱他什么也不是，生活没有意义，不能继续保持同一性。因为他的爱是建立在恒久基础之上的事物，我们可以说，"比我们两个人都要更大"。拥有一段新的爱情对于继续追求哲学或其他东西是至关重要的，如果失去的爱是那样的，那么失去爱的人自然应该试图延续和推进这段关系的目标。

她停顿了一下，比较满意。这是一个对卡灵顿的微妙挑战，即使是绝望的浪漫派也要认真对待。但是，当她重读了她所写的东西时，她并不真的确信，它对卡灵顿关于利顿的叙述中那些感动她的东西是公正的。因为，这种观念难道不意味着，一个人原则上是可以在《纽约书评》上登广告寻找恋人的？（宙斯式的灵魂，致力于哲学和伦理价值，寻求有相同渴求的卓越之人。）假如这个清单足够完整，如果还有一些可靠的方法来确保申请者确实拥有他声称拥有的美德，那么这个观点是否暗示了[326]成功的申请人将是她充满激情的恋人？这不是很荒谬吗？柏拉图在这种关于认识论的问题上，没有广告那么粗鲁，因为他坚持认为，习惯和方法的真正知识需要一个亲密性的背景。你不能事先说：你要沿着那条路走。你在相当无知的情况下让自己融化了。在他看来，这些一般特征的真实存在似乎足以引发激情之爱，也足以明确爱的对象。这似乎已经够糟糕或荒谬了。当然，阻止她刊登这样一则广告的不仅仅是认识论。

我倾向于赞同她的观点。当我第一次说我要就此话题写作时，我试着列出一份我所钦佩和渴求的可重复品质的清单。我根据这份清单与我所爱过的人，以及我可能但没有爱过的人的品质进行评价。不出所料，我真心爱的那些人得到了最高的评分。但我知道，我是在思考它们的过程中列出这个清单的。就如亚里士多德的灵活尺子一样，这份清单看起来像是在对具体细节的感知之后产生的。尽管它可以如是总结，它"根据石头的形状而弯曲，并不是固定的"。很明显，如果一个新的恋人缺少这份清单上的一些品质，而拥有其他品质，就不会因此而被拒绝。如果我爱他，我就会为他修改这份清单。接下来的问题就变成：我是不是发现了一些一直以来都是真实的关于我自己的东西（一份柏拉图式的内在清单），或者我真的在更改这份清单？我看不到有什么明确的理由支持第一种解释。

她发现，她的草案还不够好。她仍然感受到柏拉图主义的荒谬，以及卡灵顿的否认的尊严和真实。她将继续撰写她计划的第二部分：卡灵顿和《斐德罗篇》之间的一场真正的辩论。她会一个接一个地想象浪漫派的异议，并在每种情况下给出柏拉图最有力的回应。她当时所写作品的学究气以及量化的风格证实了她强烈的困惑。

（很久以后，当我第一次对另一个男人产生欲望时，她以一种不同的方式变得激烈。我没有意识到她还在那里，抑或是我认为她现在已经变成了我。她，或者她内心的那个他，像普鲁斯特笔下的阿尔贝蒂娜一样，这个内在的人走进她的内心并在那里住下，就像一个嫉妒和令人不安的客人一样，令我几天夜不能寐，感觉就像是一连串对脑袋和腹部的踢打。后来我被诊断为病毒性内耳炎。但我是知道的。）

II 浪漫派的异议与柏拉图的回答。

浪漫派的异议者有着几种对柏拉图的不同反对意见。有些是对柏拉图式的有价值品质清单中特定内容的异议；另一些则是最终对将爱建立在一系列品质清单之上的整个想法的异议。

A. 对柏拉图清单内容的异议。

异议 1。柏拉图式清单列举了个体的承诺和渴求。然而个体的诸多有价值的品质并不都是价值。智识、幽默感、热情：这些都不属于承诺和渴求，但它们非常有价值，可以说是拥有它们的人的个体核心。

异议2。此外，清单上的品质都是高尚的道德和知性的品质。但是，与我爱情有关的一些可重复的品质不会是这种类型。它们可能缺乏道德上（愿望上）的关联：比如某种肤色、身高或者种族背景。卡灵顿坚持选择那些轻视她的艺术抱负，把她当作孩子对待的男人，这无疑与她的愿望背道而驰，但这是她爱情中的一个显著方式，也是她所爱之人个体性的一个重要部分。

异议3。柏拉图式的清单强调共同的渴求与相似的承诺。但在一个被爱者身上，最重要的一些品质是不会被分享的；通常，正是因为爱者缺乏这些品质，它们才经常受到珍视。卡灵顿在文学方面没有受过良好的教育，他很欣赏利顿的口才和知识。作为一个害羞且焦虑的人，她很看重那些有能力讲述奇妙笑话的人。

异议4。柏拉图清单上列出的品质数量过少。他说存在着十二种灵魂，与十二种渴求形式相关联。但事实上，与渴求相关的品质被区分得更为细致，数量更多，并且易受更多不同组合的影响。

回应异议1。有多少有价值的品质与一个人的价值和承诺有关，这的确令人吃惊。我们不看重一个人的善良或勇气，除非我们相信这个人在某种程度上致力于那样的行动，看重那样的行为。如果这只是偶然的或者零星的，也不会以同样的方式进入关于这个人真的是怎样的叙述中去。

回应异议2。柏拉图不想坚持认为所有的爱都对应他的描述。这是一种关于人类之爱规范性的、而非描述性的观念。当然，也有一些人反复地被某些专横的品质，甚至是邪恶的品质吸引。亚里士多德指出，前者是不成熟的人的特征，无论年龄大小；后者显然是一种疾病，尽管古希腊人对此没有做太多解释。此外，如果我们在我们的爱之中发现了一个重复出现的特征，这个特征似乎与我们的渴求无关，但却无处不在，而且相当深刻，那么它对我们的深刻意义最终和我们的渴求与价值不无关系。

回应异议3。如果我们强调这些差异，它们根植于一种相似性。它们不同的职业是致力于追求艺术创造的补充方式。如果不是一个建立在共同价值基础上的渴求之共同体，那么布鲁姆斯伯里群体就什么都不是。如果这些行为是完全不相关的，甚至是对立的，那就是另一回事了。然而，这样一来，我们就会觉得这种差异对爱情是不利的；我们会怀疑他们是否能完全相爱，因为他们每个人都是真实的。柏拉图的各种灵魂类型正是渴求的一般形式。他在任何地方都没有排除这类补充性的差异，并且，爱者和被爱者之间的年龄和经验的差异会使这些差异在所难免。

回应异议4。卡灵顿似乎说得有道理。例如，作为一个哲学家，这种属性对于解释我的渴求的形态以及我渴求的爱显得过于粗糙。这完全取决于我是什么样的哲学家以及哲学观是什么。此外，我在制定好生活的计划时所追求的价值组合几乎肯定是异质性的，与柏拉图的任何一种类型都不相符。但我们应该小心不要把这种特殊性推得太深，因为柏拉图的方法至少允许的一件事是对个体间爱的统一性进行详细的描述。

至此，她发现柏拉图还没有在异议面前做出太多退让。他的核心观 [328] 念仍然没有被触及。然而，卡灵顿却还没有开始陈述她的情况。

B. 对清单的使用或解释的异议。

异议5。这个清单，就它暗示我可以到世界上去寻找（或者在《纽约书评》上刊登广告）某个带着比如说正义或智慧品质的人而言，它没能抓住那种最为典型的方法，通过这种方法那些更深层的渴求的品质会呈现在我们的意识面前。它们没有举着标语牌向我们走来，它们通过其他相关的和更明显的品质，通过形象、面具以及装扮使自己为人所知。通常，我只知道这个人是美的、令人兴奋的，在某种程度上我无法描述。

回应异议 5。这点并没有被柏拉图忽略。事实上，他坚持这一点。其实，他这样认为是因为如果缺乏个体之爱，你就无法理解在自身或世界上的诸如正义或智慧这样的价值。因为只有对个体的爱才能吸引一个人去进行选择和思想的交流，随着时间的推移，它们足以揭示这些价值的本质。爱本身与其说始于那些难以辨别的价值，不如说始于被一种神秘的美打动的体验。（她尽量不去想来自门口的阳光照在他的肩膀边缘，并环绕在他的头上。）即便这些价值是通过这些间接的痕迹被理解的，它们仍然是我们所爱的东西。然而，这里隐藏着一个更严肃的问题，即人们爱的品质是如何真正个体化的，哪些品质才是真正相关的。在阳光下以特定方式观看仅仅是一种使光辉与仁慈呈现自身的模式，这是什么意思呢？

异议 6。一个价值品质的清单是固定的，它在发现被爱者之前就被固定了。我是一个宙斯般的灵魂，我想要的是和另一个相似的灵魂相配。也许我尚且不知自己属于哪种类型，然而根据柏拉图，我已经是一种类型或另一种类型了。他在那里等着我去发现，部分是通过追寻我所爱的那个人灵魂中神灵的踪迹。但在现实生活中，我的渴求和价值并不是如此固定。我通过一份开放的、可修改的清单进行运作，并且我经常决定致力于一件事或另一件事，追求一种价值或另一种价值。当我满怀渴望地去爱时，这不仅是一种发现，而且也是一种决定。在一种潜在的爱与另一种爱之间进行选择，就像选择一种生活方式一样，是一种将自己奉献给这些价值而不是那些价值的决定。选择把自己奉献给这份爱，就是选择去爱并在自己身上培育这些元素。

回应异议 6。这个异议是有说服力的，但它并不是反对清单本身，甚至不是针对将价值品质作为对爱人们特殊选择的规范的观念的异议。它只是指出，并非我所有的标准和价值都是既定的，有些仍在变化中。如果我们思考这种变化是如何进行的，我们会发现它的形态与生活中的理性慎思非常相似。在任何情况下，慎思都不是在真空中进行的。当我思考对我来说什么才算是活得好时，我会为了考虑其他承诺而恪守一些承诺，或者，我会在具体探询如何实现好生活时，恪守某种元素的普遍观念。即便如此，在爱之中进行选择时，我也会在考虑其他价值时，承认并恪守一些普遍价值。因此这种异议甚至不能向我们展示，一份预先准备的清单是一份错误的指南；它只是提醒我们不要太执着于它。于是，我们就有了一个友好的修正案。

她停了下来。柏拉图非常强大。她为从他的回应行为中发现的强大能量感到惊讶。 [329]

说到这里，她突然注意到，他那条理分明的学院派问题，这种对爱的探究性审视，连带编了号的异议与回应，都不能声称是一项对她心中的现象（以及在器官与世界上其他部分之间的模糊联系，也许在空间上遥远，却又近在咫尺）的外在和中立的调查。因为在她调查的过程中，调查让她的心灵发生了变化，它使悲伤平静了下来，使连接有所松弛。它在她的肋骨上方和周围打开了一个明确的、重要的空间，这个空间缺乏被爱者的内在存在，但却充满了空气与阳光。她想到普鲁斯特笔下的叙事者：在他自己平静的心灵面前颤抖，就如在一条致命的蛇面前颤抖一样；因为他知道，没有了他对阿尔贝蒂娜的爱和痛苦的生活，也就只有一种他不再存在的生活。她也感到恐慌。我现在真的是我自己吗？她自问道，希望泪水能证明这一点。

我是多么清楚，没有一种中立的反思姿态可以让人在爱的问题上审视和分类自己内心的直觉，把对立的观点拿出来看看它们如何符合这些直觉——没有一种哲学思考活动不是与爱有某种确定的关系的。关系可以是多种多样的，它们并不总是像这里那样，具有抑制性和安慰性。因为《斐德罗篇》恰恰表明，一种特定高度的哲学活动可以由幸福之爱的能量、仁慈以及细致的洞察激发，同时反过来表达和滋养它们。而在激情中获得的洞见，最好是在爱的背景中通过合作来追寻。（这像在斐德罗的幻想中，在《会饮篇》中那样，一个由诸多恋人组成的军队。这一幻想在底比斯的圣队[8]中得以实现。我们可以通过类比来想象一个类似的哲学系，致力于对爱的理解。我想知道在分裂之后底比斯人在做什么。）另一方面，就像在她的案例中那样，哲学可能会像在这里那样，从对距离和安全的渴望中产生并加强这种渴望；它可能会影响和表达一种对爱的，甚至是对爱人的感知和直觉的转化，因为在她看来，这种关系在一定程度上构成了她的身份。我审视的对象，赫拉克利特学派（或者更确切地说是克拉底鲁学派）所说的：万物皆流，无物常驻。

　　除了谁来写爱情的问题之外，我们还面临着如何写的老问题。我给了你一些理由，让你认为关于这个主题的叙事可能比论文或文章更为真实。我现在可以补充的论证是，叙事性写作比标准的哲学写作，似乎更能表达作者自己对特殊的爱的力量和重要性的认知，并在读者那里引起类似的反应。（我现在的经历和她的不一样。当她通过学院派的论证越来越远离爱情时，我冒着完全被其淹没的风险。不管这个故事多么抽象，多么涉及思考和论证，要是不把我自己卷入这些潮流之中，我就不能写出这个故事。）

　　但在我看来，这个问题并不简单。因为很多故事也都加强了自身的简单性。它们要求有事件发生，要求有一个开端、中间以及结尾的情节。

[330] 他们要求生活中有多重的单一性，有不确定性的陈述，有对不可描述与不可描绘的事物的描述。因此，它们无法逃脱我就写作所表达的普遍怀疑。在某些方面，哲学可能表现得更好，因为它追随探询的方向，不追求戏剧性、趣味以及结局。普鲁斯特的观点是，只有通过叙事艺术所给予的聚焦与锐化，生活中的混杂事物才能呈现出形态，变成真正的现实与真实。我能感受到它的力量。但我更清楚地看到了这个观点的另一面，

在此我转向贝克特：艺术，特别是叙事艺术，迫使生活采纳一种形式，而不是让它处于无形式状态之中，迫使它要求一个结尾，而爱的一种方式则是克制自己有这样的要求。这迫使我们去问，不只是谁应该写爱情，不只是如何去写，还有是否有必要去写。

当她意识到自己的健忘时，她的心便颤抖起来。当它颤抖的时候，它就如小溪上的冰一样裂开。她感情的激流就如柏拉图笔下融化的灵魂的液体一样涌了出来。在外面，橙子裹了一层冰衣，快要死了。在里面，她找不到足够的冰来止住自己的消亡。因为她知道，而且确切地知道，卡灵顿是对的。没有这份爱，她的生活就没有意义，没有那个光芒四射、与众不同的人，她的生活就没有意义。卡灵顿的日记继续写道："在我看来，人类似乎分成两种：一种会说'我只为自己活着'，另一种知道'没有这个人或这件事我就活不下去'。"一旦柏拉图笔下的灵魂融化了，它们怎么能不死于损失呢？她知道，而且确切地知道，她不是那种能自给自足的那些人中的一员。

我写"她知道，而且确切地知道"是什么意思？并不是说她提出了新的和聪明的论证，注定要在智性层面上驳斥怀疑论者。事实上，论证会把她引向相反的结论。我的意思是，她觉得自己的胃上升到自己的嘴里了。她觉得自己就如那些不幸的古希腊悲剧人物一样，就好像有人给她一件沾了毒的斗篷令她浑身出血一样。下一分钟，她的一半已然消失在他所在的虚空之中，在高尔夫球场上空平静的月光下与他一起，轻轻地随风飘荡。因为她看到他是多么美丽了，她不想和他分离。这一切都是关于爱的知识。现在这一切都发生在我身上。

"爱即将拥有我那温柔的心灵"[9]，爱很快地占据了温柔的心，就像我看到的那样，它占据了我的心，显示了它的温柔多于强硬。我告诉你，我是她悲伤的探访者和观察者，然而，当我记录她的知识时，我开始拥有了它。佛兰切丝卡说：

是爱不能原谅心爱的人不以爱相报，

他的英俊令我神魂颠倒，

你也看出，至今这爱仍未把我轻抛。[10]

我只想观看。但是她正在看他。她的观察者也见到了他。我几乎分不清我是旁观者还是她是。她希望卡灵顿现在赢得辩论。她想一路抵达那个结论，这样她不会比爱更加幸福。

[331] 我太累了，这一切都令我震颤。我还没有写完信。最奇怪的是，我比她更为疲惫。我来告诉你接下来要发生什么。她还会继续写一些。你能相信吗？她会一直回到她那最初列出的异议清单，现在称它们为异议7、8和9。她把它们写了出来，给卡灵顿的案例增添了新的力量。她又加了两个她刚刚想到的可以帮助她的案例。一个指责柏拉图式的清单使爱看起来更明确且更有理性，不那么神秘；另一个则是让它过于活跃和由意志支配。我不想要照抄它们，你知道她会说些什么。并且我推断你希望现在她会精疲力竭，并绝望地入睡。这不是她。她父亲死时正在把文件放进公文包里。癌症使他的体重下降到原来的一半，他从未躺下过。她父亲的父亲曾经当过陪审员。经过十天的审议，他回到了家，陪审团无法达成一致，他们下令重新审判。他走进屋子对妻子说："这十一个人是我见过的最固执的人。"现在你应该知道你所面对的是什么了。你认为一个有这样背景的女士——并且最重要的是她还是一个哲学家——会因为现在是凌晨三点以及大部分橙子都死了而放弃论证吗？此外，你认为她会让卡灵顿以及死亡说了算吗？不，她要抗争到底，她手里拿着笔，一脚顽固地踩在他脸上，用柏拉图式的关于价值的回应来对抗爱情。

这就是她所处理的爱情。她就不能停止写作吗？

我就不一一照抄了。我将为你们展示最后一段。然后我就去睡觉了，要么我将像但丁一样昏倒。

因此，我建议对个体作为爱的对象进行一种新的构建。我认为，我们可以将《斐德罗篇》中最好的要素与对最有力的浪漫派异议的一些让步结合起来。我们从对柏拉图的坚持开始，即最好的爱，那种对他或她真实样子的爱，是一种对人格和价值的爱。然而我们需要在《斐德罗篇》中展现的寻找人格的方式上做一些改变。对于前六个异议，我们已经就品质的多样性与选择的灵活性做出了让步。最后五个要求我们做出更加实质性的修改。我们会这样说：在任何以人格为基础的爱之中，恋人们也会看到彼此，并在真正的爱之中看到许多关系性的和不可重复的特征。他们不会偶然地喜欢这些东西，他们会把对方看作一个整体，而不是本质和偶然的结合体。因此，不可重复性对爱来说就会像可重复的一样成为爱的本质。历史本身也将变得不仅仅是一种赋能和外在的价值。他们也会因为它本身的缘故而爱它，甚至拒绝任何可能（**绝对不可能性**）保持同样的信任和知识的替代品。卡灵顿会喜欢利顿的人格和标准，她也会喜欢他的笑话、他们的来信以及他们多年的亲密关系。

然而，我们仍然可以坚持，《斐德罗篇》中的元素以以下方式占有首要地位。我们知道，要成为一个好的爱的对象，一个人必须拥有这些可重复的人格特征，而不是这些——比如致力于正义而不是非正义。我们不会以同样的方式关心这个人有哪些可爱的意外。肯定有一些，但只要它们在道德上是中立的，（不管他开的是关于奶酪的笑话还是其他的笑话），这似乎都无关紧要。 [332]

这种建构允许真正的哀悼，因为这是一种内在价值的真正丧失，一去不返。但它也意味着，当一段特殊的爱逝去时，并不是一切都消失了。《斐德罗篇》的元素将支持个体并为一段爱到下一段爱提供连续性。因为恋人双方都为了他们自身而爱着这些价值，所以进行这样的探究不会是不忠的。

这种建议并没有完全使失去爱的人减轻负担。在某种程度上，它使它们变得更加艰难——通过坚持将两种很难单独找到的元素巧妙地结合在一起。有些人确实很好，有些确实是真正令人愉快和"对的"，两者兼而有之的很少。浪漫主义者可以从柏拉图主义的思想中得到安慰，经过如此修改，实际上会让事情变得更糟。

现在她终于要睡去了，感觉像打了一场胜仗。她不会死，她不会。那我呢？就如但丁所说，以及他之前维吉尔笔下的狄多所说，"我认出了旧日情焰燃烧的痕迹"[11]，我认出了那些踪迹。

现在是早晨。当晨曦降临佛罗里达时，她便起身去高尔夫球场跑步。因为即便在她想到死亡的时候，她也从未想过不健康。在佛罗里达宜人的阳光下，雪正一点点地消融。她一如既往地跟着柏辽兹《幻想交响曲》中的《赴刑进行曲》的曲调，当她想继续下去的时候，她可以在脑海中浮现出这样的情景，但却以一种悲剧的方式。她从一个跑道进入下一个跑道，意识到她不知道回她的主人家的路，但她确信这些数字会让她安全回来。她注意到邻近的房屋华丽却丑陋，并想起了真正的美。她不想继续下去。她继续前行。当冰冻的地面开始在她脚下融化时，柏辽兹的进行曲暂时停止。一个脑袋，在门口燃烧。这个不幸的爱人又从一个遥远的地方听到了他唯一恋人的音乐，温柔而空虚。他飞过来，盘旋在断头台上方，天使站在那里。然后，瞬间的铜钹撞击声将一切结束。她继续前进，就如她想自己可能的那样。有人在继续，她认为那是她。

我第一次见到他的时候，他正从铺满阳光的大厅走廊走来，有说有笑，他的整个身体都被从门口射进来的阳光强烈照亮。在我看来，他就像透纳笔下站在阳光中的天使，或者像一个对应着善的天使，得胜却温柔，力量中有仁慈。在那耀眼又危险的光辉中，是否存在可重复的价值品质和特殊的偶然事件之间的区分？还是说这一切都是同一种无缝的"完美"？不管她怎样去建构，在我看来，这个问题似乎仍然没有清晰的答案。如此多的事情都取决于你打算用它做什么。如今，我不想用它来遗忘。虽然曾经我想要那样做，但现在不想了。"现在我就在故事之中。"[12]——爱欲，不容被爱者不去施爱——"猛然借此人的魅力把我掳住。你看，他现在仍不肯把我放开。"[13] 我现在就在故事里，四处漂泊。"爱欲，把我们引向同一条死路。该隐界在等待毁灭我们的人。"[14]

那么，我到底是谁？我是那个死去了的，被风载着，因爱而死却在死后继续去爱的佛兰切丝卡吗？或者，更有可能的是，我应该对她的死亡负责？对她的爱的死亡负责？对她的迟钝与幸福负责？叛徒的冰冷心灵才是公正的奖赏？我曾经能够把我自己和她区分开来，把我的叙述之声和她的叙事之声区分开来。我曾是那个聪明、谨慎、略显强硬、乐观的人，那个会讲笑话的、快活的、会写情书的人，那个通过对普遍价值的柏拉图式的承诺而活下来重新去爱的人。她是脆弱的人，为失去而悲伤，被混乱的欲望洪流搅得不知所措。于是我同情她，像但丁那样靠近她，她强烈的虔诚让我的救赎黯然失色。现在呢，我们不是换了位置吗？她走了，沿着融化的球道奔跑着。听着谁也不知道的浪漫音乐。但她还是坚持着，一边想一边跑。她活了下来。她很快就会像我一样。现在我在哀悼，现在我感到过去的力量压在我身上，我和她没有什么不同，我不会写完写给别人的情书，我将成为由她的爱组成的个体。

[333]

我拒绝比爱更加幸福。

我没有想到故事会这样结束。显然，我的写作对我的影响和她的写作的影响是不一样的。也许是因为这是一种不同类型的写作。关于这些经验与伦理客观性之间的联系，还有很多要说的。但是我太沉浸其中，以至于无法言说。我看到的是一种"真实表达美和高贵的形式"。这就像一个在他们轻微浸没的船上的渔民。

那么，我找到我想要的东西了吗？不受控制的写作艺术？

我只写我现在想到的东西。明天就不是这个样子了。明天我要去见我现在的恋人。他是个体。他拥有很多可重复性的（甚至重复的）品质，但很多品质是独一无二的。我们将在一家好餐厅吃晚饭，我会讲一些关于这篇文章的笑话以及它对我的情绪产生的不同寻常的影响。我会说我有多么幸福,这将是真的。

"该隐界在等待毁灭我们的人。"

你想要什么样的结局?你以为我会崩溃,或者死去吗?记住,这是我写的。记住,这是你正在阅读的写作。

"去爱。并保持沉默。"

尾注

这篇文章是一次实验。对我来说,全心全意地投入这个计划似乎是必需的。本书反复出现的关于小说和哲学评论之间关系的问题在此以新的形式出现。潜藏在其他几篇文章(特别是"感知的平衡""叙事情感"以及"斯蒂尔福斯的手臂")背后的问题——关于作者的伦理立场以及这种立场对于生活中沉浸式的感知是否合适——在此成为一个中心主题。普鲁斯特和詹姆斯以他们不同的方式表明,文学艺术家的生活,或者更确切地说,艺术家在纸上写下的生活,是比没有被写下来的生活更完整的生活。贝克特认为,在文学表达方式所体现的关于生活的文化简化之[334]外和之下,可能存在着一种与世界更不受控制,或许更为亲密的关系。相比之下,狄更斯则认为文本中体现的生活与某种特定善的与积极的生活是同构的,在合宜性与爱之间摇摆,阅读这样一个文本会为好生活铺平道路。对此我们该怎么看?女主人公试图解决这个问题,在考虑既通过标准的哲学写作,也通过——带有许多不确定性的——文学写作来解决这个问题。

关于爱的立场与"爱的知识"和"斯蒂尔福斯的手臂"中对于爱的讨论有着紧密联系,也与"有瑕疵的水晶""感知的平衡"及"斯蒂尔福斯的手臂"中关于爱的讨论与反思有着密切关系。但是,就如我对柏拉图《斐德罗篇》的分析所暗示的那样(《善的脆弱性》第七章),它比这些文章中的任何一篇都更强调爱的渴求与惊奇。然而，就如"有瑕疵的水晶"和"斯蒂尔福斯的手臂"中所指出的那样，它也坚持指出，爱放弃严格的择优判断的重要性。整个回忆叙事者对她恋人的立场就例证了这一特征。因为这个故事的模糊性为判断与怨恨留出了空间，如果这是她想要去感受的。但是，就如斯蒂尔福斯面前的大卫，与阿梅里戈独处的玛吉那样，她爱的时候并不去询问是否存在怨恨的理由。我并不是说，在爱的背景中怨恨总是缺乏合法性，有时候它甚至是不幸的恋爱经验中不可避免的部分。但是，即便是在其获得合法性之处，甚至在不可避免之处，我相信，针对一个曾爱过的人的怨恨，也是一种在道德上丑陋的状况，是与一种特定的真实感知的特殊性（参见"感知与革命"）不相兼容的状况。这也是一种可能不适合讲故事的心灵状况。在此，我同意《大卫·科波菲尔》以及《卡萨玛西玛王妃》中的暗示，即小说家对人物的爱与不加批判的关切是爱的典型要素，一个人在生活中需要以此为目标。

普鲁斯特笔下的马塞尔认为，所有爱的故事都应当是自传性的，这意味着它们应当根植于作家自身的心理与痛苦经验。但他也建议作家，任何这样的叙事都不应仅仅基于单一的经验，而应基于一种普遍形式或模式的提取，这种提取至少来自两种经验。就自传而言，这篇文章企图遵循这一建议。这也意味着，基于我的爱的观念所写的文章，比基于他的爱的观念所写的马塞尔的故事要更少自传性质。因为不同于马塞尔（参见"爱的知识"），我认为，爱的本质存在于与另一个特定的人的关系之中，而另一个人的独有特征是内在于爱之中的。所以对我来说，一个在其中缺乏特殊性的人真正出现的故事不会成为一个爱的故事。人们可以说，这是一个悲伤的故事——在这个故事中，爱本身发生在被记录的回忆的边界之外的寂静之中。

注 释

1．M. 努斯鲍姆，《哲学与文学》杂志第 3 期（1979）《阿尔西比亚德斯的演说：对柏拉图〈会饮篇〉的阅读》，第 131—172 页。修订版成为《善的脆弱性》第六章。同样参见《善的脆弱性》第七章中对柏拉图《斐德罗篇》的诠释。

2．参见本书"有瑕疵的水晶"一章。

3．作者在此使用意大利语"nel mezzo dal cammin"，是但丁《神曲》的开篇之言。——译者注

4．美国佛罗里达州州府。——译者注

5．但丁《神曲·地狱篇》第五章，第 113—114 行。——译者注

6．古希腊悲剧作家之一。——译者注

7．作者在此借用六世纪哲学家波爱修斯著作的标题。——译者注

8．底比斯的"圣队（Sacred Band）"是在古希腊由底比斯城邦的将军戈尔吉达斯建立的军队，因其出色的战斗力而获得声誉。圣队曾在公元前 371 年 1 月的留克特拉战役中击败了古希腊的一流军队斯巴达人而获得了荣誉。该军队不仅训练有素，而且成员特殊。其中 300 名士兵是 150 对同性恋者。《伊利亚特》中就曾经提到过关于青年战士之间的"爱情"，柏拉图也认为在战场上的一对"恋人"会为了彼此而血战。因此，这支部队会始终团结如一，因为每个士兵的行动不仅是为他自己，也为他的伙伴，为圣队和作为一个整体的底比斯军队。该军队最终被马其顿的亚历山大征服。——译者注

9．但丁《神曲·地狱篇》第五篇第 100 节。——译者注

10．但丁《神曲·地狱篇》第五篇第 103 节。——译者注

11．但丁《神曲·炼狱篇》第三十章第 46 行。——译者注

12. 但丁《神曲·地狱篇》第五章第 103 行。——译者注
13. 但丁《神曲·地狱篇》第五章第 104—105 行。——译者注
14. 但丁《神曲·地狱篇》第五章第 105—106 行。——译者注

第十四章

斯蒂尔福斯的手臂：爱与道德观念

I

我的女儿爱上詹姆斯·斯蒂尔福斯[1]的那个夏天，她十四岁，我四十岁。我们当时正在英国各地旅行，为了满足她的狄更斯式的憧憬，我们去了一趟雅茅斯，也可以说是去考察"犯罪现场"的。对于这种文学痴迷，我是宽容的，但很少同情。因为我觉得我很久以前就知道，即便我没有把写作伦理问题作为我的工作，我也会知道，斯蒂尔福斯根本不值得一个好人去爱。我也怀疑我女儿的阅读不成熟。因为我记得，狄更斯的用意是让读者从道德的角度来评判斯蒂尔福斯，而不是鼓励她或他爱上斯蒂尔福斯。充满母性优越感的我，厌倦了雅茅斯的花哨粗俗——1987年，这里炼油厂林立，夏日度假设备廉价——为了证明自己的观点，我决定重读这本小说。

在最初的接触中，我坚定地站在梅尔先生一边，指责斯蒂尔福斯在对待其他男孩时自私、自负，甚至和艾妮斯一同警告无辜的大卫提防他的坏天使。一个下午，坐在雅茅斯的岸边，七月初的阳光下，我背对着那些丑陋的赌场、廉价的旅馆、粉色和蓝色的小别墅，我把目光从小说的书页移开，转向召唤着我的广阔的深蓝色海面，我感到脸上吹过一阵海风，心中一阵激动，在每个事物的崭新面貌前感到的那种感官上的愉悦，不知怎地与小说篇章中栩栩如生的描写，尤其是与一股来自斯蒂尔福斯存在的力量联系在了一起。我感到我的心突然挣脱束缚，愉悦地从坚定的评判纵身跳入欲望的浪潮里。当我继续读下去的时候，小说中的语句令我"心跳加速""热血上涌"，直到怀着泪水与爱，母性的权威彻底溃败，我才看到他在我面前，"头枕在胳膊上躺着，就像我在学校里经常看到的那样"。[2]

　　在这篇文章中，我想要问的问题很简单：这里发生了什么？首先，[336]爱的观念与道德的观念是如何联系在一起的，确切地说，二者之间的紧张关系是什么？同时，小说的阅读，特别是对这部小说的阅读，如何探询这些紧张关系，又是如何将读者塑造成从一个世界、一个观念到另一个世界、另一个观念危险地来回滑动的跨道德能动者？

II

　　在道德哲学的著作中，特别是在英美传统中，有关浪漫之爱和欲望之爱[3]的主题鲜少被提及。在某种程度上，这是一个让人沉默的问题——因为这种哲学传统一直处于传统道德之中，这种道德总体上不赞成公开表达，甚至不赞成公开讨论深层的感受。另一方面，这也是一种风格问题：英美道德传统选择并认为最适合道德反思的风格是朴实无华的非修辞风格，通过这种风格，浪漫／欲望之爱并不能很容易或很充分地得到讨论。（例如，我们可以从休谟的叙述中看到这一点，他就这个话题的分析无法与他对傲慢或同情的分析相提并论，因其缺乏后者的说服力和直觉力。）这个话题似乎需要一种更文学的风格，一种使用隐喻和叙事的风格，一种呈现并唤醒强烈情感的风格。而所有这些英美道德哲学通常都避免这种风格。

　　但是，这些关于公共表达和风格的观点并不仅仅是这些哲学家对文化传统的一种不加反思的坚持。当然，哲学家是习惯的造物。我们可以在一些当代道德哲学家的作品中看到这种传统写作习惯带来的影响，他们捍卫亲密个人关系的道德中心性地位，其中最主要的关系之一是浪漫之爱。但是，从他们的书写来看，似乎哲学最好不要太深入地探讨这些关系的纹理，不要太仔细或太具体地审视它们对人类好生活所做的贡献。但是，正如我所说，习惯并不是这一传统中的哲学家的全部动机。还有更深层次的动机，源于对道德以及道德观念的信念，这些信念会质疑浪漫之爱是否能被正确地包含在道德之中，或者是除了颠覆道德视角之外什么都不是。[4]

粗略地说，其中一些深层原因是康德式的。浪漫之爱不是由意志支配的。相反，它是某种我们身上（至少部分）**被动的**东西。它让我们明白爱上一个人是我们无法选择的；它只是**发生**在了我们身上。我们不能完全掌控它发生的方式，或者好坏。就如品达很久以前观察到的那样，有些人是由"必要的温柔之手"托起，但"另一些人则是由另外的手"托起（《尼米安》Ⅷ）。因此，如果有人相信道德领域就是意志支配和主动选择的领域，那么他可能会像康德那样，认为浪漫／欲望之爱必须被放在道德领域之外。

[337]

这就是康德在《德性论》中，对**病态之爱**（pathological love）与**实践之爱**（practical love）做出显著区分的动机，病态之爱是他对浪漫的、非意志支配的爱的命名，而实践之爱是一种关心的态度，一个人可以通过意志对另一个人抱有这样的态度。因此它是道德的一部分。[5]此外，如果我们相信道德领域在人类生活中具有特殊的、也许是至高无上的重要性——这一信念似乎可以公正地归因于康德——那么，一旦做出了这种区分，我们就很可能会给予实践之爱以崇高的**人类**价值，而认为病态之爱的价值则要小得多。事实上，在康德看来，由于这两种爱之间的关系并不是简单的中立，由于沉溺于病态之爱，实际上会使我们远离正确的道德态度，削弱并颠覆它，由于积极培养道德态度则会激活我们的意志，使它们不那么容易屈服于病态的爱的诱惑，康德主义者很可能会把病态之爱视为一种低级的人类价值，甚至可能是一种贬值。

　　所有这些并不是说道德哲学不应该关注病态之爱这一话题。因为一个做出负面判断的人可能会专注于——就如斯宾诺莎那样——准确表明爱对道德究竟有着怎样的威胁，以及如何阻止这种威胁。[6]但是这种对爱的负面判断的确意味着，从道德角度写作的论文不会像恋人所看到的那样展示爱的价值，也不会从心灵内部以共情去审视爱的体验。

　　但我想在这篇文章中讨论的并不是这种对爱的反对。康德式的反对意见，建立在区分主动和被动的基础之上，其在解释我们的道德哲学中爱的缺席方面，无疑具有影响力。但是，就我们对理解**爱**的特性的兴趣而言，这种反对过于宽泛，可以说是一种粗糙而不够精细的反对。它抛出了太多东西来展示爱在道德上的问题。因为，如果它成立的话，它不仅反对（浪漫的）爱情，而且也反对所有其他的情感、倾向、激情，甚至是我们在某种程度上被动的感知状态。康德式的关于情感和激情的传统在怜悯和爱中发现道德问题，在友好的情感和爱欲激情中，在愤怒、恐惧甚至同情中发现道德问题——所有这些都是在道德上成问题的，因为它们不是受意志支配的。我在这里的目的不是要批评那种反对情感的一般论证。[7]

　　如果我们希望理解的是浪漫之爱，那么更能说明问题的是在基于同情或其他情感的道德中，这种爱是缺席的。因为很明显，那些认为道德应当建立于情感基础上的哲学家，坚持认为理想的道德观念应是富有情感的，包括康德所称的**病态的**感受，他们仍然认为浪漫之爱在道德上在特定的方面是成问题的。他们仍然认为，从道德的角度看（不被视为从道德角度来看事物的人的动机的一部分），它应该被排除在外，其原因与对被动性的一般拒绝无关。因此，如果我们想了解在我们的道德传统中，**爱**的独特困难之处是什么，我们最好审视一下那些论证。我也很清楚，如果我们的兴趣在于爱在英美传统的现代写作中的缺席，那么这种以情感为基础的论证方式，在很大程度上比康德传统更好地解释了我们

[338]

目前的处境，以及我们在道德哲学和小说之间的关系上的矛盾心理。最后，如果我们需要一个进一步的诱因来审视这些反对爱的论证，我建议我们要有一个有力且有说服力的诱因。我相信它们清楚地描述了在爱和道德之间确实存在的紧张，并且，以这种方式，它们促进了我们对这个问题的理解：浪漫的爱在一个人的好生活中可能扮演什么角色，或者不扮演什么角色？[8]

首先，我将对我感兴趣的论证——亚当·斯密的《道德情操论》——做一个简明的哲学陈述。[9]斯密本人指出，我们通过考虑自己作为文学作品的读者或戏剧观众的经验，来发展对反对意见及其力量的感受；因此，我们将审视这种类比。但作为一种道德经验，读者的经验比斯密所允许的更为复杂。为了探究这种复杂性，我们将回到《大卫·科波菲尔》，我认为它是英国小说中对浪漫之爱与道德情感之间紧张关系处理得最深刻有趣的文本之一。我们将会探询艾妮斯的手臂与斯蒂尔福斯相反姿态之间的关系，艾妮斯的手臂在道德上是向上的，而斯蒂尔福斯则轻松地将头枕在手臂上。这将引导我们思考叙述者与道德和浪漫之间的关系，以及他的叙述是如何在他与我们之间，以及这两种观点之间移动的。

Ⅲ

在《道德情操论》中，亚当·斯密论证指出，理想的道德视角——即"公正的旁观者"的视角——是一种富有感情的视角。这个旁观者不仅会感到同情，而且还会感到恐惧、悲伤、愤怒、希望以及爱的某些类型，这是他对周围环境、目标和他人感受的积极、具体想象的结果。[10][339] 这个旁观者的感受不仅是一种意志上的关心态度，还是真正的激情；斯密显然相信，培养激情是可能的也是必要的，它可以让人们更多而不是更少地具有回应性，也就是说，在特定的时间以特定的方式更具被动性。在斯密看来，正确的感受（通过告诉我们应该做什么）在道德上是**有用**

的，同时作为一种对我们面临情境中伦理特征的恰当认知，它本身在道德上也是**有价值的**。斯密在此引用了古希腊斯多亚学派，[11] 对他来说，激情有一个认知的维度——它们至少部分是由信念构成——因此他很自然地认为，它们既是指导，也是认识的一部分。

激情与这种深思熟虑的承担之间的联系是由想象锻造的。通过培养我们生动地看到他人痛苦，从他人的角度来想象自己的能力，他明确指出，这是我们**可以**有意让自己去做的事情——我们使自己更有可能做出道德上有启发性的、恰当的回应。显然，斯密相当重视作为这种道德发展源泉的文学，对他来说，文学也是一种对理想旁观者的人为构建，它引导我们自然而然地获得道德上的良好视角，并以这种方式为我们提供了一个在现实生活中可以参照的模式。因为，为了向读者展示他关于理想旁观者回应的特定主张是什么意思，或者为了支持他的断言，即旁观者在某种情况下的回应是这样而不是那样，他经常提到我们作为故事读者和戏剧观众的经验，让我们注意我们在那种角色中所体验到的情感。[12] 比起他想要说服我们的生活道德问题方面，他认为作为读者和旁观者的体会对我们来说更熟悉、更牢固并且更具体。他还假设，我们会赞同文学读者在结构上与旁观者的道德角色是同构的，因此，在现实生活的道德领域中，一个模棱两可的问题可以通过诉诸文学经验合理地加以解决。读者的经验本身就是一种道德活动，一种为生活中的道德活动而进行的想象力的培养，也是对现实生活中判断和回应正确与否的检验。

然而，非常值得注意的是，在如此强调激情的培养的过程中，有两种激情在我们的生活中以及（或者我们可能会怀疑）我们的文学经验中扮演着重要角色。斯密认为，这两种激情并不存在于"公正的旁观者"身上，因此，当我们描述道德得体的限制时，就将其完全忽略了。尽管大多数的激情是受节制的和被引导的，激情仍然受到道德视角的辛勤培育，而有两种激情却完全被忽略。这两种激情是身体的欲望，包括性欲，以及所谓的"产生于想象力的某种特殊的倾向或习惯的激情"。后一类中 [340]

突出的例子是浪漫之爱。如果我们结合这两个段落，就会看到道德和道德观对爱与爱欲的全盘拒绝（这是斯密自己强调的，后者是前者的一个重要组成部分）。我想我们会看到，在爱与道德之间的那种颠覆性关系中，我们也有一个与康德一样毫不妥协的主张，尽管这个主张的辩护论点与拒绝被动性毫无关系。

这个论证是怎么展开的？让我们先谈身体性激情。斯密让我们想象一下，他的公正的旁观者正看着另一个为饥饿所困的人。如其他场合一样，这位旁观者被想象成一个关心当事人的朋友，在情感上关心他们的幸福与不幸，能够生动地想象成为他们会是什么样子。与此同时，他过着与他们截然不同的生活，主要通过想象而不是互动将自己与他们联系起来。就如我所说的，斯密经常让我们看到这样一个旁观者是什么样的，他会有什么样的感受，让我们把他想象成我们自己，就如在读小说或看戏剧时那样，关心那些人物并对他们的困境做出生动的回应。观察这个旁观者的感受给了我们一个检验的标准，以确定我们在自己的现实生活中，在我们不是作为旁观者而是作为道德能动者积极参与的情况下，应该有什么样的感受及其程度。（例如，通过提醒自己，那位友好的旁观者对我们的处境感到愤怒的程度是有特定限制的，我们学会对我们自己的个人情况不要过度愤怒。）

斯密现在论证如下：当我们读到一个饥饿的人的故事时（他说，"一则有关围困的日记或一则航海日志"），我们能够同情并回应我们在共情想象中假定的他们的悲伤、恐惧以及处于这种困境中的"惊恐"。作为读者，我们不能感受的是饥饿本身，因为那是基于我们所没有的身体状况。因此，饥饿本身并不是一种道德回应，也不是道德视角的一部分。[13] 我们可以通过说饥饿不是人类对世界做出全面而充分回应的组成部分，从而更好地传达在斯密关于人类能动性的论述中这一视角的核心思想。这并不意味着我们绝不应该感到饥饿，或应当为我们的饥饿感到愧疚；这只意味着我们不应当认同它，不应该认为它是一件好事，或者是我们真实人性的一部分。

斯密现在接着说，同样的道理也适用于"大自然把两性结合在一起的激情"。[14] 它是一种非常强烈的激情——事实上，"自然是所有激情中最激烈的"。但是，不像其他强烈的激情，诸如愤怒和悲伤，当我们应用这种旁观者测试时，它被证明是完全不合宜且非道德的。这种说法似乎是说，当我们以旁观者的身份去观察那些彼此有性兴奋的人时，我们不会被性欲激发。斯密说，在我们自己的状态下，我们最接近他们的兴奋是一种对他们的"殷勤（gallantry）"和"感性（sensibility）"的精神。就如在关于食物的例子中，斯密大概想说的是，阅读关于激起性欲的文字并不会令我们自己兴奋起来——尽管他在这里没有任何明确的评论谈到这种效果（与饥饿的例子相比，这正是文学突出的地方），这可能表明他对色情作品足够熟悉，以至于在这一点上感到了论证的困难。无论如何，结论如之前所说的那样，性欲是外在于那种关于世界的道德视角的，当我们从道德的视角来看待世界时，性欲被判定为不恰当的。"在任何场合，任何强烈表达爱的行为都是不恰当的，即使是在人和神的一切法律都认为尽情放纵是绝对无罪的两个人之间也是如此。" [15]

[341]

斯密现在又补充了一点。他说，古代哲学家认为，这些身体的激情之所以有问题，是因为我们与"野兽"共享它们。然而他的回应并非如此——因为我们与"野兽"有着许多共同的激情：

> 对所有源自身体的欲望，我们都一概觉得反感：所有强烈表示它们的举动，都令人恶心不快。根据某些古代哲学家的看法，这些欲望是我们人类和兽类共通的情感，和人性中特有的性质没有关联，因此不配享有人性的尊严。但是，有其他许多情感，同样也是我们和兽类所共有的，譬如，愤怒，自然的亲情，甚至辱激之情，却不会因此而显得那么的野蛮下流。当我们看到他人表现出身体的欲望时，我们之所以觉得特别恶心，真正的原因是我们自己无法附和它们。

对感觉到它们的那个人本身来说，一旦它们获得满足，引发它们的那个事物便立即变得不再令他觉得愉快；甚至那个事物的存在，反而往往会惹他不快；他回头想要寻找那个在一刻钟前还使他心荡神移的魅力所在，却遍寻不着；而他现在就好像一个旁人似的，几乎无法体会他自身一刻钟前的情感。当我们用餐完毕后，我们会吩咐餐具马上撤走；我们也会以相同的方式对待最炽热激烈的情欲所希冀的那些对象，如果它们只不过是源自身体的情感所企求的对象。[16]

换句话说，有一种观念是我们所深信不疑的，它表达了我们人性中一些非常基本的东西。这是因为当我们持这种观点时，身体的激情并没有出现在我们身上，我们必须将它们从道德中排除出去，而不是因为它们产生于我们身上某种兽性的因素。

在这个段落中，斯密对旁观者的描述存在一些问题：他倾向于模糊共情和同情之间的区别，倾向于混淆感受的合宜性和感受在公共表达中的合宜性之间的区别。[17]然而我们可以很好地看到这一论证的大致轮廓。一个有关怀之心的友人或读者，不能出于友好的关心而做出回应（我认为这一点不需要斯密的假设，即所有同情的回应都包含着**全然一致**的感受），读者不能被感动的东西，在道德上是多少值得怀疑的。我们现在来看下一组被禁止的激情：因为在这里，浪漫之爱本身遭到了拒绝。

在所有源于想象的激情中，斯密写道，有一些"源于想象的某种特殊倾向或习惯"。这些激情经常在道德上是成问题的：

[342] 一般人的想象，由于未养成那种特殊偏向，所以无法附和它们。这样的情感，即使一般认为是任何生命中几乎无可避免的一部分，也总是多少会显得荒唐可笑。在不同性别的两个人间，由于长期互相倾心思念对方，而自然滋长出来的那种强烈依恋的感情，便属于这种情形。由于我们的想象和恋人的想象一向不是在同一跑道上奔驰，

我们无法附和他们的情感热烈的程度。如果我们的朋友受了伤，我们很容易同情他的愤怒，并且对他所愤怒的那个人也感到愤怒。如果他得到了某项恩惠，我们很容易体会并且附和他心中的感激，并且也会深深地将他恩人的功德铭记在我们的心中。但是，如果他是在恋爱，虽然我们或许会认为他的感情完全和任何同类的感情一样合理，不过，我们绝不会认为我们自己有义务怀抱同一种感情，或有义务对他感情所投注的对象同样怀有这种感情。这种感情，除了感觉到这种感情的那个人之外，对其他每一个人来说，都显得完全和其对象的价值不成比例。恋爱，如果是发生在某一适当的年龄，虽然会被原谅（因为我们知道它是很自然的现象），不过，它总是会被嘲笑，因为我们无法体会、附和它。所有认真强烈的示爱动作，对第三者来说，都显得荒谬可笑；一个人，对他的情人来说，或许是一个很有趣的伴侣，但对其他任何人来说，他可不是这样。对于这一点他自己也很清楚，因此，只要他的各种感官还保持冷静清醒，总是会努力以揶揄逗笑的方式来对待他自己的这种感情。这是我们唯一还想听它被谈起的方式，因为这也是我们自己想谈论它的唯一方式。对于考利（Cowley）和彼特拉克（Petrarca）那种严肃、卖弄和冗长的爱情诗句，我们会逐渐感到厌烦，他们两人老是没完没了地夸大他们之间爱慕的剧烈程度；但是，奥维德（Ovid）的轻快风格，以及贺拉斯（Horace）的豪爽风流，总是让我们觉得愉快。[18]

他继续说，我们能进入恋人对幸福的期望，或者他们对失望的恐惧——但不能进入爱本身，让我们自己感受到它的严肃性与生动性。

斯密的观点似乎是，浪漫与欲望之爱建立在一种对与道德无关的特殊事物的强烈回应上，以这样一种无法解释的方式，它总是保留一种荒谬的、神秘的、极其随心所欲的元素。我们无法想象**为什么**爱会于这两个人之间在这个时候、以这种方式发生——所以我们无法从恋人自身的视角来看待爱情。更为可能的是，因为浪漫之爱包含了斯密的论证已然拒绝的身体性唤起，斯密在此称之为"也许是爱情的基础"。[19]

[343] 斯密现在回到文学读者问题。因为这似乎是一种很自然的对他的论点的反对，即浪漫之爱和欲望之爱是文学的主题，也是文学中最能打动和引发读者想象力的东西之一。斯密现在对此予以否认。恋人对幸福的渴望以及对不幸的恐惧——**这些**当然是文学经验的主要内容。他声称，这些都是我们对田园诗以及"现代悲剧和罗曼史"感兴趣的基础。然而，除非以已经提到的喜剧形态出现，否则**爱本身**并不是读者的兴趣对象：

> 作者如若呈现一对恋人在一个无忧无虑的场景中互诉衷情、互吐爱意，那他所引起的将是讪笑，而不是同情。这一类场景如果出现在任何悲剧里，总是多少有点不伦不类，而它的出现如果还可以被容忍，那也绝不是因为观众对那种场景当中所表达的感情会有什么同情，而是因为观众预先见到要满足那种感情很可能会遇上许多危险与波折而觉得忧心忡忡。[20]

斯密补充说，浪漫之爱由于经常与"人性、慷慨、亲切、友谊、尊重"混在一起，尽管它夸张且神秘，但实际上并不令人反感或讨厌，也许只是显得有点可笑。

为了在这里理解斯密的论证，我们必须首先尝试更清楚地说明，在他看来，浪漫之爱**是**什么。不像他的斯多亚学派前辈，也不同于笛卡尔和斯宾诺莎，斯密没有给出激情的定义，因此要弄清楚有点难。但我认为，我们可以从他在这个段落中所提供的例子和描述推断出，他认为浪漫之爱至少包含以下元素：

1. 性吸引和性兴奋所产生的相互感觉。
2. 关于对方至高无上的重要性的信念（大概是双方的）。这些信念超越了恋人可以向他人表达的任何合理的理由——即便它们也可能包含了一些可以表达的尊重的元素。[21]

我们可以补充说，斯密所描述的浪漫之爱似乎将这两种元素紧密地联系在一起：对**被视为**至高无上的价值和重要的人产生性兴奋。

3. 一种复杂的亲密的生活方式，包括语言与性欲在内的情感交流。在这样一种生活方式中，恋人们完全沉浸在彼此的世界里，长时间地不关注任何其他人，而且，在这种生活方式中，他们把自己置于私人性之中，不邀请或不想要任何审视甚至陪伴，寻求一种"完美的安全感"。对恋人们来说，这种生活具有神秘、私密和亲密的魅力，从外部来看，它全然被神秘氛围笼罩。 [344]

再一次，我们可以补充说，第三种元素与前两种元素密切相关：性欲是对被视为与亲密生活方式相关的那部分人所产生的，与他人无关；亲密感增强了对重要性的感受。与此同时，性欲与对重要性的信念是起初采取这种生活方式的强大动机。

我应该补充一点，通过坚持最后这个非常复杂的元素，在我看来，斯密似乎在这个话题上超越了他的哲学前辈。他们似乎把爱定义为某种情感和信念的结合，[22]但没有充分考虑到这样一个事实，即爱不可能存在于一个瞬间，而是需要一种相互交流和相互关系的模式，一种随时间推移而演变的相互关心的模式。通过这种方式，他将亚里士多德在友爱领域首次引入的洞见，纳入对浪漫之爱和欲望之爱的分析中：[23]从根本上说，爱是一种关系，根本不是**存在**于一个人身上的事物，而是一种随着时间的推移涉及感情、思想、利益和对话的给予和接受的关系。斯密补充道，对浪漫之爱而言，这种关系演变出了自己神秘的习惯，并以其神秘习惯的魅力为乐，而这对非参与者来说是如此不可思议。

斯密对这种关系的反对似乎恰恰是基于它的神秘性和排他性。我们可以把他关于旁观者的观点扩展如下：沉浸于爱的对话的恋人（我认为，重要的是，他的爱的范例场景是一个对话场景），就他们是恋人而言，不是旁观者。作为一种关注，投入爱之中是完全不同的，不同于一个公正的旁观者。因为恋人并不环视他们的整个世界，而是完全专注于彼此，他们不会进入别人的困境，他们的想象力也并不转向外部。同样，如果我们想象一个公正的旁观者在观察他的世界：不管他的想象力有多么敏锐，他都不能在其中感受那种恋人之间的激情。这对他来说是个谜，他看不到里面。因此，恋人既不会以同情的道德关怀的公正眼光来看待自己，也不能被别人这样看待。[24]

我们现在必须面对斯密论述中的含糊之处。因为有两种不同的方式可以理解旁观者的道德功能。〔这两种可能性出现在始于亚里士多德的解释最理想的评判者（ideal-judge）的观点。[25]〕在一种解读中，公正的旁观者仅仅是探索式的：激情中的道德适当性和合宜性是独立存在的，原则上可以独立于他的回应而得到规定，想象他的回应是我们找到适当回应的一种有效手段。在这种解读中，除了旁观者无法进入爱情之外，还有一些关于爱的不恰当的东西，一些需要辩护的东西，而旁观者则为我们指明了通往正确结论的道路。然而，在第二种更有力的解读中，旁观者的回应本身就确立了什么是道德上恰当的，什么是道德上不恰当的。他无法进入爱这一事实并不意味着这段关系中有一些独立存在的不当之处，正是因为他不能进入，才**使得**激情显得不恰当。这就是它的不足或过度之处。

[345]

我相信，第二种解读可以从文本中的一些段落得到强有力的支持。为了将我们自己限制在我们正在讨论的部分，我们可以回顾一下斯密的有力主张，即身体激情不恰当的**原因**并不在于饥饿和性欲中某种单独的野蛮；相反，我们负面观点的"真正原因"是"我们不能进入它们"。这可能只是心理学上的评论，但它看起来不止如此。不仅是原因，而且我们负面观点的正当性似乎都可以从旁观者无法理解这一事实中找到。[26]

在这种情况下，旁观者未能进入这些激情中的深层意义是什么？旁观者立场的道德意义是什么？[27] 我认为斯密的基本观点是这样的：道德本质上包括把自己看作他人中的一员，通过友谊和同情与他人联系在一起。反过来，这些联系本质上还涉及两件事。首先，它们要求我们环顾四周，可以说，对我们所看到的尽所能地思考。它们也包括一般的社交对话，给予和接受辩护和理由。因此，它们要求我们允许我们自己和我们的行为**被看到**。这些做法不仅表达了我们对同胞的关怀，而且还把他们与我们联系在一起，形成了一个相互关心的网络。这些特征在旁观者身上的存在，解释了为什么在思想中假设旁观者的立场可以成为假设道德观点的一种方式。我们已经把我们道德人性的最基本特征融入了有关旁观者的论述中。

我们现在可以补充一点，考虑到斯密对文学的信赖，为什么看戏、读小说和故事是道德发展的重要组成部分：不是因为它超越了自身，指向一个独立存在的道德领域，而是因为它是我们将自己塑造成道德的方式之一，我们因此成为完整的人。因为我们发现，在阅读小说时，我们很自然地把自己想象成一个充满深情和具有回应性的社会造物，用带有深情与同情的目光看待眼前的一切，关心所有的人，也关心把他们联系在一起的话语纽带。解读一部小说或戏剧，确实涉及一种富有同情心的推理，这是道德的高度特性。因为当我们试图进入情节时，我们会问自己，为什么人物会做他们所做的事。如果我们的探询只会导致神秘和武断，我们就会觉得反感。 [346]

但神秘正是爱情的全部。就爱而言，我们不能进入道德给予和接受的基本形式，这一事实正是使爱作为一种关系，不适合我们的最高人性，并颠覆道德共同体。

IV

斯密关于道德立场的观点，以及他将这一立场与小说读者的经验相联系的观点，在英国小说家对其创作的道德角色的反思中有着悠久的历史（无论是通过直接影响还是通过更普遍的文化传播）。[28] 我曾在其他地方论述过，亨利·詹姆斯对读者行为及其道德价值持有非常类似的观念。[29] 在支撑他的小说的道德视野中，詹姆斯对个人的爱以及诸如嫉妒和复仇的欲望等情感角色也有相关的担忧。在詹姆斯看来，爱既需要隐藏，也需要有意的自我遮蔽；既需要对他人的善置之不理，也需要要求他人把视线移开。由于这些原因，它威胁到一种有价值的道德关切准则。我曾暗示，正因如此，詹姆斯身上的个体之爱，可以说只发生在小说的页边空白处——在《金钵记》尾声之后的沉默里，玛吉在把她的双眼埋在丈夫的拥抱中后，悲剧性地放弃了对所有人平等的视野；在查德和玛丽·德·维奥内航行的那艘船被旁观者斯特瑞塞认出、在进入他和读者的一部分视野之前；在夏洛特和王子去格洛斯特的旅途中，在那里他们走出了小说的视野，进入了一种沉默，这种沉默预示着他们决心那一天"去"，只是"由"彼此去。作为读者，我们不被鼓励爱上詹姆斯笔下的任何人物，也不被鼓励对他们采取一种可能导致这种回应的立场。我们自己并没有被引诱，也没有被引导进入他们的沉默。通过这种方式，我们在道德上得到了支撑，作为"热切关怀的参与者"[30] 参与到所有人物的冒险中，即使我们被提醒，存在一些细微社会感知的道德所完全无法进入的沉默。

[347] 　　但斯密关于读者的非爱欲观点，以及詹姆斯类似但更复杂的观点，将爱欲的沉默复杂化，并不是小说阅读在道德上能提供给我们的全部。因为，如果说斯密关于我们不会被虚构人物诱惑的说法，在某种程度上对某些小说来说是准确的，比如詹姆斯的小说。我们也很清楚，还存在

小说阅读的其他体验，虽然仍然深刻地具有道德性，但也令人不安地具有爱欲色彩。也许通过研究在那些确实具有诱惑维度的小说中道德共同体与爱欲的隐私之间的关系，我们能够更好地理解在爱和道德的观念之间的紧张。我们甚至可能发现一条甚至斯密所未曾发现的介于两者之间的道路，一条道德自身得到最丰富和慷慨的解读，超越自身通向爱的道路。

那么，为了这篇文章的平衡，我将转向狄更斯的《大卫·科波菲尔》以及我开始时提出的问题：为什么这本小说所塑造的读者具有道德上的协调性，但他们却像大卫那样，爱上了詹姆斯·斯蒂尔福斯？这部小说为何以及如何以一个大卫·科波菲尔生命中的英雄究竟是谁的开放性问题开篇，并（显然）以道德的向上指向的动作为结局，时不时地把我们带出道德世界，进入由月光、爱情、魔法以及在枕头上弯曲的手臂所构成的"幽暗世界"中？

V

我首先要简单列举一些特定事实。[31] 大卫·科波菲尔出生的时候戴着头膜——这意味着他永远不会溺死在海上（49）。他出生的时间是星期五的午夜，这意味着他的生活将是不幸的，但他有"看到鬼魂的本事"。这是他一贯的幻想：他自己是从那个"幽暗的世界"里出来的旅行者（60）。由于贝西·特洛伍德猜想他生下来会是个女孩，他也一直幻想自己在鬼魂世界里有一个姐妹替身："贝西·特洛伍德·科波菲尔却永远属于梦幻的世界，也就是我新近游历过的辽阔的地方"。（60）这个幽暗的世界与他对已故父亲的思念有关，在他父亲的坟墓上方有一束光，照亮了所有这类鬼魂式的游子，在夜晚闪烁着神秘的光芒（60）。大卫的父亲给大卫留下了一堆小说，他如饥似渴地读了又读，"似乎是为了生命而阅读"。（106）狄更斯在小说的序言中，讲述了他自己完成小说时的悲伤，他将小说的整个世界与大卫想象中的鬼魂世界进行比较："当一位作者头脑里生出的无数造物永远地离开他的时候，他会觉得好像把自己的一部分丢弃到了那个幽暗的世界中"。（45）（我认为这与其说是一种自传体式的陈述，不如说是小说的一部分：狄更斯以这种方式将自己作为一个角色融入了自己的文本中。）在（他自己写的）小说的最后，大卫·科波菲尔表达了一种类似的悲伤——"我克制自己恋恋不舍的心情"（950），他摒弃了"那些虚幻的形象"，直到只剩下艾妮斯的坚实的现实。

[348]　　我们现在再补充几个事实。大卫与詹姆斯·斯蒂尔福斯之间的关系令他在担当一个叙事者角色的同时，还是一个月光和阴影、魔法和咒语世界的居民，在这个世界中，他就像山鲁佐德王后一样（145），他"被当作一个玩物那样来珍爱"（146），后来又扮演了同样被珍爱的角色"雏菊"，他的无辜就是他诱人的力量所在。斯蒂尔福斯从一开始就把大卫和他那鬼魂世界中的双胞胎姐妹联系到了一起：

> "你有姐姐吗？"斯蒂尔福斯说着打了个呵欠。
>
> "没有。"我答道。
>
> "真可惜，"斯蒂尔福斯说，"你要是有个姐姐，一定是个又漂亮，又胆小，个子不高，眼睛发亮的姑娘。我会很想认识她的。晚安，小科波菲尔。"（140）[32]

科波菲尔，或者说是他那幽暗世界中的双胞胎姐妹，凝视着睡在神秘月光下的斯蒂尔福斯，从那一刻起就爱上了他：[33]

> 上床以后我还想了他半天，记得我还欠起身子看他，只见他躺在月光中，他那漂亮的脸朝上，头枕着胳膊，显得很舒服的样子。在我眼里，他是个很有势力的人，这当然也就是我老想到他的原因。在月光中，他的未来没有显出些许端倪。我梦见彻夜在花园里徘徊，

也没有隐隐约约看到他的足迹。（140）

这个"理由"当然不是理由；它实际上是说，没有理由，只有巨大的力量。他爱是因为他爱，在他的梦中，他不考虑道德。在文章本身的感性节奏中，我们感到他已经进入了另一个世界，一个有月光和阴影的世界，一个神秘自在和喜悦的世界，一个想象力有特定变化的世界，在那里，一切理性都终结了。

有两种姿势构成了小说的框架。第一个是斯蒂尔福斯的手臂在枕头上弯曲的姿势，支起他"一头卷发"的"俊秀面容"（139）。[34] 第二个是小说结尾艾妮斯的姿势：她站在斯蒂尔福斯的身边时，她的手臂伸向天空。第一个姿势成为斯蒂尔福斯的主题，正如向上的姿势成为艾妮斯的主题一样。就像他的好天使和他的另一个天使〔因为只有艾妮斯称斯蒂尔福斯为"恶魔"（426）〕，[35] 他们在他的心中、他的床边占据着一定的位置〔我发现你属于我的卧室"（137）〕，他们是截然不同的守护者，从他们不同的世界召唤他。斯蒂尔福斯的姿势在小说后面的两个关键时刻再次出现，以一种令人难以忘怀的具体景象出现，在其中，感官感知和充满情感的记忆结合在一起。在大卫最后一次见到斯蒂尔福斯时，是在斯蒂尔福斯引诱艾米莉之前，最后一次见到他活着并把他当作深爱的好友时，正是这个姿势，再一次将他捕获： [349]

> 天刚蒙蒙亮，我就起来了。我尽量静悄悄地穿好衣服，往他屋里看了看。他睡得正香，头枕着胳膊，轻松地躺在那里，在学校的时候，我就常常见他这样躺着。
>
> 时间过得很快，说到就到了。我几乎有些纳闷，他睡觉，我看他，他怎么就不觉得有什么打扰呢。然而他却是在熟睡——让我再想一想他那睡觉的样子吧——在学校的时候，我就常见他这样熟睡。就这样，在这清静的时光，我离开了他。

——哦，愿上帝饶恕你，斯蒂尔福斯！我永远不会再接触那只在爱情和友谊方面都消极的手了。永远永远不会再接触它了。（497—498）

应当注意到，这里的姿势是这个正在回忆的小说家当下生活的一部分，因为他的写作艺术把他带回对斯蒂尔福斯的视野与爱之中。

多年之后，在遇难水手的尸体被冲上雅茅斯海岸时，大卫认出了它，不是通过它的形状或特征，而是通过同样的姿势：

> 看样子，我回想起来的那个人，他也回想起来了。我非常害怕，他伸手来扶我，我倚着他的胳膊问道：
>
> "有死尸漂到岸上来吗？"
>
> 他说："有。"
>
> "我认得吗？"我又问道。
>
> 他没有回答。
>
> 但他领我来到海边。就在小时候她和我一起捡贝壳的地方；就在昨晚吹倒旧船，碎片散落的地方；就在他危害的这个家破败的地方——我看见他枕着胳膊躺在那里，上学的时候，我就常见他这样躺着。
>
> 啊，斯蒂尔福斯啊，咱们最后一次谈话，我没想到那竟是咱们的诀别，当时你不必说呀——不必说"想着我的好处吧！"我一直就是这么做的。现在看着眼前这个样子，我还能变吗？（866）

除了叙事者/小说家在生活中经常做的梦之外，我们已经被告知，在他写作的时候，这整个事件都生动地呈现在他面前："既然我清楚地看到了发生的事情，我就要把它写下来。我并不是回忆它，而是看着它发生，因为它又在我眼前发生了。"（855）。

我们可以从这两种姿势开始研究小说中爱和道德之间的紧张关系。

艾妮斯向上指的姿势清晰、明确、遵循惯例、直白。它所表达的意义，以一种任何看到的人都能理解的方式说："你应当更坚守道德正道，更配得上升入天堂。"这是来自雅克－路易·大卫的苏格拉底肖像中的著名 [350] 姿势，事实上来自许多时代数以万计的宗教绘画与雕塑。〔艾妮斯，在她"宁静的光明"中已经被叙述者比作画在彩色玻璃窗上的形象（280）。[36]〕这是一种道德话语，一种给出理由及建议的姿势；"那是因为你和别人不一样。你那么善良，脾气又那么好。你性情那么温柔，看问题又一看一个准儿。"（333）这是一种并不是艾妮斯个人的姿势；我们觉得，任何人都可以用它来表达同样的意思。这也不是个人意义上直接针对大卫的姿势：就像她给每个人建议一样，她向所有人指明了道德的路径。说它是充满同情心的和公正的旁观者姿势并不夸张，在小说中，这种姿势代表了道德和说明理由的道德话语的没有阴影的公共世界。

相比之下，斯蒂尔福斯的姿势没有任何公开交流的意思。它唯一的意思是他在那里。这是神秘的，感性的，他的姿势超越了任何解释和理由。它挥之不去的力量不是来自说明理由的公共世界（事实上，它分散了大卫的注意力，使他无法对斯蒂尔福斯的行为进行道德判断），而是来自个人情感和个人记忆的私人世界。这是他独有的、令人难以置信的特点。大卫就是通过这种特征认出了他。对大卫来说，其坦然的魅力和爱欲的优雅是阴影和月光世界的一部分，而不是说理和辩解的世界的一部分。他无法解释它的力量。他只能用令人难以忘怀的、近乎咒语般的语言重复描述，好像这些描述和姿势对他、对我们来说，就是一种魔咒。最重要的是，这种姿势以及用来描述它的语言，都是充满爱欲色彩的。艾妮斯将身体作为道德的工具；我们知道，当大卫写这部小说时，他看见她和他在一起，被孩子们环绕，"沿着人生的道路往前走（946）"——这是典型的艾妮斯缺乏感官新鲜感的隐喻——象征着对身体的道德使用。在斯蒂尔福斯的姿势中，我们感受到一种神秘和兴奋，那是一个被一种独特的精神激活的身体，除了它自己及其所倚靠的床，没有任何指向。

艾妮斯的姿势令我们感动，因为它提醒了我们对好生活的渴望，我们可以向自己和他人表达这种渴望。斯蒂尔福斯的手势触动了我们，不是因为我们看到了它之外的其他东西，而是因为它为我们创造了一个感性的现实，因为通过爱欲和魔咒语言的魔法，我们自己被带入了迷人的爱的世界。当这种语言以其自身的魔力触动我们时，我们所感受到的情感与大卫的情感相类似。我们从那只手臂感受到一些无法解释的情欲兴奋，一种心绪荡漾，以及对一个特定个体绝对不可抗拒的忠诚，都存在于大卫的爱中。在这种姿势中，我们被引导着，就像大卫被引导着一样，超越了道德。手沿着枕头弯曲，手指指向前方。[37]

[351]　　狄更斯对这些手势的反对让我们感到不安，让我们意识到（当我们从一种观念过渡到另一种观念时）欲望之爱的许多有问题的特征，我们在反思斯密时已经提到过。我们更为不安的原因是我们对这种姿势的回应违背了我们的意愿，可以说，甚至与我们的意愿相左。正当我们以为自己对斯蒂尔福斯人格的判断在道德上最有把握的时候，我们却在那里，在月光下望着那张床，准备哭泣。我们注意到爱的神秘特性，那是一种无法言说的亲密。我们注意到，深陷于那一刻时，我们就不再关心他人，也将不会被他们看到。我们不关心可怜的梅尔先生所遭受到的不公，我们暂停一切普遍的同情。我们甚至不关心哈姆·裴果提，因为我们和艾米莉都知道，他确实是一个"呆头呆脑的家伙"，我们也会很乐意追随斯蒂尔福斯去他召唤的地方。我们当然不会允许艾妮斯在这些时刻看着我们，告诉我们他是一个多么坏的天使，并谈论道德的提升。当我们听到斯蒂尔福斯的脚步声时，我们的反应就像大卫一样，他说这脚步声使"我的心怦怦直跳，气血上涌"（485）。艾妮斯——尽管我们没有完全忽略她——被暂时关在一个避难所里，也就是说，在那里她不被允许警戒或者旁观。就如大卫所说：

　　　　我从来没有忘记过艾妮斯，自打我把她放在我的脑海深处——

假如我能用这个字眼的话——她就从来没有离开过这个地方。但是斯蒂尔福斯进来以后，站在我面前，向我伸出手来，落在他身上的阴暗东西就都亮了起来，我感到内疚，也很不好意思，因为我怀疑过我那么用心爱过的人。我并没有因此而减少对艾妮斯的爱，我仍然把她看作我生活中温柔善良的天使；我因为伤害了他而责怪自己，但我不责怪她，我愿意向他赎罪，假如我知道应该做什么和怎样做的话。（485）

这部小说的大部分情节都发生在白天的世界，一个社交和他人关注的世界里，在这个世界中，善良的心灵关心着周围环境的每一个部分，带着积极的同情，努力做好事。在这个世界中，大卫可以向我们解释**为什么**每个事物是好的或坏的，在这个世界里，他的情感永远与这些理由成正比，我们可以说，在富有同情心的说明理由的社会话语中发挥着积极的作用。但是，从小说的开端我们已经意识到，这部小说中也存在着一个更黑暗的世界，一个充满阴影和鬼魂的世界——这个叙述者向我们展示的不仅是他自己作为一个可以进入那个世界的人，而且同时还是一个拥有女性替身，漂亮而敏感，住在那个世界的人。那么，他就能接触到那个替身，那个现实。雏菊和斯蒂尔福斯的（山鲁佐德王后和苏丹之间的）爱也正是存在于与这个同情的道德世界相对立的反面世界中，或者更确切地说，存在于这个世界的边缘。

当然，大卫对斯蒂尔福斯的爱包含很多旁观者可以看到的东西：对斯蒂尔福斯的力量和胆量、他的勇气和智慧、他几乎毫不费力就能干成任何事情的能力、他的坦诚和亲切、他保护和关心大卫方式的钦佩。斯蒂尔福斯对大卫的爱（因为我想我们也许真的可以在这里讨论爱），虽然更隐晦，但在某种程度上也同样被理解为：它致力于展现雏菊的清新、光明、纯洁，他的信任、他的智慧以及他的忠诚。大卫经常表达他的爱意中可传达的钦佩的那一面，似乎他是在试图向自己证明，他的爱是可

[352]

以向他人解释的，是可以给出理由的，从而把它带入公共世界之中。[38]
但是，他种种尝试的缺点只会使我们更加确信，这并不是一种完全可以
被清晰表达的关系。[39]

因此，从一开始我们就意识到，在这种爱中，也有许多旁观者无法
进入的地方——而且，就我们所能做的而言，我们被小说引导着，脱离
了旁观者的角色。二人在身体上的爱欲只是这神秘的一部分。但这一点
在大卫有关斯蒂尔福斯长得漂亮的多次评论中，[40] 在他对斯蒂尔福斯在
场时的身体反应的描述中（心脏跳动，血液涌动），在他对斯蒂尔福斯其
他朋友的嫉妒中（416），以及在他对斯蒂尔福斯的头和手臂感性姿势的
回应中，都得到了强调。同样，在一丝不苟之中，他告诉我们他和斯蒂
尔福斯"在他家门前热情地告别"（347）、睡在雅茅斯不同的屋檐下等等，
在他对触摸斯蒂尔福斯双手的沉迷中，在斯蒂尔福斯想要认识大卫幽灵
姐妹的愿望中，在"他把我当个玩意儿的潇洒方式"中（358），在对雏
菊这个名字调情式的使用中，这种爱也得到了强调。

但是欲望的／浪漫的关系超越了喜欢和调情。我们感受到的是一个
神秘的世界，充满对话、故事讲述、轻松和欢笑，充满魔力和被理解被
爱的魅力。从一开始，斯蒂尔福斯就向大卫能进入幽暗世界的那部分召
唤，"如果说我本来就有点爱好幻想，喜欢传奇，由于老摸着黑讲故事，
就更有所发展"（146）。他与斯蒂尔福斯的第一顿饭使他进入了一个月光
与魔法的世界，荧光盒的蓝色光芒洒在一切事物上，散发出奇特诱人的
光芒：

> 我们坐在那里低声说话——或者应当说，他们说话，我只是恭恭敬
> 敬地听着。月光从窗口照进来，照在窗前的地上，画出一个灰白色
> 的窗户的轮廓。我们大都坐在暗处，只有在斯蒂尔福斯想在桌上找
> 什么东西，把火柴往磷盒里一蘸的时候，才有一道青光把我们照亮，
> 但这青光马上就消失了。因为黑，又是秘密聚会，而且只能小声说

[353]

话，回想起来，我不知不觉又产生了当时那种神秘的感觉。他们说
什么我都听着……（138）

在这个世界中，斯蒂尔福斯是个魔术师，散发着他那奇异的光芒，
大卫再次出现在他面前，即便是他把我们带到那里去。这种爱是在夜晚
的家里，在卧室里；它的魔力似乎在大卫周围创造了一个月光照耀的世
界。因为我们总是不舒服地意识到，斯蒂尔福斯那难以解释的魅力：

> 他的举止很自然——轻松愉快，而不盛气凌人——我到现在还
> 认为他这样的举止自有其迷人之处。想到他的动作，他的活力，他
> 那优美的声音，他那漂亮的面孔和身材，特别是他那内在的吸引力
> （有些人的确具有这种吸引力），我到现在还认为他有一种魅力，使
> 得人们不由自主地向它屈服，没有多少人能抵挡得住。（157）

当然，艾妮斯对此非常反对。我们不得不说，这种爱的本质是一
种无法解释的魅力，它太特别了，以至无法解释。这种魔力构成了一种
相互间的亲密关系，在这种关系中，大卫"比任何其他朋友更接近他的
心"，[41] 而斯蒂尔福斯则住在大卫的梦中（347）。

此外，作为读者，我们被小说家的艺术（通过感知记忆的生动，大
卫告诉我们，这是他自己叙事天赋的核心）引导，进入了这个幽暗的世
界，并通过大卫诗意的语言运用的迷人力量来感受它的魅力。在爱的想
象和习惯的引导下，我们也通过尸体在海滩上的姿势认出了他，并悲伤
地加入大卫对他经常触摸的手的最后告别：

> 我在这所阴郁的宅子里走了一圈，把窗户都遮挡起来。停放他尸体
> 的那间屋子的窗户，我是最后遮挡起来的。我拉起那只像铅一样沉
> 的手，把它贴在我的胸口，除了偶尔听见他母亲的呻吟，仿佛整个

世界都处于死亡与寂静之中。（873）

这章就此结束，我们也陷入沉默。

这种浪漫的和参与性的读者概念，不仅建立于小说的结构中，而且还建立在它召唤读者的爱欲方式中。这在小说中也被明确地描述为大卫早年作为读者的经历。阅读小说是他逃离莫德斯通家阴郁宗教的避难所，也是他在鬼神世界里与父亲重新接触的途径。他的阅读充满激情，全心投入，因为他在幻想中演绎了他最喜欢的情节及其关系：

[354]　　　　我父亲在楼上的一间小房间里留下来为数不多的一批藏书，由于那间小房间紧挨我的卧室，我可以很容易拿到它们。正是从那间无人管理的小房间里，走出了罗德里克·兰登、佩里格林·皮克尔、汉弗莱·克林克、汤姆·琼斯、威克菲尔德教区的牧师、堂吉诃德、吉尔·布拉斯和鲁滨逊·克鲁索这么一群显赫人物，他们都把我当作朋友。他们保全了我的幻想，保全了我对某些超越我当时处境的东西的希望。他们——还有《一千零一夜》和《源氏物语》——没有对我造成任何伤害，如果说他们有的包含着什么有害的东西的话。我并没有受其影响，因为**我**不知道有什么有害的东西。现在连我都感到惊讶，当时我的功课越来越繁重，我努力学习，背诵的时候还老卡住，我是怎么样找到时间读这些书的呢。现在连我都感到奇怪，当时我一方面把自己比作书中我喜爱的人物，一方面把莫德斯通先生和他姐姐归入坏人那一类，我这样做，怎么就把自己从我那些小的烦恼中解脱出来了呢（对当时的我来说，那些都是很大的烦恼）。整整一个星期，我觉得自己是汤姆·琼斯（孩子眼中的汤姆·琼斯，一个天真无邪的人）。整整一个月，我把自己比作我心目中的罗德里克·兰登，我的确做过这样的事。我特别喜欢书架上那几本游记，有海上的，有陆上的——具体叫什么名字，我现在不记得了。我还

记得一连多少天，我用一套旧靴橙中间那一块武装起来，在家中归我使用的那块地方跑来跑去，一本正经地表演英国皇家海军某某舰长有被野蛮人包围的危险，决心以死相拼，让敌人付出高昂代价的戏码。舰长永远不会因为有人用拉丁语法打他耳光而失去其尊严。我可不行；但舰长就是舰长，而且是英雄，纵然把世界上所有语言（无论是死的语言，还是活的语言）的语法书拿来，对他也毫无影响。

当时看书是我唯一且持续的乐趣。回想起来，脑子里总是浮现出这样一幅图画：一个夏日的黄昏，孩子们在教堂墓地里玩耍，我坐在床上看书，好像不看就活不下去。附近的每一座谷仓，教堂的每一块石头，墓地里每一寸土地，都在我脑子里和我看过的书有一定的联系，都能代表书里某个有名的地方。我曾看着汤姆·派普斯爬上教堂的尖塔，我曾看着斯特拉普背着背包，倚在小栅栏门上歇着，我还**知道**舰队司令特鲁宁和皮克尔先生在我们村那个小酒店会客厅里的谈话情况。

现在，读者该跟我一样清楚，我现在重新回忆起来的那段童年生活，是个什么样子。（105—106）

这是很重要的一个段落，因为它清楚地告诉我们，阅读小说在生活中的力量和对生活的影响是多么强大，它是多么确切无疑地形成了幻想的生活，幻想又是多么确切无疑地形塑了读者与世界的关系，不管是好是坏。大卫，作为读者，在任何意义上都不像亚当·斯密所建议的那样，是超然的或公正的。他是一个浪漫而充满激情的参与者。他用自己喜爱的人物塑造了世界，并把自己的一生都投入对故事的演绎中。而他所读的小说所形成的欲望习惯是动态的、爱欲的，有益于他在生活中坠入爱河。

我们已经谈论过爱上斯蒂尔福斯。我们现在可以看到，这就是大卫所了解和培养的小说阅读方式。对一个虚构人物的爱之所以是爱，是因为它是一种积极的互动性关系，它维持着读者在阅读书籍之外，进行数个小时的想象与小说创作。因为在这种关系中，与一个强大的存在互动的神秘和难以用语言表达的魅力，同样也可以在生活中得到很多经验；

[355]　还因为，读者同时也是他或她自己生活的读者，把现实生活的希望和爱带入想象中。当然，这种互动发生在幻想中。但是大卫坚持认为它与生活中的爱有着紧密联系：它激发了同样慷慨的、外向的以及爱欲的冲动，它的力量改变了世界的质地。他还指出，我们在生活中找到的爱，很大程度上要归功于故事讲述的想象力以及浪漫的投射。这并不意味着它们是以任何贬义上的**幻觉**为基础的，我们将会看到，一个事物与另一个事物之间的联系，一种形象与许多其他形象之间的丰富交集，所有这一切都不仅仅是欺骗，而是生活质地的一部分，也是生活激情的一部分。我们赋予感知形式以人类生活的能力也有一部分是这样的：从这个意义上说，所有的同情、所有的道德，都建立在一种慷慨的幻想之上。没有"畅想"，葛莱恩的学生们就不能真实地看世界，也不能去爱。

　　然而，现在我们准备进一步关注小说对讲故事的刻画。斯蒂尔福斯不仅是小说中的一个人物、一段情节；不仅是读者最喜爱的对象，也与小说家的技艺毫无疑问地联系在一起。最明显的事实是，虽然艾妮斯与学校的教科书（历史的、哲学的和宗教的，想必不是文学的[42]）联系在一起，但斯蒂尔福斯和大卫是为了讲故事而相遇。大卫能够再创作他最喜欢小说中的世界，成为山鲁佐德王后，这是他第一次吸引斯蒂尔福斯的地方。我们已经暗示，小说阅读为他对斯蒂尔福斯的爱做好了准备，他把斯蒂尔福斯和保护他的父亲联系在一起，父亲给他小说读，并生活在那个幽暗的世界里。讲故事的向前爱欲运动就是他们之间的爱的运动——而另一方面，他将艾妮斯与彩色玻璃、布道、休息和静止联系在一起。[43]

　　这种联系在大卫离开多年后又与斯蒂尔福斯重逢时表现得非常明显。他刚刚第一次看了莎士比亚的专业舞台剧，这一事件的神秘性为他的浪漫之爱做好了准备：

> 不过整场演出是神秘与现实的结合，再加上那诗意、灯光、音乐、观众，那五光十色的巨大布景有条不紊地更换，使得我眼花缭乱，给我带来了无限的欢乐，因此午夜十二点，当我离开剧院，冒雨来到街上的时候，我觉得自己仿佛在云彩里的虚幻境界生活了多少年，现在来到世间，这里吵吵嚷嚷，污水四溅，灯火通明，雨伞碰撞，出租马车跑来跑去，木头套鞋嘎嘎作响，道路泥泞，生活忧伤。(344)[44]

通过莎士比亚的剧作，他现在看到了他过去的生活，仿佛是"一出背面投光的皮影戏，看到了我童年的生活情景"(345)；在这幅迷人的图景中出现了"一个年轻人，面貌俊秀，身材匀称，衣着考究而潇洒，我至今理应记忆犹新"(345)。斯蒂尔福斯又回来了，文学的神秘揭示了另一种神秘。 [356]

更重要的是，文学上的联想无疑与那些吸引他走向斯蒂尔福斯的慷慨与爱的感受联系在一起：

> 如果是在别的场合，我也许没有把握，也拿不定主意要和他说话，也许会推迟到第二天再说，也许就此和他失之交臂。但我当时满脑子想的都是那出戏，在这种心情之下，就觉得他过去保护过我，非常值得感谢，而且昔日我对他的喜爱之情又不由自主地充满了我的胸怀，于是我立马走上前去，怀着激动的心情对他说："斯蒂尔福斯！怎么不跟我说话呀？"(345)

大卫在这里表明，生活中的爱以复杂的方式与幻想、记忆和投射相互作用。事实上，只要它涉及赋予一种被感知的形式以思想和心灵，以这种方式超越证据，它就始终是一种慷慨的虚构创作。从这个意义上说，所有的爱都是对虚构人物的爱，文学训练我们如何懂得爱之中的这种元素。在这里，我们清楚地看到，这种虚构不必是有害的或者是自欺的。他的幻想引导大卫走出自我，怀着爱去看斯蒂尔福斯，并慷慨地关注他的真实存在。幻想和一种真正的关系是互相支持的，正如戏剧的想象令他更加敏锐地意识到他之外的事物，并引发了一种慷慨的情感宣泄。[45]

　　这些只是小说中浪漫／欲望之爱与文学叙述之间最为明显的联系。我们现在需要记下的是，通过诸多暗示，斯蒂尔福斯本人的性格和影响都与小说家的任务联系在一起，直到我们禁不住要问，我们正在阅读的这个文本的作者是谁，以及我们在阅读的时候会发生什么。斯蒂尔福斯在小说中首次亮相时，小说中是这样写的："有一个男孩——一个叫 J. 斯蒂尔福斯的人——他把自己的名字刻得很深，而且刻了很多遍。"（131）写作与一种爱欲的浪漫主义毫无疑问是联系在一起的；写作本身被爱欲化和浪漫化，作为一种大胆、深刻、锐意进取的运动，致力于特殊事物，致力于一个恰当的名字。再看一下斯蒂尔福斯作为浪漫魅力者的特质，"他特别会说话，听他说话的人，没有不信服的。裴果提先生，你要是听一听他唱歌，我还不知道你要说什么哩！"（196）"因为斯蒂尔福斯总是以他特有的那种无拘无束的样子，轻而易举地从一个话题转到另一个话题。"（349）我们知道"他生来就善于和人打交道，想和谁接近就能和谁接近，想打动谁的心，就能抓住他最关心的东西，一下子打动他的心"（367）。"他怎样轻松自如地与大家周旋，最后他把我们都引入了如醉如痴的境地。"（375）他"一阵心血来潮，想怎么样，就怎么样"（402）。

[357]　他使用"招人喜爱的才能所产生的魅力"引诱罗莎·达特尔（495）。[46] 这些不正是优秀小说家所具有的特质吗？这一切不也同样都是在我们（甚至是我们阅读的时候）身上实践的艺术吗？这部小说的大部分篇幅都是从道德角度出发的，很明显，是从一个富有同情心的旁观者的角度出发的。但我们现在也看到了另一种书写它的艺术。我们不禁要问，在某

种程度上，是不是那种艺术更有组织性，更为基本。

一次奇怪的交流令这种联系变得更加复杂。在斯蒂尔福斯即将动身去雅茅斯之前，他向他的"雏菊"提出了一个特别的要求：

> "雏菊，"他笑着说道，"虽然这不是你的教父和教母给你起的名字，我却最喜欢这样称呼你，而且我希望，我希望，我希望你能把这个名字给我！"
>
> "哎呀，只要我想给，就可以给你。"我说。（497）

这个非同寻常的回应提醒我们，小说家拥有赋予事物名称、化恶为善、化罪为清白的力量——或者，如果他愿意的话，完全可以超越这种区分。如果它愿意的话，小说可以满足我们对道德的纯真和普遍性的希望；或者，如果它愿意的话，它可以简单地爱斯蒂尔福斯原本的样子，并让他的魅力保持下去，就像它留在小说中心那样，不受影响。大卫既没有改称斯蒂尔福斯为雏菊，也没有简单地谴责他，如果他愿意的话，他可能会这样做。

这里还有更多的东西。我们必须记住，就如其他建议所表明的那样，在某种意义上，斯蒂尔福斯**是**这篇小说的作者，是其爱欲魅力的创造者。那么，也许这位作者在写这部小说的时候，称自己为大卫或者雏菊，是在将他复杂的内心中的一类天真和纯洁分离出来。作为叙事的一部分，狄更斯的序言，提醒我们狄更斯笔下充满激情、躁动不安的人物与他自己创作的多面性之间的复杂关系。因为毕竟他把自己变成了雏菊——但是变成了一个被斯蒂尔福斯包裹得如此之深的雏菊，以至于尽管有道德的诱惑，他仍然能够看到他并爱着他，没有谴责。在这个场景中，他也塑造了一个希望成为雏菊的斯蒂尔福斯，他对雏菊的真爱限制了他的自私自利。因此，在两个人的关系中，他创造了一种超越严格道德和超越区分有罪与无罪的爱，但同时，这种爱作为一种不能被忽视的人类价值打动了我们，因为它 [358]

无法从旁观者的视角被看到。（我们知道，如果斯蒂尔福斯是雏菊，他就不可能死在海上了——所以对我们来说，这个身份问题提出了斯蒂尔福斯在某种意义上还活着的可能性。）对话在继续：

> "雏菊，咱俩要是因为什么缘故而分开的话，你老兄可一定要想着我的好处。来吧！咱们一言为定。要是有什么情况，咱们非分开不可，一定要想着我的好处。"
>
> "对我说来，你无所谓什么好处，斯蒂尔福斯，"我说，"也无所谓什么坏处。你在我心中永远受到同样的珍惜和喜爱。"（497）

他遵守这个约定直到小说的最后。我们现在开始看到，这部小说包含了斯蒂尔福斯的写作，同时还包含着同情性的道德写作。它是通过／在这两种显然不可调和的观念的张力中写成的。但是，它也包含着更进一步的东西，某种不完全等同于浪漫／欲望之爱的魅力或者道德的东西：一种介于两个世界之间的爱的心灵运动，并坚持将两者结合在一种连贯的，即便是复杂的爱的艺术作品中。事实上，这里有一个深刻的问题——小说的开篇就提出的问题——关于小说的主人公是谁，它的作者又是谁。

但在我们尝试回答这个问题，并描述这种调节的态度之前，我们必须回到艾妮斯的姿势上，审视小说所呈现的道德旁观者的局限。艾妮斯未能激发读者的爱是这部小说最持久的问题之一。人们倾向于认为是无心之过，是狄更斯写作技巧的缺陷。但狄更斯已经给了我们足够多的暗示，让我们了解小说写作的颠覆性和斯蒂尔福斯式的特征，以及作家的想象力，其激发我们去质疑第一种判断。这部小说的最后几句话一开始只是以令人厌烦而不是非常有效的方式击中我们：

> 哦，艾妮斯，哦，我的灵魂！我希望在我真的结束我这一生的

时候，能在身边看到你的面容；我希望，像那些形象现在从我心中
消失那样，当现实中的一切烟消云散的时候，我仍能在身边看到你，
手向上指着。（950）

但是，这种甜言蜜语的背后有一丝寒意。我们感受到，这指向上方
的手冰冷如死人。因为狄更斯明确而有意地将道德的姿势等同于死亡的
姿势。在早前关于这一姿势的一次叙述中，大卫记住了它，认为这是艾
妮斯的特征，并把它投射到站在他身边的艾妮斯身上。很简单，这意味
着他那肤浅幼稚的妻子朵拉死了。艾妮斯从病人的床边走到楼下的大卫
身边，大卫正悲伤地盯着朵拉的小狗吉普的尸体。

"哦，艾妮斯！快，快来！"
那脸上充满了惋惜与悲痛的神情，眼泪像雨水流个不停，那向
我发出的无言的恳求叫人害怕，那庄严举起的手伸向苍穹！（838）

当艾妮斯所表现的情感正是公正的旁观者应有的情感时，她的手指
向天堂和躺在楼上死去的朵拉。她的姿态将死亡和升华联系在一起。在 [359]
上升到天堂的过程中，我们看到浪漫、嬉戏、童年以及琐事〔正如大卫
刚才所想的，"琐事""构成了生活的总体"（838）〕的死亡。而且，既然
好天使以征服坏天使为己任，那么这也是斯蒂尔福斯的死亡，是浪漫之
爱的死亡。

在接下来的章节中，大卫明确地将艾妮斯的道德角色和死亡联系起
来：因为他向我们暗示，她在他想象的彩色玻璃窗上所代表的形象可能
不是别人，正是死亡天使。

现在我的确开始觉得，我过去把她跟教堂里的彩色玻璃窗联系
在一起，就是一种先兆，预示在时间注定发生的灾难中，她对我会

起什么作用。在整个那段悲痛的时间里，从她抬着一只手站在我面前那永远难忘的时刻起，在我这冷清的家里，她就像一位神仙一样。在死神降临的时候，我那幼稚的妻子就是在她怀里含笑睡去的——这是后来在我经受得住的时候，他们告诉我的。我从昏迷中一醒过来就意识到，她由于同情我而在流泪，她劝我要想得开，要抱有希望，她那温柔的面孔好像从离天堂更近、更净的地方往下看，看见了我那未经磨炼的心，也减轻了我心中的痛苦。（839）

在这里，有一个从艾妮斯举起的手势到她是一位"神圣的存在"的观念变化，但这个人物本身或多或少与造访这个屋子的死亡天使的思想之间有着紧密联系。故事中，在"她"的怀抱中朵拉沉睡过去，而那个"她"正是艾妮斯；但在大卫的句子中，这个代词最自然地指代的是天使。在这个复杂而模糊的段落中，我们看到大卫是如何将艾妮斯与死亡紧密联系在一起的。此外，在小说临近结束之处，大卫再一次，这次是明确地想象艾妮斯在主持一场死亡——这一次，是他自己的死亡。她同样以"指向上方"的姿势主持死亡。这个姿势代表着道德，代表着一种心灵的死亡，一种慷慨的外在运动的停息。

这种对艾妮斯（总是以沉静、休憩、彩色玻璃、宁静的形象为特征，与斯蒂尔福斯躁动不安的水平运动形成对比）的矛盾心理是刻意为之的。即便小说的内在情节以道德的婚姻、孩子以及艾妮斯的胜利收尾，但真正情节却有一个更为复杂的结局。因为我们必须意识到，它结束于整部小说的写作；伴随着思想、情感和记忆的冒险，主人公作为作者进入了一个幽暗的世界。它以写作小说的心灵的胜利为结局。

这充分明显地表明，心灵及其活动与道德有关。然而，我们非常清楚，艾妮斯不会对这本书表示赞成，也不会赞成她的丈夫，他以书的作者身份自居。因为记忆活动再一次将作者带到詹姆斯·斯蒂尔福斯这个活生生的人面前，就像用现在时态一样，他一次又一次地重温他们在月光下的夜间冒险。在那些时刻，他并没有拒绝艾妮斯，他把她置入心中的避难所。但他明显地背离了她以及她的判断——我们觉得，在某种程度上，他没有背离自己，没有背离自己的道德和心灵。

因为我们感受到，在某种程度上，进入爱的世界，不加评判地爱斯蒂尔福斯的意愿之中存在着道德。这本书并不仅仅向我们展示了两种不可调和的观念之间的一种紧张关系，或者甚至是一种摇摆不定——而是向我们展示，大卫的同一颗心灵从一种观点到另一种观点的连贯运动。大卫在他所有的冒险中都是他自己。他的道德中有浪漫，浪漫中亦有道德。 [360]

为了更清楚地理解这种连贯性，我们可以回到小说的开端。在那里大卫毫不含糊地告诉我们，他作为小说家有着一种独特的想象力，这也是一种面对世界的有道德价值的方式：

> ……有些很小的孩子所具有的观察力，就其细致程度和精确性而言，是十分惊人的。对大部分在这方面表现突出的成年人来说，我的确认为与其说他们获取了这种能力，不如说他们没有失去这种能力。我还注意到，一般说来，这些人之所以显得容光焕发，态度和蔼，知足常乐，是因为他们保留了这些儿童时代固有的品质。（61）

大卫告诉我们，他不像大多数成年人，他对世界的特殊性有着孩子般的关注和记忆，他面对事物时的新鲜感和敏感性也不像大多数成年人。成年人的生活被认为模糊了感性，削弱了快乐和喜悦的能力。为了写这部小说，大卫必须摆脱这种模糊。显然，正是这种感知上的新鲜感和温柔，使他能够以奇妙的眼光看待小说的整个世界。因此，就小说所拥有的道德力量而言，通过这种方式，通过它的生动性，这种孩童般的想象力已显示出其对道德和道德回应的支持。它看到周围的一切，其所具有的强度使我们的心灵产生同情。

然而，我们非常清楚，正是这种对快乐和感官上生动事物的敏感性，这种对世界不加评判的爱的态度，使大卫坠入爱河，并被引导到道德之外。[47] 我相信大卫在这里指出的，以及在整部小说的结构中所呈现的是，最有利于道德的心灵姿态——一种最为生动的、最显温柔与慷慨的，也最具积极同情姿态的心灵——它比艾妮斯的心灵更敏感，更少评判性，在其对特殊事物移动性的关注中，必然会坠入爱河，对它所爱的对象产生一种不带评判的忠诚，这种忠诚是任何道德权威，无论多么公正，都无法驱逐的。〔我们记得，艾妮斯从来就不是一个真正的孩子。她是死去母亲的替身，是酗酒父亲的监护人，她第一次露面时身上带着一串钥匙，"她看上去非常稳重，非常谨慎，正是这样一所古老的房子所需要的管家"（280）。〕[48] 从某种意义上说，爱是在我们所描述到的道德之外的。然而，这是最真实的人类道德的自然运动，也是它的恰当完成。[49]

[361]

在写这本书的过程中，大卫实现了斯蒂尔福斯和艾妮斯都未能实现的人性的完整性。即便存在着张力，他的道德旁观者和他的爱也成为一个整体。他的爱充满了同情和忠诚，他的爱的旁观者对特殊事物充满敏感。

我们现在必须考虑这部小说中还有一只手臂。我认为，它的姿势向我们展示了小说是如何理解另外两只手臂之间的中介联系的。因为在大卫的记忆中，第三只手臂就是裴果提的手臂，他慈爱地托着他垂死的母亲的头。裴果提提早就预见到她会需要这只手臂，最后她依偎着它：

> 天亮了，太阳也慢慢升起来了，她对我说，科波菲尔先生一向对她多么关心，多么体贴，多么宽容，在她缺乏自信的时候，他就对她说，有一颗爱心比有头脑更好，更有力量，在她看来，他是个幸福的人。随后她说："裴果提，亲爱的，扶我靠你近点儿。"因为她非常虚弱。"你真好，快把你的胳膊放在我脖子底下"，她说，"转一转我的身子，让我朝着你，你的脸离我越来越远了，我要它靠近点儿。"我按照她说的做了，哦，大卫，还真应了咱们头一次离别的时候我对你说的话——她会乐意把她那可怜的脑瓜子再放到这又笨

又爱发火的老裴果提的胳膊上——她死了，就像一个孩子睡着了一样。（186）

　　这个姿势与一种反思相联系，这种反思认为一颗有爱的心灵比智慧更好，更有力量，总而言之，这个姿势是一种有关爱的关注、支持与联系的姿势。它不同于其他两种姿势。因为即使把它想象成一个姿势，也不能不想象两个人的存在；它体现的是一种关系。它的不同之处还在于，它不是指向或代表某物——甚至是独一无二的被爱者的存在——而是积极地**做着**什么。艾妮斯静止的指向上方的姿势，斯蒂尔福斯充满爱欲的入睡姿势，这两种姿势本身都不会给这个世界上的某个人带来好处。它们只是姿势而已。但这种姿势是一种行动，一种爱的行动，一种不加质疑不加评判的忠诚，一种对所爱的特殊事物的关注和回应。通过与裴果提的联系，这种姿势与她或者大卫从未失去的温柔的孩童式的想象相联系。通过与大卫父亲的建议联系在一起，它也与父亲对小说的热爱联系起来。此外，这一姿势也是对大卫母亲的爱和支持的姿势，这一事实更根本地向我们展示了它在想象中的重要性，通过这一姿势，他理解了自己对特殊事物的喜爱与道德浪漫这两个世界之间的联系。

[362]

　　因为大卫孩童般的想象力不仅被特殊事物的感知所带来的普遍愉悦吸引，它首先是由一种对某一特殊事物的强烈感知所引起的。大卫的母亲是他所爱的第一个特殊的事物，是他告诉我们的新鲜的喜悦感、温柔和快乐的第一个对象。他与母亲的联系从一开始就以一种连贯的方式，将对母亲的美丽和仁慈的感知与早期的道德态度——首先是温柔、对支持的感激以及相应的支持和保护的愿望——结合在一起，并且显然怀着强烈的浪漫感情将两者结合在一起。〔这在很多方面都是戏剧化的：在他对母亲的优雅美丽的回忆中；甚至在莫德斯通的邪恶人格为人所知之前，他就嫉妒她；在他不断发展的幻想中，他把自己想象成母亲的救星和真正的支持者，这种幻想深深地融入了他的小说演绎中——因为我们知道他把谁塑造成反派，又把谁塑造成英雄，而女主角的身份也很难逃过我们的眼睛；最后，在他母亲的坟墓前，他想象（希望）她怀里死去的婴儿"就是我自己，我一度就是那样的，只不过在她怀里永远不再出声了"（187）。]

对他来说，浪漫、道德以及一种忠诚地支持和联系的调节态度是连接在一起的，因为它们从一开始就连在一起。他所有关系的模式，无论多么千差万别，都包含着这些基本要素，这些要素标记着他最初的幻想和邂逅。在他的心中，爱战胜了沉默寡言和严厉的判断，因为爱的支持与小说阅读联系在一起，从一开始就战胜了对惩罚的恐惧，对他来说，这种惩罚与莫德斯通一家宗教式的道德主义联系在一起。[50]

大卫从道德转向斯蒂尔福斯，以及他拒绝评判自己所爱的人，这些不仅是由浪漫的欲望所驱使，还由一种复杂态度所驱动，在这种态度中，欲望与主动的忠诚和支持联系在一起，幻想与对特殊事物的真实感知相联系。（当然，斯蒂尔福斯是一个家长式的形象，保护和支持着他；但大卫也显然支持并保护着斯蒂尔福斯的鲁莽。）这种主动的爱与浪漫和爱欲的易感性密切相关，通过描绘孩童般的想象来愉悦感官世界。如果小说中的艾妮斯代表智慧——我们有很多理由认为她确实如此，她学识渊博、笃信宗教——大卫的爱则体现为"比智慧更上乘、更有力量"（187）的爱。如果艾妮斯是一个公正的旁观者，那么作为一个移动的参与者，他比旁观者更强大。他对外在危险的敏感正是他力量的一部分，也是他爱的一部分。道德，在最慷慨和最佳情况下，是一种移动的，甚至是不稳定的事物，一种主动关怀和具有持续性的事物。如果它不保留超越自身进入爱的能力，它的姿势将只是死亡的姿势。

[363]

通过这种方式，小说有力地批判了在苏格兰-英格兰传统中占主导地位的道德判断的形象，认为其在道德上是有局限性的和狭隘的，取而代之的是一种更浪漫的，但也被认为是一种更深刻的道德规范。与此同时，它以自身的方式延续了亚当·斯密赋予小说的任务，即根据这种新的更广泛的道德概念，将读者塑造成道德主体的任务。只是现在，不同于在公正的感知判断面前屈服于浪漫的幻想，不同于召唤公正旁观者的日光来驱散幽暗的世界，读者被鼓励将幻想和神秘的兴奋带入现实世界，并利用幻想的能量实现公正和慷慨的愿景。[51]

　　小说没有向我们保证，单一的爱情、单一的人际关系，可以单独包含和结合旁观者的同情、欲望／浪漫之爱的神秘，以及在它们之间调节的对特殊事物的移动的爱。因为，尽管大卫的复杂态度看似源于一种单一的关系，在他后来的生活中，他把自己呈现为只在小说写作之中找到了这种调节。就像其他个人生活充满纷扰或问题重重的小说家一样（我认为普鲁斯特是其中之一），狄更斯也是一样——就他为我们将自己塑造成一个人物形象这一点而言——把自己描绘成只有在他的技艺中才能找到他想象中的道德综合。尽管如此，读者还是看到了一种范例和一种可能性。如果我们不拘泥于公正的旁观者的理想，而是允许自己有一种更有活力的同情，容易受到对特定事物的新鲜感知的影响，我们可能会发现，在浪漫／欲望之爱与道德之间，我们会比亚当·斯密发现更少的紧张与不连续性。我们甚至可能发现，在一段单独的成人关系中，所有这些态度或多或少可以连贯地结合在一起，甚至可以相互支持和支撑，在它们之间构建一个世界，在这个世界里，普遍的同情，爱欲的月光与主动慷慨的忠诚在交谈中共存。就像这本小说中的世界一样。[52]

尾注

[364]

　　这篇文章中有关爱和伦理的观念，在本书导论中就有过深入讨论，并与本书中的其他一些文章进行了比较。

　　这里对小说阅读之心的辩护，对于展示小说作为一种体裁为道德哲学做出了什么这一整体计划来说，具有特别重要的意义。因为这一论证指出了该体裁的一些主要结构在道德上具有核心价值——其充满激情的推进，其诱导读者进入一个魅力世界的倾向——这些特征在亨利·詹姆斯的思想中并不突出，因而也没有对詹姆斯的小说给予辩护。因此，这一论证使我能够开始从一种为詹姆斯的辩护转向一种更为普遍的对小说的辩护（与一种特定的伦理学观念的家族相关），这在导论中已经开始。

本文中的狄更斯与"叙事情感"中的贝克特之间的比照尤其引人关注。贝克特认为，小说与一个情感故事息息相关，而处于故事核心的则是一位评判和惩罚的父亲。他认为焦虑、内疚、厌恶等这些通过故事产生并在故事中呈现出来的情绪，是我们对小说情节产生兴趣的主要根源。相比之下，狄更斯小说的情感结构来源于一位美丽、慈爱、能保护他人却又脆弱的母亲的原初经验。通过这种源自经验的幻想而产生的情感是爱、保护和被保护的欲望，以及对生活之美的喜悦。这些情感似乎也是读者对小说产生兴趣的主要原因。总体来说，小说阅读和写作与莫德斯通家族的"阴郁宗教"是截然相反的。

注 释

1. James Steerforth，此人名在《大卫·科波菲尔》不同中译本中译法各异，此处按照《英语姓名译名手册》规范，取"詹姆斯·斯蒂尔福斯"的译法。——译者注

2. 引文摘自小说，见下文。这段话整体上体现了小说的精神，包含了许多释义与典故。

3. 在此文章中，romantic love 被翻译为"浪漫之爱"，erotic love 被翻译为"欲望之爱"。虽然同为"爱"，但"浪漫的"和"欲望的"却有着完全不同的表达方式。在作者眼里，也因为旁观者或读者时常将这两种表达方式混淆，导致这两种不同的概念经常在传统哲学中遭到忽略或批判。——译者注

4. 在这篇文章中，我使用"道德（moral）"而不是"伦理（ethical）"作为通用词（见"感知的平衡"一章注释），遵循道德情感传统的用法。亚当·斯密自己的术语（见下文）更为复杂：因为他将自己的任务描述为对"道德情感"的分析，但也经常使用美德的术语，可能受到斯多亚学派的影响。

5. 康德，《德性论》(*Doctrine of Virtue*)（《道德形而上学》第三部分，1797），M.J. 格雷戈尔译本（1979），Akad. 版本第 500—501 页，第 447 页及以下页；还可参见《实践理性批判》(*Critique of Practical Reason*，1988)，刘易斯·怀特·贝克译本（1956），Akad. 版本第 83 页以及以下页。

6. 斯宾诺莎，《伦理学》，第三部分和第四部分，尤其是"情感的定义"中的定义六。

7. 对康德在情感和其他情绪上的立场的一个有效的一般性批评，参见拉里·布卢姆《友谊、利他主义和道德》（1980）。

8. 当然，爱有很多种，甚至浪漫之爱也有很多种。"浪漫的／欲望的"这样的标题，以及接下来的描述与讨论，将使我心目中的类型更为具体。

9. 亚当·斯密，《道德情操论》第一版（*The Theory of Moral Sentiments*，1759），第六版（1790），D.D. 拉斐尔与 A.L. 麦克菲编辑版本（1976）。后文简称 TMS。

10.《道德情操论》，尤其是第一卷第1—2篇。"……旁观者必定会尽可能努力把自己置于对方的处境之中，设身处地考虑可能使受害者感到苦恼的每一种细小情况。他会全部接受同伴的包括一切细节在内的事实；力求完善地描述他的同情赖以产生的那种想象中变化了的处境。"（I.i.4.6）。（译者注：译本参考《道德情操论》，[英]亚当·斯密著，谢宗林译，中央编译出版社，2008。下同。）

11. 斯多亚学派得到了贯穿始终的引述，第七部分包含了对他们观点的广泛讨论（和一些批评）。激情观念的认知本质从一开始就得到了澄清，参见 I.i.1.8，还有许多其他地方。斯密批评斯多亚学派消除激情的主张，他认为激情是完整美德的要素。

12. 文学第一次被提及是在论证开始的时候，见 I.i.1.4（"悲剧或罗曼史"），这些文献构成了贯穿第一部分的有关旁观者论述的重要部分。

13.《道德情操论》I.ii.1.1。

14.《道德情操论》I.ii.1.2。

15. 同上。

16.《道德情操论》I.ii.1.3。

17. 比如参见 I.ii.1.2，上文讨论过。这样的段落还有很多，但毕竟，这也许不是那样一种混淆，因为对斯密而言，道德世界是可公开表达的世界，任何不能体面地公开表达的东西事实上都要受到怀疑。见下文。

18.《道德情操论》I.ii.2.1。

19.《道德情操论》I.ii.2.2。斯密在此讨论了我们对田园诗和其他相关文学作品感兴趣的源泉，他认为我们是被对恋人渴望宁静和满足的描绘吸引，而不是被他们的爱情吸引：

在一定境况下，我们感到这种期待对于一个因懒惰而松懈的、因欲望很强烈而疲劳的心灵来说是多么自然，渴望平静和安宁，希望在满足那种扰乱心灵的激情之后找到平静和安宁，并想象一种安静的、隐居的田园生活，即风雅的、温和的和热情的提布卢斯兴致勃勃地描述的生活：……不受工作、忧虑以及随之而来的所有扰乱人心的激情的影响。甚至当这种景象被描绘为所希望的那样而不是所享受的那样时，也会对我们具有极大的吸引力。那种混合着爱情基础，又或许其本身正是爱情基础的肉体的激情，当那种满足感遥不可及或尚有一段距离时，就会消失；但是当它被描绘成唾手可得的东西时，又会使所有的人感到讨厌。

20.《道德情操论》I.ii.2.3。

21. 斯密说过，通过旁观者的眼光，激情和对象的价值是不相称的。但是我认为，这段话和其他描写爱的交流和对话的亲密习惯的段落表明，这个问题并不在于爱情是一种*幻觉*，而是一种对那些在公共世界中不能被认为是值得赞赏的事物——对目光、手势和亲密习惯的强烈回应。我们正在处理的是恋人想象力的一种"特殊习惯"，一种根深蒂固的看待和评价事物的方式，这种方式是特殊的，不可进行公共交流。这些想象和感受、感知都无法实现公开讨论。问题不在于恋人虚构了本不存在的事物，而在于他或她赋予了它们一种旁观者无法从它们那里找到的重要性。

22. R. 笛卡尔《论灵魂的激情》（*Les Passions de L'Âme*），第二部分，论述Ⅵ；斯宾诺莎《伦理学》"对激情的定义"，定义Ⅵ。至于斯多亚学派的定义，参见《斯多亚学派残篇》J. 冯阿尼姆编辑版本，第三卷，第397—420页。

23. 亚里士多德《尼各马可伦理学》八至九卷，同时参见《善的脆弱性》第十二章。关于浪漫之爱的内容参见本书"爱的知识"一章。

24. 比较"感知的平衡"一章中对亨利·詹姆斯《使节》的讨论。

25. 有关亚里士多德，参见《善的脆弱性》第十章，第311—312页。克里斯蒂娜·科斯嘉德在未发表的文章中就此问题进行了精彩的讨论。

26. 有很多段落都指向这个方向。尤其要考虑 I.ii.1.12，在这里，旁观者很少进入他人身体的痛苦这一事实被称为"是忍受痛苦时坚忍和忍耐克制的合宜性的基础"。如果旁观者只是启发式的，那么他在这里就不是这种合宜性的"基础"，而只是一条线索，告诉我们在哪里可以找到合宜性（特别以某种独立的方式）。同样，当斯密问道，当我们对个人所受苦难的回应比旁观者所能感受的强烈得多的时候，我们应当有怎样的感受时，他只是简单地回答说，我们应该把我们的感受保持在旁观者能够体验的程度之上（而不是指出旁观者帮助我们发现某种独立的道德价值）。他明确指出，能动者对于与他人"更完全地同情"的欲望，成为他为何正确地将他对自己的特殊参与放置一旁的原因（I.1.4.7—8）。这个段落以对"社交与谈话"的赞美告终（I.1.4.10）。与此类似，在质问我们对死者应该有什么样的感受时，斯密承认没有什么独立的东西值得我们去探询，因为死者就是死了；但是，正是因为公正的旁观者会感到悲伤这一事实，才使得这种悲伤变得合宜。

27. 通过询问旁观者立场的"更深层意义"，我并不是要回到第一种（启发性的）观念。我想问的是，为什么这种特殊的立场，如斯密所描述的，应当被认为是道德合宜性的组成部分——为什么他以这种方式，而不是其他方式来塑造旁观者。

28. 在这种关系中，其他应当被考虑到的作者是简·奥斯汀和乔治·艾略特。

29. 参见本书"感知的平衡"和"有瑕疵的水晶"（及其注释）两章。

30. 亨利·詹姆斯，《小说的艺术》（1907），第62页。

31. 所有对《大卫·科波菲尔》的参考都取自由企鹅出品版本

（1966），特雷弗·布朗特编辑。

32．这里也可能有一个关于斯蒂尔福斯和艾米莉关系的前瞻性文献，艾米莉被描述为与大卫年龄相仿，从某些意义上是他的替身。

33．严格地说，这种爱慕在此之前就已经产生。在此之前，当大卫思考在学校听到的克里克小姐喜欢上斯蒂尔福斯的传言时，他说道，"当时我坐在黑影里，想到他那悦耳的声音，俊秀的面孔，潇洒的举止，卷曲的头发，认为那肯定是非常可能的"（139）。

34．关于斯蒂尔福斯对枕头的偏好，参见第 347 页，他为大卫安排了一个"放有六个枕头"的房间。卷曲的头发同样也是斯蒂尔福斯的特征，参见第 346 页和第 863 页。这样，细心的读者会在他想象的舞台上把其他篇章中的细节与此情景相结合。

35．在此，大卫一次又一次地称呼艾妮斯为好天使（426），但是却否定将斯蒂尔福斯称为堕落天使的正确性："艾妮斯，你对他的看法是错的。"

36．同样可见第 289 页："我觉得无论艾妮斯在什么地方，那里都有善良、安宁和真理；多年前我见到教堂里透过彩色玻璃窗的柔和光线总是投在她身上，我接近她时，那祥光也投到我身上，她周围的一切事物都披上了那种祥光。"

37．关于斯蒂尔福斯与水平动作"on"之间的联系，参见 488 页和 489 页，以及对他作为水手的描述。也见第 377 页："我知道他不安分的天性和大胆的精神，喜欢在艰苦的劳动和恶劣的天气里找到发泄的机会。"

38．尤其是他向裴果提先生说的一番对斯蒂尔福斯的夸赞，第 196 页：斯蒂尔福斯的赞赏是大卫"最喜欢的主题"。

39．在同一场景中，大卫告诉裴果提先生，"怎么夸他，恐怕都夸不够"。他告诉我们，他谈论斯蒂尔福斯的方式使得年轻的艾米莉非常激动，并使她从这一刻起爱上了他。

40．就斯蒂尔福斯的优雅外貌，参见"长得也很帅"（136），"他那悦耳的声音，俊秀的面孔，潇洒的举止，卷曲的头发"（139），"他看上去是一个多么高尚的人"（151），"他的卷发"（346），"身材匀称"（345），他那"俊秀面庞"（488）。在第 345 页，他期望拥抱斯蒂尔福斯，却"要不是不好意思，要不是怕惹他不高兴"而止住了自己；至少"抓住他的两手，紧紧地攥着不放"。在这里，我们可能有一条线索，为什么大卫在回忆他对斯蒂尔福斯的迷恋时，在那些迷恋的场景中，倾向于关注那个**睡着的**斯蒂尔福斯：羞耻阻碍了他在任何其他时刻承认自己的强烈感受。

41. 严格地讲，这记录了大卫的信念，但就我们所知，这似乎是真的。斯蒂尔福斯以一种独特的方式珍视雏菊，并祝福他。

42. 参见第 288 页，在那里她教他如何从教科书中学习。因为大卫需要被教导如何使用它们，所以很显然（考虑到当时的教育方法，在任何情况下都是如此）它们不是小说。

43. 关于对艾妮斯的"冷静""安宁""安静""平静"的描写，参见第 279、280、288、326、430 页等。

44. 这出戏剧是莎士比亚的《裘力斯·凯撒》，它因把爱和道德联系在一起而意义重大。我们要注意到，当它们作为文学作品展示时，大卫在历史事件中发现了一些比他以前在历史课上发现的更新更好的东西："过去在学校里，那些罗马贵族对我严加管教，现在他们都活了，在我面前进进出出，我在这里消遣，当时的感觉十分新鲜，令人神往。"

45. 比较理查德·沃尔海姆在《生命之线》（1984）中有关投射与爱的观念。关于赋予一种身体的形式以生命，参见斯坦利·卡维尔《理性的主张》（1979）第四部分。

46. 罗莎·达特尔是小说中的另一个角色，她既热烈地爱着斯蒂尔福斯，同时也把他作为一个整体来看待。然而她那自暴自弃的嫉妒心和报复性的爱与大卫不加评判的慷慨形成了强烈对比。就像《小杜丽》（*Little Dorrit*）中的韦德小姐一样，她展示了对怨恨和评判的沉迷如何成为削弱对爱的慷慨的外在冲动，对于狄更斯而言，这在道德生活中至关重要。在罗莎严厉地面对艾米莉的那一幕中，我们理解了她的严厉的道德判断是多么彻底。毫无疑问，它起源于对迫害和伤害的幻想，与大卫的道德是多么不同，其源自完全不同的幻想类型，怀着爱与关切，伴随着把最爱之人的形象投射到世界之中。狄更斯显然将后一种类型的想象与创作小说的能力联系在一起。通过《小杜丽》中韦德小姐的叙述，狄更斯向我们展示了前一种想象力无法构建一种读者可以作为朋友参与的叙述。在这个甚至连罗莎都被叙事艺术吸引的段落中，狄更斯指出小说中所涉及的慷慨冲动有能力克服那些与报复有关的愤怒冲动。

47. 我们记得，童年大卫曾"整整一个星期"都在扮演汤姆·琼斯的角色（106）。他与这个主人公在将热情和善良与对爱欲的敏感性的结合上有着很多相同之处。大卫极力强调他所演的是"一个孩子的汤姆·琼斯，一个天真无邪的造物"，并且总的来说，某些书中的"有害""我并没有受其影响，因为我不知道有什么有害的东西"。但他之后的爱欲令我们对那些声明产生怀疑——特别是当叙述者清楚地知道《汤姆·琼斯》（Tom Jones）中的"有害"之处时。同时，作为亨利·菲尔丁的读者而没有察觉到这种生理的、人性的以及爱欲的内容，未免有些奇怪。《大卫·科波菲尔》这部小说整体在很多层次上都是《汤姆·琼斯》的延续，但是要比它对爱的理解更加浪漫。

48. 艾妮斯的肖像以一种惊人的方式捕捉到了一个酗酒父母的孩子的特征，最近的临床文献也探讨了这些特征。无法玩耍或享受童年、在感受与表达强烈情感上的困难、对自我和他人的评判态度、对脆弱性的恐惧——所有这些都是惊人的类似之处。

在这种联系中，我们也许可以理解为什么艾妮斯会受到大卫的吸引，因为大卫有着她所缺乏而需要的坚实的情感。虽然艾妮斯在大多数情况下仍然扮演着充满矛盾的道德角色，但小说却允许她表达一种未经评判的个体化的爱。当她要对大卫表白时，她不断地强调着"我不是我自己"（934—935）。当他们拥抱时，在艾妮斯的生命中出现了童稚的一刻："哦，艾妮斯，就在那时，我那幼稚的妻子的灵魂通过你那忠诚的双眼看着我，表示赞许。"这一独立的时刻是否会产生一种更为持久的转变？小说结尾对艾妮斯的描述让我们对这一点产生怀疑。的确，既然大卫将鲜活的想象力视为某种从童年**保存下来**的事物，那么一个在某种程度上完全被剥夺了童年的人似乎不太可能安全或稳定地获得它。

49．然而朵拉表明，没有进一步的发展，孩子般的想象对于发展成人道德是不充分的。她滞留在童年早期，缺乏在爱欲与道德这两方面的进一步发展。

50．相比之下，朵拉与父母之间缺乏一种特殊关系，这种关系将促进她向成人的爱欲与道德态度发展。她决定继续玩下去，拒绝承担责任，这受到了周遭环绕她的人的鼓励。

51．小说本身代表了一种受特殊幻想推动的、对现实的真切看法。

52．这篇文章在国家人类学中心举行的关于爱的会议上首次发表。我要感谢琼·哈格斯特鲁姆组织这场会议并做出邀请。会议上，大卫·哈珀林的评论给了我很大启发，他对浪漫主义态度的普鲁斯特式怀疑引起了热烈的讨论，并促使我更充分地发展了文章中关于幻想的慷慨的部分。我还要感谢艾美莉·罗蒂、麦克·德保罗、亨利·理查德森和克里斯多夫·罗的有益评论，也要感谢阿默斯特学院三一学院讨论会的听众、阿什兰市兰道夫-美康学院的听众、福尔曼大学的听众、伊利诺伊大学厄巴纳-香槟分校的听众以及怀特曼学院的听众，感谢他们的有益点评。最重要的是，我感谢瑞秋如此好地阅读这部小说，是她引起了我再次阅读的兴趣。

第十五章

超越人性

奥德修斯又一次告诉卡吕普索，他决定离开她。又一次，她给出了似乎没有人类会拒绝的价码。她说，和我在一起留在这座岛上，你会避免等待着你的所有麻烦。并且最重要的是，住在这里，"平静地掌管这处领地"[1]，你将"永远不被死亡捉住"，永生不老。卡吕普索所提供的以及曾经提供的爱，其本身是永恒的：没有疲惫，没有悲哀，没有止息的平静欢愉。奥德修斯毫不犹豫地告诉她，自己选择死亡：

> 女神，夫人，请不要因此对我恼怒。这些我全都清楚，审慎的佩涅洛佩当然不可和你相比，无论容貌还是身材，她是个凡人，而你不死不老。即便如此，我所想要的，我天天企盼的，仍是回到自己的家园，眼见归返的那天。倘若某位神明将我的船砸碎在酒色的大海上，我将怀着坚定的心，承受它。我已遭受许多磨难，经历许多艰险，在大海或在战场，不妨再添这一分愁灾。[2]

这番引人注目的演讲中，我们看到了人类广泛共享的信念的两个要素，它们在奥德修斯对自身思考的表述中，就像它们在他暗示的、更为普遍的大众思想中那样，令人不安地结合在一起。一方面，对于奥德修斯来说，想要超越人类境况以及与神一同享受神的生活，是一种可以理解的甚至非常合理的欲望。他认为任何人都能理解，并在某种程度上也有着同样的欲望。他看到从这个观点出发，选择离开卡吕普索的岛是有悖常理的。另一方面，他选择了一种属于人类的生活，与一个会衰老会死亡的女人结婚，这个女人不是在他之前死去，就是在他之后死去。因此，他不仅选择了风险与困难，而且选择了死亡的确定性；不仅是死亡，而且是那种他有朝一日将失去最爱的人，或因自己的死亡带给她巨大悲伤的确定性。

[366] 　　面对公认的人类对超越性的依恋，有什么可以证明这种选择是合理的呢？奥德修斯对此没说太多。但是他说出的东西非常清晰地表明，关键在于佩涅洛佩本身并没有什么超越的美。他坦言，从这一点来看，卡吕普索是更为优越的。他指出，佩涅洛佩身上没有任何优越性可以抵消卡吕普索的神圣卓越。因此，他似乎没有选择一件值得称道的奖品，尽管事实上他必须面对死亡才能得到它；而这完全不是他看待问题的方式。他选择的是整个人类生活：有限的生命，危险的旅程，不完美的、会老去和死亡的女人。很简单，他选择的是属于他的东西：他自己的故事、人类生活的形式，以及寓于这种形式中的卓越、爱和成就的可能性。那么，一旦出现了神性和不朽这样的选择，他又能说些什么来让这种选择可以理解呢？

　　然而，对于这首诗从古至今的读者来说，奥德修斯的选择似乎**确实是**可以理解的，也是可敬的——这是我们希望英雄做出的选择。部分原因是，作为读者的我们在这个场景展开之前已经对佩涅洛佩和特勒马科斯有了感情，我们也不太喜欢卡吕普索，她看上去是个乏味单调的形象。我们想让奥德修斯回家，并重拾对他们两人的爱，我们想让他帮他们。另一部分原因是，这里存在着一个忠诚和承诺的问题。要是奥德修斯为满足自己对永生的愿望而抛弃家庭，我们就不会这样看重他了。（虽然很明显，这个问题是双面的，因为他正在这个过程中抛弃救他性命的女人，她给了他作为一个女神所能付出的一切，并与他幸福地生活了许多年。）

　　但是，无论是在演说中，还是在演说所引发的反应中还有一些更难以捉摸的东西：感觉另一种生活不会像人类的生活——拥有人类的美德以及人类的英雄行为——那样被理解。我们不知道对于这个英雄而言，这将意味着什么，这个以勇气、技艺、足智多谋和忠诚的爱闻名的英雄，过上一种勇气会萎缩，狡计和智谋毫无用处的生活，因为这些品质要对付的危险都消失了；其中的爱，就其本身而已，与诗里的人类世界中的那种将男人与妻儿联系起来的爱在形式上是非常不同的。这种可能性令人感到不安：在这样的生活中，我们的英雄会在哪里？会是谁？我们可以希望他得到一个好结果，包括如此彻底的改变，以至于他可能不再是他自己了吗？深情的读者可能更喜欢这样的英雄：可以说，他去其用武之地，这样他就能做与实现，通常与人类的英雄行为相关的事情。这似乎需要一个人类生活的场景，以熟悉的方式，从一个地方到另一个地方，从一个时间到另一个时间，从出生到结婚与生子，[3] 经历危险和挑战，直至死亡。我认为，我们更喜欢奥德修斯与佩涅洛佩在一起的生活，而不是他与卡吕普索的生活，这源于我们对卡吕普索提供的不成形的生活的更为普遍的不安：无休止的欢愉与和善、没有危险、没有牺牲的可能、没有痛苦、没有孩子。我们要做的就是比较有关做爱的描写。奥德修斯 [367] 和卡吕普索"退往拱形洞穴的一个幽深处，他们尽情享受爱的欢愉，如胶似漆"[4]。这就是所有描述了，诗人再说不出什么了，因为他们没什么话可说，因为他们无事可做，也没有什么事情发生在他们身上。至于在人类丈夫与妻子之间发生的事情：

　　　二人在房间中尽情欢爱后，开始愉快地交谈，互叙别情。王后诉说
　　了她在家中忍受的一切，看着无耻的求婚者为非作歹，借口向她求
　　婚，宰杀了许多壮牛肥羊，喝干了无数坛佳酿。宙斯养育的奥德修
　　斯叙述了他给人们带去的苦痛和他自己经历的磨难。她听得入了迷，
　　毫无倦意，直到听他诉说完一切，睡梦才把她的眼睑合上。[5]

很明显，至少对于人类读者来说，这对人类夫妇的关系更有趣，也更性感。一种脱离了对话、讲故事，没有危险与冒险以及分享危险与冒险的性，似乎极其乏味。奥德修斯在这么长时间后仍对佩涅洛佩有兴趣，我们觉得这是对她的美的极高赞誉。

作为读者，如果我们开始这样反思我们的英雄及其可能性的话，另一个事实也开始显现。那就是，人性及对人性的选择，被构筑在故事里以及其与读者的交流之中。可以肯定的是，选择超越对读者来说似乎没有吸引力的原因之一是，它显然会让故事结束。当卡吕普索谈到"平静地掌管这处领地"时，我们的心沉了下去，因为这里没有故事。另一方面，当她警告在海上有危险等待着他时，我们可以说是垂涎欲滴，因为我们知道故事应该是这样发展的，并且作为现在的故事爱好者，我们希望它这样继续下去。故事塑造了并将继续塑造读者的欲望，让他们更喜欢向前运动而非停滞不前，更喜欢冒险而非自足，更喜欢人类的时间形式而非神圣的永恒。它们利用并滋养着情感——恐惧、期待、悲伤、希望——这些情感预设了一种既匮乏又丰富、既积极又有限的生命形式——而且似乎只有在这样的生活背景下才有它们的意义和作用。假如他做了另一种选择，那么会留下什么故事呢？柏拉图很清晰地看到了答案：根本没有故事，只有对好的神和英雄的善的赞美。不幸的是，对于柏拉图来说，读荷马长大的读者可能会发现，那种前景就像二十四本描写卡吕普索不变的岛屿的书一样没有吸引力。读者也想要置身于事件发生的地方。

[368]

I

人类想要永生不老。甚至也许更明显的是，人们希望他们爱着的人永不老去，永不会死。这看起来毋庸置疑。假如有一个令配偶、孩子、父母或朋友永生的机会，谁会不接受呢？（我先承认，我会如饥似渴地抓住它。）然而，我们似乎并不太清楚我们在如此期望时期望的到底是什么。我们很可能会怀疑，在期望中潜藏着某种不协调，我们真正爱和珍视的东西或许无法在这种转变中幸存下来。我们可能注定或有幸只成为人类，成为那种存在，对其而言生活中有价值的事物不会恰好与恐怖糟糕的事物相分离。

在查尔斯·泰勒的一篇关于我的著作《善的脆弱性》的很有价值的文章中，他向我提出了一个非常困难的问题：如何理解人类对超越人性的渴望？[6]他观察到，我在书中涉及柏拉图的部分为渴望超越人性辩护，认为这是一个对人类生命来说融贯且有价值的伦理目标，把神一般超越的生活视为一个美好且有价值的伦理标准。此外，我还认为，逃避脆弱和痛苦的消极动机并不足以解释柏拉图的立场：因为我们必须也要注意到超越性本身的积极吸引力，我认为，这种积极的吸引力不仅在不借助充分或含混的形而上学概念的情况下就能得到理解，而且它实际上是人类伦理经验中的一个强有力的部分。泰勒准确地表述了我在关于柏拉图《理想国》的章节中的看法，并表示支持：“如果看不到这种渴望的力量，我们就永远不能理解柏拉图（我认为还有我们自己）。简单地用消极动机来提出一个简化了的关于柏拉图的看法，最终会让我们失去对自我的理解。”[7]

另一方面，泰勒也观察到，在书中关于亚里士多德的部分以及最终的结论部分，我似乎认可“人类善”而非**绝对**善为目的的伦理立场。我还认为，一种和谐的善的生活存在于多种形式的卓越活动和**爱**（philia）之中，它虽然在某些极端环境下仍受到阻碍，却“在任何善且适度幸运的人的范围内”。[8]这一事实使泰勒认为，我的亚里士多德版本拒绝了将神一般的超越性生活作为目的，并认为这对人类来说是一种不恰当，甚至可能不融贯的目的。换言之，用他引入的区分来讲，我将亚里士多德式原则“让我们拥有整个**人类**的善”诠释为“善存在于所有诸多形式的**人类**卓越活动之中”，这完全无视甚至否定了超越人类生活的渴望；即，

[369]

我的理解不是"让我们拥有人类**整体的善**"并在此之上补充柏拉图式渴望，以及这种渴望会带来的所有冲突。[9]（就如泰勒所指出的那样，我并不否认亚里士多德作品中的某些部分中存在着更为柏拉图式的面向；但他说对了的一点是，我相信表达这种观念的章节与我所关注的《尼各马可伦理学》的主要论点不一致。[10]）所以，泰勒想知道，我真正的想法是什么。是他所称的幸福生活的"包容性观点"——即亚里士多德式"**幸福**"（eudaimonia）加上（在某种程度上与之相矛盾的）对超越性的渴望？还是我认为他有些倾向认为的"更狭隘的观点"——也就是说，只有亚里士多德式的"**幸福**"，除此之外什么都没有？[11]

查尔斯·泰勒以其特有的洞察力注意到文章在一个真正重要的问题上，存在一种未经解释的沉默。他呈现了一种对这篇文章的准确解释，并提出了一个尤其需要进一步审视的哲学问题。（事实上，泰勒的文章远比通常的评论文章更具有实质性，也更有趣，可以被热情地推荐给任何对这些问题感兴趣的人。）由于相同问题的不同版本已被另外两位特别敏锐的评论者——克里斯多夫·泰勒在《思想》杂志与斯提芬·哈利威尔在《古典哲学》[12]中——提出来了，尽管没有那么广泛，但似乎是时候对此问题多说一些了。

[370]　　在这篇文章中，我的目的在于开始回答泰勒关于我自己在超越性这个问题上的立场问题。随着讨论的深入，我将同时提到《善的脆弱性》中的论证的各个方面，以及取自古希腊思想中的例子，既具有流行性也具有哲学性的例子。但我的目的并不是澄清我已经说出的东西——所有这些泰勒已经将它们表述得足够清晰了——而是要超越这本书来探讨它的一个核心哲学问题。

为了做到这一点，我必须稍微间接地处理泰勒的直接问题，以便使有关的哲学概念在直觉上更加准确。我将通过反思奥德修斯的困境及其产生的关于超越性和神一般的生活的问题来做到这一点。这最终会导向一些关乎哲学的相关结论，这种特殊的活动经常与超越性目的联系在一起——如果它希望帮助我们理解的是一个人的生活，而不是超越性的神的生活，那么它应该如何对人类说话。

泰勒提出的复杂挑战中，有两个方面我将不再追寻。一个是他建议我应当多谈谈我自己对犹太－基督教的观点，以及令他吃惊的——并非没有理由——我自己对古希腊多神论的偏爱。[13] 我怀疑泰勒和我在该领域确实有一些深刻的分歧，对它们进行研究会是很有趣的。当然，在各种发表的文章中，我毫不掩饰自己强烈反对把奥古斯丁式原罪思想作为反思人类有限性和超越性的起点。[14] 然而基督教是一个多样化的宗教，而且（就如埃莲娜·帕戈斯最近令人信服地指出的那样[15]），它的诸多形式，事实上都起源于一种人类无助的观念，这种观念比奥古斯丁更接近古希腊思想，尤其是亚里士多德的思想。因此，我将推迟对这个问题的认真讨论，并尽量尝试主要从哲学角度讨论对超越性的渴望，而不去评估这种渴望的任何特定的现代宗教形式。

我也不打算讨论泰勒的历史主张，即在我们人类的此世生活中，支持把对超越性的渴望视为整个生活的目标会产生什么后果。泰勒说，这个目标"可以使我们以一种新的关注和关心来面对这种生活，犹太－基督教传统毫无疑问也是这样，会对我们的整个道德观念产生决定性影响"。[16] 想要简单地回答这个问题也许不太明智。事实上，我的确对泰勒的主张有些怀疑。我认为"毫无疑问"这个词显然太强烈了，事实上，我对尼采的分析抱有一定的同情，他的分析指出，把我们的渴望引向一个"真实世界"的许多方式导致了一种我们在这个世界中行动和关系所遭受的诋毁。[17] 在古代哲学的辩论中也有相关论证，比如伊壁鸠鲁学派对宗教的攻击。[18] 不过我在这里不打算谈及整个关于后果的问题，而是集中探讨对超越性的渴望本身的内容及其融贯性。

[371]

II

古希腊人对待诸神的态度中的特殊张力是很好的研究出发点：这种张力表现在奥德修斯的演讲中，以及其他许多关于人格化的奥林匹亚诸神的故事中，这些故事被反复讲述，时而强调一个方面，时而强调另一方面。[19] 因此，一方面，诸神被视作神，是比我们更好的存在，值得我们崇敬和效仿。他们比我们更好，最主要是因为他们没有人类生命特有的限制和缺陷。他们是**不朽的**（athanatoi），而人类**终有一死**（thnētoi）。他们总是健康而精力充沛，我们则会遭遇疾病和衰弱。他们总是风华正茂，我们则从幼年的无力，经过短暂的繁盛，再到老年的无能。他们的生活是稳定的，我们的则受到意外事故的干扰。他们不需努力就可以拥有想要的事物，我们的生活却充斥着痛苦的劳作。他们的美不会被疲劳、疾病以及焦虑而折损，我们的则易受这些因素影响，从没有那么美好。他们是全知的，我们则是无知和有限的。他们所爱的人将永远和他们在一起（除非他们爱上凡人——这一点之后再谈），我们的爱在悲伤和哀悼中结束。

因此，在所有这些方面，神圣的形象就是人类自我超越的形象，是人格化的完美形象，通过在想象中去除使人类生命变得短暂、无常以及在许多方面悲惨的种种限制让这一形象得以可见。当然，当一个人沿着这条思路走下去，他所希望的最好的事情，无论是对自己还是对所爱的人来说，都是对那种生活的一种转化。因此，某些具有非同寻常的美和卓越的古希腊故事都在这种至高奖赏中达到了顶峰：赫拉克勒斯因其卓越与忍耐而不朽；伽倪墨得斯则因其不可思议的性感可爱而不朽。奥德修斯知道，他对奖赏的拒绝与根深蒂固的人类幸福观念相悖，他理解并与大多数人共享这种看法。

另一方面，由于古希腊人追求超越的思想实验，既具有高度的想象力，又不受经常因原罪观念引起的过度自我憎恨的阻碍，他们找到了另一种看待神的生活的角度，它在某种程度上与第一种角度相冲突，尽管经常混合在一起。从这个角度看，神并不比我们好多少，而是完全地、不可思议地不同于我们。他们的生活形式实际上缺乏人类生活特有的运动和结构，缺少由必死性所强加的限制，缺少各种各样的脆弱性，缺少必死的身体的需求和有限性，所以也必然缺乏一些我们现在认为有价值并作为目的而追求的生活形式。这种思想实验是复杂的，因为许多东西取决于哪些限制在想象中被消除，哪些限制则被保留。古希腊诸神的故事并不总是具有一贯性，有时诸神显得不那么全能，并比其他神更为脆弱。（我们之后会讨论这一点。）然而清楚的是——特别是在诸如荷马和索福克勒斯这样的作家身上，[20] 他们对特定人类的英雄主义及其自然条件有着浓厚的兴趣，诸多我们珍视与认为美好的活动，在一贯被想象的神性的生活中是不存在的。在某些情况下，（神）缺少的只是追求这种行为的动机；在其他情况下，我们不得不承认，整个活动将失去意义并变得难以理解。

[372]

　　首先来看一个也许是最简单也是最清晰的例子：体育竞赛。就如当代美国人一样，古希腊人把出色的体育表现看作人类卓越的绝妙典范。年轻人被鼓励去培养这种卓越，并在他们达到这种卓越时受到赞扬。但显然，这种成就只有在人类身体的语境中才有意义和价值，因为这种语境施加了某一物种特有的限制，并创造了运动的特定可能性而非其他。变得卓越就是特别充分地运用这些能力，特别成功地与这些限制做斗争。但是，如果这意味着，即便不同物种之间的竞赛都显得毫无意义且古怪，那么这就更加意味着，对一个天生无所不能、在身体上不受任何限制（比如可以随意改变形态，可以毫不费力地从这里转移到那里）的存在来说，不存在运动上的卓越，也不存在有意义的关于运动上卓越的概念。对于一个一切都很容易的存在来说，这种成就是什么呢？游戏的规则又是什么呢？

我们必须谨慎地指出这些思考意味着什么、不意味着什么。几个世纪以来，他们当然没有被人们用来暗示，在给定的物种及其特定的物种限制中，更大的限制产生更大卓越的可能性。事实上，我的协调能力差，自然体力小，这并不会使我在网球运动中取得约翰·麦肯罗 [21] 所无法取得的成就。我们也不认为让运动员挨饿、打败他们或不让他们参加正常训练，会让体育竞赛变得更好和更有趣。训练是鼓励去做任何知性训练所能做到的事情，来打破人类身体的局限。从那些拥有最好禀赋的人着手绝对没什么不合适的，比如让两米高的人打篮球，让脊柱柔韧的年轻人去做体操运动。

另一方面，从荷马和品达一直到我们自己的时代，在每个时代的每一项运动中，都存在着不公平或"不自然"竞争优势的观念——今日围绕使用抗类固醇和其他提高成绩的药物的争论。运动员有一些消除限制的方法，有一些超越身体限度的方法，在我们看来，这些方法消除了运动的全部意义，令成就不再是成就。这种思想以其最极端的形式出现在奥林匹亚诸神的形象之中。我们可能会说，神就像那些不仅拥有超级类固醇，而且还拥有一整套改变形态和改变自然的技术的运动员。但这意味着，只要他们利用自己的无限，他们就不能在体育上取得任何成就。这种限度似乎是由一种模糊而有力的概念所设定的，即人类物种本身的可能性。这种可能性，以及有助于构成这种可能性的内在限制，是那种卓越的必要条件。在舞蹈、音乐演奏以及诸多相关的身体成就方面，情况也是如此。但是，我们就可以开始明白，为什么一个执着于这些卓越，并以此来定义他或她的美好生活的人，会对卡吕普索的提议感到困惑。因为现在看来，她提供的不是一种更好的生活，而是一种不同的生活，有着不同的目标与卓越。如果一个人认同自己已经知道的目标，那么他很可能想知道他能否在转向这样的生活中以任何有意义的方式幸存下来。

现在让我们转到一个完全不同的领域，但在这个领域中，人的可能性和神的可能性也是明显不同的，那就是政治关系领域。人类，就其本

[373]

身而言，作为一种政治存在与神和动物区别开来，拥有伦理和社会美德，这在亚里士多德看来是不言而喻的，他的大多数听众看上去也是如此。《善的脆弱性》的很大一部分都是在发展这种亚里士多德式观念，我在最近发表的一篇文章中也推进了这一点。[22] 但现在我想看看它的荷马式表达，这种表达在我看来特别清晰。可以肯定的是，荷马笔下的诸神确实有某一些基本的政治组织形式：宙斯统治，其余被统治。但很明显，这只是因为诸神在某些方面并不真的像神。他们彼此限制，并且相对于彼此，他们有着非常类似于人类在资源和能力上的限度。因此，政治在规范这些互动和处理这些脆弱性上发挥着作用，并且——我们必须补充的是，在提坦面前保护整个群体时发挥作用，提坦可以用痛苦的、可能无休止的惩罚来威胁他们。但总的来说，亚里士多德是正确的：那些不像我们那样易受饥饿、口渴、炎热、寒冷与疾病伤害的存在，不需要教育子女、组建军队、公平分配维持生命的财产和其他物品的存在，并不真正像我们那样需要政治。政治是用人类的智慧来为人类的需求提供支持，所以要想真正具有政治性，你不得不同时具备这两种元素。野兽缺乏前者，神明则缺乏后者。

正是在这方面，亚里士多德（正如我在《善的脆弱性》中对他的诠释）似乎最反对将超越人性作为人类伦理学的恰当目标。因为在《尼各马可伦理学》中的两个关键点上，我们面临着一种孤独的美好生活的可能性，这种生活**假定**（ex hypothesi）不需要其他人类，因为其中没有任何形式的依赖和需要来促使人类与他人建立联系，他只是拒绝承认这样 [374] 的生活可以算作一种完整的**人类**生活。他在第一卷定义了人类伦理学所寻求的自足性，即一种与家庭、爱人和公民同胞一起实现的自足性，"因为人类本质上是政治存在"。[23] 第九卷同样诉诸我们的政治本质来拒绝这样的建议，即只要掌握了所有手边的善，所有的需要得到满足，一种缺乏政治关系以及个体爱情与朋友关系的生活可算作**幸福**（eudaimonia）。他在那里提醒他的对话者，我们这种存在认为这些关系不仅必要而且有益，不仅是一种资源，而且是一种内在善。没有它们的生活甚至不值得过——更不要提**幸福**的可能了。[24] 亚里士多德坦率地承认，这些善只能被视为善，只能从人类生活形式及其有限制和有限度的结构中获得。他不认为诸神会来寻求政治艺术的指导。但他拒绝就此诋毁政治，对他人有益的行为本质上是美好而高尚的，就如那些把公民在家庭和各种友谊中连接起来的爱与关怀的关系那样。

我们可以通过更具体地观察那些伦理美德——亚里士多德否认神明的生活与政治相关——来拓展这些发现。[25] 因为当我们这样做的时候，我们看到，这些伦理美德在神的生命中会显得毫无意义，或多或少是无法理解的；然而，每一种美德都要求成为人类生活的目的本身。勇敢是最清楚的例子。荷马笔下的诸神通常无法拥有也确实没有勇气，因为没有什么严重的事情值得他们冒险。另一方面，勇敢的行动却被看作一项好的**人类**成就。[26]（我们注意到，当我们引入越来越多的危险时，我们就越来越接近勇气。因此，埃斯库罗斯笔下的普罗米修斯即便是不朽的，他也是勇敢的，因为他面对着巨大的痛苦。他的不朽并不能消除他的勇敢，实际上却——考虑到他遭受的无穷无尽的折磨——似乎强化了他的勇敢。）适度也同样会失去意义，因为对于一个不会生病、超重或酗酒的存在而言，不仅没有适度的动机，也不会对这整个概念有所理解。另一方面，适度是人类生活中的一项挑战，也是一个有益的事物：迷途易入，正道难寻。

我们已经在讨论政治话题时探讨过正义。亚里士多德似乎正确地指出，诸神签订契约并退还定金的整个观念是荒谬且没有意义的。稀有资源的分配以及人类正义的其他要素似乎也是如此。在此我们注意到诸神并不在意人类的公平标准——这种并不在意是与他们对我们有需求的生命形式的超越分不开的，因此，他们在那种生活中看不到对于我们来说重要的事物——导致他们的行为方式不仅不同于我们，而且他们也完全[375] 漠视我们关心的东西，完全缺乏人类正义所涉及的心灵和欲望上的艰苦努力。[27] 在索福克勒斯的《特拉基斯妇女》的结尾，许洛斯回想起发生过的可怕且令人痛苦的事件，他将这些归于轻率，缺乏对人类需求及善的理解，这就是宙斯与他的超越性：

> 许洛斯：随从，扶他起来，在这些事件上展示你对我的**深切同情**（suggnōmosunē），知道诸神对这些事件的**漠不关心**（agnōmosunē），他们令我们来到世上，自称为我们的父亲却监看着这些苦难的发生。至于未来，没人能探知。现在，这里发生的对于我们是不幸，但对于他们是耻辱，而对于承受这场灾难的人来说是最艰难的。

> 许洛斯或歌队[28]：年轻姑娘，别守在家中，因为你最近已经见识到死亡，你也看到新近遭遇的苦难，而这一切都源于宙斯。

人类的世界由怜悯和同情维系在一起。某种意义上，人类比诸神更糟糕，因为他们会受苦，但他们也知道怎样应对痛苦，他们的道德就是对痛苦这一事实的回应。神是更为优越的，因为他们**能够**简单地无视、俯视人类的痛苦，而不卷入与回应。[29] 然而正是因为他们在这方面更为优越，他们就无法完全**看到**我们生活中正在发生的事情，他们缺少同情心——这个任何人类正义的基本要素。[30] 假如从我们的观点看，我们珍视同情，那么我们不得不说，**就他们在我们世界中的所作所为而言，诸神不只是不同，而是劣于我们。**

当我们反思这一点时，我们应当注意到基督教对此问题的深刻回应。尽管我承诺不卷入这个问题，但在这个问题上其诱惑是很难抗拒的。因为基督教似乎承认，为了想象一位真正优越、真正值得崇拜、真正且完全正义的神，我们必须想象一个兼具神性和人性的神，一个真正过着非超越性生活，并以它能理解的方式——痛苦和死亡——去理解这种生活的神。如果这就是泰勒所说的，基督教让我们以新的关注和关心转回我

[376] 们自己的世界的意思，那么我相信他无疑指出了一些重要的东西。当然，不管怎样，如果脱离基督所体现的有关人类苦难与牺牲的范例，人们很难想象基督教对人类苦难的普遍同情。[31]

至于日常生活中那一大批所谓的"较小的"卓越，比如大度、慷慨好客、社交风度、谦虚、友善——正如亚里士多德所指出的那样，所有这些卓越，都是我们的社会／政治本性中的要素，并因此深深扎根于人类的生活形式中。[32] 奥林匹斯诸神没有任何类似的品质，因为他们的社会生活是自由浮动的、不定型的，不受需求激励的。

现在我们必须回到起点，回到奥德修斯关于爱情的——既是性的也是家庭的——选择。因为他的陈述暗示，首先，人类的爱与神的爱是如此不同，以至于在两者之间无法进行简单的排序或比较，即便人们可能从某些显著的方面将神的爱置于更高的地位。他只是选择了他自己的生活形式。此外，他的选择还意味着，只要人类**能够**进行比较，那么偏好人类的爱是完全可以理解的。先以对配偶和家庭的爱为例。在此我们必须首先指出，诸神没有任何我们关心以及保护作为抚养教育孩子的背景的家庭生活结构的动机。它们缺乏我们这种对自身未来的焦虑，缺乏我们通过生育来壮大家庭的欲望，还缺乏利他的动机，缺乏养育与保护脆弱事物的欲望，以及缺乏为世界的未来做贡献的欲望。神的孩子并不是真正的孩子，神的父母也因此不是真正的父母。

其次，我们也注意到，它们在面对风险上的局限，以及它们在像人类那样互相关怀的能力上的局限。没有为所爱的人冒险或牺牲的余地，不存在忠诚强烈到需要面对死亡本身的空间。由于这些以及其他轻逸，诸神的爱有着一种戏谑性并缺乏深度——人们发现，事实上，一个人更偏爱人与人的那种带有更深刻需求和更高强度的关系，看起来是完全合理的。（再次重申，基督教思想认为上帝也是完全的人，并且实际上牺牲了自己的生命，是上帝确实爱这个世界的思想中的一个最为重要的元素，如果这一思想能被融贯来的话。[33]）

就如我们已经提到的，在性生活中这些同样的事实也具有分量；神 [377]
的那种布歇[34]式的调情看似缺少了对赋予人类**爱欲**（erōs）特定之美的
某种探寻和奋斗的元素。[35]假如我们现在再加上交流和对话的要素，我
们注意到这是神与凡间夫妻之间的区别，我们发现诸神缺少的，不仅是
短暂的激情，而且还有长期的爱的维系纽带——就如亨利·詹姆斯所指
出的那样，它们之间没有什么好谈的，除非"为了让无聊的奥林匹亚诸
神得到积极的放松"，困惑的、正在奋斗的人类和他们迷人的故事或将与
"它们混合在一起"。[36]

在此，我们在希腊人对神明的描述中遇到了一个不同寻常而有意义
的特征。因为诸神也真的会爱，但不是彼此之间。当它们深深地强烈地
去爱的时候，它们爱的都是凡人。这个事实是整个古希腊神话的基础，
也是无数诗歌和故事的主题。其中一些人给出的诊断与亨利·詹姆斯的
相差不远：诸神被凡人卓越以及冒险的倾向所打动。看上去，他们渴望
展示努力和渴望、需要和奋斗，以及战胜困难的成就。它们渴望（在欧
里庇得斯笔下的歌队中[37]）伽倪墨得斯年轻的身体，他在一场长跑之后
汗流浃背。渴望奥德修斯的机智、勇气及其狡诈。这些神试图抓住他们
喜爱的美——但通常都失败了。奥德修斯选择离开。在天上的伽倪墨得
斯，拿着的不是赛跑赢得的金杯，只能"轻柔地"行走，[38]不需要任何努
力或紧张，成为了它们中的一员。因此，那些超越者似乎渴望一种特定
的超越性：超越他们自己的局限，也就是缺少局限因而无法拥有美德。[39]
然而，拒绝超越人性的渴望的另一个原因是：因为超越性的生活，就如
我们现在所看到的，不包含所有价值、所有卓越以及所有我们渴望的一
切——即便从建构出来的神自身的角度来看也是如此。毫不奇怪，狄俄
尼索斯，这位出众的情欲之神，也是唯一一会死亡的神，这位神的出生、
成长、死亡、复活的节奏存在于自然环境之中，并与人类的时间有着密
切的关系。[40]

这种反思并不把奋斗本身提升为目的。它并没有说人类生活在充满

困难的时候是最好的，正如它并没有说一名运动员的生活在他或她遇到重大阻碍时才最好。较之漫长的一生，阿喀琉斯情愿拥有短暂而激烈的一生。然而就我们在此的论证而言，这些选择仍是开放的，我们坚持认为，短暂、苦难以及挣扎本身并没有价值。[41] 卓越活动是目的，而非它们所涉及的奋斗：体育和音乐表演，正义的活动，勇敢的活动，其他具有美德的活动，爱——这些都是目的。然而我们要说的是，一般而言，就如体育运动的例子一样，那些在人类生活中具有内在价值的目的，是在那个环境中以及为那个环境——就如所有环境一样（包括我们现在看到的，假定的不受限制的环境），而存在的价值。那种环境包含着限度和能力，并为其所构建。人的限度构成人的卓越，并赋予卓越的行动以意义。以某种形式保留限度——在此，和在运动员的例子中一样，我们只能求助于一个关于正常人类生活的模糊但又并非不可视的观念——是卓越活动之卓越性的必要条件。至于宇宙中的一般卓越，离开了特定生活形式的那些环境，就如亚里士多德所言，我们说不出任何有真正内容的东西。[42]

[378]

III

那么，超越会变成什么呢？一个人的生活如何把奥德修斯所描述的和我们多数人身上以这样或那样的形式体现出来的两种明显矛盾的元素放在一起呢？这项论证将支持泰勒所描述的哪一种观点呢？是认为我们人类合适的目的是一种根据完整的人性卓越加某种形式的超越性所做出的行动，还是认为，为了适当地追求整个人类的善，我们应当把对超越的欲望摆在一边？看起来，就如泰勒所怀疑的那样，我实际上是在支持第二种观点。但我认为事实远比这复杂。

首先，超越性有着各种各样的形态。在这一论点所描述过的人类生活的环境中，有很多空间可以容纳某种超越我们普通人性的渴望。因为，虽然我不相信人之初是恶的或有原罪的，但很明显，大多数人在很多时候都是懒惰的、不专心的、缺乏反思的以及感情浅薄的。简而言之，大多数人类行动远远达不到我所描述的亚里士多德的观念所设立的完全的美德这一人类目标。亚里士多德认为，一方面，完完全全富有德性的生活"是多数人都可以拥有的，因为它面向任何相对于卓越而言先天并不病态的人"。[43]但他也认为，有德性的行为不仅需要正确的行动，也需要有恰当的思考、动机和反应感受。他认为这是一件非常困难的事情，需要很多经验和实践，需要很多灵活性与思想和感受的打磨。把富于美德的选择想象成为一种"中庸之道"并不意味着它可以被机械性地绘制出来，一点也不是。它反而重点强调了从诸多错误观念中找到正确观念是何等的难事。就如亚里士多德自己所说，"存在着很多错失目标的方式……并且只存在一种击中它的方式；因此一种是容易的，另一种是困难的"。[44]

[379]

　　这或多或少就是我的有关我们与特定的人类善之间关系的观点。在这种观点中，有很大空间留给对我们日常人性的超越——我们可以说，这是一种**内在的**、人类意义上的超越性。正是出于这一原因，我对亨利·詹姆斯与马塞尔·普鲁斯特的作品产生了浓厚的兴趣，他们明确宣称，艺术家对人类生活的细微关注与回应是一个人可以培养的精确的思想和感受的典范，即便多数人做不到这一点。两位作家都对宗教的或来世的，甚或沉思性超越没有丝毫兴趣；尽管如此，他们都以超越为目标，并在他们的写作中体现了这一点。[45]因为我相信，詹姆斯和普鲁斯特显然是各自独立地将优秀的文学作品比作翱翔在日常生活的沉闷和迟钝之上的天使，让读者得以一瞥一个更具同情心、更微妙、更具回应性、更为丰富的人性世界。[46]这是一种关于超越的观点。并且我相信，把对这种超越的渴望作为完整的人类善的图景的核心是极其重要的。在**人类超**越这个领域中有如此多可做之事（我也将其想象为**一种下沉的**超越，更深入地挖掘一个人的自我与他人的人性，并最终变得更加深刻和宽广），以至于如果一个人真的很好地、充分地追求这个目标，那么我怀疑不会有多少时间去寻找其他类型的超越性了。我承认，我更喜欢詹姆斯式的天使，一个有着敏锐的洞察力和令人困惑的人性优雅的天使，而不是宗教传统中的天使——正如阿奎那最为敏锐地看到的那样，它们根本无法在我们的世界到处走动，因为它们缺乏想象力和感知特殊事物的能力。[47]

另一方面，我的论证敦促我们拒绝的是一种缺乏融贯性的渴求，即完全抛弃我们人性的构成条件，而寻求一种真正属于另一种存在的生活——就仿佛那对于**我们**而言是更高等更好的生活。它要求我们通过回顾人类存在的一些非常普遍的条件来约束我们的渴求，这些条件也是我们所了解、热爱以及相应地追求那些价值的必要条件。它进一步要求，鉴于这一事实，人们至少应该缓和对这些限制特征的愤怒，包括对死亡的愤怒，因为人们仍然会相应地恐惧和逃避它。[48] 有人认为，这将削弱在人类生活中追求各种形式的所谓超越的消极动力——这些形式包含从无法稳定控制的事物中撤回爱和关心，或承认只有免受变化影响的事物才有价值。（这种所谓的超越形式是《善的脆弱性》中批判审视的首要目标。[49]）

[380]

但是在恰当的（内在的）超越与另一种超越之间的界限，不是，也永远不可能是清晰的。因为人类对卓越的追求包含着以多种方式挑战那种束缚人类生活的限制。从人类的角度看，希望自己或他人不要受饿、得病、无所庇护、被背叛或失去亲人、失去任何一种能力——并尽最大努力在生活中实现这一切的欲望是完全合理的；事实上，关注内在超越的优点之一在于，它告诉我们，这些事情真的很重要，这些是人类需要做的工作，是政治要去处理的事情。[50] 就如马克思和尼采用不同的方式看到的那样，有些形式的人类的超越性的渴望确实削弱了人们对这些对抗限制斗争的爱和承诺。努力延长预期寿命，尽可能消除各种疾病，尽最大可能延长任何一个人的生命，也是完全合理的。再说一次，外在超越似乎削弱了向这个方向努力的动机。如果一个人认为真正重要的事情是过上一种完全不一样的生活，那么这很有可能使他对于当下的生活不再那么努力。尽管我同意泰勒的观点，尼采对基督徒的反对过于简单，但在我看来，他确实讲到了要点。

那么问题就出在：从什么时候起这种对内在超越的渴望会变成对完全脱离人类生活的渴望？这个问题没有、也不应当有明确的答案。它的答案只能在人类历史本身中并只由人类历史本身给出，因为人类看到他们自己的斗争构成了那些限制。由于医学和科学的进步，人类生活现在已经在时间中拥有了某种不同的形态——至少对于那些能够利用这些进步的人来说是这样。它在某种程度上更长、更安全，尽管其他不可预期的危险已经出现。如果我所提出的这类观点被认为是在暗示，进一步突破我们的限度是一种不正当的欲望，我们需要做的只是生活在我们所认识的世界中，这对人类而言无疑是一场灾难。也许，我们不应该想象我们可以前后一贯地希望不朽。然而，在任何时候，只要积极的生活还在以一种有价值的方式进行着，对自己以及他人死亡感到恐惧，并设法避免死亡，这似乎是合理的。[51] 有理由认为，任何时候的死亡对死者来说都是一场悲剧。（在讨论伊壁鸠鲁的论点时，我已经为此观点做了详细的辩护，因此这里就不再赘述了。）以"正常的"标准来看，当死亡来得过早，这也许尤为悲惨；然而，特别是由于这种标准不断在变化，对于一个正在哀悼他人的死亡或担心自己的死亡的人来说，这种观念没有、也不应该具有决定性的分量。这个更大的问题似乎与运动员悖论有着相似的形态。她不应希望完全没有人类的身体及其带来的限制，因为如果这样就没有运动的成就与目标了；然而在任何特定的情况下，人们似乎完全有理由期望能够变得更好、更强、更快，更成功地突破那些限制。这就是为胜利而奋斗的悖论，在这种奋斗中，**彻底的**"胜利"会导致灾难和空虚——或者至少是一种与我们自己的生活截然不同的生活，我们再也无法在这种生活中找到我们自己以及我们有价值的行动。

我们推荐的是在卓越的主张与人类环境的必要性之间保持一种微妙而常常是灵活的平衡。卓越的主张引导我们向外突破，而人类环境的必要性则把我们推回内部。在这幅图景中很难说在哪里画出了界线。但古

[381]

希腊人对**傲慢自大**（hubris）[52]的看法，也许在这里提供了有用的指引。有一种类型的奋斗对于人类的生活而言是合适的，另一种奋斗则包含了从一种生活转向另一种生活的尝试。这就是**傲慢自大**——未能理解自己真正拥有的是什么样的生活，未能生活在自己的限度之内（这也是可能的），作为凡人，无法思考凡人的思想。要正确地进行理解，关于避免傲慢自大的禁令不是一种苦修或者否定——它是一种指示，**告诉我们**在哪里可以找到对我们有价值的事物。

这是否意味着一个人实际上不应去期盼自己爱的人永生？是，也不是。一个人痛恨与恐惧他们会死亡的想法，试图用任何方法来阻止它——同时也清楚，凡人的生活是一个人所爱的人实际上能过的唯一的生活。这种近乎矛盾的张力，似乎是人类最美好生活的一部分。理解这种张力已经很困难了，更不要说生活在其中。从这个意义上说，在我自己的概念中，人类最好的生活比亚里士多德式的最好生活包含更多围绕着超越性问题的紧张和冲突，在亚里士多德式的生活中，对死亡的恐惧只扮演着一个微不足道的角色。[53] 也许，这还不足以让它成为泰勒的"包容性观点"。倒是比他所认为的亚里士多德的"狭隘观念"要更丰富。

另一种类型的内在超越就此出场。我再一次强调，它是古希腊人对凡人和诸神思想的核心。这是对创造的超越。荷马笔下的英雄认为他们的目标不是不朽的生命，而是创造一个关于卓越、英勇事迹或者作品的不朽记录。荷马笔下英雄想象的合理目标并不是永生的生命，而是对永久流传的卓越事迹、作品的创造。通过这些，他们在某种意义上使世界变成了以后的样子。亚里士多德在《论灵魂》中指出，这种类型的超越是"有生命者首要的也是最普遍的特征，一切生物有了它才有了生命"。[54]在低等物种中，这种超越性以生物繁衍的形式得以体现。然而在人类的生活中，就如柏拉图笔下——而不是亚里士多德——的狄奥提玛所指出的那样，这种自我繁殖的欲望还以其他方式表现出来。人类通过政治、科学、教育、个人的爱、高尚的言谈和行动，也使他们自己置身于世界

之中。人类通过这些方式寻求生存下去，在世界上留下他们自己的某些　[382]
表达，他们特性的某种延续。[55] 狄奥提玛貌似合理地指出，只有当一个
人放弃了对外在超越的渴望——在意识到自己不会永生时——他才会开
始追求（并为世界带来好的结果）另一种类型的超越。奥德修斯在奥吉
吉亚岛[56] 的生活不会包含令他在历史上留名千古的创造性事迹。

这种类型的内在超越补充了我们其他类型的超越。因为，就如古希
腊人所坚持的那样，一个人不能通过**糟糕**的行为（即便是惊人的行为）
或者平庸的作品来获得人们所追求的不朽；[57] 事实上，一个人也不能通
过生下坏孩子而达成这种目标，这是古希腊伦理学的一个持久忧虑。因
此，寻求美德的内在超越是获得在世界上留下印记的内在超越的唯一方
式。如果得到恰当的追求，这种超越将是充分的。在这里，我们应该如
修昔底德笔下的伯里克利那样坚持认为，阿喀琉斯式的个人英雄主义不
是至关重要的。[58] 只有作为群体的一个部分，好的行为才是充分的；并
且，这通常是一种可以使世界按照一个人自己的美德行为的形象来运转
的更有效方法。

Ⅳ

到目前为止，我们还没有谈到哲学活动在这场辩论中的位置——现
在我们必须谈一谈了。因为，在《善的脆弱性》第五章中，在我对柏拉
图就超越性的观点的讨论中审视了这一主张，即某些哲学活动是人类超
越人性并试图过上一种神性生活的方式，而且显然是唯一的方式。就如
我所描述的，这种主张源自古希腊宗教思想中的一个古老传统——也许
是从色诺芬开始的——根据这种主张，一个真正神性与不受限制的存在
只会做一件事：思考。这个论证是这样的：如果我们真的始终如一地去
想象一个完美且不受限制的存在，我们就不会想象这种存在会像奥利匹
亚诸神在故事中那样去做普通人类所做之事——谈情说爱、撒谎、改变

形态等等。[59] 神那样的生活形式距离我们自己的生活形式，比这些故事所想象的还要遥远。我们做这些事情的理由源自我们的需要和我们的不完美，那么一个真正的神明有什么理由会做这些呢？另一方面，这个观点说，也许有一件我们可以做的，是想象一个不受限制的神，缺乏对活动纯粹而积极的爱。这就是思考——思考、探询以及沉思万物的本质。

[383] 从色诺芬到柏拉图，再到后来的柏拉图主义，有很多种思考神的方式被想象出来。[60] 有时候，学习得到了强调。更多的时候，就像在柏拉图与亚里士多德叙述中的柏拉图部分所描述的那样，沉思得到更多的偏爱，因为学习似乎暗示有限性和不完美。上帝的沉思通常被看作指向普遍的本质，而不是指向特殊事物。因为据称，只有世界的本质结构，而不是其偶然的历史，才能激起那个完美存在的兴趣与爱。一个没有世俗生活经验的存在，很难挑出或注意到世俗历史的显著特征。（亚里士多德－阿奎那的传统持更强的观念：一个没有身体的存在，比如天使，根本没有能力感知特殊事物。这种思想被阿奎那在关于对身体复活的重要性的论证中，以多种醒目的方式得到使用。[61]）

因此，我们进行抽象推理和沉思普遍性的能力（比如，思考一个数学证明及其演绎逻辑结构）已经被认为是我们当前生活中的**那个**特征，在其中我们过着神性的生活——我们所做的一件事，一个完美的神也有理由去做，只是缺乏喜悦与爱，缺乏需求的压力。在《善的脆弱性》中，我确实表达了对此观点的某种不确定性——因为什么激发或者能激发一个人进行哲学思考的问题，是一个在我看来特别晦涩的问题；一个完美的存在会找到理由去追寻什么，这个问题也同样如此。然而，我确实发现，至少可以想象，所描述的这种哲学思考可能有着柏拉图赋予它的特征。在有关一个会思考的神的想法中，我发现了一种合理性，那就是无论是当时还是现在，我都无法在一个运动的神或一个爱欲的神，甚或（暂且不谈基督教关于上帝的二元本质的描述）一个具有美德的神身上发现这种合理性。很明显，这是另一种需要研究的超越性。我不确定这是

不是那种查尔斯·泰勒认为有吸引力的超越性；我也不确定以哲学家 /
数学家作为神是否完全回答了他关于什么比人类更好的观念。不过，为
了完成本文的论证，我还需要进一步说明自己对这种特殊类型的超越性
的立场。哲学沉思的生活，或者更确切地说，那种致力于最大程度地实
现哲学沉思的生活，在这种生活中，所有其他的追求都被视为仅仅是支
持性的或工具性的，那么这种生活是最好的或者最高级的生活吗？

　　首先，我不确定我是否应该像在书中那样对这个观点做出让步。因
为现在在我看来，那个得出一个完美存在会进行知性沉思结果的思想实
验，比我在那里所暗示的要晦涩和不确定。我们不清楚是什么让我们试
图去理解我们的世界，在理解的意义上去展开哲学活动。但是，就如亚
里士多德在《形而上学》第一卷里所指出的那样，它是人类特有的东西，
与我们在这个陌生世界面前所做出的惊奇与困惑的回应相联系，在这个
世界中我们找到了我们自身。[62] 因此，在我看来，一个没有什么疑惑的
存在根本不会进行哲学思索。后柏拉图主义传统的很大一部分以及以狄奥
提玛的名义进行言说的柏拉图自己，都同意这一点："没有神做哲学。"[63] 　[384]
至于沉思，如果一个人将沉思从持续不断的对理解的探询中完全分离出
来的话，他也很难得到激励。奥林匹亚诸神不能理解严肃的持续反思，
就像他们不能理解严肃而持续的爱一样。我现在倾向于认为这种神圣的
形象至少与色诺芬和柏拉图所发展出来的形象一样具有说服力。存在于
万物中的力量孕育万物之中的**"无动于衷"**（agnōmosunē）。这种真的无所
欲求的诸神在宇宙中所做的"俯瞰（over-looking）"，与其说是柏拉图想象
的那种强烈的沉思，不如说是另一种索福克勒斯式的沉思。

　　但让我暂时把这些反对意见放在一边。既然对许多历史上伟大的哲学
家——柏拉图、亚里士多德、阿奎那以及斯宾诺莎，仅举几个例子——来
说，有关一个完美思考的神的想法**似乎**是连贯的和有说服力的，那就让我
们继续，就好像他们正确地在沉思中找到了人 / 神的交集这个特定案例。
对于泰勒关于最好的生活的问题，从这里还能接着说什么？

在那本书中，我就作为伦理目的的沉思提出三点主张。首先，我声称，对于伦理学而言，将传统（看似合理或不合理地）与超越性联系在一起的那种推理是一种不合适的推理风格：不合适，也就是说，我们的目标是在我们的人类社会世界中充分理解与采取良好的行动。我为亚里士多德的主张辩护，即实践智慧不同于理论智慧，因为实践智慧对于历史特殊性的关切方式是理论智慧所没有的。[64] 所有这些都在亚里士多德甚至阿奎那那里得到了明确的阐述。我曾花很多时间来解释分析这些主张，在此就不再加以赘述。那么，由于在这个世界上我们都需要实践智慧来过得更好，这就给了我们一个很好的理由去重视培养它所需的人类目的、欲望以及感知的形式。

其次，我认为，在任何情况下，人类最好的和最完整的生活方式都不会是最大限度地屈从于理论推理，而是屈从于其他那些亚里士多德赋予内在价值的目标。它将把理论活动作为生活的组成部分，它还赋予友谊、道德上有德行的行为以及一种特定人类生活的其他具有内在价值的目标以内在价值。换句话说，理论推理的超越性特征，如果其拥有这样的特征，似乎并没有给**个体**一个理由让它支配或让其他特定的人类目标屈从于它。事实上，这些目的只是存在于人的生活中，而不是神的生活中，但这并不妨碍它们在人的生活中具有内在价值。[65] 这篇文章的论证强化了这一主张。

第三，在特定的人类生活的背景下，人类追求理论推理以及其他特定的人类目的，似乎改变了追求理论推理本身最佳和最合适的方式。例如，亚里士多德和柏拉图（在《斐德罗篇》中）都认为，人类在与他人的合作和从属关系中思考时，在一种亲密的、深情的以及持久的，并被视为自身的目的的关系背景中时，才能思考得最好。他们似乎在这段关系是否也应该是爱欲的问题上存在分歧，但他们一致认为，爱与尊重都将成为对思想贡献的重要部分。[66]

所有这些都意味着，对神的模仿，即便在这种理智主义者传统的意

[385]

义上，从很多方面来看，都是对人类生活自身而言的一个错误的和误导性的目标。它会导致对有价值的目标的贬低，而这些目标会因为它们特定的人性而遭到鄙视。它会导向一种更适合天使而不是人类的伦理理解风格，也许还会导向一种对于沉思或理论推理自身不充分的追寻。很难说这个结论是否与泰勒在"狭隘观念"与"包容性观念"之间所做的区分存在关联。因为我们把理论推理作为完整的人类生活的一个组成部分；但是我们只是把它作为一种特定的人类行为纳入其中，而不是把它所谓的神性作为一个对其有利的独有特征。我们当然不会鼓励这样的想法，即它之所以是好的，是因为它是一种超越我们人性的方式。

V

在这点上，关于哲学在人类善之中以及实现人类善之中所扮演的角色，还有更多需要说的。我想以它对哲学方法和风格的影响的一些观察来总结关于超越性的讨论。

在我刚刚简要叙述的关于超越的思想传统中，一种特定的人类思考方式据说是由神所表现的，因此在许多人看来，我们借以超越我们自身人性的那个事物似乎是我们选择那种思考方式的有力理由——抽象、脱离人的直接背景及其身体感受，以演绎和数学的形式关注普遍性——将其视为最适合做哲学的方式。它似乎有一种特殊的高贵和尊严。可以肯定的是，这一传统里有一些不同寻常的敏感成员，如亚里士多德和阿奎那，并没有很快得出这样的结论：神的方式总是最好的也是最合适的。天使式的思考是相当美的，但在对这个世界进行伦理与政治上的慎思受到质疑的地方，它是相当无用与不恰当的。生活的每一个领域和形式都需要一种恰当的推理方法与风格。然而，其他思想家，追随柏拉图（以及后来的斯宾诺莎），认为那种神一般的推理风格总是在任何地方都是最适合于哲学的。即使对于那些抗拒这种观点的人而言，伦理学在符合神性上的失败似乎成了一个反对它的观点。它经常被排在数学和科学推理之后，这正是因为不太容易看到一个人如何以一种超越的方式去做它。

[386] 　　假如在这个以超越性为导向的传统中，有关普遍性的那种超然的、纯粹理智的、抽象的、演绎式的推论是赢家，那么也很容易看出谁是输家。输家是故事，以及讲述故事的想象力和情感。正如我们在介绍奥德修斯的故事时所谈到的，在我们对奥德修斯的实际选择的偏好和我们把他视为故事英雄的事实之间存在着一种有趣的关系。作为故事读者，我们深深地沉浸在人类特殊性的混乱而不单纯的世界之中；作为读者，我们学会了赋予那些降临在我们特殊的男女主人公头上的事件以高度的重要性，这些事件在他们经过这个偶然性的世界时得以降临。[67] 一个神一般的奥德修斯之所以对我们没有吸引力，很大程度上是因为我们把他视为一个我们期待和关心的故事中的英雄。因此，那种在其中什么也没有发生——或者更确切地说，认为生活中发生的任何事情都不重要，因为发生事情的人是自足的——的生活观念是一个缺乏吸引力的观念。我们偏爱那些性生活与叙事相结合的人，这与我们自己在那一刻深深沉浸在故事生活中不无关系。

　　此外，我们对英雄故事的回应——对他身处的危险感到恐惧，为他遭受的损失感到悲伤，因他的成功而喜悦，对不确定的结果感到怀疑与焦虑——所有这些回应，都是我们作为故事读者的经验的中心，也是故事的读者产生兴趣的主要原因——所有这些，我们现在可以开始看到，都与这样一种世界的观念有着密不可分的联系。根据这种观念，人类不能完全控制的事物在他们的生活中有着极其重要的意义；这种观念与追求完全超越为最佳结局的观念是不相容的。因为如果我们真的认为，最好的生活是一种最终成功超越他或她所遇到的危险和不确定性的生活——那么在这种生活中，任何发生的事情都不会比奥林匹斯山上的庄稼歉收更有意义——我们很可能（就如柏拉图看到的那样）把我们的英雄们想象成超越性的存在。因此，我们不会像现在这样，通过我们的恐惧、我们的渴望、我们的怜悯、我们的喜悦、我们对他们身上发生的故事的焦虑关切，来与他们建立联系。

　　许多哲学家都反对在哲学中运用情感和讲述故事的想象力。但重要的是要考察他们这么做的依据。的确，有一些哲学家认为情感就像饥饿和口渴一样——是没有认知内容的身体感受，是糟糕的和具有误导性的，因为当一个人与它们相结合时，他就无法深入或者清晰地思考。但总的来说，这是一种相对肤浅的观念——我们通常在大思想家的著作中找不到这种观点，他们把他们最好的哲学精力都花在了情感分析上。[68] 目前已经表明，且是令人信服的论证表明，这种观点是站不住脚的。在哲学、认知心理学、人类学以及精神分析学领域的学者，他们即便在其他问题上意见不同，但在反对这种观念上是一致的。[69]

　　在我们发现对情感本质深刻持久的反思，与呼吁将其从智慧和理解的追求中剔除相结合的地方，一种非常不同的论证占据了主导地位——这是一种与我们对超越性的兴趣密切相关的论证。像柏拉图、亚里士多德、伊壁鸠鲁、斯多亚学派、斯宾诺莎等不同的思想家一致认为，情感（如恐惧、悲伤、爱、怜悯、愤怒）不单单是身体的感受或盲目的动物冲动。它们要么是价值判断，要么是部分由价值判断构成——某些世俗事物具有重要性，某些事物能动者不能完全控制的判断。它们是连接和联系的网络，将能动者与人类生活中的事物和人的不稳定背景的价值联系起来。恐惧包括这样一种信念，即有些重要的事物可能会伤害我们，而我们无力阻止那些伤害。爱包含着赋予一个与主体分离，并且不完全受控制的存在以极高的价值；如果这种回应受到完全的控制，那就不是爱了。当世界破坏了或夺走了我们所爱的事物时，我们会感到悲伤。当一件价值不菲的物品被其他人损坏时，我们会感到愤怒。等等。[70]

　　所有这些都是在实践推理中使用情感的那些反对者与一位支持者（亚里士多德，我们之后还会谈他）之间所达成的一致。现在让我们考虑一下那些反对者的论点。柏拉图、斯多亚学派、伊壁鸠鲁以及斯宾诺莎

[387]

关于情感与信念之间关系的分析有着诸多分歧。但他们所有人都同意，情感的核心是某种价值判断，根据这些判断，人类在世界上处于一种相当不完整和匮乏的地位，受制于运气。他们还在一件事上达成一致：渴望过上神一般的生活、超越他或她人性的人，必须根除这些情感。毕竟，超越的人生不会受制于运气。一个自足且完整的人，没有什么可以恐惧，没有什么可以悲伤，没有什么人可以爱，在这种通常人性意义上的爱意味着不完整与掌控的缺失。

在《理想国》第二、三章以及第十章中，柏拉图将这一观点运用到对年轻人教育的设想中，并导致所有传统诗歌——尤其是荷马史诗和悲剧——都应该被清除，这一声名狼藉的结果。因为正如苏格拉底非常正确地观察到的那样，这些作品与读者形成了一种关系，这种关系教导并培育了诸如悲伤、恐惧和怜悯等情感。它们把阿喀琉斯这样的英雄描绘为悲伤的和恐惧的，它们教育年轻人不仅要对这些英雄给予同情和畏惧，同时还要认同他们的并不自足（non-self-sufficient）的行为。斯多亚学派在此追随柏拉图，同样彻底地否定了这种文学所制造的情感。他们似乎允许某种道德化的文学描写，以显示"当偶然事件降临到傻瓜身上时会发生什么"——爱比克泰德对悲剧的定义。[71] 但是，英雄与读者之间的共谋，以及在故事中推动读者希望与期盼的情感——所有这一切都被彻底否定了。斯宾诺莎再一次地否定情感，将之视为对不完整的认可："上帝免于任何激情，他不受任何快乐或痛苦的影响。"他将这种观念与他决定以**更具几何学色彩**（more geometrico）地书写人类联系在一起："我会像对待线条、平面和物体那样来对待人类的行动和欲望。"[72]

[388]

需要重点注意的是，在这些作者的哲学思考中，对情感和故事的拒绝并不是因为他们持情感是不理智的、不清晰的或仅仅是动物性的观念。事实上，这些反对情感的观点首先确立了情感具有一个非常重要的认知维度，是我们为自己组织世界的方式。它们的"非理性的"，**并不是说**它们缺乏推理——而是说，从渴求超越的观点来看，它们包含了一种错误的与有害的推理。[73] 它们给予事实上没有重要性的事物以重要性。它们是关于特定的人类价值观的学说，是敦促我们追求神一般的沉思的学说的有力对手。面对我们对奥德修斯故事的阅读，这一传统肯定会说，如果你把故事及其情感结构纳入哲学论证，那就是你得到的结果。你得到的只是一种人类非超越性的哲学，一种属于凡人的，并思考凡俗思想的哲学；这当然是他们所不想要哲学去做或去成为的东西。他们也不会想到，任何与凡人如此紧密联系的东西，无论是它的形态还是它的表述，都可能是真正的哲学。如果我们避开故事，坚持有关普遍性的抽象理智论证，也许我们可以回到神一般的生活，并完整地看到这种生活所彰显的价值。

现在我碰巧相信这种传统对情感的本质与结构有着正确的整体观念：它们与价值判断密切相关，并且这种相关判断是关于我们不能完全控制的事物的重要性的判断。在经验主义和相关心理学占主导地位期间，这种观点一度被取代。但现在，它已得到坚定的重建，其信誉日益增长。到目前为止，这项关于情感认知维度的工作并没有真正追求情感和对外部不可靠事物重要性的承认之间的，而更倾向于追求情感和信念之间的一般联系。我在一些关于希腊化哲学的历史性研究中探讨了这个项目的一个部分。[74] 我在这里想要指出的是，某种伦理观念与某种哲学研究风格是多么紧密地联系在一起（或者应该如此，如果我们很好并一贯地进行思考的话）。如果我们满足于遵循这个传统，即哲学首先应当是神一般的活动，一种我们在其中并通过它超越人性的活动，那么我们就应当追随这个同样的、柏拉图-斯宾诺莎传统关于这些应该如何与它的读者对话的指示。我们应当允许对普遍性的理论推理的召唤把我们拉向更高的境界，远离纯粹人类的典型认知与情感回应，寻求纯粹的智性演绎，就像神所做的那样。最重要的是，我们应当避免情感的诱惑，并且我们应该避免讲述故事。 [389]

然而，另一方面，假设由于这篇文章所给出的某些原因，我们对超越性并不是那么热衷。假设作为凡人，我们认为我们应当思考凡人的思想。那么，我们很可能得出这样的结论：哲学作为我们思想的艺术和关于我们对真理的追求，最好讲凡人的语言并思考凡人的思想。在这种情况下，我们将教导哲学家不要被没有帮助的理智的吸引力所诱惑——这里当然可谈到"诱惑"[75]——更为人性化地去思考与言说，在言语中承认人类生活的不完美与有需要，以及其与对不受控制的事物与个体的依赖和爱的关系。斯多亚学派和斯宾诺莎相信，这样的承认对情感来说是充分的：如果情感不存在，那么这种承认在那里也是不充分的。[76] 这就意味着，在我们的论证中，情感及其协作者、那些故事，在一种完全属于人类的哲学中，不仅是被允许的，而且还是被需要的。

我非常认可的亚里士多德的伦理学进路，把人类的善作为它的主题。它对价值问题的探究，同时也是对一个有需要的和机智的存在的生活形式的探究，这种生活形式有着某种能力以及特定类型的不完整，有着一个在其中所有这些会发生的特定的身体。[77] 它们试图描述这种特定形式生活的局限与可能性，即在这种特定形式中，是否可以找到善。这就意味着，在伦理学中，好的亚里士多德式的写作应该唤起情感，唤起叙事结构，获得它们的启迪——因为通过所有这些，我们可以描绘出我们所依赖的轮廓，并表达我们对自身之外事物的依恋。的确，如果没有这些要素，亚里士多德式的哲学似乎将是不完整的。[78]

亚里士多德通过寻求文学作品的启迪满足了这一要求，文学作品的叙事结构与情感的参与形式承诺了关切到一种特定人类善在这些方面的信息。我们对不完美的英雄的怜悯与恐惧，以及我们对他们故事的同情——柏拉图和斯多亚学派传统以不同的方式对这些文学要素加以鄙视——成为认可人类价值的要素。[79]

假如我们希望在当代背景中展开这个计划，有很多办法可以做到这一点。我们首先要关注自己的哲学写作，确保其形式和风格所做出的陈述不会否定亚里士多德式的非超越性探询。我们主张，这种见解在特定类型的文学的常规结构特征中得到尤为充分且恰当的表达。因此我们需要确保，我们的写作适合成为文学的盟友，而不是它的敌人。我已在其他地方对其所涉及的说了更多，我也曾论证过这种联盟的重要性。[80]　[390]

但是，一个与亚里士多德对悲剧的兴趣密切相关的进一步计划的非常重要的部分，肯定是将文学作品本身纳入哲学，以对人类善的探询来研究它们。亚里士多德首要选择了悲剧诗。这是一个有价值的选择，其涉及的意义需要进一步的研究。我曾在别的地方指出，就我们当代的情况而言，也许小说比现有的其他体裁更能提供进一步的启示。因为小说作为一种体裁，在其本身的结构以及其与读者关系的结构中，致力于追求人类生活形式的不确定性与脆弱性，特殊性与情感的丰富性。正如我们所看到的那样，《奥德赛》，可以多少公正地说是西方传统中的第一部小说，体现出这项文学计划自身对选择神圣生活的否定，致力于探索人类生活形式特有的价值，探索我们可以期待在这样的生活中找到并实现的实践理智的标准、爱以及美德。的确，通过邀请读者作为感兴趣的参与者加入那些人物的冒险，小说以我们共同的人性为主题，这意味着所讨论的不仅仅是某些特殊事件，而是人类生活的一种或多种可能性。它们在情感结构中暗示，读者会与人物产生共鸣，并有一种共享可能性的意识。[81]

我认为，以这些方式，小说对人类的善进行了哲学研究。他们的许多更为具体的亚里士多德式的贡献——它们对有价值事物不可通约性的丰富探索，对特殊的情境敏感的判断和特定的爱的关切，以及它们对作为洞见源泉的情感的忠诚[82]——似乎在某种程度上源于它们和奥德修斯一起做出的选择，作为人类生活的根本选择，因此要承担凡人生活的风险与不完整。像奥德修斯那样生活——这个名字意味着痛苦和斗争[83]——而不是接受卡吕普索的提议，她名字的意思是"那个隐藏起来的她"），她确实会永远隐藏作为英雄、作为那个足智多谋的人和受苦的人的英雄人格。如果我们希望沿着亚里士多德那样的路线发展一种人类的伦理哲

[391]　学，我建议我们最好去研究小说的叙事和情感结构，把它们看作亚里士多德式的伦理思想的形式。[84]

尾注

　　这篇文章是选集中最新的一篇，它将我对古希腊哲学的研究与我对小说的关注联系起来。它还指出了另一种不同的联系。在一系列关于亚里士多德式政治思想的文章中（参见"感知与革命"的尾注），我满怀赞同地强调亚里士多德对人类存在以及人类生活形式的一般观念的运用，为伦理和政治思想提供了一个方向。我为这种强调辩护，反对各种形式的主观主义与文化相对主义，也反对那些试图在不依靠任何善的理论的情况下选择正义原则的自由主义。我认为它们产生了一种独特的社会民主形式。然而，与此同时，我坚持特殊性对于好的伦理判断的重要性。《非相对性美德：一种亚里士多德式方法》（《美国中西部哲学研究》，1988）谈到了这两种观念是如何相互兼容的。当探讨在特定环境下如何促进人类的善时，人们必须始终对具体的历史状况非常敏感。然而，由于人们总是以**个体**身份来追求善，人们就不应丧失关于人类功能与人类能力的一般性观念，这些观念经常可以用来批判阻碍人类繁盛的地方传统。尽管有这些相关评论，人们可能仍会想知道：在这样的慎思中，在特殊和一般之间，是否并非存在一种紧张关系，而是发生着一种启迪性对话。

　　本文暗示，对历史特殊性的关注和对"人类"概念作为组织伦理观念的关注并不是对立的，而是有着共同的根源。对于神一样的知性来说，特殊性和历史背景都不是可见的（参见文章中对阿奎那的讨论）；并且特殊性与背景对于我们的重要性，与我们是特定种类的、具有身体有限性存在，我们是以特定方式经历时间的存在这一事实是分不开的。简而言之，只有当我们关注人类以及人与野兽、人与神之间的区别时，我们才开始理解为什么特殊性和历史——以及特别的爱——对我们来说如此重要。

我们也看到，叙事，尤其是小说，也展示了同样的关联。因为它们把读者作为人来进行对话，而不仅仅是作为某个地方文化中的成员，而且文学作品往往比宗教和哲学作品更容易跨越文化界限。当它们对读者的人性说话时，它们让读者沉浸在人类时间的特定运动中以及人类限度的冒险中——沉浸在一种生活形式中，在其中爱特定的人并关心发生在他们身上的具体事件是很自然的。它们培养了普遍存在于人类生活形式中的视野与关怀的形式，而这些是野兽所不能得到的，神对此也不感兴趣。

通过这种方式，我们从另一个方向看到了在"感知与革命"一文中所争论的问题：社会民主和小说艺术是盟友。它们关注的是既有需求又足智多谋的人类存在，他们的主导激情是爱。

注释

1. 译本参考《荷马史诗·奥德赛》，[古希腊]荷马著，王焕生译，人民文学出版社，2003 年。——译者注

2. 荷马，《奥德赛》（*Odyssey*），第五章第 215—224 行。前两处引文来自第五章第 208、209 行。参考 W. 舍林英译本（1980）。

3. 这些并非一个英雄职业生涯中唯一重要的要素；例如，阿喀琉斯与帕特洛克罗斯的友谊远比他的婚姻和父亲身份重要。我提到的这些要素是《奥德赛》中最重要的，也是对后来的英雄观念产生影响的重要元素。

4. 荷马，《奥德赛》，第五章第 226—227 行。——译者注

5. 荷马，《奥德赛》，第五章第 226—227 行，第二十三章第 300—309 行。也可参见第二十三章第 223—240 页的卓越形象，荷马用水手终于抵达岸边的喜悦来比喻夫妻团聚之喜。约翰·雅克·温克勒在《欲望的约束：古希腊性和性别的人类学》（*The Constraints of Desire: The Anthropology of Sex and Gender in Ancient Greece*，1990）的"佩涅洛佩与荷马的狡诈"一章也对此有非常精彩的叙述。我对这部出色文集的评论，参见 1990 年 6 月的《泰晤士报文学增刊》。

6. 查尔斯·泰勒在《加拿大哲学期刊》第 18 期（*Canadian Journal of Philosophy*，1988）上刊登的对努斯鲍姆《善的脆弱性》的评论，第 805—814 页。

7. 查尔斯·泰勒，同上，第 813 页。我对柏拉图的描述同样在贾斯佩·格里芬与伯纳德·诺克斯的评论中以相关方式得到了精确的描述（格里芬，《泰晤士报文学增刊》，1986 年 7 月 4 日；诺克斯，《纽约书评》，1986 年 12 月 4 日），这些分析对诸多话题都提出了宝贵的意见。T. 艾尔文的评论刊载于 1988 年 7 月的《哲学期刊》，一个特殊的错误描述损害

了他的论证。他说："她看似假设（并不直面问题），柏拉图式形而上学和认识论是柏拉图关于价值的非脆弱性的信念的必要支撑。"（第 376 页）这个观点的奇怪之处在于，我用了整章篇幅（第五章）来论述：柏拉图的伦理结论可以在**不被假设依赖于其形而上学观念的前提下**得到理解，它们本身就是有趣且重要的伦理立场。〔事实上，我在此是在批判艾尔文在《柏拉图的道德理论》（1977）中关于这个问题的主张。〕在之后的章节（第六章）中，我进一步论证，柏拉图的伦理结论对其形而上学和认识论提供了一些——虽然不是全部——支撑。这仅是艾尔文评论中对我的命题和论证严重错误理解的其中一例。另一处错误直接涉及我在本文中对亚里士多德的理解。在第 377—378 页，艾尔文认为我的论证可以分成五个步骤：以柏拉图和亚里士多德关于人类共识对于达成伦理结论的价值的观点为前提，他认为我得出了如下结论，"就其结论来看，亚里士多德并不是一个形而上学的实在论者"。紧接着，艾尔文指责我没有在论证中为这些步骤辩护——这不足为奇，因为它们与我实际做出的论证相去甚远。艾尔文没有提到，书中有整整一章（第八章）致力于讨论亚里士多德与形而上**实在论的**关系问题。这一章以亚里士多德关于逻辑状态和科学法则的观点为前提得出结论（我将亚里士多德的立场归为实在论的一种），之后的章节则检验了这个普遍伦理立场所带来的后果。艾尔文在批判一个他自己发明出来的立场。同样，其评论在其他问题上也缺乏归因的精准性。

8. 查尔斯·泰勒，同上，第 813 页，他转述了亚里士多德《尼各马可伦理学》1099b18—19 以及我在《善的脆弱性》第十一章中对这段的讨论。请注意，在我看来，厄运主要通过阻挠卓越**活动**来损害行动者对美好生活的追求。这在亚里士多德的观点中以及我对他的解释中都是首要的重点（第十一章）。我在第十一章第 336—340 页中考察了另外一小部分证据，即亚里士多德可能承认厄运会损害品格本身。

9. 泰勒在第 812 页用这样的方式展示了这一比较。

10. 参见《善的脆弱性》第十二章附录中有关《尼各马可伦理学》第十卷，6—8 的部分。

11. 查尔斯·泰勒，同上，第 813 页。关于本人对泰勒最新一本书的回应参见《新共和》（*The New Republic*）1990 年 4 月 9 日刊。

12. C.C.W. 泰勒在《思想》第 96 期（*Mind*，1987），第 407—414 页，给出了一个关于亚里士多德以及亚里士多德的柏拉图主义的很有价值的讨论。S. 哈利威尔在《古典哲学》杂志第 8 期（*Ancient Philosophy*，1988）第 313—319 页进行了准确而富于洞察的阐述，提出了几个关于古代悲剧和古代宗教之间关系的问题。

13. 查尔斯·泰勒，同上，第 813 页。

14. 参见本书"叙事情感"一章，本人《非相对性美德》一文，以及我在《纽约书评》（1989 年 12 月 7 日）上对阿拉斯代尔·麦金泰尔所著《谁之正义？何种合理性？》（1988）的评论。

15. 埃莲娜·帕戈斯，《亚当、夏娃和蛇》（*Adam, Eve, and the Serpent*，1988）。

16. 查尔斯·泰勒，同上，第 813 页。

17. 参见《偶像的黄昏》（*Twilight of the Idols*）（中的《真实的世界如何最终成了寓言》），以及《查拉图斯特拉如是说》的诸多篇章，比如《彼岸论者》《论使人渺小的道德》两篇。

18. 关于这些论证，参见我于 1989 年 12 月发表在《哲学与现象学研究》上的《凡间的不朽：卢克莱修论死亡与自然之声》一文。

19. 关于荷马笔下的诸神及其与人类苦难的关系，参见贾斯佩·格里芬的精彩描述，《荷马论生与死》（*Homer on Life and Death*，1980）。

20. 关于索福克勒斯，参见塞德里克·怀特曼，《索福克勒斯：英雄人文主义的研究》（*Sophocles: A Study of Heroic Humanism*，1951）；伯纳德·诺克斯，《英雄式血气：索福克勒斯悲剧研究》（*The Heroic Temper: Studies in Sophoclean Tragedy*，1964）；C. 西格尔，《悲剧与文明：

解读索福克勒斯》(*Tragedy and Civilization: An Interpretation of Sophocles*, 1981)。相关材料在我的《赫拉克利特论灵魂，II》一文中有所讨论，刊载于《实践智慧》第 17 期 (*Phronesis*, 1972)，第 153—170 页。

21. 约翰·麦肯罗，美国职业网球运动员，被称为"网球皇帝"。——译者注

22. 参见《善的脆弱性》尤其是第一、四、十二、十三章；也可参见《亚里士多德论人类本性和伦理学基础》一文，收录于由 J. 奥尔瑟姆与 R. 哈里森编辑的关于伯纳德·威廉斯哲学的文集（剑桥大学出版社）；以及我为欧里庇得斯《酒神的女信徒》(*Bacchae*, 1990) 的新译本所写的序言，由法勒、斯特劳斯和吉鲁出版社出版，C.K. 威廉姆斯译。

23.《尼各马可伦理学》1097b7—11，在《善的脆弱性》第十二章第344—345 页、350 页及之后得到讨论。

24.《尼各马可伦理学》1196b3 及之后，在《善的脆弱性》第十二章第 350—351 页、365—368 页得到讨论。这些内容在《亚里士多德论人类本性和伦理学基础》中得到进一步讨论。

25.《尼各马可伦理学》第七卷，1145a25 及之后，亚里士多德《政治学》1253a8 及之后。

26. 我们应该记住，在亚里士多德的观念中，美德行为是为其自身而被选择的，是完整的好的人类生活的组成部分。他在这方面看起来非常接近其文化中的流行信念。

27. 神的这个方面在欧里庇得斯的《酒神的女信徒》中尤为突出，在其中，神的微笑面具（合唱队提到），随着故事进展，变得越来越邪恶。参见我在本书导论中的讨论（详见注释 22）以及查尔斯·西格尔在《狄俄尼索斯诗学与欧里庇得斯的〈酒神的女信徒〉》(*Dionysiac Poetics and Euripides' Bacchae*, 1982) 和海伦娜·弗莉在《仪式反讽：欧里庇得斯的诗歌与牺牲》(*Ritual Irony: Poetry and Sacrifice in Euripides*, 1985) 中的讨论。

28. 这段台词的分配并不确定。

29. Euphoraō，经常指太阳"监看"人类事务的方式——它俯视、旁观，不被卷入也不去回应（参见《希英词典》中相关词条）。

30. 关于恰当的情感回应与美德之间的关联，以及关于这两者与实践智慧之间的关联，参见《善的脆弱性》第十章，以及本书"洞察力""'细微的体察'"章节和导论内容。

31. 在此并不仅指基督教，因为许多异教都有会死的神（参见下文中关于狄俄尼索斯的部分），然而只有基督教把这种观念与上帝为人类提供的道德榜样的新观念联系起来。

32. 就此问题的深入讨论参见我在《美国中西部哲学研究》（1988）中所发表的《非相对性美德：一种亚里士多德式方法》一文。以及《凡间的不朽》一文（详见注释 18）。

33. 就这种思想与神的永恒和自足之间的张力，格雷厄姆·格林在《问题的核心》（*The Heart of the Matter*，1948）中做出一个引人注目的反思。主人公斯科比观察到，他对依附于他的两位女性的深切怜悯和责任感，是他从对基督的责任感和同情心的反思中学来的一种道德态度。然而，从他所学到的东西来看，他对基督的责任感并没有像他对人类伙伴那样强，因为他们需要他，而基督也许不需要他：

> 他亵渎上帝因为他爱一个女人——这甚至到底是不是爱，还仅仅是对怜悯和责任心的感受？他再次试着为自己开脱："你照顾好你自己就够了。每一日都是十字架的磨炼。你只能受苦。你不能迷失方向。要接受去守护他人……"并且，仰望着祭坛上的十字架，他粗野地想着：拿去吧，你沾满心酸的抹布。是你把我造就成这样。拿去吧，这刺穿你的矛头。

34. 弗朗索瓦·布歇（1703—1770），十八世纪法国画家，洛可可派

代表人物，绘画题材多为神话和田园诗。——译者注

35．参见我在《波士顿地区古代哲学学术研讨会论文集》第 5 期（1989）中对大卫·哈珀林的评价。

36．亨利·詹姆斯为《小说的艺术》（1907）中《卡萨玛西玛王妃》题写的序言，第 63—64 页。

37．《特洛伊妇女》（*Trojan Women*）第 820 页及之后内容。

38．Habra bainōn（译者注：古希腊语中"小心翼翼地、缓缓地行走"之意）第 820 页。

39．参见我的《赫拉克利特论灵魂，II》以及《凡间的不朽》。

40．参见我为《酒神的女信徒》写的序言，以及参考书目和对近期文学作品的描述。

41．这是一个重要而微妙的点，也是一个在我所描述的古希腊观点与某些浪漫主义观点之间的重要区分；安东尼·亚瑟·朗在评论中未做这种区分，参见《古典语文学》（*Classical Philology*，1988）第 83 期，第 61—69 页。

42．关于亚里士多德认为伦理学的主题是人类的善的大量讨论，参见《善的脆弱性》第十章，第 291—294 页。

43．《尼各马可伦理学》1099b18—19，参见《善的脆弱性》第十一章。在《尼各马可伦理学》的第七卷有关"兽性之恶"的讨论似乎表明，亚里士多德并不认为多数人本质上是如此"病态"的，因为它关注的是非常极端的情况。

44．《尼各马可伦理学》1106b28—32。

45．对于他们作品的不同方面的讨论，参见本书的其他章节。

46．詹姆斯的相关段落出现在《金钵记》的序言中，对其的讨论参见导论中"表达的植物，感知的天使"一节；普鲁斯特的相关段落出现在马塞尔对贝戈特之死的描述中。

47．参见托马斯·阿奎那《神学大全》1 q.89 a.1。

48. 参见《凡间的不朽》一文。

49. 特别参见本书第三、四、六章。

50. 参见我的《自然、功用和能力：亚里士多德论政治分配的基础》一文，《牛津古代哲学研究》1988 年补充卷。

51. 当代的相关讨论参见丹·布洛克《正义与重度痴呆的老人》,《医学和哲学杂志》第 13 期（*Journal of Medicine and Philosophy*，1988），第 73—99 页。

52. 形容脱离现实而对自己过度自信、对于他人傲慢的表现。在古希腊传说中经常用来形容人类挑战神灵的不理智行为，不理智，是因为会遭受厄运以及神灵的报复。亚里士多德在《修辞学》中把 hubris 定义成为了自我心理满足而去羞辱他人的行为（参见《修辞学》II. 2）。——译者注

53. 在这个意义上，亚里士多德似乎不是一位古希腊流行思想重点的忠实记录者。

54. 亚里士多德《论灵魂》II. 4，415a24—25。在这里，他说的是有生命的存在（在养育自己的同时也）生产繁衍和自己一样的后代的共同能力。

55. 有关《会饮篇》立场的精彩讨论，参见 A. 考斯曼的《柏拉图式爱情》一文。收录于由 W.H. 沃克迈斯特编辑的《柏拉图哲学与实践智慧的诸多面向》(*Facets of Plato's Philosophy, Phronesis*，1976) 增补卷二，第 53—69 页。

56. 即卡吕普索所住的岛屿。——译者注

57. 参见格雷戈里·纳吉《最好的亚该亚人》(*The Best of the Achaeans*，1979)。

58. 修昔底德 II. 41—43。

59. 参见色诺芬 DK B 25；柏拉图《理想国》第三卷，尤其是第 387—388 页。

60. 有关这些讨论的精彩论述，参见理查德·索拉毕吉的《关于非命题思想的神话》一文。收录于 M. 斯科菲尔德与 M. 努斯鲍姆编辑的《语言与逻各斯》（1982），第295—314页。

61. 参见托马斯·阿奎那《神学大全》1 q.89 a.1。

62. 亚里士多德，《形而上学》I.1。

63. 柏拉图，《会饮篇》204A。

64. 参见《善的脆弱性》第十章。同样参见"洞察力"一章。（详见注释30。）

65. 参见《善的脆弱性》，特别是第十二章以及附录。《尼各马可伦理学》X. 6—8 对此有着不同的见解，我认为这些篇章与《尼各马可伦理学》的主要观点并不兼容。

66. 参见《善的脆弱性》第七章和第十二章。

67. 关于上述内容，参见本书导论、"洞察力"、"有瑕疵的水晶"、"'细微的体察'"以及"感知的平衡"章节。

68. 这个哲学家群体中最杰出的是休谟，但是他对激情的分析受到印象和观念理论可能性的严格限制，在我看来，即便有着诸多微妙之处，这也并不是休谟哲学著作中最好的部分。

69. 关于现代文学就此观念的文献，参见本书的"叙事情感"以及导论章节。

70. 对于这种传统的解释，以及同情这种观念的论证，参见《斯多亚学派论根除激情》一文，《阿派朗》第20期（1987），第129—175页。

71. 爱比克泰德，《语录》（*Disourses*）II. xvi. 31。

72. 斯宾诺莎，《伦理学》第五章（尤其是论上帝的命题十七）、第三章以及导论。

73. 盖伦在《论希波克拉底与柏拉图的学说》（*On the Doctrines of Hippocrates and Plato*）中讨论克律西波斯对情感的看法时忽略了这种区分。因为他嘲笑克律西波斯一方面将激情定位于灵魂的理性部分，另一方面称它们为**"非理性的"**（aloga）。参见《斯多亚学派论根除激情》一文中的进一步探讨。

74. 《斯多亚学派论根除激情》《凡间的不朽》以及《超越痴迷和厌恶：卢克莱修论爱欲的治疗》，刊载于《阿派朗》第 22 期（1989）。我于 1993 年的吉福德讲座中做了一次更为广泛的哲学论述。

75. 参见本书"为生命阅读"一章。

76. 参见《斯多亚学派论根除激情》一文中对此的辩护。

77. 参见《亚里士多德论人性》。

78. 有关这些方面更多的论证，参见本书导论。

79. 参见《善的脆弱性》插曲二。史蒂芬·哈利威尔还在一篇未发表的论文中对这些问题进行了精彩的讨论。还可参见他的《亚里士多德的诗学》（*Aristotle's Poetics*，1986）。

80. 参见本书导论以及其他章节，特别是"爱的知识"一章。

81. 参见本书导论以及书中对詹姆斯的论述。

82. 参见本书导论。

83. 关于词源，这个名字与满身怒火、充满敌意相关。参见《奥德赛》19.407 以及 1.62 和 5.340。

84. 我要特别感谢查尔斯·泰勒，是他开启了这些思考。这篇文章是在哈佛神学院的威廉·詹姆斯讲座上发表的。我非常感谢那里的听众，也感谢大西洋省哲学协会与加利福尼亚大学圣克鲁兹分校的听众，感谢他们非常有益的评论。在圣克鲁兹分校，这篇论文是在约翰·雅克·温克勒去世后不久被宣读的，他是我们这一代人中最杰出的古典学者之一，也是一位益友，他因艾滋病引起的并发症去世。正如我在那个场合所做的，我将这篇文章献给他作为纪念。

<h1 style="text-align:center">索 引 *</h1>

---

* 词条后的页码为原书页码（见本书边码），n指代原书页码中的注释。——
编者注

D

F

142；掌握心理学真理所必需的 256，280—282；一般性与特殊性之间的协商 95；反对康德主义和功利主义 26；对特殊性和复杂性的感知 5，38—39，90—91，141—142，148—165，183—185，197—217，353—364，390—91；哲学家的例子 46—47，84—97；质上的独特性 36；在伦理探究中的作用 45—49，138—143，148—165；普遍化 95，165—167

Nussbaum，Rachel 瑞秋·努斯鲍姆 335，363n

本文集中的文章曾发表如下：

"The Discernment of Perception: An Aristotelian Conception of Private and Public Rationality," *Proceedings of the Boston Area Colloquium in Ancient Philosophy* 1 (1985): 151-201.（书中版本系修订拓展版。）

"Plato on Commensurability and Desire," *Proceedings of the Aristotelian Society*, suppl. vol. 58 (1984): 55-80.

"Flawed Crystals: James's *The Golden Bowl* and Literature as Moral Philosophy," *New Literary History* 15 (1983): 25-50.

"'Finely Aware and Richly Responsible': Literature and the Moral Imagination," in *Literature and the Question of Philosophy*, ed. A. Cascardi (Baltimore: The Johns Hopkins University Press, 1987), 169-191.（早期缩简版本发表情况："'Finely Aware and Richly Responsible': Moral Attention and the Moral Task of Literature," *Journal of Philosophy* 82 [1985]: 516-529.)

"Perceptive Equilibrium: Literary Theory and Ethical Theory," in *The Future of Literary Theory*, ed. R. Cohen (London: Routledge, Chapman, and Hall, 1989), 58-85.（早期版本发表在：*Logos* 8 (1987): 55-83.)（修订版）

"Perception and Revolution; *The Princess Casamassima* and the Political Imagination," in *Method, Language, and Reason: Essays in Honour of Hilary Putnam,* ed. G. Boolos (Cambridge, Eng.: Cambridge University Press, 1990).

"Sophistry About Conventions," *New Literary History* 17 (1985): 129-139.

"Reading for Life," *The Yale Journal of Law and the Humanities* 1 (1988): 165-180.（修订版）

"Fictions of the Soul," *Philosophy and Literature* 7 (1983): 145-161.

"Love's Knowledge," in *Perspectives on Self-Deception*, ed. B. McLaughlin and A. Rorty (Berkeley: University of California Press, 1988), 487-514.

"Narrative Emotions: Beckett's Genealogy of Love," *Ethics* 98 (1988): 225-254. (法文版发表在: *Littérature* 71 (1988), 40-58.)

"Love and the Individual: Romantic Rightness and Platonic Aspiration," in *Reconstructing Individualism*, ed. T. Heller et al. (Stanford, Calif.: Stanford University Press, 1986), 257-281.